卞孝萱 注譯
朱崇才 注譯
齊益壽 校閱

新譯唐人絕句選

三民書局

刊印古籍今注新譯叢書緣起

劉振強

人類歷史發展，每至偏執一端，往而不返的關頭，總有一股新興的反本運動繼起，要求回顧過往的源頭，從中汲取新生的創造力量。孔子所謂的述而不作，溫故知新，以及西方文藝復興所強調的再生精神，都體現了創造源頭這股日新不竭的力量。古典之所以重要，古籍之所以不可不讀，正在這層尋本與啟示的意義上。處於現代世界而倡言讀古書，並不是迷信傳統，更不是故步自封；而是當我們愈懂得聆聽來自根源的聲音，我們就愈懂得如何向歷史追問，也就愈能夠清醒正對當世的苦厄。要擴大心量，冥契古今心靈，會通宇宙精神，不能不由學會讀古書這一層根本的工夫做起。

基於這樣的想法，本局自草創以來，即懷著注譯傳統重要典籍的理想，由第一部的四書做起，希望藉由文字障礙的掃除，幫助有心的讀者，打開禁錮於古老話語中的豐沛寶藏。我們工作的原則是「兼取諸家，直注明解」。一方面熔鑄眾說，擇善而從；一方面也力求明白可喻，達到學術普及化的要求。叢書自陸續出刊以來，頗受各界的喜愛，使我們得到很大的鼓勵，也有信心繼續推廣這項工作。隨著海峽兩岸的交流，我們注譯的成員，也由臺灣各大學的教授，擴及大陸各有專長的學者。陣容的充實，使我們有更多的資源，整理更多樣化的古籍。兼採經、史、子、集四部的要典，重拾對通才器識的重視，將是我們進一步工作的目標。

古籍的注譯，固然是一件繁難的工作，但其實也只是整個工作的開端而已，最後的完成與意義的賦予，全賴讀者的閱讀與自得自證。我們期望這項工作能有助於為世界文化的未來匯流，注入一股源頭活水；也希望各界博雅君子不吝指正，讓我們的步伐能夠更堅穩地走下去。

新譯唐人絕句選 目次

七言絕句

導讀

中國是一個詩的國度。一千多年前的唐代，則是中國詩歌史上一個輝煌的高峰。清代編集的《全唐詩》，收錄作者達二千二百多人，收詩近五萬首；還有許多散落的作者及詩篇沒有收錄進去。中華書局近年出版有《全唐詩補編》，又收錄五千餘首。

唐詩的繁榮，不僅表現在數量多，藝術質量高，而且還表現為詩歌創作欣賞的高度普及和對於社會生活的深遠影響。在唐代，至少是在中上層社會，詩歌就如同日常生活中的柴米布帛，是日常生活的組成部分。唐代詩歌比較全面地反映了唐代的社會生活，表達了唐代人特別是唐代讀書人的種種心態。我們今天閱讀欣賞唐詩，不但可以從中得到美的享受，而且可以藉以瞭解古人的生活和心靈。

唐詩的內容是十分豐富的，其形式也是多種多樣的。從格律上來說，主要有「近體」與「古體」之分。古體是從《詩經》、漢魏六朝古詩所沿襲下來的體式，近體則是從南朝齊梁至隋、初唐時期所逐漸形成的新的詩歌樣式。因為相對於唐代來說，這是「近代」所發生的事，因此便稱為「近體」。

近體詩相對於古體詩的特點，是具有更嚴明、更固定的格律。也就是說，近體在每首的句數、每句的字數，每字的平仄音韻，句與句、字與字之間的協調配合等方面，都有一定的格式及規律，這些格式與規律雖寬嚴不一，但作詩者只能在這些約定俗成的格律中寫作，否則便是「出格」，便是「失律」，就不再是符合格式的近體詩了。因此，人們又把近體詩稱為「格律詩」。

近體詩又可分為「律詩」、「絕句」兩大類。這兩大類之間最大的區別是，律詩每首八句或八句以上，而絕句則一律是四句。至於其他方面的要求，則與律詩基本相同。我們說絕句是近體詩的一種，這只是就大概情況來說的。還有一類絕句，特別是其中的五言的這類絕句，嚴格地說，是不太符合近體詩的格律的，它們的格式是早在近體詩形成之前就已存在了的，所以，這一類絕句又被稱為「古絕句」。古絕句當然是一種特殊情況，因而，一般地，我們還是將絕句歸入「近體格律詩」的範圍。為了與古絕句相區別，我們又可把符合近體格律的絕句稱為「律絕」。

唐代絕句是唐代詩歌中具有鮮明特色的組成部分。從體製上來說，絕句的主要特點是：篇幅較短而容量不小，風格簡煉而精緻。絕句每首四句，毫無例外。每句五個字或七個字，極少數是六個字，算是特例。依其字數分別稱為「五絕」、「七絕」、「六絕」。絕句的聲韻格律有特定的規則。大致地說，其規則與律詩中的前、後或中間四句相當。其具體內容可分為三個方面來描述。

一、平仄：與律詩一樣，絕句的平仄應符合「本句交替」、「句間粘對」的原則。

二、押韻：絕句一般必須押平聲韻，二、四句必須協韻，首句則有入韻的，也有不入韻的。

三、對仗：絕句的對仗，有全篇都對的，即一與二句對，三與四句對。也有只有一聯對仗的，通常以首聯對仗的居多。不對仗的絕句較為少見，古絕句一般不對仗。

唐代絕句，從用途上來說，主要有以下的特點：絕句較律詩篇幅短，其風格比起較為凝重的律詩，顯得輕鬆活潑一些，因而，相對地說，寫作起來要容易一些（當然，要想寫得好就不那麼容易了）。絕句比律詩更經常地用於即席創作的場合。友朋聚會，公私宴集，對景即興，結社分韻，課占口號等等，人們不可能有充裕的時間去潛心創作，於是便更多地使用絕句這種形式。絕句另一個鮮明的特色，是經常地用於入樂演唱。例如，著名的「旗亭賭唱」的故事，其中所演唱的詩歌，都是絕句。由於漢魏六朝樂府詩的體製早已不能符合隋唐音樂的實際，因而，唐代的樂府詩，基本上都是近體，其中最主要的，就是絕句。

由於絕句便於即興創作，便於即席演唱，因而有著廣泛的普及性。唐代絕句的數量，當在萬首以上。前人對唐代絕句也是比較重視的，做過許多專門的整理、研究工作。早在南宋時期，洪邁就編集了唐代絕句的總匯之作——《萬首唐人絕句》。明代的趙宧光、黃習遠又對該書進行了整理增刪，共得唐代絕句一萬零四百七十七首。當然，這還不能說是唐代絕句的全部。

對於唐代絕句的評論、研究，歷來是中國詩歌史上的熱門課題。除了歷代的唐詩選本、唐宋近體選本對絕句的選錄、整理、評論、研究外，歷代都有專門的絕句選本。早在唐朝當代，就有專門的絕句選本問世，如《名賢絕句》等。特別是南宋末趙蕃、韓淲編選，謝枋得註的《註解章泉澗泉二先生選唐詩》，全選絕句，並有後序及精到的評註。謝氏在其序中頗為自得地說：「章泉（趙蕃）、澗泉（韓淲）二先生誨人學詩，自唐絕句始，熟於此，杜詩可以漸進矣。」就是說，學詩要從唐代絕句學起，學熟了，就可以達到杜甫詩的境界。由此可見絕句在唐詩中的地位。明代則有敖英的《類編唐詩七言絕句》、楊慎的《絕句辯體》等。清代則有王士禎的《唐人萬首絕句選》等。前人對於唐人絕句作了大量的編選、箋註、闡釋等工作，為後人閱讀欣賞唐代絕句提供了方便。但是，前人也有前人的局限。例如，前代的許多唐詩評論者，都津津樂道地評選論「七絕壓卷」之作這一「問題」，引起了許多爭論。這一「問題」，在今人看來，實在是無謂的爭執。真正的藝術都是無可重複、不可代替的，因而也是沒有辦法排出個第一第二的座次的。又如，前人往往將唐詩分為幾個階段，而偏重於某一階段；有的人則將唐詩分為各種各樣的宗派，而推崇一派，貶低一派。我們今天閱讀欣賞唐詩，不要受其約束。

我們編選的這本《唐人絕句選》，則力求反映唐人絕句的全貌，反映唐代絕句全面的成就，不局限於一派一家，不抱成見，不立宗派，只要在一個方面有可取之處並有一定的代表性，我們就盡量選取；但由於篇幅的限制，對於許多優秀作品，就只能根據具體情況，選取其中的一小部分為代表，其餘的部分，就只能忍痛割愛了。

這個選本的編排，基本上按作品時代的先後排列，個別地方，為了照顧內容的分類，作了些微的調整。在每個詩人名下，我們對其生平事跡作了簡要的介紹，希望讀者能通過瞭解其人而加深對於作品的理解。作品的原文，我們是按照通行的版本錄下，個別的字詞依別本作了修正。注釋則力求簡單明瞭、通俗易懂。古代詩歌的語譯是一件比較困難的工作。由於時代、環境的差異，今人對於作品的理解和感受，很可能和作者的原意有一定的差距。因而，我們在語譯時，盡可能地站在古人的立場上，設身處地去揣摩原作者的心情和想法，力圖向當今的讀者傳達作者的原意。當然，對於作者的原意，很可能各人有各人的看法。本書的語譯只是我們的一家之說，其中的不妥之處，望讀者能夠諒解。本書的鑒賞部分，則更帶有我們個人的主觀色彩。我們並不希望以自己的鑒賞來代替讀者的閱讀欣賞，我們只希望我們的鑒賞能夠對讀者有所啟發，有所幫助。因而，在這一部分中，我們不一定面面俱到地分析原作的精彩之處，而只是抓住其中的一兩個閃光點，談談我們自己的感受。當然，我們也希望我們的感受能引起讀者的共鳴。

本書由卞孝萱規劃，朱崇才執筆。

五言絕句

詠物・蟬

虞世南

【作者】虞世南（五五八—六三八），字伯施，排行七，越州餘姚（今屬浙江）人。少與兄世基學於吳郡顧野王，潛心讀書十餘年。其文見稱於徐陵，以是有名。兄弟二人名重當時，世人比以晉之「二陸」。陳文帝召為建安王法曹參軍。隋大業中為秘書郎，遷起居舍人。入唐，為秦王府參軍、記室。太宗即位，轉著作郎，弘文館學士。貞觀中官至秘書監，封永興縣子，後進爵為縣公。十二年致仕，尋卒，謚「文懿」，繪其像於凌煙閣。其為人沉靜寡慾，篤志勤學，博學強記。文章為世所重，書法為世所寶，人品為世所稱。為官直言敢諫，有犯無隱。太宗稱其有「五絕」：德行，忠直，博學，文辭，書翰。其詩主雅正，多應制、詠物、邊塞之什。輯有《北堂書鈔》一百六十卷，今存。有《虞世南集》三十卷，已散逸。《全唐詩》錄存其詩一卷三十三首。

垂緌❶飲清露，流響❷出疏桐❸。居高❹聲自遠，非是藉❺秋風。

【注釋】❶垂緌　下垂的蟬喙。緌，帽帶的一種紐狀垂飾。蟬喙位在腹下，有如冠纓結於頷下，故以「垂緌」來比喻蟬喙。《禮記・檀弓下》：「蟬有緌。」注：「蟬，蜩也。緌為蜩喙，長在腹下。」疏：「蟬喙長在口下，似冠之緌也。」❷流響　流動的鳴聲。蟬聲悠長，故曰流響。❸疏桐　梧桐樹高幹直，枝少葉疏，故有「疏桐」之稱。❹居高　身居高處。❺藉　憑藉；依靠。

【語譯】那長在腹下的嘴像帽帶打結於頷下，吸飲著清美的甘露。牠那流動悅耳的鳴聲，不斷地從疏桐間傳出。牠身在高處，聲音自然傳得很遠很遠。牠的聲名來自高潔的本性，並非是依附這陣陣秋風。

【研析】這首詩通過對於「蟬品」的描寫，表達自己高潔的情操。晉人陸雲在〈寒蟬賦・序〉中稱讚蟬有五種品德：頭上有蕤，這是文彩；只飲露水，這是清高；不食五穀，這是廉潔；不住巢窠，這是儉樸；應氣候，守季節，這是信用。詩人的詠蟬詩，大概是受到這篇序的啟迪。詠物詩，最好要有一定的寄託，立意要深遠，纔能深化主題。這首詩，四句全是寫蟬的生活習性：牠飲的是「清露」，棲的是「疏桐」，並不憑藉外力，但牠的美名卻能傳向遠方。這並不僅僅是詠蟬，而是借蟬來自表理想情操的高潔。作者一向是以高尚的情操和理想著稱於世的。曹丕《典論・論文》所謂「不假良史之辭，不托飛馳之勢，而聲名自傳於後」的評價，正可用於其人。唐太宗曾稱讚他是「當代名臣，人倫準的」，《舊唐書》本傳也稱讚他「志性抗烈，每論及古先帝王為政得失，必存規諷，多所補益」。

初晴應教❶

虞世南

初日明燕館❷，新溜❸滿梁池❹。歸雲半入嶺，殘滴尚懸枝。

【注　釋】❶應教　應命而作的詩文。教，漢、魏、六朝太子及諸王的命令稱「教」。❷燕館　燕昭王所築的館舍。戰國時，昭王勵精圖治，築黃金臺，招納天下賢士，授以高爵，庇以華屋。故樂毅自魏往，鄒衍自齊往，劇辛自趙往。燕國得眾多人才，國力大盛。此指秦王李世民的館舍。❸新溜　剛從屋檐上滴下的雨水。❹梁池　漢梁孝王的池囿，即梁苑，或稱梁園，為梁孝王遊賞宴賓之所。當時名士，如司馬相如、枚乘、鄒陽等人，都是梁園的座上客。此以代指李世民的遊宴之所。

【語　譯】雨後的太陽剛剛升起，照亮了王子宴賓的館舍，纔從屋檐上滴下的雨水，漲滿了王子賓客遊賞的池塘。彩雲片片，飄向那起伏的山嶺背後，還有那殘留的水珠，亮晶晶地仍舊掛在高高的青枝。

【研　析】這是一首應命而作的即景詩。就內容來說，應命，則應符合主人的心意；即景，又要符合當時當地的情況。其風格則應雍容、典雅、得體，既要隱含歌頌之意，又不能有明顯的阿諛之詞。所以這類作品不大好作，好詩也極少。這是寫得還算說得過去的一首。此詩通篇扣緊「初晴」二字構思，「初日」是雨後初晴，「新溜」是雨水剛剛從屋頂溜下，「歸雲」是寫陰雲初散，「殘滴」是說樹上的雨滴還未滴盡，此四事無一不是「初晴」的景象。四句寫了四種初晴景色，而只用「燕館」、「梁池」兩詞，便將「應教」的意思寫出來了。詩中用了歷史人物禮賢下士的典故，歌頌李世民善於延攬英雄，尊重人才。寫得不粘不脫，不卑不亢。兩聯的對偶，也極為工整，無一閑字；而其用詞造句，則頗帶六朝華麗之餘風。

他人騎大馬❶

王梵志

【作　者】王梵志（五九〇？—六六〇？），衛州黎陽（今河南浚縣東南）人。據傳說，有黎陽城東王德祖者，家中林檎樹生癭大如斗，三年朽爛，剖開皮，得一胞胎孩兒，德祖收養之。至七歲，能說話，問：「誰人育我，復何姓名？」德祖具以實告之，因取名梵天，後改梵志。說：「王家育我，可姓王也。」（見《太平廣記》卷八二）從上述對其出生的詩飾性傳說中，可知這位詩僧在當時的不平凡的影響。王梵志是通俗派宣教詩人，其思想融合儒家道德及佛、道學說，希圖以達觀思想調適人生面臨的各種矛盾。在超曠機敏的宣教中寓含人生哲理，針砭世道惡俗，揭露社會矛盾。其較好的詩篇能想到說到，稱心抒懷，質樸通俗，自由活潑。多於嘲戲諧謔中隱藏規箴，於粗率稚拙中凸顯義理。從總體上看，其說理偏多，有如佛偈。略後的寒山、拾得，步其後塵，衍為一派。王維詩中也有效「梵志體」者，可見梵志詩在當時影響很廣。盛唐以後，王梵志詩不再流行，至宋代，幾乎失傳。近人自敦煌發現其詩抄本後，王詩始得重見天日。今人輯有《王梵志詩校輯》。

他人騎大馬，我獨跨驢子。回顧❷擔柴漢，心下較些子❸。

【注　釋】❶他人騎大馬　此詩原無標題，後人以其第一句為題。❷回顧　回頭看；退一步想。❸較些子　（病）好了一點兒。較，猶「瘥」，言病癒。些子，一點兒。

【語　譯】別人騎著大馬，只有我跨個小毛驢。再看看那些擔柴叫賣的人，心裏的不平也就好多了。

【研　析】這首詩意在勸人知足，知足方能長樂。看人家有錢有勢，騎著大馬多神氣，再看看自己，只能跨個小毛驢，心裏自然很不好受；但如果和那些打柴的農夫比，我能騎上毛驢，也就很不錯了。俗話說，人比人，氣死人。幹嘛要和上邊的人相比，而不和下邊的人比一比呢？唐詩中有很多「高雅」的詩篇，但那只是反映了整個社會的一個很小的側面，對於大多數人的生活來說，這些「雅詩」畢竟和現實生活遠了一點兒，而王梵志的這些通俗詩，就填補了這一空白。王詩不僅是字面上的「通俗」，其思想、情趣、思維方法等等，也完全是平民化、世俗化的，因而，梵志詩可以說是唐代詩歌大家庭中一個特殊的成員，沒有了這個成員，這個家庭就不能說是完整的。也許正是這個原因，王梵志詩有許多「知音」。

入朝洛堤步月❶

上官儀

脈脈❷廣川流❸，驅馬歷長洲❹。鵲飛山月曙❺，蟬噪野風秋。

【作　者】上官儀（六〇八？—六六四），字游韶，陝州陝縣（今河南三門峽市）人。其父上官弘為江都宮副監，隋末被殺。儀逃避為僧，潛心佛典，兼涉經史。太宗時舉進士，授弘文館直學士，累遷秘書郎。參加宮廷唱和，並為太宗視草，為當時著名宮廷詩人。高宗時，遷秘書少監，後官至西臺侍郎、同東西臺三品。因主張廢武后，為武則天所恨，遭許敬宗誣告其與故太子李忠謀反，下獄死。他對於詩歌的偶對有深細的研究，提出「六對」「八對」之說，對唐代律詩的形成與定型，有一定積極作用。其詩多應制奉和之作，內容寫朝臣宴聚、殿苑風光，題材狹窄，但注重結構、詞采，形成「綺錯婉媚」的風格。一時仿效，稱為「上官體」。然以內容「爭構纖艷，競為雕刻」，風格綺靡，故遭到王勃、盧照鄰等人的非議。

【注　釋】❶入朝洛堤步月　此詩作於龍朔元年（六六一）秋，時高宗居洛。❷脈脈　水流連貫貌。❸廣川流　寬闊的河水（指洛水）在流。❹驅馬歷長洲　言沿堤踏月。長洲，喻洛水堤岸。洲，水中陸地。❺鵲飛山月曙　言月掛西山，曙光乍現，喜鵲驚起。

【語　譯】一條寬闊的洛水，滾滾流去，騎著馬兒，走過長長的沙堤。月掛西山，曙光乍現，驚起喜鵲亂飛，秋風吹過曠野，知了在風中鳴噪。

【研　析】這首詩寫出了自己在入朝前的複雜思想感情。這次入朝面見皇上，不知是吉是凶，心裏七上八下。現在已是凌晨，沿著洛水大堤，按馬徐行，那滾滾流水，正似心潮翻騰。月漸西沉，喜鵲飛翔，似乎是個吉兆；但那討厭的秋蟬，卻鼓譟不停，越使人心神不寧。此詩寫景如畫，選詞凝煉，含義豐富。《隋唐嘉話》曾讚其風韻曰：「音韻清亮，群公望之，猶神仙焉。」但這「神仙」也有諸多的希望和煩惱。

詠烏❶

李義府

日裏颺朝綵❷，琴中伴夜啼❸。上林❹多少樹，不借一枝棲❺！

【作　者】李義府（六一四—六六六），字不詳，瀛州饒陽（今屬河北）人。太宗貞觀八年（六三四）以對策擢第，累遷至崇賢館直學士，與來濟同以文章著名，時稱「來李」。有《李義府集》四十卷，久已大部佚亡。《全唐文》錄存其文三篇，《全唐詩》錄存其詩九首。

【注　釋】❶烏　烏名。烏鴉。古代神話，說日中有烏，月中有兔，因稱太陽為金烏，月亮為玉兔。西漢劉安《淮南子・精神》：「日中有烏。」烏，漢高誘注：「謂三足烏。」❷日裏颺朝綵　朝陽呈現耀眼的光彩。❸琴中伴夜啼　琴聲中伴隨著夜烏的啼叫。〈烏夜啼〉，琴曲名。《樂府詩集》卷六〇琴曲歌辭引李勉〈琴說〉：「〈烏夜啼〉者，何晏之女所造也。初，晏繫獄，有二烏止於舍上，女曰：『烏有喜聲，父必免。』遂撰此操。」❹上林 苑名。秦舊苑。漢武帝擴建，周圍至三百里，苑中養禽獸，供皇帝打獵。唐時仍為皇家苑圃，其地在今陝西長安、盩厔、鄠縣界內（見《三輔黃圖》卷四）。❺棲 鳥類歇息。《詩經．王風．君子于役》：「雞棲于塒。」

【語　譯】晴空的太陽，閃爍著三足烏耀眼的光輝。悠揚的琴聲，伴隨著夜烏的長啼。長安的上林苑，有數不清的玉樹，那玉樹的主人，能否借一枝讓小烏安棲！

【研　析】這是一首藉詠烏以自況的詩。「詠烏」這個題目，不像吟詠其他花鳥那樣好下筆。但詩人巧妙地藉一個神話故事和一個琴曲典故，寫得既典雅又符合自己的身份。第一句寫自己有才華，是「日裏朝陽」；第二句寫自己身處困境而又不失希望，是「琴中伴夜啼」。到了下兩句，就水到渠成了：「上林多少樹，不借一枝棲！」宋人計有功《唐詩紀事》卷四云：「義府初遇，以李大亮、劉洎之薦，太宗召令詠烏，義府曰（詩略），帝曰：『與卿全樹，何止一枝。』」「不借一枝棲」，實在是不大中聽的牢騷，好在太宗求賢若渴，也就不計較了。但若能改為「可借」或「能借」，也許更得體些。

易水❶送別

駱賓王

【作　者】駱賓王（六一九？—六八四？），婺州義烏（今屬浙江）人。善屬文，尤工妙五言詩，為初唐四傑之一。初為道王（元慶）府屬，嘗作〈帝京篇〉，時以為絕唱。高宗時，歷任武功、長安主簿。武后當權，以上疏言事不合，貶為臨海縣丞，遂棄官而去。後隨徐敬業起兵揚州，為敬業作〈討武曌檄〉。據記載，武后讀此檄，初但嬉笑，至「一抔之土未乾，六尺之孤何託」，矍然驚曰：「有如此才，而使之淪落不偶，宰相之過也。」敬業兵敗，或云亡命，或云於靈隱寺為僧。有《駱賓王文集》十卷行於世。《全唐詩》錄存其詩一三一首。

此地❷別燕丹❸，壯士髮衝冠❹。昔時人❺已沒，今日水猶寒。

【注　釋】❶易水　在今河北雄縣城南二十五里，即古燕趙分界處，史稱燕太子丹送荊軻於易水上，即在此處。❷此地　指易水。❸燕丹　燕太子丹的省稱。❹壯士髮衝冠　《史記・刺客列傳》云：「太子及賓客知其事者，皆白衣冠以送之。至易水之上，既祖，取道，高漸離擊筑，荊軻和而歌，為變徵之聲，士皆垂淚涕泣。又前而為歌曰：『風蕭蕭兮易水寒，壯士一去兮不復還。』復為羽聲慷慨，士皆瞋目，髮盡上指冠。」❺昔時人　指荊軻等。

【語　譯】壯士荊軻，曾在此地慷慨悲歌辭別燕國太子丹，大家都穿著白衣喪服相送，垂淚涕泣，而壯士卻怒髮衝冠。昔日的抗暴英雄，已經英勇壯烈地死去，千年後的今日，這裏的易水依然泛起寒意。

【研　析】此詩約作於高宗調露元年（六七九）賓王出獄之後、次年秋出任臨海丞之前。其時賓王再至北塞從軍。易水，古水名，出河北易縣境，入南拒馬河。戰國時，燕太子丹與秦王有隙，曾畜養敢死之士，企圖刺殺秦王。荊軻願捨生前往，於是大家便在易水邊送別。事見

《史記・刺客列傳》。一二句是弔古，突出「別」與「壯」；三四句，則將弔古與詠今融為一體，「猶寒」二字，再現了當年「風蕭蕭兮易水寒」的悲壯意境。駱賓王後來曾有參與起兵反對武則天、志在匡復李唐王朝的壯舉，〈易水送別〉一詩，正表現了他的這種雄壯的性格。荊軻是個不畏強暴、仗義輕生的歷史人物，陶淵明讚揚他「其人雖已沒，千載有餘情」。駱賓王所要送別的友人，大概也是荊軻一類的人物，所以他既弔古人，又勉分別的雙方，並在詩中寄託了對於世事的不平。唐代詩人寫了許多優秀的送別詩。這首詩在送別的同時，表達了對於古代英雄的崇敬，又抒發了作者對於壯志未酬的許多遺憾。

曲池荷

盧照鄰

【作　者】盧照鄰（六三〇—六八〇？），字昇之，號幽憂子，幽州范陽（今河北涿縣）人。初任鄧王府典籤（掌管文書的小吏），後遷新都（今屬四川）縣尉。因患風痹症去職，隱居太白山。食方士丹丸中毒，病勢加劇，乃移居陽翟縣（今河南禹縣）具茨山下，買園數十畝，疏潁水以環屋舍，隱居療疾。終以不堪疾病之苦，遂告別親屬，自投潁水而死。著有《盧照鄰集》二十卷，《幽憂子》三卷，至宋末已大部佚亡。照鄰博學能文，時王、楊、盧、駱以文章齊名，後人號曰「初唐四傑」。《全唐文》錄存其文二卷，《全唐詩》錄存其詩一〇四首。

浮香❶繞曲岸，圓影覆華池❷。常恐秋風早，飄落君不知。

【注　釋】❶浮香　指荷花的香氣在池面飄浮。❷圓影覆華池　指荷葉的圓影覆蓋池水。

【語　譯】荷花的清香飄浮縈繞著這彎曲的岸邊，荷葉的圓影覆蓋在華美的池塘水面。常常擔心那蕭瑟的秋風來得太早，一旦花落葉枯卻無人知曉。

【研　析】這首詩藉詠物而自抒其懷。詩的前兩句，寫出了池荷的香、麗，實際上是暗寓自己博學多才，文章清麗。後二句常恐秋風太早，花落葉枯，無人欣賞，似有惶恐之感，是出於對歲月流逝而功業未就的遺憾。作者與王勃、楊炯、駱賓王齊名，號稱「四傑」，但只做了一個小小新都縣副縣長，因而頗有懷才不遇之嘆。

中秋月

李嶠

【作　者】李嶠（六四四—七一三），字巨山，趙州贊皇（今屬河北）人。高宗龍朔三年（六六三）進士，累遷監察御史，因平叛有功，升給事中。歷仕高宗、武后、中宗三朝，以賢能著稱，官至中書令（宰相），封趙國公。有《李嶠集》五十卷，佚於宋。明人輯有《李嶠集》三卷。《全唐文》錄存其文八卷，《全唐詩》錄存其詩二一〇首。

圓魄❶上寒空，皆言四海❷同。安知❸千里外，不有❹雨兼風？

【注　釋】❶圓魄　指中秋節的明月。魄，月光。❷四海　全國；天下。古代稱中國四周皆為海，如西海、北海云云。因以「四海」二字代指全國。❸安知　哪知；怎麼知道。❹不有　沒有。

【語　譯】一輪團團的明月，漸漸地升上清寒的空中，都說這中秋圓月，四海之內明亮美麗皆同。但怎知在那遙遠的千里萬里之外，沒有陰天下雨，刮起秋風？

【研　析】哲理詩的妙處，在於用淺顯的日常生活小事，說出一個比較深刻的道理。此詩藉詠中秋節的月亮，說明世界上的任何事物，總是有美中不足的地方。我國歷來就有中秋賞月的習慣，在人們的心目中，中秋之夜應該晴空萬里，一輪明月在天，家家賞月，戶戶團圓。但是世界上的事物，哪有這樣整齊劃一的呢？一地有一地的情況，一時有一時的情況。此地的中秋佳節，雖然明月當空，但有些地方說不定正在刮風下雨呢！一些人正在高興地賞月作詩，另一些人說不定正骨肉分離，甚至連飯也吃不上呢。

山中

王勃

【作　者】王勃（六五〇—六七六），字子安，絳州龍門（今山西河津）人。年十四，即以對「上官體」詩風頗有微辭而揚名。十五歲上書右相劉祥道，縱論國家大事。十七歲，應幽素舉及第，為朝散郎，沛王李賢聞其名，徵為侍讀。二十歲時，因戲作〈檄英王雞文〉，高宗以為有離間諸王之嫌，遂將其逐出沛王府，於總章二年（六六九）離長安入蜀漫遊。咸亨二年（六七一）北歸參選，補虢州參軍。官奴曹達犯罪，王勃藏匿之，又懼事洩，乃殺達以滅口。事發，犯死罪，遇赦除名。其父受勃之累，由雍州司功參軍貶交州交趾令。王勃於上元二年（六七五）隨父赴任，八月中旬到楚州（治所在今江蘇淮陰東南），下旬達江寧（今江蘇南京），九月達洪州（今江西南昌），寫有著名的〈滕王閣序〉。次年八月，由交趾返回時，因海船失事，溺水驚悸而死。王勃生於書香世家，早慧，熟於六朝文風。其經歷坎坷，生活豐富，因而重視文學社會功能，強調詩歌的抒情特徵，主張「剛健」、有「骨氣」的文學風格。他擴展了詩歌的創作題材，使詩歌從宮廷走向市井，從臺閣走向江山塞漠，推動了詩歌體式的發展，對於五言律詩和七言歌行的產生和發展，都有所貢獻。與楊炯、盧照鄰、駱賓王合稱「初唐四傑」。有《王勃集》三十卷，已佚，明人輯有《王子安集》十六卷。《全唐文》錄存其文九卷，《全唐詩》錄存其詩九十二首。

長江悲已滯❶，萬里念將歸。況屬❷高風晚，山山黃葉飛。

【注釋】❶滯　停滯，形容悲涼之深，使得江水為之停滯。❷況屬　更何況。

【語譯】異鄉為客心情悲涼，眼前的長江好像停止流淌。身在萬里之外，日日思念回到家鄉。更何況深秋時節，高天裏晚風陣陣吹拂，一座座山頭，枯黃的樹葉漫空飄揚。

【研析】此詩約作於王勃旅居蜀地時。詩中將久客異鄉之鄉情、思歸不得之悲涼，與眼前所見之淒清秋景融合為一。首句言其「悲」而江水為之「滯」，雖有誇張而形象貼切。「況屬」兩句，滿目秋意，如在目前，全詩寥寥二十字，而江山之寥廓，秋風之蕭瑟，樹木之搖落，人情之淒清，一一躍然紙上。

13　中山

江亭夜月送別❶二首

王勃

江送巴南水❷，山橫塞北❸雲。津亭❹秋月夜，誰見❺泣離群❻。

亂煙籠碧砌❼，飛月向南端❽。寂寂離亭掩❾，江山此夜寒❿。

【注　釋】❶江亭夜月送別　此詩作於咸亨二年（六七一）秋。是時，王勃將離蜀北歸，逡巡於綿州（今四川綿陽），與友人分別時客中送客之作。江亭，江邊的亭子，常為送客之地，故又稱離亭。❷巴南水　綿州等地在巴山南，又綿州的江流，入涪江南流而合於巴水（嘉陵江下游），故云。❸塞北　此借塞北以指秦隴。❹津亭　渡口邊的驛亭。❺誰見　有誰能理解。❻泣離群　因與友人離別而悲泣。❼亂煙籠碧砌　言暮色籠罩了布滿青苔的臺階。❽飛月向南端　以月之移位，言夜已漸深。❾寂寂離亭掩　言離亭門戶深掩，夜沉人靜，一片寂寥。與上文「亂煙籠碧砌」相應。❿江山此夜寒　言由離亭望去，遼遠江山，一片寒意。此與「飛月向南端」相應。

【語　譯】浩浩的長江，送走了巴南的無數水流，高高的秦嶺，橫著塞北的白雲。渡口的涼亭，灑著秋夜的月光，誰能知道，我正為與您離別而流下淚水。

繚亂的煙霧，籠罩著布滿青苔的石階，月兒飛動，移向了天的南端。寂寞的離亭掩上了門戶，遠望江山，人去亭空，今夜好生淒寒。

【研　析】第一首一二兩句，以大江東流襯托人之遠去，以高山白雲之阻隔，言人之離別，意境開闊而離思不盡。三句以亭、秋、夜、月四個淒清的物象，極言離別之悲；四句以知音之稀、淚水之多，於離別之情，反覆言之。第二首以江亭冷落淒清的環境，襯托別後內心之悽惘，短小精約，空靈蘊藉。四句分別從地下、天上、近處、遠處集中寫對江亭寂寞冷清的環境感受，以暗示送別後之孤寂。

江濱梅

王適

【作　者】王適（生卒年不詳），幽州（今北京市）人。生活在唐高宗至玄宗開元初期。初唐詩人，工詩文。《舊唐書．經籍志》、《新唐書．藝文志》均著錄《王適集》二十卷，久已散佚。《全唐文》錄存其文三篇，《全唐詩》錄存其詩五首。

忽見寒梅樹，開花漢水❶濱。不知春色早，疑是弄珠人❷。

【注　釋】❶漢水　一稱漢江，為長江最大的支流，源出陝西寧強北嶓冢山。初出山時名漾水，東南經沔縣為沔水，東經褒縣，合褒水，始稱漢水，東南流經湖北西北部和中部，至漢陽入長江。❷弄珠人　賞玩珮珠的麗人。此將早梅比作漢水女神。典出題名漢韓嬰《韓詩外傳》（一作《韓詩內傳》）：「鄭交甫過漢皋，遇二女，佩兩珠。」張衡〈南都賦〉曰：「耕父揚光於清泠之淵，游女弄珠於漢皋之曲。」

【語　譯】偶然在郊外看到了一株亭亭玉立的寒梅，開著鮮艷的花朵，在那清澈的漢水之濱。一時間沒察覺是今年春色來早，恍惚中疑她是漢水邊的弄珠女神。

【研　析】這首詩詠賞早春漢水之濱的一株梅花。但作者並沒有去刻畫梅花如何清香，如何美麗，如何高雅，而是只淡淡地一點：在漢水之濱看見一株寒梅，正在開花。詩人寫到這裏，突然筆鋒一轉，奇景頓開。把梅花「人格」化了，也「神」化了，「不知春色早，疑是弄珠人」。這個「漢水神女」的傳說故事，從漢魏以來，不知啟發了多少詩人的文思，曹植的〈洛神賦〉、陳琳的〈神女賦〉算是最有名的，揚雄的〈羽獵賦〉、張衡的〈南都賦〉、阮籍的〈詠懷詩〉、郭璞的〈江賦〉，都用到漢水神女的故事，不勝枚舉。作者用了這個神話故事，頓使詩味倍增。

詠黃鶯兒

鄭愔

【作　者】鄭愔（？－七一〇），字文靖，滄州（今河北滄縣）人。年十七，進士及第。武則天執政時，得張易之兄弟薦，為殿中侍御史。易之敗，鄭貶為宣州（治所在今安徽宣城）司戶。後又附權臣武三思，累遷至太常少卿等職。中宗景龍三年（七〇九）三月，官至宰相，因賣官受賄被告發，貶為江州（治所在今江西九江市）司馬。為汴州刺史時，參與譙王李重福稱帝陰謀，事敗被斬。《全唐詩》錄存其詩二十九首。

欲囀❶聲猶澀❷，將飛羽未調❸。高風不借便❹，何處得遷喬❺？

【注釋】❶囀　鳥鳴。❷澀　不通暢。❸調　調和；調節。此指豐滿。❹借便　給予方便，借以力量。❺遷喬　從低處遷往高處。典出《詩經・小雅・伐木》：「伐木丁丁，鳥鳴嚶嚶。出自幽谷，遷于喬木。」此指升官。

【語譯】想唱支美麗動聽的歌兒，但歌喉尚嫩聲調不暢，想要向遠處振翅飛去，但我的羽毛尚未豐滿。若是這高空的浩浩長風，不給我方便助我力量，我那裏有機會，出自幽谷遷於喬木之上？

【研析】年輕人羽毛未豐，不能很快地實現自己的「理想」，於是便藉詠黃鶯而發出了求援的聲音。前兩句詠物，「欲囀聲猶澀」，比喻自己的才能不夠；「將飛羽未調」，比喻自己的羽毛未豐。後兩句抒懷，「高風不借便，何處得遷喬」，比喻若沒有貴人的推薦提拔，是難以飛黃騰達的。想得到別人的幫助，這一想法本身並沒什麼錯，但也要看那「高風」是什麼人。向壞人求助，那就是想要同流合污了。遺憾的是，這首詩可能正是寫給張易之兄弟或者是寫給武三思這些奸人看的。鄭在武則天執政時由張易之兄弟的推薦，做到殿中侍御史。易之兄弟倒臺後，他又依附權臣武三思。後來譙王李重福作亂，鄭參與其謀，事敗被誅。可謂爬得高，跌得重矣。同是詠物，你看虞世南是何等氣概，何等語言，鄭又是何等低眉下氣，何等語言。讀其詩可以知其人矣！

渡漢江

宋之問

【作　者】宋之問（六五六—七一二），字延清，一名少連，虢州弘農（今河南靈寶）人，一說汾州（今山西汾陽）人。高宗上元二年（六七五）進士及第。武后當權，任內供奉，張易之兄弟愛其才，之問遂依附易之兄弟。易之兄弟敗，之問貶為瀧州（治所在今廣東羅定州）參軍。後逃歸洛陽，藏於張仲之家中，仲之與駙馬都尉王同皎設計謀殺武三思，之問又使其兄子向三思出首。三思因薦之問為鴻臚主簿，後官至考功員外郎。由是深為士議所譏，天下醜其行。睿宗即位，以之問嘗附張易之、武三思，流放欽州（治所在今廣西壯族自治區欽州），後賜死於貶所。之問近體詩講求平仄對偶，學者宗之，對於律詩的形成和發展，起過很大作用，與沈佺期詩合稱「沈宋體」。有《宋之問集》十卷，至明代已散佚。《全唐文》錄存其文二卷，《全唐詩》錄存其詩二一六首。

嶺外❶音書斷，經冬復歷春。近鄉情更怯❷，不敢問來人。

【注　釋】❶嶺外　五嶺之南，唐時為極荒遠之地。❷怯　害怕。

【語　譯】流放在嶺外的貶所，和家人斷絕了音信，經過了一個冬天，又過去了一個春天。如今走近日夜思念的故鄉，心中反而有些害怕擔憂，不知道家中情況怎樣，又不敢問過路的行人。

【研析】此詩作者，一署李頻，非是。武周長安五年（七〇五）正月，大周皇帝武則天年老病重不能視事，宰相張柬之等發動政變，迎中宗李顯復位，殺武后寵臣張易之兄弟等人，恢復大唐國號，改元神龍元年。朝官崔融、宋之問、杜審言等人因曾阿附張易之，被貶流放嶺外。此詩或為次年（神龍二年）春宋之問由貶所逃歸洛陽途中所作。詩以白描手法，寫出了一個逃歸犯人在特定環境中的特殊心情。在嶺外一年有餘，經冬歷春，淒清孤寂，不知家中可曾受到政敵迫害，不知親人是否平安；今日看看走近故鄉，本應喜歡高興，而反云「近鄉情更怯，不敢問來人」，是因為音書久斷，生怕家人有所不測，所以說「情更怯」，又擔心逃犯的身份被人發現，因而更「不敢問來人」。當然，即使沒有這一「前科」，一個久在異鄉漂泊的遊子，在回到故鄉的時候，也不免會有「情更怯」的感受。這種感受代表了遊子歸鄉時的一種普遍的心態，因而，「近鄉」二句歷來被推為名句，歷代都有仿作。杜甫〈述懷〉「反畏消息來，寸心亦何有」等句，即自此詩而來。

昭君怨❶

東方虬

【作者】東方虬（籍貫、字號、生卒年均不詳），但知其於武則天執政時為左史。《全唐文》錄存其賦三篇，《全唐詩》及《補全唐詩》錄存其詩五首。

漢道❷方全盛❸，朝廷足❹武臣。何須薄命妾，辛苦事和親❺？

【注釋】❶昭君怨　琴曲名。傳為漢王嬙（昭君）遠嫁匈奴後，埋怨漢元帝而作，實係後人借託。這是藉樂府舊題，諷刺當時的新政。❷漢道　漢代的政治和國運。道，政治路線。此借漢說唐。❸全盛　全盛之時；最繁榮最強大的時期。❹足　充滿。❺和親　與外族統治者結為婚姻，以換取相互信任，和平相處。漢與匈奴、唐與吐蕃、唐與回紇，均有和親之約。

【語譯】大漢朝正當繁榮全盛時期，朝廷內外充斥著武臣猛將。又何須我這薄命紅顏，萬里出嫁和親，辛辛苦苦去換取一時的安寧？

【研析】此詩一二句用賦，三四句議論，沒有一般詩歌中常用的比興和抒情，但並不讓人感到淡乎寡味；「昭君怨」，本來有一大篇文章可作，但作者純用議論取勝。其奧妙即在於有理趣。朝廷不是沒有力量作戰，乾脆派一員上將，將兵十萬，蕩平邊境，豈不一勞永逸？詩中信口說來，一氣貫注，沒有藻詞麗句，而使人對於昭君的不幸遭遇，感到深切的同情。這首詩作為文學作品，是相當成功的，但作為政治策略，就遠非如此簡單了。和親固然會犧牲一個無辜的女孩子，但卻換來了那怕是短暫的和平。和平總比戰爭要好，是戰是和，要根據當時的情況而定，能和則和，不能和則戰，不得已而為之，一切應從大局出發，政治家和詩人的著眼點，是有所不同的。

蜀道後期❶

張說

【作　者】張說（六六七—七三〇），字道濟，一字說之，洛陽（今屬河南）人。武后垂拱中，舉賢良方正第一，歷仕武后、中宗、睿宗、玄宗四朝。官至宰相，封燕國公。前後三秉大政，掌文樞凡三十年。他的詩文剛健朗暢，典麗宏贍，重視風骨，講究實用。當時朝廷重要文件多出其手，與許國公蘇頲齊名，時號「燕許大手筆」。原有《張說之集》三十卷，宋時已佚五卷，《四庫總目》著錄《張燕公集》二十五卷。《全唐文》錄存其文十三卷，《全唐文拾遺》錄存其文三篇，《全唐詩》錄存其詩三五六首。

客心爭日月❷，來往預期程❸。秋風不相待❹，先到洛陽城。

【注　釋】❶後期　落後於預定的日期。❷爭日月　指爭取時間，早日到蜀中，早日回洛陽。❸預期程　預先定下到蜀日期與回洛陽日期。❹不相待　不肯等待。

【語　譯】旅途為客的心情，是趕路爭取時間，一來一往，都預先定好了日期行程。急匆匆的秋風卻不肯等我，已經搶先到了洛陽城。

【研　析】詩人出差到蜀中去，原定秋天回到洛陽。後來因事耽擱，沒能如期回來。這給詩人帶來了一個小小的遺憾。這首抒情小詩，就是表達這一心情的。詩雖小，但頗講究煉字煉意。

題中有「後」字，一句則拈出一個「爭」，形成對照；二句「預」字，把詩人那種爭分奪秒、日夜計程的旅途心情和盤托了出來。再加上第三句中的「待」字、第四句中的「到」字，一共五個表示日期行程的動字，給人以一種緊迫之感。特別是後二句，頗有創意。詩人不寫自己未能在秋天前趕回洛陽，反而埋怨秋風不肯等待，搶先到了洛陽。

汾上❶驚秋

蘇頲

【作　者】蘇頲（六七〇—七二七），字廷碩，京兆武功（今陝西武功）人。蘇瓌子。幼穎悟，一覽千言，過目成誦。弱冠舉進士，授烏程尉，遷右臺監察御史。神龍中為給事中，加修文館學士，拜中書舍人。朝廷文誥多出其手。時中書令李嶠嘆曰：「舍人思如泉湧，嶠所不及也。」睿宗時為工部侍郎，玄宗時為中書侍郎，襲爵封許國公。開元四年（七一六）為相，八年罷為禮部尚書，出為益州大都督府長史。頲以能文名，其〈詠兔〉等詩早有佳名。後來〈詠長安春遊詩〉有云：「飛埃結紅霧，遊蓋飄青雲。」玄宗賞識，親為插御花於首。其駢文雄健，與燕國公張說同稱「燕許大手筆」。詩歌除奉和應制外，多贈答、遊宦等題材。其風格則情思明快，構意典雅，措辭自然，格律穩便。有《蘇廷碩集》二卷，為明人所輯。《全唐文》錄存其文九卷，《全唐詩》錄存其詩九十九首。

北風吹白雲，萬里渡河汾❷。心緒逢搖落，秋聲不可聞❸。

【注　釋】❶汾上　即指汾陰縣（今山西萬榮南）。❷北風吹白雲二句　明寫風光，實暗藉漢事以藏歷史感慨。漢武帝〈秋風辭〉有「秋風起兮白雲飛」，「泛樓船兮濟汾河」等句。❸心緒逢搖落二句　言愁緒紛亂，聽秋聲而不勝驚心。搖落，草木凋零。漢武帝〈秋風辭〉有「草木黃落兮雁南歸」句，亦本宋玉〈九辯〉：「悲哉！秋之為氣也，蕭瑟兮草木搖落而變衰。」

【語　譯】秋天的北風吹動著飄飄白雲，不遠萬里，從京城來到這黃河汾水。紛亂的心緒，就像那搖落的野草樹葉，這蕭瑟的秋聲，真使人不能忍受。

【研　析】此詩作於開元十一年（七二三）秋，時蘇頲為禮部尚書。開元十年，唐玄宗聽張說之言，謂汾陰有漢后土祠，其禮久廢，應修復祭祀。十一年正月，玄宗至潞州、晉州，蘇頲為禮部侍郎從行，並有詩。二月在汾陰祀后土，蘇頲撰〈祭汾陰樂章〉。此詩當於秋季以公務再赴汾陰而作。「汾水」曾經是商、周、漢數千年來的政治文化中心，具有深厚的歷史文化的象徵含義。據傳說，當年的漢武帝曾在此處獲得黃帝所鑄的寶鼎，因此而舉行了隆重的祭祀「后土」的儀式，並渡汾水飲宴賦詩，寫了那首令人感慨不已的〈秋風辭〉。初唐的李嶠，曾就這一典故，寫下了那首迴腸盪氣、名噪一時的〈汾陰行〉。詩的最後幾句說：「山川滿目淚沾衣，富貴榮華能幾時？不見衹今汾水上，惟有年年秋雁飛。」蘇頲寫作此詩時，正值開元全盛時期，但令人深思的是，他們在這樣的一個偉大時代中，卻並沒有多少流露高興歡樂的詩篇。在勉強寫一些「頌聖」之作以應付皇上之餘，就和那些容易傷春感秋的青春少女一樣，他們更多的是在沒完沒了地寫一些「秋日的傷感」詩。作為一個在開明時代受到皇上重用的大臣，他們在政治上、在個人前途上或許已無遺憾，但面對著流逝的光陰，面對著短暫的人生，面對著一去不返的汾水，面對著搖搖飄落的秋日的黃葉，他們還是感到了心靈的顫動。這是一種永恆的人生的痛苦，是一種超越了時代和社會的傷感，沒有人能夠逃脫這一命運的安排。

將赴益州❶題小園壁

蘇頲

歲窮惟益老❷，春至卻辭家。可惜❸東園樹，無人也作花❹。

【注釋】❶益州　在今四川，含蓋該省之大部地區。❷歲窮惟益老　言一年過去，年長了一歲。窮，盡頭。益，增加。❸可惜　遺憾。❹作花　開花。

【語譯】一年時光過去，唯有人更見老邁，春天剛到，卻要離家遠行。可惜這東園的樹木，主人不在，也還照樣開花。

【研析】此詩作於開元十一年（七二三）歲末頲將赴益州大都督府長史任時。詩中寫即將離家時的惆悵心情。一歲將盡，別的沒有什麼變化，只有人老了一歲；好不容易盼到了春天，卻又要離家赴遠了。家中小園中的花草樹木，從此就沒有人欣賞了。更令人傷感的是，樹木卻不管這些，仍然和以前一樣地花開花落。此詩語意明暢，情思雋永。以樹花之無情，反襯自己對於家園的深情眷戀。

罷相作❶

李適之

【作　者】李適之（?—七四七），名昌。中宗神龍初，任左衛郎將。以吏治才能見稱，歷任秦州都督、陝州刺史、河南尹。擢升御史大夫兼幽州長史。天寶元年（七四二），代牛仙客為左相。與奸相李林甫有隙，天寶五載罷相，貶為宜春（今屬江西）太守。適之憤懼，服毒自殺。有《李適之集》十卷，已亡佚。《全唐文》錄存其文二篇，《全唐詩》錄存其詩二首。

避賢❷初罷相，樂聖❸且銜杯。為問門前客❹，今朝幾個來？

【注　釋】❶罷相作　唐玄宗天寶元年（七四二）八月，適之由刑部侍郎升為左相，天寶五載（七四六）四月，罷為太子少保。詩中云「初罷相」，可知此詩即作於天寶五載四月之後不久（參見《新唐書・宰相表中》）。❷避賢　因讓賢而退避。這是帶有譏刺的說法。❸樂聖　樂於喝酒。聖，清酒的戲稱。《三國志・魏書・徐邈傳》：「時科禁酒，而邈私飲，至於沉醉。校事趙達問以曹事，邈曰：『中聖人。』」漢末，丞相曹操主政，下令禁酒。時人諱說「酒」字，就把清酒戲稱為「聖人」，把濁酒叫做「賢人」。初釀熟的酒發渾，稱「濁酒」；濁酒經加工過濾而清，稱「清酒」。清酒一般用於朝會、祭祀等正式場合。在野之人則一般自稱喝「濁酒」。❹門前客　指過去做宰相時那些成天上門巴結的人。

【語　譯】為了讓賢能來當宰相，我剛剛退下避到一邊；沒事可幹，端起酒杯喝喝美酒也很開心。問一下過去那些趨炎附勢的客人，今天還有幾個前來上門逢迎巴結？

【研　析】中國古代是個「權力」主宰一切的社會，當權時賓客如雲，退位後門可羅雀，這就叫人情冷暖，世態炎涼。「人一走，茶就涼。」這是一個普遍的社會現象，歷朝歷代都有。唐人孟棨在《本事詩》中介紹此詩背景說：「開元末，宰相李適之疏直坦夷，時譽甚美。李林甫惡之，排誣罷免。朝客來，雖知無罪，謁問甚稀。適之意憤，日飲醇酣。」

自君❶之出矣

張九齡

【作　者】張九齡（六七八—七四〇），一名博物，字子壽，韶州曲江（今廣東韶關）人，因別稱張曲江。武則天神功元年（六九七）進士。遷司勳員外郎，玄宗開元二十二年（七三四）官至宰相。為人正直不阿，疾惡如讎，直言敢諫，為盛唐一代名相。有《張曲江集》二十卷，今存。《全唐文》錄存其文十一卷，《全唐詩》錄存其詩二二一首。

自君之出矣，不復理❷殘機❸。
思君如滿月❹，夜夜減清輝❺。

【注　釋】❶君　這裏指夫君、丈夫。❷理　作，此指紡織。❸殘機　織機上尚有沒織完的布帛，稱殘機。❹滿月　農曆每月十五或十六的圓月。❺清輝　月亮的光輝。此代指思婦的容光。

【語　譯】自從夫君你離家外出以後，我就再也沒有心思上機織布。我的思念就好像一輪十五的月亮圓而又滿，一夜夜為你減卻我美麗的容光。

【研　析】這首詩雖脫胎於《詩經・衛風・伯兮》「自伯之東，首如飛蓬」，但新奇的構思，巧妙的比喻，卻頗有新意。作者沒有多費筆墨去敘舊日之情及別後之思，而用一個細節「不復理殘機」、用一個比喻「思君如滿月」，便把思婦的滿腔柔情、萬縷相思，細膩而形象地勾畫出來了。特別是用十五的月亮來比喻思念之情，更是奇特而巧妙。滿月代表著事物的頂點，也代表思念到了極致。滿月又是逐漸消減變虧的，正好與日見消瘦的主人公有相似之處。所以這一比喻就起到了兩個作用：既寫出了思念之深，又寫出了因思念而引起的消瘦。正因為這一比喻有如此妙處，所以後來就有許多詩人模仿它，但都無此自然真淳。如唐雍裕之也有一首〈自君之出矣〉：「自君之出矣，寶鏡為誰明？思君如隴水，長聞嗚咽聲。」其構思、設喻、謀篇，都有著明顯的模仿之跡，雖亦不失為佳作，但論韻味，就不如張詩了。清沈德潛評此詩曰：巧思全在「滿」字生出（見《唐詩別裁》）。因這個「滿」字，與下句的「減」字，前後互相呼應，顯得自然流轉，渾然一體。

登鸛雀樓❶

王之渙

【作　者】王之渙（六八八—七四二），字季陵，原籍并州晉陽（今山西太原），後遷居絳郡（今山西新絳）。與其兄之咸、之賁皆有文名。早年做過衡水縣（今屬河北）主簿，因遭人誣陷而去官，在各地漫遊十餘年，足跡遍及黃河南北和西北邊塞。晚年曾任文安（今屬河北）縣尉，病卒。之渙工詩，尤長五言七言絕句。《全唐詩》錄存其詩六首。

白日依山盡❷，黃河入海流。欲窮❸千里目，更上一層樓。

【注釋】❶鸛雀樓　據宋沈括《夢溪筆談》卷一五，其樓在河中府（今山西永濟西），有三層，前瞻中條山，下瞰黃河。❷盡　指太陽落山。❸窮　窮盡，盡眼睛之所能，指放眼望去。

【語譯】夕陽依傍著西方的群山落下，黃河萬里奔流，匯入浩瀚的大海。要想使自己盡量望得更遠更遠，就應該再上一個樓層。

【研析】沈括《夢溪筆談》卷一五云：「河中府鸛雀樓三層，前瞻中條（山名），下瞰大河（黃河）。唐人留詩者甚多，惟李益、王之渙、暢當三篇能狀其景。」此詩之妙處，正如俞陛雲《詩境淺說》續編所云：「前二句寫山河勝概，雄偉闊遠，兼而有之；後二句復餘勁穿甲。二十字中，有尺幅千里之勢。」所謂「尺幅千里」，就是說，在有限的詩句畫面之中，能寫出萬里天地，千里山河，氣魄宏大；而三四兩句「欲窮千里目，更上一層樓」既寫出景外之景，又蘊涵哲理，從而成為廣泛傳誦之名句。「更上一層樓」，已經遠遠超出了登高望遠的範圍，而成為對於事物發展一般規律的一個極好的概括。要想有所前進、有所發展，就必須在事物的主體方面有新的進展或新的內容。此詩一般認為是王之渙所作。唯芮挺章《國秀集》作朱斌詩，范成大《吳郡志》卷二二引唐人所著《翰林盛事》亦云：「朱佐日，吳郡人，兩登制科，三為御史。天后（武則天）嘗吟詩曰『白日依山盡』云云，問是誰作？李嶠對曰：『御史朱佐日詩也。』」故此詩究屬誰作，朱佐日是否即朱斌，尚有待考證。此姑作王詩。

送友人之京❶

孟浩然

【作　者】孟浩然（六八九－七四〇），以字行，襄州襄陽（今湖北襄樊）人。中年以前居家苦學，為人仗義行俠，又曾隱居鹿門山。四十歲時入長安求仕，落第後，曾在江淮吳越漫遊。張九齡貶荊州長史，引其為幕僚。旋歸隱，發疾而卒。浩然為盛唐重要詩人，其詩多詠山水田園。與王維齊名，號「王孟」，今人稱其為「山水田園詩派」。風格雅淡靜遠，意境幽閑。善於以白描手法鉤勒景物，以質樸語言表現情感。另一些作品，則雄渾壯闊，表現出多樣化的風格。李白稱其詩「高山安可仰，徒此揖清芬」（〈贈孟浩然〉）。杜甫則推崇為「賦詩何必多，往往凌鮑謝」（〈遣興五首〉），「清詩句句盡堪傳」（〈解悶十二首〉）。但他的這種詩風卻受到重視學問的宋人的非議。蘇軾曾批評說：「浩然詩韻高而才短，如造內法酒手，而無材料耳。」（《苕溪漁隱叢話》前集卷一五引）有《孟浩然集》四卷。《全唐詩》錄存其詩二六七首。

君登青雲去，余望青山歸❷。
雲山從此別，淚濕薜蘿衣❸。

【注釋】❶之京　指到京城為宦。之，前往。❷君登青雲去二句　指友人青雲直上，進京為官；自己則只能到青山中當個隱士。❸薜蘿衣　《楚辭・九歌・山鬼》：「若有人兮山之阿，被薜荔兮帶女蘿。」這裏指隱士的服飾。《南齊書・宗測傳》：「量腹而進松朮，度形而衣薜蘿，淡然已足。」

【語譯】您登上青雲，進京做官；而我只能回到青山中當個隱士。青雲與青山從此分別，傷心的淚水沾濕了我的衣服。

【研析】這是一首送別詩。作品不避重字，反覆渲染，寓情於景，並形成循環往復的特色，使作品於淡淡的遺憾之中現出真情。詩意雖淒婉有致，然頗嫌局促：孟斤斤於別人的飛黃騰達，而對於自己的流落不偶，似乎很有牢騷。才高見嫉，這是很常見的現象，發發牢騷，也不是不可以，但在送人進京做官的場合，說這樣的話，就顯得有些小家子氣了。世傳孟浩然曾以「不才明主棄，多病故人疏」而使得玄宗有些不高興，從這首詩來看，這位詩人的心胸，確實有些放不開。

送朱大❶入秦❷

孟浩然

遊人五陵❸去，寶劍值千金。分手脫❹相贈，平生一片心。

【注釋】❶朱大　一位姓朱排行老大的友人。❷秦　指長安地區。這一地區在春秋戰國時代屬秦國。

❸五陵　本指漢朝五個帝王的陵墓，即高帝的長陵、惠帝的安陵、景帝的陽陵、武帝的茂陵、昭帝的平陵，都在陝西長安郊外，當時的富家豪族和外戚都被遷徙到陵墓附近定居，所以後世詩文多以「五陵」代指豪門貴族聚居的地方。此指長安。❹脫　解下（寶劍）。

【語　譯】浪跡四方的遊子要到五陵勝地去碰碰運氣，我將這價值千金的寶劍相贈。分手時解下來送給你，算是我平生對朋友的一片心意。

【研　析】朋友分手，以貼身寶劍相贈，是對朋友深情厚意的表示。這首詩暗用一個關於寶劍和友誼的典故。據《史記・吳太伯世家》記載，吳國的季札出使北方，順道拜訪徐國（春秋時的一個小國，在今山東境內）的君主，徐君很羨慕季札的佩劍，但不好意思說出來。季札看出來了，但佩劍是一個人最重要的裝束之一，作為外交使節，他還有使命在身，不能將佩劍送人。等季札回來，再到徐國時，徐君已經死了。季札便解下佩劍，掛在徐君的墳墓上。隨從者說，人都死了，寶劍還送給誰呢？季札說，當初我心裏已經答應把寶劍贈送給朋友了，怎能因為朋友死了，就違背諾言呢？於是，後代便以「贈劍」表示友誼的深厚和講信用。孟浩然身處盛唐，頗有行俠仗義的古風，「分手脫相贈」，是何等的慷慨大方。這首絕句典雅高古，語意豪爽。一片真情流自肺腑，不加雕琢而自有動人之處。

宿建德江❶

孟浩然

移舟泊煙渚❷，日暮客愁新。野曠天低樹，江清月近人❸。

【注釋】❶建德江　水名。《元和郡縣志》卷二五：「建德縣本漢富春地，……武德四年，改為建德縣。」按：唐建德縣治在今梅城鎮，地當新安江與蘭江會流處，今移治白沙鎮。❷煙渚　江水中煙霧迷漫的沙洲。❸野曠天低樹二句　此二句言因野外空曠而顯得樹低，因江水清澈而覺得月色可親。低、近，皆為使動字。

【語譯】移動旅船停泊在煙霧瀰漫的沙洲，天色已晚又生出了新的客愁。四野空曠，天地相連，遠處的天空看來比樹還低；江水清清，映照著明月，顯得格外與人親近。

【研析】此詩當作於漫遊吳越之時，具體時間約在開元十六年（七二八）前後。浩然當是沿浙江（錢塘江古稱）而行，抵建德時，宿於江邊。因見四野空曠，江清月明，有感於天涯漂泊，遂作此詩。詩句情景相生，用字尤有工力。首句用「移」，言停止前進，橫移客船泊岸；「新」，暗示又是一個客愁夜晚；「野曠」故天低樹高，雖是一種主觀感覺，但非常貼切形象。「江清月近人」，因江水清澈，水中月色格外明亮可愛，更顯得與人親近。「低」、「近」兩個使動字尤為精煉。全詩以一片煙霧迷離之暮色開始，而以天低野曠、月明水清、新添客愁作結，是跌宕之筆。此詩歷來大獲好評。明代胡應麟稱其為「神品」（《詩藪・內編》卷六），清施閏章認為此詩「妙於言月」（《蠖齋詩話》）。

閨怨二首

沈如筠

【作　者】沈如筠（生卒年不詳），句容（今屬江蘇）人。曾為橫陽（今浙江平陽）主簿。著有《異物志》三卷，《古異記》一卷，皆已失傳。《全唐詩》錄存其詩四首。

雁盡❶書難寄，愁多夢不成。願隨孤月影，流照❷伏波❸營。

隴底❹嗟長別，流襟❺一動君。何言幽咽所❻，更作死生分❼。

【注　釋】❶雁盡　指時光流逝，而書信不到。傳說大雁能傳書。又雁為候鳥，詩中多以雁之遷徙，言時光之流逝。❷流照　月光如水，故曰「流」。❸伏波　漢代有「伏波將軍」的名號。後漢光武帝時，名將馬援為伏波將軍，遠征南越。此指征人所在的軍營。❹隴底　言隴山下。隴山為六盤山南段的別稱。在今陝西隴縣至甘肅平涼一帶。此泛指北地關山。❺流襟　淚濕衣襟。❻幽咽所　指隴山。《樂府詩集》橫吹曲辭〈隴頭歌辭〉：「隴頭流水，鳴聲嗚咽。遙望秦川，心肝斷絕。」❼死生分　生離死別。

【語　譯】大雁早已過盡，卻難寄一封平安家信。閨中愁多，一個好夢也難做成。但願能隨著這孤獨的月影，化作流光，照在丈夫的軍營。

隴山山下痛苦地分手長別，淚水流濕了衣襟，使你動容。還有什麼好說呢，眼前這嗚咽的流水，就是生死離別的地方。

【研　析】此二詩寫思婦情懷，筆觸細膩。第一首寫寄書無由、好夢難會之無奈，而幻想隨著月光飛入軍營。第二首繼續這一幻想：思婦來到了軍營，但軍中當然不能留住婦女，她痛苦地流下了許多淚水，但一切都是徒勞，他們還是必須生離死別。這一段想像之辭，更增添了悲痛的氣氛。

終南望餘雪

祖詠

【作　者】祖詠（生卒年不詳），排行三，洛陽（今屬河南）人。玄宗開元十二年（七二四）進士。中進士第後未授官，於次年歸汝墳別業，隱居自適而終。詠與王維、王翰、儲光羲等人相往還，多有唱和。其詩重意境格調。殷璠《河嶽英靈集》卷下評其詩云：「剪刻省淨，用思尤苦，氣雖不高，調頗凌俗。」《全唐詩》存其詩一卷。

終南❶陰嶺❷秀，積雪浮雲端。林表明霽❸色，城中增暮寒。

【注　釋】❶終南　山名。為長安附近名勝。❷陰嶺　山嶺的背陰。❸霽　雨或雪後初晴。

【語　譯】終南山背陰的山嶺上一片美麗秀色，僅餘的積雪，白白的，高高的，像是飄浮在雲端。初春的山間樹林，在白雪的映照下一派明媚景色，遠遠望去，那殘雪又好似給暮色中的長安城增添了絲絲寒意。

【研　析】玄宗開元十二年（七二四），祖詠應進士試，作試帖詩時，遇到了這一題目。按應試規則，試帖詩應為六韻十二句，但祖詠僅作四句就停筆不寫了。人問其故，答曰：「意盡。」（見《唐詩紀事》卷二〇）要好詩而情願不要功名，反映了盛唐時代人們對於詩歌的愛好程度。全詩緊扣「望」、「餘」、「雪」三字展開。首句寫「雪」在山陰故能得「餘」，次句寫雪之高而亦能得餘，三句寫樹林之明媚艷麗，這是由於積雪映照所致，這是從視覺角度側面描寫晴雪之明艷；四句回到望雪之人的立場，以城中增添暮寒而間接描寫餘雪之寒意，這是從溫涼角度側面描寫餘雪之美。而此一句「城中增暮寒」，同時亦表明觀察者之所在地，扣緊題目之「望」字。四句雖寫不同側面，然始終不離「餘雪」。清王士禎以此詩為古今詠積雪之最佳詩篇（見《漁洋詩話》卷上）。

春怨❶

金昌緒

【作　者】金昌緒（生卒年不詳），玄宗時餘杭（今屬浙江）人。見《唐詩紀事》卷一五。今存〈春怨〉詩一首，歷代傳誦。

打起黃鶯兒，莫教枝上啼。啼時驚妾❷夢，不得到遼西❸。

【注　釋】❶春怨　詩題一作〈伊州歌〉。《樂府詩集》卷七九引《樂苑》云：「〈伊州〉，商調曲，西涼節度蓋嘉運所進也。」❷妾　思婦的自稱。❸遼西　指遼河以西，今遼寧西部。唐代之遼西為邊塞要地，此處用以代指征夫所戍之地。

【語　譯】打跑了多嘴的黃鶯兒，不讓牠在花枝上啼叫。啼叫時驚醒了我的好夢，使我不能在夢中與丈夫相會。

【研　析】此詩自然平易，琅琅上口，頗有民歌風味。詩中對思婦如何思念丈夫並無直接描寫，只是拾取一個小小的細節：黃鶯兒求偶的叫聲，驚醒了夢中快到遼西的閨中人。這是以取材勝。在結構上，全詩則以倒裝的手法寫出。黃鶯的啼叫本來是婉轉動聽的，然而她卻要將其打飛；三四句方道出緣由：「妾」夢中欲飛至遼西，與良人相會，正有望繾綣纏綿，不料被多嘴的黃鶯驚醒，她羞惱成怒，故打跑黃鶯解氣。其題「春怨」，詩中黃鳥啼叫花枝，則正是春日之景；「打起」云云，則是「怨」耳。故王世貞《藝苑卮言》卷四稱此詩「不惟語意之高妙而已，其篇法圓緊，中間增一字不得，著一意不得，起結極斬絕，然中自舒緩，無餘法而有餘味」。

雜詩三首（其二）

王維

【作　者】王維（七〇一—七六一），字摩詰，排行十三。原籍太原祁（今山西太原），其父王處廉為汾州司馬，遷居蒲州，遂為河東（今山西永濟）人。開元九年（七二一）進士，官大樂丞。因屬下伶人私演黃獅子舞受累，貶濟州司倉參軍。開元二十三年張九齡為相，以政見相契，擢右拾遺，二十五年遷監察御史。曾奉使出塞，在河西節度使幕兼為判官。回京後任殿中侍御史。張九齡罷相後，漸趨避世；天寶九載（七五〇），丁母憂，遂營輞川別業，半官半隱。安史亂時，任給事中，為叛軍所俘，服藥裝啞。安祿山宴凝碧池，曾賦詩寄悲。兩京收復，以受偽署，責授太子中允，此後愈益消沉。退朝後惟長齋奉佛，玄談禪誦。官終尚書右丞。維多才多藝，工詩歌、善繪畫、通音律、精書法，故其為詩能精細把握客體之美妙景色與音響，形成「詩中有畫」和「百囀流鶯，宮商迭奏」（《史鑒類編》）的獨特風格。又頗受《楚辭》和陶淵明詩影響。而意境精美，長於彩繪。蘇軾在〈書摩詰藍田煙雨圖〉中說：「味摩詰之詩，詩中有畫；觀摩詰之畫，畫中有詩。」二語極簡要地道出其詩歌的特點。其早期詩，題材豐富，政治、邊塞、游俠、閨意各有特色，多情緒昂揚，積極進取之作。後期多寫山水田園怡靜自得之趣，以求精神解脫，與孟浩然合稱「王孟」，是山水田園詩派代表作家。有《王維集》十卷。《全唐文》錄存其文四卷，《全唐詩》錄存其詩三八三首。

君自故鄉來，應知故鄉事。來日綺窗[1]前，寒梅著花未？

【注　釋】❶綺窗　雕飾精美華麗的窗子。

【語　譯】您從我們的故鄉而來，應該知道故鄉的事情。在您動身的時候，綺窗前的寒梅，可曾含苞欲放？

【研　析】本篇或為王維早年遊洛陽時所作。詩風頗似民歌，平易自然，天籟成趣。全篇雖無一難解之字，然句句耐人尋味。寒梅是清高潔白的象徵，作者或是有所指而發？故趙殿成稱此詩為「情到之辭，不假修飾而自工者也」。又云：「只為短章，一吟一詠，更有悠揚不盡之致，欲於此下復贅一語不得。」（《王右丞集箋注》卷一三）

缺題❶二首（其一）

王維

荊溪❷白石出，天寒紅葉稀。山路元❸無雨，空翠濕人衣❹。

【注　釋】❶缺題　詩題一作〈山中〉。❷荊溪　疑為一條小溪的名稱。❸元　原來；本來。❹空翠濕人衣　指山中潮濕的霧氣打濕了行人的衣服。

【語　譯】小溪中塊塊白色的巨石露出，天氣已經轉寒，山上的紅葉漸漸稀少。山路上本來並沒下雨，是那翠色的潮濕的空氣，打濕了我的衣服。

【研　析】這首小詩，四句寫出水、樹、山、人四景，而以白、紅、翠三色出之，極富色彩繪畫之美，極能表現王維「詩中有畫」的特色。詩中所表現的感觸，也極為新鮮真切，使人讀後頗有斑斕彩駁之感。同時代的張旭，也曾描寫過這種意境。其〈山中留客〉詩有句云：「縱使晴明無雨色，入雲深處亦沾衣。」

鳥鳴澗

王維

人閑桂花❶落，夜靜春山空。月出驚山鳥，時鳴春澗中。

【注釋】❶桂花　《廣群芳譜》卷四〇：「（桂）有秋花者，有春花者，有四季花者，逐月花者。」按桂花有多種，皆香而有韻，但以秋桂最為常見。因有人以為此詩中「桂花落」三字與下文「春山」、「春澗」相抵觸，故釋「桂花」為「月光」，實屬誤會。古人多有詠春桂之詩，如唐王績即有〈春桂問答二首〉。

【語譯】人在悠閑中聽見桂花悄悄落下，寂靜的夜，春山更顯得空曠。月亮出來時驚動了山鳥，時時在寂靜的山澗裏鳴叫。

【研析】此為〈皇甫岳雲溪雜題〉五首之一，是王維寫友人皇甫岳所居的一處風景。花落、月出、鳥鳴、澗流，都是動景，然而此詩給人的感受卻是極寧極靜之境。此中奧妙何在？蓋「人閑」為一篇主旨，奠定全詩基調，「夜靜」為全詩之大環境。但僅說閑、靜，未必能使人有深刻印象。詩中係用以動寫靜之法，將閑靜襯托而出：落花輕飄，雖然悠悠無聲，更顯出人之閑靜；明月竟能驚山鳥，可見山中之靜寂，以致山鳥連月光所引起的微小變化都極為靈敏；雲溪流淌，春鳥不時鳴叫，但正因有此斷續之叫聲，更能襯托出山中之寧靜。

鹿柴❶

王維

空山不見人，但聞人語響。返景❷入深林，復照青苔上。

【注　釋】❶鹿柴　行軍時立木為寨，其木枝椏交錯似鹿角，故稱鹿寨。山間別墅寨落，也可稱鹿柴。此為輞川附近一處地名。柴，同「寨」。❷返景　返照的日影。景，同「影」。

【語　譯】山裏空空見不到一個人，只聽到人們的說話聲。日影移動，返照在密林深處，又照在林中的青苔上。

【研　析】王維自天寶三載（七四四）得宋之問所遺藍田輞川別墅，此後在此居住達十餘年之久，其遊止有鹿柴、竹里館、辛夷塢等二十景。暇時與裴迪遊覽唱和其中，各賦絕句二十首，號《輞川集》。〈鹿柴〉為《輞川集》之第五首，寫山間傍晚景致。前二句「空山不見人，但聞人語響」，寫山間幽深寧靜，而以人語之聲襯托，愈顯其靜。後兩句以日影之移動，漸次照於密林及青苔之上，極幽極靜中顯露一派生機，以明襯幽，以動襯靜，意境極為恬適優美。明李東陽《懷麓堂詩話》評此詩云：「詩貴意，意貴遠不貴近，貴淡不貴濃。濃而近者易識，淡而遠者難知。」又云：王維〈鹿柴〉，「淡而愈濃，近而愈遠，可與知者道，難與俗人言。」

竹里館

王維

獨坐幽篁❶裏，彈琴復長嘯。深林人不知，明月來相照。

【注釋】❶幽篁　幽深的竹林。篁，竹子。

【語譯】獨自坐在幽深的竹林裏，彈了一會兒琴，又放開嗓子長叫一聲。深林中沒有人知道我在裏面，只有明月過來照著我的身影。

【研析】此詩為〈輞川集〉第十七首。寫月夜彈琴，無人知會，故長嘯自娛的情景。詩中看似寫清幽意興與澄淨心靈，實際卻包含著對於現實生活的強烈不滿。開元後期，張九齡罷相，李林甫上臺。這是唐王朝自盛轉衰的一大關鍵。王維是張九齡提拔的人，張一倒臺，王維覺得世事不可為，便過起了「亦官亦隱」的生活，在輞川這個山幽林深的地方，收拾起前人留下的別墅，過起了「悠閑」日子，寫寫詩，作作畫，自許清高，實際上也是迫不得已之舉。他在這首詩中，表達了對於無人理解的不滿，表達了擺脫孤獨的渴望。彈琴本是清靜之事，但他之所以又要「長嘯」，正是由於心中有所不滿所致。

送別❶

王維

山中相送罷，日暮掩柴扉❷。春草明年綠，王孫歸不歸❸？

【注　釋】❶送別　詩題一作〈山中送別〉。❷柴扉　用荊條紮成的門戶，較簡陋，一般指貧者或隱者之居。❸王孫歸不歸　這句是用典。淮南小山〈招隱士〉：「王孫游兮不歸，春草生兮萋萋。」王孫，猶言公子。這是對友人的尊稱。

【語　譯】山中送您走了以後，黃昏時分獨自關上了柴門。明年春草又綠的時候，不知您是否打算再來作客？

【研　析】此詩的前兩句說，在自己所隱居的山中，送走了朋友，歸來後天已晚了，獨自關上簡陋的柴門。三四句則是設想之辭：到了明年春草又綠時，您還來不來呢？這首小詩頗為曲折含蓄。唐汝詢解此詩說：「扉掩於暮，居人之離思方深；草綠有時，行人之歸期難必。」《唐詩解》人去扉掩，離情已是使人難忍；明春草綠，而行人歸期難必，則難忍的離情，更是加深一層。

息夫人❶

王維

莫以❷今時寵，寧忘❸舊日恩？看花滿眼淚，不共楚王❹言。

【注釋】❶息夫人　即息嬀，是春秋時代息侯的夫人。❷莫以　不要因為；難道因為。❸寧忘　乃忘；就忘。❹楚王　這裏指楚文王，西元前六八九－前六七七年在位。

【語譯】怎能因為今日的寵愛，便忘卻舊日的恩情？滿含著淚水看著花朵，不願與楚王講上一言半語。

【研　析】春秋時代，楚文王併吞了息國，把息侯的夫人息嬀作為戰利品佔為己有。息嬀為楚文王生了兩個孩子，但從來沒有同楚王說過一句話。楚文王問她為什麼，她終於開口說：「我作為一個婦人，竟然服事兩個丈夫，縱然我不能去死，又有什麼面目開口說話！」（事見《左傳》莊公十四年）這首詩表現了息嬀當時的心態，入情入理，感人至深。據唐人孟棨《本事詩》載：「寧王憲貴盛，寵妓數十人，皆絕藝上色。宅左有賣餅者妻，纖白明媚，王一見注目，厚遺其夫取之，寵惜逾等。環歲，因問之：『汝復憶餅師否？』默然不對。王召餅師見之，其妻注視，雙淚垂頰，若不勝情。」當時詩人在座，即席作了此詩。則此詩表面上是寫息夫人，實際上是寫餅師的妻子的。託古諷今，含蓄委婉。

相思

王維

紅豆❶生南國，春來發幾枝？願君多採擷❷，此物最相思。

【注釋】❶紅豆　木名。生於江南。枝葉似中國槐，花似皂莢，結子則若扁豆，紅如珊瑚，晶瑩可愛，人稱相思子，為愛情之象徵。❷採擷　採摘；採取。

【語譯】紅豆生長在江南國度，春日裏能生發幾多花枝？但願您多多採摘收藏，這東西最能表達相思。

【研析】此詩一本作〈江上贈李龜年〉。據《雲溪友議》卷中記載：安史之亂時，梨園樂師李龜年流落江南，曾於湘中採訪使席上歌此詩，滿座莫不嘆息。故清管世銘《讀雪山房唐詩序例》稱此詩「直舉胸臆，不假雕鎪，祖帳離筵，聽之惘惘，二十字移情固至此哉！」王維或許是借此詩來表達家國之思，但後人一般都將此詩作為愛情詩篇來傳誦。詩雖淺顯，但細讀仍有深意：一句是直賦，二句則言紅豆來之不易，三句「多」字對應二句「幾」字，四句「最」則照應上文「幾」與「多」。全篇結構井然，良有餘味。

哥舒歌❶

佚名

北斗七星高，哥舒夜帶刀。至今窺牧馬❷，不敢過臨洮❸。

【注　釋】❶哥舒歌　此詩題「西鄙人」作，當是玄宗天寶（七四二—七五五）末西北邊境某人所作，或為當時傳唱之民歌。哥舒，即哥舒翰，天寶中為隴右、河西二節度使，抗擊吐蕃，戰功甚著，威名遠播，故詩中歌頌之。❷牧馬　指西北邊境外的游牧民族。❸臨洮　郡名。即洮州，治所在今甘肅岷縣，秦長城西段起於此。唐時又曾於鄯州（今青海樂都）置臨洮軍以備邊。此臨洮未知確指。

【語　譯】北斗七星在高天裏明亮地閃爍，巡夜的哥舒翰將軍帶著七星寶刀。將軍的威名聲震敵膽，直到如今，境外的牧馬部落，仍然不敢越過臨洮。

【研　析】此詩首以「北斗七星」起興，描繪出高原地帶天高氣清、星星格外明亮的壯麗景色，次句以哥舒寶刀承接，與北斗七星相互輝映。古代寶刀常裝飾有寶石，多以星座狀排列，北斗七星或即其中之一種。後二句寫將軍之威名，使敵人不敢進犯。詩句雄渾質樸，富於民歌風味。

靜夜思❶

李白

【作　者】李白（七〇一－七六二），字太白，號青蓮居士，排行十二，祖籍隴西成紀（今甘肅秦安之東）。據郭沫若氏考證，其先世於隋末流徙中亞今巴爾喀什湖一帶，白即生於其北之碎葉城（今托克馬克城）。幼年隨其父遷居蜀中，卜居綿州昌隆（今四川江油）青蓮鄉。青少年時期，於家鄉苦讀，博覽經史子集，好縱衡術，喜擊劍任俠。開元十二年（七二四）出蜀漫遊，浪跡江漢、金陵、揚州、兩湖，入贅湖北安陸故相許圉師孫女。開元十八年（七三〇）初至長安求仕，結交玉真公主等人。賀知章見其〈蜀道難〉等詩，嘆為「謫仙人」。二十年，失意東歸，漫遊齊魯，與孔巢父等人隱於徂徠山。天寶初，終因道士吳筠及玉真公主、賀知章等人的薦舉，受詔入京供奉翰林。雖然皇上禮遇優渥，但他不滿足於僅僅侍文學、備顧問的差使，同時又得罪了內廷的權貴，終被「賜金還山」。出京後，與杜甫、高適等人會於梁宋，再遊齊魯幽燕。後隱居廬山修道讀書。安史亂起，應邀入永王璘幕，以請纓殺敵。肅宗、永王兄弟相爭，永王敗，李白下獄，得友人營救，被判長流夜郎，行至巫山遇大赦得還。以後寄居族叔當塗（今屬安徽）令李陽冰家，病卒。李白一生風流倜儻，傲岸不群，不屑於應試求官，而寄希望於明主相知，一展雄才。失望之餘，則以詩酒自娛。其詩與杜甫齊名，號稱「李杜」，代表了唐代詩歌創作的最高成就。李白的詩，題材廣泛，內容豐富。尤長於古詩樂府。格律詩體，特別是七絕，亦有輝煌成就。其詩風格，汪洋恣肆，雄奇奔放，瑰瑋絢爛，清新自然，號稱「詩仙」。晚唐皮日休稱他的詩：「言出天地外，思出鬼神表，讀之則神馳八極，測之則心懷四溟，磊磊落落，真非世間語者。」（〈劉棗強碑文〉）明初宋濂以為：「李太白宗〈風〉〈騷〉及建安七子，其格極高，其變化若神龍之不可羈。」（〈答章秀才論詩書〉）清王琦編注有《李太白全集》三十六卷，較為完備。近人瞿蛻園、朱金城《李白集校注》亦較為完備實用。《全唐文》錄存其文四卷，《全唐詩》錄存其詩一〇二〇首。

47 靜夜思

床前明月光，疑是地上霜。舉頭望明月，低頭思故鄉。

【注　釋】❶靜夜思　此為樂府詩題。宋郭茂倩《樂府詩集》入新樂府詩。

【語　譯】客舍的坐床前，灑下了明亮的月光，晶瑩閃亮，使人懷疑是地上的銀霜。抬頭望著千里外的明月，低頭懷念我的故鄉。

【研　析】此詩當是李白漫遊時所作，具體作年未詳。「床前明月光」寫旅舍孤獨，唯有月光作伴。「疑是地上霜」，既點出「月光」與「銀霜」的相似，突出月光之冷清，又似乎是在暗示：秋霜已降，冬天就要來臨，該回家了。三四句以「舉頭」、「低頭」相對，言進退均有思鄉之情跟隨，從而點出羈旅異鄉之苦，朦朧飄忽。蓋明月千里來相照，人分兩地，而共此明月，見月而不得不思人也。沈德潛評此詩曰：「百千旅情，雖說明卻不說盡。」（《唐詩別裁》卷一九）

巴女詞❶

李白

巴水❷急如箭，巴船❸去若飛。十月三千里，郎行幾時歸？

【注　釋】❶巴女詞　巴江婦女之歌。巴為古國名，最遲先秦時已有記載。後稱古巴國一帶為巴。❷巴水　即巴江。源出九巴山，西南流入四川，經南江縣至巴中縣東南，匯合南江水為巴江。❸巴船　一種輕便的小船。

【語　譯】巴水流得像出弦箭一樣快，巴船快得像鳥一樣的飛。此一去就是長長的十個月，遠遠的三千里，郎君你幾時纔能回？

【研　析】這是船家少婦送別丈夫後的想念之詞。詩的前三句，用兩個形象的比喻，四個得體的誇飾，形象地描繪出了巴水之急、巴船之快、郎去之久、郎行之遠。當然，這只是「巴女」主觀感受，實際上，倒是船家少婦欲其丈夫慢慢地去，去了不要遠，不要久，因而纔有郎去如飛，郎行久遠的感覺。作者便是利用主觀感受和客觀事物的這種巨大落差，寫出了少婦內心深處的波瀾。四句作結，自然地喊出了心底的呼喚：「郎行幾時歸？」在這凝聚了無限深情的呼喚中，表達了少婦心中如絲如縷的離愁、疑慮和期望。李白才思橫溢，工於樂府，他人百思不到，百煉不成，而到了他手裏，好像未經構思，隨手而出，卻又蘊藉吞吐，言短意長，挹之不盡，味之無窮。清人趙翼說李白「詩之不可及處，在乎神識超邁，飄然而來，忽然而去，不屑屑於雕章琢句，亦不勞勞於鏤心刻骨，自有天馬行空，不可羈勒之勢」（《甌北詩話》卷一）。這首短歌便充分體現了這種風格。

玉階怨

李白

玉階❶生白露，夜久侵羅襪。卻下❷水晶簾，玲瓏望秋月。

【注　釋】❶玉階　白色的臺階。玉，形容美好。❷卻下　放下。

【語　譯】玉色的大理石臺階，凝下了顆顆白色的露珠，夜深露水浸濕了絲羅鞋襪。放下了水晶珠綴成的門簾，久久地望著門外玲瓏可愛的秋月。

【研　析】本篇作年不詳，乃擬南朝同題樂府，專寫宮怨之作。寫宮女獨立臺階空等待，以致冰涼的露水浸濕羅襪。然後從室外到室內，從下簾到隔簾望月懷人，托出無限怨情。蕭士贇《分類補注李太白詩》卷五評云：「無一字言怨，而隱然幽怨之意見於言外」。

勞勞亭❶

李白

天下傷心處，勞勞送客亭。春風知別苦，不遣❷柳條青。

【注釋】❶勞勞亭　故址在今南京西南，三國吳時建築，為古時著名的送別之所。亭，此指驛路上供人休息的小亭。❷不遣　不讓。

【語譯】普天下最使人傷心之處，是金陵城外送客的勞勞亭。春風也知道別離的痛苦，因此便不讓柳條轉青。

【研析】此詩作年不詳。詩寫勞勞亭送別的離情之苦。古人有折柳贈別的習俗，「柳」諧音「留」，表示留戀之意。「春風知別苦，不遣柳條青」，應是初春時節，柳條未青之時，李白由柳條未青上忽發奇想，想成是春風深知離別之苦，不忍看到折柳贈別的場面，可謂是別出心裁，奇警無比。

哭宣城❶善釀❷紀叟

李白

紀叟黃泉裏，還應釀老春❸。夜臺❹無李白，沽❺酒與何人？

【注　釋】❶宣城　今安徽宣州。❷善釀　善於釀酒。❸老春　酒名。古時常以「春」字為酒名。❹夜臺　謂長夜之臺，指墳墓。墓閉則不見光明，故稱。❺沽　買賣，此指賣。

【語　譯】紀老先生您到了黃泉底下，一定還在釀製老春好酒。只是那地下還沒有我李白，您將酒賣與何人？

【研　析】李白自稱「斗酒詩百篇」，詩可以不作，酒是一定要喝的。一位酒坊老闆去世了，李白大為悲痛，寫下了這首情意真摯的悼亡詩。全詩樸拙自然，構思新奇。悼亡之作寫得如此灑脫豪爽，自是李白風格。本詩題一作〈題戴老酒店〉，首句作「戴老黃泉下」。或許「戴老」是另一位造酒高手，李白有同樣的詩紀念他，後人將這兩首詩給混淆了。這首詩的第三句原作「夜臺無曉日」，《楊升庵外集》曰：「〈哭宣城善釀紀叟〉予家古本作『夜臺無李白』，引句絕妙，不但齊一生死，又且雄視幽明矣。昧者改為『夜臺無曉日』，夜臺自無曉日，又與下句何人字不相干，甚矣土俗不可醫也。」原來這首小詩還有這麼多的公案。

初出金門❶尋王侍御不遇詠壁上鸚鵡

李白

落羽❷辭金殿，孤鳴咤❸繡衣❹。能言❺終見棄，還向隴西❻飛。

【注　釋】❶金門　金馬門的省稱。《漢書・揚雄傳》：「與群賢同行，歷金門、上玉堂有日矣。」漢武帝得大宛馬，乃命鑄銅馬立於魯班門外，遂更魯班門為金馬門。後世以之為官署的代稱。❷落羽　指受傷而落的鳥。此比喻落魄失意之人。❸咤　驚咤惶恐。❹繡衣　《漢書》卷九八〈元后傳〉：「……(王)賀，字翁孺。為武帝繡衣御史，逐捕魏郡群盜堅盧等黨羽，及吏畏懦逗遛當坐者，翁孺皆縱不誅。……翁孺以奉使不稱免。」後即以「繡衣」代稱御史。此指王姓侍御。❺能言　以鸚鵡能言自喻多才。❻隴西　地區名。在今甘肅東南部一帶。

【語　譯】我這個折了翅膀的失意之人，就此永別金殿，您是個繡衣御史，從今後便是孤掌難鳴。能言多才的，遲早會被遺棄，只好向隴西老家飛去。

【研　析】李白作詩，天下無敵；但做官卻很不內行。他不願意走讀書做官的窮酸道路，不去應進士舉（去了也不一定考中）。他少有大才，胸有大志，為人豪放，不拘小節。天寶初，與道士吳筠隱於剡中，走那條「終南捷徑」，吳筠後來被召入京，力薦李白，皇上也早就聽說他的大名，便給了他一個機會，讓他與吳筠一起「待詔翰林」。這個官雖不大，權也不多，但實際上是皇帝的御用顧問，隨時都有可能被皇上看中，進入中央樞要。這個清要之職，在旁人看來，是天大的好事，多少人夢寐以求而不得。但在李白看來，卻不過是個拍馬屁的行當，而他的抱負卻是出將入相，使海縣清一，天下太平。如今不幸只做了個小秘書，自然是大大的不滿。於是他日與酒徒醉於酒肆。好在玄宗也算是半個藝術家，略知藝術家之與眾不同，亦並不追問。一日，玄宗度曲，欲造樂府新詞，亟召白入，即令秉筆。白立進〈清平調〉三章，帝頗嘉之。此前，嘗沉醉殿上，引足令高力士脫靴。力士終以脫靴為深恥，異日太真妃重吟前辭，力士曰：「始以妃子怨李白深入骨髓，何翻拳拳如是耶？」太真妃因驚曰：「何翰林能辱人如斯?」力士曰:「以飛燕指妃子,賤之甚矣。」貴妃遂進讒言於上。上嘗三欲命李白官,卒為宮中所阻而止。李白自知不為親近所容,其禍將不免,乃懇求還山,帝於是賜金放還(見新舊《唐書・李白傳》及樂史〈李翰林別集序〉)。此詩第一句乃詩人自況,第二句為王侍御鳴不平,三、四兩句,寫被玄宗所棄,敕放歸山。

秋浦歌❶十七首(其十四)

李白

爐火❷照天地,紅星亂紫煙。赧郎❸明月夜,歌曲❹動寒川❺。

【注釋】❶秋浦歌　唐池州有秋浦縣,縣有秋浦水(在今安徽池州市貴池區西南),長八十餘里,寬約三里,四時風景清幽。唐玄宗天寶十三載(七五四),李白遊秋浦,作〈秋浦歌十七首〉,這裏選的是其中的第十四首。❷爐火　指冶煉爐中發出的火光。《新唐書・地理志》:「秋浦:有銀,有銅。」❸赧郎　指冶煉工人。因面部被爐火照紅,故稱其為「赧郎」。赧,面紅。❹歌曲　指工作時唱的歌曲。❺川　指秋浦。

【語譯】煉銅的爐火熊熊燃燒,火光照亮了天上地下,澆鑄時爆出了萬點火花,亂綴著縷縷的紫煙。煉銅人映紅了臉膛,月明之夜辛勤勞動,工作時唱的雄壯的歌曲,震動著寒夜中的秋浦川。

【研　析】〈秋浦歌〉為組詩，計十七首，為李白天寶十三載（七五四）從幽燕南歸，客遊秋浦時所作。中國已經有數千年的冶金歷史，但描述冶煉場面和冶煉工人的詩，卻極為罕見。全詩意氣風發，有聲有色：一二三句寫「色」，「火照」而「星亂」，天地為之一紫，這是何等的壯觀！明月之夜，紫光亂照，人面為之而「赧」，與月色之白，對比是何等的鮮明！第四句言「聲」。歌曲此起彼落，寒夜中響徹秋浦川兩岸。

秋浦歌十七首（其十五）

李白

白髮三千丈，緣❶愁似箇❷長。不知明鏡裏，何處得秋霜❸？

【注　釋】❶緣　因為。❷箇　這樣。❸秋霜　比喻白髮。

【語　譯】白髮長到三千丈，都因為憂愁也像這樣長。明亮的銅鏡中白髮好似秋霜，不知道是從何處落在頭上？

【研　析】這首詩抒寫憂心國事、嘆惜年華逝去之煩惱。「白髮三千丈，緣愁似箇長」兩句，極度誇張，是為描寫憂愁之名句。正如王琦《李太白全集》卷八所云：「字字皆成妙義，洵非老手不能，尋章摘句之士，安可以語此。」

詠史

高適

【作　者】高適（七〇〇？—七六五），字達夫，一字仲武，渤海蓨（今河北景縣）人。早年喪父，家貧，客遊梁、宋間，性落拓不羈。中年，仕途不得志，曾兩度到長安應試求官，皆失意而歸。天寶八載（七四九），由睢陽太守張九皋薦，赴試有道科登第，授封丘尉。後棄官赴河西，入河西節度使幕府，官左驍衛兵曹參軍，掌書記。安史之亂起，拜侍御史，歷淮南節度使，出為彭、蜀二州刺史，升西川節度使，還朝為刑部侍郎、散騎常侍。高適是盛唐時期一位傑出的詩人，尤其以邊塞詩著稱。這些詩多層面深入細膩地表現了軍旅的豐富生活，抒寫了詩人激烈的情懷及其感慨。其部分作品反映了民生疾苦，充滿著詩人深切的關懷與同情。他還寫過不少酬贈友人的詩歌。其詩風或雄健豪放，慷慨激越；或富於氣勢，蒼涼悲壯。《新唐書》本傳說他的詩「以氣質自高。每一篇已，好事者輒傳布」。殷璠《河嶽英靈集》卷上稱其「詩多胸臆語，兼有氣骨」。杜甫對其詩亦有很高評價。有《高適集》二十卷，已散佚。今存《高常侍集》十卷。《全唐文》錄存其文一卷，《全唐詩》錄存其詩二四七首。

尚有綈袍❶贈，應憐范叔❷寒！不知天下士❸，猶作布衣❹看。

【注　釋】❶綈袍　粗繒所製的長袍。❷范叔　指范雎。❸天下士　指具有傑出才幹為天下所推重之士。

❹布衣 貧賤之人的著裝。為官者著絲綢，因稱未入仕者為「布衣」。

【語　譯】當年須賈見范雎貧寒而贈送綈袍，想來是還念著故舊之情！卻不知范雎已官拜秦相，名震天下，而仍然把他當作尋常布衣看待。

【研　析】這首詠史詩表面上是在詠嘆范雎的故事，實際上是在發自家的牢騷。戰國時代，魏人范雎家貧，依附中大夫須賈混口飯喫。賈派他出使齊國，齊襄王聞雎有辯才，饋以金、牛、酒，范雎不敢私相授受。回國後，須賈懷疑其對魏不忠，告魏相，鞭笞范雎並置廁中使受辱。後范雎逃至秦，官居秦相，封應侯，更名張祿。秦攻韓魏，魏使須賈使於秦以求和。范雎以微服作貧困狀見賈。賈念其為故人，留與飲食，視其寒，贈以綈袍。後范雎斥其罪當死，但念綈袍尚有故人之意，終釋之（詳見《史記・范雎蔡澤列傳》）。高適將這個歷史事件和當前的現實聯繫起來。天寶八載（七四九），高適受睢陽太守張九皋薦舉赴試登第，當時右相李林甫擅權，僅以舉子待之，授封丘尉。這是一個副縣級的小官，是協助縣長管地方治安的。高適大為不滿，這首詩大約就作於此時或以後不久。詩中流露出強烈的懷才不遇的感情，其所詠嘆的牢騷，在當時的士人中極具代表性。其大意是說，你們這些當政的，賞個小官給人，不過略施小恩小惠，就像當年的須賈對待范雎一樣，雖然還贈送了一件衣服，但仍然是有眼無珠，把出類拔萃的天下士，看成庸庸碌碌的小人物。

江南曲❶四首(其一)

儲光羲

【作　者】儲光羲(七〇七—七六〇),潤州(今江蘇鎮江市)人。開元十四年(七二六)進士及第,授汜水尉,後罷歸,復為安縣尉,拜太祝,遷監察御史。安史之亂時,陷賊受偽署。亂平後自歸,貶死嶺南。光羲以田園山水詩著稱,用自然、質樸、生動的筆調描繪農家生活、田園風光,抒寫個人懷抱。有的作品表現朋友情誼,離愁別緒,真誠動人。一些樂府小詩,詠史懷古之作亦很知名。與王維、孟浩然相友善,常有詩相唱和。詩風亦較接近,而儲更顯古拙。胡應麟評其詩「閑婉真至」(《詩藪》卷二)。沈德潛稱「學陶(淵明)而得其真樸」(《唐詩別裁》卷一)。陳沆說是「古穆深厚」(《詩比興箋》卷三)。頗能形容儲詩特色。有《儲光羲集》七十卷,至宋已大部散失。《全唐詩》錄存其詩二二九首。

綠江❷深見底,高浪直❸翻空。慣是❹湖邊住,舟輕不畏風!

【注　釋】❶江南曲　江南一帶的民歌,多寫當地風土人情。是古樂府相和曲舊題。吳兢《樂府古題要解》卷上:「《江南曲》古辭云:『江南可採蓮』云云,蓋美其芳晨麗景,嬉遊得時。」❷綠江　碧綠的江水。❸直　簡直。❹慣是　習慣。

【語　譯】碧綠的江水深又清,一望見底,滔滔的江浪高又高,簡直要翻到半空。我家久住湖邊，習慣了水性，我的小船兒雖輕，卻不怕惡浪狂風！

【研　析】這首詩以江南水鄉船家的口吻，抒發了自己不畏風浪的勇氣。全詩抓住了「江」、「浪」、「湖」、「舟」等水鄉的特色，並在這些景物中融進了自己的生活感受。面對驚濤駭浪，詩人勝似閒庭信步，悠然自得。這是因為他住慣了湖邊舟上，這點風浪算什麼！

江南曲四首（其三）

儲光羲

日暮長江裏，相邀歸渡頭。落花如有意❶，來去逐船流。

【注　釋】❶如有意　指落花好像人一樣有情有意。

【語　譯】夕陽落在長江的時分，友伴們相邀回到渡頭。落在水裏的花瓣像是有情有意，來來去去地追逐著小船。

【研　析】這是一首描寫江南水鄉生活的小詩。題材尋常而意境優美。江、人、花、船，通過「有意」而聯繫在一起。寫「花」即寫人，雖然這「人」並未出現，但「來去逐船流」，已是呼之欲出了。

聽彈琴

劉長卿

【作　者】劉長卿（七〇九—七八六？），字文房，排行八，河間（今屬河北）人，一說宣州（今屬安徽）人，其家久寓長安。少年時曾居嵩山讀書。約天寶年間舉進士第。曾官殿中侍御史。大曆年間，以檢校祠部員外郎為轉運使判官、知淮南鄂岳轉運留後。因事貶潘州南巴（今廣東電白）縣尉，改睦州（治所在今浙江建德）司馬。官終隨州（治所在今湖北隨縣）刺史，世稱「劉隨州」。長卿詩以近體見長，尤精五律，自號「五言長城」。與錢起、郎士元、李嘉祐並稱「錢郎劉李」。高仲武《中興間氣集》評其詩「雖不新奇，甚能煉飾」，宋張戒《歲寒堂詩話》稱其「筆力豪贍，氣格老成。……長城之目，蓋不徒然」。有《劉長卿集》十卷。《全唐文》錄存其文十二篇，《全唐詩》錄存其詩五〇九首。

泠泠❶七弦❷上，靜聽〈松風〉❸寒❹。古調雖自愛，今人多不彈。

【注　釋】❶泠泠　形容琴聲的清脆入耳。❷七弦　古琴一般為七根弦，因此用「七弦」作為琴的代稱。
❸松風　指〈風入松〉，古琴一個曲調的名稱。《樂府詩集》引《琴集》云：「〈風入松〉，晉嵇康所作也。」
❹寒　形容琴音的清峻悲涼。

【語　譯】七根琴弦上，飛出了清脆美妙的聲音，靜心細聽，原來是清峻悲涼的〈風入松〉。

這個曲子高古醇雅，雖然自己非常愛好，可是如今的人，大多早已不再彈它。

【研　析】此詩名為聽琴，實是藉琴以諷今。〈松風〉古調，堅貞高雅，不同流俗，故知音稀少，而彈奏者就更為罕見了。「古調雖自愛，今人多不彈」，既是感嘆世風日下，又寓孤芳自賞之意。所謂曲高和寡，別人都趕時髦去了，唯有我愛好這高雅藝術，不改初衷。宋犖云：「錢、劉、韋、柳（五絕），古淡清逸，多神來之句。」（《漫堂說詩》）此詩即一例。全詩調高旨遠，耐人尋味。長卿又有〈雜詠八首上禮部李侍郎〉，其一題作〈幽琴〉，中四句與此大致相同。〈雜詠八首〉為未第時投卷之作。天寶中李姓曾為禮部侍郎者，有李巖、李韋、李麟三人，時在天寶六至十一載（七四七—七五二），此李侍郎未知是誰。詩或作於此時。

逢雪宿芙蓉山❶主人

劉長卿

日暮蒼山遠，天寒白屋❷貧。柴門聞犬吠，風雪夜歸人。

【注　釋】❶芙蓉山　山名芙蓉者甚多，此芙蓉山未知確指何山。《詩話總龜》卷一引《雅言系述》云：「盧承丘，長沙人，被褐居吳芙蓉山。」劉長卿自至德至永泰十數年間曾數至吳地，此詩所云或即吳地之山。❷白屋　屋頂蓋著白茅或未上漆的木材，指窮人家的住所。

【語　譯】暮色已晚，蒼茫的芙蓉山更顯得遙遠，大雪紛飛，天氣寒冷，覆以白茅的屋子更顯出山村的貧困。柴木做的門口，聽到了幾聲狗叫，原來是風雪夜裏有人歸來。

【研　析】詩中寫獨行夜宿之見聞，次第道來：日已暮而前山尚遠，好不容易到了有人家的所在，卻只見寒冬中一間赤貧白屋。「柴門」，具體寫出貧困之象，「風雪夜歸」，或暗指主人家為生計而忙碌，深夜尚有人自外歸來。全詩意境蒼涼深遠，其「暮」、「蒼」、「遠」、「寒」、「白」、「雪」、「夜」等字眼，無不給人淒清寒冷、荒涼偏僻之感。施補華評此詩云：「較王、韋稍淺，其清妙自不可廢。」（《峴傭說詩》）

平蕃曲三首（其三）

劉長卿

絕漠❶大軍還，平沙獨戍閑。空留一片石，萬古在燕山❷。

【注　釋】❶絕漠　極遠極荒涼之大漠。❷空留一片石二句　用東漢竇憲大破匈奴，登燕然山，刻石紀功的典故，藉古諷今，對唐代屢遭胡人侵犯，生靈塗炭的慘禍，寄寓無限的感慨。燕山，即蒙古的杭愛山。

【語　譯】大軍從那絕遠的荒漠得勝班師，萬里平沙從此平靜無聲，獨戍邊境的守軍清閑無事。留下那紀功的石碑，千秋萬代立於燕然山上。

【研　析】中國北方的游牧民族，向來是「逐水草而居」的，隨著北方氣候的逐漸乾旱，環境的逐步沙漠化，游牧民族便一年年地向溫暖濕潤的南方入侵。為了保衛人民的生命財產，當中原王朝尚在強盛時，往往會主動出擊，使胡人遠遁，邊境得以安寧。竇憲大破匈奴，在燕然山立碑紀功的事跡，便成為後人永遠的紀念，尤其在國勢積弱、常受侵凌的時候。

送靈澈上人❶

劉長卿

蒼蒼竹林寺❷，杳杳❸鐘聲晚。荷笠❹帶夕陽，青山獨歸遠。

【注釋】❶靈澈上人　會稽雲門寺僧。❷竹林寺　據宋祝穆《方輿勝覽》卷六及《大清一統志》卷九〇等文獻記載，寺在丹徒（今江蘇鎮江市）縣城南六里之黃鶴山上。劉長卿大曆初曾奉使江南，嘗至潤州（治所在今江蘇鎮江市）一帶，靈澈上人則遊方暫住竹林寺，故二人得相往還。此詩或即作於此時。❸杳杳　深遠貌。❹荷笠　戴著斗笠。荷，戴著。

【語譯】竹林寺在那蒼青的山間，一聲聲晚鐘從深遠處傳來。上人戴著青竹斗笠，映著夕陽，向著青山獨自歸去，漸行漸遠。

【研析】竹林寺既距城不遠，自城外望去，林木蒼蒼可見，晚鐘杳杳可聞。禪寺是一個清靜之地，塵世之人遠遠看去，頗有些神秘之感。一二句即以一個紅塵之人的眼光，從「色」與「聲」兩個角度，寫了竹林寺的風景。寫景是為了寫人，這實際上也是在暗示上人的高潔品格。上人所去之地既然是這樣一個清靜之所，那作為上人的朋友，當然也不會是一個庸常之輩。在塵世做官討生活，未免使人煩膩，能有這樣一個所在，不免令人嚮往。三四句寫夕陽餘暉照在上人的斗笠上，青山隱隱，上人踽踽獨行，愈去愈遠，正似一幅秋晚歸僧圖，意境醇厚醉人。

送方外上人❶

劉長卿

孤雲將❷野鶴，豈向人間住。莫買❸沃洲❹山，時人已知處。

【注　釋】❶方外上人　方外，謂超脫世俗之外。上人，謂上德之人，為對佛教僧人的尊稱。《莊子・大宗師》：「孔子曰：『彼游方之外者也，而丘游方之內者也。』」曹子建〈七啟〉曰：「雍容暇豫，娛志方外。」《十種律》曰：「人有四種：一粗人，二濁人，三中間人，四上人。」❷將　與；共。❸買　這裏是租住或買房子居住的意思。❹沃洲　山名。在唐京兆府大興縣（今陝西萬年）東南五十里。一說，在今浙江新昌東，與天姥峰對峙。道家稱其為「第十二福地」（見《大清一統志》卷二九四）。相傳晉高僧支遁曾居於此。白居易有〈沃洲山禪院記〉，劉長卿〈初到碧澗招明契上人〉詩：「沃洲能共隱，不用道林錢。」

【語　譯】孤雲伴隨著野鶴在長天漫遊，那裏會在人間歇腳停留。你既然要去隱居，就不要買沃洲山來住，因為世人早已知道了那個地方。

【研　析】方外上人，《李太白全集》卷二一有〈登巴陵西閣贈衡嶽寺僧方外〉，或即此人。劉長卿另有〈送方外上人之常州依蕭使君〉。蕭使君為蕭復，代宗大曆十二至十四年（七七三—七七五）間刺常州。詩亦當作於此時，時劉長卿在睦州。此詩首先以孤雲野鶴為喻，標舉遠離紅塵，不食人間煙火的高超境界；後兩句則進一步勉勵上人索性到人所未知的去處修煉，像沃洲山這樣早已被世人所熟知的地方，還是不去為好。這裏包含著輕輕的譏刺，雖然可能主要是針對時人藉隱居以干名祿而發的，但也許這位上人本不甘寂寞，或為生活所迫，雖然決定隱居了，但仍然不得不心繫人間煙火吧。劉長卿擅長五言，號稱「五言長城」。宋人張戒謂其「筆力豪贍，氣格老成」（《歲寒堂詩話》卷上）。明人陸時雍稱其「體物情深，工於鑄意，其勝處有迴出盛唐者（《詩鏡總論》）。」這首詩，語淡而含諷，思巧而帶喻，是近體而有古格。

正朝❶覽鏡

劉長卿

憔悴逢新歲，芳菲❷見陽春❸。朝來明鏡裏，不忍白頭❹人。

【注釋】❶正朝　元旦；農曆正月初一。❷芳菲　花草的芳香。❸陽春　陽氣轉盛的春天。❹白頭　頭髮花白，指年紀已老。

【語譯】我的容顏已經衰老憔悴，偏又逢上新的一年。花草的芳香裏，現出是溫暖的陽光和剛來的春天。新年元旦起身，對著明鏡一照，怎忍心看到自己滿頭的斑斑白髮。

【研　析】時光短暫，歲月匆匆，過了一年，年紀大了一歲，在世的時光卻少了一年。每逢新年元旦，詩人們照例要對「人生有限、年華匆匆」這一主題發些感慨。詩中前兩句扣緊「正朝」二字生發，以工整的對偶句，交代時序和環境：人憔悴而偏逢新年元旦，陽春乍見而心情卻已衰老了。後兩句在鏡中悲嘆白髮，是憔悴的容顏更深一層的寫照，並用「不忍」勾勒出作者對於時光流逝懷有怎樣一種深深的恐懼感。詩中以「憔悴」、「芳菲」，「新歲」、「白頭」這些相互對立的詞彙，在深沉的對比與反襯中，寫出了對於自然規律的無奈。作者曾有「壯志已憐成白首，餘生猶待髮青春」的詩句，可知其對於白髮滿頭而功名未就的沉痛。

長干曲❶四首（其一）

崔顥

【作　者】崔顥（？—七五四），汴州（今河南開封）人。玄宗開元十一年（七二三）進士，官至尚書司勳員外郎。有《崔顥集》一卷。《全唐文》錄存其文二篇，《全唐詩》錄存其詩四十二首。

君❷家何處住？妾❸住在橫塘❹。停船暫借問❺，或恐❻是同鄉。

【注　釋】❶長干曲　南朝樂府舊題，宋郭茂倩《樂府詩集》收入卷七二雜曲歌辭十二中。崔顥原作計四首一組，這裏選的是第一首和第二首。❷君　您，用於敬稱。❸妾　舊時女子自稱的謙詞。❹橫塘　地名。遺址在今南京市西南水西門外。《建康實錄》：「自江口沿秦淮築堤，稱橫塘。」❺借問　謙詞，暫且問一下的意思。❻或恐　恐怕。

【語　譯】您的老家在何處？我家住在橫塘邊。停住小船借問一聲，我與您或許是同鄉。

【研　析】這組詩描寫了船家兒女生活的一個小側面。一個船家女兒看到鄰船有個小伙子，有了好感，便想上前搭訕。但這一開始說些什麼好呢？總不能像現代電視劇中的人說，你多英俊瀟灑，咱們交個朋友吧？但是，攀個老鄉總是可以的。這樣顯得既親熱又得體，即便不是老鄉，也可以引個話頭。「君家何處住」，便是船家女主動上前攀話；為了不使對方感到唐突，又趕緊自報家門：「妾住在橫塘」，表示自己一方已經敞開心扉，以打消對方之疑慮。三四句是船家少女的託詞，藉以掩飾自己。那種既大膽又羞怯，既潑辣又可愛的神態，躍然紙上。宋劉須溪評曰：「祇寫相問語，而情自見。」（見《唐詩品彙》）

長干曲四首（其二）

崔顥

家臨九江❶水，來去九江側。同是長干❷人，生小❸不相識。

【注　釋】❶九江　此處泛指長江。❷長干　地名。故址在今南京，其確切地點已難以考得。左思〈吳都賦〉：「長干延屬，飛甍舛互。」劉良注：「建鄴之南有山，其間平地，吏民居之，故號為干。中有大長干、小長干，皆相屬。疑是「居」稱「干」也。❸生小　從小；自小。

【語　譯】我家就在長江邊，來來去去都在長江上。雖然同是長干人，自小以來不相識。

【研　析】這一首是船家青年的答話。首先泛泛一提家在何處，卻不說出具體地點，既顯示其穩重，又故意「含蓄」一下，多少帶有些挑逗的意味。但讀來卻給人坦誠樸質、全無芥蒂之感，毫無油滑之弊。「同是長干人」，原來大家正是同鄉！姑娘一定會嗔他說：既是一塊兒的人，同鄉同里，為什麼不早說！「生小不相識」一句，情意綿綿，真是「相見恨晚」。人生真是奇妙，大家同在長干里長大，卻是自小不相識，而現在，竟然在這異鄉的水面上相識了，這豈不是「有緣千里來相會」？這兩首短詩，頗似漢人樂府、晉人子夜，可言處常留不盡，給讀者留有廣闊的餘地，可以馳騁豐富的想像，所以篇幅雖短，而韻味極長。清王夫之云：「論畫者曰咫尺有萬里之勢，一勢字宜著眼，若不論勢，則縮萬里於咫尺，直是《廣輿記》前一天下圖耳。五言絕句以此為落想時第一義，唯盛唐人能得其妙。如『君家何處住……』，墨氣所射，四表無窮，無字處皆其意也。」（《夕堂永日緒論》）

絕句二首（其二）

杜甫

【作　者】杜甫（七一二—七七〇），字子美，號少陵，排行二，祖籍襄陽，曾祖時遷居河南府鞏縣（今屬河南）。祖審言工詩，甫七歲學作詩文。少年時南遊吳、越，北遊齊、趙，舉進士落第，有過一段「裘馬輕狂」的生活。天寶三、四載（七四四、七四五）間，遊梁宋齊魯，與李白、高適等相往還。五載至長安應舉求仕，累舉不第。十載，進〈三大禮賦〉，玄宗命待制集賢院。十四載，任河西尉，不赴，改右衛率府胄曹參軍。安史亂起，為亂軍所俘，脫險後潛奔鳳翔投肅宗。因與宰相房琯有舊，任左拾遺；後世因稱「杜拾遺」。不久，因疏救房琯觸怒肅宗，放還省親。旋貶華州司功參軍。乾元二年（七五九）秋因饑饉棄官，攜家經秦州、同谷入蜀。得西川節度使嚴武之助，定居成都浣花溪畔，營草堂。代宗廣德二年（七六四），嚴武表為節度參謀、檢校工部員外郎。後世因又稱「杜工部」。永泰元年（七六五）因嚴武卒，離成都，次年至夔州。大曆三年（七六八）攜家出三峽，漂泊於岳州、潭州、衡州一帶。大曆五年（七七〇）病逝於湘水上，享年五十九歲。杜甫出生於「奉儒守官」（〈進雕賦表〉）的書香門戶。他以稷、契自許，有志於「致君堯舜上，再使風俗淳」（〈奉贈韋左丞丈二十二韻〉）；他生在唐帝國由盛而衰的轉變時期，仕途失意，歷經禍亂，對民生疾苦極為關切。憂國憂民的深摯情感，使他的許多詩作深刻地再現了當時的社會現實，被稱為「詩史」。在藝術上，他善於汲取和總結前人的成就，形成了獨特的「沉鬱頓挫」風格。他的詩作兼備諸體，富於創新精神。與李白齊名，世稱「李杜」。元稹評杜詩說：「上薄〈風〉、〈騷〉，下該沈、宋，言奪蘇、李，氣吞曹、劉，掩顏、謝之孤高，雜徐、庾之流麗，盡得古今之體勢，而兼人人之所獨專矣。」（〈唐故檢校工部員外郎杜君墓系銘并序〉）被認為是集唐代大成的作家。宋代以還，學詩人多奉為鼻祖而學之。有《杜甫集》六十卷，《小集》六卷，已散佚。後歷代均有重編本。清仇兆鰲所編《杜少陵集詳注》二十五卷，較為流行。《全唐文》錄存其文二卷，《全唐詩》錄存其詩一四四四首。

江碧鳥逾白❶，山青花欲燃❷。今春看又過，何日是歸年？

【注　釋】❶逾白　更加顯得潔白。逾，通「愈」。更加的意思。❷欲燃　將要燃燒起來，形容花紅如火。

【語　譯】江水碧清，映襯得水鳥更加潔白，群山青翠，山間的鮮花紅得像要燃燒。這一個春天看看又要過去，不知哪一天，我纔能回到家鄉？

【研　析】這首詩寫於詩人入蜀之後。國家殘破，有鄉難歸，詩人抒發了強烈的思鄉之情。但這種愁苦之情卻是通過美麗的風景來作為反襯的。藝術講究對比與襯托，通過這些方法，更能增添詩歌的妙處。這首詩一二句與三四句形成對比襯托關係，而前兩句之間及其每一句又各自為比為襯。江水清碧，而愈能顯出鳥之潔白；群山青翠，而愈能映襯出山花之紅紅欲燃，而其江面與山間，又形成對比襯托。二句之中，觀景則有江、鳥、山、花，論色則有碧、白、青、紅，是何等美麗絕倫的景象。然三四兩句，情緒陡然為之一轉，「今春看又過，何日是歸年」，一下從這幅美麗的風景畫裏，跌落到濃鬱的鄉愁之中。前兩句與後兩句正好形成強烈的反比，更加充分地表現了詩人的思鄉之情和飄泊無定之感。這正是王夫之所謂「以樂景寫哀，以哀景寫樂，一倍增其哀樂」的藝術手法。前人每謂老杜詩「沉鬱頓挫」，這首詩便是極好一例。

八陣圖❶

杜甫

功蓋三分國❷，名成八陣圖。江流石不轉，遺恨❸失吞吳。

【注　釋】❶八陣圖　古代作戰之八種戰鬥陣勢圖形。三國時，諸葛亮以天、地、風、雲、龍、虎、鳥、蛇之陣勢，壘石布八陣圖。其所布之圖，傳說有四處，其一在魚復縣（唐屬夔州，今重慶市奉節）西南江灘水中。此詩所詠，即夔州長江中之八陣圖。❷三分國　指曹魏、蜀漢、孫吳三國。❸遺恨　遺憾。

【語　譯】確立三分天下的戰略，功勞蓋世；布下神奇超絕的八陣圖，大名遠播。長江水奔流澎湃，江邊的八陣圖至今巋然不動；無法阻止劉備吞吳的失策，成了諸葛亮的千古遺恨。

【研　析】此詩為杜甫在代宗大曆元年（七六六）初至夔州時所作。東漢末年，諸侯紛爭，天下大亂。諸葛亮，作為一年輕之戰略家，初出茅廬，便在〈隆中對〉中，提出東聯孫吳，北拒曹操，西圖益州（今四川），三分天下，然後以巴蜀為根據地，積蓄力量，進而統一天下，恢復漢室之戰略。這一戰略為劉備採納，孫劉聯合，在赤壁一戰中打敗曹操，奠定三分天下的局面。諸葛亮輔佐劉備，勵精圖治，使原先寄人籬下、東奔西跑的劉備，成為三分天下有其一，能與曹操、孫吳相抗衡的王國。但後來由於爭奪戰略要地荊州，蜀吳交惡，關羽被吳國殺死。劉備急於奪回荊州，為關羽報仇，不聽諸葛亮勸諫，傾全國之力攻打孫吳，結果戰敗身死，蜀漢大為削弱。此一絕句，於高度評價諸葛亮赫赫功業之外，同時道出劉備征吳之失策，諸葛亮未能諫止之遺恨。首句言諸葛亮確立三分天下鼎足而立的戰略，功勞蓋世；次句言其戰術上超絕神奇，聲名遠播；三句寫任憑江水沖擊，由細石堆成五尺高共六十四堆的八陣圖，至今仍巋然不動，而諸葛亮的忠貞不二、磐石不移的心志亦盡在不言中了；結句言諸葛亮的千古遺恨，即劉備攻吳之失策，諸葛亮竟未能阻止，從古至今確實令人遺憾。全詩言簡意賅，為杜甫絕句中精品。

復愁❶十二首（其三）

杜甫

萬國尚戎馬❷，故園❸今若何？昔歸❹相識少，早已戰場多。

【注釋】❶復愁　又愁。這是杜甫〈復愁十二首〉中的第三首。杜甫在這組詩之前曾寫過〈遣愁〉、〈散愁〉、〈愁坐〉、〈愁〉等詩，因此把這組詩題為〈復愁〉。這組詩是為了懷念第二故鄉東都洛陽而寫的。❷萬國尚戎馬　萬國，天下。尚，仍然。戎馬，指戰事。此詩是大曆二年（七六七）秋天寫的，當時，安史之亂雖然已經結束，但吐蕃又侵犯靈州，京師戒嚴，人心惶惶。❸故園　故鄉。杜甫在東都洛陽有舊居。❹昔歸　肅宗乾元元年（七五八），杜甫自華州曾暫回洛陽家中。那時的洛陽，遭到安史之亂的破壞，人煙凋零，很少遇到相識的人。

【語譯】天下至今仍然是一片兵荒馬亂，我的洛陽家園現在不知如何？上一次回去時家鄉人口就很稀少，大街上很少碰到熟人，因為天下早已處處是戰場。

【研析】這首詩用字遣詞雖平易，然意味極沉痛。詩中的開頭，言天下大亂，戰爭不息，第二句設問，不用回答也知道會是怎樣，這就更令人痛心。三四句寫人口「少」而「戰場多」，形成強烈對比。特別是「相識少」三字，使人心驚。宋劉攽說：「詩以意為主，文詞次之，或意深義高，雖文詞平易，自是奇作。」《中山詩話》老杜這首詩，懷著對國家對民眾的一片真情，敘述了戰爭給人們帶來的不幸。因此，雖然其字面上沒有帶著強烈感情色彩的詞語，卻能夠深深地打動讀者的心靈。「要和平，不要戰爭」，是每一個時代共同的永恆願望。

送王司直

皇甫曾

【作　者】皇甫曾（生卒年不詳），字孝常。皇甫冉之弟，工詩，與兄齊名。天寶十七載（七五八）進士，歷官侍御史。後坐事貶舒州（治所在今安徽潛山縣）司馬，移官陽翟（今河南禹縣）令。有《皇甫曾詩》一卷。《全唐詩》錄存其詩四十八首。

西塞❶雲山遠，東風道路長。人心勝潮水，相送過潯陽❷。

【注　釋】❶西塞　山名。在今湖北大冶，山臨長江，一名道士磯。見宋陸游《入蜀記》第四。一說，在今浙江吳興西南。從詩之第四句看，前說較為合理。❷潯陽　江名。長江流經江西九江的一段，白居易〈琵琶行〉「潯陽江頭夜送客」，即此處。

【語　譯】西塞山還在那遙遠縹緲的雲霧之中，東風吹送著船帆，前程漫漫。我對你的友情，比這江潮還要殷切，一路相送，一直送過潯陽江口。

【研　析】這首送人詩，親切自然，情意殷殷。王司直要從下游溯江而上，目的地是遙遠的西塞山。詩的第一句，是說欲往之地極為遙遠，以致隔著雲霧；第二句，因朋友是向西而行，故以「東風」祝願朋友一帆風順。三四句是說自己的友情比江潮還長，一直要把客人送到連潮水都到不了的潯陽。「潮不過潯陽」，是一句流傳很廣的古代謠諺。長江水位受海潮頂托，會週期性地發生變化，但過了潯陽江口，這種影響就很微弱了。詩人從這個俗語中得到啟發，以「人心勝潮水，相送過潯陽」，來表現其對友人的依依送別之情，顯得非常別緻新巧。

見渭水思秦川❶

岑參

【作　者】岑參（七一五？—七七〇），字不詳，排行二十七，祖籍南陽新野（今屬河南），移居荊州江陵（今屬湖北）。少孤貧，從兄讀書，能自砥礪，遍覽史籍。天寶三載（七四四）登進士第，授右內率府兵曹參軍。天寶間曾兩次出塞，入安西四鎮節度使高仙芝幕府，掌書記，又至安西北庭節度使封常清幕府任判官。肅宗時歷任右補闕、起居舍人、虢州長史等職。代宗大曆二年，任嘉州（今四川樂山市）刺史。後世稱「岑嘉州」。三年，罷歸，寓成都，卒於旅舍。與高適齊名，並稱「高岑」。其詩多反映安史之亂、感嘆身世、描寫山水、贈酬應答之作，而尤以邊塞詩名世。形式亦多樣，七言歌行和七絕尤為所長。大都即事名篇，想像豐富，氣勢豪邁，感情激越，風格奇峭，語言明快，色彩瑰麗。殷璠《河嶽英靈集》評其詩「語奇體峻，意亦造奇」；陸游謂「太白、子美之後，一人而已」（〈跋岑嘉州集〉）。其詩在當時即廣為流傳。杜確〈岑嘉州詩集序〉云：「每一篇絕筆，則人人傳寫，雖閭里士庶，戎夷蠻貊，莫不諷誦吟習焉。」詩集曾由友人杜確編次，共八卷。《新唐書・藝文志》著錄有詩十卷，已佚。今有《四部叢刊》影正德熊相刊本《岑嘉州詩集》七卷，較為常見。《全唐文》錄存其文一篇，《全唐詩》錄存其詩四〇二首。

渭水❷東流去，何時到雍州❸？憑❹添兩行淚，寄向故園流。

【注　釋】❶秦川　指渭水平原及周邊的廣大地區。自大散關以北達於岐雍，夾渭川南北兩岸，為秦之故國，故稱秦川。❷渭水　水名。黃河主要支流之一。源出今甘肅渭源西北之鳥鼠山，向東南流入陝西，東流至潼關，入黃河。其兩岸為渭水平原，沃野千里，河渠縱橫，周秦以來，向為中國西部最為繁庶地區之一。❸雍州　州名。治所在今陝西西安西，原轄境相當於今陝西中部、甘肅東南部、寧夏南部及青海黃河以南的一部。至唐代逐漸縮小，只轄有今陝西秦嶺以北、乾縣以東、銅川市以南、渭南以西的地區。開元後已改為京兆府。此即指京兆府。❹憑　憑藉。

【語　譯】滾滾渭水向東嗚咽流去，什麼時候能流到京都？想到此不由得流下了兩行清淚，渭水呀，請你把我的淚水帶回到我的故園。

【研　析】這首詩中提到「故園」，似乎是思念家鄉的。其實不是。作者是荊州江陵（今屬湖北）人，「秦川」即京都，並不是他的家鄉。細味詩意，這是一首思念京都，表述政治牢騷的詩。岑參天寶三載（七四四）中進士，曾在長安任右補闕起居郎，以庫部郎中出為嘉州刺史。後入蜀依杜鴻漸為幕，從此未再回京。此詩當為出京後懷念京城而作。詩中各句皆有可注意處。「渭水東流」，而人竟西行；「何時到雍州」，何時二字，透露出一種焦躁之情，言自己不知何時能入京一展鴻圖。「憑添兩行淚」，極言不得入京之苦悶；「寄向故園流」，故園當指在京時舊宅，寄向，言如今只能藉渭水寄去兩行清淚了，言下之意，是再也沒機會回京了。

春雪

劉方平

【作　者】劉方平（生卒年不詳），字亦無考，洛陽（今屬河南）人。匈奴後裔。高祖劉正會，隨李世民起兵，為開國元勳之一。祖父劉奇，吏部侍郎。父親劉徵，吳郡太守、江南採訪使。他出身於仕宦之家，卻淡於仕宦，留心學問。三十出頭，便隱居潁川，與元德秀結為文字交。他工詩善畫，詩備各體，絕句尤所擅長。《新唐書・藝文志》著錄《劉方平詩》一卷，歷宋、元已多散佚。《全唐詩》錄存其詩二十六首。

飛雪帶春風，裴回❶亂繞空。君看似花處，偏在洛城❷中。

【注　釋】❶裴回　同「徘徊」、「俳佪」。這裏是指雪花往返回旋飛舞貌。❷洛城　指唐東都洛陽（今屬河南）城。

【語　譯】漫天飛舞的雪花，在寒冷的春風中飄飄而來，那徘徊無定的雪片，在空中亂繞亂盤旋。您看那輕盈的舞姿，似花但又非花的瑞雪，偏偏喜歡落在洛陽城中的富貴人家。

【研析】這是一首詠春雪的詩，從表面看來，似乎在描寫早春的雪景，春風陣陣，雪花漫天飛舞。在不愁喫、不愁穿的人看來，自然是一幅美麗的圖畫；如果憑欄遠眺，對酒賞雪，大地銀妝素裹，空中輕盈舞姿，那就更富有詩情畫意。然而有閑情逸致去欣賞雪景的人，只有洛陽城中那些富貴人家。詩人不是正面去談，卻說「君看似花處，偏在洛城中」，就顯得更加曲折有致，含蓄有味。這首詩前兩句寫景，後兩句借景抒情。對貧寒人家飽含同情，對富貴人家暗寓諷刺，但寫來含蓄蘊藉，耐人回味。與羅隱的〈雪〉詩「長安有貧者，為瑞不宜多」的構思，異曲同工，堪稱雙璧。劉方平的詩，特別是他的五、七言絕句，言短意長，含蓄多姿，唐人令狐楚選《御覽詩》，將他的詩列為首選，〈春雪〉一詩便在選中，可見此詩自唐以來便受到詩人們的重視。

寒塘

司空曙

【作者】司空曙（七二〇？—七九〇？），字文明，一作文初，排行十四，廣平（今河北永年東南）人。玄宗天寶末年進士，為「大曆十才子」之一。韋皋節度劍南，招致幕府，歷任洛陽主簿、左拾遺、水部郎中，官終虞部郎中。有《司空曙詩集》二卷傳世。《全唐詩》錄存其詩一七六首。

曉髮梳臨水，寒塘❶坐❷見秋。鄉心正無限，一雁度南樓。

【注　釋】❶寒塘　因平靜而顯得寒涼的池塘。❷坐　因；由此。

【語　譯】清晨起身，照著池塘的水面梳頭，池塘一片清冷，是因為到了深秋。時光流逝，引起我的無限鄉愁，一隻南歸的孤雁，偏偏飛過我客居的南樓。

【研　析】為客之人，最易傷春悲秋。這首詩寥寥二十字，通過寒塘、孤雁等環境描寫，寫出了無限的淒涼和鄉愁。一句寫梳頭時以水為鏡，大概是因為看到了白髮，便感到歲月匆匆，轉眼已是秋天；但他不說自己因見秋而感到心寒，而以眼前的塘水為表情達意的工具，說池塘的清冷，正是因為秋天的到來。這就比直接描寫自己的心情要含蓄有味。秋天的來臨引起了他的無限鄉思，他希望得到或者捎去一封平安的家信，可是憑誰去報平安呢？「一雁度南樓」，古人早有「雁足傳書」的故事，他希望有南飛的大雁給他捎去一封相思的家書。可是，這隻大雁自己卻也是一隻孤雁，又怎能給別人帶去團圓的希望呢？明代陸時雍《詩鏡總論》曾說：「善言情者，吞吐深淺，欲露還藏，便覺此哀無限；善道景者，絕去形容，略加點綴，即真相顯然，生韻亦流動矣。」司空曙的詩歌，素以善言情、善狀景著稱。這首詩景中有情，情中有景，含蓄蘊藉，意餘言外，令人回味。

詠聲

韋應物

【作　者】韋應物（七三七—七九二以後），京兆長安（今陝西西安）人。開元、天寶年間，曾充玄宗侍衛。安史之亂後失職，乃折節讀書，由京兆功曹歷任縣令，累遷至滁州、江州、蘇州刺史，世稱「韋江州」或「韋蘇州」。其詩清秀淡雅，詠物寫景詩尤為出色。著有《韋應物詩集》十卷，今存。《全唐文》錄存其文一篇，《全唐詩》錄存其詩五九五首。

萬物自生聽❶，太空❷恆❸寂寥❹。還從靜中起，卻向靜中消。

【注釋】❶萬物自生聽　指萬物皆能發聲。生聽，生發出聲音。❷太空　天空；無邊無際的宇宙。《關尹子・二柱》：「一運之象，周乎太空。」❸恆　常常；經常。❹寂寥　清靜無聲。

【語譯】宇宙中的萬事萬物，都很自然地發出自己的聲音，那無邊無際的太空，又常常是寂靜寥廓。那各種各樣的聲響，都是從寂靜之中生發，又都向寂靜中消失。

【研析】《老子》云：「大象無形，大音希聲。」這首詩就是從這一點生發，講出了萬事萬物的某種道理。聲音這個東西，是物理學中最常見的現象之一。大而閃電雷鳴、狂風怒號、波濤澎湃、大雨傾盆，小而秋樹之蟬、夏池之蛙、樓中玉笛、江上琵琶。或聞雷而失箸，或聽琴而銷魂，或吟孟浩然之〈春曉〉，或讀歐陽修之〈秋聲〉。這些聲音雖有大小之別、強弱之分，有時萬籟俱寂，有時雜音紛呈，有時是悄悄地傳來，有時又默默地消沉。這都是自然現象，是大自然在寫文章。偶被詩人悟得，令人讀來，便覺語短而味長。

登鸛雀樓❶

暢當

迥臨❷飛鳥上，高出世塵間。天勢圍平野，河流入斷山。

【作　者】暢當（生卒年不詳），河東（治所在今山西永濟）人。代宗大曆七年（七七二）進士及第。德宗貞元元年（七八五）為太常博士。官至果州（治所在今四川南充）刺史。著有《暢當詩》二卷，已多散佚。《全唐文》錄存其文二篇，《全唐詩》錄存其詩十七首。

【注　釋】❶鸛雀樓　又作鸛鵲樓，故址在蒲州（今山西永濟）西南，以有鸛雀棲其上而得名。宋沈括《夢溪筆談》云：「河中府（即今永濟縣）鸛雀樓三層，前瞻中條（山名），下瞰大河（黃河）。唐人留詩者甚多，惟李益、王之渙、暢當三篇能狀其景。」❷迥臨　高高地凌駕他物之上。

【語　譯】鸛雀樓高高地凌駕於飛鳥之上，它卓然高聳於塵世之表。四周天幕團團地圍住了廣闊的平野，黃河遠遠地流入那被切斷的山巒。

【研　析】這首寫鸛雀樓的絕句，氣勢恢宏，視野開闊，使人頓有不勝高危之感。一二句極言樓之高，乃至竟凌駕於飛鳥之上，高出塵世之表。就是說，再也沒有比它更高的東西了。這雖然是極度的誇張，但也並非是毫無根據。一是因此樓本來就很高，其次是因為它所處的環境，也使得它顯得極為高聳。這環境就是：「天勢圍平野，河流入斷山」，四周的天幕，圍住了廣闊的平野，試想，在一個極為開闊，以致能看到天幕合圍景象的地方，孤獨突兀地聳立著一座高樓，當然是顯得非常之高了。再加上它濱臨大河，可與深深的河谷形成巨大的落差；而那被黃河切斷的山巒，因距離觀察者非常遠的緣故，看起來一定是很矮的。由於這一系列的因素，就使得這三層樓顯得很高了。就一般詩作而言，都是描寫背景在先，突出主題在後，而這首詩卻反其道而行之，先寫主題，再補充說明襯景，顯得較為別致。這首詩與王之渙的「白日依山盡，黃河入海流。欲窮千里目，更上一層樓」同為膾炙人口之作。它們都是寫鸛雀樓，都是兩聯皆對，都是五言絕句，又都寫得氣勢崢嶸，境界開闊。但王詩的後兩句，是運用形象思維來顯示「站得高纔能看得遠」的哲理，融理於景，自然渾成；而暢當這首詩卻主要是寫景，雖有激情，但並無寄託，所以稍遜一籌。

立秋前一日覽鏡❶

李益

【作　者】李益（約七四八—約八二九），字君虞，隴西姑臧（今甘肅武威）人。大曆四年（七六九）進士，授華州鄭縣尉。久不調，不得意，遂棄官從軍，於建中、貞元間在軍旅中度過十餘年戎馬生涯。憲宗元和初，被召為都官郎中，後歷官至右散騎常侍。文宗太和初，以禮部尚書致仕，尋卒。為「大曆十才子」之一，其邊塞詩最有成就。自云「五在兵間，故其為文咸多軍旅之思。」「或因軍中酒酣，塞上兵寢，相與投劍秉筆，散懷於斯文，率皆出乎慷慨。」（〈從軍詩序〉）《唐才子傳》

云：「往往鞍馬間為文，橫槊賦詩，故多抑揚激厲悲離之作，高適、岑參之流也。」益眾體兼擅，尤工七絕，能取樂府民歌之長，而又自出機杼。胡應麟讚曰：「七言絕，開元以下，便當以李益為第一。」（《詩藪》）因其鮮明生動，精煉含蓄，音律和美，韻味深長，「每作一篇，為教坊樂人以賂求取，唱為供奉歌詞」（《舊唐書》本傳）。晁公武《郡齋讀書志》著錄《李益詩》一卷。《全唐文》錄存其賦一篇，《全唐詩》錄存其詩一六五首。

萬事銷❷身外，生涯在鏡中。唯將滿鬢雪❸，明日對秋風❹。

【注　釋】❶覽鏡　照鏡子。❷銷　消逝。❸滿鬢雪　形容滿頭白髮。❹對秋風　取「悲秋」意，暗寓未來的處境。

【語　譯】世間的萬事萬物，都在身外消逝，唯有自己的生涯，都反映在這銅鏡之中。無奈中唯有這滿頭的白髮，在那未來的日子裏對著秋風。

【研　析】歲月匆匆，給人們帶來了恐懼，白髮是歲月的標誌，而照見白髮的鏡子，則成了人生歷程的見證。因此，這首詩中便有了「生涯在鏡中」的感嘆。這並非是李益一個人的看法。同時代的薛稷〈秋朝覽鏡〉中亦有「朝日看容鬢，生涯在鏡中」的詩句，與李益的這一首可稱為「難兄難弟」。李益似乎對鏡子情有獨鍾，他的〈照鏡〉詩云：「衰鬢朝臨鏡，將看卻自疑。慚君明似月，照我白如絲。」和這一首亦相映成趣。

江南曲❶

李益

嫁得瞿塘❷賈❸，朝朝誤妾期❹。早知潮有信❺，嫁與弄潮兒。

【注釋】❶江南曲　樂府舊題，屬相和歌辭之相和曲。❷瞿塘　長江三峽有一段名瞿塘峽，在今重慶市巫山、奉節兩縣之間。❸賈　行商，即在外經商者。❹期　約定的日期。❺信　信用；說到做到。

【語譯】嫁給了瞿塘的商人真是令人痛苦，回回都耽誤了奴家的好日期。早知道江潮能講信用，當初還不如嫁給弄潮的男兒。

【研析】此詩作年未詳。詩中以「信」為主題，寫商賈貪利而輕於別離，商婦獨守空閨，致生幽怨，風格模仿六朝樂府民歌。前兩句寫丈夫經瞿塘西去經商，而閨中人「朝朝」盼望未歸。不說「夜夜」而說「朝朝」，則更深一層：蓋盼歸從夜晚到清晨故也。後兩句「早知潮有信，嫁與弄潮兒」發想奇特，鍾惺謂「荒唐之想，寫怨情卻真切」（《唐詩歸》卷二七）。的確，詩中少婦的非非之想，將思婦由盼生怨、由怨生悔但又無可奈何的心理，寫得絲絲入扣。

送柳淳❶

孟郊

【作　者】孟郊（七五一—八一四），字東野，湖州武康（今浙江德清）人。德宗貞元十一年（七九五）進士，官至水陸轉運判官。卒後，友人張籍私謚為「貞曜先生」。與賈島齊名，號稱「郊寒島瘦」。唐李翱云：孟郊「五言詩，自前漢李都尉、蘇屬國及建安諸子、南朝二謝，郊能兼其體而有之」（見〈薦所知於徐州張僕射書〉）。宋人曾季貍亦云：孟郊詩，「精深高妙，誠未易窺，方信韓退之、李習之尊敬其詩，良有以也」（《艇齋詩話》）。宋人張戒也說：「郊之詩，寒苦則信矣，然其格致高古，詞意精確，其才亦豈可易得。」（《歲寒堂詩話》卷上）有《孟郊詩集》十卷。《全唐文》錄存其文三篇，《全唐詩》錄存其詩五〇三首。

青山臨黃河，下有長安道❷。世上名利人❸，相逢不知老。

【注　釋】❶柳淳　孟郊的友人，生平不詳。孟郊另有一首〈大梁送柳淳先入關〉詩，詩云：「青山輾為塵，白日無閑人。自古推高車，爭利西入秦。王門與侯門，待富不待貧。空攜一束書，去去誰相親。」從這首詩中，我們可以知道，柳淳大概是個窮書生，曾經到長安去應考或求職。❷長安道　指通向京城長安的道路。古代要想做官，必須通過「赴京應試」或「入京干謁」的道路，所以把求仕謀生的道路稱為「長安道」。❸名利人　求取功名利祿之人。

【語譯】巍巍的青山旁是奔騰不息的黃河，青山下有著通向京都的大道。塵世間追名逐利的人，都奔波在這條道上，相遇時卻不知歲月已老。

【研析】這是一首送別詩，詩中送給朋友的，是幾句善意的嘲諷，既嘲笑朋友，也嘲笑自己。唐代是一個開放的時代，大度的時代，大家都很有氣量，朋友間開個玩笑，斷不會因此而生氣。詩中說，青山黃河，條條大路通長安，大家一心要到京城謀求功名利祿，人多路狹，相遇時並不感覺到大家都已老了。這個玩笑中包著一絲淒涼，幾許憤慨。唐代的科舉制度不甚嚴密，能否錄取，人情關係和鑽營本領有很大作用。孟郊自己就是考了多次，一直到四十六歲纔考取進士，後來又過了四年的候補，纔通過銓選，得了個溧陽（今屬江蘇）縣尉的小官。這首詩發洩了大家共同的牢騷，也算是對於朋友的一個安慰吧：大家彼此彼此，看來還得在這長安道上奔波，雖然老了，還是不服氣，一定要混個名堂出來。

古別離❶

孟郊

欲別牽郎衣，郎今到何處？不恨歸來遲，莫向臨邛❷去！

【注釋】❶古別離　新樂府歌曲之一，唐人多用作詩的題目，郭茂倩《樂府詩集》卷七二收入雜曲歌辭十二中。❷臨邛　唐縣名。在今四川邛崍，自秦漢以來為蜀中商業重鎮。《史記·司馬相如列傳》記云：

臨邛富人卓王孫，有女卓文君極為美艷，新寡，司馬相如以琴挑之，因私奔相如。於是後世的詩文，多以「臨邛」為溫柔艷遇之鄉。

【語　譯】臨別時牽著你的衣袖依依不捨，郎君這次要到哪裏去？我不擔心你歸家遲，只要你不到臨邛去！

【研　析】此詩明白直率，真切感人。「臨邛」是個特定的地方，是卓文君與司馬相如一見傾心的地方，不管什麼鐵石心腸的男子，到了這個地方，見到文君那樣的美人，也會情迷意亂。女主人公之所以要「牽郎衣」，不肯讓他走，之所以要千叮嚀萬囑咐，就是怕丈夫到了那裏經不住誘惑而惹草拈花，被卓文君那樣的美人迷了心竅。「不恨歸來遲，莫向臨邛去」，女主人此言，似有無限心酸而又通情達理：郎君第一是早早歸來，若有事遲些回來，雖然盼得奴家眼穿，但奴家並不怨恨，所耽心不下者，是你受人引誘，移情別戀，辜負了小女子一片真情。僅這一句話，便把女主人的心事和盤托出，雖直露而娓娓動人。

拜新月[1]

李端

【作　者】李端（約七五二—七八四），字正己，趙州（治所在今河北趙縣）人。代宗大曆五年（七七〇）進士，「大曆十才子」之一。著有《李端詩集》三卷。《全唐詩》錄存其詩二六〇首。

開簾見新月，便即❷下階拜。細語❸人不聞，北風吹羅帶。

【注釋】❶拜新月　新樂府歌曲。郭茂倩《樂府詩集》卷八二收入近代曲辭四中。❷便即　立刻；馬上。❸細語　指少女對月喃喃細語，悄悄傾訴心裏的話。古代有月下老人管人間婚姻的傳說。

【語譯】捲起珠簾，看見了一彎新月，立即步下石階，虔誠地對月拜了又拜。細聲悄語，不能讓人聽見，輕輕的一陣北風，吹動著我的裙帶。

【研析】拜新月，為唐宋時民間小兒女之風俗，寓含有「拜之以使人與月俱圓」的意思。此詩寫少女拜月之情態，寥寥幾筆，形神畢肖：「便即下階拜」，如見其人；「細語人不聞」，如聞其聲；「北風吹羅帶」，語帶俏皮，使全詩風情搖曳，秀美清新。詩中少女雖對月細語，不讓人聽見，但淘氣的北風，卻早聽得一清二楚，所以吹動她的裙帶，暗示少女的心事，除了天知、地知、你知之外，還有風知呢！

聽箏

李端

鳴箏金粟柱❶，素手❷玉房❸前。欲得周郎顧，時時誤拂弦❹。

【注釋】❶金粟柱　指箏柱。嵌入碎金如粟粒，作為裝飾，故稱金粟。柱，弦樂器繫緊弦的小木軸。❷素

手　指彈箏女有一雙素淨白嫩的手。❸玉房　形容房屋美好。❹欲得周郎顧二句　據《三國志・吳書・周瑜傳》記載，周瑜精於音樂，聽人奏曲有誤，輒回顧之。時人語曰：「曲有誤，周郎顧。」

【語　譯】撥響了飾以金粟的精美古箏，一雙白嫩的玉手，彈奏在玉房之前。想得到情郎的回顧關注，時時故意地誤撥弦索。

【研　析】首二句寫箏及彈箏女子之美，以「金」、「素」相襯托，色彩明豔；三四句寫女子之情，不以琴藝高超，反以誤觸琴弦，以流露情意，顯得頗為別致。徐增評此詩云：「婦人賣弄身份，巧於撩撥，往往以有為無心。手在弦上，意屬聽者。在賞音人之前，不欲見長，偏欲見短。見長則人審其音，見短則人見其意。李君何故知得恁細。」（《而庵說唐詩》）

流桂州❶

張叔卿

【作　者】張叔卿（生卒年、字號、籍貫不詳），約生於天寶年間。官御史。曾流放桂州（治所在今廣西桂林）。《全唐詩》錄存其詩二首。

莫問蒼梧❷遠，而今世路❸難。胡塵❹不到處，即是小長安❺。

【注　釋】❶流桂州　流放到桂州。桂州的治所在今廣西桂林。唐時該州尚為偏遠蠻荒之地，故作為有過官員的流放之所。❷蒼梧　郡名。治所在今廣西梧州。轄境相當於今廣西都龐嶺、大瑤山以東，廣東肇慶、羅定以西，湖南江永、江華以南的廣大地區。此處是泛指所流之地。❸世路　人生的艱難歷程，亦指世事、世道。❹胡塵　胡騎所揚起的塵土，泛指西北少數民族發動的侵邊戰爭。❺小長安　又名小長安聚，在今河南南陽南。此泛指能與長安相媲美的地方。

【語　譯】不要問蒼梧有多遠，如今的世道實在太艱難。只要那裏沒有戰爭，也就算是一個繁華的小長安。

【研　析】在唐代人眼中，京城長安是一等的繁華之所，能在京中做官，在政治上也是一個非常的榮耀。如果不幸犯了什麼錯誤，被趕出京都，流放到一個偏遠的地方，那就是人生中一個大大的挫折了。這首詩的作者，就不知倒了什麼霉運，不但被趕出京城，還被流放到當時被人視為是九死一生的南荒之地，這無疑是其人生歷程中的一個極為沉重的打擊。無奈之餘，他只好自我安慰說：桂州遠是遠，但那裏好在沒有敵人，沒有戰爭，只要能保住性命，就姑且把那兒當成是「小長安」吧！

新嫁娘❶

王建

【作　者】王建（七五五？—八三五？），字仲初，潁川（今河南許昌）人。大曆十年（七七五）進士，授渭南縣尉，調昭應縣丞，遷太府丞、秘書丞、侍御史，官至陝州（治所在今河南陝縣）司馬。長於樂府詩，與張籍齊名，世稱「張王樂府」。著有《王建詩集》十卷。《全唐詩》錄存其詩五三六首。

三日下廚房，洗手作羹湯❷。未諳❸姑❹食性，先遣❺小姑❻嘗。

【注釋】❶新嫁娘 俗稱「新娘子」，剛剛出嫁的女子。❷三日下廚房二句 在古代，女子出嫁之後的第三天，俗稱「過三朝」，要下廚房做飯菜。羹湯，有濃汁的湯。❸諳 熟悉；知曉。❹姑 舊時稱丈夫的母親，即婆婆。❺遣 使；讓。❻小姑 丈夫的妹妹。

【語譯】新娘子嫁過來滿了三天，便該下廚試試做飯的手藝，洗淨了纖白雙手，小心做個羹湯。不知道婆婆的口味，先請小姑子嘗一嘗。

【研析】新婚後三日，入廚做飯，是我國很多地方的傳統風俗。詩人用白描的手法，細膩地刻畫了新嫁娘的內心活動，通過一個個細節，一步步展示出一個新媳婦那種謹小慎微而又聰明伶俐的心態。她非常重視第一次給人的感覺，希望在首次顯示的烹飪手藝中，獲得婆婆的賞識。詩人寫得很逼真，很傳神，可謂「此中有人，呼之欲出」。沈德潛評此詩說：「詩到真處，一字不可移易。」（《唐詩別裁》）

嶺上逢久別者又別

權德輿

【作者】權德輿（七五九－八一八），字載之，天水略陽（今甘肅秦安）人，寓潤州丹陽（今屬江蘇）。四歲能作詩，七歲以孝聞，十五歲為文數百篇，編為《童蒙集》十卷，名聲日大。德宗聞其名，召為太常博士，遷左補闕，兼制誥，進中書舍人。任禮部侍郎時，三知貢舉，時譽「得人」。

憲宗元和五年（八一〇）九月，官至宰相。卒年六十，謚曰「文」。德輿詩文兼善，其詩淵源六朝，周流於親愛情理之間，風流蘊藉；雖精煉不足，而氣象雍容宏敞。上追韋應物、劉長卿，下與馬戴、劉滄等相頡頏。在文學思想上，作〈醉說〉，主張「尚氣、尚理、有簡、有繁」，提出「善用常而為雅，善用故而為新」。著有《權德輿文集》五十卷傳世。《全唐文》錄存其文二十七卷，《全唐文拾遺》錄存其文一卷，《全唐詩》錄存其詩三九〇首。

十年曾一別，征旆❶此相逢。馬首向何處？夕陽千萬峰。

【注釋】❶征旆　古代的官吏遠行時，侍從們持著作為儀仗的旗幟，稱為「旆」。

【語譯】十年前曾經匆匆一別，沒想到今天在這裏又相逢。剛相見又要分別，馬兒朝向何方？夕陽裏滿眼是千萬峰巒。

【研析】古語云：悲莫悲兮生別離。好友一別，不知何時何地纔能相見，不免使人惆悵不已。如果天緣湊巧，久別重逢，大家都會大大地感慨一番。最讓人心中翻江倒海的，莫過於剛剛相見，又要分別的那個時刻了。這首詩就是描寫這一時分的。用語平淡而情味雋永，用意樸素而風韻天然。沒有雕飾，不用典故，只是淡淡地寫出久別重逢又分別的事實，而一種滄桑之感、今昔之悲，都滲透在這樸素無華的字裏行間了。三四句的「馬首向何處？夕陽千萬峰」，以景結情，暗示著世路茫茫、征途漫漫、不知何處是歸宿的感慨，從而給全詩抹上了一層黯然神傷的色彩。與詩人的「驅車又愴南北路，返照寒江千萬峰」（〈餘干贈別張二十二侍御〉）的七言詩，構思極為相似，而此詩更為渾成，更有餘味。《唐才子傳》卷五說他的詩「極多情致」，是恰當的。其實詩人在當時就獲得詩壇很高的評價，釋皎然說：「觀其立言典麗，文明意精，實耳目所未接也。」（〈答權從事德輿書〉）張薦也說：「詞致清深，華彩巨麗，言必合雅，情皆中節。」（〈答權載之書〉）這都說明了權詩的特色和在唐代詩壇的地位。

玉臺體❶十二首（其十一）

權德輿

昨夜裙帶解❷，今朝蟢子❸飛。鉛華❹不可棄，莫是藁砧❺歸？

【注　釋】❶玉臺體　南朝陳徐陵選編有《玉臺新詠》十卷，多為樂府民歌及六朝前已佚詩篇，其中不乏艷情、宮體之作。他在自序中曾說：「撰錄艷歌，凡為十卷。」後世遂以《玉臺新詠》為代表的詩風為「玉臺體」。❷裙帶解　指婦女的裙帶在不經意中自動解開，俗傳為夫妻好合的預兆。❸蟢子　蜘蛛的一種。又名喜子、喜蛛、蛸、壁錢等。北齊劉晝《劉子》卷三〈鄙名〉：「今野人晝見蟢子者，以為有喜樂之瑞。」今某些民間猶有這種傳說，因嬉、喜諧音之故。❹鉛華　就是鉛粉，用於塗面的化妝品。鉛，一種礦物，黑而亮，是古代化妝品的主要原料，不是現在的金屬鉛。曹植〈洛神賦〉：「芳澤無加，鉛華弗御。」❺藁砧　古時婦女稱丈夫的隱語。藁，席。砧，搗衣石。古代處死刑，罪人席藁伏於砧板上，以鈇斬之。鈇、夫同音，故以藁砧為丈夫的隱語。《玉臺新詠》卷一〇〈古絕句四首〉之一云：「藁砧今何在？山上復有山。何當大刀頭，破鏡飛上天。」全詩皆用隱語，意即「丈夫外出，半月還家」。後世相承，便以「藁砧」二字作為「丈夫」的代稱。

【語　譯】昨夜裏裙帶自己解開，今天早晨又有喜蛛子掛著絲兒向我飛來。這久已不用的化妝盒還是沒有丟掉，莫不是久別的夫君馬上就要回家？

【研　析】裙帶自解，喜蛛巧飛，預兆夫君將歸；鉛華不棄，暗含「昔日別君而洗紅妝，今日將為夫君而容」之意。此詩樂而不淫，俗不傷雅，感情細膩委婉，真率動人，多用諧音、雙關，頗有六朝民歌風味。男子思婦，而偏偏以婦人口吻出之，以滿足作者讀者之心理需要，此詩可為代表之作。後世流行之選本如《唐詩品彙》、《唐詩三百首》等均選錄此詩，故頗為人傳誦。

閨人贈遠五首（其一）

王涯

【作　者】王涯（七六三?—八三五），字廣津，太原（今屬山西）人。德宗貞元八年（七九二）進士，憲宗元和十一年（八一六），官至宰相。文宗大和九年（八三五）十一月，宰相李訓、節度使鄭注謀誅宦官。訓先於左金吾大廳設伏兵，詐稱後院石榴樹上有甘露，誘使宦官首腦仇士良等往觀，欲加誅殺。士良等至，風吹幕起，見幕下有伏兵，士良等驚走，隨即命左右神策副使劉泰倫、魏仲卿領禁兵五百人，稱王涯等謀反，李訓、鄭注、王涯等皆被殺，族誅十餘家，死者千餘人，史稱「甘露之變」。有《王涯集》十卷，已散佚。《全唐文》錄存其文十四篇，《全唐文拾遺》錄存其文一篇，

《全唐詩》錄存其詩六十一首。

花明綺陌❶春，柳拂御溝❷新。為報遼陽客❸，流光❹不待人。

【注釋】❶綺陌　縱橫交錯的道路和美麗的原野。唐代元稹〈羨醉〉詩：「綺陌高樓競醉眠，共期憔悴不相憐。」❷御溝　流入宮內的河道。其兩岸多植有垂楊柳。❸遼陽客　戍守在遼陽的丈夫。遼陽，地名。在今遼寧遼陽梁水、渾河交會之處，古代東北防守要地。❹流光　容易流失的時光，即光陰。李白〈古風〉之十一：「逝川與流光，飄忽不相待。」

【語譯】鮮花明媚，田野道路一派春光，柔風輕拂著御溝兩岸的垂柳。我那遠在遼陽服役的夫君啊，讓我對你默默傾訴：光陰似流水一去不返，不會等人。

【研析】唐代戰爭不斷，男兒們大多打仗服兵役去了，留下婦女們在閨中苦苦等候。於是就有了許多「閨怨詩」。女子們固然常作這類詩歌，有時候，那些憐香惜玉的詩人們，也會模仿婦女的口氣，寫一兩首。王涯的這首小詩，寫一個婦女是怎樣殷切地盼望著丈夫的歸來。開頭兩句，寫「花明綺陌」、「柳拂御溝」，構成一幅明媚動人的春天景色，萬象皆「新」，百花爭「春」，而丈夫遠在萬里之遙的前線，不知何時能夠回到自己身邊。自己獨處深閨，辜負了這良辰美景，一種怨尤之情油然而生。「為報遼陽客，流光不待人」，情深意切，直率自然。青春是美麗的，但青春更是短暫的，歲月就像眼前這流水一般無情，青春時不能團聚，要青春有什麼用！王涯「善為詩，風韻迥然，殊超意表」（《唐才子傳》卷五）。這首小詩即為一例。

春望詞❶四首（其一）

薛濤

【作　者】薛濤（七六八—八三二），字洪度，長安（今陝西西安）人。八、九歲能詩。少年時隨父薛鄖宦遊，父卒，流落蜀中，入成都樂籍，後成為著名歌妓。韋皋鎮蜀，召令侍酒賦詩，稱為「女校書」。於是名遂著，出入幕府，歷事十一鎮，皆以詩受知。曾居浣花溪上，製松花小箋，時號「薛濤箋」。晚年居碧雞坊，建吟詩樓。著有《錦江集》五卷，已散佚，至明代猶存詩五百首（見〈紅雨樓題跋〉）。《全唐文拾遺》錄存其文一篇，《全唐詩》錄存其詩九十首。

花開不同賞，花落不同悲。欲問❷相思處，花開花落時。

【注　釋】❶春望詞　一作「望春詞」。薛濤原作四首，都是愛情詩，這裏選的是第一首。❷欲問　要問。

【語　譯】花開的時節你我不能一同欣賞，花落的時節你我也亦未一同悲傷。要問我們倆什麼時候最是相思，那就是眼看著這花開花落時。

【研　析】薛濤是一個不幸的女子，一生中總是不能與情人歡聚，那份濃得化不開的情意，鬱在她那敏感的心底，千言萬語，不知從何說起。作者是從花開花落這一最常見的自然現象起興的。花開時不能共賞花嬌，花落時不能同悲花殘，那麼，什麼纔是兩人相思之時呢？那是不論花開、花落，都在這相思之中。全詩寫得清新自然，明白如話，語不濃而情濃，辭不深而意深。前兩句運用排比的手法，一個「開」字，一個「落」字，便寫出了時間的距離，已經是從早春到春暮了；「賞」字與「悲」字相對比相襯托，兩人雖然是此身異地而此心相通。花開花落，雖無人同賞同憐，但此一相思之情，不論花開花落，永遠常在！

春閨思

張仲素

【作　者】張仲素（七六九？－八一九），字繪之，瀛洲河間（今河北河間）人。唐德宗貞元十四年（七九八）進士，遷司勳員外郎、翰林學士，官至中書舍人。與王涯、令狐楚齊名，時人編三人的五言、七言絕句為《三舍人集》。《新唐書．藝文志》載其著《詞圃》十卷，《賦樞》三卷。《全唐文》錄存其文二十七篇，《全唐詩》錄存其詩三十九首。

裊裊❶城邊柳，青青陌上桑❷。提籠❸忘採葉，昨夜夢漁陽❹。

【注　釋】❶裊裊　細長柔弱的樣子。❷陌上桑　陌，田間小路。又，〈陌上桑〉為古樂府名。寫一青年女子忠於愛情的故事。❸籠　竹編的籃子。❹漁陽　唐郡名。治所在今天津市的薊縣。唐時，薊州漁陽郡有戍地七所，用以防邊。

【語　譯】城邊的柳絲隨風飄搖，田間小路上的柔桑抽出了嫩嫩的葉芽。閨中的女兒，提著竹籃卻忘記了採桑，原來是昨夜裏夢見到漁陽前線的郎君。

【研　析】春天是愛情的季節，而多愁善感的閨中少女少婦們，則更是以愛情為生命。在那些戰火不斷的年代裏，征人對於自己的戀人或妻子，也是時刻不能忘懷的。詩中以「柳」和「桑」起興，引發出真摯純潔的相思之情。首兩句暗用了「昔我往矣，楊柳依依」（《詩經・小雅・采薇》），「羅敷喜蠶桑，採桑城南隅」（〈陌上桑〉）和「忽見陌頭楊柳色，悔教夫婿覓封侯」（王昌齡〈春怨〉）等典故，但卻毫無痕跡，自然平易。第三句用了一個「忘採葉」的細節，給讀者一個懸念，第四句給出答案：原來是夢中到了漁陽前線，與她魂牽夢縈的心上人相會，現在，這虛幻的夢境加重了她的愁思，以致提著竹籠卻忘了採桑。這兩句不言相思，而相思之情自見；不言離恨，而離恨之意畢露；不把話說盡，不把情抒完，而情意反而更濃更深。

視刀環歌❶

劉禹錫

【作　者】劉禹錫（七七二－八四二），字夢得，排行二十八，洛陽（今屬河南）人，一作彭城人。貞元九年（七九三）舉進士，又中博學宏辭科，官監察御史。永貞元年（八〇五）參與王叔文新政，轉屯田員外郎。叔文敗，貶連州刺史，再貶朗州司馬。元和十年（八一五）召還，以作〈元和十一年自朗州承召至京戲贈看花諸君子〉語含譏刺，貶連州刺史。後遷夔州、和州刺史，入朝為主客郎中。裴度欲令知制誥，薦為禮部郎中集賢院直學士。度罷，又出任蘇州、汝州、同州刺史，遷太子賓客分司東都。會昌年間加檢校禮部尚書，卒。世稱劉賓客。他與柳宗元情誼甚篤，世稱「劉柳」；晚年在洛陽與白居易詩友唱和，世稱「劉白」。其詩豪情高邁，風調自然，格律精切，長於諷諭，在絕句創作上有獨特的造詣。特別是他模仿民間歌謠寫成的〈竹枝〉等詞，以其特有的鄉土風情和新鮮格調，成為唐詩中的一束奇葩。明胡震亨云：「禹錫有詩豪之目。其詩氣該古今，詞總華實，運用似無甚過人，卻都愜人意，語語可歌，真才情之最豪者。」（《唐音癸籤》卷七）有《劉禹錫集》四十卷傳世。《全唐文》錄存其文十二卷，《全唐詩》錄存其詩八〇三首。

常恨言語淺，不如人意深。今朝兩相視，脈脈❷萬重心。

【注釋】❶視刀環歌　新樂府歌曲之一。郭茂倩《樂府詩集》卷九四收入新樂府辭五。用於詩題，則自劉禹錫始。環，諧音「還」。❷脈脈　相視含情不語貌。此是用典。《文選．古詩十九首》之十：「迢迢牽牛星，皎皎河漢女。……盈盈一水間，脈脈不得語。」又《初學記》卷二五南朝梁簡文帝〈對燭賦〉：「回照金屏裏，脈脈兩相看。」

【語　譯】常常遺憾言語膚淺笨拙，不如心中的情意深沉纏綿。現在我倆相互對視，心中千言萬語，都在這脈脈秋波之中。

【研　析】語言雖然是思想感情的物質載體，但語言的功能，有時候卻是有限的。在許多微妙的人際關係中，一個眼神、一個手勢，有時甚至比長篇大論所包含的信息還要多。特別是在愛情的領域裏，「身體語言」比起一般的語言來，更能把那些精微奧妙的東西完整準確地表達出來。這首詩的前兩句，用對偶的形式、淺近的語言，說明語言在豐富的心靈面前，顯得蒼白無力了。有許多難言之情，僅靠語言是無法表達的。後兩句用牛郎織女默默對視、含情不語的傳說，形象地表達了男女之間的款款深情。

問淮水

白居易

【作　者】白居易（七七二—八四六），字樂天，號香山居士。先祖太原（今屬山西）人，徙家韓城（今屬陝西），再遷居下邽（今陝西渭南東北）。德宗貞元十六年（八〇〇）進士，補校書郎，遷左拾遺，貶為江州司馬。歷忠、杭、蘇三州刺史，遷主客郎中、中書舍人、知制誥，官至刑部侍郎。文宗大和間任河南尹，授太子賓客，分司東都洛陽，半官半隱於洛陽香山。卒諡曰「文」。白居易和元稹都是「新樂府運動」的倡導者，號「元白」；又與劉禹錫齊名，號「劉白」。著有《白氏長慶集》七十五卷傳世。《全唐文》錄存其文八四四篇，是唐人存文最多的一位文人，《全唐詩》錄存其詩二八七二首，也是唐人存詩最多的一位詩人。

自嗟❶名利客❷，擾擾❸在人間。何事長淮水❹，東流亦不閑？

【注　釋】❶自嗟　自嘆。❷名利客　求取功名利祿的人。這裏是詩人的自我嘲諷。崔顥〈行經華陰〉詩也說：「借問路旁名利客，何如此處學長生！」❸擾擾　忙忙碌碌的樣子。❹淮水　今稱淮河。源於河南桐柏山，經安徽、江蘇，東流入海，全長約一千公里。

【語　譯】自嘆是求名求利的匆匆過客，擾擾攘攘，在人世間不停地勞碌奔忙。請問千里淮水，你為何滔滔東流，也同樣不曾有片刻的安閑？

【研　析】這是一首自我解嘲的詩。詩人自嘆不能擺脫名韁利鎖，實在是有些慚愧，但他看到滔滔淮水，仍然滾滾千里，東流不息，又有了一絲安慰：既然淮水都在沒日沒夜忙個不停，我又如何能夠例外呢？白樂天算是詩人中的達觀者了，但對於名利，終不能忘懷。他自中書舍人出知杭州，就大發牢騷說：「退身江海應無用，憂國朝還自有賢。」自江州司馬升為忠州刺史，就得意地說：「正聽山鳥向陽眠，黃紙除書落枕前。」明知追求名利殊非高尚之事，但人生在世又擺脫不了，那就來個自我解嘲吧！

問劉十九❶

白居易

綠蟻❷新醅❸酒，紅泥小火爐。晚來天欲雪，能飲一杯無？

【注　釋】❶劉十九　當為居易在江州時之友好嵩陽劉處士，其名未詳。今人選本或誤為劉軻。詳見朱金城《白居易集箋校》。❷綠蟻　酒名，色綠，浮沫如蟻，故名。❸醅　釀造。

【語　譯】碧綠的好酒新近釀成，取暖的紅泥小火爐正可溫酒，傍晚時天陰似要下雪，要不要來我這兒飲上一杯？

【研析】此詩為元和十二年（八一七）居易任江州（今江西九江市）司馬時所作。短短四句，以詩代簡，夜召友人小飲，出語優雅委婉。以酒之綠、火之紅、雪之白，營造一清雅環境，使人讀後，溫暖之感、欲飲之思，油然而生。

古風二首❶

李紳

【作者】李紳（七七二—八四六），字公垂，排行二十，祖籍亳州（今屬安徽），遷潤州無錫（今屬江蘇）。身材不高，朋輩間戲稱為「短李」。六歲喪父，母盧氏教養成人。憲宗元和元年（八〇六）進士，授國子助教。歷翰林學士、御史中丞、宣武軍節度使等。武宗會昌二年（八四二）拜相，同平章事，進尚書右僕射，封趙郡公。四年出鎮，再任淮南節度使。今人卞孝萱有《李紳年譜》。紳素有詩名，其〈新題樂府〉二十首，為中唐詩壇「新樂府運動」之首倡者。明胡震亨《唐音癸籤》卷七評其詩「攬筆寫興，曲備一生窮泰之感」。其〈古風〉二首，尤為著名。《全唐詩》存詩四卷。

春種一粒粟，秋收萬顆子。四海❷無閑田，農夫猶❸餓死。

鋤禾日當午，汗滴禾下土。誰知盤中餐，粒粒皆辛苦。

【注　釋】❶古風二首　詩題一作〈憫農〉二首。❷四海　指天下之內。❸猶　猶然；尚且。

【語　譯】春天裏種下了一粒種子，秋天收穫了萬顆糧食。四海之內沒有一塊閑田，卻還有活活餓死的農夫。

毒辣的太陽正當午，農夫為禾苗把草鋤。滴滴汗水，落在禾苗下的土壤裏。有誰能夠知道，那盤中的餐飯，一粒粒都是來自農民們的辛苦。

【研　析】李紳是中晚唐時期的一位著名宰相。當他還未發達時，曾在憲宗元和三、四年（八〇八、八〇九）間，作有〈新題樂府〉二十首。此組詩傳出後，一時好評如潮，元稹評其「病時」「尤急」。李紳又將〈古風〉請呂溫提意見，溫預言其今後必為卿相（見《唐詩紀事》卷三九）。這兩首〈古風〉與〈新題樂府〉二十首相類似，或即作於此時前後。其第二首，五代孫光憲《北夢瑣言》卷二以為聶夷中詩，未知孰是。第一首一、二句來自古語「種一粟則千萬之粟滋」。前三句極力渲染四海豐收，而末句一跌千宕，給人以強烈的感情衝擊。「猶餓死」三字，為警世之鐘，可長鳴千年。第二首寫稼穡之艱難，描寫細緻，體會深刻。以辛勤之汗水，映照盤中之粒粒辛苦，為千古傳頌之名言。「誰知」二字更有深意。歷代士大夫及其子孫，不知稼穡之艱，不能體恤農民之苦者，大有人在，更有喪心病狂者，千方百計盤剝農人。試觀歷代以來，擾民坑農者，比比皆是，何止不知「辛苦」而已！民間有則笑話，言宋代奸相蔡京，曾問兒孫輩米從何來，答曰自米袋中來。京嘆息曰，真真是不知世事，米自然是稻子碾出來的。公子哥兒不知鋤禾之艱難，尚情有可原，然如蔡京老兒者，經慣世事，一身而繫天下生靈之痛苦幸福，於農夫之辛苦，毫無體念，豈不尤為可恨！

江雪

柳宗元

【作　者】柳宗元（七七三—八一九），字子厚，河東（今山西永濟）人。貞元九年（七九三）登進士第。又中博學宏辭科，授集賢殿正字，調藍田尉，拜監察御史。永貞元年（八〇五）參與王叔文新政，官禮部員外郎。王叔文失敗後，與劉禹錫等同時受到打擊，被貶為永州（今湖南零陵）司馬。十年後召入京，再貶柳州刺史。卒於任所。世稱柳柳州或柳河東。在任頗著政績，民思其惠。及其病卒，為築專祠，歲時祭祀。宗元為詩文大家，與韓愈齊名。在古文創作上有傑出的貢獻。他的詩於韓愈之外，自成一家。在詩歌理論上，他提倡要有「抑揚諷諭」的社會效果和「麗則清越」的藝術美感。在創作實踐上他既吸取了陶、謝、王、孟的自然清新，空靈雋永，又具有自己特有的奇峭明淨，悲憤沉鬱。在放情山水及寓言託物上都有所創新，有所發展。蘇東坡評其能「漱滌萬物，牢籠百態，而無所避之」（《東坡題跋》），「發纖穠於簡古，寄至味於淡泊」（〈書黃子思詩集後〉）。有《柳河東集》四十五卷傳世。《全唐文》錄存其文二十五卷，《全唐詩》錄存其詩一六三首。

千山鳥飛絕，萬徑❶人蹤滅。孤舟蓑笠❷翁，獨釣寒江雪。

【注　釋】❶徑　小路。❷蓑笠　蓑衣斗笠。

【語　譯】千座山峰，沒見一隻飛鳥，萬條道路，沒有一個人影。只見一條孤獨的小船，坐著一個漁翁，頭戴斗笠，身披蓑衣，獨自垂釣在風雪寒江之中。

【研　析】此詩約作於元和年間柳宗元貶謫永州時。詩中極寫天之奇寒，人與鳥皆躲得無影無蹤。但萬人皆「醒」我獨「醉」，「醒」者自避風雪，而「醉」者則獨釣此寒江之上，是何等高超，何等孤傲！一二句以「千」、「萬」二字，極言其境之寥廓，以「絕」、「滅」二字，極言其境之淒清；二句形成鮮明反差，強烈對照。鳥本不畏嚴寒，不畏高山，而此時千山竟無一鳥飛！地上本無路，走的人多了，便成了「萬徑」，而此時竟無一人影，可見飛雪之寒。而正在此極寒極清、生機絕無之境，竟有一垂釣老翁，於此風雪寒江之中，獨釣自娛。如此高情逸致，如此孤芳自賞，實為宗元之自我寫照。唐汝詢《唐詩解》卷二三云柳宗元「託此自高」，可謂頗得詩意。宗元忠而見讒，其心不改，雖流放數千里之外，仍繫念家國，要學那渭水之濱的姜太公，做一個獨釣之翁，等待朝廷召回。奈當今皇上並非是當年的周文王，宗元之苦心，又有誰能領會呢？

羅嗊曲❶六首（其一）

佚名

不喜秦淮❷水，生憎❸江上船。載兒❹夫婿❺去，經歲又經年。

【注釋】❶羅嗊曲　晚唐范攄《雲溪友議》卷下「艷陽詞」條云：元稹於浙東遇一當紅女歌手劉采春，其歌清妙徹雲，其容華艷無比，元稹頗有愛戀之意，乃贈七律一章，其尾聯云：「更有惱人腸斷處，選詞能唱〈望夫歌〉。」〈望夫歌〉者，即〈羅嗊曲〉也。采春所唱一百二十首，皆當代才子所作。此首既言「秦淮」，當為歌詠金陵之曲，或即與金陵有關之才士所為。明季方以智《通雅》卷二九〈樂曲〉云：「羅嗊，猶來羅。」即思婦盼望征夫早日歸來之意。❷秦淮　河名。長江下游一支流，於金陵入江，向為南京地區一重要航道。❸生憎　非常討厭。生，極；很。憎，討厭。❹兒　青年男女的自稱。此指詩中女主人公自稱。《樂府詩集》卷二五〈木蘭詩〉：「願借明駝千里足，送兒還故鄉。」❺夫婿　妻對夫的稱呼。《玉臺新詠》卷一〈日出東南隅行〉：「東方千餘騎，夫婿居上頭。」

【語　譯】我不喜歡秦淮河的水，也很討厭長江上的船。江上的船兒帶走了我的丈夫，使我們離別一年又一年。

【研　析】這是閨中少婦詠嘆離愁別恨的一組歌曲。唐代長江中下游沿岸的商務已經有相當的規模，隨著商業的繁榮，許多的商人在他鄉奔走，每每使家中婦女苦苦思念，於是便在「征人思婦」的主題之外，又產生了「賈人思婦」的詩歌題材。〈羅嗊曲〉便是其中一種。此詩語言平易，情感真摯，筆觸細膩，描寫少婦之怨，其聲調口吻，唯妙唯肖。詩中不寫少婦如何怨恨丈夫遠遊遲歸，卻寫其責怪秦淮河水及江上行船。其責怪看似「無理取鬧」，而其痴情蜜意，則盡在此一無理嗔怪之中流露出來。施肩吾詩云「自家夫婿無消息，卻恨橋頭賣卜人」（〈望夫詞〉），也是將自家之滿腔哀怨，發洩至「賣卜人」身上。又清沈德潛評本詩云：「不喜、生憎、經歲、經年，重複可笑，的是兒女子口角。」（《唐詩別裁》）也說出了此詩的語言特色，頗為中肯。

羅嗊曲六首（其三）

佚名

莫作商人婦，金釵當卜錢❶。朝朝❷江口望，錯認幾人船。

【注釋】❶卜錢　占卜之一式，以銅錢數枚，跪下祝神後，將銅錢擲於地，視其陰陽面以預測吉凶順逆。❷朝朝　每天每日。

【語譯】千萬不要嫁給這重利輕別的商人，空閨裏無聊賴權且拔了金釵當卜錢。盼夫君我天天在這江口眺望，不知錯認了多少別人家的行船。

【研析】前詩言經年離別，此言苦苦望歸。詩中自言後悔嫁作商人婦，實是思念之極而生怨恨。其愛之甚深、望之甚切，不言自明。二句言以釵當錢，或此釵為丈夫之信物？或金釵為手頭現成之物，情急之下，不及尋錢，而順手拔下以占。既占得夫君即將來歸，故三四句言其在江口守候，候而未來，竟錯認幾回行舟也。白居易「商人重利輕別離，前月浮梁買茶去」（〈琵琶行〉）之怨，溫庭筠「過盡千帆皆不是，斜暉脈脈水悠悠，腸斷白蘋洲」（〈望江南〉）之失望，本詩兼而有之。

行宮❶

元稹

【作　者】元稹（七七九—八三一），字微之，河南洛陽（今屬河南）人。九歲能文章，十五擢明經，授校書郎。憲宗元和元年（八〇六）四月舉制科，登第者十八人，稹為第一，拜右拾遺。稹性鋒銳急進，既居言官，則事無不言，所言又皆朝政大事，遂為執政所忌，出為河南（治所在今洛陽內）縣尉。又與宦官因住驛館等事發生衝突，再貶江陵士曹參軍。後量移通州（治所在今四川達縣）司馬。還朝後擢祠部郎中，知制誥。長慶二年（八二二）二月，官至宰相。六月被誣，出為同州（治所在今陝西大荔）刺史，在郡二年，改授越州（治所在今浙江紹興）刺史、浙東觀察使。文宗大和四年（八三〇）任武昌軍節度使，次年七月二十二日暴病卒於鎮。詩與白居易齊名，當時即為天下傳誦，號「元和體」。往往播於樂府，流聞京師，里巷相傳，為之紙貴。著有《元氏長慶集》一百卷，又《小集》十卷等。《全唐文》錄存其文九卷，《全唐詩》錄存其詩八八四首。

寥落❷古行宮，宮花寂寞❸紅。白頭宮女❹在，閑坐說玄宗❺。

【注　釋】❶行宮　帝王出行時所臨時居住的宮殿。此詩所詠，可能是指洛陽的上陽宮。左思〈吳都賦〉：「古昔帝王，有陟方之館，行宮之基。」❷寥落　蕭條冷清。❸寂寞　冷落孤獨。❹白頭宮女　老年宮女。白居易〈上陽白髮人〉詩：「上陽人，紅顏暗老白髮新。綠衣使者守宮門，一閉上陽多少春？明皇末歲初選入，入時十六今六十。同時採擇百餘人，零落年深殘此身。」❺玄宗　名李隆基，盛中唐時代著名皇帝，西元七一二—七五六年在位。先後以姚崇、宋璟、韓休、張九齡為相，形成開元之治。後用奸人李林甫、楊國忠，奢侈淫逸，政腐治敗，終於釀成「安史之亂」，大唐就此一蹶不振。

【語　譯】古老的行宮，一片冷落蕭條，寂寞的宮中，唯有花兒開放正火紅。滿頭白髮的宮女住在裏面，正閑坐談論著玄宗的往事。

【研　析】歷代皇上的特權之一，便是可以召進成千上萬美麗的女孩子，到他那「不得見人的去處」，充當「宮女」。於是許許多多的良家女子，十二、三歲就離別家人入宮，一直到白髮蒼蒼，大多連皇上是什麼樣子都未見過。許多宮女可能只是從前輩老大姐們那兒，聽說過「吾皇」而已。這些在高牆中被圈禁的宮女，本來是活潑潑的女孩子，現在竟然與世隔絕了一生，其內心之痛苦寂寞，可想而知。出於對宮女的些許同情，同時也是出於艷羨或好事，描寫宮女寂寞怨恨生活的詩歌，竟成了唐代詩歌的一大門類，曰「宮怨」。這首詩極力渲染的，就是白髮宮女們的「寂寞」。開頭一句，直陳「寥落」，再加上一個「古」字，荒涼淒清之感，油然而生。宮中早已沒了皇上的影子，但那花兒卻正開得熱鬧。兩相一對照，更顯得宮中之寂寞。年年歲歲花開落，而這些女孩子們一朵朵鮮花還未及開放，就已青春流逝，永遠地老去了。蒼涼的宮殿裏，只有幾個上了年紀的宮女們，正在閑話玄宗。詩中用字頗為講究，值得注意。一句「古」字說明年代久遠，為下文之「白髮」張目。「古」宮中人，其歷程之長之苦，自不待言。二句「紅」字，更是紅得刺眼，紅得令人心酸。紅花之匆匆與行宮之古老，花之紅與髮之白，花之熱鬧與古宮之冷落，全通過這一「紅」字體現出來。三句之「在」，頗有微意：歷經滄桑之餘，行宮已古，皇上已逝，而宮女仍「在」！此生何益，此生何趣？可憐她們別無話題，「說」的想的，仍然是那位永遠的「萬歲爺」。

明月三五夜❶

元稹

待月西廂下，迎風戶半開。拂牆花影動，疑是玉人❷來。

【注　釋】❶三五夜　十五月圓之夜。❷玉人　比喻人之容止如玉般晶瑩俊美。《世說新語・容止》：「(裴楷) 粗頭亂服皆好，時人以為玉人。」本詩是指崔鶯鶯的情人張生。

【語　譯】西廂廊下，等待著月出夜深，半開半掩繡房門戶，迎候著春風。花影兒忽然在牆頭上晃動起來，莫不是情郎你跳牆來應約。

【研　析】元稹的小說《鶯鶯傳》，寫張生與崔鶯鶯之偷戀。其中有一首鶯鶯小姐寫的約會詩。詩中用「文雅」的筆墨，告訴張生約會的時間、地點、路徑、暗號：月出照在西廂廊下之時，便可前來相會，地點就在我西廂房下，前面老夫人看得甚嚴，後面牆不甚高，爬牆過來可也。我虛掩房門，你不必敲門，以防被人覺察。後兩句同時表明自己會焦急等待，望張郎接詩後速速準備，到時跳牆，千萬小心，不得有誤。

劍客❶

賈島

【作　者】賈島（七七九—八四三），字閬仙，一字浪仙，自號碣石山人、苦吟客，范陽（今河北涿縣）人。早年出家為僧，法號無本。韓愈勸其還俗。累舉進士不第，憤世嫉俗，作詩嘲諷當路，為權貴所恨，稱其為「舉場十惡」。開成二年，任長江（今四川遂寧西北）主簿，人稱「賈長江」。武宗會昌中，以普州（治所在今四川安岳）司倉參軍遷司戶參軍，未及受任而卒。其詩善寫荒涼之景，冷落之情，風格清奇僻苦。與孟郊齊名，蘇軾號之曰「郊寒島瘦」。又與姚合齊名，世稱「姚賈」。著有《詩格》一卷，《長江集》十卷，傳世。《全唐詩》錄存其詩四一一首。

十年磨一劍，霜刃❷未曾試❸。今日把示君，誰有不平事？

【注　釋】❶劍客　詩題一作〈述劍〉。❷霜刃　形容劍刃雪亮如霜。❸試　初次使用。

【語　譯】十年來都在磨我的寶劍，雪亮的劍刃還未曾試用過。今天把這口寶劍給您看一看，人間何處有不平之事？

【研　析】唐人三教九流，兼容並蓄。儒佛道仙俠，一一可為詩之題材。賈島本具俠氣，姚合〈哭賈島〉稱其「曾聞有書劍，應是別人收」。然此詩並非是真正的「武俠」詩，而是藉以詠懷述志之作。賈島苦心學問數十年，向有長材大志，然蹭蹬不偶，故以劍客自喻，託物言志，以抒其抱負，或以此自薦於公卿。「誰有不平事」一作「誰為不平事」，論者多以後者為佳，以其更見游俠本色。賈島詩思奇僻，號稱「郊寒島瘦」，而此詩則聲情壯烈，造語豪健，是為賈詩之別格。

尋隱者❶不遇　賈島

松下問童子，言師採藥去。祇在此山中，雲深不知處。

【語譯】松林下尋人不著，只好詢問留守的徒弟。童子說師父上山採藥去也，就在此山之中，並不遙遠，但由於雲深霧濃，真不知他身在山的那一處。

【注釋】❶隱者　隱居之人。

【研析】唐人有所謂「終南捷徑」一語，諷刺那些假撇清之人，有官可做而故意暫時不做，偏要去找一座山隱居起來，以便等名聲大了，身價高了，好做更大的官。李白、李泌等人，便是典型。終南山就在長安附近，說是「終南捷徑」，是譏刺隱者身在其間而心在廟堂，因而要找一個離京城不遠的地方，以便一旦有什麼門路，便可下山。但走這條路的人多了，不免為人所識破，因此凡寫隱士讚美詩，就要與「終南」、「捷徑」劃清界限，要將那所隱之山，說得越深越遠，要把那所讚之人，說得一點煙火味也無，這樣纔能與那些借隱求名者區別開來。此詩即為一例。首句即言「松下」，說明這位隱士居住環境之雅。又言主人不在，是真正的大隱，連朋友也很難見到他，只好問他的徒弟了。那徒弟告訴作者，師父採藥去了，看來這位隱者正在修煉。但徒弟透露一些消息說，師父就在此山之中，「尋」者有了一線希望，然童子又神秘兮兮地來上一句補充：他老人家雖在此山之中，但這山大得很，高得很，他在那雲深不可知之處，您要找他，怕是不夠資格哩。此詩《文苑英華》卷二二八、元楊士弘《唐音》卷一五均作孫革〈訪羊尊師〉。《萬首唐人絕句》五言卷二五則題為〈尋隱不遇二首〉之一，署「無本」。《全唐詩》作賈島。

莫愁樂❶

張祜

【作　者】張祜（七九二？—八五三？），字承吉，排行三，郡望清河（今屬河北），南陽（今河南鄧縣）人，寓居姑蘇（今江蘇蘇州）。早年浪跡江湖，後累舉進士不第。屢入幕府，以為人狂放，不久即去。故杜牧有詩讚曰：「誰人得似張公子，千首詩輕萬戶侯。」晚年卜居丹陽，自稱處士。有《張承吉詩》十卷。《全唐詩》錄存其詩五一四首。

儂❷居石城❸下，郎到石城遊。自郎石城出，長在石城頭。

【注　釋】❶莫愁樂　清商曲辭。宋郭茂倩《樂府詩集》卷四八收入西曲歌。❷儂　我。古代吳地人自稱為「儂」。《晉書‧會稽王道子傳》：「道子頷曰：『儂知儂知。』」❸石城　石頭城的省稱。《文選》左思〈吳都賦〉：「戎車盈於石城，戈船掩乎江湖。」石城始建於戰國，楚威王滅越，置金陵邑。漢建安十六年（二一一），孫權徙治秣陵，改名石頭城。吳時為土城，晉義熙中（四一〇—四一一）始加磚累石，因山為城，因江灣為地。其形勢險要，為攻守金陵必爭之地。故址在今江蘇南京西清涼山後，至今遺址猶存。

【語　譯】我家住在石頭城下，情郎來到石頭城遊玩。自從情郎離開石頭城後，我就常常站在石頭城上遙望。

【研　析】一個石頭城下的女孩，與一個來到石頭城遊玩的青年，一見鍾情，兩人訂了終身，但情郎不久就得離開，害得這位痴女子一天到晚爬上城頭遙望。此詩反覆迴環，一唱三嘆。出語平易而雋永。其風格、情調、語言，頗似南朝〈西洲曲〉。

宮詞二首（其一）

張祜

故國三千里❶，深宮二十年。一聲〈何滿子〉❷，雙淚落君前。

【注　釋】❶故國三千里　指故鄉、故園，因平仄需要而作故國。❷何滿子　舞曲名。相傳以樂人何滿而名。白居易《長慶集》卷六八〈何滿子〉詩：「世傳滿子是人名，臨就刑時曲始成。一曲四詞歌八迭，從頭便是斷腸聲。」《樂府詩集》卷八〇引白居易云：「何滿子，開元中滄州歌者，臨刑，進此曲以贖死，竟不得免。」又元稹《長慶集》卷二六〈何滿子歌〉：「何滿能歌聲宛轉，天寶年中世稱罕。嬰刑繫在囹圄間，下調哀音歌憤懣。梨園弟子奏玄宗，一唱承恩羈網緩。便將何滿為曲名，御譜親題樂府纂。」與白說之結局，大不相同。亦作〈河滿子〉。唐蘇鶚《杜陽雜編》卷中：「時有宮人沈阿翹，為上舞〈河滿子〉，聲調風態，率皆宛暢。」

【語譯】故鄉在三千里之遙，妾在深宮之中，已經空守了整整二十年。唱一聲舞一曲悲憤的〈何滿子〉，禁不住的兩行熱淚，滴落在君王面前。

【研析】一個年輕貌美的女子，從三千里外的家鄉被選入宮中，一住就是二十年。首句自空間上說故鄉之遠，二句從時間上極言幽閉深宮時日之長。由此想到以曲自贖、終不獲免的樂工何滿，正與深宮中的宮女有相似之命運。何滿有罪，身繫囹圄；而這些無辜少女，永閉宮中。每念及此，怎能不「一聲〈何滿子〉，雙淚落君前」！「三千」、「二十」、「一」、「雙」，句句使用數字，為此詩之一大特色，白香山則以為「皆數對，何足奇」，此評近乎挑剔。杜牧則讚之曰：「可憐『故國三千里』，虛唱歌辭滿六宮。」（見《雲溪友議》卷中）

馬詩[1]二十三首（其四）

李賀

【作者】李賀（七九〇—八一六），字長吉，河南福昌（今河南宜陽）人。家居福昌之昌谷，後人因稱「李昌谷」。因父晉肅諱「進士」音，不得預進士試。曾任奉禮郎。年少失意，鬱鬱寡歡，以專心創作詩歌為務。年二十七，病卒。李賀詩名早著，受到韓愈、皇甫湜的賞識。長於樂府歌詩，馳騁想像，刻意求新，嘔心瀝血，冥搜苦吟。喜用神話傳說歷史典故，創造出恢詭奇譎、出人意表、驚心動魄的藝術形象。在中唐眾多作家中，獨闢蹊徑，道人所不道，形成一種奇崛、幽峭、穠麗、淒艷的獨特風格。杜牧〈李長吉歌詩序〉品評其詩云：「蓋〈騷〉之苗裔，理雖不及，辭或過之。」又說：「使賀且未死，少加以理，奴僕命騷可也。」宋嚴羽《滄浪詩話》稱：「人言『太白仙才，長吉鬼才』。不然！太白天仙之詞，長吉鬼仙之詞耳。」有《李長吉歌詩》四卷。《全唐詩》錄存其詩二四五首。

此馬非凡馬，房星本是星❷。向前敲瘦骨，猶自帶銅聲。

【注釋】❶馬詩　詠馬的詩。李賀寫了一組詠馬的詩，共二十三首，皆為藉馬而有所喻之作。❷房星本是星　《漢書・天文志》：「房為天府，曰天駟。」房星為天馬之星，此指馬種之貴。

【語譯】這匹馬本不是普通的凡馬，房星本來就是天馬星。走向前敲敲牠的瘦骨，還聽得到清脆的帶著銅聲。

【研析】李賀〈馬詩〉共二十三首，但並非是伯樂相馬，而是借馬喻志，各有寓意。本篇詠馬，實是自我寫照。一句言「非凡馬」，說明自己才能之超群。二句復言這匹馬實在是天上的「房星」下凡。這一「非」一「是」，說明天馬與凡馬自有不同之處。三四句具體寫天馬的出眾之處。「向前敲瘦骨，猶自帶銅聲」，乃就馬之骨相而言。駿馬多瘦骨，此馬骨堅如銅，敲來猶帶金屬之聲，這一意象似為李賀所首創。賀本為「唐諸王孫」，此詩以馬喻己，自命才性非凡，堪行千里而負重任。全詩語言曉暢，託意顯明。

馬詩二十三首（其五）

李賀

大漠❶沙如雪，燕山❷月似鉤。何當❸金絡腦❹，快走踏清秋❺。

【注　釋】❶大漠　大沙漠。這裏指內蒙古北部和外蒙古南部的廣大荒漠地區。❷燕山　此指燕然山，即今外蒙古的杭愛山。東漢竇憲曾與匈奴作戰到此，大破匈奴，登燕然山，命班固作〈封燕然山銘〉，勒石山上。❸何當　安得。❹金絡腦　用黃金為飾的馬籠頭。❺清秋　秋高氣爽，故叫「清秋」。

【語　譯】戈壁大漠的流沙，白茫茫像雪一樣潔白，燕然山的新月，像碧空萬里懸掛著一彎銀鉤。什麼時候讓牠戴上黃金為飾的籠頭，放開四蹄奔馳，在這秋高氣爽的大好時光。

【研　析】古今的人才，總是以馬自居，希望能為伯樂所發現，一展宏圖。這也是一首藉詠馬以自況的詩。表示自己願做千里馬，為國馳驅沙場，立功萬里。詩雖然短短二十字，卻寫得既豪放，又沉鬱。既希望有伯樂來識千里馬，能為國家一展奇才；又感到當時政治黑暗，壯志難酬，懷才不遇，故以「何當」兩字曲折地展示詩人內心的悲憤。清人姚文燮說得好：「邊氛未靖，奇才未伸，壯士於此不禁雄心躍躍。」（見姚氏《昌谷集注》）但話說回來，為什麼自己不做那騎馬的人，而偏要為馬呢？這就是古人的局限了。古代人是以忠君愛國為最高道德規範的，對於那位至高無上的「君」來說，所有的臣下，不過是大大小小的「馬」而已。

江村夜泊❶

項斯

【作　者】項斯（約八〇二—約八四七），字子遷，臨海（今屬浙江）人。會昌四年（八四四）進士，授潤州丹徒縣尉，卒於任所。項斯為張籍所知，其詩「清妙奇絕」，頗與張籍相類。

日落江路黑❷，前村人語稀。幾家深樹裏，一火❸夜漁❹歸。

【注　釋】❶泊　停船靠岸。❷江路黑　指江中黑暗，行船難辨路徑。❸一火　一盞燈火。❹夜漁　黑夜打漁。

【語　譯】太陽早已落山，江中的水路已經轉黑，岸前的漁村裏，人聲已經稀落。幾戶人家，掩映在深深的樹林裏，一盞漁燈，是漁民夜晚打漁歸來。

【研　析】這首詩寫江村漁民夜晚打漁歸來，宛如一幅漁家風俗畫，令人企羨不已。詩的前兩句，一句寫夜晚江中天黑，一句寫岸上夜深人靜。就在這靜謐而帶有些神秘的氣氛中，在村外一片漆黑的樹林裏，有一盞漁火一閃一閃的，那是夜歸的漁人。這幅圖畫看了讓人感動不已。「夜漁」是一個具有象徵性的意象。遠古時代，人們靠漁獵為生，後來農業、工業相繼產生，人類基本上已不再依靠漁獵生活，但是，正如成人對於兒童時代的遊戲永遠不能忘懷一樣，已經處於成年的人類，對於童年時代的活動，總會有一種戀戀不捨之情。童年的那許多並不愉快的事情，在成人回憶起來，大都是溫馨而甜蜜的。詩人對於漁獵生活的讚美，也許就是這種心理狀態吧。實際上，夜晚打漁，對於漁民來說，是很苦很累的活兒，但若有了收穫，或事後回憶，苦累的一面就被忽略了，留給人們的，則是豐收的喜悅。

歸家

杜牧

【作　者】杜牧（八〇三—約八五三），字牧之，京兆萬年（今陝西西安）人。文宗大和年間進士，曾為黃、池、睦、湖等州刺史，在朝中亦任過司勳員外郎、中書舍人等職。受祖父杜佑（曾為宰相，撰《通典》）影響，喜論政談兵，頗有抱負。晚唐時代政局紛亂，內憂外患，矛盾重重，杜牧身處其中，曾提出許多治國用兵之術。然世風日下，宦途不很得意，生活上又放浪不檢，於是產生頹放情緒。其詩歌創作大多不離上述兩方面內容。杜牧作詩，自稱「本求高絕，不務奇麗，不涉習俗，不今不古，處於中間」（〈獻詩啟〉）。其留心世務的壯懷與傷春傷別的情思相結合，形成了「雄姿英發」（《藝概》卷二）的獨特詩風。五言古詩，筆力矯健，多寫社會、政治題材；七律拗峭俊爽，七絕風華流美，或諷刺時政，或吟詠古史，或抒懷寄慨，或寫景詠物等，可謂異彩紛呈，美不勝收。在晚唐與李商隱齊名，稱「小李杜」。詩存《樊川詩集》，清馮集梧有注本。

稚子❶牽衣問，歸來何太遲！共誰爭歲月？贏得鬢邊絲❷！

【注釋】❶稚子 小孩子，此指最小的孩子。晉陶淵明〈歸去來辭〉：「僮僕歡迎，稚子候門。」❷鬢邊絲 兩鬢斑白。鬢，鬢角。絲，指頭髮銀白似蠶絲。

【語譯】最小的孩子牽著我的衣角，問我回家怎麼這樣遲！年華似水，一去不回，你在跟誰爭強鬥勝？只贏得如今啊兩鬢如絲！

【研析】此詩看似平易，內裏頗有文章。「稚子」是最小的孩子，老來疼愛少子，是人之常情，而自己長年在外，有失為父之職責，現遲遲來歸，孩子牽衣而迎，自己不免有愧疚之心。「遲」字是全篇關鍵。杜牧有「十年一覺揚州夢，贏得青樓薄倖名」的浪漫史，姍姍來遲，自是題中應有之意。但現在看到最小的孩子已經這麼大了，自己沒有盡到為人父、為人夫的責任，自然是心有所動的。所以三四句便借孩子之口責備自己說：你到底是在和誰賭青春，和誰過日子？到如今，你白髮斑斑，回家來了！「共誰爭歲月？贏得鬢邊絲」，「爭」字極為凝煉，「贏」字極為雋永，兩字可咀可嚼。青春短暫，歲月匆匆，置妻子兒女於不顧，是在和誰爭強鬥勝？人生似一場賭博，以青春年華為注，而僅得「青樓薄倖」、「鬢邊如絲」為贏餘也。

塞下曲❶

許渾

【作　者】許渾（八一〇？－八五八？），字用晦，原籍洛陽，遭亂南居湖湘十年，後定居丹陽（今安徽宣城）。大和六年（八三二）進士，歷當塗、太平縣令，潤州司馬。大中三年（八四九）拜監察御史，歷虞部員外郎，睦州、頓州刺史。以病乞東歸，退居村舍，暇日綴錄所作為集。渾詩以五律七律為主，句法圓穩工整，為杜牧、韋莊等所稱頌。其寫山水林泉，常用「水」字，故後人有「許渾千首濕」的說法。其登高懷古詩，慷慨悲歌，格調豪麗。《新唐書・藝文志四》著錄其《丁卯集》二卷，今存。《全唐文》錄存其文一篇，《全唐詩》錄存其詩五三五首。

夜戰桑乾❷北，秦兵❸半不歸。朝來有鄉信，猶自寄征衣❹。

【注　釋】❶塞下曲　《全唐詩》題作〈塞下〉，此從《才調集》。〈塞下曲〉屬漢樂府橫吹曲辭，多描寫邊塞戰事。這首詩亦是反映邊塞戰爭給士兵帶來的災難。❷桑乾　據《漢書・地理志》，桑乾縣屬代郡，在今河北蔚縣東。桑乾水，源出山西馬邑桑乾山。皆邊塞之地。❸秦兵　即唐兵。唐人詩中往往以秦、漢代唐。❹朝來有鄉信二句　這兩句是說：出征的戰士在前一天的戰鬥中已經戰死大半，但第二天早晨卻有閨中寄來了寒衣。鄉信，從家鄉來的信。

【語　譯】夜來戰鬥在桑乾河的北岸，唐朝的士兵們，大半都已戰死。早晨的時候來了故鄉的音信，閨中人仍然寄來了冬天的寒衣。

【研　析】這首詩用戰場上的殘酷現實，與閨中人的思念，形成強烈的對比和反差，表達了人民渴望和平，不要戰爭的思想。戰士們在那遙遠的地方與敵人打了一仗，大部分人已永遠留在了桑乾河的對岸，化作了異鄉的孤魂。而家中痴情的妻子，還在不斷地向前方寄送寒衣。這是多麼令人心酸的情景。唐詩中有許多類似的詩句，如「可憐無定河邊骨，猶是春閨夢裏人」等，讀來無不令人淒然淚下。

樂遊原❶

李商隱

【作　者】李商隱（八一三—八五八），字義山，號玉谿生，又號樊南生，懷州河內（今河南沁陽）人。早年受知於令狐楚，進士及第後娶王茂元女。因令狐楚屬牛（僧孺）黨，王茂元則接近李（德裕）黨，自此陷入黨爭漩渦，屢遭打擊。曾兩入秘書省，終不得志，前後在桂州、徐州、梓州等地任鄭亞、盧弘止等人幕僚。後客死滎陽，年四十六歲。李商隱一生歷經憲宗、穆宗、敬宗、文宗、武宗、宣宗六朝，其時政事紛亂，時局變遷，故作詩或抨擊時政，或吟詠古史，或抒懷寄慨，總不離當時現實。以〈無題〉命名者，多亦有所寓託。其藝術功力深厚，作詩尤以近體見長，所謂「深情綿邈」、「包蘊密致」、「沉博絕麗」、「寄託深而措辭婉」等，前人多有論及。與溫庭筠齊名，號稱「溫李」，為晚唐詩壇巨擘。李商隱對後世有很大的影響，晚唐及宋初的一些作家，專學其詩歌作法。有《李義山詩集》，後代注本，清人馮浩的《玉谿生詩集箋注》較為詳備。《全唐文》錄存其文十二卷，《全唐文拾遺》錄存其文〈賦三怪物〉一篇，《全唐詩》錄存其詩七〇二首。

向晚❷意不適❸，驅車登古原。夕陽無限好，祇是近黃昏。

【注釋】❶樂遊原　在長安東南，為唐時登覽勝地。❷向晚　將到傍晚。❸不適　不舒服；不高興。

【語譯】接近傍晚，心情有些不快活，於是駕了車子，前往郊外的樂遊古原散心。原上的夕陽血紅鮮艷無限美麗，只是已近黃昏，一切美景都將被夜幕吞沒。

【研析】這首詩用傷感的語言筆調，說出了這樣一個帶有普遍性的現象：事物都是發展變化的，再好的事物，也有結束的時候，所謂「彩雲易散琉璃脆，大都好物不牢堅」，黃昏雖然美麗，但緊接著的便是無邊的黑夜。青春和生命也是如此：青春無比美麗，生命更為輝煌，但美麗短暫，輝煌只是一瞬。正因如此，生命纔更顯可貴，青春纔更值得珍惜，黃昏纔更使人流連。那冉冉西下的夕陽，那稍縱即逝的餘暉，帶給了詩人們多少靈感和詩意！清紀昀《玉谿生詩說》上評此詩云：「百感茫茫，一時交集，謂之悲身世可，謂之憂時事亦可。」百感茫茫，古今共悲。管世銘謂此詩「消息甚大，為五絕中所未有」（《讀雪山房唐詩凡例》），可謂知言。

寄人❶

李群玉

【作　者】李群玉（八一三？－八六一？），字文山，澧州澧陽（今湖南澧縣）人。應舉不第。裴休觀察湖南，厚禮延致幕中。唐宣宗大中八年（八五四），入長安，獻詩三百首，又得令狐綯推薦及裴休延譽，頗得宣宗賞識，授弘文館校書郎。數年後，裴休、令狐綯相繼罷相，李群玉亦「銜冤抱恨」罷職，後歸湘中。群玉多才藝，好吹笙，善書翰。清才曠逸，專以吟詠自適，詩筆遒麗，文體豐妍。其詩多閑適干謁之作，而羈旅遊覽之什，風格流麗，韻致婉轉。著有《李群玉詩》三卷、《後集》五卷傳世。《全唐文》錄存其〈進詩表〉一篇，《全唐詩》錄存其詩二六二首。

寄語雙蓮子❷，須知用意深。莫嫌一點❸苦❹，便擬❺棄蓮心❻。

【注　釋】❶寄人　寄贈他人。❷雙蓮子　即並蒂蓮子。「蓮子」與「憐子」，諧音雙關。❸一點　蓮心形如一小點。❹苦　蓮心味苦，可入藥。❺擬　將；就要。❻蓮心　與「憐心」諧音雙關，表面寫蓮子之心，實則寫相憐之心。

【語　譯】送給你一對雙頭蓮子，你應該知道此中用意深深。不要因為嫌那一點兒苦，就要放棄相愛之心。

【研　析】這首詩用諧音雙關的手法，抒寫了詩人的相思之情。愛情不僅僅是甜蜜，更多的是酸甜苦辣，五味俱全。但不要因為那一點點的苦意，就放棄愛情。

離騷❶

陸龜蒙

【作　者】陸龜蒙（？—八八一？），字魯望，號天隨子、甫里先生，自稱江湖散人，吳郡（治所在今江蘇蘇州）人。舉進士不第，遂放棄舉業。曾入睦州、湖州、蘇州刺史幕，後居松江甫里。陸龜蒙與皮日休相友善，時有唱和，在詩壇同享盛名，世稱「皮陸」。他的詩「穿穴險固，囚鎖怪異」而「卒造平淡」（《甫里先生集．甫里先生傳》），追求險怪博奧，多用僻典怪字，有不少文字遊戲之作。部分詩歌憤慨時勢、憂念民生，猛烈抨擊統治者的昏庸和貪婪，具有一定的現實意義。寫景詠物之作，則表現閑適的隱逸生活，語言纖巧怪僻。有《甫里先生集》傳世。《全唐文》錄存其文二卷，《全唐詩》錄存其詩五九五首。

〈天問〉❷復〈招魂〉，無因❸徹帝閽❹。豈知千麗句❺，不敵一讒言❻。

【注　釋】❶離騷　戰國大詩人屈原（前三四三—前二七七）的長篇詩歌。屈原名平，仕楚懷王為左徒，因朝中奸人讒毀見疏，因作〈離騷〉以明志。❷天問　屈原所作，是一首對「天」發問的長詩。❸無因　沒有辦法；沒有門路。❹徹帝閽　達到君王門前，意指打動楚王的心。徹，到達。❺千麗句　指〈離騷〉、〈天問〉、〈招魂〉等篇章中的奇文麗句。《史記．屈原賈生列傳》：「〈國風〉好色而不淫，〈小雅〉怨誹而不亂。若〈離騷〉者，可謂兼之矣。」❻讒言　指朝中小人中傷屈原之語。《史記・屈原賈生列傳》云：「(屈原)明於治亂，嫻於辭令。入則與王圖議國事，以出號令；出則接遇賓客，應對諸侯。王甚任之。上官大夫與之同列，爭寵而心害其能。懷王使屈原造為憲令，屈平屬草稿未定，上官大夫見而欲奪之，屈平不與，因讒之曰：『王使屈平為令，眾莫不知，每一令出，平伐其功，以為非我莫能為也。』王怒而疏屈平。」

【語　譯】不論是〈天問〉中悲憤的叩問，還是〈招魂〉中哀怨的呼號，都不能打動楚王的心扉。那千萬言奇文麗句，也敵不過小人的一句讒言。

【研　析】貞而見疑，忠竟被讒，是一個普遍的政治現象。因為那些高高在上的人主，不但大多具有常人的弱點，更因為所處的特殊地位，有著許多常人所不可能具有的毛病。小人的媚惑之言，甜甜蜜蜜，聽起來自然是頗為受用，而忠貞之臣的諍言，逆心刺耳，聽起來當然老大的不痛快。若是普通人，只喜歡別人的奉承，頂多是一己身心之不修，於國計民生倒無大礙；若是身負萬機重任的一國之君，那麻煩可就大了。小則國政不理，民不聊生，大則亡國喪身，天下大亂。楚懷王是如此，唐玄宗是如此，後之許多帝王人主，也往往如此。司馬遷、李白等盛讚屈原辭賦「可與日月爭光」，但在懷王看來，卻是牢騷滿腹，心懷不滿，因此必須把他趕走。懷王固然昏庸，但後世的君主，偏聽讒言的，也大有人在，誤國誤民之餘，有的還賠上了自家的「龍體」，斷送了祖宗的「產業」。

雪

羅隱

【作者】羅隱（八三三—九〇九），本名橫，字昭諫，自號江東生，浙江新城（今浙江富陽）人。自宣宗大中六年（八五二）到僖宗光啟三年（八八七），十次參加進士考試，皆為「有司用公道落去」（《讒書・重序》），因改名隱，浪跡天下。歷任錢塘令、著作郎、司勳郎中、鎮海節度判官、給事中、鹽鐵發運使等職。羅隱多近體之作，尤以七言絕句為工，以物寓志，諷刺現實，同情人民疾苦，因而廣為流傳。其七律多寫個人憂傷，情調悠揚，真切動人。其《讒書》皆為有感於時事的雜文小品，幾乎全部是抗爭和憤激之談。今有《羅昭諫集》傳世。《全唐文》錄存其文四卷，《全唐詩》錄存其詩四九五首。

盡道❶豐年瑞❷，豐年事若何❸？長安❹有貧者，為瑞不宜多！

【注釋】❶盡道　大家都說。盡，皆；都。❷豐年瑞　豐收年成的好預兆。俗語：「瑞雪兆豐年。」❸若何　怎麼樣。❹長安　唐京都，即陝西西安。此以京都代全國。

【語譯】大家都是這樣說，大雪是豐年的好預兆，但那窮苦之家，豐收的年景又能如何？就在這座繁華的長安都城，也有許多貧苦百姓，這寒冷徹骨的「瑞雪」，還是請你少下！

【研析】這是一首託詠雪以諷政的詩。詩中表現了詩人對貧苦人民的深刻同情。人人都說「瑞雪兆豐年」。但是豐收之後，窮人究竟能夠得到多少好處呢？還不是大多數的豐收果實都進入富人的倉庫，因此，詩人要長嘆「豐年事若何」。貧苦飢寒的人，有的食不果腹，衣不蔽體，雪下得越多，就越是飢寒交迫，說不定還等不及明春的豐收，就早已是「路有凍死骨」了，因此詩人憤激地說：「為瑞不宜多！」

秋別

羅鄴

【作　者】羅鄴（生卒年不詳），餘杭（今屬浙江）人，唐僖宗乾符年間在世。父為鹽鐵吏，家貲巨萬。累舉不第，浪跡天涯。曾為督郵，又曾入幕府，終鬱鬱不得志。與羅隱、羅虬齊名，號稱「三羅」。善七言律，風格清新綿麗，內容多憤怨之作。《全唐詩》錄存其詩一四九首。

別路悲楊柳，秋風淒管弦❶。青樓❷君去後，明月為誰圓？

【注　釋】❶管弦　此指管樂和弦樂，泛指音樂。管，管樂器，如笛、簫、嗩吶等。弦，弦樂器，如琵琶、二胡等。❷青樓　女子所居之樓，後指妓院。

【語　譯】分別的路口，楊柳也為我們悲傷，悲涼的秋風裏，離別的樂曲分外淒清。青樓中日夜相伴，如今您竟離我而去，從今後，夜夜明月為誰團圓？

【研　析】從詩意來看，顯然是詩人與歌妓相別時所唱之曲。一二句言離別之情深，連楊柳也為之悲傷，連音樂也為之不歡。字裏行間，則以對偶的形式，使用諸如「別」、「秋」，「悲」、「淒」等字眼，渲染了離別時黯然魂銷的氣氛。陌頭楊柳，容易引起人們的別愁；折柳贈行，含有「留別」之意，是傳統的送別風俗。三四句言其別後，月圓人單，進一步道出離情之深。《唐摭言》卷一〇言羅鄴「才清而綿致」，這首詩正具有這一特色。

西施灘❶

崔道融

宰嚭❷亡吳國，西施陷惡名❸。浣紗❹春水急，似有不平聲。

【作　者】崔道融（生卒年不詳），荊州（治所在今湖北江陵）人。以徵辟為永嘉（今屬浙江）縣令。累官至右補闕。後避亂入閩。有《東浮集》九卷，詩三卷。《全唐詩》錄存其詩七十九首。

【注　釋】❶西施灘　西施浣紗處。在今浙江諸暨苧蘿山，又名「浣紗溪」。溪邊有石，名「浣紗石」，後人刻「浣紗」兩字於石上，其石今日猶存，旁有「浣紗亭」，為後人所築。今為遊覽弔古勝地。❷宰嚭　即伯嚭（?—前四七三），春秋楚人，奔吳，吳王闔閭擢為大夫。夫差元年（前四九五），任伯嚭為大宰，世稱「宰嚭」。宰嚭欺君攬權，貪婪妒賢，奸邪誤國。吳王夫差二年，吳伐越，大敗越軍。越王句踐使大夫文種獻美人於伯嚭以求和，伍子胥諫曰：「句踐為人能辛苦，今不滅，後必悔之。」吳王不聽。後二十餘年，越果滅吳。越人以伯嚭不忠，殺之。❸陷惡名　指蒙受「女禍亡國」之名。❹浣紗　即浣紗溪。

【語　譯】那奸臣伯嚭纔是吳國滅亡的真正禍根，不幸的西施卻蒙受著女禍亡國的惡名。浣紗溪上奔流著碧綠的春水，似乎是在訴說西施的不平之聲。

【研　析】「女禍亡國」論，是男性沙文主義強加給婦女的。三代以來，就把亡國的歷史罪責，橫加在幾個婦女的身上，所謂「夏桀以妹嬉，商紂以妲己，周幽以褒姒」，以至張麗華之於陳，楊玉環之於唐，莫不皆然。一個家庭的衰亡，也許是因為那女主人的不淑，但在國家大事上，「當家」的從來是男人而不是女人。因此，國家亡了，其主要責任，當然得由那最高統治者來負責。但直到宋代，在這一問題上，仍沒有多少長進。如葛立方還在認真其事地說：「人君不能制慾於婦人，以致溺惑廢政，未有不亂亡者。桀奔南巢，禍階妹喜；魯威滅身，惑始齊姜；妲己、褒姒，以至張（麗華）、孔（貴嬪）、楊妃之徒，皆是也。吳之於西施，王之耽惑不減於諸后，一夕越兵至而王不知也。」（《韻語陽秋》卷一九）崔道融這首詩以犀利的語言，說明國家興亡的真正原因，在於奸臣誤國而不在於女色。

題紅葉❶

韓氏

【作　者】韓氏，傳說是玄宗時的宮人。

水流❷何太急？深宮盡日❸閑。殷勤❹謝❺紅葉，好去到人間！

【注　釋】❶題紅葉　題詩於紅葉上。晚唐范攄《雲溪友議．題紅怨》云：玄宗時，楊貴妃、虢國夫人姐妹得寵，嬪妃宮娥不見召幸，常將怨情書於落葉。葉隨御溝流出，有一詩云：「舊寵悲秋扇，新恩寄日春。聊題一片葉，將寄接流人。」著作郎顧況，聞而和之，遂達宸聰。宮女因之放出者眾，宮內因有題紅葉之風。詩人盧渥應舉，偶臨御溝，見一題詩紅葉，收藏巾篋。及宣宗朝放出宮女，盧渥得韓氏。韓氏於渥處見自題紅葉詩，吁嗟久之，為句曰：「當時偶題隨水，不料郎君收藏。」紅葉題詩故事，唐宋好事者屢有記述，其內容則大同小異。❷水流　指長安御溝水。唐時，御溝水引自終南山泉，穿宮流過。❸盡日　終日；整日。❹殷勤　情意懇切。❺謝　告訴，含有請求的意思。王維〈西施詠〉：「持謝鄰家子，效顰安可希！」

【語　譯】御溝的流水，為什麼這樣匆匆流去？我是一個可憐的宮女，終日無聊地閑在宮中。我要把滿腹的愁怨，懇切地告訴紅葉，請你快快流到人間，傳出我們宮女的不幸！

【研　析】宮廷總是有些神秘兮兮的。那些好事而多情的詩人們，遙遙地仰望著紫雲籠罩下的皇宮，不免要生出許多感慨來。其中最令人感興趣的，莫過於「宮怨」這個話題了。才子佳人，本來是最佳的配合，而現在，那些好女孩都被皇上給「選」去了，關在那深宮之中，等於是判了無期徒刑，一輩子不得出來。所以詩人們不平之餘，憐香惜玉之心，油然而生。於是便產生了種種傳說，來表達對於宮女們的同情和愛憐。「紅葉題詩」故事，便是其中之一，而且有種種大同小異的「版本」。這首詩，就是從這一故事生發而來。全詩二十字，語氣委婉而又堅決，沉痛而不乏勇氣。她雖然不能自由，但她的心卻是自由的，她要藉這紅葉，把她們的不幸，告訴世間的人們！

庭草

曹鄴

【作　者】曹鄴（生卒年不詳），字鄴之，桂州（治所在今廣西桂林）人。唐宣宗大中四年（八五〇）進士及第，出任天平節度使（治所在今山東鄆城）幕賓。遷太常博士，歷祠部郎中，官至洋州（治所在今陝西西鄉）刺史。著有《曹鄴詩》三卷。《全唐詩》錄存其詩一〇七首。

庭草根自淺，造化❶無遺功。低迴❷一寸心❸，不敢怨春風！

【注　釋】❶造化　大自然有創造化育之功，因稱自然為「造化」。❷低迴　徘徊不進貌，引申有反覆思考的意思。❸寸心　心位於胸中方寸之地，故稱「寸心」。

【語　譯】庭院中小草的根兒自然入土不深，大自然對它們卻盡到了創造化育之恩。小草兒這顆小小的芳心，也曾反覆地思索：是自己生在庭院不能一展鴻圖，哪裏還敢埋怨春風！

【研　析】今人有所謂「小草精神」，自甘做一棵「無名的、小小的小草」。但曹鄴卻藉小草發了些小小的牢騷。小草本來就微不足道，庭院小草的自然條件差，光照不足，水土不調，長得細弱枯黃，更為人們卑視。〈庭草〉從外表看，寫得比較含蓄自謙，不吐哀怨。但實際上卻是在說，我只是庭院角落中的一棵小草而已，大人物們看不起我，自然是有道理的。是我自己不爭氣，並不敢怨恨春風。晚唐藉草詠嘆人情世故的著名詩篇，還有羅鄴的〈芳草〉詩，對照一讀，就可看出這兩首詩中的微諷之意來。〈芳草〉詩云：「芳草和煙暖更青，閑門要路一時生。年年點檢人間事，唯有春風不世情。」

七言絕句

九月九日旅眺❶

盧照鄰

九月九日❷眺山川，歸心歸望積❸風煙。他鄉共酌金花酒❹，萬里同悲鴻雁天。

【注釋】❶旅眺　旅中眺望。眺，登高遠望。❷九月九日　即重陽節。我國的傳統節日之一。這一天有賞菊戴花、登高遠望等習俗。❸積　凝聚。謂歸思凝聚在無限風煙之中。❹金花酒　即菊花酒。菊花，有黃花、金花等別號。重陽節有插茱萸、飲菊花酒的風俗。

【語譯】九月九日重陽節，登高遠眺那故鄉的山川，歸鄉心切，都凝聚在這遼闊的風煙之中。身在他鄉，大家一起喝著金黃的菊花酒；家在萬里，大家傷心地望著鴻雁飛向南天。

【研析】在農業社會中，家鄉的土地是人們賴以生存的根據地，也是人們的最後歸宿。人可以為了謀生而遠在萬里之外，但土地卻是帶不走的。人們遲早會回到這塊土地上，不管是生是死。因此，在農業社會中，人們的「家鄉觀念」是非常嚴重的。這已經成為積澱在人們心靈深處的一種「集體無意識」，不管他們到了哪裏，「家鄉」的影子總是在他們心頭徘徊。盧照鄰的這首思鄉詩，就是這種意識的一個代表之作。重陽節日裏，不論有多少知心的朋友，不論在客中生活得怎樣，也無論那氣候是如何的天高氣爽，那風景是如何的優美動人，他們總是在「愁」在「憂」，到底為什麼要如此地思念家鄉呢？這在資訊信息無遠弗屆、汽車飛機朝發夕至的現代人看來，可能有些難以理解。

贈蘇綰書記❶

杜審言

【作者】杜審言（六四五？—七〇八），字必簡，原籍襄州襄陽（今湖北襄樊），遷居鞏縣（今屬河南），遂為鞏縣人。唐高宗咸亨元年（六七〇）進士，初為隰城（今山西汾陽）縣尉。歷任洛陽丞、膳部員外郎，官至修文館直學士。與李嶠、蘇味道、崔融齊名，世稱「文章四友」。五言律詩與宋之問、沈佺期齊名。審言的五七言律初具近體規模，在聲病、對偶、用韻等方面，對近體詩的形成和發展，頗有貢獻。杜審言是大詩人杜甫的祖父，對杜甫的成長，有不小影響。有《杜審言集》十卷，到宋代已大部散佚。《全唐詩》錄存其詩四十三首。

知君書記本翩翩❷，為許從戎赴朔邊❸。紅粉❹樓中應計日，燕支山❺

下莫經年！

【注釋】❶書記　掌管書牘記錄的官員。唐元帥府及節度使屬官，有掌書記，主撰文字，簡稱書記。❷翩翩　形容風采、文辭的美好。❸朔邊　北地邊疆。朔，北方。❹紅粉　化妝品之一種，代指婦女。❺燕支山　在匈奴境內，以產燕支草而得名。燕支，即「胭脂」，草名，色紅，是重要的化妝原料。匈奴在與漢朝的戰爭中，曾失此山，遂作歌云：「奪我燕支山，使我婦女無顏色。」

【語譯】你本是文采風流，書記翩翩，如今卻許身從戎，來到這荒涼的北方邊地。家中的妻子正倚樓遙望，計算著你歸來的日子，燕支山下，你莫要經年不回！

【研析】初盛唐時代，大唐國力強盛，正是奔赴邊地，立功請賞的時機。許多書生們，也捲起筆墨，到邊疆帥府，充當幕僚秘書，如果大帥開邊有功，也可沾點恩賞。這位蘇書記，也響應號召，毅然奔赴北地。杜審言在這首贈別詩中，讚揚了他的風流文采，並希望他早去早回。其用詞造句，亦有特色。沈德潛評此詩云：「『燕支』『紅粉』，略見映帶。」（《唐詩別裁》）

渡湘江

杜審言

遲日❶園林悲昔遊，今春花鳥作邊愁❷。獨憐京國❸人南竄❹，不似
湘江❺水北流。

【注　釋】❶遲日　春日。《詩經・七月》有「春日遲遲，采蘩祁祁」的詩句，因此把春日稱為「遲日」。❷邊愁　旅居邊遠之地的憂愁。❸京國　京城；都城。❹南竄　貶謫到南方。❺湘江　水名。又叫湘水、湘流，是湖南最大的水系，發源於廣西興安海陽山。江河水通常皆東流，惟湘江等水向北流淌。

【語　譯】春日園林，美景良辰，反而引起了悲哀的回憶，從前的鳥語花香，何等熱鬧！今春的花鳥，則徒增邊愁。可憐我從京都竄逐到南方的蠻荒之地，不像那滔滔的湘江，總是向北流去。

【研　析】武則天晚年，寵信張易之兄弟。宋之問、杜審言等一班詩友文士，不免有阿附拍馬之舉。西元七〇五年正月，武后病重，張柬之等一班朝臣發動宮廷政變，擁立太子李顯復位，是為唐中宗。於是殺張易之兄弟，並將宋之問等人貶逐到嶺南。杜審言的流放地是峰州（今越南河西、水福省西部及富壽省東部地區）。途經湘江時，詩人看到湘江滔滔北去，而自己卻被迫向越來越蠻荒的南方流竄；追念昔日的春天，正在京都郊外遊玩賞春，如今卻只有令人悲傷的回憶，不禁感慨萬端，便作了這首即景抒情、自傷遷謫的小詩。宋之問等詩友見到後，也都有詩唱和。這首小詩運用對比、反襯的手法，有很高的藝術表現能力。「遲日園林悲昔游，今春花鳥作邊愁」兩句，以昔日遊園之樂，對比反襯今日南竄之悲，是以樂景寫哀情的名句。杜審言的孫子杜甫，在〈春望〉一詩中有「感時花濺淚，恨別鳥驚心」的名句，也是以「鳥語」、「花香」來反襯內心的愁和恨，學的就是乃祖的藝術手法。宋代的黃庭堅說：「杜（甫）之詩法出審言，句法出庾信，但過之耳。」（見宋陳師道《後山詩話》）這首詩的後兩句，是人與物的對比反襯，以湘江的北流，反襯逐客的南竄。在唐代，以長安、洛陽為中心的北方大地，是人人羨慕，最繁華、生活條件最好的地方，而五嶺以南則是令人生畏的一片蠻荒之地，更何況是九死一生、越過五嶺還有數千里路程的峰州！這一南一北的對比反襯，大大地增加了詩歌的感人力量。清沈德潛評此句詩說：「北人南竄，歸日無期，惟湘流向北，為可羨也。」（《唐詩別裁》）杜審言的這首小詩，在詩歌發展史上有很高的地位。明胡應麟說，初唐七絕「初變梁、齊，音律未諧，韻度尚乏。惟杜審言〈渡湘江〉、〈贈蘇綰〉二首，結皆作對，而工致天然，風味可掬」（《詩藪・內編》）。確實，這首詩起、結皆對仗，略無板滯之嫌，而情動於中，景移於情，情真景真，心至語至，故能氣脈貫通，天機流暢。明王世貞評論說：「杜審言華藻整栗，小讓沈宋，而氣度高逸，神情圓暢，自是中興之祖，宜其矜率乃爾。」（《藝苑卮言》卷四）

蜀中九日

王勃

九月九日❶望鄉臺，他席❷他鄉送客杯。人今已厭南中苦❸，鴻雁那

從北地❹來？

【注釋】❶九月九日　我國的重陽佳節。❷他席　指異鄉的酒席。王勃是唐絳州龍門（今山西河津）人，

因稱蜀中為他鄉、異鄉。❸南中苦　唐時南方不如中原發達，故稱「南中苦」。南中，泛指我國南部，即今四川、貴州、雲南，也指五嶺以南地區。❹北地　這裏指北方。

【語　譯】九月九日正是重陽佳節，我登上了望鄉的高臺，在這他鄉的宴會上，我端起了送別的酒杯。人們都已經討厭南方生活之苦，鴻雁你為何還要從北方飛來？

【研　析】九月九日，是我國一個傳統的節日。在這一天，兄弟行輩，相約上山，登高望遠，插茱萸，飲菊酒，吟詩作賦。這首詩與盧照鄰的同題之作語氣結構全同，或是唱和之作。九月九日詩，後又有王維的「獨在異鄉為異客，每逢佳節倍思親。遙知兄弟登高處，遍插茱萸少一人」（〈九月九日憶山東兄弟〉），與此二首同為「佳節思親」之作。此詩結尾二句，質問鴻雁為什麼也偏要向南方而來，似乎問得無理，是所謂「無理而妙」者。這首詩在近體詩的發展史上也是值得注意的。沈德潛評此詩云：「似對不對，初唐標格，不得認作律詩之半。」

《唐詩別裁》

送梁六自洞庭山作❶

張說

巴陵❷一望洞庭秋，日見孤峰❸水上浮。聞道神仙❹不可接，心隨湖水共悠悠。

【注　釋】❶送梁六自洞庭山作　詩題一作〈送梁六〉。梁六，即梁知微，曾為潭州（今湖南長沙）刺史。張說於玄宗開元四年至五年（七一六—七一七）任岳州（今湖南岳陽）刺史時，梁自潭州入朝，途經岳州，說作此詩送別。洞庭山，即君山，位於洞庭湖中，相傳湘君曾居於此。❷巴陵　地名。在洞庭湖邊。隋置巴陵郡，唐高祖武德四年（六二一）改巴州，六年改岳州，玄宗天寶元年（七四二）改巴陵郡，肅宗乾元元年（七五八）復為岳州。❸孤峰　指洞庭山之峰。❹神仙　指湘君、湘夫人。

【語　譯】從巴陵郡城望去，滿眼是洞庭湖的秋色，每日中都見到那座孤峰在水上漂浮。傳說中的神仙從來沒有見過，只有這顆送別的心兒，像這湖水一樣悠長。

【研　析】此詩一二句寫景，三四句寫情，實則景中有情，情中有景。送別詩雖常見，但不易下筆。此詩寫景則突出秋光已深、孤峰獨浮，讀來令人倍感惆悵；寫情則借悠長的湖水意象，來形容友情之深遠，其用筆極為精煉。全詩全用眼前景色，而無不寓含送別之情。《唐詩別裁》卷一九曰：「送人之心與湖水俱遠。」

詠柳

賀知章

【作　者】賀知章（六五九—七四四），字季真，越州永興（今浙江杭州蕭山區）人。武則天證聖元年（六九五）進士，官至太子賓客及秘書監，世稱「賀賓客」、「賀秘監」。晚年尤其放誕，自號「四明狂客」，又稱「秘書旬監」。天寶三載（七四四），上疏請為道士，求還鄉里，詔許之，以宅為「千秋觀」而居。求湖數頃為放生池，帝賜鏡湖剡溪一曲。其詩長於七言絕句，通俗自然，善於造意，常以淡淡數筆，寫出鮮明畫面。其〈回鄉偶書〉與〈詠柳〉等名篇，流傳千古。《全唐文》錄存其文一卷，《全唐詩》錄存其詩十九首。

碧玉妝成一樹高❶，萬條垂下綠絲絛❷。不知細葉誰裁出？二月春風似剪刀。

【注釋】❶碧玉妝成一樹高　形容碧綠的柳樹，像一株玉樹，又像一位凝妝的美人。碧玉，古代美人，南朝劉宋汝南王之妻。❷絲絛　絲織的帶子。

【語譯】柔嫩淺綠的垂柳，像美人碧玉打扮後一樣妖嬈，迎風中千條與萬條，就像是輕柔的絲帶飄飄。舒展著青青細細的葉片兒，究竟是誰的巧手剪裁出來？原來是這二月的春風，像一把神奇的剪刀。

【研析】唐代有許多詠柳詩，但大多是借柳而詠嘆「離別」的，純粹的詠柳詩反而不多見。本篇是唐代詠柳詩中的最著名者，堪稱是「古今第一柳詩」。早在唐人韋穀選《才調集》時，就採錄了這首詩。這首詩用通俗易懂、明白曉暢的語言，把柳樹的搖曳多姿，春風的神奇巧妙，描述得絲絲入扣。詩中將柳樹比作美人碧玉，將柳條比作美人的絲帶，將二月的春風比作一把神奇的剪刀，通過這一連串的比喻和想像，使這首詠物詩別開生面，倍增詩味。其中「二月春風似剪刀」一句，更成了千古名句。

回鄉偶書二首

賀知章

少小離家老大回，鄉音無改鬢毛衰❶。兒童相見不相識，笑問客從何處來。

離別家鄉歲月多，近來人事半消磨❷。惟有門前鏡湖水，春風不改舊時波。

【注　釋】❶衰　蒼老。❷消磨　消耗；變化。

【語　譯】我自小就離開家鄉，年紀老了纔又回來，故鄉的口音沒有改變，鬢髮卻已花白。兒童們見到我卻不認識，笑著問我，客人是從哪裏來的。

離開家鄉經過了許多歲月，近來的日子裏，人事都有了許多變化。唯有家門口的鏡湖綠水，在春風吹拂之下，仍然是波平如鏡，不曾改變。

【研　析】這兩首絕句，作於玄宗天寶三載（七四四）。是年，賀知章因年老體衰，上疏請度為道士，歸隱故鄉鏡湖（在今浙江紹興）。玄宗「命六卿庶尹大夫，供帳青門」（唐玄宗〈送賀知章歸四明序〉）餞送，以示優寵。此二詩即寫回到故鄉時的情景及感受。前一首，一句寫離鄉之久，二句寫鄉情不隨歲月改變，三、四句字面上以輕快筆調寫實，實則筆底凝重，有無窮感慨。後一首寫人事歷經消磨，而故鄉鏡湖依舊，將無限感慨，寄寓其中，情深味永。「不改舊時波」與「鄉音無改」，一寫物，一寫人，相互映襯，有無窮意味。二首詩以「改」與「無改」為焦點。鄉音無改，而年齡已大；人事已歷巨變，而鏡湖水波依舊。人事滄桑，不能不有所改變，所不變者，唯有鄉情而已。變中有所不變，愈能突出不變之鄉情。此詩寫出「人人心中所有，人人筆下所無」，故最為真切感人。

長門怨❶

齊澣

【作　者】齊澣（六七四—七四六），字洗心，定州義豐（今河北安國）人。武則天聖功元年（六九八）進士。登拔萃科，授蒲州（治所在今山西永濟）司法參軍。睿宗景雲二年（七一一），姚崇薦為監察御史。玄宗開元元年（七一三），升給事中，遷中書舍人，任秘書少監，開元十二年出為汴州刺史。累轉吏部侍郎。天寶元年，召為太子少詹事，分司東都。五年，為李林甫所讒，貶為平陽（治所在今山西臨汾）太守，卒於任。《全唐文》錄存其文二篇，《全唐詩》錄存其詩二首。

宮殿沉沉❷月欲分❸，昭陽❹更漏❺不堪聞。珊瑚枕上千行淚，半是思君半恨君。

【注　釋】❶長門怨　樂府名。屬楚調。《樂府解題》曰：「〈長門怨〉者，為陳皇后作也。后退居長門宮，愁悶悲思，聞司馬相如工文章，奉黃金百斤，令為解愁之辭，相如為作〈長門賦〉，帝見而傷之，復得親幸，後人因其賦而為〈長門怨〉也。」此係傳說，不甚可信。❷沉沉　深廣幽暗。❸月欲分　月欲別。謂月亮就要沉落。分，別也。❹昭陽　宮殿名。漢成帝時，趙飛燕曾居於此。後世因以指皇后的住處。此指得寵妃嬪所住的宮殿。❺更漏　即銅壺滴漏，報更的計時器。

【語　譯】深沉幽暗的皇宮大殿，月兒就要落下，那昭陽殿裏報更的漏聲，讓人聽了更加痛苦萬分。珊瑚枕上輾轉不寐，流下了千行辛酸淚水，一半是思念君王，一半是怨恨君王。

【研　析】這首詩以第一人稱出現，畫出一位寂寞宮女的心理狀態。首句即景生情，以幽幽沉沉的宮殿為背景，寫其寂處深宮；以月將西沉，暗示其愁多未眠。正在無可奈何，百無聊賴之時，忽然聽到昭陽更漏之聲，她滿懷幽怨地想到，那位忙得很的君王，此刻正在寵妃那兒消磨夜晚，而自己卻要在這無邊的寂寞守候之中苦苦煎熬。三、四兩句，言其雖有珊瑚作枕，但幽居冷宮，愛恨交織，都化成那千行淚水。

上元之夜❶

崔液

【作　者】崔液（六七二—七一三?），字潤甫，定州安喜（今河北定縣）人。舉進士第一，官至殿中侍御史。兄湜坐太平公主黨被誅，液坐兄罪當流放，逃匿於郢州（今湖北京山縣）友人胡履虛之家，作〈幽征賦〉以見意，辭甚典麗。遇赦還，卒於途中。工五言。《全唐詩》錄存其詩十二首。

玉漏銅壺❷且莫催，鐵關金鎖❸徹明❹開。誰家見月能閑坐？何處聞燈不看來？

【注　釋】❶上元之夜　農曆正月十五日為上元節。十五日之夜稱「上元夜」、「元夜」或「元宵」。唐人張鷟《朝野僉載》卷三記載當時上元節燈火之盛曰：「睿宗先天元年正月十五、十六夜，於京師安福門外作燈輪，高二十丈，衣以錦綺，飾以金玉，燃五萬盞燈，簇之如花樹。宮女數千，衣羅綺，錦繡，耀珠翠，施香粉。一花冠，一巾帔，皆萬錢，裝束一伎女，皆至三百貫。妙簡（挑選）長安、萬年少婦女千餘人，衣服、花釵、媚子，亦稱是，於燈輪下踏歌三日夜，歡樂之極，未始有之。」❷玉漏銅壺　古代的計時儀器。玉漏，滴漏之器，用玉製成，故曰「玉漏」。銅壺，唐人徐堅等所編《初學記》卷二五引張衡〈漏水轉渾天儀制〉曰：「以銅為器，再疊差置，實以清水，下各開口，以玉虬吐漏水入兩壺，右為夜，左為晝。」❸鐵關金鎖　指長安堅固的城門。❹徹明　徹明達旦。唐人劉肅《大唐新語・文章》曰：「神龍之際，京城正月望日，盛飾燈影之會，金吾弛禁，特許夜行。貴遊戚屬及下隸工賈，無不夜遊。」

【語　譯】玉漏銅壺，你莫要滴滴答答地頻頻相催，城門不上鐵關銅鎖，徹夜洞開。誰家看到這團團的明月，還能閑坐在家？有誰在這狂歡之夜，不去看一看上元之夜的萬盞花燈？

【研　析】元宵花燈是中國傳統的最熱鬧的節日。時至今日，每當此夜，許多城市仍是傾城赴會。唐代的元宵詩很多，如蘇味道的「火樹銀花合，星橋鐵鎖開」，郭利貞的「九陌連燈影，千門遍月華」，都是寫元宵節的名篇。《朝野僉載》記長安「鬧元宵」說：「於燈輪下踏歌三日夜，歡樂之極，未始有之。」《大唐新語》亦說：「京城正月望日，盛飾燈影之會，金吾弛禁，特許夜行。貴遊戚屬及下隸工賈，無不夜遊。車馬駢闐，人不得顧。王主之家，馬上作樂，以相誇競。」此詩的特點，在於並沒有正面描述燈會如何熱鬧，而是從「時」、「空」兩個側面，間接地描述了這一節日的盛況。人人都似小孩子一般，按捺不住激動心情；有司則照例取消宵禁，徹夜大開城門。皓月當空之時，全城出動，都要去湊個熱鬧。雖然無一字寫熱鬧情景，但也將京城「鬧元宵」的盛況、佳節弛禁的制度以及長安人民傾城巷而出的喜悅心情，刻畫得淋漓盡致，有聲有色。

山中留客

張旭

【作　者】張旭（六七五？—七五〇？），字伯高，吳郡（今江蘇蘇州）人。初仕為常熟尉，後任左率府長史。旭以書法著稱於世，草書尤為卓絕。嗜酒，每大醉，乃呼叫狂走，揮筆作龍蛇之舞，或竟以頭濡墨而書，時稱張顛，世譽為「草聖」。其詩多寫景絕句，其構思精巧，風格清新明麗，富於藝術韻味。

山光物態弄春暉❶，莫為輕陰❷便擬歸❸。縱使晴明無雨色，入雲深處亦沾衣。

【注　釋】❶弄春暉　指玩賞春日美景。❷輕陰　天色有些兒轉陰。❸擬歸　打算回去。

【語　譯】春日裏萬物生長，一派山間風光，不要因為天色有些輕微轉陰便要回歸。即使是在天晴明朗沒有雨色的日子，在這白雲深處，霧水也會沾濕你的衣服。

【研　析】客人要走，照例要盡力挽留。客人要走的藉口，是天色不佳，已經下起絲絲小雨了。作者作詩一首，挽留客人說，春天就是這樣兒的，即使不下這小雨，在這深山之中，雲遮霧罩，還不是照樣沾濕你的衣服？詩中既挽留了客人，盡到了主人的情意，又描寫了優美的山間春色。全詩構思巧妙，意趣委婉，從大處著筆描繪深山春景而又不失於空泛。

桃花溪　　張旭

隱隱飛橋❶隔野煙❷，石磯❸西畔問漁船。桃花盡日逐流水，洞在清溪何處邊❹？

【注　釋】❶飛橋　橫架於溪上之橋。❷野煙　指野外的煙霧遠離人間。❸磯　巨石。❹桃花盡日逐流水二句　用陶淵明〈桃花源記〉的典故。此記略云：漁人沿溪而行，穿過一狹洞，發現一世外桃源。

【語　譯】隱隱約約的一座木橋，凌跨於郊野的煙霧之中。在一塊巨大的岩石西畔，我請教船上的漁夫：這片片桃花每日裏空自逐著流水而去，那傳說中的桃花源洞，究竟在清溪的哪一邊哪一處？

【研　析】本詩寫作年代未詳。自晉陶淵明作〈桃花源記〉以來，歷代真真假假企羨隱逸的人無不將桃花源作為自己寄託理想的所在。此詩短短四句，首句寫景，寫出其迷濛隱約之態；次句敘事，帶出「漁船」典故；三四句由桃花溪水而問及桃源深洞，既關聯到〈桃花源記〉中的各個典故，又有自己的想像，頗可見作者對於熟見題材的概括能力。作者對於「桃花源」無疑也是很嚮往的，但又表示了懷疑：只見年年桃花開落，年年清溪水漲，為何總是找不到那個神秘的桃源深洞？其實，誰都明白，這個世外桃源，只是陶淵明的想像而已，在現實社會中，是找不到這一清淨之地的，唯其如此，桃花源纔成了古往今來人們苦苦追求的目標。因為人類的本性，總是在尋求一個無憂無慮、自由自在的樂園。

春日思歸

王翰

【作　者】王翰（六八五？—？），字子羽，并州晉陽（今山西太原）人。唐睿宗景雲元年（七一〇）進士。張說入朝拜相，薦王翰為秘書正字，擢升通事舍人、駕部員外郎。張說罷相，翰亦出為汝州（治所在今河南臨汝）縣尉，改徙仙州（治所在今河南葉縣）別駕。日與文士豪俠飲酒遊畋，伐鼓窮歡，又再貶道州（治所在今河南道縣）司馬，卒。其詩擅長七言歌行和七言絕句，寫得風華流麗。《新唐書．藝文志》著錄《王翰集》十卷，久已散佚。《全唐文》錄存其文一篇，《全唐詩》錄存其詩十五首。

楊柳青青杏發花，年光誤客轉思家。不知湖上菱歌❶女，幾個春舟在若耶❷？

【注　釋】❶菱歌　採菱之歌。盧照鄰〈七夕泛舟〉：「日晚菱歌唱，風煙滿夕陽。」❷若耶　溪名。在浙江紹興東南若耶山下，相傳西施曾浣紗於此，故又名「浣紗溪」。李白〈採蓮曲〉：「若耶溪旁採蓮女，笑隔荷花共人語。」

【語　譯】楊柳青青杏兒開花，年華匆匆，青春已誤，遊子轉而思念家鄉。不知那湖上唱著菱歌的女孩，有幾個能像當年的西施，泛舟在若耶溪上？

【研　析】《唐才子傳》卷一評王翰詩文「如瓊杯玉斝，雖爛然可珍，而多玷缺」。這首詩當是詩人於開元二十六年前貶為仙州別駕時所作，詩中充滿了遲暮之感、偃蹇之悲。一二句，寫春日楊柳垂青，杏花飄香，一片明媚，而「年光誤客」，流落他鄉，落魄不偶，故轉而思歸。三、四兩句，是自我解嘲之語，那些唱著優美菱歌的少女，有幾個能像在若耶溪畔浣紗的西施，得到君主的賞識？自己雖有「瓊杯玉斝」之美質，然無人賞識，以致謫在僻遠之地，湮沒無聞，正是一位天生麗質，卻無人垂青的「湖上菱歌女」。

邊詞❶

張敬忠

【作　者】張敬忠（生卒年不詳），歷高宗、中宗、玄宗三朝。史未著其字號、籍貫。中宗朝，任監察御史，遷吏部司勳郎中。開元中，為左散騎常侍、益州大都督府長史、劍南道節度大使，攝御史中丞。自唐宋以來經籍、藝文、讀書等志，未見著錄其文集。《全唐文》錄存其文二篇，《全唐詩》錄存其詩二首。

五原❷春色舊來遲，二月垂楊未掛絲。即今河畔❸冰開日，正是長安花落時。

【注　釋】❶邊詞　題詠邊塞的詞。如〈塞上曲〉、〈塞下曲〉之類。此詠五原。❷五原　唐豐州五原縣，在今內蒙古自治區五原縣。是古長城的一個隘口，黃河在其西南流過，秦漢以來向為邊塞要地。唐人張仁愿曾築受降城三處，西受降城即在此地。❸河畔　指黃河邊。

【語　譯】五原的春色，向來到得很遲，塞外的楊柳，二月尚未垂絲。河畔的堅冰，今日剛纔解凍，京都長安，卻正是落花時期。

【研　析】此詩通過氣候的地理差異，寫邊塞與京都的反差。二月的內地，楊柳青青，正是春光明媚之時，而塞外的五原，卻仍是冰天雪地；等到五原冰消雪化，京都長安卻已經是百花凋落的暮春時分了。這種氣候差異，往往給人以荒涼寂寞的感覺。王之渙的「羌笛何須怨〈楊柳〉，春風不度玉門關」（〈涼州詞〉），李益的「莫言塞北無春到，總有春來何處知」（〈度破訥沙〉），都是類似的淒涼感傷。詩人們對於京都與邊塞之間的氣候差異為什麼這樣敏感呢？這裏顯然有政治情感上的原因。長安是政治的中樞，朝中的大臣們似向陽花木，沐浴皇恩；而邊臣們則在冰天雪地，年年為遲來的春天，而發出怨嘆。

涼州詞❶

王之渙

黃河遠上白雲間，一片孤城萬仞山。羌笛何須怨〈楊柳〉❷，春風不度玉門關❸。

【注　釋】❶涼州詞　詩題一作〈出塞〉。〈涼州詞〉為開元、天寶年間新興之樂章。涼州轄境在今甘肅永昌以東、天祝以西一帶，州治在今甘肅武威。《大唐傳載》云：「天寶中，樂章多以邊地為名，如〈涼州〉、〈甘州〉、〈伊州〉之類是焉。」郭茂倩《樂府詩集》卷七九引《樂苑》云：「〈涼州〉，宮調曲，開元中西涼府都督郭知運進。」❷楊柳　曲調名。聲情哀怨。此是雙關：楊柳既是曲調名，亦是指因春風不到而尚未發芽的柳樹。❸玉門關　唐時玉門關在今安西雙塔堡附近。為塞外與內地之間最為重要的進出關口。

【語　譯】黃河遠遠地從高山裏奔流而來，高高地像是接上了天上的白雲。萬里大漠之中，一座孤獨的涼州城池，圍繞著萬仞高山。羌笛你何須吹奏〈楊柳怨〉的曲調，中原的浩蕩春風，總是吹不到玉門關外。

【研　析】此詩為邊塞詩中名作。一二句寫所見之景。首言黃河似從天上白雲之間而降，突出大河之高遠寥廓；次言涼州之地理形勢，是在荒漠之外萬山群中的一座孤城，荒涼蒼茫。《唐詩紀事》卷二六載此詩首句作「黃沙直上」，似不及「黃河遠上」之意境深遠。三句寫所聞之聲。楊柳本須春風吹拂，而今春風不度，而羌笛又何必奏出〈楊柳怨〉之曲調？此問構思新穎，含意蘊藉，既寫關內外地理氣候之不同，又隱含對遠戍士兵之同情。

九日送別

王之渙

薊庭❶蕭瑟故人稀，何處登高且送歸？今日暫同芳菊酒❷，明朝應作斷蓬❸飛。

【注　釋】❶薊庭　薊州。唐玄宗開元十八年（七三〇）分幽州之漁陽、三河、玉田三縣地，置薊州。❷芳菊酒　菊花酒。登高飲菊花酒，是九九重陽節的一種風俗。❸斷蓬　斷了根的蓬草，這裏比喻和友人的分離。

【語　譯】薊地邊庭的風景多麼蕭瑟，眼前的故人已經不多。九九重陽往何處登高？卻在登高中又把一個故人送走！今日裏且同飲幾杯芳香的菊花酒，明日早晨，你我又像斷蓬一樣到處飄零。

【研　析】唐代寫九月九日的詩很多，寫九日在異鄉為客的名篇也不少，且各有特色。王勃寫「人今已厭南中苦」，盧照鄰寫「歸心歸望積風煙」，而王之渙寫這首，則重在「明朝應作斷蓬飛」。各切題意，各有側重，故無雷同之感。王之渙的七絕詩，不論是在當代，還是在後世，都極為著名，其五絕〈登鸛雀樓〉詩云：「白日依山盡，黃河入海流。欲窮千里目，更上一層樓。」七絕〈涼州詞〉詩云：「黃河遠上白雲間，一片孤城萬仞山。羌笛何須怨〈楊柳〉，春風不度玉門關。」這二首詩分別被認為是唐人五七絕的壓卷之作。而這首〈九日送別〉，也自有特色。

寄韓鵬❶

李頎

【作　者】李頎（六九〇？－七五一？），舊說東川（今四川三臺）人，不甚可靠。據元楊士弘《唐音・姓氏》李頎名下注「洛陽人」，可備一說。開元二十三年（七三五）進士，官新鄉尉。與高適、王維、王昌齡等詩人友善，有詩唱和。頎性格疏簡，仕途不得意，乃辭官歸隱東川故居，寄跡林泉。慕神仙，服食丹砂。他以邊塞詩著稱，長於七言歌行和五古。其詩風格豪放，氣韻沉雄，善於鋪敘，常含託諷。塑造人物，凜然有生氣，頗能表現其性格特徵。唐殷璠評價他的詩說：「發調既新，修詞亦秀；雜歌咸善，玄理最長。」（《河嶽英靈集》卷上）《新唐書・藝文志》著錄《李頎詩》一卷，今存。《全唐詩》錄存其詩一二四首。

為政心閑物自閑，朝看飛鳥暮飛還。寄書河上神明❷宰❸，羨爾城頭姑射山❹。

【注　釋】❶韓鵬　作者的一個朋友。❷神明　指神仙。❸宰　一城之主。❹姑射山　藐姑射之山，是神人所居之處。語出《莊子・逍遙遊》：「藐姑射之山，有神人居焉。肌膚若冰雪，綽約若處子。」

【語　譯】無事可忙，為政者心裏悠閑，大家也都跟著終日閑悠悠的。早晨看鳥飛出山去，天晚又看牠飛返。寄一封信給您這位黃河邊上逍遙似神仙的縣太爺，真羨慕在您城外有一座神仙所居的藐姑射之山。

【研　析】這是一首政治牢騷詩。李頎進士及第以後，僅做了一個小小的新鄉縣尉（副縣長）。殷璠為其鳴不平說：「惜其偉才，祇到黃綬（佩黃色印綬的小官）。」（《河嶽英靈集》卷上）他的朋友韓鵬也只做了個地方小吏，於是在詩中出以反語，抒發了未盡其才的不滿。

野老❶曝背

李頎

百歲老翁不種田，惟知曝背❷樂殘年❸。有時捫虱❹獨搔首❺，目送歸鴻❻籬下眠。

【注釋】❶野老　田野老人。❷曝背　讓太陽曬在背上。❸殘年　餘年。❹捫虱　用手摸虱而捉之。形容毫無拘束，悠然自在。唐人徐堅等編《初學記》卷五華山條引崔鴻《前燕錄》：「王猛隱華山，桓溫入關，猛被褐而詣之，……捫虱而言，旁若無人。」❺搔首　抓頭，有所思貌。❻目送歸鴻　用目光相送歸去的大雁，形容悠然自得。晉人嵇康〈贈秀才入軍〉詩：「目送歸鴻，手揮五弦。俯仰自得，遊心太玄（太空）。」

【語譯】這百歲的壽星老翁，已經不必親自種田，只是曬曬太陽，快快樂樂度過餘年。有時以手捫虱毫無拘束，有時又獨自搔首若有所思，目送著遠去的歸雁，不知不覺地在籬笆下入眠。

【研析】這首詩以對於老人的描繪細緻、真切而著稱。「曝背」、「捫虱」、「搔首」、「送鴻」、「籬下眠」，似一個個連續的特寫鏡頭，把這位百歲老人寫活了。它不但從一個側面反映了田園之樂，也從這個側面反映了盛唐時代的太平景象和人民的安樂生活。在「開元之治」的年代，「日聞紅粟腐」（杜詩）的社會，自然是「百歲老翁不種田，惟知曝背樂殘年」了。可惜的是，當時的人們，包括許多大唱「田家樂」的詩人們，特別是當政的最高統治集團，並沒有「居安思危」，在這太平無事的安樂生活中，喪失了警惕，腐爛了社會基礎，以至於日後的一潰千里，百餘年的社會動盪，百餘年的痛苦磨難。更值得人深思的是，這一歷史悲劇在唐代之後，又反反覆覆一輪又一輪地上演著。

出塞❶二首（其一）

王昌齡

【作　者】王昌齡（六八九？—七五六？），字少伯，京兆（今陝西西安）人（一說太原人）。開元十五年（七二七）進士，授汜水（今河南滎陽）縣尉。後又中博學宏辭科，授秘書省校書郎，貶江寧（今屬江蘇）丞，晚年再貶龍標（今湖南黔陽）縣尉。世稱「王江寧」，又稱「王龍標」。至德初北歸，居鄉里，為亳州刺史閭丘曉殺害。王昌齡是盛唐時期著名詩人，與李白、王維、孟浩然、高適等不少詩人都有交往。他的作品中邊塞詩和閨怨詩最為出色。其邊塞詩，或激越昂揚，或悲歌慷慨，常感英氣逼人。其閨怨詩，形象鮮明生動，含蘊深沉纏綿。他擅長五言古詩和五七言絕句，以絕句成就為最高。明胡應麟在論七言律絕時說：「若神韻干雲，絕無煙火，深衷隱厚，妙協簫韶，李頎、王昌齡，故是千秋絕調。」（《詩藪》卷六）在世時即有「詩家夫子王昌齡」之稱，開元、天寶之間，名重一時，又有「開天聖手」之譽。有《王昌齡集》五卷，宋元之際已有部分散佚，明人輯有《王昌齡集》二卷傳世。《全唐文》著錄其文六篇，《全唐詩》錄其詩一九三首。

秦時明月漢時關，萬里長征人未還。但使龍城❷飛將❸在，不教胡馬度陰山❹。

【注釋】❶出塞　此詩題《才調集》作〈塞上行〉，《文苑英華》作〈塞上曲〉，《萬首唐人絕句》作〈從軍行〉，《樂府詩集》作〈出塞〉。❷龍城　一作「盧城」。又稱「龍庭」，漢時匈奴祭天與大會部族之地，在今蒙古境內。盧城為盧龍城的省稱。李廣為右北平太守，漢右北平郡，唐為北平郡，治盧龍縣。❸飛將　漢將李廣英勇善戰，號「飛將軍」。《史記・李將軍列傳》：「廣居右北平，匈奴聞之，號曰：『漢之飛將軍』，避之數歲，不敢入右北平。」❹陰山　即今內蒙古南境之陰山山脈。

【語譯】仍然是秦漢時代的明月，秦漢時代的關山，仍然是萬里出征，戰爭慘烈，只見人去，未見人還。只要是龍城飛將李廣還在，就能讓胡馬不敢度過陰山。

【研析】此詩一二句，思接千載，神馳萬里，將眼前之「關、月」與「秦、漢」以來之爭戰相聯繫，其空間遼闊，時間久遠，而征人戍關，千年萬里，仍未回還。三四句，表述守住邊關之良好願望。明唐汝詢曰：「匈奴之征起自秦漢，至今勞師於外者，以將之非人也。假令李廣而在，胡人當不敢南牧矣。」（《唐詩解》卷二六）或不免是皮相之見。縱有李廣，而仍須「勞師於外」，征人亦難還家，此詩之永恆魅力，正在於此。明李攀龍推此詩為唐人七絕壓卷之作，清施補華稱其「意志絕健，音節高亮，情思悱惻，百讀不厭」（《峴傭說詩》）。

從軍行❶七首（其二）

王昌齡

琵琶❷起舞換新聲，總是關山❸離別情。撩亂❹邊愁聽不盡，高高秋月照長城。

【注釋】❶從軍行　樂府古題，宋郭茂倩《樂府詩集》入相和歌辭平調曲。❷琵琶　為唐宋時代的主要弦樂器，相傳在秦漢時由胡地傳入。此泛指樂器。❸關山　語含雙關，指邊關，亦指〈關山月〉樂曲。❹撩亂　亂紛紛。

【語譯】歌女們伴著琵琶的節奏跳起舞來，這一回換了一支新曲，但仍然脫不了邊關別離之情。撩亂人心的邊關愁怨聽也聽不盡，那高高秋月，年復一年，總是無語地照著萬里長城。

【研析】〈從軍行〉七首是王昌齡用樂府舊題寫的一組邊塞詩。詩中表現了戍邊將士強烈的思念家鄉親人的情懷。景象宏闊遙深，感情纏綿真摯。這是一首描繪邊疆軍營中宴樂的絕句，用琵琶舞蹈的新聲舊情來表現邊地的離愁別緒。詩意沉痛纏綿，而結句高遠，壯闊蒼涼。這是與一般「邊愁」詩有所不同的地方。

青樓①曲二首（其一）

王昌齡

白馬金鞍從武皇②，旌旗十萬宿長楊③。樓頭小婦鳴箏坐，遙見飛塵入建章④。

【注　釋】①青樓　顯宦貴族的閨閣，這裏借作樂府詩題。《樂府詩集》入新樂府辭樂府雜題。②武皇　漢武帝，此處借漢代唐，指當朝的皇上。③長楊　長楊宮，故址在今陝西盩厔。④建章　建章宮，在長安城外未央宮西。

【語　譯】騎著大白馬兒，跨著雕金馬鞍，跟從皇上出行，浩浩蕩蕩的皇家儀仗，十萬面旌旗飛揚，夜宿在長楊宮裏。青樓上一個小媳婦正在彈著箏兒閑坐，遙遙地看見了一路飛塵，飛入了建章宮。

【研　析】這是一首別具特色的閨情詩。上下分寫入侍皇上的丈夫和家中閑坐思夫的少婦。前兩句以鮮明的色調，誇張的手法極力渲染鋪墊皇家儀仗威風。後兩句寫得恬靜悠閑，從容不迫。全詩形象鮮明生動，對比強烈而又和諧統一。詩的一、二、四句如同畫龍，三句則如點睛，各臻其妙又融為一體。

青樓曲二首（其二）

王昌齡

馳道❶楊花滿御溝，紅妝縵綰❷上青樓。金章紫綬❸千餘騎❹，夫婿朝回初拜侯。

【注釋】❶馳道　指君王車馬所經的道路。❷縵綰　隨意地綰著頭髮。❸金章紫綬　《漢書・百官公卿表》：「相國、丞相皆秦官，金印紫綬。」這裏泛指顯赫官爵。❹千餘騎　漢樂府〈陌上桑〉：「東方千餘騎，夫婿居上頭。」指隨從眾多。

【語譯】皇家大道旁，楊花飄滿了皇城御溝，紅妝的少婦，隨意綰上秀髮，便上了青樓。看見佩著金印，披著紫色的綬帶，後面跟隨著上千騎馬的隨從，這是夫婿剛剛封侯，一路上得意洋洋，從朝廷回到家來。

【研析】這首閨情詩側重描繪青樓少婦的天生麗質和為丈夫而得意的心態。全詩雍容華貴，情態逼真。人物形象鮮明突出，少婦之「嬌」、「喜」，夫婿之威勢顯赫，都極為鮮明可感。

聽流人❶水調子❷

王昌齡

孤舟微月對楓林，分付❸鳴箏與客心。嶺色千重萬重雨，斷弦收與淚痕深。

【注釋】❶流人　流落江湖之人，此指民間樂師。❷水調子　即〈水調歌〉。相傳為隋煬帝開汴渠時所製。❸分付　交付。

【語譯】孤獨的一隻小船，微微的月光下，從楓林旁駛過，把那作客思鄉之心，託付箏弦傳情。那嗚咽的聲音好似山嶺上千重萬重的煙雨。彈完古箏收起弦撥，臉上有一道深深淚痕。

【研析】一首描寫聽樂的小詩。全詩寫景與抒情並重，樂聲與感受同深，表現了詩人客居他鄉的惆悵，寫得渾融凝重，含蘊深遠。彈箏的是流落江湖之人，而聽者也是不得意者，演奏者和聽眾，同在「淚痕深」中沉浸。

閨怨

王昌齡

閨中少婦不知愁，春日凝妝❶上翠樓。忽見陌頭❷楊柳色，悔教夫婿覓封侯。

【注釋】❶凝妝　濃艷的化妝。❷陌頭　路頭；路邊。

【語譯】深閨中的少婦不懂得什麼叫憂愁，春日裏打扮化妝，登上了翠色層樓。忽然間見到了路邊的青青楊柳，真後悔讓夫君去邊疆立功封侯。

【研析】唐前期國力強盛，對外戰爭頻繁。從軍遠征，立功邊塞，博取封侯，成為時代風尚，閨中遂多怨女。此詩佳處，在跌宕有致。一二句寫天真爛漫、向來不知憂愁之少婦，閑來登樓眺覽春色時，頃刻間心理之微妙變化。前二句音調輕快歡娛，至「忽見陌頭楊柳色，悔教夫婿覓封侯」，觸景生情，頓起波瀾，頗耐尋味。正因有一二句之鋪墊，方顯出少婦「悔」之深。蓋從不知愁者如今也「悔教」起來，則多愁善感之人，更不知如何。

採蓮曲❶二首（其二）

王昌齡

荷葉羅裙一色裁，芙蓉❷向臉兩邊開。亂入池中看不見，聞歌始覺有人來。

【注　釋】❶採蓮曲　樂府曲名。郭茂倩《樂府詩集》卷五〇引《古今樂錄》云：梁天監三年（五〇四）冬，武帝製〈江南弄〉七曲，第三為〈採蓮曲〉。❷芙蓉　荷花之別名。

【語　譯】池塘裏的荷葉，姑娘的羅裙，一樣地碧綠，像是從同一塊綢緞上裁剪下來。池塘裏的荷花，在姑娘俏麗臉龐的兩邊，採蓮姑娘的小船，穿梭在滿池的荷花叢中，沒人看見，聽到採蓮的歌聲，纔發覺有位佳人輕輕盪舟過來。

【研　析】「採蓮女」是中國傳統詩歌中一個重要的意象。蓮花是江南水鄉最為典型、非常美麗的物象。「採蓮」，作為閨中少女的一種含義豐富的遊戲，是詩人們津津樂道的一個題材。這首詩便道出了「採蓮」的魅力所在。羅裙與荷葉一色，人面與荷花相映，分不清是葉是衣，是人是花。此言「色」。三四句寫「聲」。採蓮女子隱入田田荷葉之中，讀者正在遺憾之時，忽聞採蓮之曲，而人面即現，讀者自可想像「芙蓉向臉兩邊開」的美景。清黃叔燦《唐詩箋注》卷八評此詩曰：「梁元帝〈碧玉〉詩『蓮花亂臉色，荷葉雜衣香』，意所本。向臉字卻妙，似花亦有情。亂入不見，聞歌始覺，極清麗。」

長信秋詞

王昌齡

奉帚❶平明❷金殿開，且將❸團扇❹暫徘徊。玉顏不及寒鴉色，猶帶昭陽❺日影❻來。

【注　釋】❶奉帚　持帚打掃。《樂府詩集》雜曲歌辭梁吳均〈行路難〉：「班姬失寵顏不開，奉帚供養長信臺。」❷平明　天剛亮。❸將　拿著。❹團扇　宮扇，圓形。相傳班婕妤失寵後曾作〈怨歌行〉曰：「新裂齊紈素，皎潔如霜雪。裁為合歡扇，團團似明月。出入君懷袖，動搖微風發。常恐秋節至，涼飆奪炎熱。棄捐篋笥中，恩情中道絕。」蓋以團扇因秋涼而見棄，喻君恩因新寵而中斷。❺昭陽　漢宮殿名。趙飛燕所居。此代指得寵妃嬪所居之宮。❻日影　喻君恩。日象徵君，故以「日影」象徵君恩。

【語　譯】我揮著掃帚灑掃宮庭，天亮時金殿大門洞開。拿起了常被人遺棄的團扇，在宮門內無聊地徘徊。可嘆我青春如花顏色似玉，竟不如寒傖醜陋的烏鴉，剛從昭陽宮殿那邊飛來，還沾帶著太陽的光影。

【研　析】「美人見棄」，是古代社會中的一個常見現象，也是詩歌中的常見題材。詩中的這位宮女，雖有如玉顏色，然君王昏庸，小人蒙蔽，她只能做個灑掃丫頭。據《漢書・外戚傳》

載，成帝時，趙飛燕姐妹大幸，嬌妒，班婕妤失寵，恐久而見危，自求供養太后於長信宮。乃作賦自傷，有「共灑掃於帷幄」之語，相傳又作〈怨歌行〉，以秋扇見棄自喻，故本篇乃借班婕妤之事，以漢喻唐，寫宮庭婦女悲苦怨憤之情。這位宮女大概是五更起身打掃金殿，直到平明，方能息歇。歇下後卻又閑極無聊，只好手執團扇，徘徊一會。「團扇」是一個典型的「見棄」意象。夏天的時候，人人離不開它，但秋天一到，人們就會隨手扔掉。這位宮女，大概連扇子也不如，她可能自進宮到現在，連皇上的面還未見著呢。無聊之中，隻隻黑鴉從昭陽殿那邊飛來，這位宮女觸景生情，不禁想到，烏鴉尚且能沾上日影，可見我連黑老鴉也不如。這是一個巧妙的比喻，深刻而形象地抒發了她的苦悶生活和幽怨心情。「寒鴉」與「玉顏」，對比強烈。《唐詩品彙》卷四七引謝疊山評此詩說：「此篇怨而不怒，有風人之義。」《唐詩別裁》卷一九沈德潛評此詩說：「昭陽宮，趙昭儀（飛燕）所居，宮在東方，寒鴉帶東方日影而來，而己之不如鴉也。優柔婉麗，含蘊無窮，使人一唱而三嘆。」其實此詩所要抒發的，也不止是宮女的幽怨。美人麗質而見棄，文士高才而不遇，正是同病相憐。

春宮曲❶

王昌齡

昨夜風開露井桃❷，未央前殿❸月輪高。平陽歌舞新承寵❹，簾外春寒賜錦袍。

【注　釋】❶春宮曲　詩題一作〈殿前曲〉。❷昨夜風開露井桃　暗喻衛子夫之得幸。露井，沒有亭子護蓋的井。❸未央前殿　漢代有「未央殿」。❹平陽歌舞新承寵　漢武帝皇后衛子夫，本平陽公主謳者，武帝過平陽公主，見而悅之，因入宮，得立為后，事見《漢書．外戚傳》。詩中「平陽歌舞」即指衛子夫。

【語　譯】昨夜裏春風吹開了露井旁的桃花，未央殿的門前，一輪明月高高。此夜正是平陽公主家的那個小歌伎新承龍恩之時，珠簾外春寒料峭，宮內溫暖如春，又賞賜一襲錦袍。

【研　析】在中國古代，「臣」與「妾」有著相似的地位，其心態也有許多相通之處。例如，他們都對君王或丈夫的喜新厭舊、近狐媚小人而遠賢妻良臣，感到十分不安。所以，許多詩人便借「宮怨」詩詞來抒寫「臣子恨」。這首詩的妙處在於寫宮怨而字面不著一絲「怨恨」的痕跡，只著力描寫失寵者所見新人備受寵幸而心有不平之狀。其語雖淺顯而含蘊不盡：「露井桃」，暗喻衛子夫門戶低賤；「平陽」，揭其老底，再譏其出身卑微；「歌舞」，諷其以聲色犬馬迷惑君王也；「簾外春寒」，喻春光不及簾外，而獨賜簾內新寵錦袍，是偏心太過也。

芙蓉樓❶送辛漸二首（其一）

王昌齡

寒雨連江夜入吳，平明❷送客楚山孤。洛陽親友如相問，一片冰心在玉壺❸。

【注　釋】❶芙蓉樓　即潤州丹徒縣（今江蘇鎮江市）城之西北樓，晉王恭所命名（參見《元和郡縣志》卷二五）。❷平明　天剛亮。❸一片冰心在玉壺　喻人品高潔，內如冰清，外如玉潤。鮑照〈代白頭吟〉云：「清如玉壺冰。」

【語　譯】寒雨綿綿打著江面，在茫茫夜霧中船到鎮江，天一亮就送客北上，別後的楚山顯得多麼孤獨。您到了洛陽時，若有親友問起我近況，請告訴他們：我是冰清玉潔，如同一片冰心在玉壺。

【研　析】此詩約作於開元二十九年（七四一）夏昌齡就任江寧丞以後、天寶四載（七四五）秋再貶龍標尉之前。時友人辛漸將取道揚州北上洛陽，昌齡自江寧（今江蘇南京）送行至潤州（治所在今江蘇鎮江市），於芙蓉樓餞別而賦此。今人劉永濟則云：「昌齡方自龍標貶所歸吳，次晨即於芙蓉樓餞別辛漸。」（《唐人絕句精華》）或恐非是。一句言沿江而下，正寒雨綿綿，夜色侵臨，令人淒涼傷感。二句言一夜舟行，天明時來到潤州，兩人即在此分手。「寒」、「夜」、「客」、「孤」，讀來令人心酸。三四句大有深意。據同時人殷璠所云，昌齡曾因「不矜細行，謗議沸騰，再歷遐荒」，則為丞江寧之日，正是眾口交毀之時，故此詩有「洛陽親友如相問，一片冰心在玉壺」之語。南朝宋鮑照〈代白頭吟〉云「清如玉壺冰」，開元時姚崇〈冰壺誡〉復以「內懷冰清，外涵玉潤」喻君子光明洞澈之品格；本詩即用此典而鑄為新辭，用以自喻而託辛漸轉告親友，語含我自高節卓然、群議又何能有污於我之意。明唐汝詢則以為本詩主旨為「心如冰冷，……不復為宦情所牽」（《唐詩解》卷二六），清沈德潛因之，恐不確。

少年行四首（其一、其三）

王維

新豐❶美酒斗十千❷，咸陽游俠多少年。相逢意氣❸為君飲，繫馬高樓垂柳邊。

一身能擘❹兩雕弧❺，虜騎千重祇似無。偏坐金鞍調白羽❻，紛紛射殺五單于❼。

【注　釋】❶新豐　地名。縣治在今陝西臨潼東北新豐鎮，天寶七載（七四八）廢。在長安附近。高祖劉邦立漢，其父不習慣長安之繁華，高祖遂依故鄉豐地之狀，建「新豐」以供居住娛樂。後為一著名遊樂場所。❷斗十千　一杯值十千錢的好酒。❸意氣　指意氣奮發之貌。❹擘　以手張弓。❺雕弧　雕花的弓。❻白羽　指白羽箭。❼單于　匈奴王之號。

【語　譯】新豐的美酒真好，一斗就值十千大錢。咸陽城的游俠，多是翩翩少年。萍水相逢，意氣豪放，大家相互勸飲，喝個盡興，把那高頭大馬，繫在高樓下的垂柳樹邊。

一個人就能拉開兩隻雕花硬弓，敵人的騎兵千重，在他看來簡直是空無一物。斜坐在金鞍上調整好白羽箭，一箭箭射去，一連射殺了五個匈奴頭目。

【研　析】全詩共四首，讚美長安少年任俠勇武，矢志報國之行為。〈少年行〉四首當為王維青年時期遊長安而作。「新豐美酒斗十千」一首，重在寫長安少年之任俠意氣與豪邁氣概。一句言酒，二句言人，三四句合說，前分後合，字句雖少，含蘊倍深（參閱清冒春榮《葚原詩說》卷三）。「一身能擘兩雕弧」一首，寫少年之行動，突出咸陽游俠精於騎射、馳騁疆場之雄姿。寥寥數語，一少年英雄形象便躍然紙上，詩人青少年時期之開闊胸襟與遠大抱負，亦隱隱可見。

渭城曲❶

王維

渭城朝雨浥輕塵，客舍青青柳色新。勸君更進一杯酒，西出陽關❷無故人。

【注　釋】❶渭城曲　詩題一作〈送元二使安西〉，後譜入曲，再三歌之，因又稱〈陽關三疊〉。渭城，故城在今陝西西安西北渭水北岸。❷陽關　故址在今敦煌西南。《元和郡縣志》卷四〇「沙州壽昌縣」條：陽關在縣西六里，以居玉門關之南，故曰陽關。向為通西域之門戶。

【語　譯】渭城的早晨，小雨洗去了征途的輕塵，客舍外青青一片，正是楊柳抽出新芽的時節。勸您再喝上一杯酒吧，此去西出了陽關，就再也見不到熟人了。

【研　析】《樂府詩集》卷八〇云：「〈渭城〉，一曰〈陽關〉，王維之所作也。本送人使安西詩，後遂被於歌。劉禹錫〈與歌者何戡〉云：『舊人唯有何戡在，更與殷勤唱〈渭城〉』。白居易〈對酒〉詩云：『相逢且莫推辭醉，聽唱〈陽關〉第四聲』。〈陽關〉第四聲即『勸君更進一杯酒，西出陽關無故人』也。〈渭城〉、〈陽關〉之名蓋因辭云。」詩為王維在長安任職時所作，為著名送別詩。李東陽《懷麓堂詩話》云：「王摩詰『陽關無故人』之句，盛唐以前所未道。此辭一出，一時傳誦不足，至為三疊歌之，後之詠別者，千言萬語，殆不能出其意之外。必如是方可謂之達耳。」結句不僅用語貼切，且層次豐富。

九月九日❶憶山東❷兄弟

王維

獨在異鄉❸為異客，每逢佳節倍思親。遙知兄弟登高處，遍插茱萸❹少一人。

【注　釋】❶九月九日　農曆九月九日為「重陽節」。九為陽數之極，曰老陽，月日均逢九，故稱「重陽」。❷山東　華山以東，非元明之後所稱之山東。❸異鄉　指詩人客居之地長安。❹茱萸　一種草本植物，氣辛香，可入藥。重陽風俗，登高遊賞，鬢插茱萸以辟邪。

【語　譯】獨自在這他鄉為客，每到佳節格外思念親人。雖然人隔千里，但我知道，今年兄弟們登高賞遊，遍插茱萸時，也會想到偏偏少我一人。

【研　析】此詩玄宗開元四年（七一六）作於長安。歷來風俗，重陽登高遊賞，鬢插茱萸以辟邪。此詩語言質樸，情真意切，「獨在異鄉為異客，每逢佳節倍思親」二句尤為千古名句。首句兩用「異」字，已覺遠離故鄉之傷感，前冠一「獨」字，又增一重淒楚；思親之情，不必佳節始有，然逢佳節則此情更切，其「倍」字堪稱極貼。此句「人人心中皆有，而人人筆下未必有」，故能流傳千古，至今膾炙人口。後二句別出心裁，不言己之如何「憶」，而言山東兄弟今年登高獨少一人，彼定當憶此，更顯思念之切。

戲題磐石

王維

可憐❶磐石❷臨泉水，復有垂楊拂酒杯。若道❸春風不解意❹，何因❺
吹送落花來？

【注　釋】❶可憐　可愛。❷磐石　此指水邊巨石。❸若道　假如說。❹不解意　不懂得人的意思。❺何因　什麼緣故。

【語　譯】這塊可愛的磐石，下臨著一眼清泉，還有那絲絲垂柳，低拂著我的酒杯。如果說春風不解人意，為什麼要將落花一朵朵向我吹送過來？

【研　析】磐石臨水，春風飛花，這是一幅多麼美麗的圖畫。垂楊拂杯，臨泉吟詩，這是一種多麼高雅的情趣。詩人把這美麗的圖畫和高雅的情趣，熔鑄在一個畫面上。在情景上，令人為之神往；在技巧上，令人為之叫絕。特別是結尾兩語，似浮泛，實空靈。使人在低吟高唱中，得到一種清新秀麗的藝術享受。

田園樂七首❶（其三）

王維

採菱渡頭風急，策杖❷林西日斜。杏樹壇邊漁父❸，桃花源❹裏人家。

【注　釋】❶田園樂七首　詩人在輞川別墅時所作六言絕句，詠田園之樂。宋蔡正孫《詩林廣記・前集》卷五，題此組詩曰〈輞川六言〉。❷策杖　拄著手杖。❸杏樹壇邊漁父　《莊子・漁父》：「孔子遊乎緇帷之林，休坐乎杏壇之上，弟子讀書。孔子弦歌鼓琴，奏曲未半。有漁父者下船而來，鬚眉交白，被髮揄袂，行原以上，距陸而止，左手據膝，右手持頤以聽。」此為寓言，並非實有其事。後人因在山東曲阜孔廟大成殿前為之築壇建亭，書碑植杏。杏壇，相傳為孔子聚徒講學之處。❹桃花源　簡稱桃源。晉陶淵明作〈桃花源記〉，以寄託其心中的理想世界。

【語　譯】採菱的女孩們還在忙碌，輞川渡頭的野風正緊，一位老人扶著手杖散步，樹林西邊的紅日低沉。好似是孔子杏樹壇邊撫琴，又好似老漁翁水邊打漁。住在這幽美的田園山村，分明是世外桃源高人。

【研　析】唐詩中六言絕句不多見，本書選了幾首，放在七言絕句一起。此組詩描述「田園之樂」。士大夫在政治上失利，或覺得做官太累，就會憧憬於「田園樂」，以「隱士」自比。這組詩正是王維田園生活的寫真、輞川風光的攝影、隱士情操的自讚、詩人生涯的自評。東坡有云：「味摩詰之詩，詩中有畫。」觀此數首，皆宛如圖畫，可知東坡之言不虛。本首寫輞川別墅之中，渡口有少女採菱；清溪中有漁翁打漁；樹林邊有學者在杏壇講學撫琴；而詩人正策杖徐行，悠悠然自得其樂地享受這美麗高雅的情境呢！

田園樂七首（其四）

王維

萋萋❶芳草❷春綠，落落長松夏寒❸。牛羊自歸村巷，童稚❹不識衣冠❺！

【注　釋】❶萋萋　草盛貌。❷芳草　形容草之美好。❸落落長松夏寒　晉孫綽〈遊天台山賦〉：「藉萋萋之纖草，蔭落落之長松。」落落，形容松樹的高聳。❹童稚　兒童。❺衣冠　禮服與禮帽，常用以代指士大夫、官吏。

【語　譯】茂盛的芳草，在春風的吹拂中格外碧綠可人，高聳的古松，夏日的樹蔭下仍透著一些寒意。農家的牛羊日暮時自己回到村巷，兒童哪裏認識進山訪友的官紳！

【研　析】這一首寫山村生活之宜人。芳草碧綠，古松夏寒，脫塵絕俗。牛羊也悠然自在，天晚自歸村巷。童稚戲嬉，不識世間尚有官員。一幅自足自得的田園風味，令人嚮往！然不知「人間辛苦是三農」的山村貧困百姓，能有此清閑欣賞此樂否。

田園樂七首(其五)

王維

山下孤煙❶遠村，天邊獨樹高原❷。一瓢顏回陋巷❸，五柳先生❹對門。

【注　釋】❶孤煙　指村舍中的一縷炊煙。❷高原　藍田靠近黃土高原。❸一瓢顏回陋巷　用《論語・雍也》典：「一簞食，一瓢飲，在陋巷，人不堪其憂，回也不改其樂。」這是孔子讚美顏回安貧樂道的話。後世用來比喻高尚和清貧的生活。❹五柳先生　晉陶潛(三六五—四二七)自稱。曾作〈五柳先生傳〉以自況。略云：先生不知何許人也，亦不詳其姓字，宅邊有五柳樹，因以為號焉。不慕榮利，好讀書，性嗜酒。環堵蕭然，不蔽風日。短褐穿結，簞瓢屢空，晏如也。常著文章自娛，頗示己志。忘懷得失，以此自終。

【語　譯】遠遠的山腳下，一縷炊煙自村舍升起，天邊的那株大樹，孤獨地聳拔在高原上。我這輞川別墅，既有居陋巷而不改其樂的顏回做我的芳鄰，還有性嗜酒而不慕榮利的五柳先生與我對門。

【研　析】此首自讚輞川山中的隱士生活。前二句寫景，遠村炊煙孤直，高原大樹獨森，襯出「輞川別業」的清幽高古。後二句則以陋巷顏回、五柳先生自喻，言自己如同顏回一樣耐得清貧，如同陶淵明一樣耐得寂寞。這多少有些矯情。

田園樂七首（其六）

王維

桃紅復含夜雨，柳綠更帶朝煙。花落家僮❶未掃，鳥啼山客❷猶眠。

【注　釋】❶家僮　家中僕人。❷山客　居住山林之人。此是自稱。

【語　譯】桃花瓣兒紅紅，仍然飽含著昨夜的雨露，楊柳葉兒青青，更籠罩著今朝的煙霧。落花繽紛滿地，家裏僕人尚未打掃，鳥兒幾處亂啼，山中隱士仍在高枕酣眠。

【研　析】此首寫山居清晨的生活情趣。「桃紅復含夜雨，柳綠更帶朝煙」，貫穿昨晚今朝之陰晴；「花落家僮未掃，鳥啼山客猶眠」，概括家主與下人之生活片段。因「夜雨」而「花落」，因「山客猶眠」而僮兒偷懶。孟浩然〈春曉〉詩云：「春眠不覺曉，處處聞啼鳥。夜來風雨聲，花落知多少？」與此詩可謂是「珠聯璧合」。

田園樂七首（其七）

王維

酌酒會臨❶泉水，抱琴好倚❷長松。南園露葵朝折❸，東谷黃粱❹夜舂。

【注釋】❶會臨　應知臨近。❷好倚　喜歡倚靠。❸露葵朝折　葵，植物名。為美味蔬菜之一。王維信佛，晚年長齋，不食葷腥，所以摘露葵為菜。其〈積雨輞川莊作〉有句云：「山中習靜觀朝槿，松下清齋折露葵。」❹黃粱　粟的一種，宋人羅願《爾雅翼》云：今粱有三種：青粱、白粱、黃粱。「黃粱穗大毛長，穀米俱粗於白粱，而收子少，不耐水旱，食之香味逾於諸粱，人號為『竹根黃』。」

【語譯】品嘗美酒，應知臨近泉水之旁，抱琴彈奏，最喜倚著長松。早晨在南園摘下帶露的葵作菜，夜晚靜聽那東谷的舂搗黃粱之聲。

【研析】這一首主要是自讚山居飲食、娛樂之清雅。飲酒要臨泉水，撫琴要倚長松；南園朝摘露葵，東谷夜聽舂搗黃粱。如此悠閑，令後世那些整日為「稻粱之謀」的讀書人無比神往。宋蔡正孫在其《詩林廣記》卷五中引了宋人兩段評語，來評輞川別墅和〈輞川六言〉，胡苕溪（胡仔）云：「每哦此句，令人坐想輞川春日之勝，此老傲睨閑適於其間也。」秦太虛（秦觀）云：「余為汝南學官，得疾臥。直舍高符仲攜〈輞川圖〉示余曰：『閱此可以愈疾。』」

余本江海人，得圖喜甚，即使二兒從旁引之，閱於枕上。恍然若與摩詰（王維）入輞川，度華子岡，經孟城坳，憩輞口莊，泊文杏館，上斤竹嶺，並木蘭柴，絕茱萸沜，躡槐陌，窺鹿柴，返於南北垞，航欹湖，戲柳浪，濯欒家瀨，酌金屑泉，過白石灘，停竹裏館，轉辛夷塢，抵漆園。幅巾杖屨，棋弈茗飲，或賦詩自娛，忘其身之匏繫於汝南也。數日，疾良愈。」讀詩看畫而療疾，並非是無稽之談，這或可稱之為「精神療法」。

峨眉山月歌

李白

峨眉❶山月半輪秋，影入平羌❷江水流。夜發清溪❸向三峽❹，思君不見下渝州❺。

【注　釋】❶峨眉　山名。在四川境內，為一大名勝。❷平羌　江名。即今四川之青衣江。❸清溪　水名。長江一支流。❹三峽　今重慶市至宜昌數百里間，長江切割群山，形成深長峽谷，從西至東分別為瞿塘峽、巫峽、西陵峽，合稱三峽。❺渝州　即今重慶市。

【語　譯】峨眉山月升起了半輪，正是清秋大好季節，山月影兒映入平羌江水，緩緩前流。夜晚裏從清溪出發駛向三峽，山月萬里相隨，故人渺不可見，船兒離開了渝州。

【研　析】此詩作於開元十二年（七二四），時李白初離蜀地，擬往長江中下游漫遊。作者滿心歡喜，而四川兩湖之勝境，盡在胸中。全詩四句，囊括五地：峨眉山、平羌江、清溪、渝州、三峽，一望而收千里。雖屬誇張，然渾然天成，無斧鑿之痕。其境明朗，其音流暢，唐人絕句中所僅見。明王世貞《藝苑卮言》卷四評云：「此是太白佳境。」「峨眉山月半輪秋，影入平羌江水流」兩句，明寫月映清江之美景，暗點秋夜行船之別情依依，玲瓏剔透，古今目為絕唱。

望天門山❶

李白

天門中斷楚江❷開，碧水東流至此回。兩岸青山相對出，孤帆一片日邊來。

【注釋】❶天門山　安徽當塗境內東梁山與和縣境內西梁山之合稱，兩山夾江對峙，岩石突入江中，勢如天門，故名。❷楚江　此指古代楚國地段的長江。安徽在古代屬楚國。

【語譯】天門山被沖破中斷，進入楚地的大江從中流過，碧綠的長江水向東奔流，到此激起洶湧回旋的波濤。夾江對峙的青山爭著探身迎人，一隻孤舟張著帆，遠從太陽那頭，直向天門山乘風破浪而來。

【研析】此詩作於開元十三年（七二五），時李白出蜀後初次過天門山。詩中描繪天門山雄偉秀麗景色，反映出詩人瀟灑矯健之精神風貌。全詩四句，句句隨舟行而轉換視角，焦點不離「江」與「山」，為李白七絕代表作之一。其中「兩岸」「孤帆」一聯，為千古傳誦之名句。《唐宋詩醇》卷七評云：「極自然，洵屬神品，足以擅場一代。」

越中❶覽古❷

李白

越王句踐破吳歸❸，戰士還家盡錦衣。宮女如花滿春殿，祇今惟有鷓鴣飛。

【注釋】❶越中　越地，今浙江一帶，為春秋時越國的領域。❷覽古　遊覽古蹟而抒發情懷。❸越王句踐破吳歸　春秋時吳越向為敵國，吳勝越敗，越王句踐臥薪嘗膽，獻西施以迷吳王夫差，後一舉滅吳。

【語譯】越王句踐帶領大軍滅了吳國歸來，戰士們回到故鄉，滿身都是錦衣繡服。帶回的宮女們嬌美如花，住滿宮殿，到如今都成過眼雲煙，只見鷓鴣在荒山中亂飛。

【研析】此詩作於開元十四年（七二六），時李白遊覽越中（今浙江紹興一帶），因感於越地古蹟而作。七絕多以第三句轉，第四句結，而此詩一反常格，前三句一氣直下，極力渲染越王昔日破吳後之昌盛；而末句突作轉折，跌入今日之荒涼冷落。其格突兀，語冷節促，倍增盛衰之感。

黃鶴樓❶送孟浩然之❷廣陵❸

李白

故人❹西辭黃鶴樓，煙花❺三月下揚州。孤帆遠影碧空盡，唯見長江天際流。

【注　釋】❶黃鶴樓　樓在武昌，為著名的遊覽勝地。❷之　往。❸廣陵　即廣陵郡，治所在今江蘇揚州。❹故人　老朋友。❺煙花　指三月的春天，煙霧迷濛，百花盛開之景。

【語　譯】老友在此地辭別了黃鶴樓，在煙霧迷濛、百花盛開的三月裏，沿江而下，前往揚州。孤獨的一片帆影遠遠地在那碧空中消逝，唯見浩浩長江，滾滾向東奔流到水天交接之處。

【研　析】此詩乃開元十六年（七二八）暮春李白於武昌黃鶴樓送孟浩然赴廣陵而作。此詩不僅寫盡題面，而且創造出繁花似錦、深情送別場景，「語近情遙，有手揮五弦，目送飛鴻之妙」（《唐宋詩醇》卷六）。「孤帆遠影碧空盡，唯見長江天際流」兩句，意境含蓄，餘味無窮。

望廬山❶瀑布

李白

日照香爐❷生紫煙，遙看瀑布掛前川。飛流直下三千尺，疑是銀河落九天❸。

【注釋】❶廬山　在江西九江市，又名匡山、匡廬。大小山峰十餘座，雄峙於長江鄱陽湖畔，山高數千尺，為避暑勝地。❷香爐　廬山峰名。在主峰西南，上部似香爐，故名。峰頂有瀑布飛流直下，日照時水霧迷漫，似有紫煙。❸九天　傳說天有九重。

【語譯】陽光照著香爐峰的水霧，一片紫煙升起。遙遙地看著一簾瀑布，高高地掛在山前溪流之上。從天邊飛流直下三千餘尺，頓使人產生錯覺，以為是銀河從九天降落。

【研析】此為組詩之二，另一首為五古，此為七絕，寫廬山瀑布之磅礴雄偉氣勢。宋蘇軾以此為古今詠瀑布之最佳詩篇，有詩云：「帝遣銀河一派垂，古來惟有謫仙詞。」（《韻語陽秋》引）首句「生紫煙」既從「香爐」想像而來，又切合陽光在水霧中生成紫氣的實際，極為傳神，極為妥貼。後半「飛流直下三千尺，疑是銀河落九天」兩句，空中落筆，直揭瀑布之神，又傳「望」字之理。

蘇臺❶覽古❷

李白

舊苑荒臺楊柳新，菱歌❸清唱❹不勝春。祇今惟有西江❺月，曾照吳王宮裏人。

【注釋】❶蘇臺　即姑蘇臺，又名胥臺。故址在蘇州西北三十里之姑蘇山。臺為春秋時吳王闔閭所築，吳王夫差又於臺上立春宵宮，為長夜之飲。伍子胥諫，不聽。夫差十四年（前四八二）六月，越王句踐伐吳，吳太子友戰敗，被俘，此臺遂焚。歷代詩人過此臺廢址，多有詩弔古。❷覽古　觀覽遺跡而懷古。❸菱歌　採菱之歌，江南民歌之一種，此泛指吳地民歌。❹清唱　美好動聽的歌聲。❺西江　西來的大江。泛指大江，此處疑指長江。姑蘇山近臨太湖，遠眺長江。

【語譯】姑蘇臺苑早已荒蕪破舊，只有臺前楊柳依舊青青，採菱女子清亮的歌聲，仍然飽含著春日的情懷。到如今，只剩下那西江上的一輪明月，曾經照耀過吳王宮苑裏的美人。

【研析】人生短暫，時光無情。多少帝王將相，多少絕代佳人，都已湮沒於瓦礫，那曾經輝煌壯觀的姑蘇臺，那不可一世的吳王，那些美麗絕倫的宮妃，都早已不存在了；而那永遠的明月，卻仍然高高地懸掛在天邊，姑蘇的採菱女，仍然在唱著祖先們流傳下來的採菱歌。這首詩就是在過去與現在、有限與無限、短暫與永恆的觀照對比中，唱出了人生的無奈和歷史的滄桑。李太白詩，想落天外，唐代以來，好評如潮。杜甫讚其「筆落驚風雨，詩成泣鬼神」，皮日休言其「言出天地外，思出鬼神表，非世間語」。這是唐人之評。宋朱子評其詩云：「太白詩非無法度，乃從容於法度之中，蓋聖於詩者。」嚴羽則曰：「李杜諸公如金翅擘海，香象渡河，下視郊島輩，直蟲吟草間耳。」這是宋人評他的詩。至於他的絕句，更是為人所傾倒，高郥說：「盛唐絕句，太白高於諸人，王少伯（王昌齡）次之。」王世貞說：「七言絕句，王少伯與太白爭勝毫釐，俱是神品。」這首詩含蓄蘊藉，感喟遙深；用語若不經心，而構思神異，無愧「聖於詩者」之評。

秋下荊門

李白

霜落荊門❶江樹空，布帆無恙❷掛秋風。此行不為鱸魚膾❸，自愛名山入剡中❹。

【注　釋】❶荊門　山名。在今湖北宜都西北之長江南岸，隔江與虎牙山對峙，是由川入鄂的門戶之一。晉郭璞〈江賦〉云荊門「闕竦而磅礴」，可見該地形勢之險要。❷布帆無恙　《世說新語・排調》：「(殷)仲堪在荊州，(顧)愷之嘗因假還，仲堪特以布帆借之。至破冢，遭風大敗。愷之與仲堪箋曰：『地名破冢，真破冢而出。行人安穩，布帆無恙。』」又見《晉書・顧愷之傳》。此即用其典。❸鱸魚膾　《世說新語・識鑒》：「張季鷹（翰）辟齊王東曹掾，在洛，見秋風起，因思吳中菰菜、蓴羹、鱸魚膾，曰：『人生貴得適意爾，何能羈宦數千里以要名爵！』遂命駕便歸。」又見《晉書・張翰傳》。❹剡中　指剡縣，故城在今浙江嵊縣西南，境內多名山佳水。

【語　譯】秋霜降落在險要的荊門山，江邊的樹木葉落一空。遊子無恙，布帆又高掛在瑟瑟秋風之中。我這一次的離鄉遠遊，不是貪圖什麼美味清名，而是喜愛剡中的山水名勝，因此要去飽覽一番。

【研　析】詩人為了實現「志在四方」的遠大抱負，年輕時便告別巴山蜀水，仗劍遠遊。經過了許多個漫遊的日子，他來到了山明水秀的浙江剡中。前兩句點明出遊的時間和經過的地點，並順手拈來顧愷之「行人安穩，布帆無恙」的典故，生動地寫出了詩人在「秋風萬里送行舟」的景象中，洋溢著無比欣慰、無限憧憬的浪漫激情。後兩句表面上是說明「此行」的目的不是為了吳中美味佳肴，實際上是說，自己並不圖個「隱士」的大名，而是真的愛好山水，要去逍遙自在一番了。李白雖然好名，曾經多次到山中「隱居」，有不能免俗的一面，但他的詩卻還是非常清雅的。他要標榜自己那種高人雅士的品格，那種不同凡俗的生活情趣，但又怕人說他「邀名」，因此在這首詩中特地告訴大家：我並非是要學那古代的大名士顧愷之和張季鷹，到浙中山間也並非是為了要做個大名士，而是我真的喜愛那裏的山山水水，並沒有其他目的。這些話雖然有些「此地無銀」的味道，但平心而論，也並不全是在故意矯情，李白自有他超凡脫俗，人所不及的一面。當然，詩人「此行」，實際上並沒有「入剡中」，他半途改變了主意，留在了江漢一帶，結交名流，樹立聲譽，尋找機會，以實現其「奮其智能，願為輔弼，使寰區大定，海縣清一」（〈代壽山答孟少府移文書〉）的宏願。

山中與幽人❶對酌

李白

兩人對酌山花開，一杯一杯復一杯。我醉欲眠卿且去❷，明朝有意抱琴來。

【注　釋】❶幽人　指山中隱士。❷我醉欲眠卿且去　用《宋書・隱逸傳・陶潛》的典故：「潛不解音聲，而畜素琴一張，無弦，每有酒適，輒撫弄以寄其意。貴賤造之者，有酒輒設。潛若先醉，便語客：『我醉欲眠，卿可去。』其真率如此。」

【語　譯】兩個人在這盛開的山花中，對坐舉杯小酌，喝了一杯又一杯，不計其數。我現在醉了想睡，您不妨自行離去，明天若是有意再喝，順便將那素琴帶來。

【研　析】這是一首隨意為之的飲酒詩。全詩以口語入詩，率性而發，率意而止，形象生動，意境幽雅，情趣天然，韻味雋永。真可謂快人、快意、快語，而興會標舉，風流灑脫。

橫江詞

李白

橫江❶館前津吏❷迎，向余東指海雲生。郎❸今欲渡緣何事，如此風波不可行。

【注　釋】❶橫江　地名。即橫江浦，在今安徽和縣東南，與南岸的采石磯隔江相對，是一個重要的渡口。❷津吏　管理渡口的小吏。❸郎　漢魏以後對於年輕人的通稱。此處指李白。

【語　譯】我來到江邊的橫江館舍前，管理碼頭的小吏上前相迎。他為我指著遙遠的東方，海上烏雲密布。他不解地詢問：您如今急欲渡江，究竟是為了什麼事情？驚濤駭浪馬上就到，無論如何不能開船航行。

【研　析】這首紀實的詩歌，運用問答的形式，活靈活現地描繪了對話雙方的手勢神情，有聲有色，維妙維肖，像一幅連環畫，前兩句點明地點、人物和事件的起因，第三句是津吏的問話，第四句不等李白回答，便作出了「如此風波不可行」的結論，表現了津吏觀察氣候的豐富經驗。絕句詩短小精悍，要寥寥二十多個字中包蘊豐富的思想或事件，其關鍵便在於剪裁得體，詳略得當。如「郎今欲渡」四字，就把李白提出「欲渡」的要求，包含在津吏的話中；「海雲生」三字，就有力地托出「如此風波」的惡劣氣候。像電影中的鏡頭剪輯藝術一樣，既要求乾淨俐落，脈絡分明，又要求交代清楚，敘述完整。這首詩就達到了這一要求。當然，這首詩也不僅僅是寫實的。李白一生道路曲折，多次有「行路難」的感嘆，「如此風波不可行」，也正是他人生道路的真實寫照。

陌上❶贈美人

李白

駿馬❷驕行踏落花，垂鞭直拂五雲車❸。美人一笑褰❹珠箔❺，遙指紅樓是妾❻家。

【注　釋】❶陌上　路上，此指街道上。❷駿馬　高頭大馬。❸五雲車　道家謂仙人所乘的車。泛指華麗的馬車。此指美人所乘坐的馬車。❹褰　撩起；拉開。❺珠箔　指鑲著珠玉的馬車窗簾或車前門簾。❻妾　女子自稱之謙詞。

【語　譯】騎著高頭大馬，一路驕橫地踏著落花，手中的馬鞭，無意間揮掃到路過的香車。美人綻開櫻桃小口，笑著拉開珠簾，指著那遠處的紅樓，說那就是她的家。

【研　析】邂逅相逢，一見傾心，流水無情，落花有意，語不多而情自深，目一遇而心已許，便是這首詩所抒發的情思。詩的前兩句，是寫自己的巧遇：他騎著駿馬，踏著落花，垂著玉鞭，在陌上信步閑遊，不小心馬鞭輕拂一輛美麗的小車。連賠個不是也沒有來得及，便出現了意外的奇蹟：不但沒有遭到美人的怪嗔，反而輕開笑口，漫捲珠簾，「遙指紅樓是妾家」。這不期之遇，不解之緣，自然使人大喜過望。妙在這首詩言不盡意，意在言外，顯露者少，含蘊者多，所以有「餘音繞梁，三日不絕」之妙。

客中行❶

李白

蘭陵❷美酒鬱金香❸，玉碗盛來琥珀❹光。但使主人能醉客，不知何處是他鄉。

【注　釋】❶客中行　詩題一作〈客中作〉。❷蘭陵　地名。在今山東棗莊嶧城鎮南，以酒鄉著名。❸鬱金香　一種香草，九月開花，狀如芙蓉，香聞數十步，古人用以浸酒，浸後酒呈金黃色。❹琥珀　一種樹脂化石，呈黃色或赤褐色，晶瑩透明。此指葡萄美酒在玉碗的映襯下所發出的琥珀色光澤。

【語　譯】蘭陵美酒，散發著鬱金花的香味，斟在玉杯中，呈現出迷人的琥珀光澤。只要主人有本事讓客人喝個大醉，不論身在何處，哪裏還管他鄉故鄉。

【研　析】李白會作詩，是「詩仙」；能喝酒，又是「酒仙」。你看，他又要喝醉了，甚至連家也不想了。詩的一二句，渲染了蘭陵美酒的妙處：香似鬱金，色如琥珀，在玉碗裏倒上一杯，怎能不喝個痛快！「客中行」，本來應該抒發作客之苦、思鄉之情，但既然有了如此美酒，這裏就是故鄉，就在這裏長住吧。清沈德潛說這首詩是「強作寬解之詞」（《唐詩別裁》），意思是說，詩人本來鄉思甚切，客愁甚濃，所以纔借酒澆愁，但他卻故意說，只要杯中酒不空，便可以把他鄉作故鄉，這是自我解嘲的話，自我安慰的話。話雖如此，蘭陵酒好，卻是實實在在的。

東魯門❶泛舟二首（其一）

李白

日落沙明天倒開，波搖石動水縈迴❷。
輕舟泛月尋溪轉，疑是山陰雪後來❸。

【注　釋】❶東魯門　在兗州城東。東魯，指唐代之兗州，時詩人流寓於此，與魯中名士孔巢父等人相與唱酬，時號為「竹溪六逸」。❷縈迴　水流迴旋貌。❸疑是山陰雪後來　用王徽之（字子猷）雪夜乘舟訪戴逵（字安道）的典故。《世說新語・任誕》云，東晉王子猷居山陰（今浙江紹興），某雪夜，忽念剡溪（今浙江嵊縣）戴安道，遂乘舟前往探望。經宿始至，而造門不入。人問其故，云：「吾本乘興而行，興盡而返，何必見戴！」

【語　譯】夕陽西下照亮沙洲，水中蕩漾著天的倒影。微波搖動水中石塊，滿溪的清水迴旋奔流。一葉輕舟在月色裏飄蕩，隨著這溪流轉來繞去。銀色的月光雪白的溪水，好像是東晉的王子猷雪夜泛舟。

【研析】月夜泛舟，隨溪迴轉，滿天滿地都是銀色的世界，詩人的心中，也好像是清澈透明的。此詩就是寫「泛舟」時所見到的奇美景色和那種深刻的感受。一二句寫日落沙明，溪水瀠迴，好像是天在溪水中倒浮，石在水波下搖撼，令人心醉神迷，美不勝收。三句寫舟隨溪轉，完全是一種順其自然的心態。四句借用「乘興而行，興盡而返」的掌故，寫自己如何為美麗的景色所陶醉，表達了詩人的那種悠然心會、物我兩忘的心境。

清平調三首

李白

雲想衣裳花想容，春風拂檻露華濃。若非群玉❶山頭見，會向瑤臺❷月下逢。

一枝紅艷露凝香，雲雨巫山❸枉斷腸。借問漢宮誰得似？可憐飛燕❹倚新妝。

名花傾國兩相歡，長得君王帶笑看。解釋❺春風無限恨，沉香亭❻北倚闌干。

【注釋】❶群玉　傳說中的西王母所居住之山，見《山海經・西山經》等。❷瑤臺　西王母所居之宮殿。❸雲雨巫山　用戰國楚宋玉〈高唐賦〉典故：楚王夢巫山神女來入枕蓆，自云：旦為朝雲，暮為行雨。後遂稱男女之事為「巫山雲雨」。❹飛燕　漢成帝皇后趙飛燕，貌美，善舞。❺解釋　解去；消除。❻沉香亭　唐宮中亭名，在興慶宮龍池之東。以沉香木為之，故名。

【語譯】看見天邊的雲霞就想到她的衣裳，看見美艷的鮮花就想到她的容貌，和煦的春風吹拂著花欄，被濃濃的夜露沾潤，牡丹花愈發嬌艷無比。如此國色若不是在群玉神山上才能見到，便只有在瑤臺的月下才能遇見。

一枝紅艷的牡丹花，清夜的露華凝著濃香。便是能化為朝雲行雨的巫山神女，也枉自心悲腸斷，自嘆不如。請問漢家宮殿中有誰能與貴妃娘娘相比？便是那最美麗的飛燕皇后，尚須靠新妝打扮才略能彷彿。

名貴的牡丹、傾國的美人，相得益彰，長久地得到君王含笑來看。在此和煦的春風裏，消解了君王的無限遺憾，那是因為在沉香亭的北邊，貴妃娘娘正倚著欄杆對著牡丹。

【研析】此詩作於天寶三載（七四四），時李白供奉翰林。玄宗與楊貴妃於興慶宮沉香亭賞牡丹，命樂師李龜年宣李白進新詞。「白欣承詔旨，猶苦宿酲未解，因援筆賦之」。「三章合花與人言之，風流旖旎，絕世豐神」（沈德潛《唐詩別裁》卷二〇）。三首皆以楊貴妃與牡丹花交織共敘，使人面花光交相輝映。第一首寫楊貴妃之美，只有群玉山及瑤臺的仙女方可比擬；第二首以巫山神女及趙飛燕皆自愧不如，以抬高楊貴妃之美；第三首以唐玄宗得楊貴妃後，遺憾盡釋，心滿意足，將楊貴妃之美，表現得淋漓盡致。至於詩中以巫山神女及趙飛燕來比襯，是否有譏諷之意，則不妨仁者見仁，智者見智。

長門怨❶二首（其一）

李白

天回北斗❷掛西樓，金屋❸無人螢火流。月光欲到長門殿，別作深宮一段愁。

【注　釋】❶長門怨　為樂府舊題。長門，漢武帝陳皇后失寵後，幽居長門宮。後遂以「長門」作為失寵后妃的象徵。❷北斗　星宿名。計有七顆亮星，排列為斗形。❸金屋　極言屋之華麗。武帝少時，長公主欲以女配帝，問曰：「阿嬌（即後來之陳皇后）好否？」帝云：「若得阿嬌作婦，當以金屋貯之。」

【語　譯】天轉星移，半夜過去，明亮的北斗高高掛在西樓。這座豪華的宮殿，空寂冷清，只有螢火飛過。皎潔的月光，照向這長門宮殿，縷縷清光，都化作失意人的一段哀愁。

【研　析】此詩借樂府舊題泛寫宮人愁怨。雖通篇寫景，然其人之音容呼之欲出，其愁之深廣如在目前。一二句繪出夜半清冷、幽宮淒涼，令人感到陣陣寒意。三句再添一月色，更令人感到淒清欲絕。四句移景入情，別作一段愁苦。北斗高懸，空殿流螢，夜月侵階，深宮閑愁，未見宮人之面，而其愁思纏綿之心態，其淒清孤獨之身影，已隱約可見矣。

春夜洛城聞笛

李白

誰家玉笛❶暗飛聲？散入春風滿洛城❷。此夜曲中聞〈折柳〉❸，何人不起故園情❹？

【注釋】❶玉笛　形容笛子質地美好。❷洛城　洛陽城，即今河南洛陽。❸折柳　曲名。即〈折楊柳〉。屬漢樂府橫吹曲，古辭已亡。《樂府詩集》所收為後人擬作，多為歌唱離別之情。梁鼓角橫吹曲〈折楊柳〉云：「上馬不捉鞭，反拗楊柳枝。下馬吹橫笛，愁殺行客兒。」❹故園情　懷念故鄉之情。

【語譯】是誰家的動人玉笛聲，從遠處悄悄傳來？笛聲瀰漫在春風裏，吹遍了整個洛陽城。在這難眠的夜晚，聽了這〈折楊柳〉的曲子，誰能不動起思念故鄉之情？

【研析】笛聲宛轉悠揚，夜晚時分，則傳得更遠，更曲折動人。在三月的春風之中，吹的是傾訴離別之情的曲子，對於遠離故鄉的遊子而言，聽了這笛聲如何能不動情？這首詩寫春夜洛城聞笛，引起思念故鄉之情。詩中集中筆墨，緊緊圍繞「聞笛」二字展開描寫：一句是夜晚聞笛，二句是春日客中聞笛，三句言所奏為〈折楊柳〉之曲，四句則寫聞笛所引起的鄉思。四句詩，如剝筍抽繭，一層深入一層地揭示主題。使讀者隨著詩人的吟唱，漸入詩一般的迷人意境。

聞王昌齡❶左遷龍標遙有此寄

李白

楊花落盡子規❷啼，聞道龍標過五溪❸。我寄愁心與明月，隨君直到夜郎❹西。

【注釋】❶王昌齡　李白好友，著名詩人。玄宗天寶七載（七四八），昌齡貶龍標（今湖南黔陽）尉。後世遂稱昌齡為「王龍標」。❷子規　鳥名。一名杜鵑，又名杜宇，春日啼鳴，聲似哀號。❸聞道龍標過五溪　云龍標之蠻荒，超過五溪。過，超過。五溪，此指武陵（今湖南常德）五溪。❹夜郎　唐縣名。在今湖南新晃侗族自治縣境，東南距龍標縣約百餘里。為古夜郎國故地。

【語譯】楊樹的花早已落盡，杜鵑鳥兒悲啼，聽說龍標那個地方，荒涼更超過五溪的蠻夷。我只能將一顆愁心，寄給那天上的明月，與月光一路伴隨著您，伴隨您直到夜郎之西。

【研析】李白純情至性，心直口快。朋友落難，他寫了這首令人倍感悽切的詩送給他。「楊花落盡子規啼」一句，飽含無限愁苦。楊花落盡是暮春，正是詩人們傷感的時節，更有多情杜鵑，哀叫不已，正是在這個時節，老朋友仕途不利，被貶到那遙遠的蠻荒之地。第二句通過「聞道」二字，將朋友要去的龍標描繪得荒遠孤絕。三四句表達了李白對朋友毫無保留的友誼和真切的關心。他說，你要到那個地方去，我也無能為力，只有這一顆友愛的心，隨著天上的明月，和你作伴，和你一起到那蠻荒之地吧！詩中表示了對老朋友命運的深切擔憂，情真語摯，讀來令人心酸。

哭晁卿衡❶

李白

日本晁卿辭帝都，征帆一片繞蓬壺❷。明月不歸沉碧海，白雲愁色滿蒼梧❸。

【注釋】❶哭晁卿衡　晁卿，名衡，日本人，原名阿倍仲麻呂，開元五年（七一七）入唐，時年二十。學於太學，改名晁衡，一作朝衡。卒業後為司經局校書，尋授左拾遺、左補闕。天寶十二載（七五三）任秘書監，兼衛尉卿。是年日本遣唐使藤原清河返國，衡請同返，玄宗因命為使。因海上遇風而飄至安南驩州沿岸，輾轉返長安。由於傳聞已遇難，李白遂寫此詩悼之。❷蓬壺　指蓬萊、方壺，相傳為東海中仙山，此指日本。❸蒼梧　山名。又稱九嶷山，在湖南寧遠東南。

【語譯】日本老友衛尉卿晁衡辭別了帝都，茫茫大海中，征帆一片，駛向蓬萊、方壺。東方的明月未能歸去，竟沉落碧海，白雲也都含愁，籠罩在南方的蒼梧山上。

【研析】此詩約作於天寶十三載（七五四），時李白在江南漫遊，因誤傳日本友人晁衡歸國途中遇難，悲悼而作此詩。「明月不歸」，是言其品格高潔，才華出眾，而不料海上遇難，沉於碧海。從而將悲痛之情寄於蒼梧山的悠悠白雲之中，意境深遠，在輓詩中獨具一格。然晁衡實遇難未死，而李白情真意切之詩，則已永留人間。

贈汪倫

李白

李白乘舟將欲行，忽聞岸上踏歌❶聲。桃花潭❷水深千尺，不及汪倫❸送我情。

【注釋】❶踏歌　當時一種民間演唱藝術。連手歌唱，足踏節拍。❷桃花潭　在今安徽涇縣西南。❸汪倫　李白的一位朋友。

【語譯】我李白將要乘船離去，忽然聽到岸上踏著腳步的唱歌聲。這桃花潭水雖有千尺之深，也深不過好友汪倫送別我的情誼。

【研析】汪倫是涇縣（今屬安徽）桃花潭的村民。據宋楊齊賢《李太白全集》注說：「白遊涇縣桃花潭，村人汪倫常釀美酒以待白。倫之裔孫至今寶其詩。」瞿蛻園、朱金城認為與唐初歙州總管汪華之族有關（見《李白集校注》卷一二）。這是天寶十四載（七五五）詩人遊歷涇縣時寫下的一首膾炙人口的贈別詩。全詩以質樸而歡快的語言，形象生動的比喻，富有音韻感的節奏，表現了作者與汪倫之間純真誠摯的感情。唐代送別詩很多，但大多是愁啊怨啊的，像李太白這樣飄逸瀟灑的送別詩，似乎很少見到。

永王❶東巡❷歌十一首（其八、其十一）

李白

長風掛席❸勢難回❹，海動山傾古月❺摧。君看帝子浮江日，何似龍驤出峽來❻！

試借君王玉馬鞭，指揮群虜坐瓊筵❼。南風一掃胡塵靜❽，西入長安到日邊❾。

【注釋】❶永王　玄宗十六子，名璘。❷東巡　向東進軍。❸掛席　張帆。❹回　轉動；改變。此指抵擋。❺古月　王琦注云：「胡字隱語也，出《十六國春秋》。」此暗指安史叛軍。❻君看帝子浮江日二句　此用晉王濬伐吳事。《晉書．武帝紀》：「咸寧五年，十一月，大舉伐吳。遣龍驤將軍王濬、廣武將軍唐彬率巴蜀之卒，浮江而下。」帝子，指永王。❼指揮群虜坐瓊筵　此指坐於瓊筵而閱俘虜。❽南風一掃胡塵靜　指徹底消滅了敵人。南風，勝利凱旋之風。《爾雅．釋天》：「南風謂之凱風。」❾西入長安到日邊　指收復京城長安。日邊，皇帝身邊。古人以日為君象。

【語譯】乘著長風，掛起高帆，我軍的氣勢不可阻擋，大海為之搖動、高山為之傾倒，要一舉將叛軍摧毀。請看永王的軍隊浮江而下的日子，好似當年龍驤將軍王濬一路自巴蜀出三峽，直奔金陵，勢如破竹！

請讓我們借著君王的玉馬鞭，在那勝利的宴會上檢閱指揮俘虜。凱旋的南風要掃淨胡地的塵埃，大軍一舉收復長安，迎接皇上的到來。

【研析】永王名李璘，玄宗十六子。安史亂起，玄宗奔蜀，下詔以璘為山南東路、嶺南、黔中、江南西路四道節度採訪使，兼江陵大都督。永王遂至襄陽、江陵等地招募將士，準備迎敵。後太子李亨自立於靈武，尊玄宗為太上皇，史稱肅宗。肅宗對其弟永王璘心存猜忌，命其入蜀。李璘不從，於至德元載（七五六）率舟師東下，途經九江，慕李白之名，召入幕府。李白天真爛漫，亦欲藉之以立奇功，故有「但用東山謝安石，為君談笑靜胡沙」（其二）之句。這一組詩便作於永王東巡途中。詩中表現了永王軍隊的氣勢與聲威，單就詩本身來說，確是形象生動，氣魄雄偉。全詩氣度不凡，神采飛揚，成功地表現了必勝的信念。但他萬萬沒有想到，永王對「掃胡塵」實際上並沒有多大的興趣，大約也是因為並沒有那個膽量和實力。敵人此時正在西北，永王不向西北出兵，卻向東「巡」去了，其真實意圖，明白人一眼就能看出。但偏偏李白看不明白。他還真的以為永王此行，是要和那位「友于兄弟」會合，一起殺敵呢！這就是李白的悲劇所在。李白高興得太早了，「長風出峽」到半途，便被肅宗的軍隊消滅，那「世人皆欲殺」（老杜詩中語）的世俗輿論，那判刑、流放的重重苦難，正在等待著他。

與史郎中欽聽黃鶴樓上吹笛

李白

一為遷客去長沙❶，西望長安不見家。黃鶴樓中吹玉笛，江城五月〈落梅花〉❷。

【注釋】❶一為遷客去長沙　用西漢賈誼典故。賈誼為人所讒，貶長沙王傅。遷客，貶官或流放之人。因離家而行，故曰客。❷落梅花　即〈梅花落〉，樂府笛曲名。

【語譯】一朝得罪，成了貶謫長沙的遷客，向西眺望長安，再也看不見家鄉。今日黃鶴樓中聽人吹起了玉笛，正是江城五月，吹的是一曲悽悽切切的〈梅花落〉。

【研析】此詩作於肅宗乾元二年（七五九）。當時李白因從永王李璘事獲罪，流放夜郎，半途遇赦，還至武昌與友人史欽同遊黃鶴樓聞笛而作是詩。詩中以聽笛抒發遷謫之感，無限羈情由渲染春意闌珊之笛聲中，而益增落寞之感。《唐宋詩醇》卷八評李白此詩曰：「淒切之情，見於言外，有含蓄不盡之致。」

早發白帝城❶

李白

朝辭白帝彩雲間，千里江陵❷一日還。兩岸猿聲啼不住，輕舟已過萬重山。

【注　釋】❶早發白帝城　詩題一作〈下江陵〉，一作〈白帝下江陵〉。白帝城，遺址在今重慶市奉節。❷江陵　今屬湖北。

【語　譯】早晨辭別了高聳彩雲間的白帝城，千里之遙的江陵一天便到。在三峽兩岸啼叫不停的猿聲中，輕快的船兒已駛過了千山萬嶺。

【研　析】此詩作於肅宗乾元二年（七五九）三月，時李白流放夜郎半途遇赦，從白帝城返舟東下江陵。此詩之妙在以輕舟瞬息千里之速度襯托遇赦獲歸時之歡愉心情，詩境流轉，迴盪有致，被讚譽為「驚風雨而泣鬼神矣」（《升庵詩話》卷四）。詩中「兩岸猿聲啼不住，輕舟已過萬重山」兩句，一開一合，「走處仍留，急語仍緩，可悟用筆之妙」（施補華《峴傭說詩》），為歷代傳誦之名句。

宣城見杜鵑花

李白

蜀國曾聞子規鳥❶，宣城❷還見杜鵑花。一叫一回腸一斷，三春❸三月憶三巴❹。

【注　釋】❶蜀國曾聞子規鳥　傳說古代蜀國有君望帝，死後化為杜鵑鳥，叫聲悽切。子規，即杜鵑鳥。❷宣城　唐天寶、至德時曾改宣州為宣城郡，治所在今安徽宣州。❸三春　春季三個月，分別為孟春、仲春、季春。❹三巴　指巴郡、巴東郡、巴西郡，相當今四川嘉陵江與綦江流域以東之大部。

【語　譯】曾聽說蜀國有杜鵑鳥叫聲悽厲，又看見宣城盛開的杜鵑鮮花。杜鵑鳥一聲叫一回囀令人肝腸一斷，春天的三個月月月憶念三巴。

【研　析】此詩乃李白晚年流寓宣城時作。詩中觸景生情，以一「聞」一「見」生出「憶」字，突出思鄉之深。前二句以子規鳥對杜鵑花，已屬絕對，後二句更以三個「一」、三個「三」回轉相對，出語妙絕。全詩「如諺如謠，卻是絕句本色」（《唐宋詩醇》卷八）。

山中問答❶

李白

問余何事棲碧山？笑而不答心自閑。桃花流水窅然❷去，別有天地非人間。

【注釋】❶山中問答 詩題一作〈問答〉，一作〈山中答俗人〉。❷窅然 一作「杳然」。幽深貌；深遠貌。《莊子．知北遊》：「夫道，窅然難言哉，將為汝言其崖略。」

【語譯】如果有人問我，為什麼要隱居在這碧山之中？我微笑著不作回答，心中自然悠閑。那桃花片片隨著流水，向杳冥幽深處流去，這山中別有天地，自非人間世所能窺知。

【研析】詩題一作〈山中答俗人〉，恐為後人所增。作年不詳。此詩表面抒寫隱棲山中之幽閑心情，實則隱含某種無可奈何之意緒。心既「閑」而又何必來此一「問答」。作為隱士，其最高之境，是不食人間煙火，不問人間是非，齊萬物，等生死。李白一生，求兼濟而不能，守獨善而不甘，棲於碧山而心不自閑，故有此一詩。詩中自言其志而兼以諷世。一二句自問自答，三四句借桃花流水，寫出山中之「別有天地」。宋蔡正孫《詩林廣記．前集》卷三引《彥周詩話》云：「賀知章呼太白為『謫仙人』。余觀此詩，切信之矣。」然蔡氏以為李白此詩是抒發「閑適」心情，恐不確。若真是閑適了，恐怕就寫不出這樣的好詩了。但不管如何，此詩語言流暢，意境飄逸，則為他詩所難企及者。「笑而不答」，極為傳神生動；「桃花流水窅然去，別有天地非人間」兩句，發語清雅而其情深遠，亦為寫景抒情之名句。

春女❶怨

薛維翰

【作　者】薛維翰（一作蔣維翰），開元進士及第。今存閨怨詩五首。

白玉堂前一樹梅，今朝忽見數花❷開。兒家❸門戶尋常❹閉，春色因何入得來？

【注　釋】❶春女　思春的少女。❷花　一作「枝」。❸兒家　女兒家，小女子的自稱。❹尋常　平常；一般。

【語　譯】白玉臺階的堂前，有一棵梅花樹，今日忽然見到開了好幾朵。女兒家的門戶平常總是關閉著的，那撩人的春色為什麼能夠進來？

【研　析】這是一首描寫少女思春怨情的小詩。題材本極尋常，但本詩構思精巧。前兩句寫見梅知春，後兩句結以反語，把關不住的春色和少女無法掩飾的思春情懷表現得出神入化。全詩極富神韻。

九曲詞❶

高適

鐵騎❷橫行鐵嶺❸頭，西看❹邏逤❺取封侯。青海❻祇今將飲馬，黃河不用更防秋❼。

【注　釋】❶九曲詞　九曲之歌。九曲，地名。唐代曾在此地設「九曲軍」。故址在今青海貴南之北，青海湖之南，黃河流經其地。詞，指歌詞。❷鐵騎　指軍馬。因披甲於馬身，故名鐵騎。❸鐵嶺　指九曲附近的赤嶺。唐與吐蕃有分界碑在此。❹西看　西向之意。❺邏逤　地名。亦作「邏些」、「邏娑」。即邏些城，唐時吐蕃的都城，即今拉薩市。❻青海　指今青海西寧西的青海湖。❼防秋　漢有匈奴之患，唐有突厥、吐蕃之擾，每到秋高馬肥，河流結冰，正是匈奴或突厥、吐蕃向南侵擾的好時機，所以漢唐的邊防軍屆時都要特別加強警戒防備，稱為「防秋」。

【語　譯】率領著鐵騎精兵，橫行在赤嶺山頭，我眺望著西南的邏逤，要在那裏立功封侯。到了勝利的那一天，我要到青海湖畔飲馬，從那以後，黃河前線就再也用不著防備胡人的秋襲。

【研　析】東亞大陸的內地，自商周以來，氣候逐漸由溫暖濕潤轉向寒冷乾旱，特別是在蒙古高原以西以北的地方，地理氣候環境更迅速地趨向惡化。氣候的變遷引起了大片草原的沙漠化，許多逐水草而居的中國西北部的游牧民族，不得不年復一年地向南入侵遷徙。於是，對於內地的華夏民族來說，怎樣抵禦西北方民族的入侵掠奪，就成了秦漢以來歷代朝廷的頭等大事。其中最為重要的，就是所謂「防秋」。詩中表達了唐人的一個衷心的願望：希望能以攻為守，主動地打到青海以西以北去，在敵人的心臟地帶建立鞏固的防線，這樣，就再也用不著在黃河邊上「防秋」了。這當然是一廂情願的事。青海附近是游牧民族的老家，到那個地方去建立防線，對方一定會殊死相拚。事實也正是如此，唐朝鼎盛時期，確實打到了青海西北，在那裏建立了不少據點，但當唐朝衰落時，又都失陷了。

別董大❶二首（其一）

高適

十里❷黃雲白日曛❸，北風吹雁雪紛紛。莫愁前路無知己，天下誰人不識君。

【注　釋】❶別董大　此詩伯二五五二《敦煌唐詩選殘卷》題作〈別董令望〉。董令望事跡不詳。或疑董大即董庭蘭，亦即董令望，然均無確證。❷十里　一作「千里」。❸曛　濃雲遮陽貌。

【語　譯】十里長的黃雲遮住了太陽，一片雲霧朦朦，呼嘯的北風吹著南去的大雁，大雪紛紛揚揚下個不停。不要愁前面的路上沒有知心朋友，天下有誰不知道您的大名。

【研　析】此詩寫作時間約在玄宗天寶六載（七四七）前後。一二句寫黃雲滿布，白日韜光，前途莫測，更增添離別之傷感。三四句突轉，云君既有此高才清品，則前路知己甚多，不必因此地一別而愁。清徐增曰：「此詩妙在粗豪。」（《而庵說唐詩》卷一一）

除夜作❶

高適

旅館寒燈獨不眠，客心何事轉❷淒然❸？故鄉今夜思千里，霜鬢❹明朝又一年。

【注釋】❶除夜作　唐玄宗天寶九載（七五〇）秋，詩人以封丘縣尉的身份，送戍兵至青夷軍（駐媯州清夷軍城，在今河北懷來東南，靠近居庸關），事畢回居庸關過年，詩便作於這年除夕。封丘至居庸一千五百里。❷轉　變成。❸淒然　悲傷。❹霜鬢　兩鬢如霜。

【語譯】對著旅館裏淒清的孤燈，我獨自一人無法入眠，客居在外，此時心裏為何變得如此淒涼？今夜故鄉的親人，想必正在思念遠隔千里不能返鄉團圓的遊子，鬢已成霜，到明朝又要添上一歲。

【研析】此詩當作於玄宗天寶九載除夕（七五一年一月三十一日）。是年秋，高適以封丘尉啟程送兵至范陽節度之清夷軍（今河北懷來），歸程恰逢除歲而獨宿旅館，因賦此詩。除夜，是我國最隆重的一個傳統節日。人們往往要從千里外趕回故鄉團圓，而詩人卻在旅館裏對著一盞寒燈，思念著千里外的親人，浮想聯翩，睡不成眠，因而寫了這首詩。妙在不著重去寫自己如何思念著親人，而是設身處地猜想故鄉的親人如何在思念著自己。思念更加深邃，韻味更加濃厚，表現技巧也更加精湛。白居易的「想得家中深夜坐，還應說著遠行人」，王建的「家中見月望我歸，正是道上思家時」，都是採取這種手法。明人高棅評此詩說：「謝疊山云：『客中除夜聞此詩者，無不淒然。』」（《唐詩品彙》）譚元春評此詩曰：「故鄉親友思千里外人霜鬢，其味無窮。」（《唐詩歸》卷一二）清沈德潛評此詩云：「作故鄉親友思千里外人，愈有意味。」（《唐詩別裁》）是很有藝術眼光的。結尾兩句，用對偶的形式、跳躍的感情，敘述霜鬢漸老，時不我待，不知何時能與家人相聚的心情，充分地表達了自己的遲暮感和失落感。

營州歌

高適

營州❶少年厭原野❷，狐裘❸蒙茸❹獵城❺下。虜酒❻千鍾不醉人，胡兒❼十歲能騎馬。

【注釋】❶營州　唐郡名。治所柳城，在今遼寧朝陽。唐時北鄰契丹，設平盧軍於此，是唐代東北重鎮之一。❷厭原野　熱愛和習慣原野生活。厭，或作「滿」、「歇」、「愛」。滿足，引申為喜好之意。❸狐裘　狐皮袍子。❹蒙茸　裘毛蓬鬆柔軟貌。❺城　指柳城。❻虜酒　虜地所產的酒，酒性較薄。❼胡兒　指契丹族的兒童。

【語　譯】營州的少年習慣了原野，身穿狐皮襖打獵在城下。邊地的酒薄，雖飲千杯不醉人，民俗尚武，小兒十歲就能騎馬。

【研　析】這首詩寫得很有地方特色、時代精神，把唐代東北地區契丹的風土人情作了樸實而生動的描寫。既可以當民歌唱，也可以作民俗史料來研究。高適首次北遊燕趙，在開元十九年（七三一），是時正當而立之年，意氣風發，豪情萬丈，本詩當作於此年或稍後。此詩歌頌塞上胡兒少年尚武之風。唐人好邊功，對邊地少年的強健，羨慕不已。此詩四句，分四個方面反覆描述營州少年的這一特點：首言其熱愛原野，次寫其愛好打獵，三句言其能飲，四句寫其自小即善騎馬。

三日尋李九❶莊

常建

【作　者】常建（七〇五?—七七一?），長安（今陝西西安）人。唐玄宗開元十五年（七二七）進士，代宗大曆中任盱眙（今屬江蘇）縣尉而終。著有《常建詩》一卷，雖有散佚，但基本上保存了下來。《全唐文》錄存其文二篇，《全唐詩》錄存其詩五十七首。

雨歇楊林❷東渡頭，永和三日❸盪輕舟。故人家在桃花岸❹，直到門前溪水流。

【注　釋】❶李九　常建友人，名未詳，九是李的排行。❷楊林　渡口名。故址在今安徽和縣城東二十五里。《紀勝》云：「郡人春遊，自城南橫江門出，至楊林江口，凡三十五里。」❸永和三日　是詩人借用歷史上著名的「山陰蘭亭之會」的典故。王羲之〈蘭亭集序〉：「永和九年（三五三），歲在癸丑，暮春之初（三月上巳日，即三月初三），會於會稽山陰之蘭亭，修禊事也。」三日，指農曆三月三日，古代稱為「上巳節」。在這一天，人們外出踏青，到水邊洗濯、喝酒，認為可以求福驅邪。唐人徐堅等人所編《初學記》卷四三月三日條引南朝梁人宗懔《荊楚歲時記》云：「三月三日，士人並出水渚，為流杯曲水之飲。」❹家在桃花岸　謂故人李九山莊邊，靠近楊林江岸，有一片桃林，這裏又暗用〈桃花源記〉的典故，把李九山莊比作桃源仙境。

【語　譯】楊林東邊的渡頭，春雨纔停不久，在這三月三日的春遊時節，蕩起了一葉輕舟。遠望那桃花岸邊，便是老朋友的住處，那桃花溪水，一直流到友人的門前。

【研　析】一篇〈蘭亭集序〉，引起了古今多少人的遐想！這首詩使用〈蘭亭集序〉的典故，以三月三日踏青尋芳為契機，寫詩人蕩舟訪友的經過。前兩句寫出發時的氣候、地點及工具，寫得形象生動，一派融和景象，烘托出詩人的愉快心境，大有「乘興而往」的情致。後兩句寫故人所住山莊的幽靜、雅致，桃花吐艷，流水繞屋，山光水色，迷人欲醉，以烘托故人的高情雅致。

塞下曲四首（其一）

常建

玉帛❶朝❷回望帝鄉❸，烏孫❹歸去不稱王。天涯靜處無征戰，兵氣❺銷為日月光❻。

【注　釋】❶玉帛　玉器和束帛。古代祭祀、會盟、朝聘，常用玉帛作為禮品。此指會盟的禮品，引申為「和好」之意。《左傳》僖公十五年：「使我兩君匪以（不以）玉帛相見，而以兵戎（指軍隊）。」❷朝　朝拜。此指周邊小國前來朝拜大漢天子。❸帝鄉　京城。此指京都長安。❹烏孫　漢代西域國名。在今新疆伊犁河流域一帶。漢武帝元狩四年（前一一九），張騫通西域，出使烏孫，與結和好。武帝兩次以宗室女為公主出嫁烏孫，烏孫與漢朝禮節往來，互通音問不絕，願意取消王號，對漢稱臣（見《漢書‧西域傳》）。❺兵氣　指預兆戰爭之星氣，如太白即為主殺伐之星。古代迷信說法，認為天上某種星氣出現，就「主兵」，就要發生戰爭。《後漢書‧天文志》：「客星芒氣白為兵。」❻日月光　日月的光芒，指祥和太平之象。

【語　譯】和平使者前來朝拜天子，離去時仍不斷地回頭瞻望帝京，那些像烏孫一類的小國，從長安歸國後就不再稱王。從此後在那漫長的邊疆，再也沒有烽火狼煙，天上星宿間的兵氣，也化作祥和的日月光芒。

【研　析】這首詩歌頌了西漢與烏孫等西域屬國所建立的和平友好關係，藉以諷喻唐玄宗晚年開邊拓土所發動的一系列戰爭。前兩句敘史實，寫西漢與烏孫化干戈為玉帛，並使烏孫取消了王號，在漢家的恩威感化下，歸德歸仁，心悅誠服。詩人在這裏，只用了「望帝鄉」三個字，便把烏孫感恩戴德的內心活動生動地表現了出來。後兩句是進一步發揮，寫訂立和平盟約後所出現的和平景象。特別是「兵氣銷為日月光」一句，更是歷代傳誦的名句。清沈德潛評此句云：「句亦吐光。」（《唐詩別裁》）

九日

崔國輔

【作　者】崔國輔（生卒年不詳），蘇州吳郡（治所在今江蘇蘇州）人。玄宗開元十四年（七二六）進士及第。應縣令考試，授許昌（今屬河南）令，累遷集賢院直學士。《全唐文》錄存其文一篇，《全唐詩》錄存其詩四十一首。

江邊楓落菊花黃，少長❶登高一望鄉。九日陶家❷雖載酒，三年楚客❸
已沾裳。

【注　釋】❶少長　年輕人與老年人。此句用王羲之〈蘭亭集序〉典：「群賢畢至，少長咸集。」❷九日陶家　用陶淵明好酒的典故。淵明家貧，好酒而不能常得。九月九日於宅邊東籬下菊叢中摘菊盈把，坐於其側。未幾，江州刺史王弘送酒至，即便就酌，酣飲而歸。見《宋書・隱逸傳》。❸三年楚客　用賈誼謫貶長沙三年的典故。賈誼洛陽人，年少博學，漢文帝召為博士，遷太中大夫，並議以公卿之任，為大臣所忌，乃貶為長沙王太傅。見《史記・屈原賈生列傳》。

【語　譯】江邊的丹楓已落葉飄零，籬邊的秋菊正閃耀著金黃。重陽佳節，少年老年，一齊登高遙望故鄉。這一天雖然有人給我送來了好酒，可是這三年的楚地遊宦生活，淚水早已浸透我的衣裳。

【研　析】此詩首句以楓落菊黃暗示秋日已深，而自己仍在楚地為客。重陽之日，其思鄉之情更切。詩的後二句，對偶自然，用典不露痕跡。立意深邃，造語清妙，有自然流轉之妙。崔國輔是盛唐時代的詩人，《全唐詩話》卷二說他與王昌齡、王之渙「連唱迭和，名動一時」，可見當年他的風采。元吳師道云：「詞旨淳雅，蓋一時風氣所鍾如此。元和以後，雖波濤闊遠，動成奇偉，而求其如此等邃遠清妙，不可得也。」（《吳禮部詩話》）用以評此詩，無有不妥。

早梅

張謂

【作　者】張謂（？—七七八？），字正言，排行十四，河內（今河南沁陽）人。玄宗天寶二年（七四三）進士。參封常清幕，謀劃有功。歷潭州刺史、禮部侍郎。曾與李白、元結等相往還。謂工詩，《唐才子傳》卷四評其「格度嚴密，語致精深，多擊節之音」。《全唐詩》存詩一卷。

一樹寒梅白玉條，迥❶臨村路傍❷溪橋。不知近水花先發❸，疑是經冬雪未銷❹。

【注　釋】❶迥　遠。❷傍　臨近。❸發　開放。❹銷　通「消」。融化。

【語　譯】寒風中一棵梅花，滿樹都是白玉似的枝條。它遠對著村邊的小路，近傍著青溪上的小橋。如果不知道是由於靠近水源才先開了花，還以為是枝上的殘雪，經過了一個冬天尚未消融。

【研　析】唐宋詠梅詩詞極夥，能寫出新意，頗為難得。此首寫溪邊有棵早梅，其花白如玉，遠看疑是殘雪未消。詠物詩詞，多有所寄託，詩味纔能雋永。但這首〈早梅〉詩，卻很難說能有什麼寄託。其奧妙，即在於其構思之巧。「不知近水花先發，疑是經冬雪未銷」，既點出梅「早」之原因，又寫出梅白如雪的美景。在此之前，何遜〈詠早梅〉，有「銜霜當路發，映雪擬寒開」之句，在此之後，齊己〈早梅〉，有「前村風雪裏，昨夜一枝開」之句。但此詩突出了此樹梅花「近水」及似「殘雪」的特徵，仍能給人以深刻的藝術感受。

送人使河源❶

張謂

故人行役向邊州❷，匹馬今朝不少留。長路關山❸何日盡？滿堂絲竹❹為君愁。

【注　釋】❶河源　黃河發源之地。《漢書・西域傳》言河有二源，一出于闐，一出葱嶺。所言雖不確，但為唐人所接受。❷邊州　邊遠的州郡。❸關山　關隘與山河，即河山的意思。❹絲竹　指弦樂和管樂，泛指音樂。

【語　譯】老朋友出差要到那遙遠的邊州，今天一大早，獨自騎著馬兒，不願稍作停留。漫漫征途，千重關口萬重山，何日纔是盡頭？送行的歌舞音樂，都在為你添恨加愁。

【研　析】黃河之源，遠在天邊，向來被人視為畏途。如今朋友要出使到那兒公幹，不免令人為他擔心。此詩一句直敘其事，二句寫出故人英雄本色，三、四兩句，對故人羈旅行役之苦關懷備至，「長路關山何日盡」，包含著多少深情，多少慰藉，多少憂慮！「滿堂絲竹為君愁」，實際上是歡樂的外衣，掩蓋內心的愁苦。清沈德潛評此詩云：「絲竹本以娛情，然送人萬里之遠，則絲竹皆愁音也。警絕。」

題長安主人❶壁

張謂

世人結交須黃金，黃金不多交不深。縱令❷然諾❸暫相許，終是悠悠行路心❹。

【注釋】❶長安主人　指詩人在長安（今陝西西安）寄居時的主人。❷縱令　即使。❸然諾　答應；允諾。❹悠悠行路心　指沒有親密關係，只是一般漠不關心的路人（陌生人）。《史記・孔子世家》：「桀溺曰：『悠悠者天下皆是也。』」悠悠，周流之貌，引申為平庸凡俗之眾人。

【語譯】世上的俗人，結交朋友要看你有無金錢。金錢不夠多，交情也就不會深。即使暫時答應你什麼，你也不必當真。事到臨頭，就會像是那見利忘義的芸芸眾生。

【研析】以錢取人，有錢纔是朋友，是現代商業社會的一大特徵，想不到漢唐盛世也有這種「唯錢是友」的現象。看來，人類的弱點和缺點，古今都是一樣的。這首詩的特點，正似明代王世貞在《藝苑卮言》卷四中所說的，「不作奇事麗語，以平調行之，卻足一倡三嘆」。作者用通俗的語言，揭露和諷刺了認錢不認人的市儈之風。

尋張逸人❶山居

劉長卿

危石❷纔通鳥道❸，空山更有人家。桃源❹定在深處，澗水❺浮來落花。

【注釋】❶逸人　指避世隱居之人。逸，隱逸。❷危石　高高的山石。危，高。❸鳥道　謂險絕的山路，僅能通過飛鳥。北周庾信〈秦州天水郡麥積崖佛龕銘〉：「鳥道乍窮，羊腸或斷。」後世遂稱險絕的山路為「鳥道羊腸」。❹桃源　桃花源的簡稱。意為「世外桃源」。晉陶淵明寫有〈桃花源記〉。❺澗水　山間溪流。

【語譯】高峻險絕的山路，只有那飛鳥纔能飛過，空曠深邃的山間，竟有避世隱居的人家。料想那世外桃源，定在這深山更深之處，請看那澗中流水，漂浮著來自桃源的落花。

【研析】此詩寫尋訪張姓逸人，但這位隱士並沒有出現。詩中僅從「尋」的角度，著力寫山路之險絕，山水之幽遠。一句從遠處寫起，只見一條小徑蜿蜒於危石之上，險似鳥道。二句驚嘆如此空山竟有人家，為下文「桃源」張目。此句與杜牧的〈山行〉「遠上寒山石徑斜，白雲生處有人家」同一機杼。後兩句由遠及近，尋訪已到山深之處，見澗水中「浮來落花」，於是詩人判斷，他要尋訪的逸人山居、世外桃源，必在春山更深之處。此中妙處，在於並不寫出逸人所居，而是以山澗浮來落花，暗示逸人就在此山深處。

重送裴郎中貶吉州❶

劉長卿

猿啼客散暮江頭，人自傷心水自流。同作逐臣君更遠❷，青山萬里一孤舟。

【注　釋】❶吉州　治所在今江西吉安，轄境相當於今江西新幹、泰和間的贛江流域及安福、永新等縣。❷同作逐臣君更遠　時長卿亦貶為南巴尉，吉州去京師長安，更遠於南巴（參見清沈德潛《唐詩別裁》）。逐臣，被放逐之人。

【語　譯】哀猿還在悲啼，客人已經散去，暮色中，我獨自站在江頭。人在傷心流淚，就像江水在滔滔東流。同是被逐之臣，您貶在更遠的吉州。此去要經過萬里青山，悠悠江水中只有您的一葉孤舟。

【研　析】首句交代送別的時間、地點和猿啼客散的情景，分別以「啼」、「散」、「暮」三字，渲染黯然魂銷之離愁別緒，與題中「送」、「貶」二字相映帶，次句以水自東流比照人自「傷心」，同是無奈之情，有此「自」字相串，天衣無縫。三句言所「傷」何事。著一「更」字，突出對裴郎中同病相憐之情，出自肺腑，感人至深。結句的「青山萬里一孤舟」，「青山」遙承「猿啼」，「孤舟」遙應「水自流」，隨著青山遮住了望眼，帆影消失在天際，而詩人的心卻陪伴著裴郎中作萬里之行，依依不捨的友情洋溢於筆墨之間。高仲武《中興間氣集》評劉長卿「甚能煉飾」，此即為一例。

酬李穆❶見寄

劉長卿

孤舟相訪至天涯，萬轉雲山路更賒❷。欲掃柴門❸迎遠客，青苔黃葉滿貧家。

【注　釋】❶李穆　詩人之婿。《全唐詩》收其〈寄妻父劉長卿〉一絕云：「處處雲山無盡時，桐廬南望轉參差。舟人莫道新安近，欲上潺湲行自遲。」當即為所酬之原詩。若如此，則此詩當為劉長卿在代宗大曆年間，由鄂岳轉運留後轉為睦州司馬時所作。參見傅璇琮《唐才子傳校箋》卷二。❷路更賒　路更遠。賒，遠。❸柴門　柴草之類所縛之門，喻貧窮。

【語　譯】你幾時駕上孤舟來訪我這天涯遷客，雲山萬轉，江水千折，逆流而行，更覺路長。早想把柴門打掃乾淨，迎接遠來的親友，何況那黃葉青苔，早已堆滿了我這貧窮人家。

【研　析】此詩似有責備「賢婿」不常上門之意，而其關切親情，正漾溢於責備之間。從相和二詩來看，長卿其時當為睦州（今浙江建德）司馬，李穆則在桐廬（今屬浙江）。作為丈人，當然極希望女婿能前來探望。李之〈寄妻父〉一詩，當是對遲遲未來探望岳父大人的辯解。詩中說，兩地雲山相隔，路途不便，雖然船家都說建德就在新安江畔，相距不遠，但逆水行舟，自屬不易，既驚險，又費時，還望岳父大人見諒。長卿接書後，作此詩為覆。其一二句似是以略帶譏刺的口氣說：是啊，從桐廬江至新安江，逆水行舟，山環水繞，多麼艱險曲折！你不來看我，當然是有難處的。如果你不嫌岳父貧窮，願意逆流而上，我一定把自家的柴門打掃乾淨。結句的「青苔黃葉滿貧家」，其意極為宛曲。一來似是有憾於賢婿因丈人家貧而不常上門，二來似是在訴說自己由鄂岳轉運留後的官被貶為睦州司馬後，門庭冷落，青苔橫階，黃葉滿地，別人固然不來走動，連女婿似乎都有所顧忌。此詩雖然表達了詩人對於晚輩的責怪之意，但極為雅致曲折。清代沈德潛評此詩云：「劉後村謂魏野、林逋俱不能及。」按魏野有「君作貧官我為客，此中離恨共難收」（〈登原州城呈張貴從事〉）和「採芝何處未歸來，白雲滿地無人掃」（〈尋隱者不遇〉），林逋有「遲留更愛吾廬近，祇待重來看雪天」（〈孤山寺端上人房寫壁〉）和「幸有微吟可相狎，不須檀板共金樽」（〈山園小梅〉），皆神清骨秀，趣向博遠，與詩人的風調略近，但其淒婉清切，工於鑄意，似非魏、林二人所能及。

七里灘❶重送

劉長卿

秋江❷渺渺❸水空波，越客❹孤舟欲榜歌❺。手折衰楊❻悲老大❼，故人零落❽已無多。

【注　釋】❶七里灘　地名。又叫七里瀨、七里瀧，在今浙江嚴陵西，長七里，兩山夾峙，東陽江奔流其間，水流湍急，舟行甚險。❷秋江　秋天的江水。❸渺渺　茫無邊際的樣子。❹越客　指客居越地的人。❺榜歌　船歌，船夫所唱之歌。榜，划船的工具，引申為划船。❻楊　柳樹的一個亞種，不是今日所說的楊樹。今所謂柳者有二，枝條下垂者古稱柳，枝條上揚者稱楊。❼老大　年紀大。❽零落　指去世。

【語　譯】一眼望不到頭的秋江，空泛起一道道粼粼碧波，船夫駕著孤舟，唱起船歌，我再度送走了這位客居越地的朋友。折一枝枯柳權當送別，自己傷心年歲老大，眼看著那些故朋老友，一個個凋零，所剩無多。

【研　析】秋江渺渺，水波空漾，船家唱起船歌，老朋友就要走了，而自己仍羈留在越，詩人的心情頗為悲涼。前兩句點明了送別的時間、地點，渲染了離別的氣氛。「渺渺」、「空波」、「孤舟」，寄託著寂寞孤獨之感，為後兩句轉入抒情作好鋪墊。「折衰楊」、「悲老大」，極言其垂老送別的淒涼心境，「故人零落已無多」，而眼前斯人一去，即是生離死別矣。老杜「戰哭多新鬼，愁吟獨老翁」（〈對雪〉），長卿自家之「城池百戰後，耆舊幾家殘」（〈穆陵關北逢人歸漁陽〉），正是同一浩嘆，同一悲歌。

絕句漫興❶九首（其一）

杜甫

眼見客❷愁愁不醒，無賴春色到江亭❸。即遣❹花開深造次❺，便教鶯語太丁寧❻。

【注釋】❶漫興　興會所至隨意而寫。《杜臆》：「興之所到，率然而成，故云漫興。亦竹枝、樂府之變體也。」❷客　詩人自稱。❸無賴春色到江亭　指客愁正濃，而春色更來惱人。《杜臆》云：「客愁二字乃九首之綱領，愁不可耐，故借目前景物以發之。」無賴，本指素行不良的人；亦用在喜極之時，故作反語，而以「無賴」稱所喜愛的對象。❹即遣　即刻驅使。❺深造次　很匆忙；很唐突。❻太丁寧　過多的囑咐。

【語譯】眼看我在這異鄉為客，憂愁一直未能解開，那惱人的無賴春色忽然闖入了江邊的小亭。它即刻驅遣百花開放，何等唐突輕率，它又吩咐黃鶯兒叫個不停，實在太過嘮嘮叨叨。

【研析】這組絕句於上元二年（七六一）春夏作於成都草堂，共九首。前年即乾元二年（七五九），杜甫經歷了「一歲四行役」的逃難生涯，飢寒交迫，由洛陽而華州（陝西華縣），而秦州（甘肅天水市），而同谷（甘肅成縣），然後越劍閣而至成都。到成都後，杜甫未有一官半職，生活所需全由朋友臨時接濟。這時中原干戈未定，弟妹不知流落何方；數千里外的故鄉，此生是否還能重返？這種種憂慮，壓在杜甫心頭，無法紓解。而南國的春天，竟在人毫無準備的心情下，以千紅萬紫之姿，把江邊給燃燒起來。看得杜甫又驚喜，又懊惱。因此這首詩既有杜甫對花開鶯啼的驚艷之情，又有作客異鄉、歸期未卜、諸事難料的深愁。當驚春之喜與身世之悲，這兩種很不協調的情緒交錯在一起，一方面是美麗的春光反襯著身世之悲，使悲情倍增；一方面是美麗的春光對人又有觸物興情的作用，所謂「獻歲發春，悅豫之情暢」。但由於身世的悲情過於沉重，致使「悅豫之情」受到抑制，遂折射出「無賴」、「深造次」、「太丁寧」這些且喜且怒的複雜心理來。

絕句漫興九首（其二）

杜甫

手種桃李非無主，野老❶牆低❷還是家。恰似春風相欺得❸，夜來吹折❹數枝花。

【注釋】❶野老　鄉下老頭兒。與城裏的為官者相對。詩人曾自謙為「杜陵野老」。❷牆低　指住所簡陋。❸相欺得　可以欺負到我。❹折　斷。

【語譯】這桃樹李樹都是我親手栽種，並非是無主之物，我這鄉下老兒，牆院雖低，屋雖簡陋，仍然算是個家。就連春風也好像是可以欺負到我，一夜便吹折了數枝桃花和李花。

【研析】杜甫客居成都，安史之亂仍蔓延未已；北返家園，渺不可期；無奈中亦只能從長計議，因此有了「手種桃李」之舉。作為一個被朝廷遺忘了的「野老」，儘管院牆低了一些，是個貧困之所，但畢竟還算是個家。可恨春風也頻頻相欺，一夜之間，竟將桃李吹折了數枝。詩人心情不好，連春風都怨恨起來，至於那些排擠他或漠視他的人，其怨恨也盡在不言中了。

絕句漫興九首（其三）

杜甫

熟知茅齋❶絕低小，江上燕子故來頻❷。銜泥點污琴書內，更接飛蟲打著人❸。

【注釋】❶茅齋　茅草房，形容住所簡陋。❷頻　頻繁。❸打著人　指燕啄飛蟲，蟲倉忙逃避，而燕子無意中撞著了人。

【語譯】牠太知道我這茅草房又低又小，江上的燕子沒把我放在眼裏，愛來就來，非常頻繁。牠銜泥作巢，既點污了我的琴和書，更忙著追啄飛蟲，莽莽撞撞打著了人。

【研析】前一首寫春風欺人，一夜之間吹折了數枝桃花和李花。這一首雖未點出「欺」字，而「欺」意自見。江邊的燕子，根本沒把杜甫放在眼裏，銜泥作巢時既弄髒了琴和書，追逐飛蟲時，更撞到了人。如此肆無忌憚，豈不欺人太甚？《杜臆》云：「遠客孤居，一時遭遇，多有不可人意者，故兩章（指此首及前一首）皆帶寓言。」這兩首確實是以寓言的筆法，藉春風、燕子的欺負人，以托出滿肚子盡是不如意的事。

絕句漫興九首（其四）

杜甫

二月已破❶三月來，漸老❷逢春能幾回？莫思身外無窮事，且盡生前有限杯❸。

【注　釋】❶破　過。❷漸老　杜甫時年五十，故曰「漸老」。❸有限杯　指人生有限，故喝酒也有限。

【語　譯】二月已經過去，三月就要來到，漸漸老去的人還能再逢幾個春天？不要去煩惱那些身外的無窮瑣事，且在有生之年喝盡這有限的杯中酒。

【研　析】此詩和李太白詩「一杯一杯復一杯」的意緒相似，都是百無聊賴的口吻。杜甫捋著鬍子在沉思：人生能有幾個春天，還是不要想那些升官發財的「身外」之事吧，那些虛名浮利，生不帶來，死不帶去，不如在生前還能喝酒的時候，多喝幾杯。

絕句漫興九首（其五）

杜甫

腸斷江春欲盡頭，杖❶藜❷徐步❸立芳洲。顛狂柳絮隨風舞，輕薄桃花逐水流❹。

【注釋】❶杖 拄著。❷藜 指手杖。❸徐步 緩慢步行。❹顛狂柳絮隨風舞二句 柳絮無定，隨風而舞，故云其顛狂；桃花雖美，然逐水而流，故言其輕薄。

【語譯】江頭路盡，春日無多，不免使人腸斷，拄著手杖慢慢步行，在這芳洲站住。只看到顛狂的柳絮隨風而舞，輕薄的桃花逐水而流。

【研析】這是一首託物諷人的詩。老杜多喝了幾杯，腳有些輕飄飄的，拄著拐杖信步來到江邊，忽然發覺路已到盡頭，前面是浩浩大江，於是就在芳草如茵的小洲上站住，看到眼前的柳絮隨風亂舞，美麗的桃花逐水而流，而想到那些得意的小人，沒骨頭的士大夫，心裏也就按捺不住地要斥責他們為「顛狂」、「輕薄」了。

絕句漫興九首（其六）

杜甫

懶慢無堪❶不出村，呼兒日在❷掩柴門❸。蒼苔濁酒❹林中靜，碧水春風野外昏❺。

【注　釋】❶無堪　仇兆鰲《杜詩詳注》：「無堪，無可人意者。」❷日在　每日在家。❸柴門　粗木柴所釘的簡陋的門，形容家庭貧困。❹濁酒　未過濾的酒。❺碧水春風野外昏　《讀杜心解》釋此句云：「林中靜，村內致也，悠然自得；野外昏，村外致也，無預我事。」昏，指風吹塵埃使得天昏地暗。

【語　譯】性情既懶散簡慢，村外又無可使人高興的事，所以只在村內走動，沒有興致走出村外，叫小兒們每日關了柴門，只在自家附近，不許走遠。樹林中蒼苔遍地，十分安靜，且在林中暢飲濁酒，自有碧水春風相伴，哪管它村外紛紛擾擾，地暗天昏。

【研　析】杜甫來到成都，卜居於西郭外的浣花溪畔，一時「不可人意」的事還真不少。所以他足不出村，最多只在村內的樹林中喝喝濁酒，並且吩咐兒子們也不許走遠。看來在杜甫心中，村內村外簡直是兩個世界。村內尚有布滿青苔十分安靜的小樹林，可以在裏面喝喝濁酒；村外則是紛紛擾擾，沒什麼可以使人高興的事。其〈卜居〉詩有云：「浣花溪水水西頭，主人為卜林塘幽。已知出郭少塵事，更有澄江銷客愁。」可知此詩所說的村內，地在郭外，有林塘、澄江等清幽之處，是以「少塵事」。而村外世界正是「塵事」麕集之地，難怪來此客居的杜甫，在諸事不遂之餘，不免有「無堪」之感了。

絕句漫興九首（其七）

杜甫

糝徑❶楊花❷鋪白氈，點溪荷葉疊青錢❸。筍根❹雉子❺無人見，沙上鳧雛❻傍母眠。

【注　釋】❶糝徑　指楊花落滿路面。糝，本指飯粒，引申為分散、散狀。❷楊花　即柳絮，色白。❸點溪荷葉疊青錢　指初出水的圓荷小葉不時地親吻水面。疊青錢，像重疊的綠色的銅錢。形容初生的眾多荷葉小而圓的形態。❹筍根　指竹筍。❺雉子　小野雞。❻鳧雛　小野鴨。鳧，野鴨。雛，幼鳥。

【語　譯】潔白的柳絮落滿了路面，像是鋪上了一層白色的毛氈。剛出生的小小荷葉，貼著水面，像是疊起來的綠色銅錢。竹根鑽出筍尖，小野雞崽躲在草叢裏，都沒人注意，沙灘上的野鴨雛兒依偎著老母鴨在那兒打盹。

【研　析】這首詩以白描的手法，將眼前的景物略加剪裁，便組成一幅極幽靜的圖畫。楊花鋪蓋在小徑上，像一條白色的毛毯。浮在溪上的荷葉，小小的，圓圓的，像銅錢一般可愛。竹根下新鑽出的筍尖，還有躲在草叢裏的小野雞崽子，都還沒被別人發現。小野鴨依偎著母鴨，在沙灘上睡得好不香甜。閑居無事的杜甫，有時偶然將憂愁放下，便被自在從容的自然界所深深吸引了。

絕句漫興九首（其八）

杜甫

舍西柔桑葉可拈❶，江畔細麥復纖纖❷。人生幾何❸春已夏，不放香醪❹如蜜甜❺。

【注　釋】❶舍西柔桑葉可拈　此指已有桑葉可採。拈，用手指取物。❷纖纖　形容麥苗柔細。❸人生幾何　曹操〈短歌行〉：「對酒當歌，人生幾何！」杜甫化用其句，也在表達「慨當以慷，憂思難忘」，痛感功業無成之苦。❹香醪　《杜臆》：「香醪指郫筒酒。」四川郫縣產大竹，當地人截筒盛酒，覆以蕉葉，香聞於外，叫郫筒酒。❺蜜甜　謂以蜂蜜釀成的酒，味甜。

【語　譯】房舍西邊柔嫩的桑葉，已經可以採摘，江畔的細細麥苗，仍然纖纖柔弱。人生能有多少時光，一轉眼春天已過，又到了夏天，要珍惜有限年華，對著香醇像蜜酒一樣的郫筒酒，不能放過不喝。

【研　析】桑樹的嫩葉已經可以摘下餵蠶了，麥苗也一天天拉長了。一轉眼已是春去夏來。一年年就這麼過去了，人生短暫，為歡幾何？那能放著郫筒酒不喝呢？國難未靖而報國無門，時光飛逝而一事無成，杜甫如何能不一醉以解千愁？

絕句漫興九首（其九）

杜甫

隔戶楊柳弱裊裊❶，恰似十五女兒腰。誰謂朝來不作意❷，狂風挽斷❸最長條。

【注　釋】❶裊裊　纖長柔美的樣子。❷作意　起心動念的意思。即著意、有意。❸挽斷　拉斷。

【語　譯】窗外的楊柳，枝條柔軟細長，恰好似十五歲少女的美妙腰肢。誰說上天不是有意和人為難，一大早狂風就吹斷了最長的一根枝條。

【研　析】這是組詩的最後一首，連風吹折柳枝，一件微不足道的小事，也被認作是上天有意跟人作對。杜甫遠客孤居，其心情之惡劣，從這一組詩中一覽無遺。花開既是「深造次」，花落逐水而流又成了「輕薄」；鶯語既是「太丁寧」，燕來作巢又嫌其莽撞。總之，天地間竟無一事是「可人意」者，是以其「客愁」、「無堪」之深，也就不言而喻。然而怨春正是由於愛春，傷時正是由於憂國，是以在「無堪」的「客愁」中，又自有一份對生命的熱愛之情，對國家的關切之意，寄於言外。

江畔❶獨步❷尋花七絕句（其一）

杜甫

江上被花❸惱❹不徹❺，無處告訴祇顛狂❻。走覓南鄰愛酒伴❼，經旬❽出飲獨空床❾。

【注釋】❶江畔　指杜甫所居草堂附近的浣花溪畔。❷獨步　獨自漫步。❸被花　指江畔為繁花所覆蓋。❹惱　煩惱，花開之後是花落，故言惱。❺不徹　不盡。❻顛狂　發瘋；失去常態。此指因惜春之情而失去常態。❼愛酒伴　酒友。此詩有原注：「斛斯融，吾酒徒。」❽經旬　十日為一旬，經旬意為十天半月。❾獨空床　只有空床，指未歸家。

【語譯】江邊繁花簇簇，鮮艷耀眼，實在惱人。被激惱的情懷無處可告可訴，簡直使人欲顛欲狂。快去尋覓南面的鄰居酒友，卻是早已出門喝酒去了，十天半月不見人影，只見空床。

【研析】這七首絕句作於上元二年（七六一）春，與〈絕句漫興九首〉約為同時之作，雖然所表達的思想感情，仍有許多相通之處，但情趣小有差別，色調也明朗許多。七首詩藉怕春、惜春、留春等複雜心理，以寓悲老惜少之意，對生活充滿了熱愛之情，表現了詩人旅居成都期間心態的一個側面。詩歌描寫細膩，生動清新，特別是具體地描寫了一些特定的地點和人物，顯得非常真切自然，與盛唐邊塞、行旅諸絕的浩大場面迥然不同，且多用方言俗語，具有明媚的民歌情調。《杜臆》：「此亦竹枝變調，而『顛狂』二字乃七首之綱。」此是第一首，言耀眼的江花燃燒著無限的青春熱情，看在鬢髮已蒼、年已半百的杜甫眼裏，實在又愛又惱，欲邀酒友一道尋花，但酒友已到別的酒友那兒去了，因此只能「獨步尋花」了。

江畔獨步尋花七絕句（其二）

杜甫

稠花亂蕊❶裹江濱❷，行步欹危❸實怕春。詩酒尚堪驅使在❹，未須❺料理❻白頭人❼。

【注釋】❶稠花亂蕊　繁花稠密。❷裹江濱　指兩岸到處是花。❸欹危　歪斜的樣子，形容老年人行路之狀。❹詩酒尚堪驅使在　指雖老而仍能詩酒。❺未須　不必。❻料理　照管。❼白頭人　頭髮已白之人，此指詩人自己。

【語譯】稠密的花朵，紛亂的花蕊，覆蓋了整個江邊，我搖搖晃晃，一路尋花而來，看到生命力如此勁旺的春天，實在害怕。好在詩尚能作得，酒也照喝不誤，我這白頭之人尚不需別人費心照料。

【研析】一者是年紀大了，步履不復矯捷；二者是幾杯酒下了肚，所以獨步尋花的腳步有些歪斜。詩人有些自我解嘲地說：別看我老了，詩還是能寫的，酒也還能喝，還不到需要別人照料的地步，不要為我擔心。《杜臆》評此詩云：「詩酒曰『驅使』，白頭曰『料理』，出語皆奇。」《杜詩詳注》則云：「詩酒堪使，不須慮死也。前二（句）自悲，後二自慰。」

江畔獨步尋花七絕句（其三）

杜甫

江深竹靜兩三家❶，多事紅花映❷白花。報答春光知有處，應須美酒送生涯❸。

【注　釋】❶江深竹靜兩三家　言江岸幽深寧靜，人家稀少。❷映　映襯；互相襯托。❸送生涯　度過餘生。

【語　譯】江闊水深，竹林幽靜，散落兩三戶人家，多事的紅花兒，映著白花給這幽境添些熱鬧。要報答這美好春光已經知道有個去處，那便是要以美酒相伴，度此餘生，方不辜負春色。

【研　析】春光美好，春花可人，江畔幽靜，惟有大喝美酒，方可不辜負此大好春光。以「多事」言花，自屬奇特；而春光須「報答」，造意亦更特出。江深而竹靜，與白花的樸素潔淨，正好相配，忽然冒出「紅花」來湊熱鬧，豈非「多事」？春光何須報答？《杜詩詳注》云：「酒送餘生，不孤春色，便是報答處。」

江畔獨步尋花七絕句（其四）

杜甫

東望❶少城❷花滿煙❸，百花高樓❹更可憐❺。誰能載酒開金盞❻，喚取佳人舞繡筵❼？

【注　釋】❶東望　指向東回望城中。❷少城　小城，在成都城西，是市集所在，商業鼎盛，人口稠密。❸花滿煙　滿城花團錦簇，遠望如浮在煙霧之中。❹百花高樓　疑是少城酒樓名。❺可憐　可愛。❻金盞　形容酒杯之精美。❼繡筵　精美的筵席。

【語　譯】江畔東望，少城裏滿城花朵罩著清煙，百花樓裏的花，更是可愛無比。誰能載來美酒，端起金杯，在杯觥交錯中，喚來佳人清歌曼舞，以報答春光？

【研　析】與江畔的幽靜相反，城裏卻是一片繁華。那裏屋舍櫛比，生活富裕，家家蒔花種樹，好不熱鬧。那座高高的百花樓更是美輪美奐，花光四射。在爭奇鬥妍的滿城春色之中，杜甫一時興起，想到應有人載來美酒，端起金杯，並請佳人在繡筵上清歌曼舞，使賓主盡歡，方不辜負如此美麗的春光。

江畔獨步尋花七絕句（其五）

杜甫

黃師塔❶前江水東，春光懶困倚微風❷。桃花一簇開無主❸，可愛深紅愛淺紅？

【注　釋】❶黃師塔　蜀人稱僧為師，其葬所為塔。黃師塔即黃姓和尚所葬之塔。❷春光懶困倚微風　言春遊困倦，故倚微風以稍事休息。❸無主　指師亡後桃花已無主人。

【語　譯】黃老師傅的靈塔前，江水滾滾向東流淌，暖洋洋的春光使人困倦，暫且吹著微風稍事休息。鮮艷的一簇桃花正在開放，可惜沒了主人欣賞。看那色彩繽紛，你是愛那深紅，還是愛那淺紅？

【研　析】在這一首中，首句言種花的人已逝，而江水則「逝者如斯」，永遠不息。二句將春光和暖與春遊困倦融為一體，而鑄成「春光懶困」之句，欲倚微風稍事紓解，其造意鑄詞均自不凡。三句仍回到尋花之主題，四句疊用愛字，使人於應接不暇之中，寫出了桃花之美。

江畔獨步尋花七絕句（其六）

杜甫

黃四娘❶家花滿蹊❷，千朵萬朵壓枝低。留連戲蝶時時舞，自在嬌鶯恰恰啼❸。

【注釋】❶娘　唐時對婦女的尊稱。❷蹊　門前的小路。❸留連戲蝶時時舞二句　意謂蝴蝶時時戲遊繁花之間不忍離開，自由自在的黃鶯啼叫出和軟動聽的嬌聲，渲染出一派春意正濃的景象。留連，停留依戀，不願離開。自在，安閑舒適的樣子。恰恰，狀聲詞，形容鶯聲的和諧動聽。

【語譯】黃四娘家的花兒，開滿了門前小徑，千朵萬朵的鮮花，把枝條壓得低低的。留連花叢中的蝴蝶時時翩翩飛舞，自由自在的黃鶯，也在婉囀嬌啼。

【研析】春光明媚，鮮花盛開，一派鶯歌蝶舞。詩人在溪邊獨步尋花，看到這一美麗景象，便寫下了這一充滿詩情畫意的絕句。詩中充滿著春日的生機和生活的情趣，在潦倒飄泊的一生中，杜甫也留下這類歡快與閑適的作品，甚是難得。《杜詩詳注》：「師塔、黃家，歿存雖異，但看春光易度，同歸零落耳，故復有花盡老催之感。」

江畔獨步尋花七絕句（其七）

杜甫

不是愛花即欲死❶，祇恐花盡老相催❷。繁枝容易紛紛落，嫩蕊❸商量細細❹開。

【注　釋】❶欲死　指愛花至極而欲死。欲，一作「肯」。❷老相催　催人衰老。❸嫩蕊　含苞待放之花。❹細細　猶慢慢。

【語　譯】並不是我愛花愛到極點，願為花而死，只是害怕花盡人老，無情的歲月把人催。枝條上已怒放的花固然容易紛紛凋落，但那含苞待放的嫩蕊，還請細細商量，一朵一朵慢慢地開吧。

【研　析】這是這一組七言絕句的最後一首。前六首由惱春（其一）、怕春（其二）、報春（以美酒報答春光也。其三、其四）、賞春（其五、其六）一路寫來，其情緒之起伏波動，由一端擺盪到另一端，震幅既廣、落差又大，將杜甫面對春天的複雜心理，表現得淋漓盡致。這最後一首，則是對上述兩種相反情緒作出解釋，二者皆由於「傷老」之故。因為「傷老」，所以會對春天既惱又怕，多見一次春天便又老去一年；因為「傷老」，所以對眼前的春天格外珍惜，既去獨步尋花，又要以美酒送春。但不論是惱春、怕春，不論是報春、賞春，春天總是要過去的。看到那些怒放的花枝，知道不久便要落紅滿地，於是只有請求春神，讓那些含苞的嫩蕊慢慢地開，多留住一些春光。這與杜甫〈曲江〉詩所說的「傳語風光共流轉，暫時相賞莫相違」，同一意旨，而意象更為生動感人。清仇兆鰲《杜詩詳注》云：「愛花欲死，少年之情，花盡老催，暮年之感。繁枝易落，過時者將謝；嫩蕊細開，方來者有待，亦寓悲老惜少之意。」確是中肯之評。

贈花卿❶

杜甫

錦城絲管❷日❸紛紛❹，半入江風半入雲❺。此曲祇應天上有❻，人間能得幾回聞？

【注　釋】❶花卿　即花驚（一作敬）定，成都府尹崔光遠的部將。❷絲管　弦樂、管樂，此泛指音樂。❸日　每日。❹紛紛　繁多。指處處都在唱歌奏樂，熱鬧非凡。❺半入江風半入雲　形容音樂有行雲流水之美。入江風，指音樂隨風飄揚，悠揚婉轉。江，錦江。入雲，響遏行雲，指音樂清脆明亮，迴旋九霄。❻天上有　此為雙關，一指此曲美妙，非人間所能有；一指此曲類似宮廷音樂，有僭越之嫌。《讀杜心解》云：「僭禮樂事無考。但其人驕恣，必多非分之奢淫耳。」

【語　譯】錦官城裏，樂聲悠揚，每日不停，一半兒隨著江風傳來，一半兒響入行雲。這樣美妙的曲子只應該天上纔有，人間凡塵哪裏能聽得幾回？

【研析】上元二年（七六一）四月，梓州刺史兼東川節度副使段子璋反，據綿州（今四川綿陽），自稱梁王。五月，成都尹崔光遠率部將花驚定拔綿州，殺段子璋。事後，花驚定大掠東蜀，崔光遠不能制，被朝廷罷官；花也未受重用。本詩寫於上元二年（七六一）段子璋亂平之後。花回成都窮奢極侈，絲管交奏，飲宴無時。此詩或是在花的宴會上所作，或是據傳聞而作。楊慎云：「花卿在蜀，頗僭用天子禮樂，子美作此譏之，而意在言外，最得詩人之旨。」《升庵詩話》施補華云：「少陵七絕，槎枒粗硬，獨〈贈花卿〉一首，最為婉而多諷。」《峴傭說詩》俗話說，秀才遇到兵，有理講不清。面對這個窮凶極惡的武夫，詩人無可奈何，只有用這種表面讚美，實際上是諷刺的筆調來挖苦一下了。不過，那位「花卿」卻並不一定「領情」，他也許根本就不具備「幽默感」，一看全是讚美，說不定高興得直咧嘴，哪裏還想到這是在諷刺他。當然，花將軍手下的那些幕僚，即使是看出來了，也不一定有膽量講出來。

戲為❶六絕句（其一）

杜甫

庾信❷文章❸老更成❹，凌雲健筆意縱橫❺。今人嗤點❻流傳賦❼，不覺前賢畏後生❽。

【注　釋】❶戲為　在杜甫的時代，詩歌一向是「抒情言志」用的，而以絕句論詩，則是杜甫的嘗試；加之組詩有感於後生不適當地譏誚前賢，用語頗多諷刺，遂以「戲為」為題。❷庾信　原為梁朝人，出使時為北魏羈留，被迫仕於北朝。為南北朝時期著名的詩人、辭賦家。❸文章　此指詩賦。❹老更成　言到老年更加成熟。杜甫〈詠懷古迹五首〉云：「庾信平生最蕭瑟，暮年詩賦動江關。」❺凌雲健筆意縱橫　言筆力挺拔雄健，才思奔放奇崛。❻嗤點　嗤笑、玷污、指責。❼賦　指詩賦，與上文「文章」所指相同。❽不覺前賢畏後生　沒想到像庾信才華如此卓越的前賢也要大嘆「後生可畏」。此句針對當時有人指責庾信的詩賦而言。此反用《論語・子罕》的典故：「後生可畏，焉知來者不如今也。」不覺，沒想到；未料到。

【語　譯】北朝庾信的詩賦，到老來更加成熟，矯健筆力直凌雲霄，才思縱橫無可阻擋。今天的人們嗤笑苛責那流傳下來的詩賦，真沒料到如此的前賢也要大嘆「後生可畏」。

【研　析】這組詩大約作於肅宗上元二年（七六一）詩人居成都草堂時。唐代人才多，對於前朝詩賦以及本朝的詩歌文章，議論紛紛，各人有各人的見解，這固然是人之常情。但隨著時間的澄汰，各種紛然雜陳的意見，其間的智愚高下，也就涇渭分明。杜甫評論庾信文章，可謂目光如炬，既以「清新」相稱許，所謂「清新庾開府」（〈春日憶李白〉詩），又說：「庾信文章老更成，凌雲健筆意縱橫。」這些評語遂成為膾炙人口的千秋定論。

戲為六絕句（其二）

杜甫

王楊盧駱❶當時體❷，輕薄為文❸哂❹未休。爾曹❺身與名俱滅，不廢江河萬古流❻。

【注釋】❶王楊盧駱　初唐作家王勃、楊炯、盧照鄰、駱賓王，並稱「四傑」（見《舊唐書・文苑傳上》）。❷當時體　指四傑的詩文開始改變六朝文風但又未盡脫其窠臼，具有當時的特點。❸輕薄為文　指當時一些否定四傑的人認為四傑為文輕薄浮艷，如裴行儉就曾說過：「勃等雖有文才，而浮躁淺露。」（見《舊唐書・文苑傳上》）❹哂　譏笑。❺爾曹　你們，含貶義，指哂笑四傑者。❻不廢江河萬古流　指四傑的詩文在文學中的地位，將如同江河永遠流傳。廢，止。

【語譯】王楊盧駱的詩風，當時號稱「四傑體」，今日卻有人批評他們詩文輕薄，譏笑指責不休。這些人的肉身與名字遲早會一齊消失，初唐四傑的聲譽，卻將像江河那樣萬古長流。

【研析】一時有一時的文風，後人不必求全責備。初唐時代的文風，尚未脫離六朝餘習，這是時代使然；盛唐時代，文風有很大變化，當時的人就轉而看不起前人了。杜甫的這首詩就是針對這一情況而寫的。實際上，不光是盛唐人，就是後來的許多文學並不發達的時期，也會有嗤笑前人的風氣。

戲為六絕句（其三）

杜甫

縱使❶盧王❷操翰墨❸，劣於漢魏近〈風〉〈騷〉❹。龍文虎脊❺皆君馭❻，歷塊過都見爾曹❼。

【注　釋】❶縱使　即使。❷盧王　代四傑。❸操翰墨　執筆為詩文。❹劣於漢魏近風騷　比不上接近《詩經．國風》、〈離騷〉精神的漢魏作品。劣於，不如。❺龍文虎脊　皆良馬名。《漢書．西域傳贊》有「龍文」之馬，〈天馬歌〉有「虎脊」之名。此喻奇麗的詞采。❻馭　駕馭，以駕馭良馬喻四傑具有很高的才華。❼歷塊過都見爾曹　意思是說，歷塊過都之時，便可現出你們的才華遠不及四傑了。歷塊過都，語本王褒〈聖主得賢臣頌〉「過都越國，蹶如歷塊」，意為良馬越過都邑如歷片土，形容才力甚高。塊，土塊；田野。

【語　譯】即便如同你們所說，四傑的文章詩賦，比起接近〈國風〉、〈離騷〉的漢魏文章還要差上一截。但他們能駕馭「龍文」、「虎脊」這樣的千里馬，你們也試試跳過田野越過都邑跑上一遭，就能分出高低，見出分曉。

【研　析】俗話說得好：是騾是馬，拉出來溜溜！好批評別人的人，往往是眼高手低，說起別人來頭頭是道。一旦有人反問說：你說王楊盧駱的詩文不行，那請你寫兩篇試試。這位批評者肯定會溜之大吉的。這首詩說的就是這個意思。

戲為六絕句（其四）

杜甫

才力應難跨❶數公❷，凡今❸誰是出群雄❹？或看❺翡翠蘭苕❻上，未掣鯨魚碧海中❼。

【注釋】❶跨　超過。❷數公　指上文所云庾信、四傑諸人。❸凡今　所有當今的人。❹出群雄　出眾的雄才。❺或看　即請看。❻翡翠蘭苕　翡翠鳥嬉戲於蘭花之上。語出郭璞〈遊仙〉詩：「翡翠戲蘭苕，容色更相鮮。」指當時研揣聲病、尋章摘句、風格萎弱的詩風。❼未掣鯨魚碧海中　未有如碧海中鯨魚飛掣這類氣勢雄偉之作。木華〈海賦〉：「魚則橫海之鯨。」

【語譯】今人的才力，難於超越庾信、四傑諸公，文壇上有誰是出眾的雄才？有人只看到顏色鮮艷的翡翠小鳥嬉戲於蘭花之上，對於碧海巨鯨山立海飛那樣磅礴的氣勢，卻未有分毫。

【研析】這首詩一面批評初唐一般詩人頗受齊梁綺艷柔弱詩風的影響，故其成就尚在氣勢雄健的庾信、四傑之下；一方面則預卜出盛唐的氣象。「鯨魚碧海」，正是盛唐氣象的寫照。李白的飛揚跋扈，杜甫的沉鬱頓挫，乃至於岑參、高適邊塞詩的雄奇豪壯，都可以說是「鯨魚碧海」這一意象的不同風格的表現。

戲為六絕句（其五）

杜甫

不薄今人愛古人❶，清詞麗句必為鄰❷。竊攀❸屈宋宜方駕❹，恐與齊梁❺作後塵❻。

【注釋】❶不薄今人愛古人　此句為互文，言對於古今之人，一樣地愛慕，並不特別鄙薄今人或古人。❷清詞麗句必為鄰　意謂不但不必排斥清詞麗句，而且還應當有所取法。為鄰，近鄰；接近。即不加排斥，有所取法之意。❸竊攀　私下想努力追攀。竊，謙詞。❹宜方駕　應當並駕齊驅。方，並。❺齊梁　指南朝浮艷綺靡格調卑下的文風。❻後塵　指跟在別人後面。

【語譯】古人今人，一視同仁，不先有成見，厚彼薄此。清詞麗句，務必取法，不可排斥。要追攀屈原宋玉，努力爭取和他們並駕齊驅，怕的是跟在齊梁浮艷文風之後，重蹈他們的覆轍。

【研析】這一首的大意，似有古今並蓄之意。古今之人皆有可取法之處，清詞麗句必須取法，不可排斥，但更應追攀屈宋那樣兼具風骨的清麗風格。齊梁的清詞麗句亦自有可取之處，只要不步其柔弱纖巧的後塵即可。看來，老杜所指示的學詩途徑還是很寬廣的。

戲為六絕句（其六）

杜甫

未及❶前賢更勿疑❷，遞相祖述❸復先誰❹？別裁偽體❺親〈風〉〈雅〉❻，轉益多師❼是汝師❽。

【注釋】❶未及　不如；趕不上。❷勿疑　不要懷疑。❸遞相祖述　輾轉因襲。祖述，效法仿照。❹復先誰　又怎能分出高低。❺別裁偽體　區別並裁去虛偽浮華之體。❻親風雅　義近上文「近〈風〉〈騷〉」，指繼承《詩經》的優良傳統。❼轉益多師　多方面地學習前人，不斷獲得教益。❽是汝師　這算是你們找到了老師。汝，泛指學詩之人。

【語譯】才能不及前賢毋庸置疑，輾轉因襲仿照，又怎能分出高低？要善於辨別剔除虛偽浮華，才能使詩文接近〈風〉〈雅〉，多向前人學習，不斷獲得教益，這樣才能找到真正的老師。

【研析】組詩的第一首推崇庾信；二、三兩首表彰初唐四傑；第四首慨嘆當今文壇較少有如同前賢那樣出類拔萃的作家；第五首論嗤點者因不能正確對待前人的成就，自己也難免落入齊梁的末流；第六首總結，論學習古人的正確途徑是「別裁偽體」、「親〈風〉〈雅〉」、「轉益多師」。組詩結合詩人的學習心得和創作經驗來論傳統，批評時人不自檢點而妄議前人的不良風氣，詞簡義精，蘊藉有致。以絕句論詩，開文學批評中以詩論詩的新風氣，為後代許多評論家所學習和仿效。

少年❶行

杜甫

馬上誰家白面郎，臨階下馬❷坐人床❸。不通姓氏粗豪甚❹，指點銀瓶❺索酒嘗❻。

【注釋】❶少年　指富豪子弟。❷臨階下馬　來到人家臺階前纔下馬，寫其無禮之甚。❸坐人床　搶坐了別人的座位。床，胡床，一種小桌子，蹲坐時放在面前，類似今日之茶几。❹粗豪甚　極為蠻橫無理。❺銀瓶　白色酒罈。❻索酒嘗　要酒先嘗。

【語譯】騎在那高頭大馬上的，不知是誰家的白面少爺，騎到人家臺階前方纔下馬，下來就強佔了別人的座位。不通報自家姓氏，目中無人，粗魯蠻橫，指點著白色酒罈，便叫快快端酒來嘗。

【研析】富貴子弟中有一類人，不學無術，專幹壞事。《水滸傳》中的「高衙內」，算是一個典型。於是，人們便把這種人稱為「衙內」。這些人並不是元明時代纔有的，而是古今皆有，從未斷絕。他們「狗仗人勢」，橫行霸道，欺壓良民，是社會的一大禍害。本詩寫於代宗寶應元年（七六二）杜甫在成都時。詩歌選擇極具代表性的表情動作細節，將人物寫得栩栩如生。

清浦起龍《讀杜心解》云：「貴介子弟，非才非俠。徒供少陵詩料，留千古一噱耳。」但這並不僅僅是「一噱」，而是慘慘的血淚。那些大大小小的「衙內」，侵吞了多少民眾血汗，製造了多少人間悲劇！

絕句四首（其二）

杜甫

兩個黃鸝❶鳴翠柳，一行白鷺❷上青天。窗含西嶺❸千秋雪，門泊東吳萬里船。

【注釋】❶黃鸝　即黃鶯，鳴聲清脆。❷白鷺　水鳥，羽純白。❸西嶺　指成都西的雪山。

【語譯】兩隻黃鶯兒在翠綠的柳間嬉戲鳴叫，一行白鷺直飛上高高的青天。窗戶中可看到西嶺上千秋積雪，門外停泊著東吳來的萬里行船。

【研析】此詩作於廣德二年（七六四），其時杜甫摯友嚴武還鎮成都，作者於是從避亂之梓州重返成都草堂。其時杜甫生活相對安定，心境較為悠閑，面對明媚春光，興至筆隨，寫下此一即景組詩。「兩個黃鸝鳴翠柳，一行白鷺上青天」二句，對仗極工，勾勒描繪出一幅意趣盎然之畫面，色調柔和淡雅，層次遠近分明，有動有靜，有聲有色。三四兩句又構成一聯句，意境更為開闊，時空更為悠遠，賦予讀者無限遐想之餘地。句中「東吳」，泛指長江下游江南一帶，當時於成都上船，即可沿江而下，直抵江南。此詩四句，以「兩、一、千、萬」四個數字貫穿，一句言眼前之近景，二句寫仰望之遠景，三句「思接千載」，四句「視通萬里」。總之，這四句概括上下古今，萬里之外。前人以「詩中有畫」評王維山水詩作，以之品評此一絕句，亦無不可。

三絕句（其三）

杜甫

殿前兵馬❶雖驍勇❷，縱暴❸略❹與羌渾❺同。聞道殺人漢水上，婦女多在官軍中❻。

【注釋】❶殿前兵馬　指屯駐於漢水的宮廷禁衛軍。❷驍勇　精悍勇武。❸縱暴　放肆作惡。❹略　大略；大致。❺羌渾　泛指党項羌、吐谷渾、吐蕃等邊境異族的軍隊。❻婦女多在官軍中　指禁衛軍殺害男子而將婦女虜掠到軍中。

【語譯】皇上的軍隊固然精悍勇武，放肆作惡卻大致與羌渾的軍隊相同。聽說官軍就在漢水岸邊大肆殺人，當地的婦女多被擄在官軍之中。

【研析】這三首絕句大約寫於永泰元年（七六五）冬杜甫寓居雲安（雲陽）時。此年四月，嚴武去世，其部下崔旰、楊子琳等不久即相互攻伐，擴大地盤，蜀中大亂。九月，回紇、吐蕃、党項羌、吐谷渾等又擁眾數十萬侵擾隴西和關內一帶，直到長安附近。大批難民逃亡四川，而官軍不打敵人，卻專門殘害百姓。三首詩記錄了當時川陝地區的這種混亂情景，控訴了地方軍閥和官軍的兇暴。形式上是不受平仄格律限制的古絕句，內容上具有強烈的政論性。元稹詩云：「杜甫天才頗絕倫，每尋詩卷似情親。憐渠直道當時語，不著心源傍古人。」（〈酬孝甫見贈〉）本詩正可說是一首「直道當時」之詩。

解悶十二首（其七）

杜甫

陶冶❶性靈❷存底物❸？新詩改罷自長吟❹。
孰知❺二謝❻將能事❼，頗學陰何苦用心❽。

【注　釋】❶陶冶　陶為製造瓦器，冶為熔煉金屬，喻修養鍛鍊。❷性靈　指性情。❸存底物　依靠何物。❹新詩改罷自長吟　言新詩初成，再加修改，並拖長聲調吟誦，以進一步推敲字句，斟酌聲律。❺孰知　熟知；深知。❻二謝　南朝詩人謝靈運、謝朓。❼將能事　將，接近。能事，指精於寫詩。❽頗學陰何苦用心　頗學，屢屢效法。陰何，南朝詩人陰鏗、何遜。苦用心，極為用心地反覆推敲。

【語　譯】陶冶性情，到底要依靠什麼？新詩作後，反覆修改，又自長聲吟誦。對二謝的詩要精研熟悉，作詩才能摸到竅門。我也反覆學習陰鏗、何遜的詩歌藝術，十分勤苦用心。

【研　析】這組詩大約寫於大曆二年（七六七）詩人寓居夔州時。全詩由十二首七絕組成，內容廣泛，寫風光，憶舊友，論詩歌，嘆時事，皆縱筆自如。《杜臆》云：「隨意所至，吟為短章，以自消遣耳。」名為組詩，實各自獨立，形式靈活自由。本首自述學詩之經驗。要有性靈但不僅僅依靠性靈，每有新作，必反覆吟誦修改，要多向古人學習。這些意見，對於詩歌創作，極為中肯。

江南逢李龜年❶

杜甫

岐王❷宅裏尋常見，崔九❸堂前幾度聞。
正是江南❹好風景，落花時節又逢君。

【注　釋】❶李龜年　唐玄宗時著名的宮廷歌手，安史亂後，流落到江南。❷岐王　名李範，唐睿宗第四子，玄宗弟，封岐王。好學，工書法，喜與文人名士往來，杜甫、李龜年常出入其宅。❸崔九　指崔滌，排行第九，為玄宗寵臣，官至秘書監。杜甫青年時代曾遊洛陽，由於前輩的推薦，時常出入李、崔之門，因而常與李龜年相見。❹江南　時杜甫在湖南長沙，即唐時潭州治所。長江以南可泛稱江南。

【語　譯】岐王的府上，當年我們常常相見，崔九的堂前，從前好多次聽到你的歌聲。如今正是江南風景最美的時候，在這花落時節，又碰到你這位老朋友。

【研　析】唐代宗大曆五年（七七〇）暮春，詩人碰上當年的著名歌手李龜年，他鄉遇故知，撫今追昔，詩人不禁感慨萬千。這是詩人晚年留下來的最後一首絕句。據鄭處誨《明皇雜錄》卷下云：開元中樂工李氏龜年、彭年、鶴年兄弟三人，皆才學盛名。彭年善舞，鶴年、龜年善歌。安史亂後，龜年等流落江南。每遇良辰勝景，則為人歌數闋，座中聞之，莫不掩泣罷酒。杜甫少年時曾在東都洛陽聽李龜年歌唱，今又相逢潭州（今湖南長沙）。一二句以岐王宅裏及崔九堂前，代表昔日繁華；當年大家出入豪門貴宅，如今又是春末夏初的好風景，但只能在江南見面了。詩中只言相見，不言離亂；只言昔日的繁華，不言如今家國殘破的悲傷，沒有大喜大悲，詩人只是用平淡的口氣，回憶了當年的往事和現在的偶然巧遇。晚年的杜甫，看慣了悲歡離合，早已是心如止水，而無限的盛衰治亂，人間的悲憤驚喜，都在這淡淡的詩句之中了。「落花時節」四字，正透露了其中的無限感慨。滄桑巨變，二人同為天涯淪落之人，自有無窮感慨，遂乃寫詩相贈。黃生評曰：「今昔盛衰之感，言外黯然欲絕，見風韻於行間，寓感慨於字裏。」（《杜詩說》卷一〇）仇兆鰲曰：「此詩撫今思昔，世境之離亂，人情之聚散，皆寓於其中。」（《杜詩詳注》卷二三）

酬張繼❶

皇甫冉

【作　者】皇甫冉（七一四—七六七），字茂政，潤州丹陽（今屬江蘇）人。唐玄宗天寶十五載（七五六）進士，授無錫縣尉。王縉為河南（治所在今河南開封）帥，表為掌書記，官至右補闕。《全唐文》錄存其文四篇，《全唐詩》錄存其詩二四四首。

悵望南徐❷登北固❸，迢遙西塞❹望東關❺。落日臨川❻問音訊，寒潮惟帶夕陽還。

【注　釋】❶張繼　字懿孫，南陽（今屬河南）人，天寶進士，官至檢校祠部員外郎。❷南徐　州名。東晉南渡，僑置徐州於京口（今江蘇鎮江市）。南朝宋元嘉八年，以江南晉陵地為南徐州屬地，亦以京口為州治。❸北固　山名。在今江蘇鎮江市北。《世說新語・言語》：「荀中郎在京口，登北固望海雲。」注引〈南徐州記〉：「城西北有別嶺入江，三面臨水，高數十丈，號曰北固。」❹西塞　即西塞山，在今浙江吳興西南。張志和〈漁父歌〉：「西塞山前白鷺飛，桃花流水鱖魚肥。」或即指此。❺東關　關隘名。在今安徽含山縣西南的濡須山，吳諸葛恪曾以四萬兵力敗魏七萬之眾於此。此山北控巢湖，南扼長江，歷來是軍事要地。❻臨川　臨近大江。

【語　譯】登上了巍峨的北固山，惆悵地俯瞰著南徐大地。我似乎看到了遙遠的西塞山，又好似看到了當年鏖戰的東關。紅日西落大江，好像是在等候著您的消息。但只見淒清的潮水寂寞而回，帶了一輪夕陽歸去。

【研 析】應酬之詩，最不易寫。深了，跡似自作多情；淺了，又顯得不夠朋友。此詩雖是應酬，卻不但深淺適宜，且境界闊大，含義深刻。結尾二句，構思新巧，想出天外。詩人希望友人能及早回音，遂託言等候江潮帶書而來，而結果卻只是帶了夕陽回去。與李白「孤帆遠影碧空盡，惟見長江天際流」（〈送孟浩然之廣陵〉）構思雖異，而手法之妙則各盡其致。宋人評皇甫冉「於詞場為先輩，推錢（起）、郎（士元）為伯仲」，其詩足以「使前賢失步，後輩卻立」（見《全唐詩話》卷二）。吳師道則云：皇甫冉「在唐中葉，所謂鐵中錚錚者」（《吳禮部詩話》）。

春行寄興❶

李華

【作 者】李華（七一五—七六六），字遐叔，趙州贊皇（今屬河北）人。玄宗開元二十三年（七三五）進士，天寶十一載（七五二）遷監察御史。宰相楊國忠親屬所在橫行，李華劾按不撓，州縣肅然，為權貴所疾，徙右補闕。天寶末年，安祿山反，為安史叛軍所俘，任偽職鳳閣舍人。賊平，貶為杭州司戶參軍。李華自傷失節，棄官屏居江南。肅宗上元二年（七六一），以司封員外郎召之，稱病不仕。有《李華前集》十卷、《後集》二十卷。《全唐文》錄存其文八卷，《全唐詩》錄存其詩三十首。

宜陽❷城下草萋萋❸，澗水東流復向西。芳樹❹無人花自落，春山一路鳥空啼。

【注釋】❶寄興　以詩寄託情懷。❷宜陽　縣名。今屬河南。唐代的著名行宮連昌宮即坐落於此。❸萋萋　草茂密繁盛貌。❹芳樹　泛指花木。

【語譯】宜陽城下，滿眼是芳草萋萋，山中的澗水，流向東來又回轉向西。繁花滿樹，無人欣賞，自開自落。一路上春山嫵媚，唯聞鳥鳴，未見人影。

【研析】此詩以反襯手法，極寫安史亂後之滿目蒼涼。詩人首先著力描寫了一系列明媚的春景。茂草、迴澗、芳樹、春花、春山、鳥啼，是滿目春色，滿耳春音，然城外野草萋萋，芳樹無人，一路鳥自空啼，正是戰後荒涼寂寥、淒清哀傷之景。其詩字字若不關情，句句似不經心，而時代的滄桑、人生的巨變、戰爭的陰影，全在字裏行間表現了出來。

趙將軍❶歌

岑參

九月天山風似刀，城南獵馬❷縮寒毛。將軍縱博❸場場勝，賭得單于貂鼠❹袍。

【注釋】❶趙將軍　名字不詳。❷獵馬　出獵的馬。❸縱博　縱情賭博。❹貂鼠　鼠類小獸，其毛皮是貴重的衣料。

【語譯】剛到九月，天山的寒風就像刀一樣地鋒利，大軍在城南打獵演習，連戰馬都卷縮起寒毛。將軍暢意賭博，場場都能獲勝，贏得單于穿的那貴重的貂鼠袍。

【研析】此詩當是岑參任職北庭期間所作。這首詩讚頌趙將軍的英勇瀟灑，又隱含著一點委婉的諷刺。詩中極寫塞外天寒，以渲染氣氛。以賭博喻戰鬥，突出表現了趙將軍的灑脫。以單于之愛物為賭注，暗示此為戰利品，意在顯示將軍那曾有過的勝利。其構思奇特，比喻新穎。

逢入京使

岑參

故園❶東望路漫漫，雙袖龍鍾❷淚不乾。馬上相逢無紙筆，憑❸君傳語報平安。

【注釋】❶故園　故鄉。此指長安。作者在長安居住有年，在郊外築有別墅。❷龍鍾　淚水沾濕貌。❸憑　憑藉；請。

【語譯】東望著長安家園，路途何其漫長，一雙衣袖全都沾濕，淚水仍流個不停。此時相逢路上，正騎著馬，匆忙不能找出紙筆，只好請您傳個口信，回去時給我的家人報個平安。

【研　析】此詩作於玄宗天寶八載（七四九）。其時岑參首次西行出塞，赴安西都護府（在龜茲，今新疆庫車）效力，途中遇入京使者，因作此詩。本詩特色，在描寫實地實事，隨口而成，極為本色。所敘雖是平常事件，卻能深刻寫出離鄉背井、遠涉絕域者對家人的深切思念之情。全詩詞淺意深，將人之常情加以提煉概括，自能深入人心，一誦難忘。清沈德潛評曰：「人人胸臆中語，卻成絕唱。」（《唐詩別裁》卷一九）

磧中❶作

岑參

走馬❷西來欲到天，辭家見月兩回圓。今夜不知何處宿，平沙萬里絕人煙。

【注　釋】❶磧中　指莫賀延磧（今新疆孔塔格沙漠）。❷走馬　騎馬奔跑。

【語　譯】騎著馬兒西去，奔向天邊。自從辭別了家鄉，已見過了兩回月圓。今晚不知在何處投宿，天地間只是萬里平沙，絕無人煙。

【研　析】玄宗天寶八載（七四九），岑參應安西（今新疆庫車）四鎮節度使高仙芝邀，西行出塞，以「右威衛錄事參軍」充節度使幕府掌書記。次年入莫賀延磧，作此詩。詩中突出地描述了詩人初入大漠的心理感受。白天唯有平沙萬里，故有「欲到天」的感覺；夜晚唯見孤月高懸，故以「兩回圓」概括兩個月的行程。不見人煙，因有「今夜不知何處宿」的疑問。此詩寥寥數語，純用白描，真切感人。

玉關❶寄長安❷主簿

岑參

東去長安萬里餘，故人那惜一行書？玉關西望腸堪斷，況復明朝是歲除❸。

【注釋】❶玉關　即玉門關，又稱玉塞、玉門，以古代西域輸入玉石取道於此而得名，故址在今甘肅敦煌西北小方盤城。它和西南方的陽關，同為古代通往西域的交通門戶。出玉關為北道，出陽關為南道。《後漢書・班超傳》：「臣不敢望到酒泉郡，但願生入玉門關。」唐代王之渙〈涼州詞〉：「羌笛何須怨〈楊柳〉，春風不度玉門關。」皆指此。❷長安　唐代京都，在今西安西北。漢高祖定都於此，故城為惠帝所築，周圍六十五里。❸歲除　一年的最後一天。舊俗於臘歲前一日擊鼓驅疫，叫做逐除，謂逐除儺鬼也。後因以年終之日為歲除。唐代孟浩然〈暮歸南山〉：「白髮催年老，青陽逼歲除。」

【語譯】從玉關向東，離那京城長安，何止千里萬里，老朋友您為何惜墨如金，不給我寄來一紙書信？從玉關向西望去，不禁要肝腸寸斷，更何況，明日就是萬家團圓的除夕。

【研析】從詩意來看，詩人可能是遠征極西之地，途經玉關之時，正是除夕將近，遂作詩以寄京都某主簿，希望故人來信以慰寂寞。詩中娓娓道來，如話家常，極力壓抑心中的淒清之情。在此關口，東去京都一萬餘里，而西望大漠，更是無邊無際。況且正是除夕將近，想到明朝更行更遠，思鄉之念，不禁油然而生。岑參「累佐戎幕，往來鞍馬烽塵間十餘載，極征行離別之情」。這首詩所表達的感情，可謂極盡「征行離別」的淒楚，讀之令人惆悵。從詩的內容來看，當作於天寶十三載（七五四）後，詩人第二次參贊戎幕時。這時安西四鎮節度使、北庭都護封常清表詩人為大理評事，攝監察御史，充安西北庭節度判官，遂赴北庭（治所在今新疆吉木薩爾），至德元年（七五六）始歸。

送崔子❶還京

岑參

匹馬❷西從天外歸，揚鞭祇共鳥爭飛。送君九月交河❸北，雪裏題詩
淚滿衣。

【注　釋】❶崔子　作者的一個友人，名字不詳。子，對男子的敬稱。❷匹馬　單人隻馬。❸交河　古城名。在今新疆吐魯番西北的雅爾和屯。《漢書・西域傳》：「車師前國王治交河城，河水分流繞城下，故號交河。」北魏至唐，作為高昌之首府，是西北重鎮。

【語　譯】您騎著一匹馬，隻身從大西北老遠的地方回家。揚起的鞭子催著馬兒快跑，似要與

天上的鳥兒比個高低。暮秋九月，在這交河之北送您上路，風雪裏吟首送別詩，兩行清淚沾濕了衣襟。

【研　析】這是作者在大西北送友還京的贈別詩。一句點明「匹馬」，暗示自己只是送行；「天外歸」，極言西北邊地之高遠荒涼。二句寫友人的急欲還京的心情動作，他揚起馬鞭，恨不能和飛鳥比個高低。三四句寫自己仍將滯留此地，友人眼看就要回到繁華的京城與親人團聚，而自己卻要留在這九月即已飛起雪花的交河。「交河北」，北字頗有深意。交河已經是極邊極遠之地，更何況是交河之北！「九月」則與下句「雪裏」相照應，所謂「胡天八月即飛雪」，何況是九月，更是萬里飄雪了。詩中雖然沒有一個字談到京華之思，但通過上下兩半的不同情緒的強烈對比，就鮮明地表達了對於京城的嚮往之情。這首詩雖淺顯，但用詞造句卻頗為講究。

虢州❶後亭送李判官❷使赴❸晉❹絳❺

岑參

西原❻驛路❼掛城頭❽，客散紅亭❾雨未收。君去試看汾水❿上，白雲猶似漢時秋⓫？

【注　釋】❶虢州　唐河南道虢州故城，在今河南靈寶城南十餘里，依山而建。❷李判官　生平不詳。❸使

赴　奉命前往。❹晉　唐河東道晉州治白馬城，即今山西臨汾，在汾水東岸。❺絳　唐河東道絳州治正平縣，即今山西新絳，在汾水西北岸。❻西原　地名。《舊唐書·玄宗紀》曰：「天寶十五載，哥舒翰兵八萬，與賊將戰於靈寶、西原。」《大清一統志》曰：「河南陝州西原在靈寶西南五十里。」❼驛路　古時的官道。❽掛城頭　此指虢州城高懸於大道之上，遠遠看去，驛路像是一條帶子掛於城頭。❾紅亭　此指後亭。據岑參詩，虢州西亭、東亭、水亭、後亭等均有「紅亭」之稱，「紅」係指亭的顏色。❿汾水　源出山西寧武管涔山，流經山西中部，入黃河。《元和郡縣志》：「河東道河中府寶鼎縣，汾水北去縣二十五里。」漢武帝〈秋風辭〉中有「泛樓船兮濟汾河」之句。汾水流域為古代周秦文明的發源地之一。⓫白雲猶似漢時秋　用《漢武故事》的典故：「帝行幸河東后土祠，顧視帝京，忻然，中流與群臣飲宴，帝歡甚，乃自作〈秋風辭〉。辭曰：『秋風起兮白雲飛，草木黃落兮雁南歸。……』」

【語　譯】西原的官家大道，似一條帶子掛在虢州城頭，紅亭的客宴已散，小雨尚未停止。您此去可以到汾水岸邊看一看，那飛揚的秋雲，是不是還有漢武帝時的氣象？

【研　析】題下原注：「得秋字。」唐人集會賦詩時，有分韻的習俗，岑參當時抽得「秋」字韻。岑參於乾元二年（七五九）夏起，任虢州長史約兩三年。此詩當作於虢州任上。本詩描繪送客情景，並臨別贈言，表現了對國家前途和命運的關切。一聯通過寫景敘事達情，詩意雋永。二聯用典，借古喻今，以漢諷唐，委婉含蓄。其時的汾水，正是各路人馬爭奪的要地，「猶似漢時秋」，是感嘆大唐已大不如前，要想恢復漢武帝時代的國力，是萬萬不能了。

春夢

岑參

洞房❶昨夜春風起，遙憶美人❷湘江❸水。枕上片時❹春夢中，行盡江南❺數千里。

【注釋】❶洞房　原指新婚夫婦的新房，蓋起源於洞穴時代，男女結合，必以洞穴為遮防之所。後兼指深邃的內室。此指閨房。❷美人　容貌美麗的女子和品德高尚的男子，皆可以稱美人。此指所懷念的丈夫。❸湘江　水名。源出廣西靈川東海洋山西麓，東北流貫湖南東部，入洞庭湖。❹片時　短短的時刻。❺江南　泛指長江南部地區。

【語譯】昨夜深閨之中，吹來陣陣春風，想念我親愛的夫君，他在那遙遠的湘江水邊。枕頭上的美好春夢，纔過了短暫的一刻，卻已經走過了千里江南，和愛人相會相親。

【研析】唐宋詩詞中多有紀夢者。詩夢以此二種為多：一是與愛人相會，一是殺敵復國。此詩堪為「春夢」之經典。其妙在構思精巧。首寫閨房之中，春意不可自歇，蓋因夫君在外，春日寂寞難耐。而「美人」則遠在湘江，只有夢中相會。枕上片時，而已閱盡江南春色。是將尋常的生活經驗，化作奇巧之詩意，其痴情雋永，亦真亦幻。明陸時雍云：「岑參好為巧句，真不足而以巧濟之，以此知其深淺矣。」（《詩鏡總論》）

山房春事

岑參

梁園❶日暮亂飛鴉，極目❷蕭條❸三兩家。庭樹不知人去盡，春來還發舊時花。

【注釋】❶梁園 園名。即梁苑，遺址在今河南開封東南。為漢梁孝王所築，王曾於此園中大宴賓客，司馬相如、枚乘、鄒陽等文人學士皆為梁園上賓。此泛指舊家宅院。❷極目 放眼望去。❸蕭條 冷落稀疏。

【語譯】梁園的黃昏，亂飛著歸來的烏鴉。極目遠望，只看到淒清稀疏的兩三戶人家。庭前的老樹哪裏知道主客皆已散盡，春天來到時，依舊開放著和當年一樣鮮艷的紅花。

【研析】俗語云：「梁園雖好，非久戀之家。」那些大大小小的名園，雖然盛極一時，但總有衰敗的一天。此詩即極寫梁園席終人散之淒涼冷落。時值日暮，正是淒清時候，昏鴉亂飛，更增添幾分日暮之感。春花怒放，何等熱鬧，而庭中人影皆無，唯有庭樹而已，兩相對比，更顯此山房之破敗蕭條。「庭樹不知人去盡，春來還發舊時花」二句，構思極其新巧，極具今昔滄桑之感。清沈德潛評此二句云：「後人襲用者多，然嘉州（岑參）實為絕調。」如戎昱「歸夢不知湖水闊，夜來還到洛陽城」（〈旅次湖南寄張郎中〉）；白居易「風月不知人世變，奉君直似奉吳王」（〈送蘇州李使君〉）；杜牧「商女不知亡國恨，隔江猶唱〈後庭花〉」（〈泊秦淮〉等等，不一而足。

採蓮詞

嚴維

【作　者】嚴維（生卒年不詳），字正文，越州山陰（今浙江紹興）人。初隱居桐廬，與劉長卿友善。肅宗至德二載（七五七）進士，又擢辭藻宏麗科，授諸暨縣尉，時已四十餘歲。後歷官河南節度使幕僚、河南尉、秘書郎等職。工詩，與岑參、崔峒、皇甫曾、皎然、丘為等皆有交往，章八元、靈澈曾從其學詩。其詩多送別酬贈和寫景抒懷之作，長於絕句，文辭質樸，格調明快，辛文房稱其「詩情雅重，挹魏晉之風」（《唐才子傳》）。《全唐文》錄存其文一篇，《全唐詩》錄存其詩六十四首。

朝出沙頭❶日正紅，晚來雲起半江中。賴逢鄰女曾相識，並著❷蓮舟
不畏風。

【注　釋】❶沙頭　江灣的凸岸，一般用作小碼頭。因此處江岸常有泥沙淤積，故稱。❷並著　並連在一起。

【語　譯】早晨駛出沙頭時太陽還正紅火，晚上回來時烏雲突起，布滿半江中。幸好遇到相識的鄰居女伴，將兩隻採蓮船並連在一起，便不怕風大浪高。

【研　析】六朝樂府已有〈採蓮曲〉、〈江南可採蓮〉等調，唐代也有不少詩人寫過以採蓮為題

材的詩。本詩一二句寫景物天氣，「沙頭日正紅」、「雲起半江中」，寫風雲突變，十分生動形象，又讓人多少有些擔心；三四句寫人，巧遇女伴，大家將小船併在一起，不但平穩了許多，更主要的，是在心理上有了安慰，如果沒人作伴，一個人遇到了風雨，當然會很害怕。

丹陽送韋參軍

嚴維

丹陽❶郭裏送行舟，一別心知兩地秋❷。日晚江南望江北，寒鴉飛盡水悠悠❸。

【注　釋】❶丹陽　地名。秦時為雲陽郡，後改名曲阿，唐改為丹陽縣，即今江蘇丹陽。❷秋　愁。秋至而愁生，故以秋代愁。❸悠悠　幽遠貌。

【語　譯】來到丹陽外城邊，送別你的行舟，心知此時此地一別，彼此都懷著離愁。到了黃昏時分，我在江南向著江北望去，目送著寒鴉飛盡，江水悠悠。

【研　析】嚴維以「柳塘春水漫，花塢夕陽遲」的詩句而得名。宋人如梅聖俞、歐陽修、曾季貍等人，皆甚推崇，《六一詩話》、《中山詩話》、《艇齋詩話》等，分別錄之。這首詩，的確是情景交融，真切自然。情感真摯，滲透於如畫的景物之中，達到了「言有盡而意無窮」的藝術境界，與「柳塘花塢」之句，正有異曲同工之妙。詩的前兩句，交代了送別的地點——丹陽的江邊，訴說了別後將生的相思。「秋」在字面上是寫時令，實際上是運用拆字法，以「心」上有「秋」代「愁」字，是雙關語。後兩句寫佇立江頭、目送友人的情景，著一「望」字，而依依惜別之神態全出，著一「晚」字，而道出目送友人之久。再以「寒鴉飛盡」、「水悠悠」補足其意，而離情全在言語之外，含蓄不盡。《唐才子傳》卷三云維「詩情雅重，挹魏晉之風，鍛煉鏗鏘，庶少遺恨」，是極高而中肯的評語。

詠王大娘戴竿❶

劉晏

【作　者】劉晏（七一五—七八〇），字士安，曹州南華（今山東東明）人。玄宗封泰山，晏始八歲，獻頌於行在，授太子正字。因有「神童」之稱，名噪一時。天寶中，累調夏縣令、溫州令。所至有惠於民，民皆刻石以傳。歷殿中侍御史，遷度支郎中，杭、隴、華三州刺史，尋遷河南尹，入為京兆尹。代宗寶應元年（七六二）正月，官至宰相，並兼度支、鹽鐵、轉運、租庸使。德宗即位後，楊炎當權，貶劉晏為忠州刺史，又誣劉晏以忠州謀叛，賜死，天下冤之。至貞元五年（七八九），德宗悟，昭雪其冤。《全唐文》錄存其文二篇，《全唐詩》錄存其詩二首。

樓前百戲競爭新，唯有長竿妙入神。誰謂綺羅❷翻❸有力，猶自嫌輕
更著人。

【注釋】❶詠王大娘戴竿　王大娘，唐玄宗時雜技演員。戴竿，一種雜技節目。❷綺羅　綾羅。這裏代指婦女。❸翻　反而。

【語譯】各種各樣的雜技百戲，在御樓下花樣翻新，其中數那長竿戴人，最是奇妙入神。誰說穿綺羅的婦女沒有力氣，看那王大娘，頂著百尺長竿還嫌輕，又在竿上加人，在上面載歌載舞。

【研析】這是作者小時候的一首即席應制詩。據《太平廣記》卷一七五劉晏條引《明皇雜錄》云：「玄宗御勤政樓，大張樂，羅列百妓。時教坊有王大娘者，善戴百尺竿，竿上施木山，狀瀛洲方丈。令小兒持絳節，出入於其間，歌舞不輟。時劉晏以神童為秘書正字，年方十歲，形狀獰劣，而聰悟過人。玄宗召於樓中簾下，貴妃置於膝上，為施粉黛，與之巾櫛。玄宗問晏曰：『卿為正字，正得幾字？』晏曰：『天下字皆正，唯朋字未正得。』貴妃復令詠王大娘戴竿，晏應聲曰：（詩略）。玄宗與貴妃及諸嬪御歡笑移時，聲聞於外。因命牙笏及黃文袍以賜之。」「戴竿」是我國一種傳統的雜技藝術，劉晏這首詩反映了唐代雜技的狀況。他用極其通俗的語言，描繪了王大娘出神入化的「戴竿」藝術。王大娘還嫌戴竿太輕，再在竿上施加木山，令小兒持紅旗，在木山上「歌舞不輟」。詩人所描繪的這幅「戴竿」圖，與我們今天所看到的這種雜技，似乎沒有什麼差別。可見我國雜技的表演藝術，在一二七〇年前的玄宗時代，已經達到了很高的水準了。所以這首詩，不僅有藝術價值，而且有史料價值。

牡丹

柳渾

【作者】柳渾（七一六—七八九），初名載，字元輿，後改名渾，字惟深，又字夷曠，汝州梁縣（今河南臨汝）人。天寶元年（七四二）進士及第，官至兵部侍郎，又以本官同中書門下平章事。貞元五年（七八九）卒，謚曰貞。長於文，與顧況友善。《新唐書・藝文志》著錄有文集十卷，已佚。

近來無奈牡丹何❶，數十千錢買一顆❷。今朝始得分明見，也共戎葵❸不較多❹。

【注釋】❶無奈牡丹何　對牡丹無可奈何。❷一顆　即一棵。❸戎葵　即蜀葵，又名一丈紅。《爾雅・釋草》「戎葵」注：「今蜀葵也，似葵，華如木槿華。」❹不較多　不比戎葵為美。多，美好。

【語譯】近來真是拿牡丹無可奈何，竟然要幾十千貫錢纔能買上一株。今日花開纔有幸看得分明，原來也和戎葵差不多。

【研析】前些年大陸有一篇紀實文學，叫〈瘋狂的君子蘭〉，是說這種普通的花草，其價格竟然被人為地抬升到幾萬元一株的地步。想不到這種事並非是天方夜譚，原來我們的老祖宗老早就幹過了。世人酷愛牡丹，並不是出於愛美之心。用數十千去買一株花草的，大概不會有普通的老百姓。只有那些世家豪族，纔會如此一擲千金。於是，那些較稀有的品種，就會被人為地抬高價格。此詩不作具體描摹，而側重於以事實作諷刺。

畫松

景雲

【作　者】景雲（生卒年不詳），詩僧。幼通經綸，性識超悟。尤喜草書，初學張旭，久而精熟，有意外之妙。

畫松一似❶真松樹，且待尋思記得無？曾在天台山❷上見，石橋❸南畔第三株。

【注　釋】❶一似　簡直就像。❷天台山　在今浙江天台縣北。❸石橋　天台山有石梁橋。

【語　譯】雖然是畫上的松樹，但簡直就像是真的一樣，且讓我想想能否記得在哪兒見過？原來是曾在天台山上見過真身，就是那石梁橋南畔的第三株。

【研　析】這是一首題畫詩，讚美畫得如同真物，歷來被稱為佳作。詩中雖未作具體的描摹，但「第三株」云云，卻活靈活現，宛如真有其事。清施閏章云：「唐人絕句，太白、龍標外，人各擅能。有一口直述，絕無含蓄轉折，自然入妙，如『畫松一似真松樹』云云……」《蠖

齋詩話》）

初至巴陵❶與李十二白❷裴九❸同泛洞庭湖三首（其一）

賈至

【作者】賈至（七一八—七七二），字幼鄰，一作幼幾，洛陽（今屬河南）人。玄宗時明經及第，始任校書郎，出為單父縣尉。安史之亂起，隨玄宗入蜀。曾作玄宗傳位冊文，並奉使往靈武冊立肅宗，在肅宗朝曾任中書舍人。乾元元年（七五八）春，出為汝州刺史。乾元二年（七五九）唐軍敗於相州，以其棄汝州出奔，又貶岳州司馬。代宗即位，歷官至右散騎常侍，大曆五年（七七〇），官至京兆尹，兼御史大夫，七年，以右散騎常侍卒，贈禮部尚書。賈至工詩能文，與王維、李白、岑參、杜甫等交遊，名重當時。其詩長於七言絕句，多作於謫居岳州時期，曾自編《巴陵詩集》，著有《賈至集》二十卷，皆已佚。杜甫〈別唐十五誡因寄禮部賈侍郎〉稱其詩「雄筆映千古」。辛文房評其詩「俊逸之氣，不減鮑照、庾信」（《唐才子傳》）。《全唐文》錄存其文九十二篇，《全唐詩》錄存其詩四十六首。

江上相逢皆舊游，湘山永望不堪❹愁。明月秋風洞庭水，孤鴻落葉一扁舟❺。

【注　釋】❶巴陵　今湖南岳陽。❷李十二白　即李白。❸裴九　裴姓行九，名字不詳。❹不堪　經受不住。堪，經得住；受得了。❺扁舟　小船。

【語　譯】江上相逢，都是舊日一起遊歷的朋友，凝目遠望湘地的山峰，從古至今，載負了多少遷客逐臣的悲愁。明月下刮起了秋風，滿眼是洞庭的水波，孤獨的大雁，片片的落葉，飛過我們的小船。

【研　析】乾元二年（七五九）三月，李白於流放途中遇赦。自夏至秋，在江夏岳陽留連甚久。適值賈至等亦遭貶南來，同遊洞庭，賦詩唱酬。李白有〈巴陵贈賈舍人〉。賈至這三首詩也寫於此時。裴九，據近人考證，可能即李白〈流夜郎至西塞驛寄裴隱〉中的裴隱。這組詩寫他們在一個深秋的夜晚，駕舟遊巴陵勝景洞庭湖的情景。風格俊逸，語調清暢。都是逐臣，而洞庭湖一帶又是古今遷客騷人最多之地，於是山水之美與遭貶之怨，今之遷客與古之逐臣，互相交織，因而有「不堪愁」的濃濃悲慨。宋顧樂云：「神采氣魄，不似太白，而景與情合，悠然不盡，亦是佳作。」（《唐人萬首絕句選》）

初至巴陵與李十二白裴九同泛洞庭湖三首（其二）

賈至

楓岸紛紛落葉多，洞庭秋水晚來波❶。乘興輕舟無近遠❷，白雲明月弔湘娥❸。

【注　釋】❶楓岸紛紛落葉多二句　《楚辭・招魂》：「湛湛江水兮上有楓。」又《楚辭・九歌・湘夫人》：「嫋嫋兮秋風，洞庭波兮木葉下。」賈至的這兩句詩，就是從〈招魂〉及〈湘夫人〉中變化而來的。❷乘興輕舟無近遠　這句的意思是，乘著一時興致，在湖面上隨意遊蕩，不論遠近。南朝宋劉義慶《世說新語・任誕》記載說，王子猷雪夜去訪問戴安道，船到了戴家門口，卻過門不入，掉頭回去。人問其故。王曰：「吾本乘興而行，興盡而返，何必見戴！」乘興，趁著一時高興。❸湘娥　指娥皇、女英姐妹。傳說姐妹二人為帝堯之女，嫁帝舜為妃。舜南巡，死於蒼梧，姐妹尋訪至湖湘，死為水神，又稱「湘夫人」。

【語　譯】岸邊的楓葉在秋風中紛紛飄落，秋天的洞庭湖水傍晚掀起了波瀾。乘著興致泛著輕舟哪管走了多遠，白雲悠悠，明月之夜，我們一起來祭弔湘水女神。

【研　析】唐肅宗乾元二年（七五九）秋，作者由汝州刺史貶為岳州司馬。在一個月明星稀的美好夜晚，作者與李白、裴九等人泛舟洞庭，有感而作此詩。詩的前兩句化用屈原〈招魂〉、〈九歌〉中的詩句，描寫秋日的湖水與岸邊。屈原是被貶謫的忠臣，作者在這裏頗有自比屈原的意思。「楓岸紛紛落葉多」，是借紛紛落葉，暗喻朝士貶謫之多。肅宗即位之後，肅宗與太上皇之間、與兄弟叔姪之間，宦官李輔國與大臣房琯之間，展開了種種爭鬥，李白、杜甫、賈至等人，都是這場爭鬥的犧牲品。「洞庭秋水晚來波」，也是借洞庭波瀾比喻李白、賈至等人的思潮起伏與孤憤不平。第三句是自我排遣安慰，意思是說，既然一起來到這古今遷客騷人聚集之地，那就苦中作樂，乘興遊玩吧。四句言「弔湘娥」，其言外之意，是思念大舜那樣的聖賢之君。實際上是譏諷肅宗昏庸。這首詩寫景意境悠遠，主旨則含蓄委婉，耐人尋味。

春思

賈至

草色青青柳色黃❶，桃花歷亂❷李花香。東風不為吹愁去，春日偏能惹恨長。

【注釋】❶柳色黃　楊柳春日發芽，芽眼如幼鵝的毛色，嬌嫩淡黃。❷歷亂　亂烘烘；熱鬧。

【語譯】草色是那麼的幽青，柳色是那麼的嫩黃，桃花李花開得多麼熱鬧，散播著迷人的芳香。輕柔的東風，不能把我的閑愁吹走，漫長的春日，偏偏惹起我愁恨長長。

【研析】這首詩前半寫「春」，後半言「思」。草色轉青，柳樹發芽，桃李開花，大自然多麼美好，多麼歡暢。但良辰美景，也需要有福氣的人才能欣賞。如果政治黑暗，是非顛倒，黃鐘毀棄，瓦釜雷鳴，所處的是很不健康的社會，則春天雖美，不但不能解愁，反而觸景傷情。中國的文人傷春悲秋頗為普遍，其中無病呻吟的固然也有，但主要還是由於不健康的社會所造成。

巴陵夜別王八員外❶

賈至

柳絮飛時別洛陽❷，梅花發後在三湘❸。世情❹已逐浮雲散，離恨空隨江水長。

【注釋】❶王八員外　名字不詳。員外，為員外郎的省稱，是正式編制以外的一種官吏。賈至另有〈岳陽樓宴王員外貶長沙〉詩云：「忽與朝中舊，同為澤畔吟。」可知這個王員外乃賈至舊識，當年都在朝中任職，後都被貶巴陵，而王員外又從巴陵再貶長沙，所以賈至有這首〈巴陵夜別王八員外〉之作。❷洛陽　我國古都之一，自東漢至隋、唐，是全國的政治、經濟、文化中心。隋、唐故城為武周時修建，周圍約七十里，跨洛水南北。❸三湘　泛指湘江流域、洞庭湖南北一帶，一般以瀟湘、資湘、沅湘為三湘。❹世情　泛指世間的名利徵逐，世態炎涼。

【語　譯】在那柳絮紛飛的暮春，我告別了洛陽，在這梅花盛開的隆冬，我來到了三湘。名利徵逐，世態炎涼，如今都已隨著浮雲飄散而去，而我們的離愁別恨，卻像這湘江水，空自悠長。

【研　析】這首詩基調低沉灰暗，表現了一種濃厚的悲觀空虛情緒。《新唐書・肅宗紀》乾元二年（七五九）三月記載：「壬申，九節度之師潰於滏水。史思明殺安慶緒。東京留守崔圓、河南尹蘇震、汝州刺史賈至奔於襄鄧。」賈至後來被貶為岳州司馬，就是由於擅棄汝州出奔襄鄧之故。作者或許心中有愧，在詩中不好意思提及棄城逃跑之事，只是淡淡地回憶著當年曾在朝中共事的往事，和今日乍遇還別的離恨。在後兩句詩中，作者以世情若浮雲之散，離恨似湘江之長，來表現其此時此地的心境，形象生動地表達了他的苦悶蒼涼。《唐才子傳》卷三云賈至詩：「俊逸之氣，不減鮑照、庾信。調亦清暢，且多素辭，蓋厭於漂流淪落者也。」這首詩便是一個典型。

送李侍御赴常州❶

賈至

雪晴雲散北風寒，楚水吳山❷道路難。今日送君須盡醉，明朝相憶路漫漫。

【注　釋】❶常州　今屬江蘇。❷楚水吳山　泛指吳楚之地。楚水，泛指古楚之地的河流。劉禹錫〈酬樂天揚州初逢席上見贈〉有「巴山楚水淒涼地，二十三年棄置身」的詩句。時詩人賈至正貶岳州司馬。吳山，泛指吳地的山川。

【語　譯】雪後天晴雲散，北風吹來陣陣嚴寒。你去吳山，我依楚水，吳楚之間道路多麼險阻艱難。今天跟你送別，大家都要盡情一醉。明日相思相念，已經是千山萬水，長途漫漫。

【研　析】賈至被貶岳州司馬後，心情不暢。朋友要到常州去，本來應該送吉利祝賀的詩。但他卻把天地一切都描繪得十分淒慘。大雪剛停，道路十分艱難，雖然天是晴了，雲也散了，但北風呼嘯，寒意逼人，無數楚水吳山，旅途必然辛苦。更可怕的是，干戈未已，時局動盪，人誰獲安？酒能忘憂，今日相別，何妨盡情一醉？因為明日相思時，已是雲山遙隔，長路漫漫了。

欸乃曲❶五首並序（其二）

元結

【作　者】元結（七一九—七七二），字次山，自稱元子，又號浪士、漫叟等。先世本鮮卑拓拔氏，北魏孝文帝時改姓元。郡望河南（今河南洛陽），世居太原（今屬山西），後移居魯山（今屬河南）。早年生活窮苦，十七歲始從學於宗兄元德秀。天寶十三載（七五四）進士。安史亂起，舉家南奔。肅宗乾元二年（七五九），因蘇源明舉薦入朝，歷右金吾兵曹參軍、監察御史水部員外郎、道州（治今湖南道縣）刺史、容州（治今廣西北流）都督兼御史中丞充本管經略使，大曆七年病逝長安，卒贈禮部侍郎。詩文兼擅，為中唐古文運動和新樂府運動先導。反對「拘限聲病，喜尚形似」（〈篋中集序〉），主張「極帝王理亂之道，系古人規諷之流」（〈二風詩論〉）。好為古體，多自抒胸臆、針砭時事之作。其風格則質直樸重，淳淡自然，在唐詩中亦可自成一家。《新唐書・藝文志》著錄有《元子》十卷等，已佚。明湛若水輯有《元次山文集》十卷，《拾遺》一卷，今傳。

大曆丁未❷中，漫叟結為道州刺史，以軍事詣都使❸，還州，逢春水，舟行不進，作〈欸乃〉五首，令舟子❹唱之，蓋以取適於道路云。詞曰：

湘江二月春水平，滿月和風宜夜行。唱橈❺欲過平陽❻戍❼，守吏相呼問姓名。

【注　釋】❶欸乃曲　即船歌。欸乃，搖櫓聲。❷大曆丁未　代宗大曆二年（七六七）。❸都使　道州當時屬潭州都督府，府治長沙。❹舟子　船夫。❺橈　此指橈歌，船工搖櫓時所唱。❻平陽　今湖南桂陽，有桂水接耒水通湘江。❼戍　有兵戍守的關卡。

【語　譯】湘江的二月，春水上漲，幾乎和堤岸相平，明亮的滿月，徐徐的和風，正適宜夜間航行。船工們唱著橈歌，將要經過平陽關卡的時候，守關的官吏大聲相呼，詢問過客的姓名。

【研　析】據這首詩的小序說，大曆丁未中，元結在道州刺史任上，因為有軍務，到潭州向都督請示，回來的路上，正逢春汛，船走得很慢，便作此〈欸乃曲〉五首，叫船工演唱，用以打發路上的寂寞。詩中記載一路的所見所聞，富於民歌神韻。這一首的前兩句細緻地描繪了湘江春汛期間的景色，後二句則完全是寫實，不但讀來非常親切，而且是一則唐代水關狀況的寶貴資料。

暮春歸故山❶草堂

錢起

【作　者】錢起（七二二—七八〇），字仲文，吳興（今浙江湖州）人。玄宗天寶十載（七五一）進士，授校書郎。官至翰林學士、考功郎中。他的詩多寄情林泉之作，長於五言，為「大曆十才子」的領袖人物。今傳《錢考功集》十卷。《全唐文》錄存其文十三篇，《全唐詩》錄存其詩五三二首。

谷口春殘黃鳥❷稀，辛夷❸花盡杏花飛。
始憐❹幽竹山窗下，不改清陰❺待我歸。

【注　釋】❶故山　指故鄉。❷黃鳥　即黃鸝，黃鶯。❸辛夷　香木名。樹高二、三丈。花名辛夷花，似蓮花而小，外紫內白。初出時，苞長半寸，儼若筆尖，一名木筆。❹憐　喜愛。❺清陰　美好幽靜。

【語　譯】家鄉的山谷口，春色已經凋殘，黃鶯的叫聲已經稀少，辛夷花已經開盡，杏花片片，飛舞飄落。這個時節，我就更愛那山窗下的幽竹，它依然幽靜如昔，清陰不改，等我從遠方歸來。

【研　析】江南地暖，辛夷正月即可開花，因而亦名望春花、迎春花。韓愈〈感春〉詩說：「辛夷高花最先開。」但現在，不但迎春花早已開完，連杏花也飛舞飄落了。俗語云：「月是故鄉明，人是故鄉親。」作者對故鄉充滿了熱愛之情。雖然春色如此凋殘，但還有窗下的數竿美竹，無論春夏，都不改清幽。這是一首描寫詩人歸隱故鄉草堂的詩。「春色凋殘」，可能象徵著不如人意的社會環境，而那不改清陰的窗下「幽竹」，則無疑是作者的自讚。此詩宛如一幅「暮春篁竹圖」，楚楚可愛。明人黃鳳池撰《唐詩畫譜》，就選此詩配畫。《唐詩品彙》引謝疊山云：「春光欲盡，鶯老花殘。獨山窗幽竹不改清陰，如待主人之歸，此與『歲寒然後知松柏之後凋』之意同。」

歸雁

錢起

瀟湘❶何事等閒回？水碧沙明兩岸苔。二十五弦彈夜月，不勝❷清怨
卻飛來。

【注　釋】❶瀟湘　瀟水、湘水，長江的兩條支流。此泛指兩水流域，在今湖南一帶。❷不勝　不堪；承受不住。

【語　譯】大雁啊！是為了何事，你年年都不費思量，便從美麗的瀟湘大地北返？這片大地江清水碧，白沙明淨，兩岸滿是苔蘚。那是因為在皎潔的月光下，夜夜有湘靈鼓瑟的弦音，那讓人忍受不住的幽怨，不斷從江中向岸邊傳來。

【研　析】此詩詠雁，卻無一字對於雁的直接具體描繪。前二句寫瀟湘（二水名，在湖南境內）環境之美，月夜水波粼粼，白沙明亮，景色十分幽靜。兩岸苔蘚遍地，綠樹成蔭。如此美麗的環境，最適合雁兒長住，何以年年春天，雁兒會毫不思索，紛紛北歸呢？在後二句中，作者於是將瑟曲中的〈歸雁操〉與湘靈鼓瑟這個湘水的神話，發生奇妙的聯想，說雁兒的北歸，是受不了湘水女神娥皇、女英月夜鼓瑟所傳來的清怨哀音。全詩各句看似與雁無關，每句卻都大有深意。吳烶評此詩曰：「情與境會，觸緒牽懷，為比為興，無不妙合。」（《唐詩選勝直解》）道出了其中妙處。

宴城❶東莊

崔惠童

【作　者】崔惠童（生卒年不詳），博州（治所在今山東聊城東北）人。右騎衛將軍、冀州刺史崔庭玉之子，尚唐玄宗第十女晉國公主。《全唐詩》錄存其詩一首。

一月主人笑幾回❷？相逢相值❸且銜杯❹。眼看春色如流水，今日殘花昨日開。

【注　釋】❶城　此指長安城。❷一月主人笑幾回　用《莊子・盜跖》典：「人上壽百歲，中壽八十，下

壽六十。除病瘐死喪憂患，其中開口而笑者，一月之中不過四、五日而已矣。」主人，詩人自指。❸相值
相遇。❹銜杯　指飲酒。

【語　譯】一月之中，我這東莊主人，能夠開心笑幾回？既然有緣相遇，姑且開懷痛飲幾杯。眼看著美好的春色就像流水那樣飛快逝去，那昨日盛開的花兒，今日已經成了枝頭的殘紅。

【研　析】這是一首描寫人生有限，歡樂難再，鼓吹及時行樂的詩。「東莊」當在京城長安之東郊，可能是崔惠童這位駙馬都尉的一座別墅吧。唐代的官員和文人，是頗講究風雅的，往往在長安城郊築有別墅，過點田園生活。當然，只要不是貪污受賄得來的，附庸風雅也比害人要好得多。唐代又是一個詩的國度，上至皇帝，下至平民，一般都會作詩。講風雅，當然第一是要作詩的。崔氏這次東莊宴會，參與者不僅崔氏兄弟，但流傳下來的，只有崔氏兄弟這兩首詩（連同下一首）。這兩首詩，頗具盛唐風格，完全擺脫初唐留下的六朝餘習，又沒有中晚唐一些詩人那種「重雕刻」、「獵新奇」的毛病。詩的主題雖然是老掉牙的「落花」「流水」，但惠童這首詩，雍容大度，語不雕而自飾，意不煉而自深。乍看似乎信筆寫來，毫不著力，細讀覺其功力甚深。

宴城東莊

崔敏童

【作　者】崔敏童（生卒年不詳），博州人。崔庭玉次子，駙馬都尉崔惠童之弟。《全唐詩》錄存其

詩一首。

一年又過一年春，百歲曾無百歲人。能向❶花前幾回醉？十千沽酒❷莫辭貧！

【注釋】❶向　面對。❷十千沽酒　用萬錢買酒，十千就是一萬。形容酒價昂貴。沽酒，由酒肆買酒。曹植〈名都篇〉：「我歸宴平樂，美酒斗十千。」

【語譯】一年剛過，又是一年的大好春光，時有百年，人卻難得一見有百歲老翁。人在一生中，又能在花前醉幾回？何妨用十千高價買來美酒，不要推託家貧而不肯痛飲！

【研析】此首是崔惠童〈宴城東莊〉的「姐妹篇」。詩的風格也相似。盛唐時代的和詩，多和意而不和韻，如裴迪之和王維〈輞川集〉，杜甫之和嚴武〈軍城早秋〉。敏童此詩，亦只和意：惠童詩有「相逢相值且銜杯」、「今日殘花昨日開」之句，敏童詩則有「能向花前幾回醉？十千沽酒莫辭貧」之句，皆和意也。就詩論詩，此詩用典不露痕跡，造語樸素自然，四句一氣呵成，有一波三折之妙。

再過金陵

包佶

【作者】包佶（生卒年不詳），字幼正，潤州延陵（今江蘇丹陽西南）人。玄宗天寶六載（七四七）楊護榜進士及第，累遷諫議大夫。坐善元載，貶嶺南。劉晏上表，起用包佶為汴東兩稅使。晏罷相，以包佶充任諸道鹽鐵輕貨錢物使。再遷刑部侍郎，官至秘書監，封丹陽郡公。《文獻通考》著錄《包佶詩》一卷。《全唐文》錄存其文二篇，《全唐詩》錄存其詩三十九首。

〈玉樹〉歌殘❶王氣收❷，雁行高送石城❸秋。江山❹不管興亡事，
一任斜陽伴客愁。

【注釋】❶玉樹歌殘　指〈玉樹後庭花〉的歌曲已經唱罷。含有淫曲誤國之意。《隋書·音樂志上》：「（後主）又於清樂中造〈黃鸝留〉及〈玉樹後庭花〉、〈金釵兩臂垂〉等曲，與幸臣等製其歌詞，綺豔相高，極於輕薄，男女相和，其音甚哀。」宋人郭茂倩所編《樂府詩集》卷四七載陳後主〈玉樹後庭花〉云：「麗宇芳林對高閣，新妝艷質本傾城。映戶凝嬌乍不進，出帷含態笑相迎。妖姬臉似花含露，玉樹流光照後庭。」❷王氣收　意謂陳朝的覆亡。王氣，舊指象徵帝王運數的祥瑞之氣。北周庾信《庾子山集》卷一〈哀江南賦序〉：「將非江表王氣，終於三百年乎？」❸石城　金陵曾建石頭城，故址在今鼓樓西南，清涼山西麓。此代指金陵，陳朝的首都。❹江山　山川。金陵四周群山環繞，大江橫亙而過。

【語　譯】〈玉樹後庭花〉艷歌唱完，金陵的王氣也就黯然消失。高高的雁陣，送走了石頭城的又一個秋日。龍蟠虎踞的大江群山，管不了那興盛衰亡，任憑那一縷斜陽，陪伴著旅客的鄉愁。

【研　析】金陵是南京的舊稱。其地相當今之南京市及江寧縣等地。戰國時楚威王置金陵邑，始有「金陵」之名。秦稱秣陵，三國稱建業，晉稱建康，南朝宋、齊、梁、陳均建都於此。唐宋亦為東南名城，繁盛不減當年。明太祖洪武元年（一三六八）亦建都於此，始稱南京。金陵形勢險要，山水壯麗，號稱「龍蟠虎踞」，歷來被認為有「帝王之氣」，但因短命的南朝建都於此，其「王氣」不永，故成為弔古懷今的對象。歷代的金陵懷古詩詞，數不勝數。其中以石城為背景寫陳朝興衰的，更是佳作紛呈，指不勝指。劉禹錫的「萬戶千門成野草，祇緣一曲〈後庭花〉」（〈臺城〉），許渾的「〈玉樹後庭花〉一曲，與君同上景陽樓」（〈陳宮怨〉）等等，不一而足。這些懷古詩，包括包佶這首在內，在總結這一段歷史經驗時，都不約而同地將罪責歸咎於艷歌〈玉樹後庭花〉。這一看法是十分正確的，也是很有警世意義的。再「王」的「王氣」，如果帝王自己不爭氣，帶頭示範腐敗，那麼，長江天塹也好，紫金山的「紫氣」也好，都不能避免他的垮臺。此詩寓興亡之感於山川自然之中，通過形象來說話，不似劉詩和許詩，主要是通過議論來評論歷史。正如元吳師道云：「大曆後，李紓、包佶有盛名，叔倫、士元從容其間，詩思逸發，於逸麗外仍有思致，非餘子所及也。」（《吳禮部詩話》）

夜月❶

劉方平

更深月色半人家❷，北斗闌干❸南斗❹斜。今夜偏知春氣暖，蟲聲新❺透綠窗紗。

【注　釋】❶夜月　自唐人令狐楚選《御覽詩》至明人高棅編《唐詩品彙》，題目皆作〈夜月〉。《全唐詩》亦作〈夜月〉，清蘅塘退士《唐詩三百首》作〈月夜〉，不知何據。❷月色半人家　指夜深月光西斜，只照半個庭院。❸北斗闌干　由於地球的自轉，隨著夜深，包括北斗在內的星座都會發生位置上的相對變化。古樂府〈善哉行〉：「月落參橫，北斗闌干。」北斗，指北斗七星。闌干，橫斜。❹南斗　二十八宿之一，有星六顆。❺新　初次。

【語　譯】更深人靜時，月光如水，半照著庭院人家。北斗七星已經橫過，南斗六星漸漸低斜。好像是偏偏知道今夜裏春氣溫暖，動聽的蟲鳴聲，新透過綠色的窗紗。

【研　析】初春的深夜，北斗橫空，月色清明，人聲寂靜，卻聽見新春的幾聲蟲鳴。此詩純為寫景，然字裏行間，處處洋溢著對於初春的喜悅。一句寫地下所見，二句寫天上所見，天地間星月交輝，宛如一幅靜謐的初春空寒星月圖。據唐詩人皇甫冉說，劉方平是善於繪畫的，皇甫氏的〈劉方平壁畫山〉詩云：「墨妙無前，性生筆先。」元人辛文房《唐才子傳》也說劉方平「善畫山水，墨妙無前」。「北斗闌干南斗斜」七字，便知他詩中有畫。三四句寫所聞，以小蟲之初鳴，透露出元春消息。此詩歷來受到評選家的重視，不僅在於前兩句詩中有畫，更在於後兩句另闢蹊徑，別具新意，即從寒氣中感到春回大地，蟲聲中顯出一片生機，給人一種新鮮的感覺。

春怨

劉方平

紗窗日落漸黃昏，金屋❶無人見淚痕。寂寞空庭春欲晚，梨花滿地不開門。

【注釋】❶金屋　用漢武帝與陳阿嬌的典故。漢武小時，姑母問他想不想娶表姐阿嬌，武帝說，要是能娶到，一定蓋所金屋給她住。後來，武帝立陳阿嬌為后，但最終仍然拋棄了她，將她打入長門冷宮。

【語譯】紗窗外夕陽西落，漸近黃昏，金屋冷落見不到有人來噓寒問暖，唯見屋中人一臉淚痕。春日已晚，寂寞的庭院裏空空蕩蕩，風吹梨花落滿地面，終日大門深鎖未曾開。

【研析】此詩約作於天寶年間詩人歸隱之後。唐人令狐楚《御覽詩》、韋穀《才調集》均已入選，說明當時已有影響。題為〈春怨〉，實指宮怨，「怨」字貫穿全篇。頭一句寫窗內外黃昏情景，著重氛圍之渲染；二句言金屋內獨自垂淚，深入描敘「怨」之深；三句以「寂」、「空」、

「晚」三字，極寫孤獨淒涼之至；四句以落花喻人，寫美人怕見春暮而自鎖於空屋之內。全詩或直寫，或反襯，層層加深加濃，不言怨而怨自見。但此等「宮怨」詩往往是詩人藉以自抒牢騷，寄託其不遇時的悲憤而已。

寒食

韓翃

【作者】韓翃（生卒年不詳），字君平，鄧州南陽（今河南南陽）人。玄宗天寶十三載（七五四）進士，以駕部郎中知制誥，官終中書舍人。著有《韓翃詩集》五卷，佚於元末明初。《全唐文》錄存其文一卷，《全唐詩》錄存其詩一六八首。

春城❶無處不飛花，寒食東風御柳❷斜。日暮漢宮❸傳蠟燭❹，輕煙
散入五侯家❺。

【注釋】❶春城　指春天的長安城（在今天的西安市）。❷御柳　指長安宮城和皇城一帶的柳樹。帝制時代與皇帝有關的事物，都加上一個「御」字，如「御書」、「御筆」、「御駕親征」、「御製詩文」等。❸漢宮　漢代的皇宮。這裏借指唐宮。❹傳蠟燭　皇帝依次賜給蠟燭。《西京雜記》：「寒食禁火日，賜侯家蠟燭。」又《唐輦下歲時記》：「清明日，取榆柳之火以賜近臣。」❺五侯家　《後漢書・宦者傳》：「桓帝封單超新豐侯、徐璜武原侯、具瑗東武陽侯、左悺上蔡侯、唐衡汝陽侯，五人同日封，世謂之『五侯』，

自是權歸宦官，朝政日亂矣。」韓詩借指權貴之家。

【語譯】春日的長安城，到處都是飛絮落花，寒食節的東風，吹得御溝柳樹搖搖擺擺。日暮時分宮中送出賜給寵臣的蠟燭，看那蠟燭的輕煙，最後都飄進了五侯之家。

【研析】我國有一個相沿已久的風俗：寒食節禁火三天，然後由皇上給諸臣賜新火。唐季政紊，藩鎮割據，朝政則不歸於宦官，即落於外戚。此詩即借寒食後賜新火之事，委婉諷刺皇帝對宦官外戚輩的寵愛。詩之作年不可詳考。首句「春城無處不飛花」，出語天然而情景如在目前，是為描寫春花之名句。韓曾因此詩而得名。據孟棨《本事詩》載：「留邸狀報制誥闕人，中書兩進名，御筆不點出。又請之，且求聖旨所與，德宗批曰：『與韓翃。』時有與翃同姓名者為江淮刺史，又具二人同進，御筆復批曰：『春城無處不飛花……與此韓翃。』」

江村即事

司空曙

釣罷歸來不繫船❶，江村月落正堪眠❷。縱然❸一夜風吹去，祇在蘆花淺水邊。

【注釋】❶不繫船　舟靠岸本應以纜繫住，以防漂逸，此言不必繫，而任其隨風漂蕩。語出《莊子》。❷正堪眠　正好睡眠。堪，可；好。❸縱然　即使。

【語　譯】漁釣歸來夜已深，靠岸不必去繫船。江邊漁村月已落，正好就在此處眠。縱然夜裏有風起，小船隨風漂蕩去，哪怕漂得再遠，也只在蘆花淺水邊。

【研　析】此詩寫夜釣歸來，不繫小舟即眠，反映了作者的一種嚮往自由的生活情趣。唐韋穀《才調集》首先採選此詩，以後諸家選本亦多以此詩入選。千百年來，一直膾炙人口。全詩以「不繫船」三字為眼，通過「正堪眠」、「風吹去」等細節，寫出江村幽閑恬適生活的一個側面。「縱然」二句，一放一收，一呼一應，既傳出詩味，也表達詩人的曠達心情。此詩純用白描，看似平淡，而詩味極濃。任情放逸，宛如不繫之舟，行於所行，止於所止，完全任其自然，而小舟的主人，也在這自然的漂蕩之中，獲得自由的享受。這正是作者所嚮往的一種人生態度，或者說，是作者的一種人格的理想。陸放翁〈鷓鴣天〉詞有句曰：「逢人問道歸何處，笑指船兒此是家。」正是司空曙的異代知音。

亂後❶經淮陰❷岸

朱放

【作　者】朱放（？—七八八？），字長通，襄州襄陽（今屬湖北）人。早年居襄陽漢水之濱，因避安史之亂先後移居剡溪、山陰。德宗建中年間，嗣曹王李皋鎮江西，召為節度參謀，不久告還。貞元二年（七八六）召拜右拾遺，未就，不久卒於廣陵。有詩名，與戴叔倫、劉長卿、顧況、皎然等交往唱酬。其詩多寫送別寄贈和隱逸生活。顧況稱其「能以煙霞風景，補綴藻繡，符於自然。……離聲樂友之什，情思最切」（〈右拾遺吳郡朱君集序〉），辛文房稱其「風度清越，神情蕭散，非尋常之比」（《唐才子傳》）。《全唐詩》存詩一卷。

荒村古岸誰家在，野水浮雲處處愁。唯有河邊衰柳樹，蟬聲相送到揚州❸。

【注　釋】❶亂後　據《資治通鑑·唐紀》記載，上元元年（七六〇），劉展起兵於江淮間，田神攻擊劉展，大掠廣陵（治所在今江蘇揚州）、楚州（治所在今江蘇淮安）。❷淮陰　地名。在今江蘇北部。❸揚州　今屬江蘇，在淮陰之南。

【語　譯】荒涼的村莊，古老的河岸，已經沒有多少人家，一片荒煙野水，浮雲飄忽，處處都是憂愁。唯有這河邊衰老的柳樹，和那淒切的蟬聲，一路上相送直到揚州。

【研　析】本詩寫淮揚道上亂後景象，寄寓著對國事的感喟。一二句寫荒村野水，杳無人煙，一派荒涼景象；三四句寫一路所至，亦同樣荒涼衰敗，唯有枯柳秋蟬一路相送，用擬人手法，倍感悽切。

送溫臺❶

朱放

渺渺天涯君去時，浮雲流水自相隨。人生一世長如客❷，何必今朝是別離！

【注釋】❶溫臺 疑為溫造。造曾任御史中丞。古以御史為憲臺，故稱諫官為臺官。❷長如客 永遠像來往的客人一樣。人生光陰如客，是一個常用的俗語。李白〈春夜宴從弟桃花園序〉：「夫天地者，萬物之逆旅；光陰者，百代之過客。」

【語譯】您要去那渺遠的天涯，自然會有浮雲流水相伴隨。人生在世，長年都像那過路的客人，經常在遷移流離之中，何必今朝才是別離呢！

【研析】詠嘆離愁別恨，本是詩歌的常見主題，但此詩描寫離別，以看似超脫曠達之筆，寫出深沉的無奈感傷，自然顯得與眾不同。詩中對朋友說，雖然你要去的地方是海角天涯，但總是有浮雲流水伴隨。人生不過百年，而大半生都像過路的客人，何必要為了今朝的分離而痛苦呢？三四句的構思命意，寓苦澀於曠達之中，令人警醒。唐代顧況〈右拾遺吳郡朱君集序〉云：「若有人衣薜荔而隱女蘿，立意皆新，可創離聲樂友之什，情思最切。」元辛文房《唐才子傳》卷五曰：「放工詩，風度清越，神情蕭散，非尋常之比。」從這首詩中，可以得到很好的印證。

樂府雜詞❶三首（其二）

劉言史

【作者】劉言史（？—八一二），趙州邯鄲（今屬河北）人（一說洛陽人）。少尚氣節，不舉進士，漫遊四方。曾出仕，因事謫居嶺南。德宗貞元中，為鎮冀節度使王武俊幕賓，表授棗強令，辭疾不就，人稱劉棗強。憲宗元和六年（八一一），為山南東道節度使李夷簡司功掾，歲餘無疾而終。工詩，以七古七絕見長，詩風接近李賀。其好友孟郊云：「精異劉言史，詩腸傾珠河。」（〈哭劉言史〉）皮日休稱其「雕金篆玉，牢奇籠怪，百鍛為字，千煉成句，雖不追躅太白，亦後來之佳作也」，並謂「所有歌詩千首（多佚），其美麗恢贍，自（李）賀外，世莫得比」（〈劉棗強碑〉）。

蟬鬢❷紅冠粉黛輕，雲和❸新教〈羽衣〉❹成。月光如雪金階上，迸
卻頗梨義甲❺聲。

【注釋】❶樂府雜詞　樂府中的雜曲歌辭。《宋書．樂志》云：「雜曲者，歷代有之，或心志之所存，或情思之所感，或宴遊歡樂之所發，或憂愁憤怨之所興，或敘離別悲傷之懷，或言征戰行役之苦，或緣於佛老，或出自夷虜。兼收備載，故總謂之雜曲。」❷蟬鬢　一種妝飾。崔豹《古今注》：「魏文帝宮人莫瓊樹製蟬鬢，縹緲如蟬翼然，故曰蟬鬢。」❸雲和　地名。以產琴瑟著名，遂為琴瑟的代稱。❹羽衣　原

指羽毛編織成的衣服。此處應指唐明皇據西涼所進婆羅門曲所作〈霓裳羽衣曲〉。❺頗梨義甲　用玻璃所製成的假指甲，用作操琴時保護指甲。頗梨，玻璃譯音。義，假借的。《新唐書・五行志》：「楊貴妃常以假鬢為首飾，而好服黃裙，近服妖也。時人為之語曰：『義髻拋河裏，黃裙逐水流。』」

【語　譯】蟬翼一樣的鬢髮，粉紅的冠帶，輕輕抹些粉黛，打扮得多麼嬌美，彈奏著新教的〈霓裳羽衣曲〉。銀色的月光，白雪一樣地灑在金碧的石階上，清脆的一聲，是玻璃指甲迸斷的聲音。

【研　析】本詩寫一彈琴宮女。一句言宮女之妝束，著重寫其外在之「色」；二句言其新學得一曲，是寫其內在之素質；三句以華貴的環境烘托；四句突轉，寫其不慎迸卻指甲，暗示其心事之重。四句層層寫來，如見其人，如聞其聲。

夜宴南陵❶留別

李嘉祐

【作　者】李嘉祐（生卒年不詳），字從一，趙州（今河北趙縣）人。唐玄宗天寶七載（七四八）進士，授秘書省正字。後得罪謫鄱陽宰，移江陰令，入朝為中臺郎。肅宗上元二年（七六一）出為台州（治所在今浙江臨海）刺史。代宗大曆中葉遷袁州（治所在今江西宜春）刺史。嘉祐工詩，尤長五律，每多警句。著有《李嘉祐詩》一卷。《全唐詩》錄存其詩一三四首。

雪滿前庭月色閑，主人留客未能還。預愁明日相思處，匹馬千山與萬山❷。

【注　釋】❶南陵　縣名。今屬安徽，在蕪湖南。❷匹馬千山與萬山　指獨自一人騎馬趕路。

【語　譯】大雪堆滿了前庭，月色如水，一片閑靜。主人殷勤留客，我未能告辭回返。今夜預先為明朝的離別相思而憂愁，那時候是單人匹馬迴轉於千山萬山之中。

【研　析】窗外大雪積滿前庭，主人留客，不許夜歸。詩中對主人的濃情厚意，不由正面落筆，卻從預想明日別後倍增孤單、相思之苦，加以反襯：那時將單人匹馬，在一望無際的大雪中，迴轉於千山萬山之間。詩人如此構思，堪稱新警。《唐才子傳》卷三評其詩「綺麗婉靡」、「往往涉於齊梁時風」，當係就其大體而言。至於此詩，則不事鉛華，真摯懇切，不在綺靡之列。

聽劉安❶唱歌

顧況

【作　者】顧況（七二七？—八一六？），字逋翁，晚年自號悲翁，潤州丹陽（今屬江蘇）人，後遷居海鹽（今屬浙江）。肅宗至德二載（七五七）進士，曾任潤州節度判官、校書郎、著作郎等職。與柳渾、李泌相友善。貞元五年（七八九），柳、李相繼去世，因作〈海鷗詠〉譏誚權貴，被貶為饒州（今江西鄱陽）司戶參軍。晚年隱居茅山，自號華陽真逸，享年九十餘歲。工詩善畫。寫詩重教化，自謂詩乃「理亂之所經，王化之所興，信無逃於聲教，豈徒文彩之麗耶」（〈悲歌序〉）。多古體，質樸平易，雅俗兼備。風格多樣，亦頗有縱橫奇詭之作，故皇甫湜稱其「駿發踔厲，往往若穿天心、出月脅，意外驚人語，非尋常所能及」（〈唐故著作佐郎顧況集序〉）。對元白、韓孟詩派皆有影響，是中唐時期著名詩人。著有《顧況集》二十卷，有《顧況詩集》傳世。《全唐文》錄存其文三卷，《全唐詩》錄存其詩二四二首。

〈子夜〉❷新聲❸何處傳，悲翁❹更憶太平年❺。即今〈法曲〉❻無人
唱，已逐〈霓裳〉❼飛上天。

【注　釋】❶劉安　當時的一個歌手。❷子夜　指〈子夜歌〉，兼指歌唱者。《樂府詩集》吳聲歌曲有〈子夜歌〉。《舊唐書・音樂志》：「〈子夜〉，晉曲也。晉有女子夜造此聲，聲過哀苦。」又《樂府解題》曰：「後人更為四時行樂之詞，謂之〈子夜四時歌〉。又有〈大子夜歌〉、〈子夜警歌〉、〈子夜變歌〉，皆曲之變也。」❸新聲　用舊曲翻新調。❹悲翁　作者自謂。時世可悲，故以此自稱。❺太平年　指玄宗開元年間的太平盛世。❻法曲　《新唐書・禮樂志》：「隋有〈法曲〉，其音清而近雅……隋煬帝厭其聲澹，曲終復加解音。玄宗既知音律，又酷愛〈法曲〉，選坐部伎子弟三百教於梨園。聲有誤者，帝必覺而正之。」❼霓裳　《樂苑》：「明皇至月宮，聞仙樂，及歸，但記其半。會西涼節度楊敬述進〈婆羅門曲〉，聲調相符，遂以月中所聞為散序、敬述所進為曲，而名〈霓裳羽衣〉。」

【語　譯】〈子夜〉舊曲翻作新聲，如今再也無人傳唱，我這悲憤的老翁，更加懷念當年太平

的日子。到今天，當年的〈法曲〉再也無人能唱，那大唐的音樂，早已隨著〈霓裳羽衣曲〉飛上了天。

【研　析】本詩由聽歌產生聯想，形象生動，立意深遠。開元盛世一去不返，興衰治亂之感油然而生。借音樂以諷諭朝政，別具一格。特別是詩中巧妙而自然地串連了三個各具深意的曲名，使得這種興亡之感格外深沉。以〈子夜〉為代表的清商樂，是唐代從晉代以來的雅樂系統中所繼承的主要樂調，而〈法曲〉則是盛唐時代以清商樂為主，結合了胡樂及道家音樂的主要樂調之一。如今，這些代表了大唐時代聲音的樂調，經過殘酷的戰亂，已經不復有人能唱。這些歌到哪裏去了呢？作者悲憤而不無幽默地說：這些樂調，都已經跟隨〈霓裳羽衣曲〉飛上天了。〈霓裳羽衣曲〉是唐玄宗的得意之作，這位曾經開創了大唐最為繁榮局面的皇上，後來卻迷戀於聲色之中，受到奸臣李林甫、楊國忠的蒙蔽，採取了一系列的錯誤措施，終於釀成了「安史之亂」，大唐從此一蹶不振。

葉上題詩❶從苑中流出

顧況

花落深宮鶯亦悲，上陽宮❷女斷腸時。君恩不閉東流水，葉上題詩寄與誰？

【注　釋】❶葉上題詩　據唐孟棨《本事詩》云：顧況在洛「與三詩友遊於苑中，坐流水上，得大梧葉，題詩上曰：『一入深宮裏，年年不見春。聊題一片葉，寄與有情人。』況明日於上游，亦題葉上，放於波中，詩曰：『花落深宮鶯亦悲，上陽宮女斷腸時。帝城不禁東流水，葉上題詩欲寄誰？』」與此詩（《全唐詩》本）文字略有出入。❷上陽宮　唐宮名。在東都洛陽禁苑之東，東接皇城之西南隅。

【語　譯】深宮裏又是花開花落，黃鶯兒也在寂寞發愁，幽居上陽的宮女們，這季節正是腸斷時候。君王恩典浩蕩，未關閉御溝東流之水，讓那流水帶來題詩的紅葉，卻是欲寄與誰？

【研　析】這又是一個「紅葉題詩」的故事。這類傳說，雖不足信，卻表達人們對於無辜宮女的同情。宮中有女懷春，無以排遣，大牆之內，唯有御溝之水能夠出得，於是便幻想借流水傳情。最好能遇到一位能詩的才子，拾得此葉，雖然兩情並不能相通，但總算是有一個安慰。此詩前二句自深宮花開花落入手，嘆惜韶華易逝，紅顏薄命。第三句表面上是歌頌「君王」開恩讓御溝水能夠流出，實際上是隱晦的譴責。四句言自己的這首詩，不知能被誰人拾得。西人將書信放入瓶中密封，投入大海，讓其隨海流漂去，往往有數萬里外之人拾得而成其連理或友朋者，此物稱為「海漂」，與中國的這一「紅葉題詩」，有異曲同工之妙。孟棨《本事詩》又說，顧況的詩經水流入宮中，「後十餘日，有人於苑中尋春，又於葉上得詩。以示況，詩曰：『一葉題詩出禁城，誰人酬和獨含情？自嗟不及波中葉，蕩漾乘春取次行。』」這個故事未免編得太湊巧了，怎麼顧況的詩就偏偏讓這位宮女得到了呢？

宮詞

顧況

長樂宮❶連上苑❷春，玉樓金殿❸艷歌❹新。君門❺一入無由出，唯有宮鶯得見人。

【注　釋】❶長樂宮　漢宮名。故址在今陝西長安西北，周圍二十里，為太后所居。❷上苑　即上林苑，漢代皇家玩賞打獵的園林。❸玉樓金殿　裝飾豪華的樓房和宮殿。❹艷歌　風格艷麗的歌曲，原指曲調的一種風格，後常用來指有關情愛的歌曲。❺君門　此指帝王之門。

【語　譯】長樂深宮迤邐延綿，連接著皇家的園林，裝飾豪華的宮殿中，艷麗的新歌正在演唱。這皇家的宮門只要進來，便再也沒有機會出去。只有宮裏的黃鶯，纔能飛出見人。

【研　析】這是寫幽居深宮、與世隔絕的宮女，在百無聊賴之餘所發出的悲歌。一二兩句極言皇宮的深廣、豪華，長樂宮連著上苑，散發著春的誘惑；金殿接著玉樓，整天都是靡靡之音。這種極豪華熱鬧的場面，正好與宮女們極冷、極悶的心境成為反比，使之具有更加強烈的感染力，所謂「以樂景寫哀」，能夠倍增其哀怨的感情。後兩句言一入宮門，便失去了自由，被鎖在深宮之中，完全與外界隔離，是對於後宮制度的控訴。這種控訴是以多種形象的對比來表現的。皇宮大內極為壯觀，皇家園林恢宏廣大，但對於宮女來說，宮苑卻是狹窄的牢籠，她們沒有行動的自由。宮中的「艷歌」常唱常新，而宮女們得不到正常的愛情生活，一天天地老去了。宮中的黃鶯能夠飛來飛去，宮女們卻永遠不能出得大門。詩中就是通過這些形象的反覆對比，寫出了宮女們的心靈痛苦。

寒食

孟雲卿

【作　者】孟雲卿約生於開元十二、十三年（七二四、七二五），卒年不詳，唐德州平昌（今分為山東陵縣、臨邑、商河等縣）人，隱居河南嵩陽（今河南登封）。天寶舉進士不第。與杜甫、元結有詩相酬贈。代宗永泰（七六五）、大曆（七六六—七七九）間官秘書省校書郎。《全唐詩》錄存其詩十七首。

二月江南花滿枝，他鄉寒食遠❶堪悲。貧居往往無煙火❷，不獨❸明朝為子推❹。

【注　釋】❶遠　在這裏有格外、特別的意思。❷無煙火　寒食節禁火三日。❸不獨　不僅僅。❹子推　指介之推，春秋時代晉國人。曾經隨公子重耳流亡國外。後重耳回國為君，大賞流亡時的隨從。人人各自言功，介之推不言功，國君竟然也未給賞賜。之推就和母親隱居綿上（今山西介休東南）山中。晉文公後來後悔，便請他出山，介之推堅持不肯出山。文公為逼他出來，放火燒山，被焚死於山中。文公即以綿上之田賜祭，說：「以志吾過，且旌善人。」後世遂稱綿山為介山來紀念他。介之推的事跡，見《左傳》僖公二十四年與《史記・晉世家》。傳說寒食節禁火，就是為了紀念他。

【語　譯】二月的江南，樹枝上開滿了花，在他鄉過寒食，遊子格外感到悲傷。清貧困苦的生活，常常無米下鍋，不僅僅是為了明日紀念介子推，纔不生火做飯。

【研　析】唐宋時代的清明寒食詩詞很多，但像這一首藉寒食不舉煙火來詠嘆貧窮、諷刺時事的詩，似乎尚不多見。詩的前兩句是用反襯的手法，以江南二月的繁花似錦，反襯他鄉寒食的離愁如山。故鄉的風景越好，越能引起對於故鄉的懷念。後兩句是用進一層的描寫手法，言不舉煙火，是貧家司空見慣的常事，豈止是為了紀念介子推纔不舉火啊！兩句看來極尋常、極淺近的話，卻蘊藏極豐富、極沉痛的感情，既有舉業遲遲不第的遲暮之感，又有「英俊沉下僚」之悲。

閨怨❶

張紘

【作　者】張紘（生卒年不詳），武周久視元年（七〇〇）登進士第。與呂太一同官監察御史，擢會稽令，後自左拾遺貶許州司戶。登第前即以「碩學麗藻，名動京師」（〈張從師墓表〉）。《全唐詩》錄其詩三首。

去年離別雁初歸❷，今夜裁縫螢已飛❸。征客近來音信斷，不知何處寄寒衣❹？

【注釋】❶閨怨　此詩題，《搜玉小集》作〈怨辭〉，《萬首唐人絕句》作〈怨詩〉。閨怨，指少婦離別之怨。❷雁初歸　指秋季。雁以每年春分後飛往北方，秋分後飛回南方。❸螢已飛　指夏末秋初。《禮記·月令·季夏之月》：「腐草為螢。」❹征客近來音信斷二句　寫思婦已不知丈夫信息，卻仍然夜製寒衣，但製好後卻不知往何處寄送。征客，指當兵外出的男子。

【語譯】去年你我離別，是在大雁初歸的中秋，今夜為你裁布縫衣，已是螢火蟲亂飛的夏末。遠征的丈夫近來斷了音信，不知道縫好寒衣要寄到何處？

【研析】此詩寫少婦的離恨，以季節物候的變化，烘托別離時間的久長。更使人悲傷無奈的是，丈夫所在的部隊，因軍情的變化，調動頻繁，關山遠隔，常常會斷了消息，更不知他是否還在人間；而痴心的少婦，儘管連把寒衣送往何處都不知道，但仍然在為丈夫精心縫製寒衣，其情可憫可嘆。這是唐人以七絕形式寫閨怨的較早篇章。

聽鄰家吹笙

郎士元

【作者】郎士元（生卒年不詳），字君冑，中山（治所在今河北定縣）人。玄宗天寶十五載（七五六）進士，代宗寶應元年（七六二）選京畿縣官，詔試中書，補渭南縣尉，後為左拾遺，官至郢州（治所在今湖北京山縣）刺史。為「大曆十才子」之一，與錢起齊名。有《郎士元集》一卷。《全唐詩》錄存其詩七十三首。

鳳吹❶聲如隔彩霞，不知牆外是誰家？重門深鎖無尋處，疑有碧桃❷千樹花。

【注　釋】❶鳳吹　指吹笙清亮，聲如鳳鳴。《列仙傳》載仙人王子喬好吹笙，作鳳凰鳴。❷碧桃　重瓣的桃花，又名千葉桃。

【語　譯】一陣陣悠揚的笙聲如同鳳鳴，好像是來自天邊的彩霞之中。不知道這牆外的鄰居，是什麼樣的人家？重重門戶深深關鎖，怎麼纔能見到那吹笙的女孩，我想在那重門深院之內，當有千株碧桃盛開，燦爛一如彩霞。

【研　析】作者聽到鄰家有人吹笙，卻無緣看到那吹奏的人，於是便生發了許多聯想，寫下了這首小詩。唐代有很多描寫音樂之美妙的詩篇，如白居易的〈琵琶行〉、元稹的〈琵琶歌〉、韓愈的〈聽穎師彈琴〉、李賀的〈李憑箜篌引〉，都是唐代有名的描寫音樂的詩歌。這首詩也是描寫音樂的，但沒有描寫演奏技巧，而是從優美的笙樂中，聯想到吹笙的人；又從重門深鎖中，想像其中當有「人面桃花相映紅」的漂亮女郎。這首詩的妙處，是通過跳躍式的聯想，把許多有關的意象貫穿在一起，而不著一絲痕跡。詩人從笙樂聯想到「鳳吹」，從鳳凰聯想到「此曲祇應天上有」（隔彩霞），從「隔彩霞」聯想到「天上碧桃和露栽」，又從「碧桃」而聯想到「人面不知何處去，桃花依舊笑春風」，由樂及人，一路聯想，且用一個「疑」字，將其如幻如夢的嚮往之情隱約而含蓄地透露出來。宋代蘇軾的著名詞作〈蝶戀花〉（花褪殘紅青杏小）的下闋有這樣的詞句：「牆裏秋千牆外道，牆外行人，牆裏佳人笑。笑漸不聞聲漸杳，多情卻被無情惱。」這些詞句與這首詩頗有相似之處，很可能是受到了郎士元這首詩的啟發。

蘇溪亭

戴叔倫

【作　者】戴叔倫（七三二—七八九），字幼公，一作次公，潤州金壇（今屬江蘇）人。少時師事蕭士穎，有文名。安史亂起，避地鄱陽。曾任秘書省正字、監察御史、湖南、河南轉運留後，官至容州刺史兼御史中丞，故後世稱為戴容州。後上表請為道士，未幾病卒。工詩，主張「詩家之景，如藍田日暖，良玉生煙，可望而不可置於眉睫之前也」（見司空圖〈與極浦書〉）。其詩題材較廣泛，尤多寫農村生活，風格和手法亦較為多樣，故胡應麟以為濫觴晚唐之風者「戴叔倫尤甚」（《詩藪》）。明人輯有《戴叔倫集》二卷。《全唐文》錄存其文二篇，《全唐詩》錄存其詩二九八首，但其中亦有後人誤收者。

蘇溪❶亭❷上草漫漫❸，誰❹倚東風十二欄❺？燕子不歸春事晚，一汀❻煙雨杏花寒。

【注釋】❶蘇溪　在今浙江義烏附近。❷亭　長亭，旅人休息之所。❸漫漫　長遠無涯際貌。❹誰　指被懷念的人。❺十二欄　即欄杆十二，十二是約數。指閨中。此是用典。古辭〈西洲曲〉云：「鴻飛滿西洲，望郎上青樓。樓高望不見，盡日欄杆頭。欄杆十二曲，垂手明如玉。」❻汀　水邊平地。

【語譯】蘇溪的亭子上，草色青青，一望無際，是誰在東風中倚著十二欄杆遙望？燕子尚未歸來，而美麗的春光已近尾聲，汀洲上煙雨濛濛，殘餘的杏花瑟縮在料峭的春寒中。

【研析】本詩寫暮春之景，抒怨別之情。句句寫景，景中含情，情景交融。而語言蘊藉，言而不盡，餘意無窮。首句云亭上草長，溪中水綠，不由得觸景生情，且暗用江淹〈別賦〉「春草碧色，春水綠波，送君南浦，傷如之何」的典故，而喚起了離情別緒。如此便極自然地帶出了次句：有人在春風中倚欄望遠。三句以春已殘而燕未歸，喻美人遲暮而遊子不返。末句既將「春事晚」的具體景象勾勒得生動傳神，而倚欄遠望的人心中的悽冷寂寞也就不言而喻了。

塞上曲

戴叔倫

漢家旌旗滿陰山❶，不遣❷胡兒❸匹馬還❹。願得此身長報國，何須生入玉門關❺？

【注　釋】❶陰山　即陰山山脈，是河套以北、大漠以南諸山的總稱。在今內蒙古中部。此山東西走向，西起狼山、烏拉山，中為大青山、灰騰梁山，東為大馬群山。全長約二千五百里，海拔一千五百至二千公尺。山間埡口，自古為南北交通孔道。漢與匈奴，唐與突厥，經常在此發生戰爭。❷不遺　不讓；不使。❸胡兒　此指突厥軍。❹匹馬還　指一騎生還。❺玉門關　古關名。西漢武帝時置此關。故址在今甘肅敦煌西北小方盤城。關城方形如盤，西北兩面有門，北門外有疏勒河。古代西域輸入玉石，取道於此，因而得名，簡稱玉關。它和西南的陽關同為當時通往西域的交通要道，出玉門關為北道，出陽關為南道。唐時將士出征和回軍，多經此關。趙宋以後，此關漸廢。

【語　譯】漢朝的旗幟，插滿了整個陰山，胡人的騎兵，別想有一騎生還。願我七尺身軀，能夠終身報效祖國，何必非要活著回到玉門關不可呢？

【研　析】這是藉詠嘆漢朝，抒發愛國的豪情壯志。一二兩句，寫部隊的聲勢和戰績。「旌旗滿陰山」，是形容軍容之壯；「不遣匹馬還」，是極言戰績之輝煌。初盛唐時期，國力強盛，開邊拓境，成為人們的理想。「大丈夫當立功異域，安能久事筆硯間」，「寧為百夫長，勝作一書生」，是社會上普遍的心態。三四兩句，寫自己的志願與希望，要捐軀報國，何須生還。戴氏曾經在劉晏的推薦下主管湖南的鹽鐵，恰逢楊惠琳反，欲劫其金，戴說：「身可殺，財不可得。」（見《全唐詩話》卷二）可見其人格精神。

蘭溪棹歌❶

戴叔倫

涼月如眉掛柳灣，越中❷山色鏡中看。蘭溪❸三日桃花雨，半夜鯉魚來上灘。

【注　釋】❶棹歌　即划船歌，戴氏此詩即擬漁家之船歌。❷越中　今浙江一帶。❸蘭溪　水名。在今浙江。為一風景名勝之地。

【語　譯】清涼的月光，好像彎彎的眉毛掛在柳灣，越中的山色，月光下映在清澈的溪中，好像是在鏡中看到。桃花盛開的時節，蘭溪下了三天的春雨，溪水大漲，半夜裏鯉魚跳上了沙灘。

【研　析】此詩作年不詳。首二句寫景：雨後之月似帶涼意，溪水清澈可鑒山色，短短二句，即寫出一極為澄澈明淨之境界。後二句寫桃花水漲，鯉魚上灘，字面仍為寫景，然實乃抒發漁家之喜悅心情。越中蘭溪之水鄉勝景，彷彿如畫。全詩生動活潑，富於民歌韻味，清新可誦。

湘南❶即事

戴叔倫

盧橘❷花開楓葉衰，出門何處望京師❸？沅湘❹日夜東流去，不為愁人住少時。

【注釋】❶湘南　湖南南部，湘江經此流過。❷盧橘　果名。又名金橘。初時青色，熟後呈金黃色。較一般的橘子稍小，口味較酸。❸京師　國都。指京城長安。❹沅湘　湖南境內兩水名，即沅江與湘江。湖南眾水，以湘江最大，沅江最長，都注入洞庭湖。

【語譯】金橘花兒開，紅楓葉兒衰，一年又將過去。站在門口向北眺望，何處是京城長安？沅江湘江，日夜滾滾東流，不肯為憂愁的人，停留片刻。

【研析】古代人做官，都想在京城中發展，如果被派到地方，即使是一方大員，也不免要發些牢騷，如果是到比較偏僻的地方，那牢騷就更大了，如果只是到偏僻地方去為別人做副手，或者只是當個參謀幕僚之類，那就要「憂愁」起來。這首詩就是因為沒有機會進京當官而大發牢騷的。湘地多橘，屈原早有〈橘頌〉。詩人即景生情，由盧橘花開、丹楓葉落，而想到滯留湘南又是一年。西望長安，回京無期，而歸咎於日夜東流的沅湘，不曾為他這愁人稍稍停留。其情固痴，其思亦奇。清代沈德潛評此詩云：「此留滯楚南，見君無期，而咎沅湘東流，

不為少住，亦無聊之思也。」（《唐詩別裁》）

夜發袁江❶寄李潁川❷劉侍郎❸

戴叔倫

半夜回舟❹入楚鄉❺，月明山水共蒼蒼。孤猿更叫秋風裏，不是愁人亦斷腸。

【注釋】❶袁江　水名。又名袁水、秀江。源出江西萍鄉羅霄山，東流入贛江。❷李潁川　疑即李皋。皋領湖南、江西，曾徵叔倫為幕。❸劉侍郎　指劉晏，晏曾為戶部侍郎兼御史大夫、京兆尹。詩人曾入其幕。權德輿〈戴公墓誌銘〉云：「累辟大府，分命於計相也。」❹回舟　行舟。回，行駛。❺楚鄉　泛指楚地，此指江西東南地區。

【語譯】夜半時分我坐船回返，進入楚地的山川。月色明亮，山光水色碧蒼蒼的，互相映發。一隻孤獨的猿猴，秋風中叫聲淒厲，即便是沒有憂愁的人，聽了也會腸斷。

【研析】詩中寫了夜、月、山、水四景，雖然平淡，但極為真實感人。全詩的「詩眼」在第四句「不是愁人亦斷腸」之「愁」字，前三句的寫景，都是為了給這「愁」字作鋪墊映襯。叔倫於詩，有特別的見解，他說：「詩家之景，如藍田日暖，良玉生煙，可望而不可置於眉睫之間。」（轉引自《司空表聖文集》卷三）元辛文房說，詩人「詩興悠遠，每作驚人」（《唐才子傳》卷五）。此詩所寫之景，象外有象，所抒之情，興味悠遠，與其詩論正相表裏。

與從弟瑾同下第出關言別

盧綸

【作　者】盧綸（七三五？—七九九？），字允言，河中蒲州（今山西永濟）人。代宗大曆初，累舉進士不第。元載取其文以獻，補閿鄉縣尉，累遷監察御史。德宗興元元年（七八四），渾瑊以行營副元帥鎮河中，任為元帥判官，累遷檢校戶部郎中。盧綸有詩名，為「大曆十才子」之一。所著《盧綸詩集》十卷，佚於南宋，明人輯有《盧綸集》三卷。《全唐詩》錄存其詩三三二首。

雜花飛盡柳陰陰，官路❶逶迤❷綠草深。對酒已成千里客，望山空寄兩鄉心。

【注　釋】❶官路　國家修的幹線大道。❷逶迤　彎彎曲曲而連綿不斷。這裏是雙關語，也表示求官的道路曲折漫長。

【語　譯】各色花朵已經落盡，柳樹也早已綠葉成蔭。彎曲漫長的官道啊，路邊的綠草深深。舉起酒杯話別，明日就要各奔前程，千里飄泊。將來隔著萬里關山遠望故鄉，空有兩顆懷鄉之心，卻又不能回去。

【研析】生在和平年代，沒機會建立武功，那就只能走「讀書做官」的路了。這條道路充滿著無數的艱辛，無數的希望，也有著無數的屈辱和失敗。許多人讀書讀了一輩子，求人求了一輩子，付出了青春和人格的代價，到頭來還是一場空。因為在幾十個甚至數百個人中，纔能取中一個幸運兒，而其他的絕大多數人，都被嚴厲的考試制度無情地淘汰了。這樣，「下第」是最為常見而又最為難堪的事情。作者兄弟兩人，雙雙落第，眼看著花飛花盡，又一個春天即將過去，詩人的心中，有著無限的惆悵和失落。他們無顏回鄉，為了生活，他們把酒話別後，又各自開始了千里漂泊。元代吳師道認為盧綸是「大曆十才子」中的「翹楚」（《吳禮部詩話》），從這首詩來看，是足以當之而無愧的。詩的前兩句寫暮春之景，花飛欲盡、柳蔭深深、宦途遙遙，融下第之後的淒苦失落之感於客觀景色，物我渾然，不著痕跡。後兩句敘事抒情，以工整的偶句，直抒下第之憾。特別是「空寄兩鄉心」一句，極為準確地寫出了下第後有家難回的苦衷和難堪，是全詩最為沉重的一筆。

山中一絕

盧綸

饑食松花❶渴飲泉，偶從山後到山前。陽坡❷軟草厚如織，因與鹿麛❸相伴眠。

【注釋】❶松花　松樹的花，農曆四、五月開放。清人陳淏子編著《花鏡》卷三〈花木類考・松〉云：松為百木之長，諸山中皆有之。皮粗如龍鱗，葉細如馬鬣，遇霜雪而不凋，歷千年而不殞。其花色黃而多香，但有粉而無瓣，可食。❷陽坡　向陽的山坡，因其向陽，故草厚。❸麛　幼鹿。

【語譯】饑餓時喫些松樹花，口渴時飲些山間的泉水。隨意地山間漫步，不知不覺中從山後來到山前。向陽的山坡上，軟綿綿草厚如茵，躺下來與那可愛的小鹿兒作伴同眠。

【研析】此詩極寫山中隱居生活的妙處。像一個個特寫鏡頭，將這種隱居生活寫得飄飄欲仙，別有天地。一句寫主人公饑食松花，渴飲泉水，不食人間煙火。二句寫喫飽後隨意漫步，從山後漫步到山前，無拘無束，悠哉遊哉。三、四句讚美向陽山坡上陽光溫暖，綠草如茵，正好與小鹿兒睡上一覺。通過這些細節的描寫，把詩中主人公的隱士風度和閑適生活刻畫得活靈活現。唐人姚合在《極玄集》稱王維、李端、盧綸等二十一人「皆詩家射雕手」。從這首詩看，盧綸不僅可以「射雕」，還可以「放鹿」。

逢病軍人　　盧綸

行多有病住無糧，萬里還鄉未到鄉。蓬鬢❶哀吟古城下，不堪秋氣入金瘡❷。

【注　釋】❶蓬鬢　形容頭髮像蓬草一樣雜亂。❷金瘡　兵器所致的創傷。

【語　譯】每次趕路身上多是帶病，想住下卻又沒有糧食盤纏，從萬里之外回鄉還未到家鄉。蓬草一樣的鬢髮，哀哀呻吟在古城下，最不能忍受的是，秋日的燥氣，使得傷口更加惡化。

【研　析】此詩據實描寫戰亂中被拋棄的負傷士兵流落異鄉的慘狀，對他們表示了深切的同情。這位士兵，打仗負了傷，便被部隊遺棄，只好獨自一人萬里討飯回鄉。行至半路，傷口惡化，躺在古城牆下呻吟。走又走不成，住也住不得，看來只能等死了。詩句用語樸素，如實敘述，特別是「萬里還鄉未到鄉」一句，非常形象地描述了一個流落他鄉的傷兵，萬里跋涉，掙扎回鄉卻不知能否活著還家的情景。全詩「淒苦之意，殆無以過」（范晞文《對床夜語》卷五）。

九日

韋應物

今朝把酒復惆悵❶，憶在杜陵❷田舍時。明年九日知何處？世難❸還家未有期。

【注　釋】❶惆悵　傷感；愁悶。❷杜陵　地名。在今陝西西安東南，又名樂遊原，是長安的名勝。韋應物兄弟有田園廬舍在此。韋氏即杜陵人。❸世難　謂局勢危難。德宗建中四年（七八三）十月，涇原節度使姚令言反，舉兵犯長安，德宗奔奉天（今陝西乾縣，距長安百餘里）。朱泚反，佔據長安，又派兵攻奉天。這時詩人在滁州寫了一首〈寄諸弟〉的詩，題下自注云：「建中四年十月三日，京師兵亂。自滁州間道遣使，明年興元（七八四）甲子歲五月九日使還作。」詩云：「歲暮兵戈亂京國，帛書間道訪存亡。還信忽從天上落，唯知彼此淚千行。」此詩及注，正好作〈九日〉詩的注腳。故知〈九日〉作於興元甲子歲九月九日。

【語　譯】在這九日裏端起酒杯，不禁惆悵滿懷，忽然回憶起，往日在家鄉杜陵安適的田園生涯。今年浪跡滁州，明年重九，不知又在何處漂泊？生活在這艱難時世，想回家真不知是何年。

【研　析】這首詩深刻地反映了國家的危難對於個人生活的重大影響。國將不國，何以家為？這首詩就是表達這一思想的。九月九日本來應該是歡快的節日，但在這一天，作者想的卻是不如棄官回家種田。「把酒復惆悵」純是從肺腑中流出，結尾兩句，寓飄泊之感於離亂之中，淒婉清切，是遊子的心聲，是離人的血淚。韋應物是以「沖穆淡雅」著稱於世的，但那也要看是在什麼時候，當世事艱難，性命難保的時候，他就「淡雅」不起了。

寒食寄京師❶諸弟

韋應物

雨中禁火空齋❷冷，江上流鶯❸獨坐聽。把酒❹看花想諸弟，杜陵寒食草青青。

【注　釋】❶京師　指唐的國都長安。韋應物的故鄉在長安杜陵（今陝西西安南）。這時詩人正在滁州（今屬安徽）刺史任上，此詩約作於德宗貞元元年（七八五）初春，思念在杜陵的諸弟。❷空齋　指滁州郡齋冷冷清清。❸流鶯　黃鶯身如流梭，故名。一說，黃鶯叫聲流利，故稱流鶯。❹把酒　端起酒杯。

【語　譯】寒食節禁止煙火正逢春雨，空齋中顯得格外寒冷，江邊幾聲流鶯的鳴叫，那堪在愁裏獨聽。端起了酒杯賞看春花，思念著遠在家鄉的各位兄弟，長安附近的杜陵到了寒食，料想已經是芳草如茵。

【研　析】此篇作於滁州任上。時諸弟遠在長安杜陵，應物詩中屢有憶念寄贈之作。此篇亦寫異鄉為客，佳節思親之感。舊俗農曆冬至後第一百五日為「寒食」節，一般在清明節前一天或二天。這天禁止舉火，只喫冷食，相傳是為了紀念春秋時期的高士介之推的。南朝梁宗懍《荊楚歲時記》：「去冬節一百五日，即有疾風甚雨，謂之『寒食』，禁火三日。」故詩有「雨中禁火空齋冷，江上流鶯獨坐聽」之句。這首詩的前兩句是寫景，用「雨中」、「空齋」、「江上」、「流鶯」，織成一幅初春的景色，而以「冷」和「獨」在這幅春景上塗上一層淒涼暗淡的顏色，為下面的抒情作「鋪墊」，作「過渡」。後兩句抒情，不具體去寫思念諸弟的情景，而是寫長安的杜陵，到了寒食，應該綠草如茵。這裏暗用了《楚辭・招隱士》的「王孫游兮不歸，春草生兮萋萋」的典故，使人聯想起「春草明年綠，王孫歸不歸」（王維）的詩句，從而大大地擴大了詩的藝術容量。為什麼偏偏思念「杜陵」之草呢？除了作者就是杜陵人，對於家鄉情有獨鍾之外，還有一個原因，在韋應物的時代，京城長安是最繁華、升遷最便捷的所在，一般的仕宦之人，誰不想回京為官呢？但詩中含而不露，雅而有致，所用之典，如鹽著水中，視之不見，食之有味。謝榛也說這首詩是「風人之絕響」（《四溟詩話》卷四）。作者另有〈寒食日寄諸弟〉詩，亦云「禁火暖佳辰，念離獨傷抱。見此野田花，心思杜陵道」，亦可見作者對於「杜陵」的嚮往之深。

滁州❶西澗❷

韋應物

獨憐❸幽草澗邊生，上有黃鸝❹深樹❺鳴。春潮❻帶雨晚來❼急，野渡❽無人舟自橫。

【注　釋】❶滁州　唐州郡名。今屬安徽。❷西澗　俗名上馬河，在滁縣縣城西門外，這一帶自然風景恬靜優美。❸獨憐　特別喜愛。憐，愛。❹黃鸝　黃鶯。❺深樹　枝葉茂密的樹。❻春潮　春天的潮汛。❼晚來　晚上；傍晚。❽野渡　荒僻的渡口。

【語　譯】我特別喜愛這片幽靜的草地，小草在西澗邊悄悄地生長。澗邊還有那茂盛的樹林，樹上的黃鶯兒在林木深處盡情地鳴叫。春日的潮汛挾帶著陣陣春雨，到傍晚嘩嘩地流得更歡，偏僻的渡口邊，小船兒在澗中橫七八豎，自在地漂搖。

【研　析】韋應物於德宗建中四年（七八三）任滁州刺史後，常至西澗一帶遊息，詩中多有詠及。此詩可能作於德宗貞元元年（七八五），時詩人已罷任，閑居滁州，無事時自然會更多地在西澗流連。此詩描寫西澗暮春三月的野渡風光。詩的風格情趣極清極幽，故能流傳千載而膾炙人口。此詩將芳草的叢生、黃鶯的歡鳴、春潮的奔流、野渡的幽靜，組成一幅統一的調和的天然圖畫。而詩人恬淡自適的情趣，也從詩情畫意中隱約地透露出來。讀後令人獲得一種清新無比的享受。是歷代唐詩選本的必選之作。唐人令狐楚的《御覽詩》、韋莊的《又玄集》、韋穀的《才調集》、宋人蔡正孫的《詩林廣記》、明人高棅的《唐詩品彙》、清人沈德潛的《唐詩別裁》、蘅塘退士的《唐詩三百首》等，都選〈滁州西澗〉，可見此詩受到歷代選家的重視。至於現代人的選本，就幾乎沒有一家不選此詩者。特別是「野渡無人舟自橫」一聯，尤屬膾炙人口之即景好句。描繪雨後之荒郊，靜僻無人，充滿幽情野趣，清麗如畫。此聯語意屢為後人仿效，宋寇準酷愛韋蘇州詩，曾有「野水無人渡，孤舟盡日橫」（〈春日登樓懷歸〉）句以衍化之。關於此詩還有一段神話故事，宋僧惠洪《冷齋夜話》卷一云：「王榮老嘗官於觀州，欲渡觀江，七日風作，不得濟。父老曰：『公篋中必蓄寶物，此江神極靈，當獻之得濟。』榮老顧無所有，惟玉麈尾，即以獻之，風如故。又以端硯獻之，風愈作。又以宣包虎帳獻之，皆不驗。夜臥，念曰：有黃魯直草書扇頭，題韋應物詩曰……（詩略），即取視之，惝恍之際，曰：『我猶不識，鬼寧識之乎？』持以獻之。香火未收，天水相照，如兩鏡展對，南風徐來，帆一晌而濟。」此雖小說家言，但也說明了韋應物〈滁州西澗〉和黃山谷草書歷代受到喜愛的程度。遺憾的是歐陽修〈書韋應物西澗詩後〉，謂州城之西不見澗水，可知北宋時此澗即已湮塞不存。

故人重九日求橘書中戲贈❶

韋應物

憐君臥病❷思新橘，試摘猶酸亦未黃。書後欲題三百顆❸，洞庭❹須待滿林霜。

【注　釋】❶故人重九日求橘書中戲贈　詩題一作〈答鄭騎曹青橘絕句〉，則此故人可能是姓鄭的朋友。重九日，九月九日，即重陽節。❷臥病　生病臥床。❸書後欲題三百顆　用東晉王羲之〈奉桔〉帖的典故。宋代米芾《書史》：「唐人模王右軍一帖云：『奉桔三百顆，霜未降，未可多得。』」❹洞庭　洞庭湖流域向為橘子產地。

【語　譯】可憐您臥病在床，想要橘子嘗嘗鮮，試摘幾個嘗嘗，味尚帶酸色亦未黃。書信結尾欲寫上「奉送橘子三百顆」，那就還要等待洞庭湖降一場霜。

【研　析】這首風土小詩，以詩代柬，寫得具體生動，簡明扼要，典雅多情。寥寥二十八字，把故人求橘之由，暫時未能多寄之因，以及日後打算大量寄去的時間，一一寫出，字裏行間，充滿友情和詩意。

楓橋❶夜泊

張繼

【作　者】張繼（生卒年不詳），字懿孫，襄州（今湖北襄樊）人。玄宗天寶十二載（七五三）進士，曾佐戎幕，又任鹽鐵判官。代宗大曆末年檢校祠部員外郎，分掌財賦於洪州（治所在今江西南昌），死於任所。著有《張繼詩》一卷。《全唐詩》錄存其詩四十七首。

月落烏啼霜滿天，江楓漁火對愁眠。姑蘇❷城外寒山寺❸，夜半鐘聲
到客船。

【注　釋】❶楓橋　在今江蘇蘇州西之楓橋鎮。❷姑蘇　蘇州之古稱。❸寒山寺　在今江蘇蘇州西楓橋鎮，始建於梁，唐詩僧寒山、拾得曾寓此寺，自張繼作此詩後，更聞名遐邇。

【語　譯】月兒西落烏鴉啼叫，正是晚秋流霜滿天。對著江邊紅楓，江上漁火，有人含愁欲眠。姑蘇城外，是那寂靜的寒山寺，夜半時分敲起了鐘聲，既清晰又深沉，一聲聲向我這艘客船上傳來。

【研　析】此詩當作於安史亂後繼避地吳中時。唐高仲武《中興間氣集》題作〈夜泊松江〉。此詩境界清遠，意象高絕。一句以月、烏、霜寫夜，二句以楓、火、客寫愁，三句以城、寺

寫遠景，四句以鐘、船連接遠近情景；每句說二三事，情景相生，天衣無縫，天然渾成。千餘年來評詩者聚訟於夜半是否有鐘聲。葉夢得為蘇州吳縣人，因歐陽修首先提出此一疑問，遂答曰：「蓋公未嘗至吳中，今吳中山寺，實以半夜打鐘。」（見《石林詩話》卷中）

山家❶

張繼

板橋❷人渡泉聲，茅檐日午雞鳴。莫嗔❸焙茶❹煙暗，卻喜曬穀天晴。

【注　釋】❶山家　此指山村的農家。❷板橋　用木板架設的橋。❸莫嗔　不要發怒；不要生氣。❹焙茶　用微火烘烤茶葉，是製茶的一種工藝。

【語　譯】一座木板小橋，行人走過，能聽到橋下潺潺的泉水聲，正午時分，茅檐下的雄雞引吭長鳴。不要懊惱焙茶時煙霧籠罩，最喜歡曬穀時晴天萬里無雲。

【研　析】這是一首六言絕句。六言絕句在唐詩中較為罕見，此處錄以備體。詩中描寫山村風光和農家生活。寫山家的喜怒哀樂，十分逼真。語言樸素，純用白描，農家氣息十分濃厚。前兩句寫山家的環境，這裏有小橋流水，泉聲潺潺；有飯香時候，午雞啼鳴。後兩句寫山家的生產與生活情況，既有嗔，也有喜，「焙茶煙暗」寫嗔寫愁，使讀者的情緒為之跌宕，而下一句「曬穀天晴」寫喜寫樂，又立即使讀者為之一振。短短十二字，不但寫出山家生產和生活的外貌，而且寫出山家的心理活動。唐人高仲武評張繼詩「詩體清迴」，「不雕自飾」（見《中興間氣集》卷下）。張繼的〈楓橋夜泊〉以及本詩，正是具有這一特色的。

吳門即事❶

張繼

耕夫召募❷逐樓船❸，春草青青萬頃田。
試上吳門❹看郡郭❺，清明幾處有新煙❻？

【注　釋】❶即事　就眼前的事物（而作詩或作畫）。多用於詩題，如「即景」、「即事」等。❷召募　（被）招集當兵。❸逐樓船　一船一船前後相繼。蘇州是水鄉，載人運貨多從水路，因此說「逐樓船」。樓船，有樓層的大船，即戰船。❹吳門　吳縣（蘇州首縣）的城門樓。吳縣為春秋時吳國的都城，因稱吳縣城為吳門。❺郭　外城。這裏指郊外。❻清明幾處有新煙　清明節前一二天是「寒食節」，照例不能生火，只喫冷食。清明節由宮中傳出火種，遍賜百官大臣，百姓則打新火做飯。這一句是說，雖然到了清明節，卻沒有幾處新煙，老百姓早就沒飯喫了。

【語　譯】農夫們全都應徵召打仗去了，一樓船一樓船地往外運。春天的萬頃良田，長滿了青草。登上蘇州城樓遠眺郊外，到了清明又有幾家升起炊煙？

【研　析】張繼有〈楓橋夜泊〉詩，描述蘇州美麗的夜景。但詩人還有另一類描寫戰禍的諷諭詩。〈吳門即事〉是這類詩的代表作。其一二句敘述耕夫被徵，春草覆蓋了良田，這是多麼淒慘的景象啊。後兩句進一步描述，在原本非常繁華的蘇州城郊，竟然已經看不到有幾家能夠生火做飯了。詩句的語氣雖然平緩，但作者的心情卻是十分焦急的，我們似乎能夠感受到，面對著一片荒涼景象，作者那顆悲憤的心，正在劇烈地跳動。

移家別湖上亭

戎昱

【作　者】戎昱（生卒年不詳），荊南（今河北江陵一帶）人。生於唐玄宗開元後期（七三三—七四一），德宗貞元十四年（七九八）還在人間，年齡約在六十以上。舉進士不第，乃放浪名山勝水，愛湖、湘山水，遂客居其地。後官至辰州（治所在今湖南沅陵）刺史。著有《戎昱詩》五卷，佚於元末明初，明人輯有《戎昱詩》二卷。《全唐文》錄其文一篇，《全唐詩》錄存其詩一一七首。

好是春風湖上亭，柳條藤蔓繫離情。黃鶯久住渾❶相識，欲別頻啼❷
四五聲。

【注　釋】❶渾　完全；自然。杜甫〈春望〉：「白頭搔更短，渾欲不勝簪。」❷頻啼　頻繁地叫。頻，屢次；多次。

【語　譯】最美好的風景，是那湖面上春風吹拂著的小亭，亭邊的柳條和藤蔓，將我依依離情牢牢纏住。我和那美麗的黃鶯，住久了自然相識相親，到了分別的時候，牠也依依不捨地聲聲啼叫。

【研　析】「故土難離」，作者要搬家了，對於舊居的一草一木，詩人都有著依依難捨的深厚感情。全詩採用了擬人化的手法，使柳條、藤蔓、黃鶯，無不具有離情別意：春風中搖曳的柳條、藤蔓，被詩人看成無數熱情的手，牽著他的衣襟依依不捨；在柳蔭中百囀的黃鶯，被詩人看作是對他依依的送別。詩人不談自己對舊居的花鳥充滿了深情厚愛，卻說舊居的花鳥對他洋溢著無限依戀的感情，這就使詩意更深一層，更曲一層。這種手法，古典詩詞中運用得很多，如高蟾的〈偶書〉「渡頭楊柳如人意，為惹官船莫放行」，周邦彥的〈六醜・落花〉「長條故惹行客，似牽衣待話，別情無極」、〈蘭陵王・柳〉「隋堤上，曾見幾番，拂水飄綿送行色」等，都運用了這種擬人手法。

巴女謠

于鵠

【作　者】于鵠（生卒年不詳），大曆、貞元年間詩人。居里不詳，曾漫遊江湖間，買山隱居漢陽。《全唐詩》錄存其詩七十四首。

巴女❶騎牛唱〈竹枝〉，藕絲菱葉傍江時。不愁日暮還家錯，記得芭蕉出槿籬❷。

【注釋】❶巴女　指古巴州一帶的女子。巴，巴州，治所在今四川巴中，為古代巴國之所在。❷槿籬　培植木槿，以為籬笆。

【語譯】巴中的女孩，騎著牛兒，悠閑地唱著〈竹枝詞〉，正是菱葉鋪江、蓮藕成絲的季節。她不怕天晚迷失了回家的道路，自己的家有株芭蕉伸出於木槿的籬笆之外。

【研析】一個天真爛漫的女孩，騎著牛兒唱著歌，信步而來，悠然而去，這是多麼動人的情景。這首詩，洋溢著濃鬱的生活氣息，畫出了巴中少女的神態韻味。與那些唐詩中常見的人物完全不同，她不是那些整天愁呀死呀的閨中少婦，不是那些整天詩云子曰的文人，更不是整天盤算當官的鑽營家。她不知憂，不知愁，摘著菱，挖著藕，表現出十足的野趣和天真。結尾兩句，饒有曲折深意：說她不怕迷失道路，能記得家，實際上只是設想之辭，有誰會忘記自己的家呢？這只不過是找個藉口，是在含蓄地告訴自己的心上人，不要忘記了那住宅的標誌。真是意多言少，語淡情濃，越誦詠越有韻味。

買山吟❶

于鵠

買得幽山屬漢陽❷，槿籬疏處種桄榔❸。唯有獮猴❹來往熟，弄人拋果滿書堂。

【注　釋】❶吟　詩體的一種。低誦不歌為吟。❷漢陽　唐時縣名。今屬武漢市。❸桄榔　常綠高大喬木，大者四、五圍，高五、六丈，栽培宅邊，供觀賞。❹獮猴　猴類的一種，體長尺餘。《莊子》稱「狙」，《史記》稱「沐猴」，後世或稱「王孫」、「猢猻」等。多以野果、野菜充飢。群居山中，喧譁好鬧，間亦入人住宅，玩弄戲嬉。

【語　譯】買下了一座幽靜的小山，小山地處漢陽，種上了木槿權當籬笆，稀疏處又補栽上桄榔。山前山後偏僻無人，唯有獮猴們來往與人混熟，常來與我開開玩笑，將野果拋滿我的書房。

【研　析】古代士人，如果不能投筆從戎，真刀真槍弄個職位，也就只能走「讀書做官」或「干謁求仕」這條道路。如果此路不通，或是沒有後臺，或是不願同流合污，或是運氣不佳，到了一定的年齡，就得另打主意了。跑上山去隱居，是當「隱士」；參禪禮佛，是謂「居士」；甚至出家當「和尚」、「道士」。這首詩寫買山隱居，這山很深，有一座幽靜的草堂，草堂四周，木槿為籬，籬笆疏處，補栽桄榔。由於地處幽僻，少有人來，以致獮猴兒反成常客。詩人在孤芳自賞中，一般憤世嫉俗之意，自在不言中。

江南曲❶

于鵠

偶向江邊採白蘋❷，還隨女伴賽江神❸。
眾中❹不敢分明語❺，暗擲金錢卜遠人❻。

【注　釋】❶江南曲　樂府相和曲名。宋郭茂倩《樂府詩集》卷二六收入相和歌辭中，並引《樂府解題》曰：「江南古辭。」于鵠借作詩題，詠男女愛情。❷白蘋　一般生於靜止淺水中，春、夏、秋三季皆可採取。明李時珍《本草綱目》：「夏秋開小白花，故稱白蘋。」❸賽江神　民間的宗教活動。迎神賽會的風俗，起源於上古，一直流傳至近代。所賽之神，隨時隨地而異。賽神時，一般要具備儀仗、簫鼓、雜戲等，迎神出廟，周遊街巷或農村，叫「賽會」。賽會時，男男女女都穿上新衣，或參加賽會的遊行隊伍，或夾道助興看熱鬧。❹眾中　在人群眾多的場合中。❺分明語　公開表示。❻金錢卜遠人　舊時占卜，卜者用銅錢數枚，跪下祝神，然後將銅錢仰擲於地，計其陰陽面出現的次數，以占卜吉凶順逆。遠人，指在遠方的丈夫。

【語　譯】偶然來到江邊，摘一些白蘋，有時跟隨著女伴，去看熱鬧的賽江神。女伴面前，不好意思說出心事，暗地裏拋擲金錢，算一算遠行的丈夫幾時能夠歸來。

【研　析】「採白蘋」在中國古代詩歌中，是與思婦寄託情思有關的，如《詩經》的情愛詩中就有「采蘋采蘩」的詩句，唐人趙微明有「猶疑望可見，日日上高樓。惟見分手處，白蘋滿芳洲」（〈思歸〉）。溫庭筠有「過盡千帆皆不是，餘暉脈脈水悠悠，腸斷白蘋洲」（〈望江南〉）。「賽江神」則是為了祈求乘船來往的行人平平安安。金錢占卜，也是古代一種常見的風俗習慣。詩中使用了這三個具有古老文化意義的細節，將思婦的行為和內心活動描寫得既雋永含蓄，又富於濃厚的民俗氣息。詩的後兩句，既是承「賽江神」而來，更描繪出女主人公的內心活動：她羞怯而深情，把自己滿腔的纏綿悱惻之思，深深地埋在自己的心底深處，而以「暗擲金錢卜遠人」的動作行為，表達了對於丈夫的深切思念。這一細節描寫概括了少婦思夫的普遍心理，細膩深刻，因而引起了許多人的共鳴。這首詩，先是被韋莊收入《又玄集》，又被宋人收入《全唐詩話》卷二。後來的許多選本，也都不約而同地收錄了這首詩。

答韋丹❶

靈澈

【作　者】靈澈（七四六—八一六），本姓湯，名源澄，越州會稽（治所在今浙江紹興）人。出家於會稽越溪雲門寺，為唐代著名詩僧。一生雲遊四方，拄錫之名山既多，交遊亦廣，與詞客聞人之唱酬不計其數。憲宗元和十一年（八一六）卒於宣州開元寺，門人遷葬山陰天柱峰，並自所賦二千餘首詩中刪取三百篇，為《靈澈詩集》十卷，另編酬贈唱和之作為《酬唱集》十卷。然此二集久已散佚。《全唐詩》錄存其詩十七首，已百不存一。

年老心閑無外事，麻衣草坐❷亦容身。相逢盡道休官❸好，林下❹何曾見一人。

【注釋】❶答韋丹　詩題一作〈東林寺酬韋丹刺史〉。韋丹（七五三—八一〇），字文明，鄖（今湖北鄖縣）人，移居京兆萬年（今陝西西安）。早孤，從外祖父顏真卿學，擢明經科。官至江南西道觀察使。帥洪州時，靈澈居廬山，兩人為忘形交，篇什倡和，每月達四五次之多。韋丹曾寄〈思歸寄東林澈上人〉詩云：「王事紛紛無暇日，浮生冉冉祇如雲。已為平子歸休計，五老岩前必共聞。」靈澈即答以此詩（見《全唐詩話》卷三）。❷麻衣草坐　指僧人的樸素生活。麻衣，即白布衣。草坐，即草座，指僧人所坐的蒲團。❸休官　辭官退休。❹林下　指退隱之所。

【語譯】年紀老了，沒有塵世間的俗事打攪，心裏悠閑自在；穿著白布衣、坐坐蒲團，東林寺就是我的容身之地。遇到的官員們都說要退休歸隱，可是那草野林間，何曾見到一個人。

【研析】宋人黃徹在《䂬溪詩話》卷二中說：「靈澈有『相逢盡道休官好，林下何曾見一人』，世傳為口實，凡有語及抽簪（抽下官帽的別針，即退隱），即以此譏之。余謂矯飾罔人，固不足論。若出於至誠，時對知己，一吐心胸，何害？」認為韓愈〈送盤谷〉詩中「行抽手版歸丞相，不待彈劾歸農桑」，和〈贈侯喜〉「便當提攜妻與子，南入箕潁無還時」，並不妨害他的「剛勁之操」。黃徹這一看法，是把口談棄官歸隱的人分成兩類，認為應分別看待，對於虛偽矯情、假裝清高的一類，固然應當加以譏刺；至於「夙夜在公」、「黽勉從事」的人，有時深感「王事紛紛無暇日，浮生冉冉祇如雲」的苦惱，而發出休官之念，這是「出於至誠」，而且只是向知己「一吐心胸」，發洩牢騷，如此縱然後來並未真正罷官，亦不妨其「剛勁之操」。而韋丹這個觀察使，正是這樣的人物。《新唐書》將其事功載入〈循吏傳〉，詳列其築堤防洪，開竇疏漲，為陂塘五百九十八所，灌田萬二千頃等事功，此外又清查權吏十年中掠取倉廩之糧三千斛，責其一月內償還；又將所轄八州冗官罷除，節省糜費，用於公益；資助民間改茅屋為瓦房，以減少火災等，政績卓著。因此宣宗時宰相周墀說：「韋丹有大功，德被八州，歿四十年，老幼思之不忘。」宣宗更下詔刊石立碑，予以旌揚。韋丹政績如此卓著，有時因督勸憂勞，而有歸休之計，向經常以詩唱和的靈澈上人一吐苦水，這是不應當視為矯情虛飾的。因此靈澈上人「相逢盡道休官好，林下何曾見一人」，說的固是實情，後來杜牧也有「盡道青山歸去好，青山曾有幾人歸」（〈懷紫閣山〉）類似的詩句，但對於說歸青山而終於未歸的人，如果不分青紅皂白，一味加以譏刺，又豈是公允之見？

塞下曲

李益

伏波❶惟願裹屍還，定遠❷何須生入關。莫遣隻輪歸海窟❸，仍留一箭射天山❹。

【注　釋】❶伏波　馬援（前一四－四九），字文淵，東漢名將。漢光武帝建武十七年（四一）授伏波將軍，南征得勝，立銅柱以紀功。他曾對賓客說：「男兒要當死於邊野，以馬革裹屍還葬耳。」（《後漢書・馬援傳》）馬革裹屍，謂戰死沙場。❷定遠　班超（三三－一〇三），字仲昇，東漢名將。少年家貧，為官府抄書養母，曾投筆嘆曰：「大丈夫無他志略，當效傅介子、張騫立功異域，以取封侯，安能久事筆硯間乎！」明帝永平十六年（七三），率三十六人出使西域，結盟五十餘國，官至西域都護，封定遠侯。在西域三十一年，其妹班昭以兄年老，為之上書乞歸，至洛陽，病卒（見《後漢書・班超傳》）。❸莫遣隻輪歸海窟　謂全殲敵軍。莫遣，不讓。隻輪歸，一輛戰車回去。《公羊傳》僖公三十三年：「匹馬隻輪無反者。」海窟，指青海湖、魚海子一帶，當時為吐蕃所佔。❹一箭射天山　用初唐猛將薛仁貴（六一四－六八三）「三箭定天山」的故事。高宗龍朔二年（六六二）三月，鐵勒九姓聞唐兵至，合眾十餘萬拒之，選驍勇者數十人挑戰。薛仁貴發三矢，殺三人，餘皆下馬請降。軍中歌之曰：「將軍三箭定天山，壯士長歌入漢關。」九姓遂衰（見新舊《唐書》及《資治通鑑》）。

【語　譯】伏波將軍馬援，只是希望能戰死沙場，馬革裹屍而還，定遠侯班超立功異域，又何曾在意能否活著回到玉門關內。絕不讓敵軍的戰車，有一輛逃回青海湖畔，還要留下一支神箭，像薛仁貴將軍那樣平定天山。

【研　析】這首詩豪氣萬丈，讀來令人躍躍欲試。大唐時代，國力強盛，邊疆廣大，讀書人也大都有些「鬥牛士」的脾氣，馬援、班超、薛仁貴是他們心目中的偶像。當然，他們拿慣了筆，要他們真的放下筆墨，拿起刀槍去沙場殺敵，那也是不切實際的。但他們卻可以用詩的形式，去歌詠這種不得實現的豪情壯志。於是就有了所謂「邊塞」詩，成為唐詩的一大品種。

其中尤以長篇歌行體和七言絕句寫得最好。李益就寫有許多「邊塞」詩，都很有特色，這是其中的一篇。詩中每句用典，但都極為貼切形象，毫無晦澀之病。

從軍北征

李益

天山❶雪後海風❷寒，橫笛偏吹〈行路難〉❸。
磧❹裏征人三十萬，一時回首月中看。

【注釋】❶天山　天山山脈，在今新疆。❷海風　沙漠瀚海中的乾風。❸行路難　曲名。❹磧　戈壁灘。

【語譯】天山大雪後，沙海的狂風更加寒冷，橫笛偏偏吹出了〈行路難〉的曲調。戈壁灘上的三十萬遠征部隊，這時候全都回頭朝著月亮看去。

【研析】此詩作於德宗貞元元年（七八五）至六年間，時益在杜希全幕中。詩中極寫征人懷鄉之情。一二句氣象開闊而略有蒼涼之氣，三四句悲壯中亦有慨嘆之情；與盛唐邊塞詩之雄奇悲壯相比較，情調稍異而功力不減。明胡應麟有云：「七言絕，開元之下便當以李益為第一。如〈夜上西城〉、〈從軍北征〉、〈受降〉、〈春夜聞笛〉諸篇，皆可與太白、龍標競爽，非中唐所得有也。」（《詩藪・內編》卷六）毛先舒亦稱此篇「不減盛唐高手」（《詩辯坻》卷三）。特別是其「三十萬」與「一時」之強烈對比，非大手筆不能道出。

春夜聞笛

李益

寒山❶吹笛喚春歸，遷客❷相看淚滿衣。洞庭一夜無窮❸雁，不待天明盡北飛。

【注釋】❶寒山　地名。在今江蘇徐州東南，是東晉以來的軍事要地。❷遷客　貶謫遠方的人。遷，貶謫。客，離開國都或家鄉。李白〈與史郎中飲聽黃鶴樓上吹笛〉：「一為遷客去長沙，西望長安不見家。」時詩人遠謫江淮，故自稱為「遷客」。❸無窮　指雁陣很長，看去無邊無際。

【語譯】從寒山那邊傳來淒切的橫笛，像是在召喚著春天的到來，遊子的北歸。貶謫遠方的人，相看無言，淚水滴滿了衣襟。洞庭湖邊過夜的無數大雁，不等到天明就悉數起身飛往北國。

【研析】詩人在江淮時，聞笛思歸，而以大雁北還為反襯，抒發了滿腔怨憤。春天的一個夜晚，從寒山上傳來嗚咽的笛聲，似乎在召喚融融的春光，遊子的北歸。春日已至，卻仍在異鄉為客。大雁尚能北歸，而人卻不能，可見人尚不如禽鳥。後兩句盡情發揮了作者的想像力，在「寒山」而似乎見到了「洞庭」的無窮雁陣，「一夜」、「盡北飛」是極寫大雁回鄉之迅速俐落，不似「遷客」之不得自由。

夜上受降城聞笛

李益

回樂烽❶前沙似雪，受降城❷外月如霜。不知何處吹蘆管❸，一夜征人盡望鄉。

【注釋】❶回樂烽　山峰名。在西受降城附近。❷受降城　故址在今內蒙古杭錦後旗烏加河北岸。❸蘆管　一種管樂器，因蘆葦膜振動並經竹管等放大而發聲。

【語譯】回樂烽前，一片白沙似雪，受降城外，滿地月光如霜。不知道何處有人吹起了蘆管，出征的人們，一夜間全都回望著故鄉。

【研析】本詩約作於貞元元年（七八五）至六年，時益在靈州大都督、西受降城天德軍靈鹽豐夏等州節度使杜希全幕中。一二句「回樂烽前沙似雪，受降城外月如霜」，寫受降城及回樂烽之夜景，由遠及近，似一全景掃描，而白沙皓月，似雪如霜，令人頓生絲絲寒意；此是以「色」寫情。三句「不知何處吹蘆管」，則以虛景（不知何處，故可稱虛景）寫「聲」，以聲抒情。「一夜征人盡望鄉」，則以動作寫情。通篇聲、色、情、景渾融一體，含不盡之情於言外，傷感而不失雄渾，故在當時即被譜入弦管，天下傳唱。後世亦甚推重，李慈銘許以「高格、高韻、高調」（《越縵堂讀書簡端記》），施補華則曰：「意態絕健，音節高亮，情思悱惻，

百讀不厭也。」（《峴傭說詩》）

登科後

孟郊

昔日齷齪❶不足誇，今朝放蕩❷思無涯。春風得意馬蹄疾，一日看盡長安花。

【注釋】❶齷齪　指未中第時的困頓。❷放蕩　形容高中後的得意忘形之態。

【語譯】過去連連落第，生活困頓，哪裏值得誇耀，今朝高中得意忘形，鬱悶全消，無拘無束。春風吹拂著得意的人，連馬兒也跑得歡快，一日中看盡了長安城內城外的嬌花。

【研析】此詩為德宗貞元十二年（七九六）孟郊登進士第後作。唐制，進士考試春季發榜，新進士披紅戴花，在長安大街上遊行之後，又在城南曲江、杏園一帶舉行「曲江宴」，欣賞大好春光。詩中所言春風得意，馬上看花，乃當時實際情形之寫照。前人對此詩頗多貶詞，如《青箱雜記》以為從〈再下第〉到〈登科後〉詩之一悲一喜，可見孟郊器量狹窄（南宋曾慥《類說》卷四引）。然孟郊兩次落第，多年困頓，一旦成功，自當喜不自勝，亦毋須深誚也。究其實，此詩純是真情流露，若故意喜怒不形於色，豈不是過於矯情。此詩造語頗工，其中「春風得意」云云，已成後人習用之成語。

洛橋❶晚望

孟郊

天津橋❷下冰初結，洛陽❸陌上人行絕。榆柳蕭疏樓閣閑，月明直見嵩山❹雪。

【注　釋】❶洛橋　在河南洛陽西，即詩中所云之天津橋。❷天津橋　即洛橋。隋煬帝遷都，以洛水貫穿都城，有天漢津梁的氣象，因建此橋，名曰天津。❸洛陽　今屬河南，以在洛水之陽而得名。東漢、三國魏、西晉、北魏及五代的唐，都曾建都於此。❹嵩山　五嶽之一，又稱嵩高、嵩嶽，在今河南登封北。因其處於四方之中，故曰中嶽。

【語　譯】天津橋下的流水，剛剛凝結成薄冰，洛陽城內外的道路上，已經斷了行人。掩映在榆柳中的樓角，顯得悠閑蕭瑟。皎潔的明月之下，一直可看到嵩山的積雪。

【研　析】此詩為孟郊居洛陽時作。為描寫冬景的名篇。一句寫寒冰初結，使全詩充滿寒意；二句寫因寒而行人斷絕，是進一步渲染冬寒；三句言樹木樓閣皆蕭疏空廓，則已寒氣逼人矣；四句再寫冬夜月、雪，則清寒似有不可耐者。從空間言，此詩遠近有致，層次分明：「天津橋」是城外遠景，「洛陽陌」是近城中景，「榆柳樓閣」是城內近景；由遠及近，次序寫來，寒氣漸漸從野外逼來。末句視角突然從城中衝出，越過遠景，直指天外之明月嵩山，令人心胸為之一闊，而冬寒之意則更覺彌滿天地之間矣。就其結構而言，通篇都是寫景，前三句極寫初冬的蕭瑟，冰結橋下，人絕陌上，榆柳蕭疏，樓閣冷落，無一不給人以荒涼、冷落、凋殘之感。結句「月明直見嵩山雪」，筆鋒一轉，氣象頓新，將視線一直延伸到遙遠的嵩山，給沉寂的畫面注入了無限的生機，使人感到極度的快意和美感。真可謂筆力千鈞，結響不凡。宋代嚴羽《滄浪詩話・詩評》云：「孟郊之詩刻苦，讀之使人不歡。」殆亦未必盡然。

閨情❶

李端

月落星稀天欲❷明，孤燈未滅夢難成。披衣更向門前望，不忿朝來鵲喜聲❸。

【注　釋】❶閨情　即閨中之情。❷欲　將來；快要。❸不忿朝來鵲喜聲　怪鵲聲報喜無驗。不忿，即忿恨。俗語有「氣不忿」，即氣憤也。朝來，早晨。來，語助詞，無義。鵲喜聲，喜鵲報喜的聲音。舊俗，以為喜鵲在門前叫，是報喜信；烏鴉在門前叫，是報凶信。

【語　譯】月亮已經落下，星星漸漸稀疏，已是要到天明時分。孤獨的殘燈尚未熄滅，好夢也未做成。睡不著覺，披衣開門遙望，惱怒這鵲兒胡亂報喜，讓我又是空等一夜。

【研　析】這是一首少婦思遠的情詩。詩中不言少婦如何思念她的丈夫，但言月已落，星已稀，而孤燈猶未滅，便把這個少婦的萬斛離愁，千種柔情，形象而深刻地表現了出來。三四兩句，尤其妙想入神，一個「更向門前望」，少婦的倚門遠望，已非一次。「不忿」，其實就是「忿」，就是「恨」，因為鵲兒已經不止一次來報喜了，但沒有一次是靈驗的，沒有一次不是讓她空歡喜一場的。於是，她把這一夜的空等，都怪在早晨好心報喜的鵲兒身上。詩中通過這位少婦不合情理的怪罪，活靈活現地寫出了少婦經過一夜折磨的失望，乍喜還憂的怨嘆，在失望與怨嘆之中，又凝聚著一份濃濃的對丈夫的深情。

征人❶怨

柳中庸

【作　者】柳中庸（生卒年不詳），名淡（以避武宗諱，作澹），以字行，河東（今山西永濟）人。柳宗元族叔，柳并弟，與其弟中行皆有文名。蕭穎士愛其才，以女妻之。曾授洪州戶曹掾，不就，早卒。與李端交往甚密，今李端詩中尚存寄贈留別中庸之詩六首。擅長寫閨怨與邊塞詩。其邊塞詩氣勢豪邁，慷慨蒼涼，頗具特色。《文獻通考》著錄其《柳中庸詩》一卷，已佚亡。《全唐詩》錄存其詩十三首。

歲歲金河❷復玉關❸，朝朝馬策❹與刀環❺。
三春白雪歸青冢❻，萬里黃河繞黑山❼。

【注　釋】❶征人　守衛邊關的士兵。❷金河　又名伊克土爾銀河，現名大黑河，源出呼和浩特，為黃河支流之一。唐設金河縣，故址在今呼和浩特南。❸玉關　即今甘肅玉門關。❹馬策　馬鞭。❺刀環　刀背上扣有銅環，砍殺時發出聲響，以壯聲勢。馬策、刀環，代表戰鬥生涯。❻青冢　漢王昭君墓，周邊皆為白沙，獨墓上有青草。❼黑山　一名殺虎山，在今呼和浩特市境內。

【語　譯】年年歲歲，在那金河、在那玉門關外守衛，每天每日，都是戎馬生涯：馬鞭飛揚，刀環鏗鏘。從初春到暮春，皚皚白雪覆蓋著昭君的青色墳冢，九曲黃河，奔騰萬里，繞著黑山流淌。

【研　析】本詩是一首廣為流傳的七言絕句，堪稱邊塞詩的上乘之作。兩聯各自成對，且句中又用成對之詞，皆有妙用。起聯敘事，見征人長年累月的勞頓艱辛。收聯寫景，狀征人跋涉萬里、忍飢號寒之態。直起直收，不作轉折，沁人心脾，引人入勝。全詩不著一「怨」字而「怨」自見。

畫石

劉商

【作　者】劉商（生卒年不詳），字子夏，徐州彭城（今江蘇徐州）人。進士及第，大曆初為合肥令。德宗貞元中，歷任觀察推官、檢校虞部郎中等職。後辭官歸里，晚年隱居江南，採藥求仙。善畫山水樹石，自成一家。工詩，感情真率，語言古樸。以樂府見長，擬蔡琰〈胡笳十八拍〉「膾炙當時」。

蒼蘚千年❶粉繪傳，堅貞一片色猶全。那知忽遇非常用，不把分銖❷補上天❸。

【注　釋】❶蒼蘚千年　此與下句「堅貞一片」均屬倒文，即「千年蒼蘚」、「一片堅貞」。❷分銖　極言其少。銖，古代重量單位，二十四銖等於一兩。❸補上天　《淮南子・覽冥》：「往古之時，四極廢，九州裂，天不兼覆，地不周載。……於是女媧煉五色石以補蒼天，斷鰲足以立四極……」

【語　譯】長滿千年苔蘚的一塊石頭，用彩筆畫出後，流傳遐邇；這石頭內裏是堅貞一片，外面是色彩斑爛。誰知道它竟用來滋長苔蘚，有此不尋常的遭遇，卻未將一分一毫拿去補天。

【研　析】這首題畫詩含蓄地抒發了懷才不遇的悲憤。一二句寫畫，以石自況，讚石即自讚。三四句借畫抒懷，以石自擬，嘆石即自嘆。語言凝煉，含蘊豐厚，耐人尋味。值得注意的是，《紅樓夢》的故事框架，與這首詩屬於同一來源，傳說曹雪芹也有畫石之作，並有題畫石詩，未知《紅樓夢》是否受到這首詩的影響，這倒是一個有趣的課題。

江南行❶

張潮

【作　者】張潮（生卒年不詳），潤州曲阿（今江蘇丹陽）人。代宗大曆（七六六—七七九）時處士。《全唐詩》錄存其詩五首。

茨菰❷葉爛別西灣❸，蓮子花開❹猶未還。妾夢不離江上水，人傳郎在鳳凰山❺。

【注　釋】❶江南行　長江以南地區的情歌。行，歌曲。❷茨菰　一種水生植物，塊莖可食。冬季葉枯。❸西灣　此指送別丈夫之地。❹蓮子花開　指夏天。❺鳳凰山　鳳凰山有多處，此泛指名山福地。

【語　譯】記得是茨菰葉枯的秋冬季節，我倆依依惜別在西灣。如今已是蓮子花開的夏天，你仍在他鄉不見回還。我常常夢見你，總是在這長江水上，如今卻又聽到人家傳說，你是在那遙遠的鳳凰山。

【研　析】這首詩極類南朝民歌。一二句以「茨菰葉爛」與「蓮子花開」對照，言離別之久。雖無「相思」字樣，而相思之情自深；不寫怨別，而怨別之意畢見。後兩句，以「妾」與「郎」對比，說明妾之多情，郎之薄倖。含而不露，婉而多諷，與劉采春歌唱的「柚盧人不見，今得廣州書」（〈羅嗊曲〉）同一構思。特別含蓄而深有意味的是最後一句：「人傳郎在鳳凰山。」不是「郎」寄書相告之所在，而是「人傳」，說明「郎」已將「妾」忘在腦後；「鳳凰山」是個好地方，或者是蕭史弄玉相纏綿的溫柔之鄉，郎在彼處，哪裏還記得什麼「茨菰葉爛」、「蓮子花開」！明人謝榛曾經把這首詩加以翻新說：「郎君幾載客三秦，好憶儂家漢水濱。門外兩株烏桕樹，叮嚀說向寄書人。」（〈遠別曲〉）其形雖似，其神致則相去甚遠。清沈德潛譽此等模仿詩云：「寫情極真，方之『茨菰葉爛』一篇，可云新聲古意。」（《明詩別裁》）亦屬「別裁」失真者。

宮詞一百首❶（其九十）

王建

樹頭樹底覓殘紅❷，一片西飛一片東。自是桃花貪結子，錯教人恨五更風。

【注釋】❶宮詞一百首　為王建於憲宗元和（八〇六—八二〇）末年所作組詩。其時王建在長安，官太府丞或太常丞。組詩寫唐宮禁中事，內容廣泛，為寫實之作。❷殘紅　凋落的花朵。

【語譯】在樹梢樹底，尋覓著凋零的花兒，一片飛向西，一片飛向東。本來是桃花貪圖結出桃子而甘願凋落，卻讓人錯誤地怨恨五更裏吹落桃花的東風。

【研析】權貴之家的私生活，向來是人們注意的一大焦點。皇上，作為最大的權貴之家，其後宮生活，也向來是詩人們十分感興趣的題材。當然，對於宮庭生活描寫，要有一個範圍及適當的「度」，哪些可以寫，哪些不可以寫，能寫的可以寫到什麼程度，這卻是不能含糊的，弄得不好，也許會出大麻煩。一般說來，詩人可以寫寫宮女，但不能具體地描寫某一位皇上，更不能具體地寫某一位後宮娘娘。寫宮女，當然也只能描寫一般的、抽象的宮女，而決不能指名道姓地寫張三或李四。同時，詩人們一般並沒有後宮生活的經驗，他們只能憑藉一點可憐的理性知識，靠想像或揣測，來對這個有些神秘的地方作些泛泛的「描寫」。但是，如果只是一味地憑空瞎猜，那樣的「宮詞」也沒有什麼意思。王建的這一百首宮詞，雖然也不會有什麼有名有姓的人物出現，但對於宮禁中的許多不涉及具體人物的細節描寫，卻都還是很生動、很具體的。作者與宦官王守澄同宗，其中的內情或即得於守澄。因材料真實，故經描寫刻畫，更覺細致生動。這首詩借花寫人，頗有深意。因花落而怨東風，是詩人筆下常見的題材，本詩則作反面文章，言並不是春風催落桃花，而是桃花自家貪圖生個兒子，自己想早早飛落，本不必為殘紅而悲愁。這樣寫花謝花飛，就顯得有些新意。生兒育女，是人們的天性。但宮女們的這一天性卻被無情地扼殺了。她們沒有正常的家庭生活，更談不上「結子」，是只含苞，不開花，更不結果的花。宮人看到桃花飄落，產生了強烈的怨恨之情。桃花雖然落了，但畢竟結了桃子，而自己卻什麼結果也不會有，可見人不如花。詩人設身處地，寫出了宮女見桃花結子而生怨的特定心境，讀來令人心酸。

十五夜望月❶

王建

中庭地白❷樹棲鴉，冷露無聲濕桂花❸。今夜月明人盡望，不知秋思落誰家？

【注　釋】❶十五夜望月　詩題一作〈十五夜望月寄杜郎中〉。❷地白　指地上灑滿月光而一片銀白。❸桂花　桂有多種，秋日開花之種最為常見。此暗指時當秋季。

【語　譯】庭院裏月光灑成一地白，樹上棲息著烏鴉。清冷的露水，靜悄悄地潤濕了月下的桂花。今夜裏明月皎潔，人人抬頭遙望，卻不知這秋日的憂愁，今晚落在誰家？

【研　析】全詩以農曆十五月圓而人隔兩地相反襯，旨在表達對於摯友的深切懷念之情。一二句寫月白露冷，棲鴉無聲，營造一淒清環境，為三四句之懷人作鋪墊。詩人匠心獨運，從設想友人望月思念自己著筆，末句不言己之愁思，而設問「秋思落誰家」，情思蘊藉。沈德潛云：「不說明己之感秋，故妙。」（《唐詩別裁》卷二〇）在題詠中秋懷人之詩中，確不失為名篇。

雨過山村

王建

雨裏雞鳴一兩家，竹溪村路板橋斜。婦姑❶相喚浴蠶❷去，閑著中庭❸梔子❹花。

【注　釋】❶婦姑　嫂子與小姑。❷浴蠶　古代選取蠶種，有天浴（自然浴）、鹽水浴、花水浴幾種辦法。浴蠶是為了汰弱留強，便於飼養。《農桑輯要》卷四云：「臘月取蠶種，籠掛桑中，任霜露雨雪飄凍，至立春收，謂之『天浴』。蓋蠶蛾生子，有實有妄者，經寒凍後不復狂生，蠶則強健有成也。」明人徐光啟

《農政全書・養蠶法》：「至二月十二，浴以菜花、野菜花、韭花、桃花、白豆花，揉之水中而浴之。」❸中庭　庭中；院子的當中。❹梔子　亦稱山梔、黃梔，別名越桃、林蘭、喬丹等。常綠灌木，多產江南，春夏開白花，味極香烈。也有四季開花者。木質黃褐色，質地堅密，可製農具，農家多植於庭院。

【語　譯】毛毛細雨中，聽到一兩家雞啼聲。青竹掩映著小溪，溪上橫斜著木板橋，過橋是通往山村的小徑。嫂子招呼著小姑，一塊兒去選浴蠶種，庭院空無一人，只有梔子花在吐露芬芳。

【研　析】這是一首描述「田家樂」的詩。寫得很真切，很生動。社日前後浴蠶，是江南蠶村的風俗。故陳潤〈東都所居寒食下作〉有「浴蠶看社日，改火待清明」（《唐詩紀事》卷三九）之句。此詩前兩句寫景，活畫出一幅「雞犬之聲相聞」的農家村落，那裏有「竹溪」、「村路」和橫斜的「板橋」。寫得有聲有色，歷歷如繪。後兩句敘事，敘小姑和嫂子相喚去浴蠶，因為這是農村青年婦女們的主要工作。庭院中空無一人，只有梔子花靜靜地放出花香。此詩以庭院的寂靜反襯農家的忙碌，可謂別具一格。

旅次❶朔方❷

劉皂

【作　者】劉皂（生卒年不詳），德宗貞元間在世。據其〈旅次朔方〉詩，或為長安（今陝西西安）人。《全唐詩》存詩五首。

客舍并州❸已十霜❹，歸心日夜憶咸陽。無端❺更渡桑乾水❻，卻望并州是故鄉。

【注釋】❶次　抵達。❷朔方　此泛指北方。❸并州　唐代又稱太原郡，轄地在今山西中部一帶。❹十霜　經過了十次霜，指十年。❺無端　沒來由；無緣無故。❻桑乾水　桑乾河，在山西、河北北部，為永定河上游。相傳每年桑椹成熟時河水乾涸，故名。

【語譯】在并州作客已經十年，我歸心似箭，日夜思念故鄉咸陽。如今沒來由更向北渡過了桑乾河，回頭望著并州，便又覺得并州親似故鄉。

【研析】《全唐詩》卷四七二於題下注「一作賈島詩」，今人多家選本亦作賈島詩。但賈島為范陽人，不宜「歸心日夜憶咸陽」，其事跡及創作亦無客居并州十年之跡（詳見近人李嘉言《長江集考辨》）。令狐楚《御覽詩》作劉皂詩，楚與皂、賈同時，當不誤。此詩為作者客居并州十年後，再向北旅次「朔方」時所作，自「客中更為客行」入手，抒寫故鄉之思。一二句言并州十年為客，無日不憶咸陽，今北渡桑乾，離故鄉更遠，反認并州為故鄉。「無端」二字，寫出多少無奈：生計所迫，不得不愈行愈遠，今反言「無端」，並非真「無端」也。客中遷徙，本是常見之事，今一經作者道出，便成絕唱。

春興

武元衡

【作　者】武元衡（七五八—八一五），字伯蒼，河南緱氏（今河南偃師東南緱氏鎮）人。唐德宗建中四年（七八三）進士，歷任監察御史、華原縣令。德宗知其才，召授比部員外郎。一年之中，三遷至右司郎中。貞元二十年（八〇四）遷至御史中丞，元和二年（八〇七）正月，官至宰相。元和八年自劍南西川節度使召還，仍居宰相。元和十年六月三日元衡早朝，出里東門，被吳元濟派人暗殺於途中。冊贈司徒，諡曰「忠」。著有《武元衡集》十卷。《全唐文》錄存其文十篇，《全唐文拾遺》錄存其文三篇，《全唐詩》錄存其詩一二一首。

楊柳陰陰細雨晴，殘花落盡見流鶯❶。春風一夜吹鄉夢，又逐春風到洛城❷。

【注　釋】❶流鶯　黃鶯鳴聲圓轉流利，故稱「流鶯」；一說，黃鶯體似飛梭流轉，故稱之。❷洛城　即洛陽，今屬河南。

【語　譯】楊柳的綠葉已經成蔭，細雨之後又是新晴。殘花被春雨打落乾淨，現出了藏在葉底的流鶯。春風吹拂，一夜將我吹進思鄉的夢中，讓我隨著春風的足跡，又一次回到故鄉洛陽。

【研 析】作者是緱氏人，唐朝該縣隸屬於洛陽。因此，作者便用「洛城」來代表自己的家鄉。詩人看到暮春景色，便不由自主地生發了懷鄉之情。思鄉之情本是一個常見題材，怎樣寫纔能不落俗套呢？開頭兩句，作者用了兩組具有相反情感色彩的事物，來暗示自己心中的矛盾之情。久雨與新晴，殘花與流鶯，一個淒清，一個明媚，一個歸於死亡，一個生機勃勃。面對這混和了陰晦與光明、殘敗與生機的圖景，作者又是怎樣的一個複雜心情呢？美好的春風與濃濃的鄉愁，充滿了他的心胸，在夢中，他追逐著春風，終於回到了家鄉。「春光」與「鄉愁」，在中國古代（也許並不僅僅是古代）文人的內心深處，是兩個解不開的死結，這兩個死結伴隨著他們的青春和生命，伴和著他們的淚水和歡樂。「春風」，一方面是美好的時光，但這一時光又是短暫的，倏忽而逝的；不論是春光明媚，還是春光將盡，他們總是感到一種青春不再的惶恐；「懷鄉」，一方面說明他們對於故鄉的眷戀，代表他們心靈深處對於家園和歸宿的渴望，但另一方面，他們又為什麼要遠離那時時懷念的故土呢？那是為了求學求官，希望實現自己的理想和抱負。他們既希望通過艱苦奮鬥而出人頭地，同時又幻想能在大好春光中及時行樂；他們既希望能外出尋求一官半職，同時又絕不願意放棄心底的家園和最後的歸宿。因此，他們就在這種矛盾的折磨之下，唱出了一支支憂傷的惜春懷鄉之歌。武元衡曾經是一位還算稱職的宰相，像他這樣的人物尚且如此，其他的文人學士也可想而知了。

玉臺體❶十二首（其二）

權德輿

嬋娟❷二八❸正嬌羞，日暮相逢南陌頭❹。試問佳期❺不肯道，落花深處指青樓。

【注釋】❶玉臺體　南朝陳徐陵編《玉臺新詠》所收多漢魏六朝閨中言情之作。唐天寶間李康成著《玉臺後集》。世人遂目言情詩為「玉臺體」。❷嬋娟　形態美好（的女子）。❸二八　十六歲，泛指少女。❹陌頭　路上。❺佳期　花燭之期。

【語譯】身材姣美的二八姑娘含嬌又帶羞，傍晚時分，和情郎在南邊路上相逢。情郎探問，何時可以迎娶你過門，不肯直說，羞答答地指著落花深處的青樓。

【研析】此詩言兒女私情，俗中奏雅，頗艷可喜。特別是最後一句，寫將嫁女子的心態，鮮明入微。「指青樓」，這一「動作語言」頗有深意。「青樓」當是女孩子的家，她自己不肯回答，既是怕羞，也是矜持。指指自己的家，意思可能是說，你去問我父母好了。我自己當然是希望快點出嫁，但父母不知什麼態度。也許是什麼意思都沒有，只是不願回答這個問題，隨便一指，讓你猜去。模模糊糊，不答應也不拒絕，正是女孩子們的嬌羞動人之處。

郡中即事❶三首（其二）

羊士諤

【作　者】羊士諤（七五九－？），泰山（今山東泰安）人。貞元元年（七八五）進士。德宗朝累官至宣歙巡官。順宗即位，因諷王叔文，貶汀州寧化尉。元和初，擢監察御史，三年（八〇八），因事貶資州刺史。士諤工詩，曾受知李吉甫，與崔群、呂溫相善。其詩典重清麗，精於絕律，且多佳句，如「泉雲無舊轍，〈騷〉〈雅〉有遺音」（〈書樓懷古〉），「氣直慚龍劍，心清愛玉壺」（〈守郡累風俄及知命聊以言志〉），辭氣可人。

紅衣❷落盡暗香殘，葉上秋光白露寒。越女❸含情已無限，莫教長袖倚闌干。

【注　釋】❶即事　就某事而作詩。❷紅衣　指荷花的花瓣。❸越女　泛指多情的女子。

【語　譯】粉紅的花瓣兒已經落盡，風中仍然送來暗暗的殘香，秋天荷葉上的露水帶著寒意。那多情的女孩子已是多愁善感，再不能讓她的長袖空倚著池邊的欄杆，獨對花落葉殘的秋光。

【研　析】這組詩一共三首。其一有「白首閑看太史書」句，當為元和三年（八〇八）出守資州（今四川資中）後作。此為第二首，題目一作〈翫荷花〉。詩的一二句，寫秋荷之殘花餘香，暗喻美人之遲暮。三四句言美人已多愁善感，切莫讓其再生煩惱。全詩以花寫人，而所寫之荷花、越女，亦是「自喻」。其「即事」指何事，已難考察，然不外以花落葉殘，自傷老邁也。

陪留守韓僕射❶巡內至上陽宮❷感興二首（其二）

竇庠

【作　者】竇庠（七六一？—八二三？），字冑卿，京兆金城（今陝西興平）人。竇庠兄弟五人皆出身進士。永貞元年（八〇五）韓皋鎮武昌，辟庠為幕府從事，升大理司直，兼岳州刺史。後改殿中侍御史，歷登、澤、信、婺四州刺史，東都留守判官等職，卒年六十三。永貞元年曾於岳陽樓與韓愈、劉禹錫詩酒唱和，後人編其兄弟五人詩為《竇氏聯珠集》。《全唐詩》錄存其詩二十一首。

愁雲漠漠草離離，太乙勾陳處處疑❸。薄暮毀垣春雨裏，殘花猶發萬年枝❹。

【注　釋】❶韓僕射　即韓皋，長慶元年（八二一）拜尚書右僕射，二年，以本官任東都留守。庠曾為東都留守判官，是為韓皋之屬官。❷上陽宮　唐宮名。在東都（洛陽）皇城西南。❸太乙勾陳處處疑　言不知哪兒是當年皇上及嬪妃們的所居之地。太乙勾陳，兩星座名。太乙為帝王之所居；勾陳為正妃所居。❹萬年枝　冬青樹一名萬年枝，為常綠喬木，高十餘公尺，花單性，雌雄異株。謝朓〈直中書省〉詩：「風動萬年枝，日華承露掌。」又指年代久遠的老樹。韓偓〈鵲〉詩：「莫怪天涯棲不穩，託身須是萬年枝。」

【語譯】愁雲橫空，離宮的遺址青草離離。不知何處是當年皇上的宮殿，何處是娘娘的後宮。薄薄的暮色中，倒塌的牆垣沉浸在濛濛的春雨裏，那年代已久的老樹，仍然掛著一些尚未凋零的殘花。

【研析】此詩即興感懷，不勝今昔滄桑之感。大唐盛世，一去不返，昔年繁華的東都洛陽，今已是一片廢墟。宮殿的遺址上，長滿了荒草。傍晚的濛濛春雨中，唯有那年深日久的老樹還留著尚未凋零的一些殘花，算有些活氣。詩中描寫了「漠漠」、「離離」、「薄暮」、「春雨」、「殘花」等極為淒清的意象，讀來令人倍感神傷。

北行留別

楊凌

【作者】楊凌（生卒年不詳），字恭履。大曆十一年（七七六）進士，官終侍御史。與兄憑、凝，俱以文章知名，時號「三楊」，以凌最善文章。

日日山川烽火❶頻，山河重起舊煙塵。一生孤負龍泉劍❷，羞把詩書
問故人。

【注　釋】❶烽火　指戰事。❷龍泉劍　寶劍名。曹植〈與楊德祖書〉：「有龍泉之利，乃可議其斷割。」據《太康地記》載，西平縣有龍泉水，可以砥礪刀劍，故名。

【語　譯】每日裏千里山川戰火頻傳，大好山河又飄起舊日的滾滾煙塵。這一生因讀書辜負了龍泉寶劍，羞愧中不願再和老朋友討論詩書。

【研　析】作為一個書生，讀書沒讀出什麼名堂，便想投筆從戎了。唐代的北方，是戰火頻頻之地，要想快快立功，必須到北方的戰場上去。詩中渲染不願再讀書，「北行」尋找機會，也是可以理解的。此詩為出塞時贈別友人之作，末二句寫詩書無成，北上報國的決心。和宋代重文輕武的思想觀念不同，「寧為百夫長，勝作一書生」，是唐代書生們普遍的看法。

從軍行

陳羽

【作　者】陳羽（生卒年不詳），江東（今江蘇、浙江一帶）人。與詩僧靈一交遊，唱和頗多。唐德宗貞元八年（七九二）進士第二名，與韓愈、李絳、歐陽詹、王涯等同榜，皆有文名，世稱「龍虎榜」。官樂宮尉佐。著有《陳羽集》一卷，已散佚。《全唐文》錄存其〈明水賦〉一篇，《全唐詩》錄存其詩六十四首。

海畔❶風吹凍泥裂，枯桐葉落枝梢折。橫笛❷聞聲不見人，紅旗直上天山❸雪。

【注釋】❶海畔　指青海湖邊，在今青海西寧西約二百里。王昌齡〈從軍行〉「黃昏獨坐海風秋」所指「海」亦是此處。❷橫笛　指羌笛。出自羌族（古代西北的少數民族）的一種樂器。長一尺餘，橫吹，故名。許慎《說文解字》以為三孔，馬融〈長笛賦〉以為四孔，至唐，又有五孔者，因時代不同而異。❸天山　又名雪山、祁連山。在今甘肅省西部和青海省東北部，綿延兩千里。

【語譯】青海湖畔北風呼嘯，堅硬的凍土也被吹裂，枯桐上，樹葉紛紛落下，枯枝兒斷折。耳邊聽見淒厲的橫笛聲響，四野見不到一個人影。只看到那遠遠的天山，一片紅旗插在皚皚白雪的山峰上。

【研析】此詩極言大西北之寒冷寥廓，是唐代邊塞詩中寫得最為壯美的幾首之一。一二句寫青海的風，吹得千年凍土開裂，梧桐亦不復有生意，這是對於西北邊地嚴寒氣候的描寫；忽聞羌笛之聲，悠遠淒清，卻見不到一個人影，是對於邊地寥廓荒涼的渲染。此詩的關鍵在第四句。烈風之中，不見人跡，而一片紅紅的軍旗，突然出現於白雪的山峰之上，是何等的鮮明，何等的富於生機！

吳中❶覽古❷

陳羽

吳王舊國❸水煙空，香徑❹無人蘭葉紅。春色似憐歌舞地，年年先發館娃宮❺。

【注釋】❶吳中　今為蘇州，春秋時為吳國國都。古時亦稱吳中，《史記・項羽本紀》：「項梁殺人，與籍（項羽）避讎於吳中。」❷覽古　觀看遺跡而弔古。❸吳王舊國　吳，古國名。春秋七霸之一，曾據有北至淮泗，南至浙江，以太湖為中心的廣大地區。至吳王夫差，荒淫奢侈，終於西元前四七五年為越王句踐所滅。❹香徑　採香徑的省稱。故址在今江蘇吳縣西三十里的靈岩山前。傳說為吳館娃宮美人採香之處。❺館娃宮　吳宮名。故址在今江蘇吳縣西南三十里的靈岩山上。相傳吳王夫差得到西施後，十分寵愛，為她在太湖邊靈岩山上建館娃宮以藏嬌，宮內有響廊，宮前有採香徑。

【語譯】吳王國都的舊址，但見一片煙水空濛，採香徑上無人採香，蘭花枉自開落。嫩綠的春色，好像特別憐愛當年歌舞的勝地，年年最先來到這西施的館娃宮。

【研析】越國的美女西施，贏得了古今多少人的同情嘆息！這又是一首詠嘆西施的絕句詩。她的美麗，她的善良，她的不幸遭遇和幸福的結局，無不引起詩人們無盡的遐想。作者來到當年的採香徑、長洲苑、響廊、館娃宮、姑蘇臺，似乎見到了吳王夫差朝歌夜舞、飲酒作樂的場面，似乎看到了西施的強顏歡笑。詩人們往往以重彩濃墨或描繪當年的繁華，或塗抹今日的荒涼，以形成強烈的今昔對比，抒發其弔古傷今的懷抱。陸龜蒙的「香徑長洲盡棘叢，奢雲艷雨祇悲風」（〈吳宮懷古〉），與此詩正有異曲同工之妙。

少年行四首（其三）

令狐楚

【作　者】令狐楚（七六五—八三七），字殼士，自稱「白雲孺子」，華原（今陝西耀縣）人。貞元七年（七九一）進士，德宗喜愛其文，常加讚美。憲宗時為翰林學士，遷中書舍人，位至宰輔。與李逢吉相善，在政治上屬牛僧孺派，為牛李黨爭中重要人物。楚工詩能文，擅長駢體，為詩尤善律絕。與張仲素、王涯所作樂府編輯為《三舍人詩》。與白居易、元稹、劉禹錫唱和甚多。開成二年（八三七）十一月卒，謚曰「文」。著有《漆奩集》一百三十卷、《梁苑文類》三卷、《白雲孺子表奏集》十卷，久已散佚。所選編唐人詩《御覽詩》一卷，今存。《全唐文》錄存其文五卷，《全唐詩》錄存其詩五十九首。

弓背霞明劍照霜，秋風走馬❶出咸陽。未收天子河湟❷地，不擬回頭望故鄉。

【注　釋】❶走馬　騎著馬兒跑，指出征。❷河湟　黃河和湟水，即唐河西、隴右一帶。安史之亂後，該地長期為吐蕃所侵佔。

【語　譯】朝霞耀著彎弓，晨霜映著寶劍，秋風中騎馬出征，離開了首都咸陽。不收復大唐天子的河湟故地，決不回頭眺望故鄉。

【研　析】此詩寫邊地少年的英姿俠氣，情辭疏放慷慨，充滿昂揚奮發的尚武精神和報效國家的情懷。首句以「弓」、「劍」寫其戰鬥英姿，「霞」、「霜」寫其餐風宿露，又暗示弓、劍之明亮鋒利。「秋風走馬出咸陽」，氣勢悲壯。

題木居士二首（其一）

韓　愈

【作　者】韓愈（七六八—八二四），字退之，鄧州南陽（今河南鄧縣）人。以郡望為昌黎，每自稱昌黎韓愈，後世亦稱韓昌黎。貞元八年（七九二）舉進士第，曾任節度判官，調四門博士，遷監察御史。後因上書言事，貶陽山令。憲宗時，曾隨裴度宣慰淮西，遷刑部侍郎；以諫迎佛骨，貶潮州刺史，移袁州。穆宗時，累官吏部侍郎。卒，諡曰「文」。世稱韓吏部、韓文公。韓愈崇儒，在政治思想史上有重要地位，在文學上也有卓越貢獻。其散文為「唐宋八大家」之首，開古體文創作的新局面。其詩推尊李、杜，而能於李、杜之外自闢蹊徑。「搜奇抉怪，雕鏤文字」（〈荊潭唱和詩序〉），以賦為詩，以議論為詩，以才學為詩，新奇獨特，詼詭怪異，而不失雄渾壯闊、自由恣肆。其審美情趣及雄壯力度，超越了當時人們的閱讀欣賞習慣，是怪奇、恢弘等晚唐詩派及宋詩派的主要源頭之一。其長篇歌行，結構上層層鋪敘，氣勢上波瀾起伏，而又有著細膩的描寫、真實的情感，不落俗套。唐司空圖〈題柳柳州集後〉稱：「韓吏部歌詩數百首，其驅駕氣勢，若掀雷抉電，撐抉於天地之間，物狀奇怪，不得不鼓舞而徇其呼吸也。」有集四十卷，由門人李漢編次，曰《韓昌黎集》四十卷。《全唐文》錄存其文二十二卷，《全唐詩》錄存其詩三九九首。

火透波穿❶不計春❷，根頭如面幹如身❸。偶然題作木居士❹，便有無窮求福人❺。

【注　釋】❶火透波穿　指被雷殛，被雨淋水淹。❷不計春　不知過了多少年。春，春秋；歲月。❸根頭如面幹如身　言此樹木的根像人面，樹幹像人身。❹木居士　指一棵老朽的樹木被當作神怪來崇拜。居士，處士；未做官的知識份子。又佛家則稱在家信佛的人為居士。❺求福人　此指崇拜木居士而希望得到幸福者。

【語　譯】被雷劈、雨淋、水浸，不知過了多少個年頭，那樹根好像人頭，樹幹好像人身。偶然被人稱做「木居士」，當成神偶來看待，便引來無窮無盡的拜神求福之人。

【研　析】〈題木居士〉詩共兩首，其第二首有云：「朽蠹不勝刀鋸力，匠人雖巧欲如何！」可知是一棵朽蠹不堪刀鋸的老樹，但由於樹根像人頭，樹幹像人身，天生一副怪相，一旦被人尊為「木居士」，朽木便一下變為神靈，身價暴漲。貞元二十一年（八〇五），韓愈由郴州赴衡州，路經耒陽，見當地人紛紛向「木居士」頂禮膜拜求福，深有感觸，便寫下了這首諷刺詩。對於本極平庸、忽而身價暴漲的佞倖及其趨附者，此詩可謂幽默辛辣，切中要害。

春雪

韓愈

新年都未有芳華❶，二月初驚見草芽。白雪卻嫌春色晚，故穿庭樹作飛花。

【語譯】新春以來，芳香的花一朵也沒看見，直到二月之初，人們纔驚喜地見到草在發芽。連天上白雪都嫌春色來得太晚，因此纔穿梭於庭院中的樹木，化作朵朵飛花。

【注釋】❶芳華　芳香的花朵。

【研析】韓愈有春雪詩多首，皆清新雋永，意味深長。此首將白雪擬人化，設想新奇，意境優美。其前三句是為鋪墊。一句言新年元旦前後，尚未有花，引起人稍稍的遺憾；二句言過了一個月，人們總算見到了草芽，但春花卻仍然未見，從而使人對於春花的渴望更為強烈。三句言白雪卻嫌春色來晚，雪與人卻是同一心思。四句水到渠成，言春雪化作飛花，彌補了人們的遺憾。但雪與花怎樣纔能渾然一體呢？作者巧妙地用「故穿庭樹」作過渡，從而使白雪天衣無縫地化作了春花。

遊城南十六首❶・晚春

韓愈

草樹知春不久歸，百般紅紫鬥❷芳菲。楊花❸榆莢❹無才思，惟解漫天作雪飛。

【注釋】❶遊城南十六首 〈遊城南〉詩，計十六首，非一日一時之作，類似老杜〈漫興〉，多有所諷。❷鬥 比試。❸楊花 即柳絮。❹榆莢 榆樹的莢果。

【語譯】花草樹木都知道春光不久就要歸去，因此百般地逞紅露紫，爭奇鬥妍。柳絮和榆莢沒有花兒的才情，只知道漫天飄舞白絮，像白雪紛飛。

【研析】本詩詠晚春之花草樹木，亦比亦興，意味深長。紅花紫朵各有芳菲手段，而楊花榆莢，雖無紅紫之才思，然仍可漫天飛舞，自有其獨特之處。韓愈另有一〈晚春〉詩云：「誰收春色將歸去，慢綠妖紅半不存。榆莢祇能隨柳絮，等閑撩亂走空園。」意趣相似，亦有所諷。

遊城南十六首・遣興❶

韓愈

斷送一生惟有酒，尋思百計不如閑。莫憂世事兼身事，須著❷人間比夢間。

【注釋】❶遣興　排解一時之興致。❷著　猶將、把、用。

【語譯】伴送一生直到盡頭的東西，只有這杯中酒。思來想去，千方百計，都不如在家賦閑。不要去憂慮世上的事情，也不必憂慮自己，應把這虛浮的人間，比作是一場夢幻。

【研析】韓愈是個使命感強烈的人，尊崇儒道，排斥佛老，建立堯、舜、禹、湯、文、武、周公、孔子、孟子一系相承的道統，並以上繼孟子，發揚道統自期，凡事關民生疾苦，無不極言敢諫。然而動遭讒謗，遠謫荒陬，其內心的憤慨，如何能平！眼見朝廷上下誤國誤民之事層出不窮，雖然憂心如焚，終究孤掌難鳴，人微言輕，於事無補。憂憤之極，不得不謀自我排遣之道。於是諸如「美酒送生涯」、「萬事不關心」、「人生如夢幻」等各種可以消憂解愁的法寶，紛紛出籠。然而故作曠達，正是由於無法曠達；故作冷漠，正是由於不能忘情。執著於儒家仁政理想的人，一旦故為曠達之舉，故作冷漠之語，可謂倍增其憂憤，豈止是隨意發發牢騷而已？

早春呈水部張十八員外❶二首（其一）

韓愈

天街❷小雨潤如酥❸，草色遙看近卻無。最是一年春好處，絕勝❹煙柳滿皇都❺。

【注釋】❶水部張十八員外　指張籍。以兄弟輩排行為十八，故稱「張十八」。曾任水部員外郎，世稱「張水部」。水部，唐時屬工部四司之一，掌管水利等方面的有關事宜。❷天街　京城中的街道。❸酥　酥油，以牛羊乳酪製成。此形容春雨之滑膩。❹絕勝　非常地好。❺皇都　京城；首都。

【語譯】長安街上的絲絲春雨，潤澤萬物有如酥油，遠看那郊外的草色似已發青，走近細看卻又全無。一年中最好的時節，正是這初春時候，而最好的勝景，是楊柳堆煙，籠罩著整個京都。

【研析】此詩作於穆宗長慶三年（八二三）愈官吏部侍郎時。詩中寫早春二月長安街小雨中的景色。春色初動，細雨如酥，到處生機勃勃，春意盎然，草色若有若無，帶來了春的信息，這正是一年春光中的最好時節。若到繁花似錦，垂柳籠煙，春色滿園，春光便要走下坡路了。詩人在觀察自然景物之中，悟出哲理，藉詠早春，以抒情思，以呈友人。「天街小雨潤如酥，草色遙看近卻無」二句，體察細緻獨到，狀難寫之景如在目前，寫出人人心中所有而筆下所無，為歷代傳誦之名句。黃叔燦評此詩云：「『草色遙看近卻無』，寫照工甚，正如畫家設色，在有意無意之間。」（《唐詩箋注》）胡仔《苕溪漁隱叢話》後集曰：「『天街小雨潤如酥，草色遙看近卻無。最是一年春好處，絕勝煙柳滿皇都。』此退之〈早春〉詩也。『荷盡已無擎雨蓋，菊殘猶有傲霜枝。一年好景君須記，最是橙黃橘綠時。』此子瞻〈初冬〉詩也。二詩意思頗同而詞殊，皆曲盡其妙。」

遊太平公主❶山莊

韓愈

公主當年欲佔春❷，故將臺榭壓城闉❸。欲知前面花多少？直到南山❹不屬人。

【注釋】❶太平公主　唐高宗的小女兒，武則天所生，曾參與除掉張易之、張昌宗兄弟，平定韋氏之亂，一時權傾天下，竟至挾制天子。公主的山莊遍於京畿，北起長安城腳，南到終南山麓。後因謀廢玄宗，欲仿武后稱帝，事敗被殺（事見《舊唐書·外戚傳·太平公主》與《新唐書·諸帝公主傳》）。❷佔春　佔盡、壟斷春光。❸臺榭壓城闉　臺榭之高，高過長安的城牆。形容其勢焰超過了皇上。臺榭，指山莊內的樓臺亭榭。闉，古代城門外層的闕城。❹南山　指終南山，在長安城南五十里，向為遊覽勝地。

【語譯】當年的太平公主，想要佔盡天下的大好春光，因此她自家的亭臺樓閣，高過了長安的城牆。走進山莊的大花園，想知道前面的花兒還有多少？一直走到終南山，都沒有別人家的土地。

【研　析】這首詩極力描寫當年的太平公主是怎樣勢焰薰天，炙手可熱，擁有大量的土地，握有無上的權力。在封建社會中，只有天子纔能自許為陽光雨露，而太平公主卻要佔盡春光；任何建築物，不論是私家宅第還是官府衙門，其形制規模都有一定的規矩，不能超過標準，否則就是犯上，而太平公主家亭臺樓閣的豪華高大，甚至壓倒了京城；進了她家的花園，一望無際都是花，如果你想知道盡頭，那麼告訴你，一直到終南山！這是略帶誇張地描寫了太平公主山莊是怎樣的廣大豪華，怎樣地超過了皇上。蓋唐代中葉以後，朝廷裏宦官橫行，地方上豪強霸道，他們依靠權勢或武力，強佔土地、田園、山林，營造豪華宅第，成為大大小小獨霸一方的土皇帝。韓愈這首詩就是借諷刺太平公主，來指斥豪強的。明人陸時雍說：「讀柳子厚詩，知其人無與偶；讀韓昌黎詩，知其世莫能容。」（《詩鏡總論》）這首詩尖銳潑辣，有著明顯的現實性和針對性，那些當政者和藩鎮們當然是「莫能容」的。

憶揚州

徐凝

【作　者】徐凝（生卒年不詳），約為憲宗元和間人。曾與施肩吾相研討詩藝，與韓愈、白居易等人均有所交往。張為《詩人主客圖》以白居易為「廣大教化主」，以徐凝為「及門」。元和間即有詩名，方干曾從其學詩。徐氏曾遊長安，不得官而返，卒於鄉里。《全唐詩》存詩一卷。

蕭娘❶臉薄難藏淚，桃葉眉❷長易覺愁。
天下三分明月夜，二分無賴❸是揚州。

【注釋】❶蕭娘　指美麗的女子。❷桃葉眉　此是雙關，既指美女之眉，也是指桃葉形狀的眉毛。桃葉，晉王獻之妾，後用以指美女。❸無賴　揚州方言，可愛之極的反稱。

【語譯】美麗的姑娘嬌羞藏不住淚水，桃葉的雙眉長長，更顯得愁思多多。若將天下的明月之夜算成三分，那就有二分的美麗在揚州。

【研析】揚州今屬江蘇，是一座具有悠久歷史的古城。以其女子美艷、景觀秀麗、繁華昌盛而著稱於世。揚州唐時最為繁盛，有所謂「揚一益二」的說法。此詩首敘揚州女子相思之態，是謂「先聲奪人」，使人一見而生憐愛之心。若逢明月之夜，更易惹起情思。「天下三分明月夜，二分無賴是揚州」二句，設想奇特。天下可分之說，見《論語・泰伯》：「三分天下有其二，以服事殷。」此言月光可分，實為獨創。爾後蘇軾有「春色三分，二分塵土，一分流水」（〈水龍吟・次韻章質夫楊花詞〉）之語，實由本詩化出。

秋思

張籍

【作　者】張籍（七六八—八三〇），字文昌，蘇州吳縣（今江蘇蘇州）人，一作和州烏江（今安徽和縣烏江鎮）人。德宗貞元十五年（七九九）進士，為太常寺太祝，遷秘書郎。韓愈薦為國子博士，歷水部員外郎、水部郎中，官至國子司業，世稱「張水部」或「張司業」。《全唐文》錄存其文二篇，《全唐詩》錄存其詩四六六首。

洛陽城裏見秋風❶，欲作家書意萬重。復恐匆匆說不盡，行人❷臨發又開封。

【注　釋】❶洛陽城裏見秋風　晉張翰為官洛陽，「因見秋風起，乃思吳中菰菜、蓴羹、鱸魚膾，曰：『人生貴得適志，何能羈宦數千里，以要名爵乎？』遂命駕而歸。」（《晉書・張翰傳》）籍亦吳人，亦官洛陽，見秋風亦有鄉土之思，故暗用張翰典故。❷行人　此指捎帶家書之人。

【語　譯】洛陽城中刮起了秋風，想寫一封家信，心中的意念千絲萬縷。因擔心匆忙中說得未能盡意，捎信的人剛要起身，又打開信封，重加琢磨。

【研　析】這首詩以極平淡之筆，寫出極濃重之鄉情。秋風一起，思念家鄉，亦在情理之中，因思念而修書，也屬平常，一二句似已落入俗套。三四句僅以一生活細節，頓使全詩靈動生色。詩人擷取自己寫家書時的思想活動和寄家書時的心事重重，生怕說錯什麼或遺漏什麼的心理，真切而細膩地表達了人人生活經驗中所共有的經歷。蓋葉落歸根，秋日思家，此題材為古今習見。然此詩寫法獨特，遂成千古傳誦之佳作。「洛陽城裏」，與「長安道上」同義，是求宦而離鄉；秋風起時，獨自在外，更添一重涼意，面對秋景，自然思緒萬端。然所思之事並不說出，只是以一感人的小小細節，寫出心緒之亂：「行人臨發又開封」，有千言萬語，終不知說何是好。其刻畫入微，形神畢肖，把詩人當時的心態完全展現在讀者的面前。那寫的內容有「意萬重」，那寫的時間卻很「匆匆」，於是「說不盡」的擔心，「又開封」的舉動，便下意識地通過戲劇性的細節，表現得那麼淋漓盡致。王安石評他的詩說：「看似尋常最奇崛，成如容易卻艱辛。」（〈題張司業詩〉）沈德潛評這首詩說：「亦復人人胸臆語，與『馬上相逢無紙筆』（按即岑參〈逢入京使〉詩）一首同妙。」（《唐詩別裁》卷二〇）

送蜀客

張籍

蜀客南行祭碧雞❶，木棉❷花發錦江❸西。山橋日晚行人少，時有猩猩樹上啼。

【注釋】❶祭碧雞　《漢書・郊祀志下》：「或言益州有金馬、碧雞之神，可醮祭而致。於是遣諫大夫王褒，使持節而求之。」今雲南昆明，東有金馬山，西有丘雞山，兩山對峙，山上都有神祠，相傳即漢宣帝時祭金馬神和碧雞神的地方。碧雞，傳說中的神名。❷木棉　又名瓊枝、古貝、攀枝花、英雄樹等。落葉喬木，高達二、三十公尺，大可合抱。春日先開花，後生葉。花大紅，夏日結果。產於我國福建、臺灣、廣東、廣西、雲南及四川的金沙江流域。❸錦江　當地習稱府河，在今四川省成都平原。《元和郡縣志》：「此水濯錦，鮮於他水。」故名。

【語　譯】蜀地的一個朋友要到南方去祭祀碧雞神，那兒正有木棉開花，紅遍了錦江之西。山間的小橋黃昏後行人更稀。這時常有猩猩，在那木棉樹上向人嗚啼。

【研　析】大唐是一個多民族的龐大帝國，其邊疆地帶的異鄉風情，是詩人們的一個重要題材。這首風土詩，寫唐代蜀中錦江一帶的景物，很有特色。「祭碧雞」頗有些神秘色彩，木棉樹則極為高大火紅，而猩猩啼樹則更是內地根本見不到的景象。正是這些奇情異景，構成了當地的「風土」特色，成為人們注意的對象，引發人們無窮的興味。

涼州詞

張籍

鳳林關❶裏水東流，白草黃榆六十秋。邊將皆承主恩澤，無人解道❷取❸涼州❹。

【注　釋】❶鳳林關　在唐河州西北四十里，今甘肅蘭州西南百餘里。唐置鳳林縣，在縣西北有鳳林關。有大夏河流經此關。❷解道　懂得；知道。❸取　收復。❹涼州　唐時州名。轄今甘肅永昌以東、民勤以南、天祝藏族自治縣以北地區。「安史之亂」後，唐勢已衰，據《元和郡縣志》「沙州」條，涼州於建中二年（七八一）陷於吐蕃，大中二年（八四八）為張議潮所收復，淪陷計六十七年，故上文云「六十秋」。

【語譯】鳳林關內的大夏河水緩緩東流，六十年來白草黃榆經過多少榮枯。邊關將領們都蒙受著君王的恩澤，卻沒有一個人想去收復涼州。

【研析】宋人嚴羽對於張籍的樂府，表示「予所深取」（《滄浪詩話・詩評》）。元人范德機則說：「樂府篇法，張籍第一。」（《木天禁語》）但是也有不同意見。宋人魏泰甚至說：「其述情敘怨，委曲周詳，言盡意盡，更無餘味。及其末也，或是詼諧，便使人發笑，此曾不足以宣諷。」（《臨漢隱居詩話》）對於他的七言近體詩，議論就更多了。主要也是批評他「意隨言盡」、「義無餘蘊」，這是以「溫柔敦厚」的儒家詩教為審美標準的。但如果遇到像這首諷刺詩的情況，用「溫柔敦厚」來作為評價標準，就很難處理了。這首詩雖然寫得比較直露尖刻，但並不代表就沒有深度，沒有「餘蘊」。對於這一類諷刺詩來說，還是嚴羽、范德機看得更深一層。詩中說，邊將只知沐恩承寵，享受著高官厚祿，而對於保衛河山，收復失地，則茫然不知所措矣。此詩在字面上，是指責邊關將領失職，但詩中關鍵，卻並不在此。一般說來，守土衛邊，主要靠邊關將士們的決心和鬥志，但對於收復失地來說，則主要在於朝廷之籌劃，在於國力是否能及，而不在於邊將的主觀努力。如果沒有主上的授命和後援的支持，要想收復失地，幾乎是不可能的。這是政治軍事常識，張籍不可能不知道。他之所以要說邊將們「無人解道」，不是他自己不「解道」，而是在委婉地諷刺當政者。李白的「李牧今不在，邊人飼豺虎」和王昌齡的「但使龍城飛將在，不教胡馬度陰山」，皆言守土，而此詩言光復，一守一攻，難易雖大為不同，但所諷刺的對象卻是一樣的。為什麼會「無人解道」，為什麼邊關會沒有李牧、李廣？那原因很簡單，就是朝廷用人不明！

天馬詩

張仲素

天馬❶初從渥水❷來，郊歌❸曾唱得龍媒。不知玉塞❹沙中路，苜蓿❺殘花幾處開？

【注　釋】❶天馬　駿馬；好馬。《史記・大宛列傳》：「天子（漢武帝）發書《易》（『書易』二字當作『易書』）云：『神馬當從西北來。』得烏孫馬好，名曰『天馬』。及得大宛汗血馬，益壯，更名烏孫馬曰『西極』，名大宛馬曰『天馬』云。」❷渥水　渥窪水的省稱。在今甘肅安西，黨河的支流。《史記・樂書》：「又嘗得神馬渥窪水中。」後世常以「渥窪」作為有關神馬的典故。❸郊歌　指郊祀歌。漢武帝定郊祀之禮，立樂府。命李延年為協律都尉，作郊祀歌十九首，〈天馬〉即其中之一。其詩略云：「天馬徠，龍之媒，遊閶闔，觀玉臺。」後世因謂駿馬為龍媒。如杜甫〈昔遊〉詩云：「有能市駿骨，莫恨少龍媒。」❹玉塞　指玉門關。漢武帝置，故址在今甘肅敦煌西北的小方盤城。趙宋以後，此關漸廢。❺苜蓿　多年生草本植物，葉長圓形，花紫色或黃色，是一種營養豐富的重要牧草。原產西域，漢武帝時自大宛傳入中土。《史記・大宛列傳》：「俗嗜酒，馬嗜苜蓿。漢使取其實，於是天子始種苜蓿、蒲陶肥饒地。」

【語　譯】西域大宛的駿馬，起初是從渥窪河那邊來，漢代郊祀歌中讚美牠是「龍媒」。不知道現在玉門關外的茫茫沙漠中，苜蓿草的紫黃殘花，還有幾處在開？

【研　析】漢唐時代，崇尚武力，而戰馬則是武裝部隊最主要的組成部分。因此，漢唐時代就有了許多「馬賦」、「馬詩」。但到了後來，詠馬詩逐漸演變為藉馬寫人或有所諷喻的寄託詩。其後，西北大部分疆土被吐蕃佔領，通往西域的走廊被切斷，「天馬」也就斷了來源。因而這首詩的結尾兩句便用十分含蓄委婉的語氣說：「不知玉塞沙中路，苜蓿殘花幾處開？」表面上說是牧草沒有了，實際上是說，天馬再也見不到了，皇家的軍隊，也早已沒了蹤影，關外的土地，已經非唐所有多年了。

秋閨思二首（其二）

張仲素

秋天一夜靜無雲，斷續鴻聲❶到曉聞。欲寄征衣❷問消息，居延❸城外又移軍。

【注　釋】❶鴻聲　古人有鴻雁傳書的傳說。《漢書》卷五四〈李廣蘇建傳〉：匈奴與漢和親，漢求（蘇）武等，匈奴詭言武死。後漢使復至匈奴，言天子射上林中，得雁，足有繫帛書，言武等在某澤中。單于驚，謝漢使曰：武等實在。從此便有「雁書」之典。❷征衣　征夫的寒衣。古代守邊士兵須自備衣服等物。❸居延　西漢置。故城在今甘肅額濟納旗西北。為漢以來邊地重鎮。

【語　譯】秋日的夜晚，靜悄悄的，萬里無雲，只有鴻雁的聲音，斷斷續續一直叫到天明。想寄件寒衣給塞外的征人，先打聽丈夫部隊的消息。聽說部隊又從遙遠的居延城外，移防到更遠的地方去。

【研　析】這是寫思婦思念征夫的詩。開篇兩句，極力描寫思婦輾轉反側、夜不成眠的相思之苦。她看到秋天的夜空，靜無纖雲；聽到南飛的鴻雁，斷斷續續叫到天明。說明思婦在看著北方的天空，聽著鴻雁的動靜，又度過了一個不眠之夜。她想到塞外秋深，寒衣未寄，而征人行軍，居處不定，於是到處打聽消息，丈夫原來可能是駐守在居延城附近的，但此時卻聽說開拔到更遠的地方去了。詩人在這裏省略了思婦的某些思想活動，而突出了她打聽消息的細節，但她所得到的消息，卻是「居延城外又移軍」。於是欲寄無處，欲罷不能，而思婦相思、相憶的痛苦，就不言而喻了。明人楊慎說張仲素「長於絕句」（《升庵詩話》卷三）。這首詩的長處，就在善於截取生活中最容易表現主人公感情的片段，以引起讀者的共鳴。

觀祈雨❶

李約

【作　者】李約（生卒年不詳），字存博。李勉之子，曾任兵部員外郎。後與主客員外郎張諗一同棄官隱居。其詩多寫山林逸興、人間不平。

桑條無葉土生煙，簫管迎龍水廟前。朱門幾處按❷歌舞，猶恐春陰咽❸管弦。

【注　釋】❶祈雨　求雨儀式。古代的一種迷信，相傳龍王管雨，遇到乾旱，人們即舉行求拜龍王的儀式，祈求龍王爺開恩下雨。❷按　演奏。❸咽　樂音滯塞。管弦樂器陰天受潮後，音色不再清脆響亮。

【語　譯】桑樹的枝條生不出葉子，地上乾得冒煙，樂隊吹著簫管，迎來了龍王偶像，祈拜在水廟門前。豪門裏處處仍在載歌載舞，還怕春日陰天受潮，啞了簫管絲弦。

【研　析】詩以強烈的對比，揭露了豪門貴族的腐化墮落。大地乾旱，泥土冒煙，春種不能進行，桑樹成了枯枝，蠶繭已經沒有指望。不知道這大旱之年要餓死多少百姓。可恨的是勢家豪門卻完全不管百姓的死活，仍在不停地唱歌跳舞。老百姓都希望能下些雨水，但那些沒有心肝的傢伙卻只擔心陰天時樂器的吹奏效果不佳！

井欄砂宿遇夜客❶

李涉

【作　者】李涉（七七一？—八四〇？），字不詳，自號清溪子，河南洛陽（今屬河南）人。早歲客梁園，數逢兵亂，避地南方。性好山水，隱居廬山香爐峰下石洞中，養一白鹿以為伴。一同隱居者尚有弟李渤及崔膺兄弟等。數人茅舍相接，詩酒相娛。後移居終南山。憲宗元和初，應陳許節度使劉昌裔辟，任從事。入朝為太子通事舍人，因事貶硤州司倉參軍，在硤中蹭蹬近十年。長慶元年還京，官至太學博士，世稱李博士。寶曆元年，坐事流康州。後歸洛陽，隱居以終。有《李涉詩》一卷傳世。其詩氣骨峻峭。善為歌行長篇，勢如行雲流水。其絕句亦清新可人。《全唐文》錄存其文一篇，《全唐詩》錄存其詩一一七首。

暮雨蕭蕭江上村，綠林豪客夜知聞。他時不用逃名姓❷，世上如今半是君。

【注　釋】❶遇夜客　《唐詩紀事》卷四六：「涉嘗過九江，至皖口（今安徽安慶）遇盜，問：『何人？』從者曰：『李博士也。』其豪首曰：『若是李涉博士，不用剽奪。久聞詩名，願題一篇足矣。』涉贈一絕……。」❷他時不用逃名姓　一作「他時不用相迴避」，一作「相逢不必論相識」。

【語　譯】傍晚的小雨蕭蕭下個不停，夜宿在江邊的小村，綠林裏的豪客夜晚前來拜訪，竟然知曉我的詩名。以後相遇時大王您已不用隱瞞名姓，因為如今的世上，有半數都是您這樣的綠林好漢。

【研　析】中晚唐天下大亂，「綠林好漢」多如牛毛，作者這夜遇到了一夥綠林好漢。幸運的是，這夥人的頭目頗好詩歌，一聽說是李涉博士，就吩咐留情，只要一篇詩歌。於是作者便和好漢們開了個小玩笑，並順便諷刺了這個亂糟糟的社會。

題鶴林寺❶僧舍

李涉

終日昏昏醉夢間，忽聞春盡強登山。因過竹院逢僧話，又得浮生❷半日閑。

【注　釋】❶鶴林寺　寺名。在江西廬山。詩人曾與其弟李渤「卜隱匡廬香爐峰下石洞間」。見《唐才子傳》卷五。涉還有〈春晚遊鶴林寺寄使府諸公〉等詩。❷浮生　喻人生虛浮若夢。語出《莊子・刻意》：「其生若浮，其死若寄。」又李白〈春夜宴從弟桃花園序〉：「而浮生若夢，為歡幾何？」亦將人生看作虛浮無定。

【語　譯】整日裏昏昏沉沉，如醉如夢。忽然聽說春日將盡，便強把山登。無意間穿過竹蔭掩映的院落，遇到僧人談談話。忙碌浮生中，又得到半日的清閑。

【研　析】整天處於人世的困擾之下，能夠有半日的清閑，無異於伏天裏的一陣涼風。詩中說，自己因俗事而終日昏昏，如醉如夢，連春色都已辜負殆盡。為了彌補這一遺憾，於是決定登山遊春。途中遇到一位閑僧，兩人閑話，從閑話中，心靈得到了半日清閑。娓娓道來，脈絡分明。既以慨嘆自己的十年蹭蹬、兩次謫遷，羈旅道路，不得閑適；更以慨嘆世人之昏醉，如蟻之爭穴，蠅之逐血，而自己不能免俗，亦在昏醉不知春色之列。如今能登山遊賞，「又得浮生半日閑」，是何等愜意。此句語雖淺易，而意至深邃，已經成為千百年來活在人們口頭的名句。宋代曾季貍評李涉詩「有思致」，曾為王荊公（安石）所深愛（見《艇齋詩話》），元辛文房云李涉詩「詞意卓犖，不群世俗」（《唐才子傳》卷五）。從這首詩和他的「歸去滄江有釣舟」，「願得身閑便作僧」等詩篇看來，的確是「有思致」、「不群世俗」的。李涉是大曆以後的著名詩人，詩句圓熟，詩意清新，曾以前首「暮雨蕭蕭江上村，綠林豪客夜知聞。他時不用逃名姓，世上如今半是君」的詩而詩名大噪。但這首詩的「又得浮生半日閑」，則更為膾炙人口。

竹裏

李涉

竹裏編茅❶倚石根❷，竹莖疏處見前村。閑眠盡日❸無人到，自有春風為掃門❹。

【注　釋】❶編茅　編織茅草以為屋廬。典出晉人王嘉《拾遺記》卷六：「任末（字叔本）年十四時，學無常師，負笈不遠險阻。每言：『人而不學，則何以成？』或依林木之下，編茅為庵，削荊為筆，樹汁為墨。」❷石根　石山腳下。❸盡日　自早至晚。猶言終日、全天。❹掃門　打掃門庭。

【語　譯】在那茂密竹林的深處，築了幾間茅屋緊靠山石，從這竹竿的稀疏之處，隱隱約約地能夠望見前村。從早到晚我高枕閑睡，沒有一個人來此打攪，卻有陣陣的春風，殷勤地為我打掃著門庭。

【研析】山中結廬，整日閑睡，無人打攪，翠竹成林，春風吹拂，是何等令人快意！詩人早年與弟李渤同隱廬山。唐代的「隱士」，大都是「潛龍勿用」，一是為修煉自身本領，一是為博取名聲，從而為在不遠的將來進入仕途而作準備。大詩人李白便曾在廬山「讀書」，後來經道士吳筠推薦，入朝做了個「供奉翰林」。李涉也在廬山「隱居」，後來果然因人推薦，做過幾任小官。但由於書生氣十足，沒有那一套油滑的應付本領，又不願拍馬逢迎，不久便遷謫硤州，後來竟又弄到流放康州的悲慘境地。受此打擊，官是不敢做了，也沒得做了，於是又「歸隱」起來了。他曾寫過一首〈葺夷陵幽居〉的詩，云：「負郭依山一徑深，萬竿如束翠沉沉。從來愛物多成癖，辛苦移家為竹林。」這個「夷陵幽居」，大概也就是本詩所寫的地方吧。此詩純用白描，而詩味甚濃，如「竹莖疏處見前村」、「自有春風為掃門」，都是佳句。所謂「不著一字，盡得風流」。古之高隱者，陶淵明愛菊，林和靖愛梅，周濂溪愛蓮，皆用以寄託其志行之高潔。李涉雖然不如上述幾位著名，但這首〈竹裏〉詩，卻也大有陶淵明的遺風。

竹枝詞❶

李涉

十二山❷晴花盡開，楚宮❸雙闕對陽臺❹。細腰❺爭舞君沉醉，白日秦兵天上來❻。

【注　釋】❶竹枝詞　原為巴蜀民歌，劉禹錫曾據其調創製新詞。其內容多詠風土人情，寫旅途離思，寓世態諷諭，描兒女柔情等等。後遂為詩歌之一體，歷代盛行不衰。❷十二山　指巫山十二峰，在今四川、湖北兩省交界的巫山中，臨近長江三峽。唐令狐楚所選《御覽詩》李端〈巫山高〉有句云：「巫山十二峰，皆在碧虛中。」宋祝穆《方輿勝覽》卷五七「夔州十二峰」云：「日望霞（神女）、翠屏、朝雲、松巒、集仙、聚鶴、淨壇、上昇、起雲、飛鳳、登龍、聖泉。其下即巫山神女廟。」其中以神女峰最奇最有名。乘舟過巫峽，十二峰不能都見到，蘇轍〈巫山賦〉云：「峰連蜀以十二，其九可見，而三不可見。」❸楚宮　此指細腰宮。春秋時楚靈王（前五四〇－前五二九年在位）的離宮，故址在今重慶市巫山縣。顧祖禹《讀史方輿紀要》卷六九「巫山縣陽臺山」條下云：「在縣治北，高百丈，志云：『上有雲陽臺遺址。』又縣東北四里有女觀山，志云：『女觀山西畔小山頂，有楚故離宮遺址，俗云細腰宮。三面皆荒山，惟南望江山最為奇麗。』」❹陽臺　《昭明文選》宋玉〈高唐賦序〉：昔日先王嘗遊高唐，怠而晝寢，夢見一婦人，曰：「妾巫山之女也，為高唐之客，聞君遊高唐，願薦枕席。」王因幸之。去而辭曰：「妾在巫山之陽，高丘之阻，旦為朝雲，暮為行雨，朝朝暮暮，陽臺之下。」後即以「陽臺」為男女歡愛之所。❺細腰　纖細的腰身。指細腰宮中的舞女。《墨子・兼愛中》：「昔者楚靈王好細腰，靈王之臣皆以一飯為節，脅息然後帶，扶牆然後起。」後遂有「楚王好細腰，宮中多餓死」的說法。楚王愛細腰的傳說，又見《荀子・君道》、《韓非子・二柄》、《管子・七主七臣》、《尸子・處道》、《尹文子・大道》、《淮南子・主術》等篇。❻秦兵天上來　戰國末，秦屢攻楚，竟滅之。

【語　譯】晴朗的陽光下，巫山十二峰的山花鮮艷地開放，楚王離宮的雙闕，正對著神女所居的陽臺。腰肢苗條的舞女們盡情表演，楚王沉醉其中。那知道攻打楚國的秦軍，白日裏從天而降。

【研　析】這首詩諷刺了溺於酒色、荒於朝政的君王。中晚唐的君王，與荒淫誤國的楚王可算是「難兄難弟」。其時大唐國力衰弱，藩鎮強橫難制，吐蕃、回紇屢屢入侵，但君王仍然會想盡辦法尋歡作樂。本詩鎔寫景、詠史、說理於一爐，因景而生情，由情而入理，藉民歌的形式，寓興亡的道理，使人在吟諷中既感受到審美的愉悅，又省悟到諷喻的意義。

浪淘沙❶九首（其一）

劉禹錫

九曲❷黃河萬里沙，浪淘風簸自天涯。如今直上銀河去，同到牽牛織女家❸。

【注　釋】❶浪淘沙　唐教坊曲名。原為水邊漁歌，開元中始採入樂。劉禹錫、白居易創為新詞，格調清新，歷代傳唱。❷九曲　黃河中上游段彎曲甚多，故稱其為「九曲」。九言其多。❸如今直上銀河去二句　黃河發源自青藏高原，遠遠看去，如同來自天上，故有黃河源頭與銀河相通的傳說。

【語　譯】萬里黃河九道彎，萬里黃河盡黃沙。大浪淘沙，西風顛簸，河水直下好似來自天涯。如今若從黃河直上，便可到那天上的銀河，一同來到天河邊的牛郎織女家。

【研　析】這組詩共有九首，以題為歌詠對象，多藉大浪淘沙之景象，寫人生之哲理。此首既有萬里黃河自天涯的雄渾氣勢，又有柔情萬端的關於牛郎織女的優美傳說。第一句視通萬里，極盡開闊之能事；第二句給人以強烈的動感，黃河遠自天邊，咆哮奔騰，風勁水急，波浪壯闊。三四句突發奇想，令人神往不已。

浪淘沙九首（其六）

劉禹錫

日照澄洲❶江霧開，淘金女伴滿江隈❷。美人首飾侯王印，盡是沙中浪底來。

【注　釋】❶澄洲　清清江水所環繞的陸地。❷江隈　江灣。

【語　譯】太陽照著清澈的沙洲，早晨的江霧慢慢散開，淘金的女子，早已布滿了江灣。那些美人的首飾、侯王的金印，全都是淘金女從這沙中浪底辛苦得來。

【研　析】黃金之所以貴重，就是因為它得之不易。自然界中，成塊的金子極為少見難得，大部分的黃金，都是經過千辛萬苦纔從沙中淘出來的。「沙裏淘金」的工藝雖然比較簡單，但曠日費時，出力多而所獲微，一般的男人都很難承受，而這兒淘金的，竟然全是女人！一位淘金工人一年的辛苦勞動，也就那麼一點沙金，卻為侯王、美人拿去鑄印、造首飾了。

浪淘沙九首（其八）

劉禹錫

莫道讒言如浪深，莫言遷客❶似沙沉。千淘萬漉❷雖辛苦，吹盡狂沙❸始到金。

【注　釋】❶遷客　被貶之人。❷漉　過濾。❸狂沙　形容沙因風而鋪天蓋地。

【語　譯】不要說讒言如同這江浪一樣深險，不要說被貶之人將要像這江沙一樣沉埋。千遍淘洗、萬次過濾雖然至為辛苦，吹盡這鋪天蓋地的狂沙，纔能見到黃金。

【研　析】本詩以沙底淘金為喻，表示了對於迫害打擊的蔑視。詩中還講出了一個深刻的道理：越是環境艱苦，越是迫害打擊，就越能顯出賢人黃金般的堅貞本性。讒言淹沒不了真理，狂沙埋沒不了真金，經過「千淘萬漉」，黃金終究會發出耀眼的光芒。這首詩本來是針對政治迫害而發的，但後二句「千淘萬漉雖辛苦，吹盡狂沙始到金」，卻具有了普遍的哲理：只有付出了辛勤的努力，纔能得到最美好的東西。

秋詞二首（其一）

劉禹錫

自古逢秋悲寂寥❶，我言秋日勝春朝。晴空一鶴排雲上，便引詩情到碧霄。

【注釋】❶寂寥　寂寞失意。

【語譯】從古至今，人們每逢秋天就悲傷寂寞，而我卻要說，秋天更比春日好。看那萬里晴空之中，有一隻仙鶴排雲而上，引起了我的詩情，一直飛到碧空遨遊。

【研析】此詩約作於憲宗元和元年（八〇六）至九年間。當時劉禹錫任朗州（今湖南常德）司馬。詩寫詩人對秋日之獨特感受，一反前人悲秋傷秋之慨，而歌唱「晴空一鶴排雲上，便引詩情到碧霄」，以秋高氣爽，鶴飛沖天之空闊景象與昂揚氣概，顯示其身處逆境而積極樂觀的精神風貌。全詩抒情與寫景相結合，寓意深刻，形象鮮明。

元和十年自朗州召至京戲贈看花諸君子

劉禹錫

紫陌❶紅塵拂面來，無人不道看花回。玄都觀❷裏桃千樹，盡是劉郎去後栽❸。

【注　釋】❶紫陌　指鋪滿桃花的小路。❷玄都觀　道觀。在長安崇業坊。❸劉郎去後栽　暗指這些朝中新貴，是自己離京後新爬上來的。

【語　譯】紫紅的小路上桃花香塵拂面而來，人人都說是從桃花林中而回。玄都觀裏桃花千樹，全都是劉郎我去後新栽。

【研　析】此詩作於憲宗元和十年（八一五）春。先是，順宗永貞元年（八〇五），劉禹錫因參加政治革新活動，貶為朗州（今湖南常德）司馬。本年正月，得憲宗詔，自朗州還長安待命。此詩藉長安玄都觀觀賞桃花之事，抒發十年被貶之感慨，語涉朝廷新貴。《新唐書・劉禹錫傳》及歷代詩話家皆稱此詩「語譏忿」，獨羅大經《鶴林玉露》乙編卷四以為「不過感嘆之詞耳，非甚有所譏刺也」。從詩之本意來看，似乎僅是牢騷而已。其一二句渲染看花路上之人來人往，暗譏仕途之汲汲營營；三四句感嘆十年遠離京城，朝中已盡是新貴矣。此詩所涉未免過寬，容易引起誤解。劉禹錫、柳宗元等人被召回京城後，不但沒有受到任用，反而遭到進一步的排擠打擊：遠貶禹錫為播州（今貴州遵義）刺史，宗元為柳州（今屬廣西）刺史。柳宗元以禹錫母年老，上書請求以較近之柳州易播州，朝中裴度等亦為禹錫說情，遂改貶連州（今廣東連縣）刺史。劉、柳等人對朝政的譏刺，正是當權者進行政治迫害的藉口。從實際效果看，這樣的詩，只能逞一時之快，而不能解決任何政治問題。

再遊玄都觀

劉禹錫

百畝庭中半是苔❶，桃花淨盡菜花開。種桃道士歸何處？前度劉郎今又來。

【注　釋】❶苔　苔蘚。指觀中已經冷落。

【語　譯】這兒已是人去樓空，百畝的庭院大半是苔蘚。昔日繁盛的桃花已經一樹無存，唯有菜花盛開。當年種桃的道士如今到了何處？前度看花作詩的劉郎，今日又從貶地再度回來。

【研　析】此詩與〈元和十年自朗州召至京戲贈看花諸君子〉雖相隔十餘年，但在內容上卻是姐妹篇。憲宗元和十年（八一五），劉自貶地奉召回京，作〈戲贈〉一詩，語涉譏刺，再次被貶。大和二年（八二八）二月，由宰相裴度薦，再召回長安，任主客郎中。三月，禹錫再遊玄都觀，百感交集，作此詩。首句「半是苔」，言昔日當路者繁華不再，二句寫玄都觀桃花已盡而菜花滿庭，景象與以往大不相同。後二句「種桃道士歸何處？前度劉郎今又來」，言當年朝中各色人等，今日不知去處，而我「劉郎」則又來矣。此一「歸」一「來」，對比鮮明，感情強烈。京都為士人所嚮往之地，出京入京，對為官者很是重要，故作者對「歸」、「來」十分敏感，並反覆寫詩詠嘆，而並不顧及當朝者的猜疑。

竹枝詞❶二首（其一）

劉禹錫

楊柳青青江水平，聞郎江上唱歌聲。東邊日出西邊雨，道是無晴卻有晴。

【注釋】❶竹枝詞　本來是樂府歌曲的一種。劉禹錫於貞元中在巴州依〈竹枝〉的曲調，填寫了新詞，其形式為七言絕句，其內容則詠風土名勝、兒女柔情、個人感受等。其〈竹枝詞九首并引〉云：「余來建平（今重慶市巫山縣），里中兒聯袂歌〈竹枝〉，吹短笛擊鼓以赴節。……聆其音，中黃鐘之羽。……而含思宛轉，有淇澳之艷音。……後之聆巴歈（巴州之歌），知變風之自焉。」

【語譯】兩岸楊柳青青，江上水波多麼平靜。一個女孩，正在聆聽情郎江上唱歌的聲音。東邊的太陽已經從雲後出來，那西邊仍在下著小雨，說是無晴，看看卻又是有晴。

【研　析】此詩為仿民歌體。作於穆宗長慶二年（八二二）後，時禹錫任夔州（今重慶市奉節）刺史。夔州流行民歌〈竹枝〉，禹錫以為〈竹枝〉「含思宛轉，有淇濮之艷音」（〈竹枝詞九首并引〉），遂仿而作〈竹枝詞〉若干組。前二句以白描方式寫女郎在江邊聽情人唱歌時之喜悅心情。後二句「東邊日出西邊雨，道是無晴卻有晴」，用諧聲雙關手法，以天氣之東邊日出而西邊雨，寫人之「無情」而「有情」，道出女郎之既眷戀又疑慮之微妙心理，維妙維肖。明謝榛稱此二句「措詞流麗，酷似六朝〈樂府民歌〉」（《四溟詩話》卷二）。

竹枝詞九首（其二）

劉禹錫

山桃紅花滿上頭，蜀江❶春水拍山流。花紅易衰似郎意，水流無限似儂❷愁。

【注　釋】❶蜀江　此指長江或其支流在蜀地的一段。❷儂　女子自稱。原是吳方言，後為「雅言」（標準語）系統所吸收。

【語　譯】一株株山桃紅花，開滿在夾江的山壁之上，蜀江的春水，拍打著青山急急流淌。山桃花雖美易衰，好似情郎的情意，春水長流，綿綿無限，好似我的憂愁。

【研　析】此詩作於穆宗長慶二年（八二二）後。詩中寫熱戀女郎對戀人之深情及疑慮，用山桃、紅花、江水、青山為比興，意蘊悠長。後二句「花紅易衰似郎意，水流無限似儂愁」，比喻極為貼切生動。其實「易衰」者何止「郎意」而已，世間一切好事好物，大都如紅花之易老，而愁怨則長如無限水流。此詩含思宛轉，音節和諧，富於情韻。故劉氏〈竹枝詞〉詩一出，其體即盛行於世，仿作者甚多。

竹枝詞九首（其四）

劉禹錫

日出三竿春霧消❶，江上蜀客駐蘭橈❷。憑寄狂夫❸書一紙❹，家住成都萬里橋❺。

【注釋】❶日出三竿春霧消　此句借用古詩。唐人韓鄂《歲華紀麗》卷一〈春〉「日上三竿」注引古詩：「日上三竿風露消。」日出三竿，謂日出離地面有三根竹竿之高。約為上午九點鐘。南朝梁蕭子顯《南齊書・天文志》卷上日光色：「日出高三竿，朱色赤黃。」❷蘭橈　華麗的船。蘭，木蘭，樹名。落葉喬木。李白〈江上吟〉詩云：「木蘭之枻沙棠舟。」以木蘭為船槳，可見其考究、華麗。橈，船槳。這裏代指舟船。❸狂夫　古時婦女對其丈夫的謙稱，如後世所稱「拙夫」。此處有嗔怨憐愛之意。❹書一紙　一封信。❺萬里橋　故址在今四川成都城南錦江上，是古時乘舟東航的起點。三國時蜀臣費禕出使東吳，諸葛亮於此餞行，費嘆曰：「萬里之行，始於此橋。」因以為名。唐時舊橋已毀，今橋為康熙時重建。

【語　譯】太陽已經升起了三竿高，春日的晨霧已經消散。遠道而來的蜀地客人，把華麗的大船停在江岸。拜託您這位客人，給我那老公捎去一封家信，他寓居在繁華的成都，住在迷人的萬里橋邊。

【研　析】此詩富於濃厚的家庭生活氣息。這位少婦，因丈夫迷戀他鄉，不肯回家，滿腔怨恨那聲情神態，呼之欲出。詩人在前兩句中，選擇了蜀船靠岸的情節，並點明了船到碼頭的時間，這個時間，正是失眠的閨中人遲遲晚起的時候。她看到了蜀地來的客船，便想到了自己正在成都作客、遲遲不歸的丈夫。於是，她便請（或是在想像中請）客人捎信給那個壞蛋，讓他快些回家，否則跟他沒完。「憑寄狂夫書一紙，家住成都萬里橋」，將其哀怨、嗔恨、愛憐、期望，淋漓盡致地表達出來。成都是個繁華的大城市，丈夫戀著那燈紅酒綠的「萬里橋」不肯回家，這正是少婦所心心念念而最不能忘懷的。這兩句的詩意，由來已久，源遠流長。前有李白「美人一笑褰珠箔，遙指紅樓是妾家」（〈陌上贈美人〉）的詩句，後有明謝榛的「門外兩株烏桕樹，叮嚀說向寄書人」（〈遠別曲〉），都是在「所居」這一點上作文章。

竹枝詞九首（其七）

劉禹錫

瞿塘❶嘈嘈❷十二灘，此中❸道路古來難。長恨人心不如水，等閑❹平地起波瀾。

【注釋】❶瞿塘　長江三峽之一，在今重慶市奉節東，西起白帝城，東至巫山縣大寧河口，兩岸懸崖峭壁，高高相對，其下江流湍急，有險灘十二處。❷嘈嘈　形容江水喧鬧之聲。❸此中　一作「人言」。❹等閑　平白，無緣無故。

【語譯】瞿塘峽下江水奔騰咆哮，闖過十二個險灘，航行在這條水道，自古以來就危險艱難。常遺憾人情兇惡，比這急流還要危險，即便是在平地，平白無故也會興風作浪。

【研析】「瞿塘天下險」，古來共稱。這首詩一二句極寫長江三峽的險要，三四句忽轉，以自然界的險峻起興，描述人心之險惡，遠勝過瞿塘險灘。因政見不同，為人耿直，劉禹錫曾多次遭人暗算，多次被貶竄荒遠之地，有些排擠打擊他的人，甚至還是一些口碑不算壞的朝中當政大臣。這就使他深深地感受到什麼是人心難測，什麼是前途險惡了。因此，當他看到三峽天險時，不由得嘆息：瞿塘峽雖險，尚有十二灘作標記，可使人提防。人心之險，則全無跡象可尋，使人難以提防。如此險惡之心，真是連水都不如了！無緣無故，在平地都會興風作浪，這就是可怕的人心啊！

竹枝詞九首（其九）

劉禹錫

山上層層桃李花，雲間煙火是人家。銀釧金釵❶來負水，長刀短笠❷去燒畬❸。

【注　釋】❶銀釧金釵　腕戴著銀鐲，髮髻插著銅釵，這是西南蜀地少數民族婦女的常見妝飾。❷長刀短笠　拿著長刀，戴著斗笠。❸燒畬　放火燒掉雜草樹木，以便下種，叫作「燒畬」。

【語　譯】山上是一層一層的桃李花，白雲間有炊煙是山上人家。戴著銀釧金釵的婦女，下山來背水，腰橫長刀頭戴短笠的男子，忙著前去燒林墾荒。

【研　析】此首寫當地山民生活，「層層」、「雲間」，說明山之高而民居之遠。「銀釧金釵來負水」，指當地婦女下山背水，「長刀短笠去燒畬」，指男子之致力於刀耕火種。短短四句，畫出一地風情，鮮明動人，具有濃厚之地方色彩、生活氣息與民歌風味。明陸時雍有「俚而雅」之評（《唐詩鏡》卷三六）。

踏歌詞四首（其二）

劉禹錫

桃蹊❶柳陌❷好經過，燈下妝成月下歌。為是襄王❸故宮地❹，至今

猶是細腰❺多。

【注　釋】❶蹊　小路。❷陌　同「蹊」。小路。❸襄王　指楚頃襄王，西元前二九八—前二八七年在位。❹故宮地　春秋戰國時，楚國的國都叫郢，在今湖北江陵。❺細腰　纖細的腰身。《墨子・兼愛中》：「昔者楚靈王好細腰，靈王之臣皆以一飯為節，脅息然後帶，扶牆然後起。」後因有「楚王好細腰，宮中多餓

死」的歌謠。

【語　譯】桃花柳絮的小路，正好讓蓮步婀娜走過，燈下的靚妝扮成，適宜在月光下低唱輕歌。都因為這兒是楚襄王故宮的所在之地，直到如今，腰肢苗條的少女仍然很多。

【研　析】踏歌，本來是一邊唱歌一邊以足踏地為節拍的一種歌舞形式。《舊唐書．睿宗紀》：「上元日夜，上皇御安福門觀燈，出內人連袂踏歌。」李白〈贈汪倫〉：「李白乘舟將欲行，忽聞岸上踏歌聲。」劉禹錫這首〈踏歌詞〉寫的是湖北江陵一帶少數民族的少女，在月下堤上、桃蹊柳陌所唱的戀歌。詩中描寫了少女們唱歌的時間、地點、形式和心態，她們都有著豆蔻般的年華、娉婷的腰肢，在燈前月下打扮得嬌嬌滴滴齊齊整整，輕歌曼舞，一直唱到紅霞映樹、鷓鴣啼曉，纔盡歡而散，盡情而歸。她們所表現出來的潑辣與大膽，真率與自然，粗獷而又細膩，歡樂而又略帶哀怨，洋溢著少數民族的生活氣息和風土人情。

楊柳枝

劉禹錫

清江❶一曲柳千條，二十年前舊板橋❷。曾與美人橋上別，恨無消息
到今朝。

【注　釋】❶清江　一作「春江」。❷舊板橋　指過去曾在此流連過的木板橋。

【語　譯】清碧的江水一灣，春風輕拂著兩岸百千株垂柳，二十年前的舊板橋仍然橫臥江上。曾在此橋上與我心愛的美人告別，到今日美人一去再也沒有消息，叫人不勝悵恨。

【研　析】此詩當作於穆宗長慶三年（八二三）或四年。時劉禹錫任夔州（今重慶市奉節）刺史。長慶二年，白居易作〈板橋路〉七言六句，此詩即「隱括」白詩而成（參見楊慎《升庵詩話》卷七）。較之白詩，則更顯情真意切，精彩流暢。相傳晚唐著名歌女周德華曾歌之，因而流播天下。詩中寫舊地重遊，物是人非，睹物思人之情。但此詩所言之「美人」，只是泛泛而言，非真有此一美人者。或詩中另有深意，今已不得而知。明胡應麟評此詩為「晚唐絕之「冠」，「真是神品」（《詩藪．內編》卷六）。清施閏章稱劉之〈楊柳枝〉「一口直述」，「自然入妙」（《蠖齋詩話》）。

望洞庭❶

劉禹錫

湖光秋月兩相和❷，潭面無風鏡未磨❸。遙望洞庭山水❹翠，白銀盤❺
裏一青螺❻。

【注　釋】❶望洞庭　穆宗長慶四年（八二四）八月，詩人出夔州入湖湘，眺望洞庭，遂作此詩。❷兩相和　意為湖光和秋月互相映襯，更增其空明和諧之美。❸鏡未磨　形容湖面朦朧如未經磨拭的銅鏡。❹洞

庭山水　指周圍八百里的洞庭湖和圍在水中的君山。❺白銀盤　形容洞庭湖如一個巨大的銀盤。❻青螺　青色的小螺。形容君山的青翠玲瓏。

【語譯】洞庭湖的水光和秋夜的月色，是那樣的空明諧和，相映生輝，湖面無風，湖水朦朧，如同銅鏡未磨。遠望著月下的湖水山色，是那樣的青翠寧靜，湖水就像一個巨大無比的銀盤，君山就像銀盤裏盛著的玲瓏小青螺。

【研析】洞庭湖周圍八百餘里，煙波浩渺，氣勢恢宏。古往今來，詠嘆洞庭的詩詞不計其數。這首絕句的特點，則是描述洞庭湖在特定條件下的特殊景象。當秋月明朗、湖面無風之際，湖水與月光相融成一片空明，有如碩大無朋的一只銀盤，而湖中的一撮君山，則如同一小青螺，放在大銀盤上。此一特殊景象，與平日之萬頃波濤、氣蒸雲夢、波撼岳陽的氣勢完全不同。詩人立於洞庭湖畔，遠眺洞庭風光，十分敏銳地捕捉到了秋月下風平浪靜中的湖光山色。「鏡未磨」三字，十分巧妙地把洞庭湖風平浪靜的靜態和波紋粼粼的動態，形象而又貼切地刻畫出來。「白銀」、「青螺」一句，從靜態的色彩中描寫湖山之美，就像一幅巨型的靜物畫，令人流連讚嘆。

與歌者何戡

劉禹錫

二十餘年別帝京，重聞天樂❶不勝情。舊人惟有何戡❷在，更與殷勤❸

唱〈渭城〉❹。

【注釋】❶天樂　天上的音樂。此極言其美，非人間所有。❷何戡　中唐著名的歌手，與米嘉榮等供奉宮廷，名噪一時。❸殷勤　親切地。❹渭城　樂曲名。王維〈送元二使安西〉詩：「渭城朝雨浥輕塵，客舍青青柳色新。勸君更進一杯酒，西出陽關無故人。」後譜入樂府演唱，題〈渭城曲〉、〈陽關曲〉及〈陽關三疊〉等，在中唐時期已成為流行歌曲。白居易有〈南園試小樂〉「高調管色吹銀字，慢拽歌聲唱〈渭城〉」，〈對酒〉有「相逢且莫推辭醉，聽唱〈陽關〉第四聲」等句。

【語譯】我離開了繁華的京都長安，轉眼已是二十多年，又聽到了如此美妙的歌聲，再也抑制不住心中的情感。當年熟悉的那些歌手，現在只剩下一個何戡，更為我演唱那著名的〈渭城〉送別之曲。

【研析】詩人因參加永貞革新被貶。經過二十多年的放逐生活，現在回到京師，自然是感慨萬千。他寫了許多舊地重遊的詩歌。這一首，描寫自己重新聽到京都名家的歌聲，所產生的今昔之感。沈德潛評此詩說：「王維〈渭城〉詩，唐人以為送別之曲。夢得重來京師，舊人惟一樂工，為唱〈渭城〉送別，何以為情也。」（《唐詩別裁》）「何以為情」者，主要是政治性的，是有關國家盛衰的感情。觀其〈與歌者米嘉榮〉「休唱貞元供奉曲，當時朝士已無多」，正是感慨家國板蕩、故交零落，感慨自己年紀老大，美人遲暮。《唐才子傳》說他「恃才而放，心不能平，行年益晏，偃蹇寡合，乃以文章自適」，可謂深得詩人之心。

石頭城❶

劉禹錫

山圍❷故國❸周遭在，潮❹打空城寂寞回。淮水❺東邊舊時月，夜深還過女牆❻來。

【注釋】❶石頭城　遺址在今南京清涼山西側，現遺有明代所築之城牆。原城為三國時孫權傍山臨江而築，形勢險要，為扼守金陵要塞之一。❷山圍　金陵為一不完全之盆地，四周為群山所圍。❸故國　前代的都城。❹潮　指江潮。石頭城原臨長江，後因江道移動，今距江已有數里。❺淮水　秦淮河。原係自然河流，秦始皇時，因傳金陵有紫色之「王氣」，遂鑿山使之改道，以洩殺之。今南京城內一段分內外秦淮，為城內進出長江之要道。❻女牆　此指城牆上的牆垛。

【語　譯】圍繞著故都的群山，至今仍然環在它的周遭。江潮不斷地拍打著石頭空城，又寂寞地退回江中。秦淮河東邊的月亮，仍舊是當年模樣，夜深時依然轉過來照在城頭的女牆上。

【研　析】此詩為〈金陵五題〉之一。作於穆宗長慶四年（八二四）至敬宗寶曆二年（八二六）間。時劉禹錫任和州刺史，有客出示〈金陵五題〉，有感而以同題詠之。詩寫石頭城今日寂寞荒涼景象，表達對六代豪華歸於沒落之深沉感傷。首二句「山圍故國周遭在，潮打空城寂寞回」，寫江山依舊，人事全非，突出今昔盛衰之慨，蒼涼悲壯，為歷代讀者所激賞。白居易讀此詩，嘆賞道：「吾知後之詩人，不復措辭矣！」（劉禹錫〈金陵五題并引〉）清沈德潛稱此詩「祇寫山水明月，而六代豪華俱歸烏有，令人於言外思之」（《唐詩別裁》卷二〇）。

烏衣巷

劉禹錫

朱雀橋❶邊野草花，烏衣巷❷口夕陽斜。舊時王謝❸堂前燕，飛入尋常百姓家。

【注　釋】❶朱雀橋　秦淮河上一浮橋。東晉時建，故址在今南京鎮淮橋東。❷烏衣巷　原為東吳石頭城戍卒軍營，軍士著烏衣，故有「烏衣營」之名，後衍為烏衣巷。東晉王導、謝安等世家大族多居於此。今南京秦淮河之南仍有烏衣巷。❸王謝　指世家大族。東晉初，山東王、謝等世族南渡，居建康（今江蘇南京）。

【語　譯】朱雀橋邊的昔日繁華已化作了如今的野草閑花，豪門貴族的烏衣巷口已是夕陽西斜。舊時王謝世家堂前的燕子，如今只能飛入平平常常的百姓家。

【研　析】此詩為〈金陵五題〉之二。約作於穆宗長慶四年（八二四）秋八月赴和州刺史任至敬宗寶曆二年（八二六）冬罷任間。時有客出示〈金陵五題〉，禹錫有感於大唐由極盛而轉漸衰，遂作此組詩。一句寫昔日極繁華之朱雀大街，如今已是一片荒野；二句寫當年之貴門高第，如今是夕陽西下，悲涼已甚；三四句接寫物是人非，燕子依舊而人事已改，由小見大，對比分明，突出今昔變化之大，以晉說唐，語婉而意深，令人感慨無窮，為歷代傳誦之名句。清沈德潛稱此詩「用筆巧妙」（《唐詩別裁》卷二〇），施補華則評為「用筆極曲」（《峴傭說詩》）。

和樂天〈春詞〉

劉禹錫

新妝宜面下朱樓❶，深鎖春光一院愁。行到中庭數花朵，蜻蜓飛上玉搔頭❷。

【注　釋】❶朱樓　紅樓。富貴人家的樓房。❷玉搔頭　一種首飾，用以挽髮。

【語　譯】剛剛打扮了新妝，漂漂亮亮地下了朱樓。重門深鎖著大好春光，滿院的景物，頓時都感染上憂愁。來到了庭院中間細數著花朵，多情的蜻蜓，飛上了碧玉搔頭。

【研　析】此詩作於文宗大和二年（八二八）春。時禹錫任主客郎中。因見白居易所作〈春詞〉，步其原韻而和之。詩寫閨婦之春愁，與原唱題材相同，而更委婉曲折。「新妝宜面」，本是為悅己者而容，但良人不至，寂寞中下了朱樓散心。然院中亦是春愁緊鎖，無聊中漫數花朵，而蜻蜓有意撩逗，偏飛上碧玉搔頭。此二句刻畫美人之閑愁無聊之態，如花如玉之貌，惜春傷春之情，含蓄巧妙，精彩動人。清李慈銘評為「裊娜百媚」（《越縵堂讀書簡端記．唐人萬首絕句選》）。此詩本意或不僅在於「春愁」。蓋志士仁人蹉跎歲月之牢騷，與獨守空閨之少婦春愁，其心態結構正自相似；禹錫此詩，或亦借美人而發洩某種政治情結耶？

劉郎浦❶口號❷

呂溫

【作　者】呂溫（七七二—八一一），字和叔，河中（治所在今山西永濟蒲州鎮）人。唐德宗貞元十四年（七九八）進士，貞元二十年（八〇四），吐蕃贊普死，遣工部侍郎張薦入吐蕃弔贈，呂溫為副使。憲宗元和元年（八〇六），呂溫使還，由侍御史遷升戶部員外郎。元和三年，又遷刑部郎中。後貶為道州（治所在今湖南道縣）刺史。五年轉衡州（今湖南衡陽）刺史，治有善狀。六年回京，病卒於途。呂溫學有根柢，長於古文，文采贍逸。他的詩風格樸素，喜作議論，能接觸社會現實。《新唐書・藝文志》著錄《呂溫集》十卷。《全唐文》錄存其文七卷，《全唐詩》錄存其詩一一二首。

吳蜀成婚此水潯❸，明珠步障❹幄黃金❺。誰將一女輕天下，欲換劉郎鼎峙❻心？

【注　釋】❶劉郎浦　渡口名。在今湖北石首西南二里的繡林山北。相傳劉備娶孫夫人於此。❷口號　猶言口占。表示信口吟成。❸潯　水邊。❹明珠步障　用明珠裝飾的步障，言其豪華。步障，貴人出巡，路邊樹立遮避風塵或障蔽內外的屏幕。❺幄黃金　用黃金作裝飾的帷帳。❻鼎峙　指魏蜀吳三分局面，如鼎足之峙。

【語　譯】吳蜀當年聯姻，就在這劉郎浦水邊，明珠點綴的步障，黃金裝飾的帷帳。是誰想出這樣的主意，用一個女人來使男人看輕天下，以為一個美女，就能使劉備放棄鼎足三分的打算？

【研　析】此詩嘲笑東吳「美人計」的失算。史載赤壁之戰後，劉備勢力大盛，東吳孫權懼，於是「進妹固好」。這一手雖然主要是為了鞏固孫劉聯盟，但也有當年越國進西施等美女於吳，麻痹其鬥志的打算。後人的詩詞、小說，多從這後一打算著眼。小說《三國演義》中大事渲染的「賠了夫人又折兵」的情節，把這觀點推到了極致。看來，早在唐代，人們對孫權的「美人計」，就採取了嘲笑的態度。但對於上層顯貴來說，結婚只不過是一種政治行為，是一種藉新的聯姻來擴大自己勢力的機會。誰也不會為了一個美人而放棄江山，除非他是一個不可救藥的昏君。宋嚴羽認為：「馬戴在晚唐諸人之上，劉滄、呂溫，亦勝諸人。」《滄浪詩話·詩評》他人且勿論，呂溫年少時，即以其高才而深得柳宗元、劉禹錫的喜愛。此詩眼光犀利，將吳蜀聯姻的動機及效果，用「誰將一女輕天下，欲換劉郎鼎峙心」一語帶出，輕輕調侃，其見解確在他人之上。

見尹公亮❶新詩偶贈絕句

白居易

袖裏新詩❷十首餘，吟看句句是瓊琚❸。如何持此將干謁❹，不及公卿❺一紙書❻！

【注　釋】❶尹公亮　詩人的一個朋友。❷袖裏新詩　古人衣袖長大，裏面有囊，作用相當於今天的衣袋。許多士子袖子裏常裝著新作的詩以謁見權貴，希望能得到賞識。❸瓊琚　華美的珮玉。瓊、琚，兩種美玉。用來比喻華美的詩文。❹干謁　對人有所求而請見。干，求取。謁，進見。❺公卿　三公九卿的合稱。這裏泛指大官或權貴。❻一紙書　一封請託的書信。

【語　譯】衣袖裏懷著十餘首新作好的詩，讀起來句句都像美玉一般精美。可是怎麼能拿詩歌去求見當權官員，這玩藝再好，也抵不上三公九卿的一紙介紹信！

【研　析】有位朋友請白居易評詩，他便藉機大發牢騷：詩再好，也不抵錢財好；才再高，也不如權勢高。唐代號稱是「千首詩輕萬戶侯」，但那只是詩人們的一廂情願，那些有權有勢的「萬戶侯」們纔不理這一套呢。文化本身並不能直接帶來錢財權勢，因此，詩歌不值錢本是題中應有之義。李白早就曾悲憤地說過：「萬言不值水一杯！」元代無名氏有一首〈中呂・朝天子・誌感〉的散曲說得更妙：「不讀書有權，不識字有錢，不曉事倒有人誇薦。老天祇你太心偏，賢和愚無分辨。折挫英雄，消磨良善，越聰明越運蹇。志高如魯連，德過如閔騫，依本分祇落的人輕賤。」你有才氣，你會作詩，但那些當道者選拔人才，並不都是出以公心的，如果有比他地位更高的「公卿」給他寫封推薦信什麼的，那他自然會捨詩歌而取權勢了。

江南送北客因憑寄徐州兄弟❶書

白居易

故園❷望斷❸欲何如？楚水吳山❹萬里餘。今日因君❺訪兄弟，數行鄉淚一封書。

【注　釋】❶徐州兄弟　詩人有兄弟在徐州符離（今安徽宿縣符離集）。❷故園　故鄉。❸望斷　望而不見之謂。❹楚水吳山　這裏泛指吳楚一帶。❺因君　託付您。君，指北客。

【語　譯】遙遠的故鄉，望穿雙眼也看不見，又能奈何？此身尚在吳山楚水飄泊，離開家鄉萬里有餘。今日託您之便，路過徐州定請您訪問我的兄弟，請您為我捎去一封家書，還有我的數行思鄉熱淚。

【研　析】唐德宗建中三年（七八二），兩河用兵，白居易離開家鄉，避難於越中。此詩自注「時年十五」當作於貞元二年（七八六）。是現存最早的作品之一。白居易以一個少年詩人，寫出這樣比較「蒼老」的詩句，實在難能可貴。詩中敘述自己思念故鄉及徐州兄弟的心情。前兩句寫自己飄泊吳楚，離鄉萬里，空有一腔思念之情；後兩句寫託北客捎信，寄給徐州兄弟。全詩明白如話，一往情深，已初步展示了白詩「平易」的風格。

採蓮曲❶

白居易

菱葉縈波荷颭❷風，荷花深處小船通。逢郎欲語低頭笑，碧玉搔頭❸落水中。

【注釋】❶採蓮曲　樂府曲名。郭茂倩《樂府詩集》卷五〇引《古今樂錄》云：梁天監三年（五〇四）冬，武帝製〈江南弄〉七曲，第三為〈採蓮曲〉。白居易借用為詩題。❷颭　風吹物動曰颭。❸碧玉搔頭　即碧玉簪，又稱玉搔頭。《西京雜記》卷二：「武帝過李夫人，就取玉簪搔頭。自此後，宮人搔頭皆用玉，玉價倍貴焉。」因名簪為「搔頭」。

【語譯】菱葉蕩漾著碧波，微風吹拂著新荷，在那荷花的深處，有條小船兒輕輕飄過。無意中碰上了情郎，害羞間低頭嬌笑，一枝碧玉簪兒，忽然落入水中。

【研析】此詩寫江南的風情，雖然是採菱採蓮的老話題，但卻能推陳出新。主要是因其集中筆墨，描寫了採蓮少女的嬌羞之態，極形象，極生動，使讀者如歷其境，如聞其聲。詩的前兩句，寫採蓮女在荷花深處，蕩著輕舟飄然而來，使人聯想起王昌齡「荷葉羅裙一色裁，芙蓉向臉兩邊開。亂入池中看不見，聞歌始覺有人來」（〈採蓮曲〉）的詩句。後兩句寫「無意」中與情郎邂逅，她嬌羞一笑，誰知低頭時竟將玉簪跌落水中去了。此情此景，正與皇甫松塑造的那個「無端隔水拋蓮子，遙被人知半日羞」（〈採蓮子〉）的少女形象相似。

禽蟲十二章❶（其七）

白居易

蟭螟❷殺敵❸蚊巢❹上，蠻觸❺交爭❻蝸角中。應是諸天❼觀下界，一微塵❽內鬥英雄。

【注釋】❶禽蟲十二章　此聯章詩前有小序云：「《莊》《列》寓言，〈風〉〈騷〉比興，多假蟲鳥以為筌蹄。故詩義始於〈關雎〉〈鵲巢〉，道說先乎鯤、鵬、蜩之類是也。予閑居，乘興偶作一十二章，頗類誌怪、放言，每章可致一哂。一哂之外，亦有以自警其衰老封執之惑焉。頃如此作，多與微之、夢得共之。微之、夢得嘗云：『此乃九奏中新聲，八珍中異味也。有旨哉，有旨哉！』」可見這些絕句，雖然是遊戲之作，但也都包含著一定的諷諭意義，可當作寓言詩來讀。❷蟭螟　寓言中的小蟲，極小，傳說能在蚊子的眉毛上做巢。晉人葛洪《抱朴子·刺驕》：「蟭螟屯蚊眉之中，而笑彌天之大鵬；寸鮒游牛跡之水，不貴橫海之巨鱗。」❸殺敵　攻殺敵人。❹蚊巢　《晏子春秋·八·不合經術者》：「（齊景）公曰：『天下有極細者乎？』晏子對曰：『有。東海有蟲，巢於蚊睫，再乳再飛，而蚊不為驚。』」北周庾信《庾子山集》卷一一〈趙國公集序〉：「論其壯也，則鵬起半天；語其細也，則蟭巢蚊睫。」❺蠻觸　寓言中的小蟲。《莊子·則陽》：「有國於蝸之左角者，曰觸氏；有國於蝸之右角者，曰蠻氏。時相與爭地而戰，伏屍數萬。」❻交爭　互相戰鬥。❼諸天　佛家語。謂三界三十三天。凡欲界九天；色界二十天；無色界之四天

（見《經律異相》）。❽一微塵　比喻極微小的境界。《首楞嚴經》：「猶彼十方虛空之中，吹一微塵，若存若亡。」

【語　譯】蟭螟為了點蠅頭小利，在那蚊睫上爭得你死我活，蠻觸為了爭奪地盤，在那小小的蝸角中殺得血流成河。神佛站在那三十三天之上，冷眼旁觀這熱鬧的下界，原來是一粒微塵中你爭我奪，大家在爭英雄，比高低。

【研　析】中唐以還，藩鎮割據，相互爭奪，都是些不義之戰。這首詩就是針對這一現實而發的。詩人藉《抱朴子》、《莊子》寓言中的一些小蟲，為了爭奪食物和地盤，往往殺得屍橫遍野，血流成河的典故，來諷刺那些為了蝸角之地、蠅頭微利而不擇手段、不顧廉恥、勾心鬥角、你爭我奪之人。詩的前兩句是比，是以蟭螟、蠻觸比那些爭權奪利的人，既形象又深刻，更有豐富的內涵，是耐人咀嚼的。後兩句是論，是用佛家的語言、佛家的眼光來看塵世間的你爭我奪，只不過雞蟲得失、婦姑勃谿而已，根本不值得一提。只有跳出三界之外，冷眼旁觀，纔能看出塵世的真相。西方有「世人一皺眉，上帝就發笑」的諺語，是說那些自命不凡的哲學家，老是想為人類找點「永恆真理」出來，上帝當然有資格發笑。如果塵世中人，動不動就捋袖揮拳，準備拼個你死我活，那高居雲端的上帝或諸神，豈不是要笑掉大牙？

同李十一❶醉憶元九❷

白居易

花時同醉破春愁，醉折花枝當酒籌❸。忽憶故人天際❹去，計程今日到梁州❺。

【注釋】❶李十一　即李杓直。❷元九　即元稹。與李十一均為作者的詩友酒侶。唐人於同輩之間，多稱其行第。❸酒籌　飲酒行令時所用之物。❹天際　天邊，形容其遠。元和四年（八〇九），元稹奉使東川。東川的治所在今四川三臺，轄境約當今四川盆地中部涪江流域以西，沱江下游地域以東，以及劍閣、青川等地區。❺計程今日到梁州　據說白居易計算里程是很準確的，當他寫這首詩時，元稹真的到了梁州，而且寫了一首〈梁州夢〉，云：「夢君同繞曲江頭，也向慈恩院院游。亭吏呼人排去馬，忽驚身在古梁州。」並在這首詩的小序中說：「是夜宿漢川驛，夢與杓直、樂天同游曲江，兼入慈恩寺諸院。倏然而寤，則遞乘及階，郵吏已傳呼報曉矣。」巧在白居易的現實生活與元稹的夢幻情景完全吻合，說明元、白兩人的友情是非常深厚的。梁州，州名。三國時蜀置，隋廢，唐復置，治所在今陝西南鄭東。

【語譯】在這鮮花盛開的時節，我們飲酒聊解春愁，喝醉時折了花枝，權當作行令的酒籌。歡樂中忽想起另一位老友，正奉命去那遙遠的天邊，屈指計算行程，他現在應該是到了梁州。

【研析】此詩全是寫實，詩句樸素，情感真摯，本色自然，讀來令人心有所感。「花時同醉」，其樂何極，樂而忽憶故人遠去，又復轉為心憂。詩中有意重複顛倒運用「花」、「醉」二字，增加了詩歌的樂調之美和形式的錯綜之美。「忽憶」一轉，曲折起伏，情緒有所變化，結句「計程今日到梁州」，一腔真情流露。

暮江吟

白居易

一道殘陽鋪水中，半江瑟瑟❶半江紅。可憐❷九月初三夜，露似真珠❸月似弓。

【注釋】❶瑟瑟　碧波粼粼貌。❷可憐　可愛。❸真珠　即珍珠。

【語譯】一道道夕陽的餘暉鋪在水中，江面上一半是碧波粼粼，一半是晚霞映紅。真可愛呀這九月初三的夜晚，露水好似真珠，新月好似彎弓。

【研析】此詩或為白居易任江州司馬時作，時當元和十年（八一五）至十三年間。其前兩句以賦體直接描寫傍晚江景，後二句以兩個通俗之物比喻露珠和夜月，被譽為一幅「著色秋江圖」（見《唐宋詩醇》卷二四）。作者融合夕陽西下時之暮色與新月初生時之夜景，拼接兩幅畫面，自然生動。楊慎稱此詩「有豐韻，言殘陽鋪水，半江之碧，如瑟瑟之色，半江紅，日所映也，可謂工緻入畫」（《升庵詩話》卷三）。王士禎亦謂「可憐九月初三夜，露似真珠月似弓」二句為「似出率易，而風趣復非雕琢所及」（《帶經堂詩話》卷二），說出了此詩的特色。

後宮❶詞

白居易

淚濕羅巾❷夢不成，夜深前殿按歌❸聲。紅顏未老恩先斷，斜倚薰籠❹坐到明。

【注　釋】❶後宮　猶言內宮，后妃宮嬪所住的地方。❷羅巾　質地輕軟的絲質手帕。❸按歌　按著節拍，演奏歌舞。❹薰籠　薰烤衣服的香籠。

【語　譯】憂傷的淚水濕透了羅帕，好夢呀總是不能做成，夜深時更聽到前殿傳來了歌舞歡樂之聲。可憐我紅顏尚未衰老，君恩早已斷絕，寂寞之中，我斜倚著薰籠，和衣直坐到天明。

【研　析】此詩約作於長慶三年（八二三）以前。一說，此詩為王建〈宮詞〉之一首，但宋胡仔《苕溪漁隱叢話》後集卷一四已斷為白居易所作。詩中描寫一位禁錮深宮之宮女，寂寞度日，鎮日以淚洗面。全詩四句，而四句各各含刺：欲夢不成，是妾有情而君無意；「夜深」句言君王極樂之夜，正是妾淒清悲傷之時；「紅顏未老恩先斷」，言君王何以如此匆匆絕情；「斜倚薰籠」言王既無溫暖可言，只有斜倚向火而已。此詩將君王之薄情寡恩，宮女之多情有意，一一揭出，令人感慨不已。古今讀書之人，鮮有治理天下的機遇權勢，只有將實現理想抱負之希望，寄託於當路者。故詩詞中的「美人香草」，大都是詩人自家的寫照。而貶謫不用的士人，其遭遇與「未老恩先斷」的「紅顏」，二者又何其類似！此詩中或不必有此意，而讀者則未必不可作如此讀。

竹枝詞❶四首（其一）

白居易

瞿塘峽❷口冷煙低，白帝城❸頭月向西。唱到〈竹枝〉聲咽❹處，寒猿暗鳥❺一時啼。

【注釋】❶竹枝詞　劉禹錫於貞元中在巴州巫山縣所創新詞。其形式為七言絕句，其內容則詠風土人情，歌旅途離思，寓世態諷喻，狀兒女柔情等等。白居易沿襲之。❷瞿塘峽　長江三峽之一。西起重慶市奉節白帝城，東至重慶市巫山縣大寧河口，全長十六里，為三峽中最短的山峽。兩岸懸崖壁立，江流湍急，山勢峻險，江面最狹處僅百餘公尺，號稱「天塹」。峽口有夔門，一稱夔峽。❸白帝城　在今重慶市奉節城東八里瞿塘峽口。東漢公孫述至奉節縣魚復，見白氣如龍出井中，自以為祥瑞，遂改魚復為白帝，建城為白帝城。三國時，蜀漢以白帝城為防吳重鎮。城在臨江的白帝山上。❹聲咽　聲音因為阻塞而低沉。❺暗鳥　指夜幕中的鳥。

【語譯】瞿塘峽口，低壓著一團寒煙，白帝城頭的月亮，已轉到西邊的天空。〈竹枝詞〉的歌聲，唱到了傷心哽咽的地方，那淒清的猿猴和夜棲的小鳥，也一起淒淒地叫了起來。

【研析】這首詩平易如話，富於地方風味。瞿塘峽、白帝城，都是風景名勝，怎樣從自己獨特的視角，寫出其特色來，其實並不容易。詩中寫了民情風俗，但同時也寄寓了自己的感慨。清人趙翼曾云，白居易的詩「多觸景生情，因事起意，眼前景，口頭語，自能沁人心脾，耐人咀嚼」（《甌北詩話》卷四）。

邯鄲冬至夜思家

白居易

邯鄲❶驛裏逢冬至❷，抱膝❸燈前影伴身。想得家中夜深坐，還應說著遠行人❹。

【注釋】❶邯鄲　地名。今屬河北。戰國時為趙國的國都。❷冬至　二十四節氣之一，向來是中國傳統的重要節日，民間稱為「小年」。唐代冬至，朝廷放假，民間互贈飲食，互相祝賀。❸抱膝　雙手抱膝而坐，指似有所思。❹遠行人　宦遊在遠方的人。此為詩人自指。

【語譯】獨宿在古城邯鄲的旅舍中，正好碰上冬至節日。獨自抱著雙膝沉吟，清冷的燈前，只有自己的身影陪伴。料想家中的親人，夜深時圍坐在火爐邊，此時大約正在叨念著我這遠行之人。

【研　析】「每逢佳節倍思親」，是天涯遊子們的共同生活體驗。詩人在外漂泊，在冬至這個節日，正孤身投宿在邯鄲的客舍裏。他思念家中的親人，於是便寫了這首詩。「抱膝」二字，畫出枯坐沉吟的神態。「影伴身」，則將孤獨、寂寥的感情進一步描繪了出來。後二句，不直寫詩人如何「思家」，而是反寫家人如何思念自己，因而顯得更有詩意。清沈德潛評此詩云：「祇有一『真』字。」可謂一言中的。有真情，纔有真詩；有至性，纔有至文。當然，這首詩，與白居易的其他詩歌一樣，有平易的特點（或者說缺點）。宋范晞文就說它「不如王建『家中見月望我歸，正是道上思家時』有曲折之意」（《對床夜語》）。

柳州二月榕葉落盡偶題

柳宗元

宦情羈思❶共淒淒，春半如秋意轉迷。山城過雨百花盡，榕葉❷滿庭鶯亂啼。

【注　釋】❶羈思　羈旅之思；貶謫異鄉的苦悶。❷榕葉　榕樹為桑科常綠喬木，大而多蔭，可蔽百牛。

【語　譯】宦遊的情懷，羈留異鄉的苦悶，使人淒淒楚楚，仲春二月卻如同秋日一般淒清，我不禁更加迷惘。山間小城一場大雨之後，百花全都凋零，榕樹的葉子落滿庭院，黃鶯兒正在雜亂地啼鳴。

【研 析】此詩作於貶所柳州（今屬廣西）刺史任上。前此，詩人曾被召回京，不料又遭貶謫，希望徹底破滅，故其心境極為淒黯迷惘。其首句言因「宦」而有羈旅之思，此時宗元實是以待罪之身，安置於此，言「宦」頗有自嘲之意；二句言雖是春景，在詩人看來，卻有無限蕭瑟，索漠如秋之感。後二句寫山城雨後景色，榕葉飄落，群鶯亂啼，蓋以景物飄零象徵人事之星散淒涼也。仲春二月，本是春光明媚的大好季節，但在貶謫之人看來，卻好像十月的晚秋一樣淒清。都是因為山城的一場大雨，花朵落盡，落葉滿庭，作者想到自己的處境，也正好似這風中的落葉，不知命運會把自己拋向何方，不禁觸景生情，用這首詩抒發了自己遷謫異地，惜時傷物、意亂情迷的苦悶。其寫景抒情，淒楚動人。

酬曹侍御過象縣❶見寄

柳宗元

破額山❷前碧玉流，騷人❸遙駐木蘭舟❹。春風無限瀟湘意❺，欲採
蘋花❻不自由。

【注 釋】❶象縣　今廣西象縣。❷破額山　在洛容縣。柳州轄領五縣：即馬平、龍城、象縣、洛曹、洛容。洛容縣在象縣之西。參見樂史《太平寰宇記》卷一六八「嶺南道十二」柳州條。❸騷人　指曹侍御史。用屈原作〈離騷〉的典故。❹木蘭舟　香木做的船。形容船之美好。❺瀟湘意　指屈原那樣的忠而被貶、

憂憤不平之意。瀟湘，指瀟水、湘江，在湖南，是屈原的貶謫之所。❻採蘋花　《詩經》中有〈采蘋〉的詩，〈毛詩序〉云：「采蘋，大夫妻能循法度也。能循法度，則可以承先祖共祭祀矣！」

【語　譯】破額山前，柳江水流淌著，像是一條碧玉的長帶。那滿腹詩書的騷人，乘著木蘭舟，遠從洛容來到象縣。故人寄詩，穆如春風，溫暖了我長年的遷謫之悲。我想採擷蘋花贈給老友，卻是身不由己。

【研　析】此詩作於柳州刺史任上，時舊友曹侍御自洛容來到象縣，旅途中有詩相寄，宗元作此詩酬答。首句寫洛容縣破額山及柳江的美麗景色。次句以騷人喻老友，並由騷人為下文「瀟湘」作鋪墊，因為瀟湘是屈原的放逐之地。「春風無限瀟湘意」，以溫暖的春風喻故人贈詩慰問，「無限瀟湘意」則是柳宗元自己的長年貶謫之悲。「欲採蘋花不自由」，言欲採蘋花相送，但自己有罪在身，不便前往，因而不能如願。南方的花兒很多，為什麼要獨採蘋花呢？《詩經》中有〈采蘋〉的詩，採蘋是為了承先祭祖。因而，「採蘋」意味著強烈的思歸願望。這首詩將對於友人的感念、對於遷謫生活的牢騷和對於山水景色的描寫融為一個整體，並用極為委婉的方式表達出思歸願望，是柳詩中最為著名的篇章之一。宋葉夢得〈賀新郎〉「無限樓前滄波意，誰採蘋花寄取」的名句，就是從這二句詩脫化而來，清沈德潛《說詩晬語》卷上曾評此篇為唐代七絕中「壓卷」作品之一。

與浩初上人❶同看山寄京華親故

柳宗元

海畔❷尖山似劍芒，秋來處處割愁腸。若為化作身千億，散向峰頭望故鄉。

【注　釋】❶浩初上人　作者的一個方外朋友。❷海畔　湖畔。兩廣、雲貴稱湖泊為「海」，若「洱海」等。

【語　譯】湖畔那尖尖的山峰好似寶劍的鋒芒，到了秋天的時候，處處都割著我的愁腸。如果我能有千萬個化身，每一個化身都會站一個山峰遙望故鄉。

【研　析】此詩作於柳州。詩題雖云「看山」，然詩人實無心欣賞山景；「看山」引起其內心之無比痛苦，渴望早日擺脫貶謫困境，返回故鄉。「海畔尖山似劍芒，秋來處處割愁腸」一聯為名句，以「劍」形容山峰，奇突別致，反映其看山時之痛苦心情，寓情入景，頗為貼切。蘇軾「割愁還有劍山」（《東坡題跋》卷二）之句，蓋本於此。化身為千億，仍無一不在遠望故鄉，極言思鄉之情切。

贈項斯

楊敬之

【作　者】楊敬之（生卒年不詳），字茂孝，楊凌子。元和二年（八〇七）與費冠卿、竇鞏等同時及第。所作〈華山賦〉，為韓愈所稱賞。

幾度見詩詩總好，及觀標格❶過於詩。平生不解藏人善，到處逢人說項斯❷。

【注　釋】❶標格　猶風格，指其為人之品德風範。❷項斯　字子遷。唐文宗開成年間人，詩名甚著。其清妙奇絕，與張籍相近。多為時輩所稱賞。

【語　譯】幾次見到你的大作，覺得全是好詩。等現在看到了你本人，覺得你的風範更要好過詩。我這人平生不願意埋沒別人的善處，每到一處，每見一人，就要稱讚一番項斯。

【研　析】這首詩後來演變為一個著名的成語，叫「為人說項」。凡是為人說好話的，就叫做「說項」。作者是十分真誠的，他完全沒有嫉妒心理，有這樣的好朋友，是一種幸運。當然，作為「項斯」，則應該更謙虛一些，盡量請朋友提些意見，指出自己的不足之處，以利改進。但到後來，世風日下，「說項」變成了無原則的吹捧，已很少有楊敬之「說項」時的那種真誠了。

永貞二年正月二日上御丹鳳樓，赦天下，予與李公垂、庾順之閑行曲江，不及盛觀❶

元稹

春來饒夢❷慵❸朝起❹，不看千官擁御樓。卻著閑行是忙事，數人同傍曲江頭。

【注釋】❶永貞二年四句　唐代原無「永貞二年」，詩人是故意將永貞元年（八〇五）之後的元和元年（八〇六）稱為永貞二年。上，指當時剛剛登上帝位不久的唐憲宗李純。丹鳳樓，舊時把皇帝的詔書稱為丹鳳詔，後來即把頒布詔書的帝闕稱為丹鳳樓。李公垂，即李紳，字公垂。庾順之，即庾敬休，字順之，他與李紳都是元稹的朋友。曲江，指長安城東南角的曲江池，時為士女遊覽之地。❷饒夢　多夢。❸慵　懶得。❹朝起　猶早起。

【語譯】春日時節夜間多夢，早晨慵懶遲遲未起，並不想去觀看千官簇擁著的皇上駕臨御樓。卻把那遊春觀景看成是件重要的事兒去忙，與詩朋酒友一行數人，一同來到曲江池頭。

【研析】唐貞元二十一年（八〇五）正月，唐德宗病故，其子李誦即位，是為順宗。順宗支持王叔文、劉禹錫、柳宗元等人開展「永貞革新」，但順宗多病，太子李純在藩鎮、宦官及守舊官僚的支持下，逼迫唐順宗於同年八月禪位於太子，是為憲宗。按慣例，新皇帝即位後的次年纔能改元，故順宗還沒有自己的年號。而憲宗於登基後即匆匆改貞元二十一年為永貞元年，算作是父親順宗的年號。同時，憲宗將革新集團的成員如劉禹錫、柳宗元等一一遠貶，史稱「二王八司馬」事件。次年正月二日，唐憲宗李純率領文武百官登上御樓，慶祝再改新元。按照禮儀，遇到如此重大的慶典，在京百官不得告假。元稹時為「校書郎」，不但不去參加，反而要結夥去曲江遊蕩，並寫此詩對今上御樓之舉予以諷刺。在詩題中，作者故意裝作不知道此日已經由「永貞」改元為「元和」了，而是嘲諷地寫上了根本不存在的「永貞二年」字樣。元稹對於憲宗迫害父親所用大臣，非常不滿。與這首〈永貞二年〉詩同時，詩人還寫有〈永貞曆〉等詩表達此種不滿。如〈永貞曆〉云：「象魏纔頒曆，龍鑣已御天。猶看後元曆，新署永貞年。半歲光陰在，三朝禮數遷。無因書簡冊，空得詠詩篇。」考唐代紀元，半年之內三朝更迭者，僅貞元、永貞、元和而已。作者題注亦云：「是歲秋八月，太上改元永貞，傳位今皇帝。」此詩顯然寫於唐憲宗登位改元永貞之後，其用意與本篇「永貞二年正月二日」同。「諷刺深婉，元相詩之最有味者。」（錢謙益批）在這首詩中，詩人說，皇上御駕登樓，我就不去湊熱鬧了，曲江的春天很好，到那兒遊玩一番，更能如我心頭之願。這種公然「抗旨」，並留下文字的行為，實在是十分的危險。好在唐代比較寬鬆，若是在宋代，就會有一樁「永貞詩案」出來；若是在明清，那就非殺頭抄家不可。

離思五首（其四）

元稹

曾經滄海難為水，除卻巫山不是雲❶。取次❷花叢❸懶回顧，半緣❹修道半緣君。

【注釋】❶曾經滄海難為水二句　此二句是說，見過大海的人，其他如江、湖之水就不算什麼；見過了巫山的雲，其他地方的雲就再也算不了什麼。比喻自己對亡妻感情至深，沒有其他人可以代替。滄，深黑色。海水深藍，因名。❷取次　經過；接近。❸花叢　此喻美麗的女子們。❹緣　因為。

【語譯】曾經見過滄海的人，那江湖之水就不算什麼；除了巫山的雲，其他地方的雲簡直算不上是雲。多少次經過花叢時都懶得回頭一看，一半是因為我在修道，一半是為你守貞。

【研析】此詩作於憲宗元和五年（八一〇）。當時元稹貶官為江陵府士曹參軍。詩為悼念亡妻韋叢（元和四年去世）而作，抒寫對韋氏忠貞不渝與痛苦思念之一往深情，但也有人認為這是一首寫婚外戀的「風情詩」。「曾經滄海難為水，除卻巫山不是雲」二句，化用《孟子・盡心》「觀於海者難為水，遊於聖人之門難為言」以及宋玉〈高唐賦〉關於巫山雲雨之神話，以隱喻與對比映襯手法，突出表達其對亡妻至深至專之感情，成為傳誦人口之名句。後人亦用此二句詩比喻閱歷極廣而眼界極高，乃對詩句原意之引申。可惜的是，元稹並沒有兌現自己的諾言，就在此前後，他就娶了小妾。也許在古人看來，娶妾不算是「回顧花叢」吧？

和樂天高相宅❶

元稹

莫愁已去無窮事，漫❷苦如今有限身。二百年來❸城裏宅，一家知換幾多人？

【注　釋】❶和樂天高相宅　樂天，白居易字。高相，指高郢（七四〇—八一一）。郢字公楚，任禮部侍郎時，掌貢部三年，進幽獨、抑浮華，朋濫之風翕然為之一變。貞元十九年（八〇三）冬拜相，歷相德宗、順宗。卒諡貞。白居易有〈高相宅〉詩，從一宰相府的變遷，寫人世的滄桑。詩云：「青苔故里懷恩地，白髮新生抱病身。涕淚雖多無哭處，永寧門館屬他人。」高宅在長安城中永寧里。元稹讀白詩後，深有感觸，援筆以此詩和之。❷漫　隨便；徒然；白白地。❸二百年來　此詩約作於穆宗長慶年間（八二一—八二四），上距唐開國之武德初年（六一八），已二百餘年。

【語　譯】不要為過去說不盡的事憂愁，不要白白地苦了如今有限的人生。二百多年來京城裏的那些豪門大宅，每家也不知道換了多少主人？

【研　析】《紅樓夢》中的一句俗話說：「千里搭長棚，沒有不散的筵席。」人事滄桑，富貴無常，太陽不可能老是正午，那些富豪勢家，百年一過，也許就風流雲散，這是一個普遍的社會現象。杜甫在〈秋興八首〉的第四首中，也說過「王侯第宅皆新主」的話。此詩的特點是語意淺顯而寓意深長，與劉禹錫〈烏衣巷〉「舊時王謝堂前燕，飛入尋常百姓家」有異曲同工之妙。宋代的張戒曾批評元白詩云：「元、白、張籍詩，皆自陶、阮中出，專以道得人心中事為工，本不應格卑，但其詞傷於太煩，其意傷於太盡，遂成冗長卑陋爾。」（《歲寒堂詩話》卷上）其實，柳詩的文雅幽深固然好，白詩的通俗淺顯也未必不好，正所謂「蘿蔔青菜，各有所愛」。

梁州夢

元稹

夢君同繞曲江❶頭，也向慈恩❷院院游。亭吏❸呼人排去馬❹，忽驚身在古梁州。

【注　釋】❶曲江　即曲江池。在今陝西西安西南，秦為宜春苑，漢為樂遊原，唐為曲江池，因有河水曲折環流，故名曲江，代為遊賞勝地。❷慈恩　寺名。在今陝西長安東南曲江之北，唐高宗為其母后長孫氏建立，故名慈恩。後詔玄奘自西域取經歸來，在寺旁修建雁塔，用以收藏從西域帶回來的經卷佛像。神龍以來，進士登科，皇帝均賜宴曲江，題名雁塔。❸亭吏　古時驛站的小吏。❹排去馬　驛站安排坐騎。

【語　譯】夜夢中又和你一同到那曲江池頭，還到那慈恩寺中的每一個院落遊覽。驛站的小吏高聲喚人安排馬匹送客官上路，我這纔驀地裏驚醒過來，原來是投宿在這古老的梁州。

【研析】這首詩是懷念白居易等人的。詩下有小序：「是夜宿漢川驛，夢與杓直、樂天同游曲江，兼入慈恩寺諸院。倏然而寤，則遞乘及階，郵吏已傳呼報曉矣。」其一二句寫夢境，三四句寫現實，兩者形成強烈對照。在夢中，他們好像攜手遊覽慈恩寺、大雁塔。正在得意的時候，「亭吏」的一聲吆喝，作者從好夢中驚醒，這纔發現自己夜來投宿在這古老蒼涼的梁州，離京城，離老友，已有千百里呢！元稹、白居易有許多詩歌描寫了夢中相憶的情景，如白居易〈同李十一醉憶元九〉一詩云：「花時同醉破春愁，醉折花枝當酒籌。忽憶故人天際去，計程今日到梁州。」而此時，元稹也正在梁州，也正在夢中思念白居易呢！又如白居易「不知憶我因何事？昨夜三更夢見君」，元稹「我今因病魂顛倒，惟夢閑人不夢君」等等詩句，無不情真意切，感人至深。辛文房《唐才子傳》卷六說：「微之（元稹）與白樂天最密，雖骨肉未至……千里神交，若合符契。」這種「天涯同此夢」的情況，雖然是巧合，但也正好說明他們相憶之深。

菊花❶

元稹

秋叢繞舍似陶家❷，遍繞籬邊日漸斜。不是花中偏愛菊，此花開盡更無花❸。

【注釋】❶菊花　別名「黃花」、「金蕊」，四季皆有，以開於秋冬之際者為正，以色金黃者為貴。晉陶淵明獨愛菊，取其凌霜之氣節也。宋以還，更有譜菊之舉，如宋劉蒙泉有《菊譜》，列有一百六十三品之多。後范成大有《石湖菊譜》，史志有《老圃菊譜》，繼而馬伯州、王藎臣皆有譜，其名目至有三百餘種。詳見《花鏡》、《廣群芳譜》。❷陶家　指陶潛家。陶潛〈飲酒〉詩云：「採菊東籬下，悠然見南山。」❸此花開盡更無花　菊於四季中最後開放，故稱。

【語譯】秋菊叢叢繞著房舍，好像當年陶淵明的家，在籬邊繞著圈兒漫步，不覺紅日已經漸漸西斜。倒不是在百花中偏愛秋菊，只因菊花開完之後，一年中再也沒花可開。

【研析】這首詠花詩，清新平易，在淡淡語氣中間，別出心裁，道出自己的愛菊之意。前兩句寫秋菊繞籬而生之景，後兩句抒發賞愛菊花之情。寫景句用「陶家」、「籬邊」典故，更顯菊之高尚清雅，為下句「愛」字伏筆。抒情句中，申明自己並不是偏愛秋菊，元稹對於春花，其喜愛之情，或不在菊花之下。然而因為一年之中，菊花開完後，便無花可開，不得不倍加珍惜，所以在籬邊徘徊留連，直至紅日西斜。

聞樂天授江州司馬❶

元稹

殘燈無焰❷影幢幢❸，此夕聞君謫九江❹。垂死❺病中❻驚坐起，暗風吹雨入寒窗。

【注　釋】❶聞樂天授江州司馬　憲宗元和十年（八一五）六月，李師道派刺客暗殺力主削平藩鎮的宰相武元衡。時白居易為東宮屬官太子左贊善大夫，率先上疏，請急捕刺客，以正國法。宰相張弘靖、韋貫之惡其先諫官而言朝政，是越職言事，貶白居易為江州（治所在今江西九江市）司馬。此時，元稹已在數月前貶為通州（治所在今四川達縣）司馬。司馬，刺史的屬官。❷無焰　沒有火苗，指燈油將盡，火苗極小。❸幢幢　燈燭昏暗，搖曳不定貌。❹九江　指江州。江州隋時為九江郡，故名。❺垂死　將死。❻病中這時元稹在通州已患瘧疾數月。

【語　譯】殘燈沒有火苗，病房中顯得昏暗無光，就在這個晚上，聽說您也謫貶到九江。我在垂死病中，驚聞這個消息而茫然坐起，一陣一陣暗風，把冷雨吹進了我的寒窗。

【研　析】憲宗元和十年（八一五）三月，元稹自京貶任通州司馬，與好友白居易等依依惜別。八月，白居易因越職上書言事，被貶江州司馬。元稹病中聞之，作此詩以寄。詩中極寫得知這一消息後淒苦震驚的心情，連用「殘」、「影」、「夕」、「謫」、「死」、「病」、「驚」、「暗」、「寒」等具有強烈感情色彩的詞語，充分表達了作者此時此刻的淒涼心境。字字句句，都從胸臆中吐出。在表現手法上，採取了寓情於景，又借景抒情，一、四兩句寫景，二、三兩句抒情，情景交融相生，讀之令人心酸不已。白居易談到這首詩時曾說：「此句他人尚不可聞，況僕心哉！至今每吟，猶惻惻耳。」（〈與元微之書〉）

金縷衣❶

佚名

勸君莫惜金縷衣，勸君須惜少年時。有花堪折直須折，莫待無花空折枝。

【注　釋】❶金縷衣　本詩《樂府詩集》卷八二題作〈金縷衣〉，編於李錡名下；《唐詩別裁》卷二〇、《唐詩三百首》卷八則題為李錡妾杜秋娘，分別題作〈金縷詞〉、〈金縷衣〉；《全唐詩》題作〈雜詩〉。或題作〈杜秋娘〉。金縷衣，以金線織成的華貴衣服。

【語　譯】勸您不要愛惜這值錢的金縷衣，勸您愛惜青春年少時。有花可折時您就快些來折，不要等到花落盡才來折幹枝。

【研　析】此曲為歌妓杜秋娘所唱詩。杜秋娘，金陵（今南京）女子，善歌〈金縷衣〉曲。初為鎮海節度使李錡妾。錡叛唐伏誅，秋娘沒籍入宮，為憲宗所寵。穆宗時，為皇子漳王保姆。皇子因事廢，秋娘歸金陵，窮老以終。「有花堪折直須折，莫待無花空折枝」云云，勸人於權衡輕重之後，當及時行樂，為歷代「秉燭夜遊」詩之最為著名者。此詩好處，《名媛詩歸》讚曰：「氣緒排宕，風情自豪，仍有惘世之意。」《歷朝名媛詩詞》：「詞氣明爽，手口相應，其莫惜、須惜、堪折、須折、空折，層層宕跌，讀之不厭，可稱能事。」

縱遊淮南

張祜

十里長街市井連，月明橋上看神仙❶。人生祇合❷揚州死，禪智山光❸好墓田。

【注釋】❶神仙　唐人多戲稱妓女為「神仙」。❷合　應該；值得。❸禪智山光　唐時，揚州有禪智寺、山光寺。

【語譯】揚州的十里長街，繁華的市井緊緊相連，最好是月明的時候，到一座座橋上去看神仙美女。人生真應該在揚州快活一生而死，那城外的禪智、山光寺，就是最好的墓田。

【研析】此詩當為張祜漫遊淮南時所作。宋葛立方《韻語陽秋》卷四云：「張祜喜遊山而多苦吟。」揚州為天下第一溫柔繁華去處，此詩即寫揚州之勝。「人生祇合揚州死，禪智山光好墓田」二句，竟以死事入詩，可謂出奇制勝。後韋莊〈菩薩蠻〉有「人人盡說江南好，遊人祇合江南老」，與此異曲同工。俞陛雲《詩境淺說》續編云：「作者獨愛禪智山光，至欲為百歲魂遊之地。」此是以偏概全。究其實，作者所「獨愛」者，生前是為「神仙」，身後始為「禪智山光」。短短四句，自獨特角度，概括人生，讚美揚州女兒之美，山水之佳，別具風味。

集靈臺二首（其二）

張祜

虢國夫人❶承主恩，平明❷騎馬入宮門。卻嫌脂粉污顏色，淡掃蛾眉朝至尊❸。

【注釋】❶虢國夫人　楊貴妃姐，封虢國夫人，據傳與唐玄宗、楊國忠等人有曖昧關係。❷平明　天剛亮。❸至尊　此指皇上。

【語譯】虢國夫人最得主上的恩寵，天剛亮就騎馬直入宮門。因嫌脂粉會掩蓋美麗的顏色，淡淡地掃了一下蛾眉就來朝見皇上。

【研析】《元和郡縣志》卷一：「開元十一年，初置溫泉宮。天寶六載，改為華清宮。又造長生殿，名為集靈臺，以祀神也。」故址在今陝西臨潼驪山上。此詩一云杜甫作，誤。此詩共兩篇，其一寫明皇於長生殿舉行道教儀式接受「仙人」所賜符籙，貴妃姐妹因之入賀事；此篇則言虢國夫人以大唐天子阿姨（丈夫稱妻子姐妹之已嫁者為姨）的身份「承主恩」，天剛亮便騎馬逕入宮門，且自炫美艷，不事妝飾而朝見君上。其措辭句句皆皮裏陽秋，所謂「婉而多諷」者也。「承主恩」，點出主上與阿姨間的曖昧關係，蓋女之「承恩」，本為妃嬪之事；「平明」為光天化日之下，見出虢國夫人之迫不及待，與春秋時陳靈公君臣一大早跑到情人夏姬那兒去「朝食」可有一比，「騎馬入」三字，活畫出這位夫人身份特殊，可不遵進宮門必須下馬的慣例；「卻嫌」句極言其對於美貌的自信；「淡掃」句則活現出其恃寵而嬌之態。

題金陵渡❶

張祜

金陵津渡小山樓，一宿行人自可❷愁。潮落夜江斜月裏，兩三星火是瓜洲。

【注　釋】❶金陵渡　渡口名。在今江蘇鎮江市。金陵渡舊址現名西津渡，隔江與瓜洲渡相望。瓜洲在長江北岸，今江蘇儀徵南，是長江下游歷史悠久的著名渡口。❷自可　當然可以；自然應該。

【語　譯】金陵渡口的小山上，一座小小的樓房，在這兒住上一宿，旅行的人們自然免不了鄉愁。夜晚的江潮起落，一輪斜月落在江中，對岸的兩三星火，那就是著名的古渡瓜洲。

【研　析】唐代之「金陵」，可泛指寧鎮地區。此處即指今江蘇鎮江市。此詩寫江天夜景。天晚不及過江，多在金陵渡歇宿。因鄉愁難以入眠，故不妨看看風景。直待夜深潮落月斜，而明日將要去的對岸，兩三點星火正閃爍搖曳。如此寫景，極為真實傳神，使人似置身於夜晚江邊。詩中用「小」、「一」、「斜」、「兩」、「三」等詞，渲染夜暮零落，更使人增添一段鄉愁。「潮落夜江斜月裏，兩三星火是瓜洲」二句，極為後人稱賞。

雨霖鈴❶

張祜

〈雨霖鈴〉夜卻歸秦❷，猶見張徽❸一曲新。長說上皇和淚教，月明南內❹更無人。

【注　釋】❶雨霖鈴　唐曲名。❷秦　關中長安附近為古代秦國屬地，故簡稱長安附近為「秦」。❸張徽　即張野狐。玄宗梨園子弟之一，時善吹篳篥者以張野狐為第一。❹南內　皇宮稱「大內」，時玄宗為太上皇，居南內。

【語　譯】霖雨淒淒的夜晚，唱著〈雨霖鈴〉回到長安舊京，舊日的梨園弟子張徽，吹起了一首悲傷淒涼的新曲。他經常告訴別人，這是上皇含著眼淚新教的曲子，到了月明之夜，太上皇的宮殿中，更是淒清冷落無人。

【研　析】據《明皇雜錄・補遺》說：「明皇既幸蜀，西南行，初入斜谷，屬霖雨涉旬，於棧道雨中聞鈴音與山相應。上既悼念貴妃，採其聲為〈雨霖鈴〉曲以寄恨焉。時梨園子弟善吹篳篥者張野狐（即張徽）為第一，此人從至蜀，上因以其曲授野狐。洎至德中，車駕復幸華清宮，從官嬪御多非舊人，上於望京樓中命野狐奏〈雨霖鈴〉曲，未半，上四顧淒涼，不覺流涕。……其曲今傳於法部。」安史亂中，玄宗逃到四川，等他兒子肅宗依靠李泌的計策、郭子儀等將士的殊死戰鬥，僥倖收復了長安，他又很不光彩地還京了。但他的兒子只是禮貌性地客氣了一下，並沒有真的把皇位還給他，因此他只能仍做他的「太上皇」，而且所有的政治權力都被剝奪，被幽居在無人光顧的冷宮裏。為了防止他作怪，連身邊的太監侍衛都換上了肅宗的人。他晚境淒涼，感情卻很豐富纏綿，不時地教身邊的樂工唱些懷舊的歌曲。這首詩就是說的這件事。一二句將雨夜中歸秦還京與逃難時霖雨淒清相照應；三句回憶當年舊事，四句言今晚月明光滿而南內無人，形成強烈對比，更增添幾分淒涼。這一意境，在後來的戲劇《梧桐雨》和《長生殿》中，得到了更為豐富的表現。

登崖州❶城作

李德裕

【作　者】李德裕（七八七—八四九），字文饒，趙郡（今河北邯鄲）人。幼有壯志，恥與諸生從事鄉試。張弘靖鎮太原，辟掌書記。歷任大理評事、監察御史。穆宗即位（八二一），遷翰林學士，禁中詔書，大手筆多出德裕之手。文宗大和四年（八三〇）任成都尹、劍南西川節度使。文宗大和七年（八三三）二月，官至宰相。會昌六年（八四六）四月再相武宗。著書甚多。《全唐文》錄存其文十六卷，《全唐文拾遺》錄存其文六篇，《全唐詩》錄存其詩一二八首。

獨上高樓望帝京❷，鳥飛猶是半年程。青山似欲留人住，百匝千遭❸

繞郡城。

【注釋】❶崖州　州名。又名珠崖、朱崖，在今海南海口瓊山區東南。李德裕唐武宗時曾任宰相，秉政六年，外攘回紇，內平澤潞，頗著政績。及宣宗即位，在所謂「牛李黨爭」中失利，遂貶為崖州司戶參軍。這首詩便是他被貶崖州時所作。❷帝京　國都，此指唐代的京都長安。❸百匝千遭　層層環繞，重重包圍。匝，環繞。遭，周圍。

【語譯】我獨自登上崖州的城樓，遙望著遠在天邊的帝京，即便是天上的飛鳥，也要飛上半年的路程。那環繞在城外的隱隱青山，好像要把人永遠留住，千層百疊，重重包圍著這崖州郡城。

【研析】在唐代，南方不如長安、洛陽兩京地區繁榮。嶺南就更不用說了。而海南島，則更是遠離大陸，是一令人聞之色變的可怕地方。直到北宋時期，還將流放海南作為懲罰政敵的極端手段，如蘇軾就曾被流放到海南島，監視居住，結果是染了病，差一點死在那兒。在唐代，流放海南，大概是對於朝臣最為嚴厲的處分。這是詩人遠謫崖州時所寫的一首政治抒情詩，表現了詩人懷念京國，不忘重返朝廷的情緒。王讜《唐語林》卷七云：「李衛公（德裕）在珠崖郡，北亭謂之望闕亭。公每登臨，未嘗不北睇悲咽。題詩云……」說明詩人依戀京國之情是十分深厚而強烈的。唐宋時代，除了唐代中後期有一小段時間，由於種種原因，朝官待遇不如地方官，一般說來，作為京城的長安、洛陽、開封、臨安，都是全國的「首善之區」，不論是政治前途，還是生活待遇、子女出路等等，京城當然要比地方好得多。因而，唐宋士人都有著強烈而持久的「京都情結」，不論是出鎮一方，還是罪貶邊州，他們都無時無刻不在思念著京國。他們寫下了大量的「懷京」詩詞，表達對於不能參與朝政的不滿。此詩即為懷念京國的代表作。前兩句寫實，而略加誇張。「望帝京」是全詩關鍵。「鳥飛」句，極言去京之遠。此遠不僅是時間空間上的遠，也是指政治上願望與現實的遙遠。當然，他作為長期主政的大政治家，雖然內心對政敵極為憤恨，對回京無望極為憂慮，但仍不失政治家風度，其詩風格，哀怨而不失之急躁，憤怒而不失之侮謾，可謂深得風人之旨。三四兩句是想像，出以象徵的藝術手法。青山繞郡、「百匝千遭」，象徵著某種政治上的、心理上的重重封鎖與障礙。但面對這青山，他只是淡淡地說其「留人」，把政治上的憤慨，淡化成「青山留人」的詩境，使詩思更加曲折委婉。

南園❶十三首（其三）

李賀

花枝草蔓眼中開，小白長紅越女腮❷。可憐日暮嫣香落，嫁與春風不用媒❸。

【注釋】❶南園　為李賀福昌縣（今河南宜陽）昌谷家居讀書小園。❷越女腮　言花色似越女之腮，白中泛紅。❸不用媒　此指隨風飄落。

【語　譯】樹枝上的花，草蔓上的花，全在眼前開綻，嬌小的白花，長片的紅花，像是越女那美麗的兩腮。可憐到了天晚的時候，這嫣紅的香花就會凋落，不用媒妁，便嫁給了春風，隨風而去。

【研　析】〈南園十三首〉為李賀在家讀書時所寫，其內容，或感榮華易謝；或嘆文章無成；或寫景物之新；或言幽居之志。句奇語新，情意可人。作者向以「鬼才」著稱，唯此組詩平易近人，清新可喜。這首詩寫南園中各種樹上、草上的花，紅白相間，似越女之腮，其比喻奇特而形象。詩人此時正當青春年華，多愁善感，他對於自然界的一切，特別是對於瞬時開落的花朵，更是表現出極大的關切。花是那樣的美麗清香，但盛開之後，不可避免地就要凋落。詩人出神地想：花大概是嫁給了春風，否則，為什麼連招呼都不打一個，就這樣匆匆地走了呢？詩的最後一句「嫁與春風不用媒」，其意為《紅樓夢》「嫁與東風春不管」的詩句所襲用，由此可以看出此詩的影響。

南園十三首（其六）

李賀

尋章摘句老雕蟲❶，曉月當簾掛玉弓。不見年年遼海上，文章何處哭秋風❷？

【注　釋】❶雕蟲　刻意作文。揚雄《法言・吾子》：「童子雕蟲篆刻，壯夫不為也。」❷不見年年遼海上二句　言邊防線上，尚武輕文，悲秋作文不如習武防身。哭秋風，意即作悲秋之賦。宋玉〈九辨〉名句有：「悲哉，秋之為氣也。」

【語　譯】為了琢句謀篇，在雕蟲小技中耗盡青春年華，通宵苦思，直到拂曉的弦月照在簾上，像高掛的玉弓。沒看到年年那遼東海邊上，一場又一場的大動干戈，這無用的文章，除了向秋風哭訴，尚有何處會加以垂青？

【研　析】詩意謂作詩作文，不過雕蟲小技，無益於世用，無助於征戰。「不見年年遼海上，文章何處哭秋風？」遼海，泛指遼東海疆征戰之地。哭秋風，清黎簡釋云：「遼海用兵之地，用不著苦吟悲秋之士也。」（黎批《李長吉詩集》卷一）此詩寫朝廷尚武輕文，以寓文士不受重視之牢騷。漢唐人屢有讀書不如當兵的念頭，班超有「投筆從戎」的壯舉，楊炯則大呼「寧為百夫長，勝作一書生」。此詩亦以為作詩作文徒耗精神，而發出不平之鳴。

南園十三首（其八）

李賀

春水初生乳燕❶飛，黃蜂小屋撲花歸。窗含遠色通書幌❷，魚擁香鉤近石磯❸。

【注釋】❶乳燕　當年生的燕子。❷幌　帷幔。❸磯　巨大的石頭。

【語譯】春日的溪水剛剛漲起，新生的乳燕已經會飛，小黃蜂兒從小屋那邊，採蜜撲花而歸。窗戶裏嵌入遠方的景色，正和書房的帷幔相浹，池中的魚兒，在那巨石的旁邊，擁逗著上了香餌的金鉤。

【研析】此詩四句寫八樣景物，兩兩相生相映，將小園的春色與生機，寫得情趣無限，令人流連不已。一句以春水初漲、乳燕初飛寫春日已經到來。二句寫黃蜂花蕊，給人一種清香的感受。三四句寫主人的閑適清雅，對著窗中的遠景讀書，在那石磯之下釣魚。人生如此，更復何求？

昌谷北園新筍四首❶（其二・詠竹）

李賀

斫取清光寫《楚辭》❷，膩香春粉❸黑離離❹。無情有恨何人見？露壓煙啼千萬枝。

【注釋】❶昌谷北園新筍四首　此為組詩，第一首詠筍，第二首以後皆詠竹。❷斫取清光寫楚辭　指刮去竹上青皮，而寫自作新詩於其上。《楚辭》，騷體文章的總集。西漢劉向輯，收戰國楚人屈原、宋玉、景差諸賦，附以賈誼〈惜誓〉、淮南小山〈招隱士〉、東方朔〈七諫〉、嚴忌〈哀時命〉、王褒〈九懷〉、以及劉向自作的〈九嘆〉，共十六篇。因都具有楚地的詩歌體式、方言聲韻、風土色彩，故名「楚辭」。一般特指屈原〈離騷〉等辭文瑰麗、內容悲憤的文章。此處以《楚辭》比喻李賀的自作詩。❸膩香春粉　一般多解為新竹的濃香及竹上的白色粉末。但「膩香」若解為濃烈的墨香，「春粉」若解為殺青後白如脂粉的竹簡，似更為切合。❹黑離離　形容字跡歷歷分明。

【語　譯】刮去竹上的青皮，寫下我的帶有《楚辭》風格的詩篇。濃濃的墨香溢起，好詩寫在白如春粉的竹簡上。眾人皆以竹為無情之物，但竹子分明有恨，卻並無人知，君不見露積翠葉，滴滴垂泣；千枝萬竿，都籠罩在一片愁煙慘霧之中。

【研　析】這是一首託竹自詠的詩。寫得情景交融，含蓄委婉，語短情長。清人王琦於此詩頗有心得，云：「自謂《楚辭》者，乃長吉自作之辭，莫錯認屈、宋所作《楚辭》解。」又云：「無情有恨，即謂所寫之《楚辭》，其句或出於無心，或出於有意，雖俱題竹上，無人肯尋覓觀之，千枝萬幹，惟有露壓煙籠而已，慨世上無人能知之也。」（見《李長吉詩歌彙解》）「無情有恨」四字，其中含義，歷來眾說紛紜。筆者以為，此四字皆在詠竹。「無情」者，自眾人言，以為竹乃無情之物。「有恨」者，自李賀言，謂竹分明有恨。何以知竹之「有恨」？自「露壓煙啼千萬枝」也。當露積翠葉，滴滴垂泣；煙籠萬竿，一片愁慘；則「有恨」豈非分明可見？故三、四句確為詠竹名句，情景交融，與首二句「寫《楚辭》」的情懷相呼應。明人楊慎說：「陸魯望〈龜蒙〉〈白蓮〉詩：『素蘤多蒙別艷欺，此花端合在瑤池。無情有恨何人見？

月曉風清欲墮時。』觀東坡與子帖，則此詩之妙可見。然陸此詩祖李長吉……或疑『無情有恨』不可詠竹，非也。竹亦自嫵媚，孟東野詩云：『竹嬋娟，籠曉煙。』左太沖〈吳都賦〉詠竹云：『嬋娟檀欒，玉潤碧鮮。』合而觀之，始知長吉之詩之工也。」（《升庵詩話》卷二）

蝴蝶舞

李賀

楊花撲帳春雲熱，龜甲屏風❶醉眼纈❷。東家蝴蝶西家飛，白騎少年❸今日歸。

【注釋】❶龜甲屏風　飾有龜甲紋繡的屏風。古人以龜為吉祥物。❷醉眼纈　淚眼如醉貌。纈，文繒也，花紋交錯的絲織品。在此喻淚痕交加。❸白騎少年　騎著白馬的少年。

【語譯】朵朵楊花撲著帳幕，春風吹來溫熱的雲霞。一雙淚眼如醉，對著華貴的龜紋屏風，臉上淚痕交錯。剛在東家翻飛的蝴蝶，又翩翩地飛到了西家，騎著白馬的少年，今日終於回到了家。

【研析】這是一首比較含蓄朦朧的情詩。李賀向來是以「鬼才」著稱的，他的許多詩頗具「朦朧美」，詩中的感情流變，不易尋索。本詩中的大致情景可能是這樣的：前兩句寫閨中，春天到了，柳絮飛飛撲帳，不免惹動情思。而空閨獨守，一雙淚眼如醉，對著裝飾著龜甲的華貴屏風，情不自禁地淚痕交加。下二句寫「白馬王子」終於歸來，難怪蝴蝶東家西家地翻飛不停。其「楊花撲帳春雲熱」、「東家蝴蝶西家飛」二句，或是暗示著白騎少年用情不專，其意似在語言之外。宋人許顗說：「李長吉詩云：『楊花撲帳春雲熱』，才力絕人遠甚。如『柳塘春水漫，花塢夕陽遲』，雖為歐陽文忠所稱，然不迨長吉之語。」（《彥周詩話》）其造語奇特，煉字精雕細琢，如詩中「熱」字、「纈」字，代換不得。

望夫詞

施肩吾

【作　者】施肩吾（生卒年不詳），字希聖，湖州吳興（今浙江湖州）人。唐憲宗元和十五年（八二〇）進士，不待授予官職，便隱洪州之西山（山在今江西南昌西面三十里）。其所著《辨疑論》等，今已大部佚亡。《全唐文》錄存其文一卷，僅九篇，《全唐詩》錄存其詩一九六首。

手爇❶寒燈向影頻，回文❷機上暗生塵。自家夫婿❸無消息，卻恨橋頭賣卜人❹。

【注　釋】❶手爇　自點油燈。爇，點燃。❷回文　關於才女「回文詩圖」的傳說歷來很多，其最著者，為東晉女才子蘇蕙所製〈回文璇璣圖詩〉。蘇蕙，字若蘭，年十六，嫁秦州刺史竇滔。會苻堅攻晉之襄陽，晉派竇滔鎮守襄陽，滔遂攜愛妾赴襄，音問斷絕多時。蘇氏時年二十一歲，乃織錦為〈回文璇璣圖詩〉寄竇滔，五彩相宣，縱橫八寸，凡八百四十字，縱橫反覆，皆成章句，可得詩二百餘首，才情之妙，超今邁古（見唐武則天〈蘇氏織錦回文記〉，此〈記〉載《全唐文》卷九七）。❸夫婿　對丈夫的稱呼。❹賣卜人　占卜算命之人，常於橋頭路口等交通要道之處擺攤。

【語　譯】纖纖玉手將那如豆寒燈點燃，對著燈兒頻頻顧影自憐，哪裏還有心思去織寫回文情詩，織機上早已沾滿灰塵。本來是自家丈夫長期地斷絕了音訊，卻把這滿腔的思念埋怨，轉恨算命不靈的橋頭賣卜人。

【研　析】此詩的題材極為常見，但寫得深沉動人。四句詩，一句一層，娓娓道來，將一往深情，化作如歌如詩的傾訴。一句寫清冷孤獨。「寒燈」表明家中無人而顯得格外清冷；「向影」言獨有此一人，只好形影相隨；「頻」言夜深難眠，獨守孤燈。二句寫心中煩悶，諸事不宜，連寄夫之回文詩也懶得織寫。三句言丈夫久無音訊，正不知是有所不測，還是有了新歡，怎不讓人千思萬想。四句寫此閨中人為深情所蔽，不恨丈夫不給消息，反而怨恨前次為其算命的賣卜之人。蓋賣卜者以巧語為生，自然盡量給好消息以取悅顧客，但丈夫仍不見來，於是便將此恨，轉嫁於橋頭之賣卜人矣。

採蓮子二首（其二）

皇甫松

【作　者】皇甫松（生卒年不詳），字子奇，自稱「檀欒子」，睦州新安（今浙江淳安）人。唐散文家皇甫湜之子。《新唐書・藝文志》載其著《醉鄉日月》三卷、《大隱賦》一卷，蓋自敘也。《全唐詩》錄存其詩十三首。

船動湖光灩灩❶秋，貪看年少信船流❷。無端❸隔水拋蓮子❹，遙被人知半日羞。

【注釋】❶灩灩　水面波光閃動貌。❷信船流　任憑船兒飄流。信，任憑。❸無端　無緣無故。❹拋蓮子　暗示拋出一片愛慕之心。蓮子，雙關語，既指蓮之子，亦表達愛慕之情。蓮與憐愛之「憐」諧音。

【語譯】划動著小小的船兒，在這湖光瀲灩的清秋。貪看那湖邊的美少年，任憑這船兒飄流。隨便隔著水兒拋去幾顆蓮子，哪需要什麼來由。卻被別人遙遙撞見，叫人好半天害羞。

【研析】詩中寫採蓮少女的戀情，風格自然清新，描繪了一幅江南水鄉的風情畫。一句寫景，湖光瀲灩，蓮舟漾波，正是美好的清秋時節。二句寫採蓮女被岸邊的一個小伙子吸引住了，她忘了划槳，忘了採蓮，任憑船兒隨波飄流。三句寫姑娘主動「隔水拋蓮」，向小伙子傳達愛慕之情。四句寫此一舉動被同伴窺知，不由好生害羞。「貪看年少信船流」，是少女之痴；「無端隔水拋蓮子」，是少女之媚；「遙被人知半日羞」，則是少女之嬌。第四句寫「羞」不可少，有痴媚而無嬌羞，則流於輕浮矣。這首詩風格清新靈動，便於入樂演唱，有的版本在二句旁有「年少、年少」的和聲，若算成正文，正與後世的詞體全同。這種體式，代表了唐詩的一種新趨勢，是由詩而詞的一個關鍵。

登玄都閣❶

朱慶餘

【作　者】朱慶餘（七九七—？），名可久，字慶餘，以字行，越州（治所在今浙江紹興）人。敬宗寶曆二年（八二六）進士及第，只做到秘書省秘書郎這一類小官。著有《朱慶餘詩》一卷傳世。《全唐詩》錄存其詩一七七首。

野色晴宜上閣看，樹陰遙映御溝❷寒。豪家❸舊宅無人住，空見朱門❹鎖牡丹。

【注　釋】❶玄都閣　指玄都觀的高閣。玄都觀在長安城東朱雀街安善坊內，向為遊覽勝地。見《唐會要》卷五〇。❷御溝　亦稱「禁溝」，皇城外的護城河。❸豪家　豪門貴族。❹朱門　朱漆大門。王侯貴族的住宅大門，漆成紅色，表示尊貴。

【語　譯】野外的景色，要趁著天晴登上高閣欣賞，參差的樹陰，遠遠地掩映在御溝兩旁。舊時豪門貴族的深宅大院，早已無人居住，只有那鎖在朱漆門內的牡丹，依舊在爭奇鬥艷。

【研　析】一句寫晴日野外郊遊，登閣遠眺，其風光何其明媚宜人。二句寫皇家御溝水映樹陰，更令人嚮往羨慕不已。三句突轉，極言所見豪門之荒涼。四句收結全詩，言外有意：牡丹，花之富貴者也，而朱門之內，僅有牡丹之貴而已！朱慶餘詩學張籍，深得張之賞識。張籍詩中多有諷喻之篇，如《詩人主客圖》及《全唐詩話》所收錄之〈題王侯廢宅〉云：「古巷戟門誰舊宅，早曾聞說屬官家。更無新燕來巢屋，惟有閑人去看花。空廐欲摧塵滿櫪，小池初涸草浸沙。繁華事歇皆如此，立馬踟躕到日斜。」朱慶餘此詩，正與張詩相映成趣。中唐以來，國力日衰，昔日繁華不再，眾多豪門大族，也衰落不振。唐詩中屢有描述。如劉禹錫〈烏衣巷〉之「舊時王謝堂前燕，飛入尋常百姓家」等詩，皆與朱、張所詠，同一感慨。

閨意獻張水部❶

朱慶餘

洞房昨夜停紅燭❷，待曉堂前拜舅姑❸。妝罷低聲問夫婿，畫眉深淺入時無❹？

【注釋】❶閨意獻張水部　詩題一作〈近試上張籍水部〉。張水部，水部郎中張籍。❷停紅燭　長時間地點燃著紅蠟燭。徹夜燃燭，是婚禮的一種儀式。❸舅姑　公婆；丈夫的父母。❹入時無　是否合時、適當。

【語譯】昨晚新婚的洞房徹夜燃著紅燭，只待天亮後到堂屋前參拜舅姑。化好妝低聲問一下夫婿，我畫的眉毛深淺是否得體？

【研　析】此詩作於敬宗寶曆二年（八二六）。朱慶餘頗為水部郎中張籍賞識，張常置其詩於袖而推獎之。朱慶餘時將應試，乃作此詩以獻。張籍酬之曰：「越女新妝出鏡心，自知明艷更沉吟。齊紈未足人間貴，一曲菱歌敵萬金。」由是，朱之詩名流於海內（見《雲溪友議》卷下）。此詩全首用比，含蓄別致，不失為「溫柔敦厚」的好詩。宋洪邁言其「不言美麗，而味其詞意，非絕色第一不足以當之」（《升庵詩話》卷四引），既是言新婦之美，也是言本詩之麗。張籍之答詩亦佳，可謂「珠聯璧合」。

宮詞

朱慶餘

寂寂花時閉院門❶，美人❷相並立瓊軒❸。含情欲說宮中事，鸚鵡前頭不敢言。

【注　釋】❶寂寂花時閉院門　本應作「花時寂寂閉院門」，因平仄關係，把「寂寂」二字移於句首。寂寂，寂寞冷落貌。用以形容「閉院門」。花時，百花盛開的時節。❷美人　指宮女。❸瓊軒　美麗的長廊。瓊，美玉，形容美好華貴。

【語　譯】繁花盛開的時節，宮中卻緊閉院門，顯得格外寂寞清冷。華麗的長廊裏，美人們在窗前默默地並肩站立。她們含情脈脈，想閑話後宮中發生的事，可是在會學舌的鸚鵡面前，卻不敢說出一個字。

【研析】皇家後宮，歷來是個陰謀叢生、口舌迭起的是非之地，稍有不慎，就會惹來殺身之禍，甚至累及家人。詩中言自然界正是百花盛開，春光明媚，而宮廷裏卻是死一般地沉寂。那麼多活潑可愛的小姑娘，不幸被「選」到這個「不得見人的去處」（《紅樓夢》中對於後宮的形容），生機和天性都被扼殺了。她們甚至連說話也要小心再三，不要說在人面前了，就是在鸚鵡這種小鳥前頭，也不敢說什麼，因為這種鳥兒也會學舌的。很明顯的，學舌的鸚鵡，是用來諷刺那些「巧言如簧」、搬弄是非的小人。但是，這首詩並不僅僅是寫宮廷的，這種「不敢言」的情況，也是對每一個專制王朝的生動寫照。宮詞一般寫宮人的生活，特別是寫宮女的哀怨。但在封建社會裏，對於皇上來說，臣子與宮女的地位是相似的，臣與妾都是某個主人的奴才，只是性別不同而已。因此，描寫宮人的處境，可以寄託「臣子恨」。唐代長孫翱有一首宮詞說：「一道甘泉接御溝，上皇行處不曾秋。誰言水是無情物，也到宮前咽不流。」（見《全唐詩話》卷四）即在哀惋之中微寓諷喻之意，和朱慶餘的這一首用意相似。此詩一作〈宮中詞〉。「含情欲說宮中事，鸚鵡前頭不敢言」，最為深妙，為世所稱。劉永濟《唐人絕句精華》曰：「玩詩意似有所諷，恐鸚鵡洩人言語，鸚鵡當有所指。」

暮春滻水送別❶

韓琮

【作　者】韓琮（生卒年籍貫皆不詳），字成封。唐穆宗長慶四年（八二四）進士，初任陳許節度判官，後歷中書舍人。宣宗大中時為湖南觀察使。大中十二年五月，湖南亂，韓琮平時待將士不以禮，為部將石載順等所逐。《新唐書・藝文志》著錄《韓琮詩》一卷。《全唐文》錄存其文一篇，《全唐詩》錄存其詩二十四首。

綠暗紅稀❷出鳳城❸，暮雲樓閣古今情。行人莫聽宮前水，流盡年光是此聲。

【注　釋】❶暮春滻水送別　詩題一作〈暮春送客〉。滻水，源出陝西藍田谷，流經長安（今陝西西安）東，與灞水交匯，再流入渭河，為「關中八川」之一。❷綠暗紅稀　綠葉濃鬱，紅花稀少，指春日將盡。❸鳳城　此指京都。

【語　譯】樹葉兒濃綠，紅花兒稀疏，暮春時節出了京城。傍晚的雲霞，高高的樓閣，古往今來，此地載負著多少離情別意。遊子行人莫聽這宮前流水聲，把青春年光流盡的，就是這流水的聲音。

【研析】此詩作年及所送之人未詳。唐人選本《又玄集》、《才調集》均已入選，在唐代已稱名篇。「綠暗紅稀」，言綠葉茂盛而紅花凋零，點出暮春景色；二句言古往今來，多少人在此「鳳城」做著春夢，而歲月無情，如今又是春盡時分，又有一位友人，離開京城他去了。作者勸人「莫聽宮前水」，其實也是在安慰客人：與其在京城「流盡年光」，不如到外地試試運氣。清人王堯衢評此詩云：「人在此流水聲中離別，少年人不知做多少白頭！水聲雖妙，聽之無乃移情，故莫聽。」（《古唐詩合解》卷一〇）至俞陛雲所云：「題雖送別，而全首詩意全不在此，第二句已有秦宮漢殿，興亡古今之懷，四句更寄慨無窮。」（《詩境淺說》續編）可備一說。

農家望晴

雍裕之

【作者】雍裕之（生卒年不詳），蜀（今四川）人。約生於唐肅宗時代，死於唐憲宗時代。數舉進士不第，流浪四方，不知所終。《全唐詩》錄存其詩三十三首。

嘗聞秦地❶西風雨❷，為問西風早晚❸回？白髮老翁如鶴立，麥場高處望雲開。

【注　釋】❶秦地　指今陝西關中一帶。❷西風雨　當地農諺，意思是刮了西風，就會下雨。❸早晚　什麼時候。

【語　譯】聽說秦隴一帶，西風一刮便會下雨，因此要問問上天，這西風幾時纔能回去？老農們白髮滿頭，像白鶴似地站著，在那打麥場高處，眼巴巴地望著那烏雲，希望風去雲開，早早放晴。

【研　析】晴和雨，都和農業生產有著直接關係。故久晴望雨，久雨望晴，是老農的正常心態。這首詩栩栩如生地活畫出了一位老農的形象，是寫正要打麥曬場的時候，忽然刮起西風，風雲變色，雨意甚濃。老農夫心裏焦急，深怕一場大雨影響收成。看他滿頭白髮，伸長著脖子，爬上「麥場高處」，渴望著烏雲散開。這幾個具體動作，表現農夫「望晴」的急切心情。更妙在把自然現象人格化，通過秦隴之間的農諺「東風出日西風雨」，呼問著西風幾時纔能回去。似乎問得無理，卻進一步表現了農夫望晴的急切情懷。如果我們拿一些農夫望雨的詩歌對照來讀，如唐人來鵠的「無限旱苗枯欲盡，悠悠閑處作奇峰」（〈雲〉），元人馮子振的「恨殘霞不近人情，截斷玉虹南去。望人間三尺甘霖，看一片閑雲起處」（〈正宮・鸚鵡曲・農夫渴雨〉），他們也是把「雲」和「霞」人格化，來表現農夫望雨的心態，就更能理解詩人的感情傾向和寫作技巧了。

江南春絕句

杜牧

千里鶯啼綠映紅，水村山郭酒旗風❶。南朝四百八十寺❷，多少樓臺煙雨中。

【注　釋】❶酒旗風　此指酒旗在風中飄揚。❷南朝四百八十寺　南朝諸帝好佛，競相廣建寺廟，畫棟雕梁，金碧輝煌，窮極奢靡，以求福佑。然而如今宋、齊、梁、陳各朝，皆已滅亡；惟有當年的許多寺廟，掩映在花紅柳綠的濛濛煙雨之中。

【語　譯】千里江南，到處是黃鶯啼鳴，柳綠花紅，水邊的村莊，山間的城郭，處處有酒家的旗子在風中飄揚。南朝早已滅亡，只有那四百八十座寺廟，掩映在春日的濛濛煙雨之中。

【研　析】此詩作於文宗大和七年（八三三）春間，時杜牧奉宣歙觀察使沈傳師之命，由宣州（今屬安徽）經建康（今江蘇南京）往揚州謁牛僧孺，詩即作於往返途中。「千里鶯啼綠映紅」，寫江南春之聲之色，「水村山郭酒旗風」，寫江南之人情土風，亦人心中之春色也。「南朝四百八十寺，多少樓臺煙雨中」，上句詠史，下句回寫現景，兩句括盡江南時空。煙雨樓臺，反襯明媚春光，筆致靈妙，餘音悠遠。全詩傳誦極廣。然詩中「千里」兩字，因理解不一，曾有爭論。明楊慎《升庵詩話》詰之曰：「千里鶯啼，誰人聽得？千里綠映紅，誰人見得？若作十里，則鶯啼綠紅之景，村郭樓臺，僧寺酒旗，皆在其中矣。」實為腐儒之論。清何文煥《歷代詩話考索》爭辯云：「即作十里，亦未必盡聽得著、看得見。題云〈江南春〉，江南方廣千里，千里之中，鶯啼而綠映焉。水村山郭，無處無酒旗，四百八十寺，樓臺多在煙雨中也。此詩之意既廣，不得專指一處，故總而命曰〈江南春〉。詩家善立題者也。」千里固是好句，何必爭論。

金谷園❶

杜牧

繁華事散逐香塵❷，流水無情草自春。日暮東風怨啼鳥，落花猶似墜樓人。

【注釋】❶金谷園　金谷本是谷名，又名梓澤，在洛陽西北。西晉時石崇曾在此建造豪華別墅，世稱金谷園。❷繁華事散逐香塵　此指石崇為政敵所害，別墅被抄，綠珠跳樓自殺。綠珠為石崇的歌妓，美而艷，善吹笛。趙王司馬倫的心腹孫秀使人求之，崇不許，乃矯詔收崇。崇方宴於樓上，謂綠珠曰：「我今為爾得罪。」綠珠泣曰：「當效死於官前。」因自投於樓下而死。參見《晉書》卷三三〈石崇傳〉。

【語譯】昔日的繁華如今早已隨著香塵散盡，園中的溪水仍然日日無情地流過，青青的小草自個兒迎來一個又一個的春天。傍晚鳥兒在東風裏啼叫著，聲聲哀怨，看到落花飄墜，便想起好像當年的墜樓之人。

【研　析】此詩作於文宗開成元年（八三六）春日，時杜牧在洛陽（今屬河南），為監察御史分司東都，一日過金谷園，而有此弔古傷春之作。昔日的豪華別墅，今日已成荒煙蔓草，真是繁華易散，流水無情。事固可嘆，然尚非最能觸動杜牧的心靈深處者。古今名園荒蕪，宮殿成灰者，比比皆是；金谷園的繁華不再，又如何能夠例外？況且金谷園的主人石崇，既無豐功偉業，又無高尚操守，其為人行事，至為不堪。身為荊州刺史，居然寇掠商旅，以此而致鉅富；在朝時又與潘岳讒事賈謐，每候其出，而望塵遙拜。主人既如此不堪，則其名園之廢，實難多啟人惻隱之心。當杜牧於五百年後的日暮東風之中憑弔古蹟，能自啼鳥聲中聽到哀怨，自落花飄墜中想到墜樓之人，可見金谷園之所以能感動杜牧，完全是因為綠珠的緣故。古今貌美善歌能舞的女子不知凡幾，然而能像綠珠這樣在主人被收之前，即以一死相報，其誠篤之心、貞剛之情，自是古今少有，也就難怪杜牧要為之深深感動。

題桃花夫人❶廟

杜牧

細腰宮❷裏露桃❸新，脈脈❹無言❺度幾春！至竟❻息亡緣底事❼？可憐❽金谷墮樓人❾。

【注　釋】❶桃花夫人　春秋時代息侯之夫人息嬀。楚文王滅息，納息嬀為妃，生二子：堵敖和楚成王。桃花夫人為息夫人別號。唐杜牧《樊川文集》卷四〈題桃花夫人廟〉詩，題下注：「即息夫人。」劉長卿《劉隨州集》卷二〈過桃花夫人廟〉詩：「寂寞應千歲，桃花想一枝。」廟故址在湖北漢陽桃花洞，見《湖北通志》卷一五〈古蹟・漢陽縣〉。❷細腰宮　楚宮的代稱。《墨子・兼愛中》：「昔者楚靈王好細腰，靈王之臣皆以一飯為節，脅息然後帶，扶牆然後起。」《後漢書・馬謬傳》：「楚王好細腰，宮中多餓死。」❸露桃　露井旁邊之桃。露井，沒有覆蓋之井。❹脈脈　含情注視貌。❺無言　息夫人入楚宮，數年不發一言。楚王怪之，云：妾一女而事二夫，還有何話可說。❻至竟　到底。❼緣底事　因何事。❽可憐　可愛。❾金谷墮樓人　指晉人石崇的愛妾綠珠。

【語　譯】細腰宮裏露井旁邊，一株桃花開得新艷。含情脈脈總是無言，春去秋來一年復一年。息國被楚國滅亡，究竟是為何事？還是金谷跳樓的綠珠，可愛可敬。

【研　析】此詩作於武宗會昌二年（八四二）至四年（八四四）間，時杜牧在黃州（今湖北黃岡）刺史任上。此詩以楚宮中「脈脈無言」之息嬀與「金谷墮樓」之綠珠相對比，表達作者對此二位女性之看法。息夫人的悲劇，引起了許多詩人的同情和爭論。有的從其不戀新寵、不忘舊恩的角度，來讚賞她的「貞烈」，如王維〈息夫人〉云：「看花滿眼淚，不共楚王言。」有的從其輕視重賞、不肯一笑的角度，來讚美她的純潔，如清人〈息嬀〉云：「楚王任有千金賞，祇買桃花笑曲欄。」而杜牧則認為她國已亡而不死，夫受辱而再嫁，比起石崇的愛妾綠珠在強大的壓力下墜樓而死要遜色得多。宋許彥周附和說，「杜牧之〈題桃花夫人廟〉詩」，「為二十八字史論」（見《彥周詩話》）。清沈德潛亦云：「不言而生子，此何意耶？綠珠之墜樓，不可及矣。」（《唐詩別裁》）清趙翼《甌北詩話》卷一一則云：「以綠珠之死，形息夫人之不死，高下自見；而詞語蘊藉，不顯譏訕，尤得風人之旨。」作者評者，皆以綠珠殉情為「高」，以桃花夫人不死且與他人生了子女為「下」。這一「史論」，實在並不令人心服。中國許多男人，自己不能保全時，卻希望別人，特別是女人也跟著去死。還有許多人，當家國有難時，自己不願死節，卻一本正經地「勉勵」別人自盡全節，有的甚至先殺妻女以防止她們「受辱」。其實，在古代條件下，家國的責任主要應該由男人來負，到應該跳樓時，也應該男人自己去跳，對於女人，還是應該讓她們去尋一條活路。每一個人，包括婦女，都有選擇自己生活道路的自由，她願意跟楚王生多少孩子，關詩人們何事！男人們為了獨佔女性，無不大力提倡從一而終。息夫人的悲劇，本來是「男權主義」造成的，儘管她已經很痛苦了，杜牧們卻還指責她不該又跟別人生了孩子，希望讓她像綠珠那樣去跳樓。其實，就是在息夫人的時代，婦女再嫁，也是很平常的事，更何況在是否「再嫁」的問題上，並不是她自己能夠作主的。杜牧對於歷史，是有一番研究的，在許多歷史問題上，也提過不少中肯的意見，但與其他傑出的男性人物一樣，遇到婦女問題，就總是免不了要出偏差。杜牧前一首〈金谷園〉詩，說的是同一主題，可參看。

齊安郡❶後池絕句

杜牧

菱透浮萍綠錦池❷，夏鶯千囀弄薔薇❸。盡日無人看微雨，鴛鴦相對浴紅衣❹。

【注　釋】❶齊安郡　黃州的郡名。❷菱透浮萍綠錦池　寫菱穿透浮萍，鋪滿碧池。❸夏鶯千囀弄薔薇　夏鶯鳴唱，在薔薇間飛來飛去。❹盡日無人看微雨二句　寫微雨中後池景象，只鴛鴦相對而沐。無人看，隱含著作者自己獨看。這是「靜觀萬物皆自得」的境界，塵慮全消，意趣橫生。

【語　譯】菱蔓透出池面上的浮萍，滿池似是綠色的地錦，夏日的黃鶯千嬌百囀，嬉戲在薔薇花間。一整天沒有人來往，只有我獨自地看著微微細雨，看著鴛鴦成雙成對，在池中洗浴著紅色的羽衣。

【研　析】本詩當作於會昌四年（八四四），時作者為黃州刺史。此詩描繪後池的清幽明媚。短短四句，寫出池中池外之人、事、物、情。池中有「菱」、「萍」，池外有「夏鶯」、「薔薇」；「盡日無人」寫出時間之長，「鴛鴦相對」反襯出人之獨自靜觀。其設色絢麗，動靜相間，簡短幾筆便勾畫出令人神往的絕妙境界。

清明

杜牧

清明時節雨紛紛，路上行人欲斷魂❶。借問酒家何處有，牧童遙指杏花村❷。

【注釋】❶斷魂　形容失神落魄。❷杏花村　不必為真實村名，而是指開著杏花的一個村莊。

【語譯】清明的時節，細雨紛紛下個不停，路上趕路奔波之人，心裏也是亂紛紛，一副失神落魄的樣子。請問一下什麼地方有酒家，放牛的孩子遙遙指著前面開著杏花的村落。

【研析】此詩作於武宗會昌六年（八四六），時杜牧為池州（今安徽池州貴池區）刺史。是詩最早見於宋謝枋得所編《千家詩》，雖《樊川文集》、《樊川詩集注》（包括外集、別集、補遺、補錄）以及《全唐詩》均未見載，然為杜牧所作，尚無人提出疑問。謝枋得為南宋人，但從《草堂詩餘》前集卷上所載宋祁〈錦纏道〉詞「問牧童遙指孤村，道杏花深處，那裏人家有」數句可知，此詩在北宋時已流傳人口。「清明時節雨紛紛」一句流傳最廣，江南一帶可謂家喻戶曉。此詩妙處，全在白描。清明為我國重要節日，本當與家人團聚，上墳掃墓，慎終追遠，而行人遊學求官難歸，旅途奔波，復值春雨連綿，故心中百味雜陳，失神落魄，亟須三杯兩盞下肚，一紓愁緒。

將赴吳興❶登樂遊原一絕

杜牧

清時❷有味❸是無能，閑愛孤雲靜愛僧❹。欲把❺一麾❻江海❼去，樂遊原❽上望昭陵❾。

【注釋】❶吳興　湖州唐時別稱吳興郡（今屬浙江）。❷清時　太平美好之時。❸有味　指有此遊玩之興味。❹愛僧　此指好禪禮佛。❺把　拿著。❻一麾　指出任刺史的旌旗。漢制，郡太守車兩幡（旌旗之類）。「一麾」用顏延年〈詠阮始平〉「屢薦不入官，一麾乃出守」之典，此詩流傳廣泛，已成京官出就外任之習用語。❼江海　泛指吳興等外地，相對於京都而言。❽樂遊原　長安郊外一處遊覽勝地。❾昭陵　唐太宗李世民的陵墓。

【語譯】美好太平之時，卻有遊賞的興趣，實在是出於無能。閑時愛那天上的孤雲，靜時愛參禪禮佛。想拿著一面太守上任的旗子，到那江海之濱的湖州，因此先到這樂遊原上，遙望一下太宗的陵墓。

【研析】宣宗大中四年（八五〇）秋，時杜牧在長安（今陝西西安）為吏部員外郎。因弟病妹孀，而京官俸薄不足養家，牧遂三次上書，請求出為湖州刺史。然京官畢竟是進入中樞清要的一個途徑，主動請求外放，意味著退出中央官場，這對於一個專以「治國平天下」為己任的士人來說，是相當痛苦而無奈的事情。此詩即其出任刺史前登樂遊原所作。樂遊原是長安郊外最高點，向為京官遊樂之所。首句寫時政清明，自己卻有遊玩的興味，這當然是牢騷語。二句寫自己愛孤雲之閑，愛禪僧之靜，這也是言不由衷之語。三句「江海」本指退隱江湖，這裏是指赴吳興郡做太守，並非是如同陶淵明一樣不要那五斗米。過去的讀書人總愛誇大自己懷才不遇的「遭遇」，在這一點上，大小李杜都愛哭窮，與李泌等真心退隱避禍，等待時機以求東山再起的政治家們相比，詩人們在策略上畢竟略遜一籌。四句更是憤憤之語：臨行遙望太宗昭陵，暗寓生不逢時，皇上用人不明，故來此「望陵」也。

嘆花

杜牧

自是尋春❶去校❷遲，不須惆悵怨芳時❸。狂風落盡深紅色，綠葉成陰子滿枝。

【注釋】❶尋春　此指尋找賞花的去處。❷校　計算；算來。❸芳時　花兒開放的時節。

【語譯】現在去尋找春日的花朵已經嫌遲，但不必惆悵怨恨花開的時節沒有好好賞花。輕狂的風兒落盡了深紅的花朵，綠葉已經長成樹陰，果實掛滿了枝頭。

【研析】《全唐詩》卷五二七作〈悵詩〉，題下注云：「牧佐宣城幕，遊湖州。刺史崔君張水戲（指泛彩舟），使州人畢觀；令牧閒行，閱奇麗，得垂髫者十餘歲。後十四年，牧刺湖州，其人已嫁，生子矣，乃悵而為詩。」此詩他本又作：「自恨尋芳到已遲，往年曾見未開時。如今風擺花狼籍，綠葉成陰子滿枝。」牧赴湖州（今屬浙江）刺史任在宣宗大中四年（八五〇）秋，若題注屬實，此詩當作於次年春暮。詩中所涉之風流韻事，歷來傳誦極廣。《唐闕史》卷上、《唐語林》卷七、《唐詩紀事》卷五六、《麗情集》、《太平廣記》卷二七三、《唐才子傳》卷六等皆曾提及此事，然是否確實，抑或為好事者所附會，已難確認。

題烏江亭❶

杜牧

勝敗兵家不可期❷，包羞❸忍恥是男兒。江東❹子弟多才俊，捲土重來❺未可知。

【注釋】❶烏江亭　在今安徽和縣東北四十里的烏江鎮上。劉邦、項羽兩軍決戰，項羽兵敗，東奔至烏江，烏江亭長欲以船渡之，云：「江東雖小，地方千里，眾數十萬人，亦足王也。願大王急渡！」項羽笑著說：「天之亡我，我何渡為！且籍（項羽）與江東子弟八千人渡江而西，今無一人還，縱江東父兄憐而王我，我何面目見之？」竟不渡江，力戰而死（事見《史記・項羽本紀》）。❷期　預料。❸包羞　典出《周易・否卦》：「包羞，位不當也。」此指承受恥辱。❹江東　自漢至隋唐稱蕪湖以下的長江下游東南岸地區為江東。包括今江蘇南部及浙江北部廣大地區。項氏出下相（今江蘇宿遷，在徐州之南百餘里），居浙江，起事於吳楚。❺捲土重來　指戰爭失敗後，重振旗鼓，以圖恢復。

【語　譯】勝敗是兵家常事，誰都不會有必勝的把握。能忍受失敗的恥辱，才是男子漢大丈夫。江東的子弟中才俊人物極多，若是渡過烏江，捲土重來，反敗為勝並非沒有可能。

【研　析】杜牧的詠史詩，多以形象再現歷史的某些場景，寄託自己的思想感情，評論歷史人物的得失，其史論有一定見解，歷來受到人們的重視。杜牧研習過政治、經濟、軍事等各門學問，寫過許多這方面的「策論」。其詠史詩，所論往往別有新意，一針見血。這首詩是詠嘆項羽的。項羽英雄蓋世，但有勇無謀，最後竟然敗於一個小小的無賴亭長之手。特別是他不肯「過江東」的行為，英勇中又夾雜著迂腐和虛榮，曾引起過多少人的長嘆！杜牧在詩中認為，勝敗乃兵家常事，不能因一時的失敗而喪失信心。對杜牧這一觀點，後人有各種不同的看法。唐胡曾〈烏江〉詩云：「爭帝圖王勢已傾，八千兵散楚歌聲。烏江不是無船渡，恥向東吳再起兵。」與杜牧的詩意相反，雖為項羽開脫，使之形象更加高大，亦終不如杜牧之「死中求活」。宋王安石〈烏江亭〉詩云：「百戰疲勞壯士哀，中原一敗勢難回。江東子弟今雖在，肯與君王捲土來？」明都穆則云：「荊公反樊川（杜牧）之意，似為正論，然終不及若樊川之死中求活。」（《南濠詩話》）可謂持平之論。

南陵道中

杜牧

南陵❶水面漫悠悠，風緊雲輕欲變秋。正是客心孤迥處，誰家紅袖❷憑江樓？

【注釋】❶南陵　唐屬宣州，即今安徽南陵。❷紅袖　此指美麗的婦女。

【語譯】南陵的水面長悠悠，風兒吹得緊，雲彩輕輕，秋天就要到了。客居在外的遊子正是心中孤遠寂寞的時候，是誰家的紅袖麗人，倚著江樓的欄杆向外眺望？

【研析】此詩作年未詳。《樊川詩集注》外集題下注：「一本作〈寄遠〉。」此詩記旅途所見，以淒清之景，襯思鄉之情；以別家紅袖，寫自家思親之甚，寫景既切，寓情更深。「正是客心孤迥處，誰家紅袖憑江樓」，個中意緒，東坡〈蝶戀花〉亦有所觸及。其下闋曰：「牆裏秋千牆外道。牆外行人，牆裏佳人笑。笑漸不聞聲漸杳，多情卻被無情惱。」近人沈祖棻《唐人七絕詩淺釋》云：「正可移釋此詩。夫此紅袖自憑江樓，固不知客心之孤迥；而客心之孤迥，亦本與此紅袖無關。是二者固無交涉，客豈不知？然以彼美之悠閑與己之孤迥對照，乃不能不覺其無情而惱人矣。其事無理，其言有情。」

秋夕

杜牧

銀燭秋光冷畫屏，輕羅❶小扇撲流螢❷。天階❸夜色涼如水，臥看❹牽牛織女星。

【注釋】❶輕羅　輕薄的羅紗。❷流螢　即螢火蟲。螢火蟲夜晚自天空飛過，成一道流線形的光亮。❸天階　即皇宮的石階。❹臥看　一作「坐看」。

【語譯】銀色的蠟燭，秋夜的月光，冷冷地照著畫屏，宮女們搖著輕羅的小扇，追撲著流螢。宮殿石階前的夜色，清涼似水。夜深了，獨臥小床上，看著遙遠的牽牛織女星。

【研析】此詩見杜牧《樊川外集》，寫作年代未詳。宋周紫芝《竹坡詩話》以為王建所作，明朱承爵《存餘堂詩話》、楊慎《升庵詩話》卷九則以為確是杜牧所作。此詩亦屬宮怨之作，用筆輕悄，點出秋夜宮殿階前之涼，宮女閨中之冷。長夜漫漫，只得以小扇撲流螢，臥（或坐）看牛郎織女星消磨時間。「銀燭」、「秋光」、「畫屏」、「流螢」、「如水」、「牽牛織女星」，盡是充滿「清」、「涼」、「冷」、「遠」之感覺，浸透滿身，而宮女孤絕悽涼的境遇，也就不言而喻。宋曾季貍《艇齋詩話》評此詩曰：「含蓄有思致。星象甚多，而獨言牛女，此所以見其為宮詞也。」清孫洙《唐詩三百首》卷八則曰：「層層布景，是一幅著色人物畫。祇『坐看』二字，逗出情思，便通身靈動。」頗得此詩三昧。

山行

杜牧

遠上寒山石徑斜，白雲生處有人家。停車坐❶愛楓林晚，霜葉紅於二月花。

【注釋】❶坐 因為。

【語譯】遠遠登上寒颼颼的山頭，一路是石頭小徑，彎彎斜斜，在白雲生起的地方仍然住有人家。停下車來休息是因為愛這楓林的晚景，經霜的樹葉，比那二月的花兒更紅。

【研析】此詩作年未詳。一二句寫山之高寒，為所見之景；三四句言環境之幽美，是情之所繫。語言凝練，景真情切，正似一幅寒山秋色圖。「白雲生處」，「生」一作「深」。按作「生」似更勝一籌。「生」為動詞，既有鮮活之氣，又點明山間白雲並非別處飄來，而是高山中濕氣所凝而成，以極言「人家」所處之深之高。「停車坐愛楓林晚，霜葉紅於二月花」，將自身置入圖畫，且以花襯葉，則詩意更有清新之處。

過華清宮❶絕句三首（其一）

杜牧

長安回望繡成堆，山頂千門次第❷開。一騎紅塵妃子笑，無人知是荔枝來。

【注　釋】❶華清宮　唐代的著名別宮，故址在今陝西臨潼境驪山麓。唐玄宗常與楊貴妃在此宮歡娛享樂。❷次第　一個接著一個。

【語　譯】遠遠地眺望著京城長安，好像是一堆燦爛的錦繡。山頂上千座宮門，一個接著一個打開。一匹快馬帶著風塵而來，贏得貴妃娘娘笑顏逐開。人都以為是有什麼軍國要事來報，誰能知道竟是為幾顆荔枝而來。

【研　析】此詩作年未詳，同題詩共三首，此為其一。玄宗天寶年間，涪州（今四川涪陵）進貢荔枝，路途遙遠，而至長安（今陝西西安）色香不變。於是州縣以郵傳疾走以悅皇帝，人馬僵斃，相望於道。「一騎紅塵妃子笑，無人知是荔枝來」二句，寓意蘊藉，諷刺深刻，廣為傳誦。俞陛雲《詩境淺說》續編析此二句云：「言回想當年滾塵一騎西來，但見貴妃歡笑相迎，初不料為馳送荔枝，歷數千里險道蠶叢，供美人之一粲也。唐人之〈過華清宮〉者，輒生感喟，不過寫盛衰之意；此詩以華清為題，而有褒姬烽火一笑傾周之慨。」向來以小物取悅於上者，上輒以加官晉爵相報。此風不加制止，則必然上行下效，自小入大，終將有不可收拾者。所謂千里長堤，潰於蟻穴，可不慎哉！

遣懷❶

杜牧

落魄❷江湖載酒行❸，楚腰纖細掌中輕❹。十年一覺揚州❺夢，贏得青樓❻薄倖❼名。

【注　釋】❶遣懷　排遣愁懷。❷落魄　不得意。❸載酒行　指一路上以酒澆愁。❹楚腰纖細掌中輕　傳說戰國時有楚王好細腰宮女，又漢成帝皇后趙飛燕體輕腰細，能作掌上之舞。此指美麗的小女子。❺揚州　相傳揚州多美女。❻青樓　原指貴族婦女所居，後用以指歌伎所居。❼薄倖　薄情。

【語　譯】落魄在江湖浪遊，整日帶著酒壺隨行。那些美麗嬌小的女子，細細的腰身能在掌上輕舞。十年來揚州春夢一朝覺醒，只是在青樓中落得了一個薄情之名。

【研　析】杜牧文宗大和二年（八二八）進士及第，制策登科，其後在洪州、宣州、揚州等地充沈傳師、崔鄲、牛僧孺等人的幕吏，前後達十年之久。牧少有大志，喜談兵，雖登金榜而並未得志，故心灰意冷，生活落拓，放浪不羈。但他自己對這種生活也頗有所不滿，這首詩就是對這段生活的自我排遣。「十年一覺揚州夢，贏得青樓薄倖名」，作者的心緒是比較複雜的，對於載酒揚州、楚腰纖細的生活，他有一絲兒得意，但更多的是自嘲，再加上些許虛度青春的後悔。俞陛雲《詩境淺說》續編則謂：「此詩著眼在『薄倖』二字。以揚郡名都，十年久客，纖腰麗質，所見者多矣，而無一真賞者。不怨青樓之萍絮無情，而反躬自嗟其薄倖，非特懺除綺障，亦詩人忠厚之旨。」其實杜牧此詩並不在乎青樓，也不在乎是誰薄倖，更說不上「忠厚」，所耿耿於懷者，是「懷」中之志不能得展而「落魄」，故欲以輕薄之事「遣」之。

送隱者一絕

杜牧

無媒徑路❶草蕭蕭❷，自古雲林❸遠市朝❹。公道世間唯白髮，貴人頭上不曾饒。

【注釋】❶無媒徑路　沒有岔道的小路。❷蕭蕭　草木在風中搖動的樣子。❸雲林　雲霧繚繞的林泉，指隱者的住地。❹市朝　指爭利爭名的地方。市，交易場所。朝，官府辦事機構。

【語譯】一條沒有岔道的小路，路旁風吹草動，颯颯作響。雲林深處的隱士們，就遠離這爭名奪利的塵世。世間最公道的唯有兩鬢的蒼蒼白髮，即使是王公貴人的頭上，從來也不曾輕饒。

【研析】人世間榮辱無定，貧富不均，壞人照樣做官發財，好人也可能一生潦倒。於是，一些不得意者就自我安慰說：雖然天道有所不公，但天時卻是公道的。時間是永恆而無情的。

不管你官有多大，錢有多多，生老病死都是不可避免的。在「白髮」面前，人人平等。這也許有些「阿Q主義」的味道，但「公道世間唯白髮，貴人頭上不曾饒」這兩句詩，還是很快流行開來，成為人們「討回公道」的口頭語。詩論家經常提到這句詩。例如，宋人黃徹說：「牧之有『公道世間唯白髮，貴人頭上不曾饒』，嘗愛其語奇怪，似不蹈襲，後讀子美『苦遭白髮不相放』，為之撫掌。」（《䂬溪詩話》）范晞文也評論說：「又杜牧〈送隱者〉云：（詩略），高蟾〈春〉詩云『人生莫遣頭如雪，縱得春風亦不消』，是『意相襲』、『句相襲』。」（《對床夜語》卷四）

贈別❶二首（其一）

杜牧

娉娉❷嫋嫋❸十三餘，豆蔻❹梢頭二月初。春風十里揚州❺路，捲上珠簾總不如！

【注釋】❶贈別　別離時贈送詩歌。❷娉娉　姿容美好貌。❸嫋嫋　腰肢細柔貌。❹豆蔻　植物名。多年生長綠草本。有白豆蔻、紅豆蔻等品種，春末開花。楊慎云：「牧之詩本詠娼女，言其美而且少，未經事人，如豆蔻花之未開耳。」（《升庵詩話》卷九）後即有「豆蔻年華」之成語，用以專稱十三四歲之美麗少女。❺揚州　唐時為我國東南最繁華風流的都市，且向有揚州美女天下第一的說法。

【語　譯】一個十三四歲的美麗少女，身材苗條，腰肢輕柔，就像二月初的豆蔻鮮花，正含苞待放在枝頭。在這春風蕩漾，十里繁華，美女如雲的揚州，如果全都捲上閨房的珠簾來比試，誰也比不上她的嬌艷！

【研　析】在這首贈別一位妙齡歌女的「情詩」中，作者通過一些別出心裁的比喻和烘托，並以「娉娉嫋嫋」、「豆蔻梢頭」這些精鍊的詞語，出色地描繪了一位風華正茂、窈窕動人的少女形象。

宮怨

杜牧

監官❶引出暫開門，隨例❷雖朝不是恩。銀鑰❸卻收金鎖❹合，月明
花落又黃昏。

【注　釋】❶監官　監管宮廷事務的官員，即內監。❷隨例　照例；按照定例。❸銀鑰　銀製的鑰匙。❹金鎖　這裏指銅鎖。

【語　譯】太監暫開了宮門，領著宮女來到殿前，只是照例去朝拜皇上，並不是格外承恩。拜完了就把那銀鑰收走，依舊是一把銅鎖鎖住了大門。多少個明月之夜，多少個花落之春，多少個寂寞黃昏，無不是如此因循隨例而已。

【研　析】這首宮怨詩很有特色。詩中描述了暫開宮門朝君，事畢即關門上鎖的細節。宮怨詩的作者，一般並沒有後宮生活的經驗，所以，許多宮怨詩只是泛泛地描寫宮女們的寂寞愁苦，較少有具體的後宮生活細節。在這首詩中，這位宮女年年月月過著幽居的生活，失去了行動的自由，她只能隨監官出宮，照例朝君，然後「銀鑰卻收」，金鎖又合，夜夜空見月明，年年空嘆花開花落，伴著她的只有寂寞黃昏。作者用詞造句，極為精煉，幾乎每句都暗含深意。一句之「引」，言無人帶領，宮女不得擅自行走；「暫」言只是暫時一出宮門；二句「隨例」，言僅是遵循故事而已，並不是君王召幸；三句「收」、「合」二字，暗示多少辛酸；四句「月」、「花」形成反襯，「又黃昏」之「又」字，是一年三百六十日，一生數十年，每日每晚均有此一「又」也。

上巳日❶

劉得仁

【作　者】劉得仁（生卒、字號、籍貫皆不詳），順宗第五女雲安公主（嫁劉士涇）之子。穆宗長慶中，即以詩鳴於時。自大和至大中文宗、武宗、宣宗三朝，昆弟以貴戚皆擢顯位，獨得仁出入舉場三十年，竟無所成。《新唐書・藝文志》著錄《劉得仁詩》一卷。《全唐詩》、《補遺》、《補逸》共錄存其詩一四三首。

未敢分明❷賞物華❸，十年如見夢中花。遊人過盡衡門❹掩，獨自憑欄到日斜。

【注　釋】❶上巳日　為古代節日。漢以前，上巳必取巳日，但不必三月初三；自魏以後，一般習用三月初三，但不定為巳日。《後漢書・禮儀志上》：「是月上巳，官民皆絜於東流水上，曰洗濯祓除去宿垢疢為大絜。」又沈約《宋書・禮志二》引《韓詩》曰：「『鄭國之俗，三月上巳，之溱、洧兩水之上，招魂續魄，秉蘭草，拂不祥。』……自魏以後，但用三日，不以巳也。」❷分明　明明白白地。❸物華　自然景色。❹衡門　橫木為門，比喻簡陋的隱者之屋。《詩經・陳風・衡門》：「衡門之下，可以棲遲。」

【語　譯】哪裏敢大搖大擺，去遊春賞花，十年來只是像見到夢中之花。遊人走光了之後，我掩上柴門。獨自靠著欄杆，直到夕陽西下。

【研　析】農曆三月初三日叫做「上巳」，是我國傳統的踏青春遊的節日。詩人在遊人如織的上巳，觸景生情，寫下了這首既真切又自然的好詩。詩的前兩句是回憶十年來的往事，大概是因為他出入舉場三十年無所成，而外家又是帝王之親，所謂「外家帝王是，中朝親故稀。翻令浮議者，不許九霄飛」。正是這種蜚短流長的「浮議」，不讓他「飛騰九霄」，因而使他「未敢分明賞物華」，自然是抑鬱之氣，是不平之鳴。後兩句是描繪當時的心態，他深閉柴門，拍遍欄杆，一直待到日斜。他想到人們那麼自由，而自己卻在「浮議」中討生活，到底是「詩窮後工」，還是「命厄於詩」，這兩句話含有詩人的多少辛酸、多少悲憤，耐人咀嚼，耐人尋味，真有「味外之味，韻外之致」。明人楊慎說：「劉得仁時有佳致。」（《升庵詩話》卷三）是切合詩人的創作實際的。

城西❶訪友人別墅

雍陶

【作者】雍陶（八〇五—？），字國鈞，成都（今屬四川）人。唐文宗大和八年（八三四）進士，一時為名輩所推重。宣宗大中六年（八五二），授國子博士。大中八年，自博士出為簡州（治所在今四川簡陽）刺史，後移雅州（治所在今四川雅安）刺史。世稱雍簡州。他「工於詞賦」，尤擅長律詩和七絕，語言精煉，工於對仗，有的詩亦寫得清新自然，對後代頗有影響，如金代的元好問。晚年閑居廬嶽，養病遁世。著有《雍陶詩集》十卷，已多散佚。《全唐文》錄存其賦二篇，《全唐詩》錄存其詩一三三首。

澧水❷橋西小路斜，日高猶未到君家。村園門巷多相似，處處春風枳
殼花❸。

【注釋】❶城西　即澧州城西。澧州，即今湖南澧縣，城臨澧水。雍陶曾遊湘中，或應辟於岳州，詩或作於此時。❷澧水　又稱蘭江、佩浦，湖南四大河流之一，源出湖南桑植西北，至安鄉南注入洞庭湖。❸枳殼花　枳樹花。枳樹似橘樹而小，葉似橙葉，枝多刺。農村常種在籬旁。枳樹在春天開白花，氣味清香，

實可入藥。

【語譯】走過澧水大橋向西，彎彎的小路蜿蜒傾斜，日頭已高，遲遲尚未走到您的家。此處的村莊田園，前門後巷，家家戶戶大體相似，處處是春風吹拂，枳殼花開，傳來縷縷清香。

【研析】詩人出城過橋行走在曲折蜿蜒的小路上，直到太陽當空還未到達友人的家中。一進入友人的村落，首先看到的是家家戶戶的籬邊屋畔，都開著潔白的枳樹花，春風吹拂，清香四溢。這首詩以境寫人，並不直接寫友人與別墅，而是著力於揭示村園春色齊整淡素的美，以烘托出友人的氣格風韻，構思新穎，耐人尋味。

峽中❶行

雍陶

兩崖開盡水回環，一葉❷纔通石罅❸間。楚客莫言山勢險，世人❹心更險於山。

【注釋】❶峽中　指三峽之中。長江自奉節瞿塘峽以下，兩岸崇崖峻嶺，壁立如削，高聳入雲，受山峽束縛，江濤更為洶湧。❷一葉　一葉扁舟。❸罅　隙縫。此形容山峽之窄。❹世人　世俗之人。

【語譯】兩岸的懸崖高聳，像巨大的石門開向無盡的遠方，咆哮的江水在山崖下奔流回環，狹窄的石縫間剛好能通過一隻小船。過往的楚人不必驚嘆山勢的險峻，如今世上，人心更比這三峽險惡。

【研　析】詩中諷喻世俗的人心險惡。前二句，描畫江水之奔騰回環、山崖之無比險峻。「一葉」是形容來往船隻在大江中受急流擺布，形象非常生動；「纔通石罅間」，形容山峽之狹窄與行船之險。這二句是鋪墊，後兩句是詩的主題。「楚客」頗有深意。屈原是楚國的忠臣，賈誼曾在楚地為官，故「楚客」一般指不得志的遷客騷人。他們為什麼總是身處險惡之境呢？「世人心更險於山」，作了回答。這首詩與劉禹錫的〈竹枝詞九首〉（其七）詩意相近。雍詩「楚客莫言山勢險，世人心更險於山」，是以山勢之險，比喻人心之險；劉詩「長恨人心不如水，等閑平地起波瀾」，是以水流之急，喻人心的險惡。

寄桐江隱者❶

許渾

潮去潮來洲渚❷春，山花如繡草如茵❸。嚴陵臺下桐江水，解釣鱸魚能幾人❹？

【注　釋】❶寄桐江隱者　此詩一作杜牧詩。桐江，即桐廬江。《元和郡縣志》卷二五：「桐廬江，源出杭州於潛縣界天目山，南流至縣（指桐廬縣）東一里入浙江。」隱者，在野不仕之人。❷洲渚　江中沙洲。❸茵　本指車席，此指席子。❹嚴陵臺下桐江水二句　藉嚴陵垂釣桐江不仕光武，讚美隱者超脫塵世的高潔情懷。嚴陵臺，即嚴陵釣臺。《元和郡縣志》：「在縣西三十里，浙江北岸也。」又《水經注》：「（浙江）東南流經桐廬縣，東為桐溪，自縣至於潛凡十六瀨，第二是嚴陵瀨。」注：「瀨帶山，山下有一石室，漢光武帝時，嚴陵之所居也，故山及瀨皆即人姓名之。山下有磐石，周回十數丈，交枕潭際，蓋陵所遊也。」嚴陵臺即瀨上磐石，相傳子陵垂釣於此。《後漢書・嚴光傳》：「……字子陵，少與光武同遊學，及光武即位，引光論道舊故，因共偃臥，光以足中帝腹上。……除諫議大夫，不屈，耕於富春山。」鱸魚，魚名。多產於江浙。

【語　譯】桐江的潮去潮來，轉眼沙洲上又是春天，山間花兒如同錦繡，地上綠草如茵。嚴陵臺下桐江水年年流過，真正理解釣鱸魚之樂的，能有幾人？

【研　析】這首絕句描寫了桐江春天的美麗風景，讚美了隱者的高尚情操。中國文化有一個值得玩味的現象：儘管讀書人個個都在拚命地為了一官半職而皓首窮經，奔走干謁，努力奮鬥，有的人甚至為此付出了喪失人格的高昂代價，但在詩詞中，在人們的輿論中，「不能做官」是無能的表現，但「有官不做」卻是人生的最高境界。這種境界在古代就已經有了兩位典範：介之推和嚴子陵。他們和周代的伯夷、叔齊不同，夷齊兩位是不做新朝的官，但這兩位卻不同，他們是有功之人或有資格之人，他們完全可以心安理得地做大官，享受人間富貴，但他們卻以逃避來拒絕這富貴，因此，他們是奇人高士，是他人所不能及的。

秋思

許渾

琪樹❶西風枕簟秋❷，楚雲湘水❸憶同遊。高歌一曲掩明鏡，昨日少年今白頭。

【注釋】❶琪樹　樹名。李紳〈琪樹序〉云：「琪樹垂條如弱柳，結子如碧珠。三年子可一熟，每歲生者相續。一年綠，二年碧，三年者紅。」見《全唐詩》卷四八一。❷枕簟秋　此言秋日之涼意，已從枕席上見出。簟，席子。❸楚雲湘水　泛指吳楚湘鄂等地之山水。

【語譯】琪樹的柔條在那西風中搖曳，深秋的涼意已上了枕席。還記得吳楚湘鄂的雲山江水，曾與好友們一同賞遊。當年是放懷高歌，如今是掩著明鏡不忍看到自己的面容。昨日還是那樣的翩翩少年，今朝已是白髮滿頭。

【研析】古人比較悠閒，特別是那些不太有錢，也不太貧窮的人，就會有許多空閒無事的時間無可消遣。和那些悶在閨中無所事事的婦女一樣，他們也會「閑則生情」。特別是當春秋換季時，他們就敏感起來，要寫詩作詞。所謂「秋思」，就是秋天的涼意及蕭瑟之氣所引起的傷感之情。詩的頭兩句，寫秋日的景色，昔日的遊樂，琪樹、西風、涼簟，描寫了「已涼天氣未寒時」；楚雲、湘水，抒發了「放歌曾作昔年遊」的豪氣。秋日天高氣爽，正是旅遊的大好時節。這前兩句之間，時間和空間的距離感看似很大，但從「情感」上講，「秋」與「遊」還是有很深厚的聯繫的。後兩句著重描述時間流逝的「今昔之感」。「昨日少年今白頭」，語言雖然平淡，情感卻是那樣的深沉。前人評詩，有「題無剩義，筆有餘妍」的說法，正是此詩的寫照。

蔡中郎❶墳

溫庭筠

【作　者】溫庭筠（八一二—八七〇以後），本名岐，字飛卿，太原祁（今山西祁縣）人。他是唐初宰相溫彥博的裔孫，歷經文、武、宣、懿四朝，因無人援引，故屢試不第。他生性傲岸，好譏嘲權貴，得罪了宰相令狐綯，長期遭到排斥，頗不得志，僅任過方城尉和國子監助教之類的小官。他「士行塵雜，不修邊幅，能逐弦吹之音，為側艷之詞」，與「公卿家無賴子」「相與搏飲，酣醉終日」，是一個行為放浪的沒落貴家子弟。他少敏悟，才思神速，每入試，抽官韻作賦，凡八叉手而成，時號「溫八叉」。他的詩設色濃艷，詞藻綿密，與李商隱齊名，時稱「溫李」。其詠史詩感慨深切，山水詩體物工細。今存《溫飛卿詩集箋注》。其詞多寫閨情，是花間派的代表作家。《全唐詩》錄存其詩三三八首。

古墳零落野花春，聞說中郎有後身❷。今日愛才非昔日，莫拋心力作詞人❸。

【注　釋】❶蔡中郎　據《後漢書・蔡邕傳》：蔡邕，陳留人，為東漢末年著名文人，仕至左中郎將。因附董卓，下廷尉，死獄中。死後葬毗陵尚宜鄉互村（在今江蘇常州）。❷聞說中郎有後身　據殷芸《小說》：張衡死日，蔡邕的母親剛好懷孕。張、蔡兩人，才貌近似，所以人們都說蔡是張的後身。此處是借用。❸詞人　此指文人。

【語　譯】一座古老的墳墓，零落淒涼，唯有野花開在春天。聽人傳說，蔡中郎死後尚有轉世的後身。可惜的是，現在再沒有人像過去那樣愛才，因此不要花費心力去做什麼文人。

【研　析】蔡邕生當漢末亂離之際，曾因上書朝廷而遭人誣陷，被流放朔方，後因宦官讎視又亡命江湖。他曾校寫《熹平石經》，是當時著名的學者。董卓因喜其文才而迫其為官。董卓失敗被誅後，他被王允囚死獄中。蔡中郎的遭遇是十分令人同情的。他不過是一個文人，靠自己的文才，為主人服務。即使是在董卓手下為官，也並沒做什麼壞事，然而卻成了政治鬥爭下的犧牲品。這首詩對蔡中郎表示了深切的同情。詩中活用「張衡有後身」的典故，而說「中郎有後身」，則是詩人認為張衡可以轉世為蔡邕，則蔡邕自然也會有轉世者，實則詩人是以蔡邕的後身自命。可是今天則不同了，即使「中郎有後身」，連中郎的際遇也不會有了。中郎還有人賞識他，即使這個人是個大壞蛋；現在呢？連這樣的壞蛋也沒有了，真是令人感慨。因而，詩人大發牢騷說：什麼事都可以做，就是不要做個讀書人！

贈少年

溫庭筠

江海❶相逢客恨❷多，秋風葉下洞庭波❸。酒酣夜別淮陰市❹，月照高樓一曲歌。

【注釋】❶江海　即江湖。指飄泊他鄉。❷客恨　在外為客的怨恨。❸秋風葉下洞庭波　用《楚辭》中屈原〈九歌・湘夫人〉「嫋嫋兮秋風，洞庭波兮木葉下」的典故，不僅點明贈別的時間是秋天，而且暗寓屈原的遷逐之恨。❹酒酣夜別淮陰市　暗用淮陰侯韓信當年落拓受辱的典故。酒酣，酒喝得暢快時。淮陰市，今江蘇淮陰。

【語譯】你我浪跡江湖乍然相逢又相別，愁恨實多。秋風起，樹葉飛，飄飄落在洶湧的洞庭波。酒已酣，夜已沉，我們就在曾使韓信受辱的淮陰市集中告別；明月照著高樓，我們意氣激揚，放懷高歌，想到韓信再回淮陰之日，世界已經地覆天翻。

【研析】這首詩寫客遊江湖的詩人在秋風蕭瑟的時節與一「少年」友人相遇，情投意合，高歌痛飲，然後分別的情景。此詩表面上是寫離恨別情，但實際上正如清徐增所說是藉客遊抒寫詩人「俠氣」和落拓江湖的「不遇」之感的《而菴說唐詩》卷六）。首句敘述詩人漂泊他鄉，與「少年」友人相遇，因彼此皆天涯淪落、政治失意，故倍覺離愁無限。二句暗用屈原

〈九歌〉的典故，含有以屈原的遭遇自比的意思。三句暗用韓信的故事。據《史記・淮陰侯列傳》載：韓信少年未得志時曾乞食於漂母，又受辱於無賴少年的胯下，貽笑於淮陰一市，但後來卻成為漢軍的統帥，成就了一番事業。溫庭筠也曾有受辱於人的遭遇，在這裏，他又以韓信自比，明寫與「少年」朋友相別，暗寓自己將告別恥辱的「不遇」，而將有所作為。最後一句，歌調轉高，寫自己與「少年」朋友面對明月放聲高歌，互相勉勵。晚唐的歌曲，多是靡靡之音，但這一首卻高歌昂揚，讀來令人為之一振。

瑤瑟❶怨

溫庭筠

冰簟❷銀床❸夢不成，碧天如水夜雲輕。雁聲遠過瀟湘❹去，十二樓❺中月自明。

【注釋】❶瑤瑟　飾以美玉的瑟。瑤，好玉之一種。古有湘水女神彈瑟的傳說，故詩人取以為題。❷冰簟　竹席；涼席。❸銀床　以銀飾之床。❹瀟湘　二水名。亦作湘江的別稱。流經湖南東部，入洞庭湖。❺十二樓　《史記・封禪書》：「黃帝時為五城十二樓，為候神人。」這裏借指詩中女主人公所居之樓。

【語譯】竹席清涼，銀床精美，卻遲遲未能入夢。夜空裏青碧如水，飄浮著幾絲輕雲。大雁的陣陣叫聲，遠向瀟湘飛去，明月逕自照在高高的樓閣，那裏知道閣中有個寂寞的人兒。

【研析】讀了這首小詩，不由會有一種輕靈清涼的感覺，輕得像一片薄雲，飄柔無聲；清得像一潭幽深的碧水，涼沁心脾。題目為「怨」，但通篇只是寫秋夜之清涼，除「夢不成」三字微露離愁怨意外，並無一字直接涉及「怨」，而怨恨之意自見，傷秋懷人之意自明。這首小詩，對秋夜景色，也描寫得十分生動。「碧天如水夜雲輕」以下三句，是一幅多麼令人神往美麗的圖畫啊！溫庭筠是以詞學名世的，他的這首小詩，也很有小詞的意境。

北齊二首（其一）

李商隱

一笑相傾國便亡，何勞荊棘始堪傷。小憐❶玉體橫陳❷夜，已報周師入晉陽❸。

【注釋】❶小憐　北齊後主高緯寵愛馮淑妃，小名小憐。❷橫陳　橫擺著。此形容小憐即將得幸之狀。❸已報周師入晉陽　北齊後主武平七年（五七六），北周大舉攻齊。北齊安德王高延宗在晉陽自立為帝，旋周師破城，延宗身死。

【語譯】為博傾國傾城的褒姒一笑，國家就會滅亡，哪裏還用得著京都成了荊棘之後纔去感傷。正是馮小憐的玉體橫陳受到寵幸之夜，已有探馬飛報，北周的大軍，已經攻入了晉陽。

【研析】此詩約作於武宗會昌四年（八四四），譏刺北齊後主高緯寵馮淑妃小憐、好田獵、殺諸弟等荒淫無恥之事。首章極言其荒淫禍國，將小憐進御與周師攻陷晉陽加以對比，表達「一笑相傾國便亡」之主旨。周師已入晉陽，那位自立為王的高延宗已經城破身死，下面就該輪到高緯自己了。但此時的後主，卻正在「玉體橫陳」之溫柔鄉中，死到臨頭，尚渾然不覺。《新唐書．后妃傳下》稱武宗喜畋獵，寵王才人，「每畋苑中，才人必從，袍而騎，校服光侈」，此詩當係假高緯事以警戒荒淫，借古諷今。

瑤池

李商隱

瑤池❶阿母❷綺窗開，〈黃竹〉歌聲動地哀❸。八駿日行三萬里❹，穆王何事不重來❺？

【注釋】❶瑤池　《神仙傳》載：「崑崙閬風苑有玉樓十二，立臺九層，左瑤池，右翠水。」《穆天子傳》載：周穆王西遊至崑崙山，遇西王母。西王母宴穆王於瑤池。臨別，西王母作歌：「將子毋死，尚能復來。」穆王作歌答曰：「比及三年，將復而野。」❷阿母　西王母，又稱玄都阿母。❸黃竹歌聲動地哀　〈黃竹歌〉乃穆天子所作之歌。《穆天子傳》：「日中大寒，北風雨雪，有凍人。天子作詩三章以哀民，曰：『我徂黃竹，□員閟寒。……皇我萬民，旦夕勿忘。』」此謂穆王縱遊求仙，而國人正飢寒交迫。❹八駿日行三萬里　《拾遺記》載：穆王八駿，日行三萬里。❺不重來　謂穆王已死，不能再來。

【語　譯】瑤池的西王母打開了華麗的窗戶，〈黃竹〉歌聲中，是驚天動地的哀鳴之聲。聽說天子的八駿能夠日行三萬里，那穆王為何不能再來重會西王母？

【研　析】此詩可能作於會昌六年（八四六）三月武宗死後。此詩題旨，程夢星云：「此追嘆武宗之崩也。武宗好仙，又好遊獵，又寵王才人。此詩鎔鑄其事而出之，祇周穆王一事，足概武宗三端，用思最深，措詞最巧。」（見程夢星《李義山詩集箋注》）由此可見，這是一首政治諷刺詩。皇上不太學好，又是追慕神仙以求長生，又好遊玩不務正業，又好女色，結果壞了身體，升天了。作為臣下，作者不便對已故皇上說三道四，於是借古人的故事，把這位昏君大大地嘲弄了一番。一句是說皇帝喜歡西王母之類的神仙虛幻之事，二句言其追求聲色，三句則諷刺其遊玩無度。唐代帝王多迷信神仙，甚者至服丹藥而死，武宗即其中之一。四句言為神仙西王母憶念之人亦不得重返瑤池，則求仙之虛妄可見矣。此詩委婉託諷，不作正面指斥。清人紀昀評此詩曰：「盡言盡意矣，而以詰問之詞吞吐出之，故盡而不盡。」（《玉谿生詩說》卷上）

南朝❶

李商隱

地險❷悠悠❸天險❹長，金陵王氣❺應瑤光❻。休誇此地分天下❼，祇得徐妃半面妝❽。

【注釋】❶南朝　宋、齊、梁、陳建都於江南金陵，與北方割據政權相對，史稱南朝。❷地險　指金陵（今江蘇南京）虎踞龍蟠的形勝。❸悠悠　綿長的樣子。❹天險　指長江天塹。❺金陵王氣　〈金陵圖〉（《太平御覽》卷一七）載：「昔楚威王見此有王氣，因埋金以鎮之，故曰金陵。」❻應瑤光　應，此指天地相應。瑤光，北斗第七星，為吳地分野。❼分天下　佔有天下之半。❽徐妃半面妝　《南史・后妃傳下》載：梁元帝徐妃諱昭佩，東海郯人。「妃無容質，不見禮，帝三二年一入房。妃以帝眇一目（一隻眼瞎），每知帝將至，必為半面妝以俟，帝見則大怒而出。」

【語譯】金陵的地勢龍蟠虎踞，長江天塹深險悠長，金陵的帝王之氣，對應著天上的北斗瑤光。不要誇說此地能二分天下，實際上只得到徐妃的半面之妝。

【研析】這是一首藉批判南朝而諷喻本朝的詩作。約作於大中十一年（八五七）。南朝侈靡而短命，歷來是史家批評的對象。詩中舉梁元帝事以概括整個南朝。南朝皆建都金陵，作者辛辣地挖苦說：金陵的王氣分主天下之半，現在卻只得到一個醜妃的半面妝。程夢星《李義山詩集箋注》評說此詩云：「以為六代君臣，偏安江左，曾無混一（統一）之志，坐視神州陸沉，其與其亡蓋皆不足道矣。愚謂此詩真可空前絕後。今人徒賞義山艷麗，而不知其識見之高。」此詩活用「徐妃半面妝」的典故，與「分天下」形成諷刺性的對照，使事靈便，化腐朽為神奇。

龍池

李商隱

龍池❶賜酒敞雲屏❷，羯鼓❸聲高眾樂停❹。夜半宴歸宮漏永❺，薛王❻沉醉壽王❼醒。

【注　釋】❶龍池　《雍錄》：「明皇為諸王時，故宅在京城南角隆慶坊，宅有井，澎溢成池。中宗時數有雲龍之祥，後引龍水堰水注池，池面益廣，即龍池也。開元二年七月，以宅為宮，是為興慶宮。」故址即今西安市興慶公園。❷敞雲屏　敞開雲母屏風，就能看到楊玉環等人在座。此暗諷明皇一家內外無別，帷薄不修。❸羯鼓　《舊唐書・音樂志》：「羯鼓正如漆桶，兩手具擊，以其出羯中，故曰羯鼓，亦謂之兩杖鼓。」又南卓《羯鼓錄》云：「其音焦殺鳴烈，尤宜急曲促破，又宜高樓曉引，破空透遠，特異眾樂。明皇極愛之，嘗聽琴未畢，叱琴者出，曰：『速召花奴將羯鼓來，為我解穢。』花奴，汝陽王璡小名也。」此謂玄宗宴席上演奏著羯鼓樂。❹停　音樂之一段或一曲結束。❺宮漏永　指夜深。宮漏，宮中的銅壺滴漏，用以計時。永，長；深。❻薛王　玄宗弟業曾封薛王，開元二十二年卒。天寶三載，其子李瑱封嗣薛王。此應指李瑱（見《舊唐書・玄宗紀》）。❼壽王　玄宗子李瑁，先娶楊玉環為妃。後玄宗看中玉環，度為女道士，遂納入宮中，天寶初年冊為貴妃。

【語　譯】皇上在龍池邊賜酒諸王，敞開著雲屏，內外毫無遮攔。羯鼓的樂聲最高，其餘的樂曲全都暫停。到了深夜宴罷歸來，宮中滴漏深沉，王子中那薛王早已沉醉，那被奪走愛妃的壽王卻仍然清醒。

【研析】此詩與〈驪山有感〉皆對唐玄宗霸佔兒媳楊玉環的行為進行諷刺。詩作不著議論，而譏刺之意溢於言表。俗云「髒唐臭漢」，李唐源自邊地胡族，對於儒家的倫理道德本不以為然，雖然口頭上、法律上都承認漢民族歷代相傳的婚姻規範，但皇家的事卻不一定受法律和輿論的制約監督。其中最為後人指責的，就是高宗武后的荒淫和玄宗的奪媳之舉。此詩的用語看似漫不經心，實則句句針砭入骨。一句言玄宗在那興雲作雨的「龍池」邊賜宴，他的兒子、姪子們都在座，席後的屏風敞開，可以看到那美麗的楊玉環。一家子歡宴，心情各自不同。薛王是事不關己，落得喝個痛快；而那被父親大人奪了所歡的壽王，卻沒那樣的興致，很少舉杯，等到夜深宴散，起身回府的時候，壽王卻還非常清醒。

嫦娥

李商隱

雲母屏風❶燭影深，長河❷漸落曉星沉。嫦娥❸應悔偷靈藥，碧海青天❹夜夜心。

【注釋】❶雲母屏風　雲母，一種閃亮的礦物，成大塊的較少見，能夠製作屏風的當更少，此極言屏風之華貴。❷長河　銀河。❸嫦娥　傳說中的仙人，原為后羿妻，後偷喫長生藥，升入月宮為仙。❹碧海青

天　指月亮。

【語　譯】華貴的雲母屏風上燭影漸漸深沉，燦爛的銀河漸漸落下，拂曉的星星已經西沉。月中的嫦娥應該後悔偷了長生靈藥，孤居於廣寒宮中，對著寥闊的碧海青天，夜夜是寂寞孤獨的心情。

【研　析】此詩前二句寫室內外之環境，「曉星沉」暗透主人公長夜不寐，孤寂清冷之況。後二句「嫦娥應悔偷靈藥，碧海青天夜夜心」，聯想及嫦娥因長處孤清之境而「悔偷靈藥」，進一步托出自身之複雜微妙心理，極空靈蘊藉，予人以多方面聯想。解者或謂詠嫦娥「有長生之福，無夫婦之樂」（謝枋得《唐詩絕句注解》卷四），或謂詠女冠之不耐孤孑（馮浩《玉谿生詩集箋注》卷三），或謂借嫦娥抒孤高不遇之感（宋顧樂《唐人萬首絕句選評》）。實則嫦娥、女冠與詩人境類心通，自不妨連類而及，於構思時鎔鑄多方面生活感受，構成多重意蘊。

為有

李商隱

為有雲屏❶無限嬌，鳳城❷寒盡怕春宵。無端❸嫁得金龜婿❹，辜負香衾❺事早朝。

【注　釋】❶雲屏　即雲母屏風。❷鳳城　指京城。❸無端　無緣無故。❹金龜婿　做大官的丈夫。唐代三品以上官員可用金魚為飾，武后時改為金龜。❺香衾　薰過香的被子。

【語　譯】名貴的雲母屏風之後，有一個無限嬌媚的女人，京城的寒冬已盡，卻害怕度過這春日的夜晚。沒來由嫁了這個帶著金龜的大官丈夫，一大早就離了香香的被窩趕著去上早朝。

【研　析】此詩以首二字為題，作年未詳。首句寫貴家少婦之無限嬌媚，正當青春年少；次句逆轉，說她偏偏害怕一刻千金之春宵。三四句說出個中緣由：雖嫁貴婿，但做大官的丈夫身不由己，只能趨事早朝而捨了夫婦歡愛。「無端」二句，雖是無可如何，自怨自艾之語，卻是正言若反，曲盡其無限嬌媚之意和綺羅香澤之態。

霜月

李商隱

初聞征雁❶已無蟬，百尺樓高水接天。青女❷素娥❸俱耐冷，月中霜裏鬥❹嬋娟❺。

【注　釋】❶征雁　長途遠飛的雁。征，遠征。❷青女　神話中的霜神。《淮南子・天文》：「至秋三月，地不藏，乃收其殺，百蟲蟄伏，靜居閉戶，青女乃出，以降霜雪。」❸素娥　神話中的月中仙子，即嫦娥。❹鬥　比賽。❺嬋娟　姿容美好。

【語　譯】乍聽到南飛的大雁聲聲，樹上已消失了秋蟬的鳴叫。百尺高樓上涼意陣陣，遙望著水天一色相連。霜神青女，月神嫦娥，仙姿最耐寒冷。明月白霜，正在比賽潔白冷艷。

【研析】這首詠物詩，以擬人化的手法，寫霜月爭輝，爭奇鬥妍，把寒秋之夜的自然景色寫得生氣勃勃。其第一句以兩種季候動物寫時序。雁是候鳥，一般是農曆八月開始飛向南方過秋冬，次年二月飛向北方過春夏。蟬則在夏秋時由幼蟲蛻化為成蟲，蛻化後的生命很短，只有六七天時間。其雄蟲叫聲熱烈，故很能引人注意。《禮記・月令》：「孟秋之月寒蟬鳴，仲春之月鴻雁來，季秋之月霜始降。」大雁飛過，說明秋日已深，蟬聲絕跡，是說秋日已盡。時序就在這兩種動物的相繼出現中流逝，轉眼已是深秋初冬，寒霜降臨。登上高樓，頓感涼意陣陣。初時尚見秋水長天一色，漸漸夜深，月光灑向大地，寒霜降臨，夜晚的腳步，就在這些美麗的詩句中不知不覺地走過了。那月與霜，分不清誰更潔白、誰更冷艷了。

引水行❶

李群玉

一條寒玉❷走秋泉，引出深蘿洞口❸煙。十里暗流聲不斷，行人頭上過潺湲❹。

【注釋】❶引水行　竹梘引水之歌。❷寒玉　比喻清冷的寒泉。❸深蘿洞口　指泉水的源頭女蘿密布。❹行人頭上過潺湲　竹梘是用樹木做的架子支撐著，高度往往在七、八尺至一丈餘，故稱。潺湲，流水聲。

【語譯】秋日的一派泉水，像一條玉帶冰清玉潔，有一個籠罩著曉煙、長滿了女蘿的山洞，泉水就從那洞口引出。十里長的暗流，雖看不見水流，但那水聲卻響個不斷。原來泉水已架在半空，正從行人的頭上潺潺流過。

【研析】江南丘陵地區，常用竹梘引水。其方法是：用中空的竹管相連接，架在半空，一頭接水源，一頭接農田或村莊，逶迤數十里，連綿不斷。這首詩就是寫這一景象的。詩中用「寒玉」比喻寒泉之清之冷，用「暗流」來描述只聞其聲，不見其流的引水竹梘，形象貼切。結句「行人頭上過潺湲」，奇而不特，巧而不纖，是一幅溫馨的江南風俗畫。

東亭柳

趙嘏

【作者】趙嘏（八一五—八五三?），字承佑，楚州山陽（今江蘇淮安）人。武宗會昌四年（八四四）進士，宣宗大中年間，做過渭南縣尉。著有《渭南集》三卷。《全唐詩》錄存其詩二六九首。

拂水斜煙一萬條，幾❶隨春色醉河橋。不知別後誰攀折❷？猶自風
流❸勝舞腰❹。

【注釋】❶幾　幾度；多次。❷攀折　指折取柳枝。佚名《三輔黃圖》卷六〈橋〉：「灞橋，在長安東，

跨水作橋。漢人送客至此橋，折柳贈別。」後世便以「折柳」作為送別的典故。❸風流　風韻；風情。❹勝舞腰　勝過舞女的腰肢。

【語　譯】低拂著水面，斜罩著煙霧，是垂柳千條萬條，年年歲歲，在春色中它多少次醉倚河橋。自我離開以後，不知又有多少人前來攀折？它依舊是風情萬種，迎風飄拂勝過舞女纖腰。

【研　析】唐人的詠柳詩，多是為離情別意而寫。這首也不例外。但寫的人多了，要想寫出新意，就很難了。賀知章有「不知細葉誰裁出？二月春風似剪刀」的千古名句；李白的「春風知別苦，不遣柳條青」，雖然淺顯，卻別出心裁；羅隱的「自家飛絮猶無定，爭把長條絆得人」，也「自出新意」。趙嘏這首〈東亭柳〉，也自有其字工意新之處。此詩前兩句寫景，後兩句抒情，情景交融，寓別後無窮之思，是一般的套路。但「拂水斜煙」，煙而曰「斜」，「醉河橋」，柳而曰「醉」，則垂柳的婀娜多姿、醉舞嬌態，便躍然紙上，如在目前，是善於煉字；「不知別後誰攀折」，云天下正不知有多少離愁別恨，這是意新。「猶自風流勝舞腰」，以舞女之腰比柳，本身並無新奇之處，但與上句配合，則風韻頓生。

舊感❶

趙嘏

獨上江樓❷思渺然，月光如水水如天。同來望月人何處？風景依稀❸

似去年。

【注　釋】❶舊感　詩題一作〈感懷〉，一作〈江樓感舊〉。❷江樓　江邊之樓，具體所指何樓，已難考索。❸依稀　彷彿。

【語　譯】獨自登上江樓，思緒一片渺然，月光如水，水清如天。去年同來望月的朋友，如今人在何處？只有風景，彷彿還和去年一樣。

【研　析】此詩以平淡口語出之，而意境幽遠，情韻濃厚，頗有餘味。雖不悉作於何時何地，然概括睹物懷人之心態，極自然真摯，故富於典型性、普遍性。

真娘墓　　譚銖

【作　者】譚銖（生卒年不詳），武宗會昌元年（八四一）進士。咸通十一年（八七〇）前後曾任職池陽。後入九華山隱居。《全唐詩》存詩二首。

武丘山❶下冢累累，松柏蕭條盡可悲。何事世人偏重色，真娘❷墓上獨題詩？

【注釋】❶武丘山　即虎丘山，避唐高祖李淵祖父李虎之諱而改。❷真娘　中唐時著名歌舞伎人。

【語譯】虎丘山下的墳墓一座接著一座，墓上松柏蕭條，盡可使人傷悲。為何世間的人們偏偏看重女色，單單都在真娘墓上題寫詩句？

【研析】此詩作年不詳。真娘，一作貞娘，中唐吳（蘇州）之伎人，善歌舞，色藝俱佳，歿葬虎丘山（在今江蘇蘇州）西寺內。墓多花草，行客才子題其墓者，唐代有劉禹錫、白居易、李紳、張祜、沈亞之、李商隱等二十三人，唐末人輯為《虎丘題真娘墓詩》。宋計有功《唐詩紀事》卷五六云：「銖書一絕，題者遂止」，可見此詩影響之大。詩謂虎丘山下冢墓累累，世人獨題真娘之墓，無非「好德不如好色」而已。此持論似乎太過。文藝之用，正在發抒情感，題詩一首，便說是「重色」，未免言重。或許作者是藉此發揮，諷刺一下重色的主上或達官貴人？

馬嵬坡❶

鄭畋

【作者】鄭畋（八二四—八八二），字臺文，滎陽（今屬河南）人。唐武宗會昌二年（八四二）進士，初授校書郎，轉渭南縣尉。劉瞻鎮北門，任為從事。劉瞻出任宰相，薦為翰林學士、中書舍人、知制誥。僖宗乾符四年（八七七）正月，拜相。次年五月，因爭論如何平定黃巢之事，意見不合，罷相，為太子賓客，分司東都。中和元年（八八一）六月，以銳卒數千破黃巢大兵五萬，入相。次年十二月，病卒，謚曰「文昭」。《全唐文》錄存其文十二篇，《全唐詩》錄存其詩十七首。

玄宗回馬❷楊妃死，雲雨❸難忘日月新。終是❹聖明天子事，景陽❺宮井又何人？

【注釋】❶馬嵬坡　驛站地名。在今陝西興平西二十五里的馬嵬鎮西北。楊貴妃被縊死後，葬於此處。《舊唐書・肅宗紀》：「至馬嵬鎮，六軍不進，請誅楊氏，於是誅國忠，賜貴妃自盡。」❷回馬　使馬轉頭離去，指丟下楊妃，繼續前行。❸雲雨　比喻男女歡合。《昭明文選》宋玉〈高唐賦序〉：「昔者先王嘗游高唐，怠而晝寢，夢見一婦人，曰：『妾巫山之女也，為高唐之客，聞君遊高唐，願薦枕席。』王因幸之。去而辭曰：『妾在巫山之陽，高丘之阻，旦為朝雲，暮為行雨，朝朝暮暮，陽臺之下。』」❹終是　終究是；到底是。❺景陽　陳宮殿名。殿旁有井，名「景陽井」。故址在今江蘇南京玄武湖側。隋兵破城，陳後主攜其愛妃張麗華、孔貴嬪避難於此，後稱「辱井」或「燕支井」。

【語譯】唐玄宗馳馬離了馬嵬坡，楊貴妃已經化作了灰塵，昔日的雲雨歡情仍然難忘，雖然歲月流逝，日月常新。總算是做對了這件大事，畢竟天子還算聖明，那帶著寵妃躲進景陽宮井的，又該如何看待呢？

【研析】此詩初載於《唐闕史》卷上。當作於懿宗咸通五年（八六四）之前。時鄭畋任鳳翔從事，經馬嵬坡有感而發。馬嵬坡，即馬嵬驛，在今陝西興平西。玄宗天寶十五載（七五六）六月，安史叛軍破潼關，玄宗倉皇離京南走，至馬嵬，禁衛軍譁變，要求制裁禍國殃民的楊氏兄妹。玄宗不得已，乃將楊貴妃縊死。唐人詠馬嵬坡者極多，往往以尖銳的諷刺，給李、楊的愛情悲劇以無情的嘲弄和鞭打。如張祜的「旌旗不整奈君何，南去人稀北去多。塵土已殘香粉艷，荔枝猶到馬嵬坡」（〈馬嵬坡〉），李商隱的「冀馬燕犀動地來，自埋紅粉自成灰。君王若道能傾國，玉輦何由過馬嵬」（〈馬嵬〉），都是這一格套。鄭畋這首絕句，則別出新意而含蓄得體。前兩句簡述馬嵬之事，對玄宗楊妃略表同情而實含諷刺；後兩句以議論作結：那賜死愛妃的固然聖明，那願同愛妃一同生死的，你說他是昏庸還是聖明？玄宗晚年誤用楊國忠、安祿山等一班歹人，以致釀成大禍，但在三軍譁變的緊急關頭，尚能當機立斷，終屬「聖明」。宋人云：「馬嵬，太真縊所，題詩者多淒感。鄭畋為鳳翔從事日，題云（略），觀者以為有宰輔之器。」（《全唐詩話》卷四）吳幵也說：「《唐闕史》所稱鄭相畋吟〈馬嵬〉詩云（略），觀者以為真輔國之句。予以為畋蓋取杜詩『不聞夏商衰，中自誅褒妲』之意。」（《優古堂詩話》）

己亥[1]歲二首（其一）

曹松

【作　者】曹松（？—九〇二？），字夢徵，舒州（今安徽潛山縣）人。早年避亂棲居洪都西山，又曾遊湖南和廣州，後往依建州刺史李頻，李頻死後，落拓江湖，四處奔走，一無所遇。屢考進士不第。唐昭宗光化四年（九〇一）正月，禮部侍郎杜德祥主考，曹松與王希羽五人同榜登第，年皆七十餘，時號「五老榜」。官秘書省正字。曹松的詩多旅遊題詠、送別贈答之作。學習賈島為詩，取境幽深，工於煉字造句，「然無枯淡之癖」，「寓情虛無，苦極於詩，然別有一種風味，不淪乎怪也」

（《唐才子傳》）。著有《曹松詩集》三卷。《全唐詩》錄存其詩一四八首。

澤國❷江山入戰圖❸，生民❹何計樂樵蘇❺？憑君莫話封侯事，一將功成萬骨枯❻。

【注釋】❶己亥　唐僖宗（李儇）乾符六年（八七九），時值唐末，天下戰亂不已。❷澤國　多湖泊、河流的地方。此指江漢流域及江淮平原，其地多水澤。❸戰圖　指這一大片河山已被繪入戰爭的地圖中。❹生民　老百姓。❺樂樵蘇　指安居樂業。樵指打柴，蘇指取草。❻憑君莫話封侯事二句　這兩句對統治者鎮壓農民進行了譴責；任憑你不去議論升官封侯的事情，但事實上一個將領的大功告成，卻是堆滿了千百萬百姓及士卒的白骨。

【語譯】廣大的水鄉澤國，一片大好河山到處是戰火漫天，老百姓怎麼能安心地打柴種田？請莫再鼓勵立功封侯的事情，一個將領的功成名就，是由千萬根白骨所堆起的。

【研析】詩題下原有注云：「僖宗廣明元年。」廣明元年為乾符六年的第二年（八八〇）。這首詩當是作者在廣明元年追憶去年時事而作。據《通鑑》載：乾符六年（己亥）黃巢軍陷廣州，十月，「自桂州編大筏，乘暴水，沿湘江而下，歷衡、永州，癸未，抵潭州城下。」乘勝進逼江陵。江陵唐將守軍劉漢宏「大掠江陵，焚蕩殆盡，士民逃竄山谷，會大雪，僵屍滿野」。黃巢軍下江陵，遂攻襄陵，不克，即「入鄂州，陷其外廓，轉掠饒、信、池、宣、歙、杭十五州，眾至二十萬」。而唐揚州大督府長史、淮南節度副大使知節度事高駢，亦對黃巢軍及無辜百姓進行了大規模的圍剿和血腥屠殺。此詩即有感於當時的時事而發，作者對戰爭給人民帶來的嚴重災難進行了譴責，並將其提煉成「一將功成萬骨枯」的警句。

出塞詞

馬戴

【作　者】馬戴（生卒年不詳），字虞臣，越州（治所在今浙江紹興）人。唐武宗會昌四年（八四四）與趙嘏、項斯同榜進士，宣宗大中初，為太原李司空幕府掌書記，以直言被斥。懿宗咸通末年，復佐大同軍幕。僖宗時，官至太學博士。著有《馬戴詩》一卷傳世。《全唐詩》錄存其詩一七三首。

金帶連環束戰袍，馬頭衝雪度臨洮❶。捲旗夜劫單于❷帳，亂斫胡兒缺寶刀。

【注　釋】❶臨洮　古縣名。秦置，治所在今甘肅岷縣，因臨近洮水得名。秦築長城，西起於此。此地與吐蕃臨近，經常發生戰爭。❷單于　匈奴的首領。

【語　譯】金色的腰帶扣著連環，緊束著身上的戰袍，駿馬衝向漫天飛雪，快速地度過臨洮。精兵強將捲著旌旗，乘夜偷襲敵人頭目的營帳，對著胡兒一陣亂砍，看看砍缺了寶刀。

【研　析】這首詩寫一次夜襲敵營的戰鬥，場面相當激烈精彩。唐詩中描寫戰爭的詩不算少，但具體描述一次戰鬥場面的倒不算多，可能是因為詩人們握槍上陣的並不多，因而顯得很難得。詩的首句，是戰士們的亮相：金色的銅腰帶，緊束的戰袍，英姿勃勃，渲染了一種緊張的戰鬥氣氛。次句寫作為前鋒部隊的騎兵，一馬當先，雪夜裏衝上了最前線。其「衝」字，充分反映了戰士們一往無前的氣概。第三句點出劫營的壯烈行動，著一「捲」字，則銜枚疾走的緊張氣氛全出。結句寫戰鬥的激烈，用一個「缺」字，把短兵相接的肉搏戰繪影繪聲地傳達了出來。此詩描述極為逼真感人，因而宋代的詩歌評論家嚴羽說：「馬戴在晚唐諸人之上。」（《滄浪詩話》）明王世貞也稱其詩為「鐵中錚錚者」（《藝苑卮言》）。

和❶襲美❷釣侶二章（其二）

陸龜蒙

雨後沙虛古岸崩❸，魚梁❹移❺入亂雲❻層。歸時月墮汀洲暗，認得妻兒結網燈❼。

【注　釋】❶和　和韻為詩。❷襲美　皮日休，字襲美。❸崩　崩塌。❹魚梁　一種漁具，編竹而成，橫於流水中以取魚，又稱「橫簖」。陸龜蒙〈漁具詩序〉云：「橫川曰梁。」第六首即詠「漁梁」：「能編似雲薄，橫絕清川口。缺處欲隨波，波中先置笱。投身入籠檻，自古難飛走。盡日水濱吟，殷勤謝漁叟。」

❺移　指漁人將魚梁移動位置。❻雲　此指水浪。❼歸時月墮汀洲暗二句　這兩句是說，回家時已是月落夜深，江中小島一片漆黑，只有從妻兒結網的燈光中確定回家的方向。

【語　譯】大雨之後，沙岸空虛，古老的堤岸崩塌，便把那竹編魚梁，移到如同滾滾亂雲的波浪之中。打漁歸來的時候，月亮已經落下，沙洲一片黑暗，只能從妻子兒女們結網的燈火中，找到回家的路。

【研　析】詩人們大都有一種「漁釣情結」，所釣者，功名利祿是也。釣不到的，或嫌「魚」小的，便要真的去過一下漁釣生活的癮。特別是在動亂的年代，功名還存在一定的風險，因此，人們就更加嚮往去做一個「漁民」了。晚唐一片混亂，於是漁釣成了寄託情志的方法。皮日休有〈釣侶二章〉，其第二章云：「嚴陵灘勢似雲崩，釣具歸來放石層。煙浪濺篷寒不睡，更將枯蚌點漁燈。」陸龜蒙見了，很是喜愛，便和了兩首，詩中抒寫了詩人漁釣生活的悠遊閑適。

吳宮❶懷古

陸龜蒙

香徑❷長洲❸盡棘叢❹，奢雲艷雨❺祇悲風。吳王事事須亡國❻，未必西施❼勝六宮❽。

【注釋】❶吳宮 指春秋時吳國的宮殿及附近之離宮等遺址，如姑蘇臺、館娃宮等。❷香徑 即採香徑。故址在今江蘇蘇州西三十里的靈岩山前。傳說為吳館娃宮美人採香之處。一說，「採香徑」乃西施與宮女採菱的小河流。❸長洲 即長洲苑。遺址在今吳縣市西南，舊為吳王遊獵之處。❹棘叢 荊棘叢生，一片荒涼。❺奢雲艷雨 比喻吳宮窮奢極侈和花天酒地的荒淫生活。❻吳王事事須亡國 指吳王夫差重用奸臣伯嚭，殘害功臣伍子胥，窮兵黷武地北伐齊魯，貪圖逸樂，荒廢政事等行徑，從而為亡國埋下了禍根。❼西施 春秋越國苧蘿（今浙江諸暨）人。又稱西子，是著名的美人。越王使人教以歌舞，獻給吳王夫差，成為夫差最寵愛的妃子。越滅吳後，西施歸范蠡，泛遊五湖而去（事見《吳越春秋》、《越絕書》、《吳地記》等）。❽六宮 指六宮后妃。白居易〈長恨歌〉：「回眸一笑百媚生，六宮粉黛無顏色。」

【語譯】當年西施採香的小徑，吳王打獵的長洲苑，如今早已荒廢，長滿了荊棘。那奢侈荒淫中的吳宮全無蹤影，只有這悲涼的風在呼嘯。吳王夫差所作所為，一樁樁、一件件都可亡國，未必是美麗壓倒六宮的西施，纔是亡國的禍根。

【研析】吳王夫差即位不久，就打敗了句踐，攻破了越都，迫使越王句踐退棲會稽山上，求和稱臣。但他在勝利之後，逐漸驕傲起來，窮奢極侈，朝歌夜舞，迷於女色，怠於國政。越王句踐抓住了他的弱點，獻美人西施，以遂其慾。終於國破身死，為後人所笑。後人論及吳國的滅亡，大都認為是由於西施的緣故，而陸龜蒙在這首詩中，提出了不同的看法：「吳王事事須亡國，未必西施勝六宮。」明人謝榛以為：陸龜蒙的詠史諸作，「雖弔古得體，而渾然無氣格」（《四溟詩話》卷四）。「弔古得體」自有之，而「渾然無氣格」則未必。例如此詩，其「事事」、「未必」等論述就多少有些氣格。

新沙

陸龜蒙

渤澥❶聲中漲小堤❷，官家知後海鷗知❸。蓬萊❹有路教人到，應亦年年稅紫芝❺。

【注釋】❶渤澥　渤海。❷漲小堤　河流入海帶來泥沙淤積，經海潮沖漲為堤狀的沙洲。❸官家知後海鷗知　謂官府比海鷗還先知道這裏已經淤積出一個沙洲，準備前來收稅。❹蓬萊　古代神話傳說，海中有三仙山，即蓬萊、方丈、瀛洲。相傳蓬萊山附近有弱水，舟船不能通過，所過者連羽毛也要下沉，只有神仙纔能飛渡（見《史記・封禪書》）。❺紫芝　靈芝草。傳說其尤貴者能發紫光，喫了能成仙。

【語譯】渤海灘潮來潮去，新近淤積出一座小小沙洲。官家比海鷗更先知道這個消息。如果有條航路能通向蓬萊仙島，官府從此又要開徵紫芝的稅收。

【研析】中晚唐的苛捐雜稅多如牛毛，如徵收房屋間架稅，上等的一間二千，中等的一間一千，下等的一間五百。徵收市集交易稅，「人有買賣，隨自署記」，隱匿不報的，或加以沒收，或處以杖刑，於是「怨讟之聲，囂然滿於天下」（見《舊唐書・食貨志下》）。詩人連續用了兩件不可能的荒唐事，諷刺了這種「無所不稅」的苛政：新漲出一片沙洲，官府無孔不入，竟然比每天在海上盤旋的海鷗還先得知。為什麼呢？有了新開的田地，便要收稅呀！接著，作者更進一層，辛辣地譏諷道：東海上還有蓬萊仙島，山上有許多寶貝，要是有路可往的話，連野生的紫芝也要收稅的！描寫晚唐「萬稅」的詩歌很多，如聶夷中的「六月禾未秀，官家已修倉」（〈田家〉），杜荀鶴的「桑柘廢來猶納稅，田園荒後尚徵苗」（〈山中寡婦〉），「任是深山更深處，也應無計避徵徭」（同上），「官家不管蓬蒿地，須勒王稅出此中」（〈傷硤石縣病叟〉），對照來讀，便可進一步瞭解晚唐「厚斂於民」的情況是多麼的嚴重。

宿深村

貫休

【作　者】貫休（八三二—九一二），俗姓姜，字德隱，婺州蘭溪（今屬浙江）人。七歲出家，乾寧二年初赴江陵，依荊南節度使成汭。天復三年秋入蜀，謁前蜀王王建，獻詩道：「一瓶一鉢垂垂老，萬水千山得得來」，故人稱「得得來和尚」。王建禮遇之，賜號禪月大師。貫休擅書法，時稱「姜體」；又善丹青，所作水墨羅漢像頗著名；亦工詩，其自編詩集名《西嶽集》，後改為《禪月集》，其弟子改為《寶月集》。其自編詩集已佚，今傳《禪月集》二十五卷，乃後人所輯。

行行一宿深村裏，雞犬豐年鬧如市❶。黃昏見客合家❷喜，月下取魚戽❸塘水。

【注　釋】❶行行一宿深村裏二句　不停地走，到幽深的村莊住宿下來，適逢喜遇豐年，寂靜的山村雞鳴犬吠，人們熱鬧得彷彿都市一般。深村，地處幽僻深隱的村莊。❷合家　全家。❸戽　以戽斗汲水。戽斗，汲水之器。

【語　譯】一路上走著走著，來到這幽深的村莊裏住宿。寂靜的山村裏雞鳴犬吠，人們慶祝豐年，熱鬧得像都市一般。黃昏時見到客人來了，全家大小都非常高興，趕忙趁著月光戽去塘水，好取魚招待客人。

【研　析】這首詩寫詩人夜宿深村所受到的熱情款待，稱頌了村人淳樸而真誠的情感。特別是後兩句，寫深村百姓待客的熱誠，非常形象感人：黃昏看見客人來了，全家人都很高興，連忙趁著月光戽水取魚款客。

春晚❶書❷山家屋壁二首（其一）

貫休

柴門寂寂❸黍飯馨❹，山家煙火春雨晴。庭花濛濛❺水泠泠❻，小兒

啼索❼樹上鶯。

【注　釋】❶春晚　即晚春，指農曆三月春將盡時。❷書　指書壁、題壁，將自己的詩歌書寫在牆壁上。❸寂寂　寂靜。❹黍飯馨　香噴噴的黃米飯。❺濛濛　迷離、迷茫的樣子。❻泠泠　清脆的水聲。❼索

索取；要。

【語　譯】柴門外靜悄悄的只聞到黃米飯香；春雨初晴後，山野人家炊煙裊裊。庭院的花兒還帶著濛濛雨水，山泉響著泠泠的水聲，主人家的小孩兒正啼哭著想要樹上的黃鶯。

【研　析】本詩寫晚春時節山村景象，由景入情，由靜及動，自然清新。其細節之生動真實，更令人流連不已。前三句寫景物，突出「春」、「晚」、「雨」等特徵，第四句寫人，但這人不是普通的人，而是一個正在淘氣的小孩子。

自遣❶

羅隱

得❷即高歌失❸即休❹，多愁多恨亦悠悠❺。今朝有酒今朝醉，明日愁來明日愁。

【注　釋】❶自遣　此詩作者一云權審，題曰〈絕句〉。自遣，自我排遣。羅隱仕途坎坷，十舉進士不第，五十五歲時，東歸吳越。這首詩當是其仕途失意後所作，頗含憤世嫉俗之情，歷來為人所傳誦。❷得　指志業有成。❸失　指失敗。❹休　停止。❺悠悠　長遠貌。

【語　譯】志業有成就高歌一曲，失敗也就算了，如果只會多愁多恨，則愁恨便無窮無盡，緊跟著人。今天有酒今天就來個一醉方休，明日的憂愁就留到明天再去愁。

【研析】詩為遣懷之作，有自憤、自解、自慰之意。當作於羅隱多年科場失意之後，具體作年不詳。此詩藝術特點為：一、寓議論於形象之中，二、語句有意重複，使詩情回旋推進。宋王楙《野客叢談》卷六云：「唐人詩句中，用俗語者，惟杜荀鶴、羅隱為多。」並舉「今朝有酒今朝醉，明日愁來明日愁」兩句為例，可見此聯已為宋人所熟知，後且流傳民間，成為盡人皆知之俗語。這兩句生動地刻畫出了一個放歌縱酒、窮愁潦倒而又無可奈何的文人形象，於淒涼中頗含憤激之情。後人若把這兩句話當作是醉生夢死追求享樂的藉口，豈是解人？

偶題❶

羅隱

鍾陵❷醉別十餘春，重見雲英掌上身❸。我未成名君未嫁，可能俱是不如人！

【注釋】❶偶題　詩題一作〈嘲鍾陵妓雲英〉。❷鍾陵　《舊唐書・地理志三》載：「鍾陵，漢南昌縣，豫章郡所治也。隋改為豫章縣，置洪州，煬帝復為豫章郡。寶應元年六月，以犯代宗諱，改為鍾陵，取地名。」即今之江西進賢。❸掌上身　傳說漢成帝皇后趙飛燕能在手掌上舞蹈，極言其體態輕盈，「掌上身」亦是此意。

【語譯】在鍾陵的酒筵上醉中分別，到今天已有十多年，今日重逢，又見到雲英輕盈美妙可在掌上跳舞。我仕途失意，科場無名，而你卻也尚未出嫁，大概因為我們都不如別人！

【研析】《鑑誡錄》卷八錢塘秀條云：「羅隱秀才，傲睨於人，體物諷刺。初，赴舉之日，於鍾陵筵上與娼雲英同席。一紀（十二年）後，下第，又經鍾陵，復與雲英相見。雲英撫掌曰：『羅秀才猶未脫白（仍為布衣）矣。』隱雖內恥，尋亦嘲之：……」世道不平，人不走運，雖然才高八斗，十多年了仍然沒什麼功名。這本來已經夠令人傷心的了，如今又受到了一個熟人的嘲笑，而且這個熟人又是個風塵女子。作者當時無地自容的尷尬，可想而知。但他很快就發現，原來對方也尚未從良，大家彼此彼此，於是便寫了這首詩，算是嘲笑雲英，也是嘲笑自己。這真是一對「風塵知己」了。

王濬❶墓

羅隱

男兒未必盡英雄，但到❷時來❸即命通❹。若使吳都❺猶王氣❻，將軍❼

何處立殊功❽？

【注釋】❶王濬　《晉書・王濬傳》：「（濬）為益州刺史。……太康元年（二八〇）正月，濬發自成都。……順流鼓棹。……（孫）皓遣張象御濬，象軍望旗而降。……皓乃備亡國之禮，面縛輿濬，造於壘門。」❷但到　只到。❸時來　時勢到來；時運到來。❹命通　命運通達。❺吳都　指金陵，即今江蘇南京，吳國建都於此。❻王氣　帝王之氣，傳說金陵有帝王之氣象。❼將軍　指王濬。❽殊功　特大的功勞，指滅吳的大功。

【語　譯】男子漢未必都是英雄，然而一旦時運來臨，好命自然亨通。如果吳都金陵當年仍有帝王之氣，王濬又怎能立下滅吳的大功？

【研　析】這首詩是作者經過王濬墓時的懷古詠史之作。人們總是以成敗論英雄的。王濬成功了，人們說他是英雄，羅隱屢舉不第，不但自己時時有些慚愧，連相好的妓女也曾嘲笑他。作者對於這命運當然是很不服氣的。這一次經過王墓，他便大發了一番感慨說，什麼英雄，不過是走運罷了。時運一來，自然命通。例如我羅隱，並不是才學不如人，只是運氣不佳而已。這也算是對自己的一個安慰吧！

柳

羅隱

灞岸❶晴來送別頻❷，相偎相倚❸不勝春❹。自家❺飛絮猶無定，爭❻把長條絆❼得人？

【注　釋】❶灞岸　灞水兩岸，即指灞橋兩岸。灞橋，一作「霸橋」。在今陝西西安東二十里，橫跨灞水之上。唐人送客，多到灞橋，折柳贈別。此場面不免令人黯然銷魂，故又名「銷魂橋」。❷頻　頻頻；繁多。❸相偎相倚　形容柳絲之間互相依傍。❹不勝春　用李白〈蘇臺鑒古〉典：「舊苑荒如楊柳新，菱歌清唱不勝春。」不勝，無盡；極多。春，指春日的情景和意興。❺自家　自己。❻爭　通「怎」。怎麼。❼絆　纏住；留住。

【語　譯】灞水兩岸每逢晴日折柳贈別接連不斷，那婀娜多姿的柳絲相偎相依，春意無限。只可惜自己飄起的飛絮，尚且漂泊無定，又怎能憑這長條，絆得住即將遠行之人？

【研　析】這是一首詠柳的「詠物詩」。詠物詩，一般要有寄託，有言外意、弦外音。這首詠柳詩並無寄託，但卻像所寫的春柳一樣，搖曳多姿，情意綿綿。詩中對於「柳」，既有外形的逼真描寫，又有傳神的風姿描寫。灞橋岸邊，垂柳依依，相偎相親，不勝離情，是寫其「形」；柳之飛絮尚且無定，如何能將長條絆人，是傳神風姿。自《詩經・小雅・采薇》「昔我往矣，楊柳依依」的詠柳名句後，詠柳者何止千萬，像這首詩兼得柳之「形」、「神」的，也有不少。唐人所選《才調集》選入此詩，清沈德潛評此詩「自出新意」。

金錢花❶

羅隱

占得佳名繞樹芳，依依❷相伴向秋光。若教❸此物堪❹收貯，應被豪門❺盡劚將❻。

【注　釋】❶金錢花　花草名。一年生草本。又名子午花、夜落金錢花。葉綠枝柔，花黃色，秋日開放，朵如銅錢，故名（參見《廣群芳譜》卷四七）。唐段成式《酉陽雜俎》卷一九〈廣動植〉四云：「金錢花，一云本出外國，梁大同二年，進來中土。梁時荊州掾屬雙陸賭金錢，錢盡，以金錢花相足。魚弘謂『得花勝得錢』。」❷依依　相互依傍，形容花枝茂盛。❸若教　若使；如果使。❹堪　可以。❺豪門　指有權有勢的人家。❻劚將　被掘走、砍掉。

【語　譯】金錢花既有個好名字，它沁人的香氣使四周的樹也都芬芳，一朵朵一團團相依相伴，在美好的秋光中盡情開放。如果它真像金錢一樣可以使用、貯藏，恐怕早已被那些豪門權貴掘得精光。

【研　析】中國古代有「君子喻於義，小人喻於利」的傳統，但這傳統大多只是說說而已，那些有權又有勢的「君子」，一看到團團的金錢，仍然會兩眼圓睜，大放光芒的。這首詩即從「金錢花」這一名稱聯想到社會現實，對豪門權貴不擇手段地斂財聚寶進行了諷刺。詩句淺近，在一片香風涼霧的晚唐詩中，算是別具一格。

西施

羅隱

家國興亡自有時，吳人何苦怨西施❶。西施若解❷傾❸吳國，越國亡來又是誰？

【注　釋】❶西施　又名夷光，《孟子．離婁》已有記載。她是春秋末年的著名美人，相傳其故鄉在今浙江諸暨苧蘿鄉，是一個賣柴人的女兒，青年時曾在苧蘿山下小溪邊浣紗。後來越王句踐採用范蠡的計策，把她獻給吳王夫差，深得吳王的寵愛，為她修了館娃宮。越王句踐滅吳後，隨范蠡遊五湖而終。❷若解　假使懂得。❸傾　傾覆；滅亡。

【語　譯】國家的興盛衰亡，自有它自己的時運氣數，吳國人到底是為了什麼，要苦苦地埋怨西施。西施如果真有本事去滅亡吳國，那麼越國的滅亡，又要怪誰？

【研　析】封建時代女寵干政，多次導致災禍。其主要責任，當然在於那位沉溺女色的君王，但因為有「為尊者諱」的傳統，於是便有了「禍水亡國論」。每當災難降臨，首先要推出來作為代罪羔羊的，當然是那些其實並不懂得政治的美女。唐代的楊玉環就是這樣被勒死的。羅隱此詩，借古諷今，以吳越興亡的歷史事實為根據，對於「西施亡吳」的說法作出了有力的反詰。其立意與鄭畋〈馬嵬坡〉詩略同。當然，話說回來，那些因寵而亂政的婦女，也並不是一點責任沒有，她們如果幹了壞事，也還是應該譴責的。詠史詩要以立意為宗，以議論為主，善於把千言萬語說不清的道理用幾句簡潔的語言最深切表示出來。羅隱這首詩，看來雖至淺近，但卻把西施亡吳的惡名洗刷光了，把女禍亡國的謬論批透了。

蜂

羅隱

不論❶平地與山尖❷，無限風光盡被佔❸。採得百花成蜜後，為誰辛苦為誰甜？

【注　釋】❶不論　不管。❷山尖　山峰。❸無限風光盡被佔　指蜜蜂到處採集百花，釀成蜂蜜。風光，風景。這裏指各處有花開的地方，就有蜜蜂來採花粉。

【語　譯】不管是一望無邊的平地，還是高高的山嶺，野外百花盛開，無限風光都被蜜蜂佔領。一生忙碌飛來飛去，採了百花釀成蜂蜜，究竟是為誰辛苦，為誰送上蜜甜？

【研　析】此詩作年、寓意均已不得而知。前兩句極寫蜜蜂之布滿平地山尖，忙碌不已；後兩句議論充滿哲理，問而不答，餘音裊裊，寓意深刻。「採得百花成蜜後，為誰辛苦為誰甜」，至今播於普通百姓之口。羅隱詩向以諷刺見長，此詩或是對不勞而獲者的諷刺。蜜蜂用以況人，讚美那些終日勤勞、不避艱難、為社會創造財富的人。「為誰辛苦」之「誰」，或是諷刺那些不耕而食、不織而衣、不勞而獲者。

嚴陵灘❶

羅隱

中都❷九鼎❸勤英髦❹，漁釣牛蓑❺且遁逃❻。世祖❼升遐❽夫子❾死，原陵❿不及釣臺高。

【注　釋】❶嚴陵灘　又名嚴灘。在浙江富春山下，東漢初隱士嚴光（嚴子陵）曾垂釣於此，因之得名。灘上有傳說中的嚴子陵釣臺，為著名古蹟。❷中都　指國都、京城。❸九鼎　傳說夏禹曾鑄九個大鼎，用以象徵華夏九州。《史記・孝武本紀》：「禹收九牧之金，鑄九鼎。」三代以來，奉為傳國之寶，並以「九鼎」作為「國家」、「政權」的代稱，亦稱「九寶」。故後世稱「圖謀王位」為「問鼎」，稱「取得政權」曰「定鼎」。❹勤英髦　勤，一作「動」。英髦，一作「英旄」。指才智傑出的人。此指定鼎有功的英雄們。❺牛蓑　即牛衣。本為牛避雨禦寒之物。耕牛在田勞作汗出，遇雨或寒風易感冒患病，故以棕、麻或草所編織之蓑衣掩覆。後遂將人所披之蓑衣稱為「牛衣」或「牛蓑」。❻遁逃　指逃避為官。此指嚴光不肯做官而隱於漁釣。《後漢書・逸民傳・嚴光》：「及光武即位，乃變名姓，隱身不見。」嚴光（前三七－四三），東漢初會稽餘姚（今屬浙江）人，一名遵，字子陵，早年曾與東漢光武帝劉秀同學。劉秀即位後，詔為諫議大夫，光避之，歸隱富春山，以漁釣為生。❼世祖　指後漢光武皇帝劉秀（前六－五七）。❽升遐　升天。稱帝王的死。《三國志・蜀書・先主傳》：「今月二十四日奄忽升遐，臣妾號啕，若喪考妣。」❾夫子　先生。❿原陵　劉秀的陵墓，在今河南孟津鐵謝村附近。陵前有清乾隆五十六年（一七九一）所立石碑一塊，上刻「東漢中興世祖光武帝陵」十字。

【語譯】英雄們身經百戰，終於定鼎九州，建都洛陽，成為漢家中興功臣。只有皇上的同學嚴子陵，拒絕做官，披著蓑衣拿了漁竿逃跑。到如今光武帝已經升天，嚴先生也早已離世，光武皇上的陵墓雖然輝煌，哪有先生的釣臺崇高。

【研析】晚唐江東三羅，即羅鄴、羅隱和羅虬，都有一些好詩流傳下來。范仲淹的「世祖功臣三十六，雲臺爭似釣臺高」（〈嚴陵〉），明明是祖襲羅詩，而宋人趙與虤卻說：「羅隱〈嚴陵灘〉詩，范文正公〈釣臺〉詩，俱押『高』字，范詩特高妙，至用雲臺事，尤非隱所及。」（《娛書堂詩話》卷上）也是以政治地位的高低分優劣，未免有欠公允。

芳草

羅鄴

芳草和煙❶暖更青，閑門要路一時生❷。年年點檢❸人間事，唯有春風不世情❹。

【注釋】❶和煙　煙靄與芳草相融相親。❷閑門要路一時生　這句話的意思是說，不管春草在什麼地方，閑門也好，要路也好，只要春風一吹，它都一律生長，春風並不因貴賤而有所偏心。閑門，冷落的門庭，指不得意者。要路，熱鬧繁華的關津要道，指有權有勢者。一時生，一齊生長。❸點檢　檢查；清理。

❹不世情　不染世俗的情態。

【語　譯】淡淡的春煙與芳草融成一片，暖和的春風吹得春草更青，不論是寂寞的庭院還是繁忙的要道，春草同時蓬勃生長。年年回頭把人間的事情點檢一遍，只有春風最為公正，不因人世的貴賤而有所偏心。

【研　析】這首詩前兩句寫春日景色：春風吹綠了大地，不論是清冷的角落還是人來人往的要道，都是一片春草青青。作者由景生情，感到春風公正無私，與「世情看冷暖，人面逐高低」的人世正好成為鮮明的對比。有權者炙手可熱，小人們趨之若鶩；無權則門可羅雀，親友亦形同陌路。正如蘇秦所說：「富貴則親戚畏懼，貧賤則父母不齒。」人情冷暖，人心勢利，污染了整個的世界，所以詩人發出了「唯有春風不世情」的感嘆。這首詩曾被宋人收入《全唐詩話》卷五，題名〈賞春〉。明楊慎說：「晚唐江東三羅，羅隱、羅鄴、羅虬也。皆有集行世，當以鄴為首。」(《升庵詩話》卷一）對比上面的兩首詩，可以看出，同是諷刺詩，羅鄴的這一首比較含蓄深刻，富於形象性，比羅隱的那一首要好。

詠蟹

皮日休

【作　者】皮日休（八三四？—八八三？），字逸少，又字襲美，襄陽（今屬湖北）人。少有節志，「性傲誕，竊比大聖」。初隱居鹿門山，自號醉吟先生、鹿門子等。咸通八年進士及第，曾任著作郎、太常博士、毗陵副使等職。後參加黃巢軍隊，任翰林學士。中和三年（八八三），黃巢兵敗退出長安，日休不知下落。工詩文，咸通七年曾自編詩文集《皮子文藪》十卷，今傳。與陸龜蒙唱和甚多，詩文齊名，世稱「皮陸」。有《松陵唱和集》十卷傳世。擅長散文，其小品文被譽為「在一塌糊塗的泥塘裏露出的光彩和鋒芒」（魯迅〈小品文的危機〉）。其詩繼承中唐以來新樂府的傳統，社會意義深刻。詩風樸質剛健，頗富民歌特色。

未游滄海❶早知名，有骨❷還從肉上生。莫道無心畏雷電，海龍王處也橫行❸。

【注釋】❶滄海　大海。海水呈青黑色，故稱。螃蟹性成熟後，至海中交配產卵。❷骨　指蟹的硬殼。❸橫行　螃蟹向旁邊橫行，這與其他動物的運動方式不同。

【語譯】尚未長大到滄海中游泳，早已經赫赫有名，生有一副硬骨，還生在肉的外面。不用說牠對於雷電毫無畏懼之心，就是在海龍王那兒，也照樣橫行。

【研析】這是一首詠物言志詩。螃蟹是美味佳肴，其奇特的外形和行走方式，也同樣引人注目。牠生就一副傲骨，一對大鉗，八隻利爪，還有兩隻伸出很長的眼睛。於是牠便成了文人學士吟詠的對象。在這首詩中，作者多少有些以蟹自況的意思。皮日休雖是唐朝的進士，但頗有些「反骨」。他曾加入黃巢的軍隊，真的「橫行」起來。

古離別❶

韋莊

【作　者】韋莊（八三六—九一〇），字端己，京兆杜陵（今陝西西安東南）人。詩人韋應物第四代孫。昭宗乾寧元年（八九四）進士，因中原動亂，入蜀投依王建，掌書記，升起居郎。前蜀天復七年（九〇七），王建建立蜀國，凡禮冊詔令皆出韋莊之手。以開國功臣授吏部侍郎，同年官至宰相。蜀武成三年卒於成都花林坊，葬於白沙，諡「文靖」。為晚唐五代之際的著名詩人和詞人，著有《浣花集》五卷、《浣花詞》一卷。《全唐文》錄存其文三篇，《全唐詩》錄存其詩三二一首。

晴煙漠漠柳毿毿❷，不那❸離情酒半酣。更把玉鞭雲外指，斷腸春色在江南。

【注　釋】❶古離別　即〈古別離〉，樂府舊題之一，宋郭茂倩《樂府詩集》卷七二歸之於雜曲歌辭。梁江淹已有此曲，唐人亦多同題之作。❷毿毿　細長貌。❸不那　無奈，唐人口語。

【語　譯】萬里晴空，輕煙裊裊，柳樹葉兒抽得細又長。酒已經喝到半醉，離別的情懷使人無可奈何。上路時更把玉鞭指向著雲外，那令人斷腸的春色，還在遙遠的江南。

【研　析】按《浣花集》中編次推之，本詩當為韋莊早年所作，時間當在〈章臺夜思〉之後。

一句寫春景之美，反襯二句心情之無奈。三四句一「更」字，寫出客中又作離別，情本不堪，而玉鞭遠指雲外，所去當在數百千里的江南。春色何處沒有，要在「江南」之春色使人分外「斷腸」耳。作者有句云：「越女天下白，皓腕凝霜雪。未老莫還鄉，還鄉須斷腸。」正與此詩互為注腳。此詩以美麗的春色來反襯離情別意，極有韻味。江南的春色愈美，遠行人就愈發要斷腸傷心了。

江上送別李秀才二首（其一）

韋莊

前年相逢灞陵❶春，今日天涯各避秦❷。莫向尊前惜沉醉，與君俱是異鄉人。

【注　釋】❶灞陵　一作「霸陵」。古地名。故址在今陝西西安東，送人出京，一般在此分手。❷避秦　逃避秦的暴亂，典出〈桃花源記〉。泛指避寇、避亂、避戰。詩人於廣明元年（八八〇）至長安應舉時，正值黃巢率軍進攻京城，乃攜家避戰於越中。韋莊有〈避地越中作〉云：「避世移家遠，天涯歲已周。」又有〈江上逢史館李學士〉詩，云：「關河自此為征壘，城闕於今陷鼓鼙。」此句下自注云：「時巢寇未平。」不知此史館之李學士，是否即江上送別之李秀才。

【語　譯】前年春天，我們相逢在京師近郊的灞陵，未料到今日天涯相逢，卻都是為了躲避戰亂。面對著酒杯我們何惜大大一醉，既然我們都已成為流落異鄉之人。

【研析】這首詩寫客中巧遇故人。古人將「他鄉遇故知」作為人生四大快事之一。在那亂糟的時代，漂泊異鄉，前途未卜，心情沉重，忽然遇到一個知心朋友，大家舉杯痛飲，傾訴衷腸，吟詩唱和，那感覺，就像是伏天裏吹來了一陣涼風，是何等的可人心意！詩中說，前年春天，我們偏偏在送別之地的灞陵相遇；今日又在避亂逃難中遇到了你。在這艱難的時世裏，能活下來已屬不易，能在這天涯海角相會，那真是奇蹟了。《唐詩品彙》卷五四引謝疊山評此詩云：「客中送客，最易傷懷。唐人如『今日勸君須盡醉』，『勸君更盡一杯酒』，皆不若此之妙。」此話雖有溢美之嫌，但也不是毫無道理。

江上送別李秀才二首（其二）

韋莊

千山紅樹❶萬山雲，把酒相看日又曛❷。一曲離歌兩行淚，不知何處再逢君？

【注釋】❶紅樹　樹葉為夕照染紅。❷日又曛　太陽又快要落山了。曛，落日，黃昏的時候。

【語譯】千山的樹染上一層紅，萬山的雲燦爛成美麗的晚霞，舉杯把酒，無奈相看，那太陽又要落山。唱一支離別歌，流兩行相思淚，不知何處何時你我纔能再相遇？

【研　析】這首詩是上一首的姐妹篇。上篇寫相遇，這篇寫告別。一句以夕照美景反襯離別之可悲。當夕陽把樹染紅，把雲變成彩霞，是何等使人動心的景色？然而「夕陽無限好，祇是近黃昏」，客中暫遇又要分離。二句以酒中時光易過，描寫相會之樂，分手之難。後兩句以一曲離歌，兩行清淚，表現真摯的友情。而「不知何處再逢君」一語，更是道盡亂離之苦，流露出生逢難再，前程未卜的深沉憂思。

殘花

韋莊

江頭沉醉落殘暉❶，卻向花前慟哭歸。惆悵❷一年春又去，碧雲芳草兩依依。

【注　釋】❶殘暉　夕陽。❷惆悵　因失意而引起的傷感神態。

【語　譯】人已沉醉，站在這晚春的江頭，看著夕陽的餘暉，面對著殘花，不禁掩袂痛哭而歸。在令人惆悵的日子裏，看看一年的春日又將離去，唯有這天上的碧雲、地上的芳草，仍然是兩情依依。

【研　析】花兒是美麗的，但好花不能常開，終有「殘」的一天。殘花是一種悲劇性的、更能震攝人心的美，這首詩寫出了這一種特殊的美麗。詩的第一句，不寫花而寫江頭的落日，這是為「殘花」創造一個合適的氛圍。詩人久久地沉浸在夕陽的餘暉中，為了這一美麗與短暫而傷感不已，這就為下一句的「慟哭」打下了基礎。如果一開頭就寫「慟哭」，讀者會以為描述過火。江頭沉醉，花前慟哭，又都是為了「花殘」。後兩句寫留春不住，感慨萬端。「惆悵一年春又去」，一個「又」字，寫出了無數次的花開花落，春去春來。春雖去，花雖殘，然「碧雲芳草兩依依」，又給人更多的留戀，更多的感慨。人生正像這花開花落，春去春來，像白雲飄搖，芳草天涯。「殘花」也就是這離亂的家國，這殘破的人生。《唐才子傳》卷一〇云韋莊「流離飄泛，寓目緣情，子期懷舊之辭，王粲傷時之製，或離群軫慮，或反袂興悲，〈四愁〉〈九怨〉之文，一詠一觴之作，俱能感動人也」，正是對這首詩的最好詮釋。

春愁

韋莊

自有春愁正斷魂❶，不堪芳草思王孫❷。落花寂寂黃昏雨，深院無人獨倚門。

【注釋】❶斷魂　猶言銷魂、斷腸，形容極度哀傷。❷芳草思王孫　典出《楚辭・招隱士》：「王孫游兮不歸，春草生兮萋萋。」後因用以懷人思友。

【語譯】心中感傷魂斷，揮不去的是春日的憂愁。春風吹綠了芳草，使人禁不住懷念遠方的故友。庭前堆滿了寂寞的落花，黃昏的小雨獨自下個不休。在幽深無人的庭院裏，我獨自倚門而望。

【研　析】「春愁」是極為常見的題材，要想寫出點新意，就要有些特別之處。這首詩前半因景生情，後半寓情於景，寫出了種種與「愁」相聯繫的物象。「芳草」初生，令人感到春日的腳步；「落花」紛紛，使人感到對於春光流逝的無奈；一場「黃昏雨」則更使殘紅遍地，令人感慨不已；「深院」無人，更顯得寂寞淒清。詩中就是運用了這些片段的優美意象，使得「春愁」化為可感的事物，顯現在讀者的眼前。

臺城

韋莊

江❶雨霏霏❷江草齊，六朝如夢鳥空啼❸。無情最是臺城❹柳，依舊
煙籠十里堤❺。

【注　釋】❶江　指長江。❷霏霏　細雨不停貌。❸六朝如夢鳥空啼　此句是說，六個王朝，像一場春夢那樣短促，如今都已成為歷史陳跡。六朝，指東吳、東晉及南朝宋齊梁陳等六個朝代。❹臺城　又名苑城。遺址在今江蘇南京玄武湖邊、雞鳴寺前。晉、宋之間，謂朝廷禁省為臺，故稱「臺城」（見宋人洪邁《容齋續筆》卷五）。❺十里堤　據宋人張敦頤《六朝事蹟編類》記載，臺城周圍八里，護城河堤約為十里。

【語　譯】江上的細雨下個不停，江畔的草長得多麼整齊。前面的六個王朝，宛如一場春夢，如今只剩下鳥兒空啼。最是無情無義的，是那不管人世滄桑的臺城楊柳，數百年過去，依然青青搖曳在煙籠霧罩的十里長堤。

【研　析】詩題一作〈金陵圖〉，誤。約作於中和三年（八八三）四月韋莊客遊江南之時。此詩以美景而反襯傷感之情，藉懷六朝之古而傷大唐將亡之今，每句均有深意。「江雨霏霏」，寫江南淒迷之美，為全詩奠下基調。「江草」，當指江心洲上蘆葦及周邊淺水中荇萍之類。長江中因泥沙淤積，過數十百年，會長出一二沙洲（近幾年，浦口渡口右側即長出一數公里之沙洲，而江草深密覆蓋，遠望齊整如堵，正是首句所言之景）；江草已「齊」，說明眼前時序已是春天。六朝如夢，言世事變幻，一夢之間，一個又一個朝代更替，而作為旁觀者的「鳥」，也只是「空啼」而已。前事俱往，唯有臺城楊柳依舊。柳本來是送別留念之物，如今卻最是「無情」，因其不管人間紛爭，而仍自青青垂地，楚楚動人。臺城，六朝宮城，在今南京雞鳴寺南。《輿地紀勝》卷一七：「臺城一曰苑城，即古建康宮城也，本吳後苑城。晉成帝咸和五年作新宮於此，其城唐末尚存。」《容齋續筆》卷五：「晉宋間謂朝廷禁省為臺，故稱禁城為臺城。」六朝臺城曾兩度被攻陷，可算是六朝盛衰之見證。詩人觸景生情，其感嘆六朝之興亡，實亦是憑弔晚唐之衰頹。近人劉永濟評此詩云：「『六朝如夢』，一切皆空也。『依舊』之物，唯柳而已，故曰『無情』。然則有情者不免感慨可知矣。此種寫法，王士禎所謂『神韻』也。」（《唐人絕句精華》）深得其妙。

憫耕者

韋莊

何代何王不戰爭？盡從離亂見清平❶。如今暴骨❷多於土，猶點❸鄉兵❹作戍兵❺。

【注釋】❶清平　指政治清明、社會太平。❷暴骨　暴露於原野的屍骨。暴，通「曝」。❸點　徵召。❹鄉兵　地方武裝，自西魏、北周有鄉兵制度，相沿至唐。唐制，「凡民年二十為兵，六十而免」（見《新唐書・兵志》）。❺戍兵　守邊的士兵。

【語譯】哪一個朝代哪一位帝王沒有戰爭？長期的離亂之後纔有短暫的政治清明，社會太平。原野裏的白骨，如今比黃土還多，還要強徵鄉下壯丁去充當守邊的士兵。

【研析】晚唐五代天下大亂，戰爭不已。「何代何王不戰爭」，表明了戰亂的長期性。天下太平的美好願望，在這戰亂中更顯得寶貴。「如今暴骨多於土，猶點鄉兵作戍兵」，接連用兩個令人驚心動魄的景象，具體地描繪了戰亂給百姓們帶來的災難。田野裏白骨累累，而一批又一批的青年們，被源源不斷地送上前線，為軍閥們的一己私利充當犧牲品。如果說，唐代曹松〈己亥歲〉「憑君莫話封侯事，一將功成萬骨枯」的詩句，多少還有些「英雄主義」的話，那麼，韋莊所描寫的這些軍閥們，早已墮落為一群失去了理性的野獸，他們只知道戰爭和掠奪，而完全不顧士兵們的死活。

河湟有感

司空圖

【作者】司空圖（八三七－九〇八），字表聖，別號知非子、耐辱居士，河中虞鄉（今山西虞縣）人。咸通十年（八六九）進士及第，歷禮部郎中、中書舍人。光啟三年（八八七）因世亂隱居中條山王官谷。昭宗即位之後，曾多次以諫議大夫、戶、兵二部侍郎徵召，或稱病不起，或裝病放還。朱溫篡唐，欲召為禮部尚書，不食而死。其詩歌創作大多是絕句詩，抒寫亂離羈旅之愁，頗精練含蓄。論詩推崇「韻外之致」、「味外之旨」。有《司空表聖詩集》。《全唐文》錄存其文四卷，《全唐詩》錄存其詩三八六首。

一自蕭關❶起戰塵，河湟❷隔斷異鄉❸春。漢兒盡作胡兒語，卻向城

頭罵漢人❹。

【注釋】❶蕭關　在今甘肅固原北，為河湟地區的重要關隘。❷河湟　指黃河上游及湟水地區。❸異鄉　此指淪陷區。❹漢兒盡作胡兒語二句　謂淪陷日久，當地的漢人出身的士兵已學會吐蕃話，並用來罵漢人。

【語　譯】自從蕭關燃起了戰火，河湟地區就淪陷為異鄉，斷絕了與唐朝的往來。此地的漢人全都講起了胡人的語言，正在城頭用胡語罵著漢人。

【研　析】此詩寫河湟淪陷。作者抓住語言的變化，慨嘆其淪陷日久，構思巧妙，意極沉痛。語言是文化中最具有民族及地域特色的因素。一切佔領者，無不企圖用自己的語言來同化被佔領地區的人民。外國文學中有法國都德的〈最後一課〉，就是講普魯士人佔領了法國的兩個省之後，強行推廣德語的情景。在中國的晚唐時代，也有這樣令人沉痛的一幕：河湟淪陷已有數十年，當地的漢人，已經被異族同化，並已學會用胡人的語言來辱罵他們的父兄了。當然，這是唐代一個正統士人的看法。其實，在今人看來，這並不是什麼大不了的事情。漢人和吐蕃本同出一源，同出漢藏語系，都是炎黃子孫，其中的磕磕碰碰，分分合合，總是免不了的。

漫書

司空圖

長擬求閑未得閑，又勞行役❶出秦關❷。逢人漸覺鄉音異，卻恨鶯聲似故山。

【注　釋】❶行役　遠行在外，多為因公出差。❷秦關　泛指秦地的關河。

【語　譯】總想過上幾天清閑的生活，卻總是未得清閑。如今又要長途跋涉，為公事遠走秦關之外。越走越遠，聽到的口音和家鄉話也越來越遠。真遺憾只有那百囀的鶯聲，纔和故鄉的黃鶯差不多。

【研　析】在那亂紛紛的年代裏，能有幾日清閑，也是人生的一大享受。但為了生活，作者不得不四處奔波。此詩風格清新，思致獨特。特別是三四兩句，寫行程中語音漸異，而鶯聲卻不改故山，構思新奇，出人意表。作者是一位詩論大家，他曾經感嘆說：「蓋絕句之作，本於詣極。千變萬狀，不知其所以神而自神也，豈容易哉！」（轉引自《全唐詩話》卷五）這首絕句，正達到了「不知其所以神而自神」的境界。

王官谷❶二首（其二）

司空圖

荷塘煙罩小齋❷虛，景物皆宜入畫圖。盡日❸無人祇高臥❹，一雙白鳥❺隔紗廚❻。

【注　釋】❶王官谷　該谷在今山西永濟東南十里之中條山，今名橫嶺。司空圖先人有別墅在王官谷，墅內泉石林亭，頗有幽棲之趣。圖晚年隱居王官谷，日與名僧高士遊詠其中（見《舊唐書》）。谷，一作「峪」。❷小齋　小廳堂。❸盡日　整日；終日。❹高臥　高枕而臥，謂安閑無事。❺白鳥　白羽毛的鳥，如白鶴、白鷺鷥之類。典出《詩經・大雅・靈臺》。❻紗廚　紗帳。古人以木製大床，上蒙薄紗，名曰「紗廚」，用以避蚊蠅。

【語　譯】荷花池上一層薄煙籠罩，這小小的書齋格外空靈縹緲，這裏的景物如此優美，都該由丹青妙手繪入畫圖。整日裏沒有閑人來打擾，我只是悠悠然高枕而臥。窗外正有一對美麗的白鳥，遙遙相望著我的紗廚。

【研　析】晚唐天下大亂，司空圖只好跑到祖先留下的王官谷隱居。在這裏雖然失去了參與國家大事的機會，但谷中的優美風景，卻多少給了作者一點安慰。既然天下事已不可為，在這裏作詩，倒也不失為一種選擇。司空圖號稱「亮節才名殿有唐」，自從辭官歸隱王官谷後，日與名僧高士遊賞其中，還作了一篇〈休休亭記〉（見《全唐文》卷八〇七），來表達他對天下大事「休也，休休也」的無奈。因此，他口頭說是「高臥」，實際上卻從未忘卻內心的無比痛苦。他的這首「高臥」詩，多少也有些無可奈何的味道。詩的第一句與第四句是寫景，第二句與第三句是抒情，與一般的上半寫景，下半抒情的詩歌結構不同，它是採用交叉寫景和抒情的句法，情景交融，別具一格。而荷塘與紗廚點明了作詩的季節，荷花與白鳥則表明了詩人的氣節，其弦外之音不難領會。

寒食夜❶

韓偓

【作　者】韓偓（八四二？—九二三），字致堯，或作致光，小名冬郎，自號玉山樵人，京兆萬年（今陝西西安東南）人。其母與李商隱妻為姐妹。唐昭宗龍紀元年（八八九）進士，始佐河中幕，遷左諫議大夫，歷翰林學士、中書舍人、兵部侍郎、翰林承旨。宦官劉季述廢昭宗，韓偓定策誅之，昭宗復位，論為功臣。參與決斷機密，甚合昭宗之意，多次欲用為宰相，固辭不受。後因朱溫構禍，貶濮州司馬。昭宗天佑二年（九〇五）復召為學士，不就，入閩依王審知而卒。韓偓十歲能詩，李商隱嘗賦「十歲裁詩走馬成，冷灰殘燭動離情。桐花萬里丹山路，雛鳳清於老鳳聲」以讚譽之。韓偓詩性情真摯，追求「綺麗得意」（〈玉山樵人集自敘〉）。沈括《夢溪筆談》稱其「為詩極清麗」。其慨嘆身世、懷古感今之作，「集忠憤之氣，溢於句外，激昂慷慨，有變〈風〉變〈雅〉之遺」（《四庫全書簡明目錄》）。其涉及艷情之作，結為《香奩集》。後人因以「香奩」為艷情詩之代稱。宋人有疑此集為和凝所作而託名偓者，至今尚無定論。《全唐文》錄存其文一卷，《全唐詩》錄存其詩三四二首。

惻惻❷輕寒翦翦❸風，小梅飄雪杏花紅❹。夜深斜搭秋千索，樓閣朦朧煙雨中。

【注　釋】❶寒食夜　詩題一作〈夜深〉。❷惻惻　悲悽貌。❸翦翦　短淺貌。❹小梅飄雪杏花紅　言白色梅花飄落如雪而紅杏正當開放。

【語　譯】在夜雨輕寒中，風微微地吹著，心中一陣悲悽。小梅開的白花，紛紛墜落，有如雪花飄舞，而杏花正紅。夜深無人，秋千架上的繩索斜斜地掛著，那意中人的樓閣，在一片朦朧煙雨之中。

【研　析】此詩描寫一個煙雨的寒食之夜，陣陣輕寒之中，杏花悄悄開放。四句全是寫景，但「秋千」和「樓閣」則暗示有人，讀者從中自可感受到一種留連悵惘之情。

已涼

韓偓

碧闌干外繡簾垂，猩色❶屏風畫折枝。八尺龍鬚❷方錦褥，已涼天氣未寒時。

【注　釋】❶猩色　大紅色。❷龍鬚　龍鬚草，此指龍鬚草席。

【語　譯】碧綠的欄杆外面，繡花的門簾低低下垂，猩紅色的屏風上，畫著折斷的花枝。八尺的龍鬚草席，剛剛換上錦緞褥子，天氣已經透涼，但尚未到寒冷之時。

【研　析】一二句，以「碧」、「猩」之色起，為全詩定下濃麗基調。「繡」與「畫」，對仗工穩，讀來似聞香氣。三四句蓄而不發，寫閨情而又不涉一情字，僅寫閨房之陳設及節令，而閨情自隱含其中。「八尺龍鬚方錦褥，已涼天氣未寒時」一聯，寫龍鬚草席方欲換上錦褥，季節轉換，已涼未寒，正是最難將息時節。己之錦褥剛換，未知遊宦在外的夫婿冷暖如何？深閨寂寞，懷人情切；花開堪折，莫待空枝；種種情意雖未明白道出，卻在字裏行間自然流露。本詩為韓偓《香奩集》中之名篇，以寫情含蓄細膩、構思精致獨到而著稱。前人評韓偓詩曰「細膩風光，含思淒惋」（《中晚唐詩叩彈集》卷一二），此詩可稱為代表之作。

醉著

韓偓

萬里清江❶萬里天，一村桑柘❷一村煙。漁翁醉著無人喚，過午醒來雪滿船。

【注　釋】❶清江　指江水清澈。❷桑柘　桑樹和柘樹。柘葉卵形，可代替桑葉養蠶，果實較桑葚圓而大，故桑柘兩字常常連用。

【語　譯】下面是萬里清江，江上是萬里青天。滿村是桑樹柘樹，飄蕩著縷縷炊煙。漁翁醉了，睡得沉酣，無人叫喚，一覺醒來已是過午，但見白茫茫的大雪灑滿漁船。

【研　析】這首詩前兩句寫江村之景，後兩句寫漁翁醉著之事。不禁令人想起杜荀鶴的〈溪興〉詩，詩云：「山雨溪風捲釣絲，瓦甌篷底獨斟時。醉來睡著無人喚，流下前灘也不知。」兩詩都用白描，同一機杼，而江村之景、漁人之樂都從字裏行間透露出來，有異曲同工之妙。

再經胡城縣❶

杜荀鶴

【作　者】杜荀鶴（八四六—九〇七），字彥之，自號九華山人，池州石埭（今安徽石臺）人。出身寒微，大順二年（八九一）進士。官至主客員外郎。唐亡，依朱溫為翰林學士，未幾暴卒。荀鶴有政治抱負，「為文多主箴刺」（《唐才子傳》），能反映唐末現實黑暗及人民疾苦。其詩工於近體，尤精七律，詩風平易委婉，然錘煉似欠精密。明胡震亨《唐音癸籤．八》評之曰：「杜彥之俚淺，以衰調寫衰代，事情亦自真切。」著有《唐風集》十卷。《全唐詩》錄存其詩三一八首。

去歲曾經此縣城，縣民無口不冤聲。今來縣宰❷加朱紱❸，便是生靈❹血染成。

【注　釋】❶胡城縣　在今安徽阜陽西北。❷縣宰　縣令。❸朱紱　紅色的祭服，天子所賜。《易經．困卦》：「困于酒食，朱紱方來。」疏：「紱，祭服也。」《易緯．乾鑿度下》：「朱茀（紱）者，天子賜大夫之服。」❹生靈　百姓。

【語　譯】去年經過這個縣城，聽到縣民們滿口的冤聲。今年又經過此縣，聽說縣宰加了朱紱，那正是百姓們的鮮血染成。

【研　析】這首詩揭露了「鮮血染紅了頂子」的嚴酷事實，對於為官者是一個嚴重的警告。作為統治者，食民之祿，本應為民著想，然而，權力的滋味麻痺了他們的良心，他們的眼睛只看上，不看下，只知道對上級恭敬有加，巴結討好，無所不用其極，這必然要導致魚肉百姓、草菅人命之事的發生。但朝廷反而給予他們大大的獎賞，這樣的王朝，怎能不加速崩潰！

小松

杜荀鶴

自小刺頭❶深草裏，而今漸覺出蓬蒿❷。時人不識凌雲木，直待凌雲始道高。

【注　釋】❶刺頭　此指長滿松針的小樹尖。❷蓬蒿　蓬草和蒿草，此泛指荒草。

【語　譯】從埋沒在深草裏的長滿松針的小小樹尖，如今才漸漸覺得已長到超過蓬蒿野草的高度。當時的人不識這是一棵參天大樹，直等到它凌駕雲霄之上才說它真高。

【研　析】此詩詠草間小松，而寓自況之意。凌雲之木，也曾有埋沒於草間的歷程，要用發展的眼光看待新生事物，等到長成參天大樹，你再稱讚樹高，那就沒什麼意義了。但話說回來，當你還在草間的時候，也不要埋怨別人看不到你，更不必目空一切，因為你畢竟還沒有長大。關鍵是自己要努力，等有朝一日長成了一株大樹，再自誇也不遲。

題新雁

杜荀鶴

暮天新雁❶起汀洲❷，紅蓼❸花疏水國❹秋。想得故園❺今夜月，幾人相憶在江樓！

【注　釋】❶新雁　新從北方飛來的大雁。❷汀洲　水中的小塊陸地。❸紅蓼　蓼科植物之一，草本，形大，秋日開紅花，色態俱妍，可供池沼水濱之點綴（參見《花鏡》卷六）。❹水國　江河縱橫之地，多指江南地方。❺故園　故鄉。杜荀鶴的故鄉在今安徽石臺，縣在秋浦河的上游。

【語　譯】那一群新來的大雁，黃昏時分又從汀洲飛起，多麼自由自在。紅蓼花疏疏落落，點綴著江南的水國清秋。我想那家中的親友，在這團團的明月之夜，也一定在懷念著我，此時正在江樓憑欄相憶！

【研　析】這是一首懷念家鄉親人的小詩。開頭借新雁以起興。前兩句詠物，後兩句抒情。大雁起居有時，相比之下，人卻不得回家與親人團聚。紅蓼花開，正是清秋時節，叫人更覺淒清。第三句用老杜「今夜鄜州月」的典故，使得詩意更進一層。此詩寫景純用白描，語言流暢，情景交融。在詠物時，點明時間、季節、地方；在抒情時，點明故鄉、親友、江樓。都是信筆寫來，十分自然。不寫自己在異鄉如何思念親友，卻寫故鄉親友在家鄉怎樣思念自己，反客為主，也是思鄉詩詞中常用的手法。

傷❶硤石縣❷病叟

杜荀鶴

無子無孫一病翁，將何筋力事耕農？官家不管蓬蒿地❸，須勒❹王稅出此中❺。

【注釋】❶傷　為之傷心、傷感。❷硤石縣　唐縣名。硤石，即古之崤陵關。唐太宗貞觀十四年（六四〇）移崤縣於此，以其地有硤石塢，因為硤石縣（見《舊唐書·地理志》），治所在今河南三門峽市東南。❸蓬蒿地　雜草叢生之地。❹勒　勒取；強取。❺此中　指蓬蒿不耕之地。

【語譯】沒有兒子也沒有孫子，是一個生病的孤獨老人，哪有力氣去從事那繁重的耕種農活？官府不管你這塊土地是長滿了蓬蒿野草的荒地，皇家的田賦照樣要從中強徵。

【研析】這首詩用直接了當的口氣，批評統治者不顧老百姓的死活、只顧厚斂重賦的錯誤。一個孤苦伶仃的生病老人，田地荒蕪了，不但得不到任何幫助照顧，反而要照常交納賦稅。

晚唐戰爭頻仍，年輕人大多已戰死沙場，鄉間滿是病翁、寡婦，田地不耕，民生凋敝，但官府的租稅卻照樣攤派。杜荀鶴寫了許多反映民生疾苦的詩篇，向來為世人所稱誦。此詩以淺近語言，寫民不堪命的苦難生活，是時代的吶喊，是民眾的心聲。

席上貽歌者❶

鄭谷

【作　者】鄭谷（八五一－九一〇？），字守愚，袁州宜春（今屬江西）人。幼即能詩，前輩詩人司空圖嘗稱其「當為一代風騷主」。僖宗光啟三年（八八七）中進士。遷右拾遺、補闕。乾寧三年（八九六）唐昭宗避難華州，鄭谷隨行，寓居雲臺道舍，有詩集《雲臺編》。乾寧四年（八九七）為都官郎中，故詩家稱之「鄭都官」。又以〈鷓鴣〉詩得名，人稱「鄭鷓鴣」。後歸隱家鄉仰山書堂卒。他曾遊巴蜀、江南，好結契山僧，與許棠、張喬、喻坦之等號稱「咸通十哲」。詩名頗高，很受司空圖、馬戴賞識，與齊己交厚。其詩多紀行詠物，感傷身世，贈答酬唱，於輕巧流利中含思婉然。辛文房謂「谷詩清婉明白，不俚而切」（《唐才子傳》）。紀昀稱之為「晚唐之巨擘」。《全唐文》錄存其〈雲臺編序〉一篇，《全唐詩》錄存其詩三二〇首。

花月樓臺近九衢❷，清歌❸一曲倒❹金壺❺。坐中亦有江南客❻，莫向
春風唱〈鷓鴣〉❼。

【注釋】❶席上貽歌者　這是詩人客居長安時在宴席上贈給歌女的詩。貽，送。❷九衢　原指都市四通八達的街道。此指京城繁華之地。❸清歌　指歌聲清越動聽。❹倒　倒酒。❺金壺　名貴的酒器。❻江南客　詩人自指。❼鷓鴣　指〈鷓鴣曲〉。唐代時南方民間曲調，肖鷓鴣之聲，多述離情別恨，調極哀怨淒清。〈鷓鴣曲〉易動遊子的思鄉之情，所以勸其莫唱。《樂府詩集》卷八〇引《歷代歌辭》曰：「〈山鷓鴣〉，羽調曲也。」《韻語陽秋》卷一五，謂〈鷓鴣曲〉肖鷓鴣之聲。

【語　譯】花月樓正靠近繁華的大街，美妙的一曲歌聲之後，大家斟酒敬酒，說說笑笑，好不熱鬧。酒座中亦有我這來自江南的客人，請不要向著春風唱這濃濃鄉愁的〈鷓鴣曲〉。

【研　析】一句言宴會的地點正在鄰近大街通衢之處，二句極力渲染其氣氛之熱鬧，三四句借「莫唱〈鷓鴣〉」表現深切的思鄉之情，同時又隱含對演唱的讚賞。全詩文字淺易而情致委婉。「莫向春風唱〈鷓鴣〉」，蓋春日為萬物生生之時，鷓鴣尚且鳴叫求偶，而人卻遠在天涯，深閨遊子，兩地相思，聽得座中〈鷓鴣〉之曲，怎能不黯然神傷？詩句所妙，在其跌宕：勸「清歌」者「莫唱」，然座中正唱此曲矣。

淮上漁者❶

鄭谷

白頭波上白頭翁，家逐船移浦浦❷風。一尺鱸魚❸新釣得，兒孫吹火荻❹花中。

【注　釋】❶淮上漁者　淮水之上的捕漁人。淮水，今稱淮河。源出河南桐柏山，東經安徽、江蘇，入洪澤湖。❷浦浦　一浦又一浦。小河匯入幹流之處曰浦。❸鱸魚　其體側扁，巨口細鱗，頭大，背蒼腹白，古名銀鱸、玉花鱸。肉細味美，是一種名貴的食用魚。❹荻　禾本科多年生草本植物，生於水澤，與蘆同科而異種，葉較蘆稍闊而韌，幹似竹，長丈許，深秋開白花，一望如雪。

【語　譯】白花花的淮水浪頭上，出沒著滿頭白髮的漁翁，全家住在船上，隨著江風，移向一個接一個大小河交匯之處。一尺長的玉花鱸魚，剛剛被老翁釣得，兒孫們忙著吹火煮魚，船兒停在一大片白茫茫的荻花之中。

【研　析】鄭谷是晚唐一位著名詩人。晚唐韋莊的《又玄集》和韋縠的《才調集》都選了鄭谷的詩。〈淮上漁者〉一詩，就在《才調集》的選本中，可見此詩在唐代就已受到選家的注意了。許多並不是「漁翁」的讀書人，卻寫了許多「打漁」詩，這也是其中的一首。這首詩的前兩句，寫漁者的風浪生活，家逐船移，飄泊不定。後兩句寫漁家之樂，兒孫共聚，吹火煮魚。漁翁生活雖然勤苦，但不必仰人鼻息，看人臉色；而且不論船移何處，一家人總在一起，共享天倫；不像做官的人動輒遷徙貶斥，各自西東。如此漁翁的生涯，不是亦有值得羨慕之處，成為詩人所注目的一個題材嗎？

527 社日

社日❶

王駕

【作　者】王駕（八五一—？），字大用，河中（治所在今山西永濟蒲州鎮）人。唐昭宗大順元年（八九〇）進士，官至禮部員外郎。棄官隱居別業，自稱「守素先生」。曾著《王駕詩集》六卷，今已佚亡。《全唐詩》錄存其詩六首。

鵝湖山❷下稻粱❸肥，豚柵雞棲❹半掩扉❺。桑柘❻影斜春社散，家家扶得醉人歸。

【注　釋】❶社日　祭祀土地神之日。有春社、秋社。先秦前後，僅有春社。漢以後，以立春後第五個戊日為春社，立秋後第五個戊日為秋社。南朝梁宗懍《荊楚歲時記》云：「社日，四鄰並結會社，牲醪，為屋於樹下，先祭神，然後饗其胙。」❷鵝湖山　在今江西鉛山縣東北十餘里，山周四十餘里，本名荷湖山。因山間有湖，湖中多荷，故名。晉末有龔氏蓄鵝群於此，後遂名「鵝湖山」。後南宋朱熹、陸九淵兄弟、呂祖謙等四賢有「鵝湖大會」，辯論心性理命之學，即在此地。❸稻粱　水稻和黃粱。此泛指糧食作物。❹豚柵雞棲　豬欄和雞窠。❺扉　門扇。❻桑柘　泛指桑樹。柘，木名，桑屬。葉可代桑養蠶。

【語　譯】鵝湖山下的莊稼，長得多麼茁壯，豬圈雞窩的門欄，隨意地半開半掩。桑樹影子已經西斜，一年一度的春社散了，喝醉的人自有各家各戶的人攙扶著歸來。

【研　析】此詩極力渲染所謂「田家樂」。一句言土地肥沃，莊稼茁壯。二句言天下太平，雞豚之類隨意放養而不必擔心被人牽走。三四句寫春社之日，人們歡聚慶祝祈禱，直到桑樹影斜，纔扶醉而歸。沈德潛評此詩說：「極村樸中傳出太平風景。」（《唐詩別裁》）然晚唐之季，似此處太平者，恐亦難多得。

雨晴

王駕

雨前初見花間蕊，雨後全無葉底花。蜂蝶紛紛過牆去，卻疑春色在鄰家。

【語譯】下雨之前剛剛看到花蕾初綻，下雨之後便看不到一朵葉底的鮮花。忽然看到翻飛的蝴蝶，紛紛飛過園牆而去，使人頓生疑惑，難道這媚人春色，都跑到鄰家去了。

【研析】此詩寫久雨後初晴景象，並借用這一景象，表述對於美好事物的追懷嚮往。一二句對比雨前雨後之所見：雨前花蕊初開，美麗剛剛開始，卻不料連日的風雨，花落紛紛，一朵不剩；三四句寫出了一種心理上的錯覺：愛花的蜂蝶紛紛飛過園牆，不再理會無花的殘枝，使人不禁以為，春色都跑到鄰居家去了。其實，鄰家的雨後，豈不也是一地落紅，蜂蝶飛過牆後，仍然還要大失所望的。然而由於「卻疑春色在鄰家」這一奇思妙想，使得蜂蝶急急忙忙追逐春色的神韻，被逗得活顯活現。久雨之後，落紅遍地，春色本無蹤影，然而卻在蜂蝶到處尋花的追逐之中，仍可感到春色並未褪盡，仍在餘波蕩漾之中。司空圖說王駕的詩「長於思與境偕，乃詩家之所尚者」（《全唐詩話》卷五），正是指此一類詩作而言。

寄外❶征衣

陳玉蘭

【作　者】陳玉蘭（生卒年不詳），晚唐吳郡（治所在今江蘇蘇州）人。詩人王駕的妻子。《全唐詩》錄存其詩一首。

夫戍❷邊關妾在吳❸，西風吹妾妾憂夫。一行書信千行淚，寒到❹君邊衣到無❺？

【注　釋】❶寄外　寄給丈夫。妻稱夫為「外」、「外子」。❷戍　守衛。❸吳　舊時對吳郡或蘇州的簡稱。治所吳縣，在今江蘇蘇州。❹寒到　寒氣襲到。❺衣到無　寒衣寄到沒有。

【語　譯】你在遙遠的邊關守衛，我獨自在吳地的家中守候。涼涼的西風已經吹到我的身邊，我掛念遠在天涯的丈夫。一行的書信是我千行的淚珠，寒風吹到了你的身上，卻不知寒衣是否已經寄到了你的身邊？

【研　析】漢唐時候，當兵是農民們一種應盡的義務，不但要自備兵器馬匹，還要自帶一部分口糧，到了秋天，家裏的妻子還得為前方的丈夫準備綿衣。因為那時候的守邊，大多是在寒冷的北方，冬天的禦寒不但是一個有關個人生死的大事情，而且關係著國家的安全。但由於路途遙遠，運輸困難，信息不易溝通，即使戰士們的家中做得起寒衣，還存在著一個怎樣纔能安全、及時送達的問題。如果前方消息不通，或捎錯了地方，或半途出了差錯，或根本就找不到適當的途徑和機會寄上寒衣，那前方的丈夫就只有凍死的份了。因此，「送寒衣」就關係著千家萬戶，牽動著千千萬萬人的心。從先秦時代開始，就有關於孟姜女送寒衣的傳說，到了唐宋，「寒衣」更是詩詞的一大題材，聯繫著閨中思婦與邊關戰士的心，最能體現真情實感。「有天下之至情，斯有天下之至文」，這首詩即表現了思婦對於丈夫的「至情」。此詩有兩個顯著的藝術特點：一是每一句都是對舉成文，對照成趣。一、二句是「邊關」和「吳」，「夫」和「妾」的對舉對照，從而顯示「妾」的思念之深，愛憐之切；三、四句是「書」和「淚」、「寒」和「衣」的對舉對照，從而突出「妾」的關心與憂心。二是有意識地運用重複字，使之讀起來更加動聽，更加富於音樂感。如一、二句的「夫」與「妾」，三、四句的「一行」與「千行」、「寒到」與「衣到」，都加強了詩的音樂性和旋律美。

懷良人❶

葛鴉兒

【作　者】葛鴉兒（身世不詳），從所存詩看，可能是中晚唐時一征人之妻。《全唐詩》錄存其詩三首。

蓬鬢荊釵❷世所稀，布裙猶是嫁時衣。胡麻❸好種❹無人種，正是歸時不見歸。

【注釋】❶良人　妻子稱丈夫為良人。見《孟子・離婁下》：「良人者，所仰望而終身也。」❷蓬鬢荊釵　言丈夫不在，自己無心妝扮。蓬鬢，像蓬草一樣散亂枯黃的頭髮。典出《詩經・衛風・伯兮》：「首如飛蓬。」荊釵，用荊條作的髮釵。此言貧窮。❸胡麻　即芝麻。由西域傳入，故稱「胡麻」。❹好種　正是下種的時候。好，適宜。芝麻春種秋收。民間傳說，芝麻必須夫妻同種，纔能有好收成。明人顧元慶《夷白齋詩話》：「南方諺語有『長老種芝麻，未見得』。余不解其意，偶閱唐詩，始悟斯言，其來遠矣。」

【語譯】很少人像我這樣，頭髮亂如蓬草，頭上別著荊條作的髮釵，身上穿的布裙，還是出嫁時帶過來的衣裳。眼下正是芝麻播種的時節，偏偏無人同我一塊兒播種；眼下正是你應該回家之時，卻不見你歸來。

【研析】晚唐兵禍連年，社會動亂，男子應徵遠去，長期無人替代回鄉，婦女們在家過著十分貧寒的生活。葛鴉兒應該是一個出嫁不久的新嫁娘，「鴉兒」或是在娘家為「小ㄚ頭」時的稱呼。她嫁過來之後不久，丈夫便上了前線，從此一去無蹤。她懷著對丈夫的深深思念，操持著這個家。丈夫不在，她無心打扮，也無錢打扮。「蓬鬢荊釵」、「布裙猶是嫁時衣」，不但極言其貧寒，更表現了她對丈夫的深情依戀。現在正是胡麻「好種」的時節，但丈夫卻不能歸來。貧窮或許能夠忍受，但青春的苦悶卻無人可訴。這首詩採用了民間的古老傳說，用「種胡麻」來象徵夫妻家庭關係，通俗而又恰到好處地表現了思婦的心理。唐人的當代詩選《才調集》、《又玄集》都選了這首詩。

官倉鼠

曹鄴

官倉❶老鼠大如斗，見人開倉亦不走。健兒❷無糧百姓饑，誰遣❸朝朝❹入君❺口？

【注釋】❶官倉　公家的糧倉。在一些交通便利和重要的地區，國家建立倉庫，囤積大量糧食，用以備荒備戰。參見新、舊《唐書．食貨志》。❷健兒　唐代士兵名目中有「健兒」一稱，見《唐六典》卷五〈兵部尚書〉。此泛指士兵。❸誰遣　誰使；誰讓。❹朝朝　每日每天。❺君　明指官倉老鼠，暗喻貪污國家財富的官員。

【語譯】公家糧倉裏的老鼠有量斗那麼大，看到有人開倉，牠不害怕也不逃跑。戰士們喫不飽，老百姓在挨餓，是誰把糧食天天送進你的嘴巴？

【研析】以老鼠喻國家的蛀蟲、社會的蟊賊，是我國詩歌的傳統手法。《詩經．魏風．碩鼠》的「碩鼠（大老鼠）碩鼠，無食我黍。三歲貫女（汝），莫我肯顧。逝將去女，適彼樂土」，就是諷刺那些搜刮民脂民膏的統治者的。曹鄴這首詩，繼承了《詩經》的傳統，以極其傳真傳神的手法，活活畫出了一群國家蛀蟲的醜惡形象，並在結尾兩句把諷刺的矛頭直指那些貪官污吏。曹鄴長於諷喻，明陸時雍說：「曹鄴以意撐持，雖不迨古，亦所謂『鐵中錚錚，庸中佼佼』矣。」（《詩鏡總論》）

華清宮❶

崔櫓

【作　者】崔櫓（生卒年、籍貫、字號均不詳），唐宣宗大中年間進士及第，官至棣州（治所在今山東惠民）司馬。著有《無機集》四卷，詩三〇〇餘首，佚於元末明初。《全唐詩》錄存其詩三十八首。

草遮回磴❷絕鳴鑾❸，雲樹深深碧殿❹寒。明月自來還自去，更無人❺
倚玉欄干。

【注　釋】❶華清宮　唐離宮名。唐太宗貞觀十八年（六四四）在此建「湯泉宮」，高宗咸亨二年（六七一）改名「溫泉宮」，玄宗天寶六載（七四七）擴建，始改名「華清宮」。每年十月至次年三月，玄宗攜楊貴妃至此過冬。故址在今陝西臨潼城南，驪山西北麓，現為遊覽勝地。❷回磴　石板鋪就的彎曲的大道。❸鳴鑾　指皇帝或貴族出行。鑾，繫在馬勒或車前橫木上的鈴。車馬行進，金鈴發出響聲，故稱「鳴鑾」。《文選》班固〈兩都賦〉：「大路鳴鑾，容與徘徊。」❹碧殿　指金碧輝煌的華清宮殿。❺人　暗指唐明皇與楊貴妃。

【語　譯】野生的蔓草遮住了登山的石道，玉輦的鈴聲久已絕響。茂密如雲的叢林中，掩映著荒涼的碧玉宮殿。只有那皎潔的明月，夜夜仍然自升又自落，再也沒有那對情人，斜倚著玉色欄杆呢喃細語。

【研　析】華清宮是楊貴妃沐浴的地方，這大大地刺激了詩人們的詩趣和想像力。唐詩中詠嘆華清宮者極多，崔櫓一人，即有詠〈華清宮〉詩四首，散見於《唐音》、《唐詩品彙》、《苕溪漁隱叢話》及長安古志中。《全唐詩話》卷四錄其「銀河漾漾月輝輝」、「門橫金鎖悄無人」兩首，明人楊慎《升庵詩話》卷九，除《全唐詩話》所錄二首外，又錄其「障掩金雞蓄禍機」和「草遮回磴絕鳴鑾」兩首，並謂「崔櫓〈華清宮〉詩四首，每各精練奇麗，遠出李義山、杜牧之上」，可謂推崇極矣。崔詩之妙處，在於蘊藉含蓄，未寫人而人影自見，無怨刺之辭而諷喻之意自見。元人吳師道云，晚唐詩人「雖窮智力，要為有限」，惟「崔櫓粗有法度」（《吳禮部詩話》），說的正是如同此詩者。

隴西行❶

陳陶

【作　者】陳陶（生卒年不詳），字嵩伯，嶺南（今廣東、廣西一帶）人。早年遊學長安，漫遊名山。晚年隱居洪州（治所在今江西南昌）西山，自稱「三教布衣」，不知所終。《新唐書・藝文志》著錄《陳陶文錄》十卷，《郡齋讀書志》著錄《陳陶集》二卷。《全唐詩》錄存其詩一七五首。

誓掃匈奴❷不顧身，五千貂錦❸喪胡塵❹。可憐無定河❺邊骨，猶是春閨夢裏人。

【注釋】❶隴西行　為相和歌瑟調曲舊題，自梁簡文帝始，皆言辛苦征戰及閨中怨思。隴西，指甘肅、寧夏交界處隴坻（即隴山，為六盤山南段）之西。❷匈奴　此指北方的游牧民族。❸貂錦　此指戰士。❹胡塵　指敵人的陣地。❺無定河　黃河一支流，流經陝西、河北。因其流急沙下，深淺不定，故名。

【語譯】誓死掃蕩北方的強敵匈奴，不顧生死，五千名戰士戰死在北地的荒漠之中。最可憐的是丈夫早已成為無定河邊的枯骨，閨中的妻子卻仍在魂牽夢縈，等待他的歸來。

【研析】此詩約作於宣宗大中年間，時陶遊學長安。此詩雖短，然含義深永。一句言士卒奮勇，二句言犧牲慘重。三四句以征夫已成枯骨而春閨猶然懷思作強烈對比。宋魏泰《臨漢隱居詩話》引李華〈弔古戰場文〉「其存其沒，家莫聞知。人或有言，將信將疑」，將此聯與之相比較，以為「蓋愈工於前也」。王世貞《藝苑卮言》卷四讚此詩云：「用意工妙至此，可謂絕唱矣。」

閑居雜興

陳陶

一顧成周❶力有餘，白雲閑釣五溪❷魚。中原莫道無麟鳳❸，自是皇家❹結網疏❺。

【注釋】❶一顧成周　謂姜尚輔佐周室。成周，即西周的東都洛邑。這裏以京都代表整個西周。顧，顧問；輔佐。❷五溪　這裏是泛指磻溪等處。磻溪，在今陝西寶雞東南，源出南山，北流入渭水，傳說為姜太公未遇文王時垂釣之處。《水經注》卷一七渭水條云：「溪中有泉，謂之茲泉。泉水潭積，自成淵渚，即《呂氏春秋》所謂太公釣茲泉也。……東南隅有石室，蓋太公所居也。水次平石釣處，即太公垂釣之所也。其投竿跽餌，兩膝遺跡猶存，是有磻溪之稱也。」❸麟鳳　麒麟鳳凰。比喻豪傑、英才。❹皇家　指朝廷。❺結網疏　網羅人才的措施不得力，指將人才漏掉了。

【語譯】本來是煙波釣叟，在悠悠白雲下閑閑地釣著溪中魚，一旦輔佐文王，周朝便得了天下，姜子牙的能力綽綽有餘。不要說偌大的中國沒有麒麟鳳凰，只是朝廷沒有勤於結網將他們網羅。

【研析】妒賢嫉能，不求人才，這首〈閑居雜興〉，就是諷刺這一現象的。唐朝是以「野無遺賢」而自欺欺人的。其實，何代無人，何地無人，只是統治者知賢而不能用、不敢用，「結網疏」，還是客氣的說法。更多的當政者，是以迫害人才為己任的，不把天下能人折磨殆盡，他們是睡不著覺的。

詠酒二首（其一）

汪遵

【作　者】汪遵（生卒年不詳），宣州涇縣（今屬安徽）人。咸通七年（八六六）進士，少時家貧無書，常借書於人，苦讀強記。工為七絕，尤致力於詠史詩，其〈讀秦史〉等篇章尤為警策。

九醞松醪❶一曲歌，本圖閑放❷養天和❸。後人不識前賢意，破國亡家事甚多。

【注　釋】❶九醞松醪　皆是酒名。❷閑放　閑適放逸。❸天和　天然的祥和之氣。

【語　譯】喝著九醞松醪名酒，唱上一曲飲酒歌。喝酒本來是圖個閑適放逸，養養天然祥和之氣。可笑後人不識得前賢造酒的本意，因為貪杯而破國亡家的事情實在很多。

【研　析】酒這個東西，無事時喝上幾杯，促進血液循環，增添一些生活氣氛，本來是件好事，但物極必反，如果喝個沒完，不醉不休，小則傷身害命，大則國破家亡。此首詩用高度概括的手法把酒和家國興亡聯繫起來，辭氣雖閑淡，但確為中肯之論。

汴水❶

胡曾

【作者】胡曾（生卒年不詳），邵陽（今屬湖南）人。唐懿宗咸通中舉進士及第，曾任荊南節度使從事。高駢鎮蜀，徵胡曾為書記。有《詠史詩》三卷，又著《安定集》十卷，已散佚。《全唐文》錄存其文四篇，《全唐詩》錄存其詩一六二首。

千里長河❷一旦開，亡隋波浪九天來❸。錦帆❹未落干戈❺起，惆悵❻

龍舟❼更不回❽。

【注釋】❶汴水　本為通濟渠自滎陽至開封的一段。這裏是對隋運河的代稱。❷千里長河　指隋煬帝所開的運河。據《隋書・食貨志》云：大業元年（六〇五），開通濟渠，引谷水、洛水達於河，又自板渚引河達於淮海，謂之御河，兩岸植楊柳，謂之隋堤。白居易有〈隋堤柳〉詩云：「大業年中煬天子，種柳成行夾流水。西自黃河東至淮，綠影一千三百里。」❸亡隋波浪九天來　隋末賦稅繁重，民不聊生，農民揭竿而起的很多，如王薄擁眾據長白山，自稱「知世郎」；高士達聚眾於清河，自稱「東海公」；張金稱、竇建德皆相繼起義，很快發展至萬餘人。這些「亡隋」的「波浪」，一浪高過一浪，漫天鋪地而來。九天來，形容來勢很猛，力量很大。❹錦帆　用錦做的船帆。佚名《開河記》：「錦帆過處，香聞十里。」隋末，煬帝南巡，錦帆十里，浪費了大量人力物力，是隋亡的原因之一。❺干戈　指造反的武力。❻惆悵因失意而傷感、懊惱。❼龍舟　龍形或刻有龍紋的船隻。此指帝王所乘坐的大船。《隋書・煬帝紀上》：「上御龍舟，幸江都。」又《大業拾遺記・上》：「上御龍舟，蕭妃乘鳳舸，錦帆彩纜，窮極侈靡。」❽更不回　指隋煬帝乘龍舟，至江都，被宇文化及縊殺，再也回不了長安。

【語　譯】千里的運河一旦鑿開，亡隋的波浪便滔滔而來。錦帆尚未落下，義軍就蜂湧而起，那令人惆悵的龍舟，再也不能回到長安。

【研　析】古今的歷史評論家，對於隋煬帝開鑿運河的功過，很有些不同意見。胡曾在這首詩中，把亡隋的原因歸之於煬帝濫用民力。詩人李敬方和皮日休對此事則採取了「一分為二」的方法，既批判了煬帝的窮奢極侈、濫用民力，又肯定了運河的水利。李詩云：「汴水通淮利最多，生人為害亦相和。」（〈汴河直進船〉）皮詩亦云：「若無水殿龍舟事，共禹論功不較多。」（〈汴河懷古〉）但煬帝是否有「水利」的思想，卻是很成問題的。正如對於那些用百姓血汗蓋起了高樓大廈供自己享用的統治者們，雖然那些建築有可能成為不朽的經典之作，但你能說他對建築藝術有什麼貢獻嗎？

初落第❶

高蟾

【作　者】高蟾（生卒年不詳），僖宗乾符三年（八七六）進士。官至御史中丞。《唐才子傳》卷九評其詩「氣勢雄偉，態度諧遠，如狂風猛雨之來，物物竦動，深造理窟」。

天上碧桃❷和露種，日邊紅杏倚雲栽。芙蓉❸生在秋江上，不向春風怨未開。

【注　釋】❶初落第　詩題一作〈下第後上永崇高侍郎〉。❷天上碧桃　傳說天上有碧桃樹。「天上」與下文之「日邊」，均比喻朝廷。❸芙蓉　荷花又名水芙蓉。

【語　譯】天上的碧桃帶著露水種下，日邊的紅杏傍著雲雨栽種。水芙蓉只能生長在秋江之上，是時候未到，不向春風抱怨尚未開花。

【研　析】懿宗咸通十二年（八七一）知貢舉為禮部侍郎高湜，則此詩當作於此年。一二句以「天上碧桃」、「日邊紅杏」譽及第者之榮耀得意，「和露」喻聖恩滋潤，「倚雲」狀重臣提攜。「和露」、「倚雲」二語，頗有深意：己之落第，與無露、雲之賞識，大有關係。言下之意，是希望主考官下次多多關照。唐代科舉，須有力者提拔，與宋代之後的嚴格的制度不同。公開地向主考「行卷」，是一種慣例，並沒有什麼不妥。三四句翻轉，以落第之無限清冷，反承上文之熱鬧，形成鮮明對比。但芙蓉未開，並非春風之過錯，只是時機未到而已。此一是自解，二是向考官表達敦厚之心，可謂用心良苦。本詩全用比興，表達微妙之情恰到好處，可謂「守寒素之分，無躁競之心」（參見《北夢瑣言》卷七），後竟登第（見《唐詩紀事》卷六一）。

焚書坑❶

章碣

【作　者】章碣（生卒年不詳），睦州桐廬（今屬浙江）人。詩人章孝標之子。唐僖宗乾符年間進士。一生坎坷不遇，晚年流浪不知所終。《新唐書・藝文志》著錄《章碣詩》一卷，已大半佚亡。《全唐詩》錄存其詩二十六首。

竹帛❷煙消帝業虛❸，關河❹空鎖祖龍居❺。坑灰未冷山東亂❻，劉項❼原來不讀書。

【注　釋】❶焚書坑　秦始皇曾挖坑焚燒詩書。其焚書坑遺址在昭應（今陝西臨潼）東南驪山下。❷竹帛　書籍的代稱。竹，指竹簡。帛，指帛書。秦以前無紙，書寫則用竹簡和布帛。❸帝業虛　指秦帝國的根基已經空虛動搖。❹關河　指函谷關與黃河。❺祖龍居　指秦始皇的國都咸陽。祖龍，秦始皇的代稱。《史記・秦始皇本紀》：「（三十六年）秋，使者從關東夜過華陰平舒道，有人持璧遮使者曰：『為吾遺滈池君（滈池之水神）。』因言曰：『今年祖龍死。』使者問其故，因忽不見，置其璧去。使者奉璧，具以聞。始皇……退言曰：『祖龍者，人之先也。』使御府視璧，乃二十八年行渡江所沉璧也。」《集解》引蘇林曰：「祖，始也；龍，人君象。謂始皇也。」❻山東亂　謂起義軍的興起。山東，古地區名。泛指崤山或華山以東地區，與關東（函谷關以東）含義相同。這裏泛指戰國時秦以外六國地區。❼劉項　指劉邦（前二五六—前一九五）和項羽（前二三二—前二〇二）。他們是秦末起義的領袖，推翻了秦朝。劉邦出身於亭長，項羽出身於武將，都不喜歡讀書，也不喜歡讀書人。劉邦見有戴儒冠而來者，「解其冠，溲溺其中」。項羽也說過：「書，足以記姓名而已。」

【語　譯】焚書的煙火剛剛熄滅，秦朝的帝業便已虛弱不堪，空有險要的關隘、洶湧的黃河，護衛著始皇的京都，又有何用。焚書坑的灰燼尚未冷卻，關東的義兵已經蠭起，推翻秦朝的劉邦和項羽，原來都不是讀書人。

【研　析】秦始皇焚書坑儒，以為能統一思想，永固其萬世基業，結果二世而亡，遭到後人恥笑。此詩應為作者應進士試往返長安時所作。前二句意謂隨著焚書煙散而秦之帝業亦亡，雖有關河之險，而無以救之。後二句以調侃口吻諷刺之，言其怕書生造反而推行愚民政策，卻不料領頭的劉項二人卻並不讀書。全詩融敘事、議論、寫景於一體，讀來令人為之一快。

未展芭蕉

錢珝

【作　者】錢珝（生卒年不詳），字瑞文，湖州烏程（今浙江湖州）人。詩人錢起的曾孫。唐僖宗乾符六年（八七九）進士。《全唐文》錄存其文六卷，《全唐詩》錄存其詩一〇八首。

冷燭無煙綠蠟乾❶，芳心猶捲怯❷春寒。一緘書札❸藏何事，會❹被東風暗拆看。

【注　釋】❶冷燭無煙綠蠟乾　用未點燃的綠色蠟燭來比喻未展的芭蕉心。❷怯　害怕；擔心。❸一緘書札　一封書信。古人書信多作捲形，這裏又把捲形的書信比作未展芭蕉。❹會　應該；終於。

【語　譯】活像一支無煙冷燭，又恰似一支綠蠟已乾，芭蕉的芳心尚未來舒展，大概是害怕料峭的春寒。又似是一封秘密的書信，裏面到底隱藏著什麼事情，總有一天，她的芳心要被多情的東風拆開來看。

【研　析】每作一首詩，總要有新意。有了新意，纔有詩味，纔會引起讀者的共鳴，博得讀者的欣賞。這首詠物詩的妙處在於善用比喻。它一連用了冷燭、綠蠟、書札三喻，來刻畫未展的芭蕉，不僅刻畫了未展的形態、顏色，而且生動地刻畫了未展芭蕉的芳心。這就將芭蕉寫活了，在讀者面前，不僅出現了一株未展芭蕉的生動形象，似乎也出現了一個含情欲語、情竇欲開未開的少女形象。這一描寫對後世很有影響。《紅樓夢》便提到了這首詩：寶玉作詩，用了「綠玉」這個詞，寶釵便建議改為「綠蠟」。

巫山❶旅別

崔塗

【作　者】崔塗（生卒年不詳），字禮山，越州會稽（今浙江紹興）人。唐僖宗光啟四年（八八八）

進士。曾長期漫遊巴蜀、湘鄂、贛豫、秦隴。《全唐文》錄存其文一篇，《全唐詩》錄存其詩一〇二首。

五千里外三年客❷，十二峰❸前一望秋。無限別魂招不得❹，夕陽西下水東流。

【注　釋】❶巫山　山名。在今重慶市巫山縣東。山有十二峰，峰下有神女廟，係附會宋玉〈高唐賦〉中言楚王夢與巫山神女相會的故事而建。❷五千里外三年客　《唐才子傳》卷九說崔塗「窮年羈旅，壯歲上巴蜀，老大游隴山」。按：塗於中和元年（八八一）秋後至四年（八八四）秋因赴舉入蜀，在蜀留滯三年，故其〈海棠圖〉詩有「海棠花底三年客……始慚虛到界城來」之句，〈途中感情寄青城李明府〉詩亦有「如何祇是三年別，君著朱衣我白頭」的話，均可證其在蜀滯留三年之久。又塗係浙江紹興人，故言五千里外。❸十二峰　巫山以上，群峰連綿，其尤著者有十二峰。李端〈巫山高〉云：「巫山十二峰，皆在碧虛中。」只言其高入雲霄，並無確指。〈蜀江圖〉舉其名為獨秀、筆峰、集仙、起雲、登龍、望霞、聚鶴、棲鳳、翠屏、盤龍、松巒、仙人。❹別魂招不得　離別時黯然神傷，像是失魂落魄。想將失落的魂魄喚回而不能，這便是「別魂招不得」之意。江淹〈別賦〉云：「黯然銷魂者，唯別而已矣！」

【語　譯】我在這五千里外謀生，看看離家為客又是三年，那縹緲入雲的巫山十二峰，一望盡是那無邊無際的秋色。想將離別時失落的無數魂魄招回，卻不能如願，空見那夕陽依著遠山西下，江水滔滔東流。

【研析】此詩一二句以數字作對，其飄泊之感、羈旅之悲，凸見於四個數字之中。詩人好用數字抒情，《唐才子傳》卷九〈崔塗傳〉列出「五千里外三年客，十二峰前一望秋」與「蝴蝶夢中家萬里，杜鵑枝上月三更」等句，評為「警策」、「意味俱遠，大名不虛」。本詩的後兩句，則用《楚辭》典故，而別出一「別魂」，頗具新意。然而，雖有別魂無數，卻欲招不得，那夕陽依舊西下，江水依舊東流，不為遊子稍駐，不為別魂暫留。多少鄉思，多少離愁，多少人生失意的感慨，都在這夕陽流水中隨之而去。辛文房言崔塗「深造理窟，端能竦動人意；寫景狀懷，往往宣陶肺腑」（見《唐才子傳》卷九）。這首詩之所以能「竦動人意」，「宣陶肺腑」，就在於說出了千百年來旅人們共同的心情。

題菊花

黃巢

【作者】黃巢（？—八八四），曹州冤句（今山東菏澤）人。鹽商出身，文武兼習，嘗至長安應試，不第。乾符二年（八七五），起兵響應王仙芝。王死，被推為領袖。廣明元年（八八〇）在長安建立大齊國，稱皇帝。後因內部分裂，又兼受李克用軍隊進攻，失長安，回山東。中和四年（八八四），兵敗自殺。

颯颯❶西風❷滿院栽，蕊❸寒香冷蝶難來。他年我若為青帝❹，報❺與桃花一處開。

【注釋】❶颯颯　風聲。❷西風　秋風。❸蕊　花心。❹青帝　五天帝之一，位東方，司春之神。《尚書緯・刑德放》：「春為東帝，又為青帝。」❺報　告訴；告知。

【語譯】颯颯的秋風之中，滿院栽著菊花都開了，花蕊透著寒香，採花的蝶兒不肯前來。哪一年如果我做了司春的青帝，一定要叫這菊花和春日桃花開在一起。

【研析】此詩詠菊喻志，一改文人對於菊花孤高的認同感。這位因不得志而造反的下第舉子，為菊花不能與百花一齊開在春天，大抱不平。他豪氣干雲地說，如果我有朝一日成為春之神，就一定讓菊花在春天開放！這豪情固然壯哉，但如果菊花真的在春天開放，還能叫「菊花」嗎？春天的花兒已經很多了，為什麼非都要在春天開放呢？一年四季都有花開花落，豈不是更好？而且一年四季，都有自然的規律，菊花又豈能開在春天？黃巢是藉菊花之被冷落，以寫胸中的憤憤不平之氣。

菊花❶

黃巢

待到秋來九月八❷，我花❸開後百花殺❹。衝天香陣透❺長安，滿城盡是黃金甲❻。

【注　釋】❶菊花　一作〈不第後賦菊〉。❷九月八　九月九日是登高賞菊的重陽節。此言九月八是為了押韻。❸我花　菊花。❹殺　凋謝。❺透　瀰漫。❻黃金甲　指菊花之花瓣。

【語　譯】等到那秋天的九月八日，我這菊花開後，百花都應凋落。那陣陣的衝天的香氣，吹透了京城長安，看滿城都是菊花，就像滿城勇士都披上黃金甲。

【研　析】此詩亦是以詠菊喻志。黃巢因應舉不第，滿腹牢騷，又藉菊花，寫起「反詩」來了。全詩以「八」、「殺」、「甲」押入聲韻，更透出絲絲殺氣。黃巢眼見別人開花了，自己開不了，怨氣衝天，因此寧可殺盡百花，好讓自己獨開，這不是山大王的氣勢嗎？但在今天的世界裏，「讓別人也活，自己纔能活」，則是一個明顯的道理。在這個關係密切的「地球村」裏，不可能設想，在百花殺盡之後，還會有一種什麼花兒能獨自開放。不論是在人與人之間，還是在人與其他動物之間，都是如此。「和平共處」，誰也不「殺」誰，也許纔是我們唯一的選擇。

虞卿❶　　周曇

【作　者】周曇（籍貫、生卒年皆不詳），唐代末年曾任國子直講。著有《詠史詩》八卷。《全唐詩》錄存其詩一九五首。

割地求和國必危❷，安知❸堅守❹絕來思❺。年年來伐年年割，割盡邯鄲❻何所之❼？

【注　釋】❶虞卿　戰國時代著名的謀士，虞氏，名已失傳，因進說趙孝成王（前二六五—前二四五年在位），被任為上卿，故稱「虞卿」。長平之戰時，他主張聯合楚、魏，迫使秦國媾和。而趙國的大臣則主張割地求和，虞卿認為割地求和，是「自盡之術」。趙王不聽，使人割六城以求和。虞卿於是棄卿相之位，退而著《虞氏春秋》十五篇（事見《戰國策．趙策》及《史記．平原君虞卿列傳》）。❷割地求和國必危　趙軍大敗於長平之後，趙王欲割六城以求和，虞卿反對說：「今雖割六城，何益？來年復攻，又割其力之所不能取而媾和，此自盡之術也。」（《史記．平原君虞卿列傳》）❸安知　哪裏知道。❹堅守　指堅決守住國土。❺絕來思　杜絕敵國以後再來侵略的想法。❻邯鄲　戰國時代趙國的國都，在今河北邯鄲。❼何所之　跑到哪裏去。

【語　譯】用割地去求和，一定會導致國家滅亡。只有堅守國土，纔能杜絕侵略者的妄想。強秦年年要來進攻，若你年年割地，割盡了國土之後，都城邯鄲又將放到什麼地方？

【研　析】割地以求和，是歷史上投降派的主張。六國之於秦，宋之於金，清之於列強，都是採取用土地換取苟安的政策。但這種政策只能助長侵略者的野心，增強敵人的實力。趙國在長平之敗後，舉國震恐，為了保住自己的既得利益，割地求和的議論甚囂塵上。虞卿力排眾議，認為「王之地有盡而秦之求無已，以有盡之地而給無已之求」，其結果必然是秦益強而趙益弱，秦愈大而趙愈小，這是「助秦自攻」、「強秦弱趙」的辦法（見《史記・平原君虞卿列傳》）。周曇這首詩，用韻文的形式，概括了虞卿的這一政治主張，言簡意賅，具有極大的說服力。宋蘇洵寫有〈六國論〉，論中說：「以地事秦，猶抱薪救火，薪不盡，火不滅。」又說：「六國破滅，非兵不利，戰不善，弊在賂秦。賂秦而力虧，破滅之道也。」借以批評當時宋代的對外政策。其主要觀點，與周曇此詩正相一致。

少年行❶

吳象之

【作　者】吳象之（生卒、籍貫、字號、世次無考），《全唐詩》錄存其詩二首。

承恩❷借獵小平津❸，使氣❹常遊❺中貴人❻。一擲千金❼渾❽是膽，
家無四壁❾不知貧。

【注　釋】❶行　古詩體裁之一，意即歌謠。❷承恩　蒙受恩惠。❸小平津　古渡口名。又名河陽津，在今河南孟津東北。唐時為東都洛陽的皇家遊獵區。❹使氣　意氣用事。❺遊　相交往。❻中貴人　帝王所寵信的宦官，亦省稱中貴。❼一擲千金　花錢無度，任意揮霍。❽渾　全。❾家無四壁　從成語「家徒四壁」化來。「家徒四壁」指家貧一無所有，徒有四壁而已。「家無四壁」則言其四壁亦無。

【語　譯】蒙受皇上恩惠，借得御苑遊獵一回。專好意氣用事，常跟宦官廝混一起。花錢一擲千金，渾身是膽決無吝色，那管家無四壁，落得個無食又無衣。

【研　析】唐代〈少年行〉，是諷刺西京長安和東京洛陽貴族子弟的浮浪生活的。那些人憑藉父兄的權勢，不讀書，不從軍，整日眠花宿柳，擎鷹逐犬。詩人們對這些公子哥兒，真是又氣憤又羨慕。王維〈少年行〉云：「新豐美酒斗十千，咸陽遊俠多少年。相逢意氣為君飲，繫馬高樓垂柳邊。」韓翃〈少年行〉亦云：「千點斑斕噴玉驄，青絲結尾繡纏鬃。鳴鞭曉出章臺路，葉葉春衣楊柳風。」都是以艷羨的語氣，畫出一群貴家少年，在長安洛陽的繁華地帶，騎著華貴的駿馬，穿著薄如蟬翼的繡衣，兜風醉酒，打情罵俏，滿街生事。後晉孟賓于的〈公子行〉，在讚其衣著光鮮之後，即對其行為大加鞭撻：「錦衣紅奪彩霞明，侵曉春遊向野庭。不識農夫辛苦力，驕驄踏爛麥青青。」至於貫休的「錦衣鮮華手擎鶻，閑行氣貌多輕忽。稼穡艱難總不知，五帝三王是何物」（〈公子行〉），聶夷中的「種花滿西園，花發青樓道。花下一禾生，去之為惡草」（〈公子行〉），則痛加貶責，乃至要除之而後快。吳象之的這首詩，是寫一個破落家庭的公子哥兒，儘管家無四壁，仍然遊獵賭勝，一擲千金，不知其底細者，以為其豪爽，知其真相者，則惟有可笑可嘆而已。

宮詞

李建勳

【作　者】李建勳（八七三—九五二），字致堯，廣陵（今江蘇揚州）人。少好學，工詩，能文章。南唐開國，參與禪代之策，拜中書侍郎同平章事，監修國史。以司徒致仕，賜號「鍾山公」。保大十年（九五二）五月卒，贈太保，諡曰「靖」。有《鍾山集》二十卷，已佚亡。《全唐詩》錄存其詩一卷九十五首。

宮門常關舞衣閑❶，略識❷君王鬢便斑❸。卻羨落花春不管，御溝流得到人間❹。

【注　釋】❶宮門常關舞衣閑　言宮殿緊鎖，而並無在皇上面前獻藝的機會。❷略識　約略地認得。❸鬢便斑　兩邊的鬢角便已斑白。❹御溝流得到人間　用紅葉題詩的典故。

【語　譯】這宮門總是這樣緊關著，漂亮的舞衣也總是在這裏閑放著。剛剛纔約略認得君王，兩邊的鬢角卻已經花白斑斑。真羨慕這宮中的落花能夠自由，春光也並不將它拘管。沿著那彎曲的御溝，多麼悠閑自在地流到人間。

【研　析】這位宮女會唱歌跳舞，過去曾在君王面前獻過藝，所以說「略識君王」。但此後則是深鎖宮中，舞衣閑在箱篋之中，長久未有表演的機會，而色衰年老了。君王長年累月地將她幽禁在宮中，又不放她出去，於是她只能羨慕落花，能夠自由地流出御溝，而自己卻永遠地幽閉在這活棺材之中了。這首詩與司馬札〈宮怨〉詩之「年年花落無人見，空逐春泉出御溝」，都是藉落花的流出御溝，來烘托自己，抒發愁恨。但或以「無人見」而興感，或以「春不管」而生羨，角度不同，結果迥異。這說明「以我觀物，則物皆著我之色彩」，是一條「移情於物」的藝術規律。

塞下曲

江為

【作者】江為（生卒年不詳），宋州考城（今河南民權）人。避亂，居建陽（今屬福建）。南唐中主元宗初設貢舉，江為赴試，屢為有司所黜。相傳元宗南遷，過白鹿寺，見其所題詩，曰：「此人大是富貴家。」然終無薦引，怏怏不能得志，束書欲東走吳越，為同謀者告發，臨刑時詞色不撓，賦〈臨刑〉詩曰：「街鼓侵人急，西傾日欲斜。黃泉無旅店，今夜宿誰家？」《全唐詩》錄存其詩九首。

萬里黃雲凍不飛，磧煙❶烽火❷夜深微。胡兒❸移帳❹寒笳❺絕，雪路
時聞探馬❻歸。

【注釋】❶磧煙　大漠炊煙。磧，戈壁沙漠。❷烽火　指報警烽火。❸胡兒　胡人。我國古代對北方邊地及西域各民族的稱呼。❹移帳　拔起帳幕而轉移他處。❺笳　古管樂器名。漢人稱胡笳。漢時流行於西域一帶少數民族之間，最初以蘆葉吹之，與樂器相和，後來以竹為之。❻探馬　偵察兵。

【語譯】萬里大漠上的黃雲，在這嚴寒中凍凝不飛。深夜裏戈壁灘上的烽火，隱隱約約地不大分明。敵人已經拔起營帳轉移陣地，怪不得聽不到胡笳之聲。雪路上時時見到，偵察兵們飛馬來報軍情。

【研析】這首詩描寫了邊塞戰鬥生活的一個小片段。嚴寒之中，連雲也凍住不飛；大漠中一片黃沙，連雲也是黃色的。開頭一句，便寫出了邊塞「天氣寒冷」和「黃沙無邊」這兩個特色。深夜中，烽火微微，渲染了緊張的戰鬥氣氛。但軍情變化無常，敵人連夜轉移，我軍正在緊張地判斷著敵人的動向，探馬們一撥一撥地飛報最新敵情。詩雖短，但寫得很有氣勢。

讀《三國志》❶　李九齡

【作者】李九齡（生卒年不詳），洛陽（今屬河南）人。五代末進士。入宋後，登太祖乾德二年（九六四）進士第三人。《全唐詩》錄存其詩二十三首。

有國由來❷在得賢❸，莫言興廢是循環❹。武侯星落❺周瑜死❻，平蜀❼

降吳❽似等閑❾。

【注釋】❶三國志　史書名。記錄了魏、蜀、吳三國的歷史事跡，是二十四史之一。西晉陳壽所撰，六十五卷。❷由來　從來；歷來。❸賢　指賢臣、賢才。❹莫言興廢是循環　《史記・高祖本紀》：「太史公曰：夏之政忠。忠之敝，小人以野，故殷人承之以敬。敬之敝，小人以鬼，故周人承之以文。……三王之道若循環，終而復始。」詩人認為興廢之道在於「得賢」與「失賢」，蜀得諸葛亮、趙雲等人而蜀興，吳得周瑜、陸遜等人而吳興，而並不是什麼命定的「循環」。❺武侯星落　謂諸葛亮死。諸葛亮（一八一－二三四），字孔明，輔佐劉備開國。劉備死後，輔佐後主劉禪，以丞相封武鄉侯，世稱武侯。古人認為，帝王將相與天上的星辰有相應關係，某人死則某星落。《三國志・蜀書・諸葛亮傳》裴松之注引《晉陽秋》云：「有星赤而芒角，自東北西南流，投於亮營，三投而還，往大還小。俄而亮卒。」❻周瑜死　周瑜於建安十五年（二一〇）冬，欲西伐蜀，道經巴陵（今湖南岳陽），病卒。❼平蜀　魏景元四年（二六三）夏，興師伐蜀，冬十一月，劉禪用光祿大夫譙周言，降於魏鄧艾，蜀亡。次年三月，魏封劉禪為「安樂縣公」。❽降吳　晉咸寧五年（二七九）冬，興師伐吳，太康元年（二八〇）春，孫皓用光祿勳薛瑩、中書令胡沖等議，降晉。四月，封孫皓為「歸命侯」。❾等閑　指平蜀滅吳，不費吹灰之力，輕而易舉。

【語譯】國家的繁榮昌盛，從來就在於得到人才。不要說國家的興盛衰亡，是由於天道的循環輪迴。諸葛武侯的大星一落，吳國的周瑜一死，滅亡西蜀，吞併東吳，就好像吹灰一樣容易。

【研析】人才關係到國家的興盛衰亡，這在古今中外都是一樣的。怎樣能得到人才，歷來是雄才大略的最高統治者所最為關注的。孫權以江東六郡之地，破曹操百萬之兵，就是因為重用了周瑜等不世之才；劉備無立足之地，白手起家，而取得鼎足三分的勳業，就是因為他依靠了諸葛亮、趙雲、關羽、張飛等人的政治才能或軍事謀略。作者在這首小詩中，深刻地總結了人才決定國運的歷史經驗，批判了天道循環的謬說，明確地提出「武侯星落周瑜死，平蜀降吳似等閑」的論點，來說明國家的興衰，起決定作用的是人的因素。疏遠了人才，創業難，守成也難；擁有了人才，就可以使國家繁榮昌盛起來。

寄人❶

張泌

【作　者】張泌（生卒年不詳），字子澄，淮南（治所在今江蘇揚州）人。仕南唐為句容（今屬江蘇）縣尉。李後主即位後，愛其才，遷為監察御史，歷考功員外郎，升中書舍人，改內史舍人。後隨後主降宋，入史館，遷郎中，卒。《全唐文》錄存其文一篇，《全唐詩》錄存其詩二十首。

別夢依依❷到謝家❸，小廊迴合❹曲闌斜。多情只有春庭月，猶為離人照落花。

【注　釋】❶寄人　謂寄給久別情人，以詩代柬。據清李良年《詞壇紀事》云：「張泌仕南唐為內史舍人。初，與鄰女浣衣相善，作〈江神子〉（即〈江城子〉）詞：『浣花溪上見卿卿。臉波明，黛眉輕，綠雲高綰，金簇小蜻蜓。好是問他來得麼？和笑道，莫多情。』後經年不復相見，張夜夢之，寫絕句云云。」即此詩。〈寄人〉原有二首，這是第一首。❷依依　依依不捨地。❸謝家　代指情人的家。東晉謝安姪女謝道韞，為著名才女，後人遂借稱女子為謝女，其家為謝家。❹小廊迴合　院子中四面相連的走廊。

【語　譯】相別後，在夢中我又無限依依來到謝家。小小的回廊依舊，曲折的欄杆無改，然而卻不見心上的人。多情的只有那春夜庭院的一輪明月，仍然為分離的情人，照著滿地落花。

【研　析】此詩寫別後相思之情，真摯深沉而又含蓄蘊藉，宛轉動人。前兩句寫夢到在謝家的回廊曲欄之間，正是當年細語呢喃、情話綿綿的地方，而今已物是人非，倍增惆悵。後二句「多情只有春庭月，猶為離人照落花」則以夢中的月亮與當年的明月相映襯。此一輪明月，當年既以其清輝照耀一對互訴衷情的戀人，如今春殘花落，而多情的明月尚為此一對分離的情人，照著滿地的落花。此中相愛之深、相思之苦已盡在不言中。這幽美的意象，纏綿的情致，每每使人反覆吟誦，不能自已。

古籍今注新譯叢書

哲學類

新譯四書讀本　謝冰瑩等編譯
新譯學庸讀本　王澤應注譯
新譯論語新編解義　胡楚生編著
新譯孝經讀本　賴炎元等注譯
新譯易經讀本　郭建勳注譯
新譯周易六十四卦經傳通釋　黃慶萱注譯
新譯乾坤經傳通釋　黃慶萱注譯
新譯易經繫辭傳解義　吳　怡著
新譯禮記讀本　姜義華注譯
新譯儀禮讀本　顧寶田等注譯
新譯孔子家語　羊春秋注譯
新譯老子讀本　余培林注譯
新譯帛書老子　趙　鋒注譯
新譯老子解義　吳　怡著
新譯莊子讀本　黃錦鋐注譯
新譯莊子讀本　張松輝注譯
新譯莊子本義　水渭松注譯
新譯莊子內篇解義　吳　怡著
新譯列子讀本　莊萬壽注譯
新譯管子讀本　湯孝純注譯
新譯墨子讀本　李生龍注譯
新譯公孫龍子　丁成泉注譯
新譯晏子春秋　陶梅生注譯
新譯鄧析子　徐忠良注譯
新譯荀子讀本　王忠林注譯
新譯尹文子　徐忠良注譯
新譯尸子讀本　水渭松注譯
新譯鶡冠子　趙鵬團注譯
新譯鬼谷子　王德華等注譯
新譯韓非子　傅武光等注譯
新譯呂氏春秋　朱永嘉等注譯
新譯韓詩外傳　孫立堯注譯
新譯淮南子　熊禮匯注譯
新譯春秋繁露　朱永嘉等注譯
新譯新書讀本　饒東原注譯
新譯新語讀本　王　毅注譯
新譯潛夫論　彭丙成注譯
新譯論衡讀本　蔡鎮楚注譯
新譯申鑒讀本　林家驪等注譯
新譯人物志　吳家駒注譯
新譯張載文選　張金泉注譯
新譯近思錄　張京華注譯
新譯傳習錄　李生龍注譯
新譯呻吟語摘　鄧子勉注譯
新譯明夷待訪錄　李廣柏注譯

文學類

新譯詩經讀本　滕志賢注譯
新譯楚辭讀本　林家驪注譯
新譯楚辭讀本　傅錫壬注譯
新譯文心雕龍　羅立乾注譯
新譯六朝文絜　蔣遠橋注譯
新譯世說新語　劉正浩等注譯
新譯昭明文選　周啟成等注譯
新譯古文觀止　謝冰瑩等注譯
新譯古文辭類纂　黃　鈞等注譯
新譯樂府詩選　溫洪隆注譯
新譯古詩源　馮保善注譯
新譯千家詩　邱燮友等注譯
新譯詩品讀本　成　林等注譯
新譯花間集　朱恒夫注譯
新譯南唐詞　劉慶雲注譯
新譯絕妙好詞　聶安福注譯
新譯唐詩三百首　邱燮友注譯
新譯宋詩三百首　陶文鵬注譯
新譯宋詞三百首　汪　中注譯
新譯宋詞三百首　劉慶雲注譯
新譯元曲三百首　賴橋本等注譯
新譯明詩三百首　趙伯陶注譯
新譯清詩三百首　王英志注譯
新譯清詞三百首　陳水雲等注譯
新譯唐人絕句選　卞孝萱等注譯
新譯唐才子傳　戴揚本注譯
新譯拾遺記　石　磊注譯
新譯搜神記　黃　鈞注譯
新譯唐傳奇選　束　忱等注譯
新譯宋傳奇小說選　束　忱注譯
新譯明傳奇小說選　陳美林等注譯
新譯容齋隨筆選　朱永嘉等注譯
新譯明散文選　周明初注譯
新譯明清小品文選　鄭　婷注譯

新譯人間詞話　馬自毅注譯
新譯白香詞譜　劉慶雲注譯
新譯幽夢影　馮保善注譯
新譯菜根譚　吳家駒注譯
新譯小窗幽記　馬美信注譯
新譯圍爐夜話　馬美信注譯
新譯郁離子　吳家駒注譯
新譯歷代寓言選　黃瑞雲注譯
新譯賈長沙集　林家驪注譯
新譯揚子雲集　葉幼明注譯
新譯曹子建集　曹海東注譯
新譯建安七子詩文集　韓格平注譯
新譯阮籍詩文集　林家驪注譯
新譯嵇中散集　崔富章注譯
新譯陸機詩文集　王德華注譯
新譯陶淵明集　溫洪隆注譯
新譯江淹集　羅立乾等注譯
新譯庾信詩文選　歸　青注譯
新譯初唐四傑詩集　李福標注譯
新譯駱賓王文集　黃清泉注譯
新譯王維詩文集　陳鐵民注譯
新譯孟浩然詩集　楊　軍注譯
新譯李白詩全集　郁賢皓注譯
新譯李白文集　郁賢皓注譯
新譯杜甫詩選　張忠綱等注譯
新譯杜詩菁華　林繼中注譯
新譯高適岑參詩選　孫欽善等注譯
新譯昌黎先生文集　周啟成等注譯
新譯劉禹錫詩文選　閻　琦注譯

新譯柳宗元文選　卞孝萱等注譯
新譯白居易詩文選　陶　敏等注譯
新譯元稹詩文選　郭自虎注譯
新譯李賀詩集　彭國忠注譯
新譯杜牧詩文集　張松輝注譯
新譯李商隱詩選　朱恒夫等注譯
新譯范文正公選集　王興華等注譯
新譯蘇洵文選　羅立剛注譯
新譯蘇軾文選　滕志賢注譯
新譯蘇軾詞選　鄧子勉注譯
新譯蘇軾詩選　鄧子勉注譯
新譯蘇轍文選　朱　剛注譯
新譯曾鞏文選　高克勤注譯
新譯王安石文選　沈松勤注譯
新譯唐宋八大家文選　鄧子勉注譯
新譯柳永詞集　侯孝瓊注譯
新譯李清照集　姜漢椿等注譯
新譯陸游詩文選　韓立平注譯
新譯辛棄疾詞選　聶安福注譯
新譯歸有光文選　鄔國平注譯
新譯唐順之詩文選　馬美信注譯
新譯徐渭詩文選　周　群等注譯
新譯袁宏道詩文選　孫立堯注譯
新譯薑齋文集　平慧善注譯
新譯顧亭林文集　劉九洲注譯
新譯納蘭性德詞　馮　乾注譯
新譯方苞文選　鄔國平等注譯
新譯閒情偶寄　馬美信注譯
新譯鄭板橋集　朱崇才注譯

新譯袁枚詩文選　王英志注譯
新譯李慈銘詩文選　潘靜如注譯
新譯聊齋誌異選　任篤行等注譯
新譯閱微草堂筆記　嚴文儒注譯
新譯浮生六記　馬美信注譯
新譯弘一大師詩詞全編　徐正綸編著

歷史類

新譯史記　韓兆琦注譯
新譯漢書　吳榮曾等注譯
新譯後漢書　魏連科等注譯
新譯三國志　吳樹平等注譯
新譯資治通鑑　張大可等注譯
新譯史記—名篇精選　韓兆琦注譯
新譯尚書讀本　吳　璵注譯
新譯尚書讀本　郭建勳注譯
新譯周禮讀本　賀友齡注譯
新譯逸周書　牛鴻恩注譯
新譯左傳讀本　郁賢皓等注譯
新譯公羊傳　雪　克注譯
新譯穀梁傳　顧寶田注譯
新譯春秋穀梁傳　周　何注譯
新譯戰國策　溫洪隆注譯
新譯國語讀本　易中天注譯
新譯說苑讀本　左松超注譯
新譯說苑讀本　羅少卿注譯
新譯新序讀本　葉幼明注譯
新譯吳越春秋　黃仁生注譯
新譯西京雜記　曹海東注譯

新譯列女傳　黃清泉注譯
新譯越絕書　劉建國注譯
新譯燕丹子　曹海東注譯
新譯東萊博議　李振興等注譯
新譯唐六典　朱永嘉等注譯
新譯唐摭言　姜漢椿注譯

宗教類

新譯金剛經　徐興無注譯
新譯高僧傳　朱恒夫等注譯
新譯碧巖集　吳　平注譯
新譯百喻經　顧寶田注譯
新譯楞嚴經　賴永海等注譯
新譯梵網經　王建光注譯
新譯圓覺經　商海鋒注譯
新譯法句經　劉學軍注譯
新譯六祖壇經　李中華注譯
新譯禪林寶訓　李中華注譯
新譯維摩詰經　陳引馳等注譯
新譯經律異相　顏洽茂注譯
新譯阿彌陀經　蘇樹華注譯
新譯無量壽經　邱高興注譯
新譯無量壽經　蘇樹華注譯
新譯妙法蓮華經　張松輝注譯
新譯景德傳燈錄　顧宏義注譯
新譯大乘起信論　韓廷傑注譯
新譯釋禪波羅蜜　蘇樹華注譯
新譯八識規矩頌　倪梁康注譯
新譯永嘉大師證道歌　蔣九愚注譯

新譯華嚴經入法界品　楊維中注譯
新譯地藏菩薩本願經　李承貴注譯
新譯悟真篇　劉國樑等注譯
新譯无能子　張松輝注譯
新譯坐忘論　張松輝注譯
新譯列仙傳　張金嶺注譯
新譯抱朴子　李中華注譯
新譯神仙傳　周啟成注譯
新譯性命圭旨　傅鳳英注譯
新譯老子想爾注　顧寶田等注譯
新譯周易參同契　劉國樑注譯
新譯道門觀心經　王　卡注譯
新譯養性延命錄　曾召南注譯
新譯樂育堂語錄　戈國龍注譯
新譯沖虛至德真經　張松輝注譯
新譯長春真人西遊記　顧寶田等注譯
新譯黃庭經・陰符經　劉連朋等注譯

軍事類

新譯司馬法　王雲路注譯
新譯尉繚子　張金泉注譯
新譯三略讀本　傅　傑注譯
新譯六韜讀本　鄔錫非注譯
新譯吳子讀本　王雲路注譯
新譯孫子讀本　吳仁傑注譯
新譯李衛公問對　鄔錫非注譯

教育類

新譯爾雅讀本　陳建初等注譯

新譯顏氏家訓　李振興等注譯
新譯聰訓齋語　馮保善注譯
新譯曾文正公家書　湯孝純注譯
新譯三字經　黃沛榮注譯
新譯百家姓　馬自毅等注譯
新譯幼學瓊林　馬自毅注譯
新譯增廣賢文・千字文　馬自毅注譯
新譯格言聯璧　馬自毅注譯

政事類

新譯商君書　貝遠辰注譯
新譯鹽鐵論　盧烈紅注譯
新譯貞觀政要　許道勳注譯

地志類

新譯山海經　楊錫彭注譯
新譯水經注　陳橋驛等注譯
新譯佛國記　楊維中注譯
新譯大唐西域記　陳　飛等注譯
新譯洛陽伽藍記　劉九洲注譯
新譯徐霞客遊記　黃　珅注譯
新譯東京夢華錄　嚴文儒注譯

◎新譯唐才子傳

戴揚本／注譯

中國文學史上，唐代以其詩歌創作的輝煌成就，成為後世無數文人傾心的時代。唐代詩人輩出，華章璀璨，如夏日夜空的燦爛群星，令人仰視時不禁產生無盡的遐想。《唐才子傳》記述了將近四百位唐代詩人的事蹟及其風采神韻，不僅反映唐代詩歌的繁榮盛況，加深我們對唐詩的理解，在文獻和文學批評方面也有其特殊貢獻。本書根據最佳的黎庶昌本《唐才子傳》進行注譯、研析，讓您輕鬆優游唐詩國度。

國家圖書館出版品預行編目資料

新譯唐人絕句選／卞孝萱,朱崇才注譯;齊益壽校閱.
——三版一刷.——臺北市：三民，2024
面；　公分.——(古籍今注新譯叢書)

ISBN 978-957-14-7745-9（平裝）

831.4　　112021516

古籍今注新譯叢書

新譯唐人絕句選

注 譯 者　卞孝萱　朱崇才
校 閱 者　齊益壽

發 行 人　劉振強
出 版 者　三民書局股份有限公司
地　　址　臺北市復興北路 386 號 (復北門市)
　　　　　臺北市重慶南路一段 61 號 (重南門市)
電　　話　(02)25006600
網　　址　三民網路書店 https://www.sanmin.com.tw

出版日期　初版一刷 1999 年 9 月
　　　　　二版三刷 2017 年 6 月
　　　　　三版一刷 2024 年 1 月
書籍編號　S031730
I S B N　978-957-14-7745-9